线装中华国粹

綫裝中華國粹

# 明代小品集萃

颜兴林◎编选

二十一世纪出版社集团
21st Century Publishing Group

# 目录

contents

# 序

“小品”作为一种古代散文的独特文体，普遍地应用于文学中，而用于专指某种类型的作品，是在晚明时期。其首用于文集名则是明万历三十九年（1611）刊行的《苏长公小品》，其后有《眉公先生晚香堂小品》《无梦集园小品》《文饭小品》等。

小品，顾名思义，就是“小”而有“品位”。林语堂在《人间世发刊词》中说：“盖小品可以发挥议论，可以畅泄衷情，可以摹绘人情，可以形容世故，可以札记琐屑，可以谈天说地，本无范围，特以自我为中心，以闲适为格调，与各体别，西方文学所谓个人笔调是也。故善冶情感与议论于一炉，而成现代散文之技巧。”这段话准确地概括了小品文的特征。鲁迅又曾作《小品文的危机》反驳林语堂道：“明末的小品虽然比较颓放，但并非全是吟风弄月，其中有不平、有讽刺、有攻击、有破坏……但自然，它也能给人愉快和休息。”此正与林语堂对小品文的描述相补充。

小品文的特征大致可归为五点，即真、趣、活、畅、小。所谓真，须具人真、情真、语真，行文不做作、不矫饰，无道学气，无空洞语。所谓趣，须具情趣、理趣、谐趣、韵趣，文风趣味盎然，新鲜多姿，幽默诙谐。所谓活，指在形式、立论、文辞方面皆不拘一格，打破刻板束缚，如行云流水，舒卷自如。所谓畅，即小品语言通俗畅达，明达浅近，深入浅出，雅俗共赏。所谓小，则指篇幅短小，但小中寓大。总之，小品正如余怀评李渔的《闲情偶寄》所云：“不为经国之大业，而为破道之小言。”

小品以内容分，或抒情，或写景，或议论讽刺，或刻画人物，或描写世情。从题材上看，可分为山水、园林、花鸟、雨雪、月夜、书画、茶酒、戏曲、风俗、读书等。以体裁分，有游记、尺牍、序跋、日记、随笔、传记、寓言等。从风格上看，可分为幽默、闲适、风雅等。

小品文源远流长，在中国文学发展史上几度兴盛，明代是小品文观念的成熟期，也是创作的旺盛期。明人的小品文观念奠定了后代小品文观念的基础，其创作风格也深刻地影响着后人。晚明学者在小品文的创作上取得了杰出成就，将其发展为与汉赋、唐诗、宋词、元曲相提并论的明代文学成就的标志。

明代小品文的发展可分为三个时期：

洪武至天顺年间是明代小品文发展的第一阶段。明初作家大多经历过战乱，对于现实和人生有较深的认识，他们的作品往往能切近现实，总体上有一种比较健康、充实、严肃、尖锐的风格。但明初小品无论从思想内容还是表现手法，其基调都是比较传统的。这时期的代表作家有宋濂、刘基、方孝孺、高启、贝琼、陶安、解缙等。

成化至隆庆年间，是明代小品文发展的一个转折时期，其总体由前期的雅庄端正向晚明的空灵闲适转折。然而文学流派复杂，众体杂陈。成化以后，台阁体流弊益甚，引起人们的强烈不满，于是以李梦阳、王世贞为代表的前后七子在文学创作中掀起了“文必秦汉，诗必盛唐”的复古浪潮，给予台阁体以致命的打击。前后七子的作品内容比较充实，但艺术成就并不是很高，当然也有些优秀之作。以唐顺之、归有光为代表的唐宋派在明代小品文的发展中起了承前启后的作用，他们的作品十分注重文学的个性化和通俗化，呈现出向晚明小品转折的特征：直抒胸臆、质朴自然。这一时期还有几个卓然自立不倚门傍户的作家，如徐渭、沈周、文征明、唐寅等，他们皆以书画闻名，但其小品文皆自然脱俗，大有意趣。

万历至崇祯年间，是明代小品文的极盛时期。万历年间，以袁宗道、袁宏道、袁中道为代表的公安派崛起，主张文学进化，反对摹古，推崇“独抒性灵，不拘格套，非从自己胸臆流出，不肯下笔”的创作倾向。他们的作品自然、坦率、大胆、真实地流露自己的真性灵，艺术成就很高。此外，以钟惺、谭元春为代表的竟陵派亦反对摹古，推崇性灵，但与公安派的美学追求又有所不同，他们提倡以“幽深孤峭”的艺术风格来表现“幽情单绪”的内容，并创作了不少优秀小品文。张岱是晚明小品的代表作家，他在创作上兼取各家之长而弃其短，可谓晚明小品文艺术的集大成者。他的小品文内容丰富，视野开阔，涉及晚明社会生活的许多方面，清新空灵，兼雅趣与谐趣于一身。它吸取了诗歌的抒情特性，达到了极高的艺术境界。

本书收录了明代52位作家173篇作品，与读者共享。其中张煌言、夏完淳等虽活跃于清初，但其终生以明人自居，效忠于明室，故一律收入。因受诸多条件限制，入选作家、作品难免有遗珠之憾，有心者可另索各家文集详读。愿本集之一“斑”使读者有窥见明小品“全豹”之想，亦望读者能从先儒至情至性之文中有所获益。

# 送东阳马生序[1]

宋　濂

余幼时即嗜学。家贫，无从致[2]书以观，每假借于藏书之家，手自笔录，计日以还。天大寒，砚冰坚，手指不可屈伸[3]，弗之怠[4]。录毕，走[5]送之，不敢稍逾约。以是人多以书假余，余因得遍观群书。

既加冠[6]，益慕圣贤之道，又患无硕师、名人与游，尝趋百里外，从乡之先达[7]执经叩问。先达德隆望尊，门人弟子填其室，未尝稍降辞色[8]。余立侍左右，援疑质理，俯身倾耳以请；或遇其叱咄，色愈恭，礼愈至，不敢出一言以复；俟[9]其欣悦，则又请焉。故余虽愚，卒[10]获有所闻。

当余之从师也，负箧曳屣[11]，行深山巨谷中，穷冬[12]烈风，大雪深数尺，足肤皲裂而不知。至舍，四支僵劲不能动，媵人持汤沃灌[13]，以衾拥覆，久而乃和。寓逆旅[14]，主人日再食[15]，无鲜肥滋味之享。同舍生皆被绮绣[16]，戴珠缨宝饰之帽[17]，腰白玉之环，左佩刀，右备容臭[18]，烨然[19]若神人；余则缊袍敝衣处其间[20]，略无慕艳意。以中有足乐者，不知口体之奉不若人也。盖余之勤且艰若此。

今虽耄[21]老，未有所成，犹幸预君子之列，而承天子之宠光，缀公卿之后，日侍坐备顾问，四海亦谬称[22]其氏名，况才之过于余者乎？

今诸生学于太学[23]，县官日有廪稍之供[24]，父母岁有裘葛之遗[25]，无冻馁之患矣；坐大厦之下而诵《诗》《书》，无奔走之劳矣；有司业、博士为之师[26]，未有问而不告，求而不得者也；凡所宜有之书，皆集于此，不必若余之手录，假诸人而后见也。其业有不精，德有不成者，非天质之卑，则心不若余之专耳，岂他人之过哉！

东阳马生君则，在太学已二年，流辈甚称其贤。余朝[27]京师，生以乡人子谒余，撰长书以为贽[28]，辞甚畅达，与之论辩，言和而色夷[29]。自谓少时用心于学甚劳，是可谓善学者矣！其将归见其亲也，余故道为学之难以告之。谓余勉乡人以学者，余之志也；诋我夸际遇之盛而骄乡人者[30]，岂知余者哉！

## 作者简介

宋濂（1310—1381），初名寿，字景濂，号潜溪，金华浦江（今浙江浦江）人，明初著名政治家、文学家、史学家，与高启、刘基并称为“明初诗文三大家”。明太祖朱元璋誉其为“开国文臣之首”。刘基则推许他为“当今文章第一”。明初受朱元璋礼聘，被尊为“五经”师，为太子朱标讲经。洪武二年（1369），奉命主修《元史》。累官至翰林学士承旨、知制诰，时朝廷礼仪多为其制定。洪武十年（1377）以年老辞官还乡，后因长孙宋慎牵连胡惟庸案而被流放茂州，途中于夔州病逝。著有《宋文宪公全集》。

## 注释

①本文选自《宋文宪公全集》卷三，是宋濂送给他的同乡浙江东阳县青年马君则的赠序。文中叙述了自己少年刻苦勤学的经历，勉励后辈珍惜良好的读书环境，专心治学。序：文体名，有书序、赠序两种，本篇为赠序。

②致：得到。

③屈伸：弯曲伸直，指手指不能自由活动。

④弗之怠：即“弗怠之”。弗怠：不懈怠，不放松。之：指抄书。

⑤走：急速奔跑，此指赶快。

⑥加冠：古代男子到二十岁时，举行加冠（束发戴帽）仪式，表示已成年。

⑦乡之先达：指当地在道德学问上有名望的前辈。这里指浦江的柳贯、义乌的黄溍等古文家。

⑧稍降辞色：指把言辞放委婉些，把脸色放温和些。

⑨俟（sì）：等待。

⑩卒：最终。

⑪箧（qiè）：箱子。曳（yè）：拖着。屣（xǐ）：鞋子。

⑫穷冬：隆冬。

⑬媵人：此指仆人。持汤沃灌：指拿热水喝或拿热水浸洗。汤：热水。

⑭寓：寄居，住。逆旅：旅店。

⑮日再食：每天吃两餐。

⑯被：通“披”，穿。绮绣：有花纹的丝织品。

⑰珠：或作“朱”。缨：帽饰。

⑱容臭（xiù）：指香囊。臭：气味，这里指香气。

⑲烨然：光彩照人貌。或作“煜然”。

⑳缊（yùn）袍：粗麻絮制成的袍子。敝衣：破衣。

㉑耄（mào）：年老，八九十岁的年纪。此时宋濂已经六十九岁。

㉒谬称：不恰当地赞许。此处是作者的谦辞。

㉓诸生：指太学生。太学：明代中央政府设立的教育士人的学校，称作太学或国子监。

㉔县官：指朝廷。廪稍：政府免费供给的俸粮称“廪”或“稍”。

㉕裘：皮衣。葛：葛布衣服，多在夏日穿戴。遗（wèi）：赠，这里指接济。

㉖司业、博士：分别为太学的次长官和教授。

㉗朝：旧时臣下朝见君主。宋濂写此文时，正值从家乡到京城见朱元璋。

㉘贽（zhì）：古时初次拜见时所赠的礼物。

㉙夷：平易。

㉚际遇之盛：遭遇的得意，指得到皇帝的赏识重用。骄乡人：对同乡骄傲。

## 译　文

我年幼时就爱学习。因为家中贫穷，无法买书来看，所以常向有藏书的人家求借，亲手抄录，约定日期送还。有时天气酷寒，砚池中的水冻成了坚冰，手指冻僵不能屈伸，我仍不曾放松抄书。抄录完后，赶快送还人家，不敢稍稍超过约定的期限。因此人家都愿意把书借给我，我也因此能够阅读各种各样的书。

成年之后，我更加仰慕圣贤的学说，又担心不能与学识渊博的老师和名人交往，曾奔赴百里之外，手持经书向同乡前辈求教。前辈德高望重，门人弟子挤满了他的房间，他的言辞和态度从未稍有委婉。我站着陪侍在他的左右，提出疑难，询问道理，低身侧耳向他请教；有时遭到他的训斥，表情更为恭敬，礼节更为周到，不敢答复一句话；等到他高兴时，再向他请教。所以我虽然愚钝，最终还是得到不少教益。

当我寻师时，背着书箱，拖着鞋子，行走在深山大谷之中，严冬寒风凛冽，大雪深达几尺，脚和皮肤受冻裂开都不知道。到学舍后，四肢僵硬不能动弹，仆人给我灌下热水，用被子围盖身上，过了很久才暖和过来。我住在旅店，旅店老板每天提供两顿饭，没有新鲜肥嫩的美味享受。同学舍的求学者都穿着锦绣衣服，戴着串有珠穗、饰有珍宝的帽子，腰间挂着白玉环，左边佩带着刀，右边备有香囊，光彩鲜明，如同神人；我穿着破旧的衣袍处于他们之间，却毫无羡慕的念头。因为我心中有足以使自己高兴的事，并不觉得吃穿不如人家。我的勤劳和艰辛大抵就是如此。

如今我虽已年老，没有什么成就，但所幸还得以置身于君子的行列中，承受着天子的恩宠荣耀，追随在公卿之后，每天陪侍着皇上，听候询问，四海之内的人有时也会不适当地称颂我的姓名。更何况才能超过我的人呢？他们的成就定还在我之上！

如今的学生们在太学中学习，朝廷每天供给膳食，父母每年都送来冬天的皮衣和夏天的葛衣，没有冻饿的忧虑了；坐在高大的房屋之下诵读《诗》《书》，没有奔走的劳苦了；有司业和博士当他们的老师，没有询问而得不到解答、求教而无所收获的了；凡是所应该具备的书籍，都集中在这里，不必再像我那样用手抄录，从别人处借来然后才能看到了。他们中如果学业有所不精通，品德有所未养成的，如果不是天赋、资质低下，就是用心不如我这样专一，难道可以说是别人的过错吗！

东阳马生君则，在太学已学习两年了，同辈人很称赞他的德行。我到京师朝见皇上时，马生以同乡晚辈的身份来拜见我，写了一封长信作为礼物，文辞顺畅通达，同他论辩，言语温和而态度谦恭。他说自己少年时对于学习很用心、刻苦，这可以称作善于学习的人了吧！他将要回家拜见父母，我特地将自己治学的艰难告诉他。如果说我勉励同乡努力学习，则是我的志意；如果诋毁我，说我夸耀自己际遇之好而在同乡前骄傲，难道是了解我吗？

## 送陈庭学序[①]

宋　濂

西南山水，惟川蜀最奇。然去中州万里，陆有剑阁、栈道之险[②]，水有瞿唐、滟滪之虞[③]。跨马行篁竹间，山高者累旬日不见其颠际。临上而俯视，绝壑万仞，杳莫测其所穷，肝胆为之掉栗。水行则江石悍利，波恶涡诡，舟一失势尺寸，辄糜碎土沉，下饱鱼鳖。其难至如此，故非仕有力者，不可以游；非材有文者，纵游无所得；非壮强者，多老死于其地。嗜奇之士恨焉。

天台[④]陈君庭学，能为诗，由中书左司掾屡从大将北征有劳[⑤]，擢四川都指挥司照磨[⑥]，由水道至成都。成都，川蜀之要地，杨子云、司马相如、诸葛武侯之所居[⑦]。英雄俊杰战攻驻守之迹，诗人文士游眺饮射、赋咏歌呼之所，庭学无不历览。既览必发为诗，以纪其景物时世之变，于是其诗益工。

越三年，以例自免归，会余于京师。其气愈充，其语愈壮，其志意愈高，盖得于山水之助者侈矣。余甚自愧。方余少时，尝有志于出游天下，顾以学未成而不暇。及年壮可出，而四方兵起[⑧]，无所投足。逮今圣主兴而宇内定，极海之际，合为一家，而余齿已加耄矣[⑨]。欲如庭学之游，尚可得乎？然吾闻古之贤士若颜回、原宪[⑩]，皆坐守陋室，蓬蒿没户，而志意常充然，有若囊括于天地者，此其故何也？得无有出于山水之外者乎？庭学其试归而求焉。苟有所得，则以告余，余将不一愧而已也。

## 注　释

①本文选自《宋文宪公全集》卷三。文章叙述蜀地山水之奇险，对陈庭学曾游历川蜀表示羡慕，同时又体现了一个长者对后辈语重心长的启发和诱导。

②剑阁：在四川省北部，剑门关矗立于县北，自古以"剑门天下险"闻名，为自秦入蜀的要道。栈道：又名"阁道"、"复道"等，古代在川、陕、甘、滇诸省境内峭岩陡壁上凿孔架桥连阁而成的一种道路。

③瞿唐：瞿塘峡，长江三峡之一，在重庆奉节县与巫山县之间，长八公里，江面最狭处仅百余米，江流湍急，山势险峻，号称"天堑"。滟滪：滟滪堆，俗称"燕窝石"，瞿塘峡口江心突起的礁石，旧时为长江三峡著名险滩。

④天台：县名，今属浙江省。

⑤中书左司掾（yuàn）：明初中书省左司的属官。中书左司领吏、户、礼三部，任监督稽核之责。从大将北征：明初为了统一北方，对付退居漠北的蒙元残余势力，屡遣大将如徐达、常遇春、李文忠、冯胜、邓愈、汤和等北征。陈庭学曾经从军。

⑥擢：升迁。都指挥司照磨：明代于每一行省设置都指挥使司，掌一省军政，照磨为其属官。

⑦杨子云：即扬雄，西汉文学家，字子云，蜀郡成都人。司马相如：西汉辞赋家，字长卿，蜀郡成都人。诸葛武侯：即诸葛亮，三国蜀汉丞相，封武乡侯，故称。

⑧四方兵起：指元末群雄并起。

⑨齿：指代年龄。耄（mào）：老。《礼记·曲礼上》："八十、九十曰耄。"

⑩颜回、原宪：都是孔子弟子。颜回：鲁人，字子渊，孔子称赞他说："贤哉回也！一箪食、一瓢饮，在陋巷，人不堪其忧，回也不改其乐。"原宪：字子思。《史记·仲尼弟子列传》："孔子卒，原宪遂亡在草泽中。子贡相卫，而结驷连骑，排藜藿入穷阎，过谢原宪。宪摄敝衣冠见子贡。子贡耻之，曰：'夫子岂病乎？'原宪曰：'吾闻之，无财者谓之贫，学道而不能行者谓之病。若宪，贫也，非病也。'子贡惭，不怿而去。"

## 译　文

西南一带的山水，唯川蜀一带最为奇特。但那里与中原相距万里之遥，陆路上有剑阁、栈道之类的险阻，水路上有瞿塘峡、滟滪滩之类的忧虑。骑着马行走，沿路层层竹林遮蔽高山，连续十来天，仰头看不到山顶；登上高处往下俯瞰，绝险的山谷有几万尺深，茫茫渺渺看不到谷底，令人惊恐万状，肝胆颤抖。乘船在水中行，江水悍猛，礁石尖利，波涛险恶，旋涡诡异，船只一旦稍微失去控制，偏离航道仅有尺寸大小，就被撞得粉碎像泥土般下沉，船中的人便喂饱了江中鱼鳖之腹。通往川蜀的道路艰难到这种地步，因此，不是做官出仕富有财力的人不能前往游历；不是天生富有文才的人，即使游览了也无所得；不是身壮体强的人，大多老死在那里。喜欢寻奇探胜的人因而心存憾恨。

天台名士陈庭学君，会写诗。他领中书左司掾之职，屡次随从大将北征，颇有功劳，升任四川都指挥司照磨，从水路到了成都。成都，是川蜀的要地，扬雄、司马相如、诸葛亮等名人生活过的地方。入川后，凡是英雄俊杰争战攻取、驻扎戍守的遗迹，诗人文士游览登临、饮酒射投、赋诗咏诗、歌唱呼啸的处所，庭学没有不去游历观览的。他既经游览，就必定写诗抒发感受，来记写那景物时世的变迁。于是他的诗歌愈加工妙。

过了三年，庭学依照惯例辞官归家，在京城和我相见。他的精神更加饱满，言谈越发宏壮，志向意趣愈加高远，这大概是因为在川蜀山水中得到了很多的助益吧。对此我感到很惭愧。我年轻的时候，曾经有出外游历天下的志愿，但是因为学业未成，没有空闲的时间。到了壮年可以出游时，四面八方战火纷飞，没有落脚的地方。及至当今，圣明的天子兴起而天下安定，远到海边，合为一家，而我年龄已经更加大了。想要再像庭学那样去游历，还能够实现吗？不过，我听说古代的贤士，如孔子的弟子颜回、原宪等，大多坐守乡间，甘居陋室，蓬蒿杂草遮没了门户，但他们的志向意趣却经常是很充沛的，好像他们的胸中存在足以包容天地万物的精神力量。这是什么原因呢？莫非有超出于山水之外的东西吗？希望庭学归去之后，尝试探求一番。如果有什么新的体会，就请把它告诉给我，我将不仅仅因为庭学曾经游历川蜀这一点而惭愧了。

## 尊卢沙[1]

宋　濂

秦有尊卢沙者，善夸谈，居之不疑。秦人笑之，尊卢沙曰：“勿予笑也，吾将说楚以王国之术。”翩翩然南。

迨[2]至楚境上，关吏絷[3]之。尊卢沙曰：“慎毋絷我，我来为楚王师。”关吏送诸朝。大夫置之馆，问曰：“先生不鄙夷敝邑[4]，不远千里，将康我楚邦。承颜色[5]日浅，未敢敷布腹心[6]。他不敢有请，姑闻师楚之意何如？”尊卢沙怒曰：“是非子所知！”大夫不得其情，进于上卿瑕[7]。瑕客之，问之如大夫。尊卢沙愈怒，欲辞去。瑕恐获罪于王，亟言之。

王趣[8]见，未至，使者四三往。及见，长揖不拜，呼楚王谓曰：“楚国东有吴越，西有秦，北有齐与晋，皆虎视不瞑[9]。臣近道出晋郊，闻晋约诸侯图楚，刑白牲[10]，列珠盘玉敦[11]，歃血[12]以盟曰：‘不祸楚国，无相见也！’且投璧祭河，欲渡。王尚得奠枕[13]而寝耶？”楚王起问计。尊卢沙指天曰：“使尊卢沙为卿，楚不强者，有如日[14]！”王曰：“然敢问何先？”尊卢沙曰：“是不可空言白也。”王曰：“然。”即命为卿。

居三月，无异者。已而晋侯帅诸侯之师至，王恐甚，召尊卢沙却之。尊卢沙瞠目视，不对。迫之言，乃曰：“晋师锐甚，为王上计，莫若割地与之平[15]耳。”王怒，囚之三年，劓[16]而纵之。

尊卢沙谓人曰：“吾今而后知夸谈足以贾祸[17]。”终身不言。欲言，扪鼻即止。

君子曰：“战国之时，士多大言无当，盖往往藉是以媒利禄[18]。尊卢沙，亦其一人也。使晋兵不即止，或可少售其妄，未久辄败，亦不幸矣哉！历考往事，矫虚以诳人，未有令[19]后者也。然则尊卢沙之劓，非不幸也，宜也。”

注　释

①本文又名《大言》，选自《宋文宪公全集》卷三十七《燕书四十首》。作者以寓言的形式表现了夸夸其谈者的危害以及轻信空谈大言者的后果。尊卢沙：虚构人名。

②迨：等到。

③絷（zhí）：拘禁。

④敝邑：古时谦称自己的国家。

⑤承颜色：客套话，指幸得见面。

⑥敷布：铺叙，吐露。腹心：实情，心里话。

⑦上卿：春秋时，周朝及诸侯国皆有卿，分为上、中、下三级，上卿最为尊贵。瑕：人名。

⑧趣：通“促”，催促。

⑨瞑：闭眼。

⑩刑白牲：宰杀白马，作为盟誓的牺牲。

⑪珠盘玉敦：用珠玉装饰的盘和敦。盘和敦都是古代盟誓时用的器具，以盘盛血，以敦盛食。

⑫歃（shà）血：古代会盟时，双方口含牲畜之血或以血涂口旁，表示信誓，称为歃血。

⑬奠枕：安枕。

⑭有如日：指着太阳发誓的话，以示诚信。

⑮平：讲和。
⑯劓（yì）：古代割掉鼻子的刑罚。
⑰贾（gǔ）祸：招祸。
⑱媒利禄：指作为获取利禄的媒介。
⑲令：好。

## 译 文

秦国有一个叫尊卢沙的人，喜欢夸夸其谈，并且自己对所说的大话还深信不疑。秦国人取笑他，尊卢沙说："不要嘲笑我，我将向楚王陈说统治国家的方法。"于是，飘飘然地去了南方的楚国。

尊卢沙到达楚国的边境，把守边关的官吏拘捕了他。尊卢沙说："当心！千万不要拘捕我，我是来当楚王老师的。"边关守吏就把他送往朝廷。大夫把他安置在馆舍里，问他说："先生不轻视我们这偏远的国家，不以千里为远，来扶助壮大我们楚国。有幸和您接触的时间还不长，不敢倾吐自己的心里话。其他事不敢多问，暂且想听听您打算如何做楚王的老师？"尊卢沙发怒说："这不是你所能知道的！"大夫打听不到尊卢沙的真实意图，就把他送到上卿瑕那里。瑕以宾客之礼接待他，也像大夫那样问他。尊卢沙更加恼怒，做出想告别离去的样子。瑕怕因此得罪了楚王，急忙去汇报。

楚王催促尊卢沙来见面，尊卢沙还没有到达，派去的使者已经去请了三四趟。等到见了楚王，尊卢沙只是拱手而不跪拜，冲着楚王说："楚国东面有吴国和越国，西面有秦国，北面有齐国和晋国，这些国家都虎视眈眈地窥伺着楚国。我最近路经晋国边境，听说晋国要约同其他诸侯国图谋进攻楚国，宰了白马，陈列着珠盘玉敦，嘴唇上涂着牲血，盟誓说：'不使楚国遭祸，誓不相见！'并把璧玉投入河中，以祭祀河神，将要渡河。楚王你还能安枕而睡吗？"楚王站起来询问对策。尊卢沙指着天立誓说："如果让我尊卢沙为卿，楚国不强盛的话，有这太阳来作证！"楚王说："不过冒昧请问，先生会先做哪一件事？"尊卢沙说："这是不可以空口白说的。"楚王说："对。"于是马上任命他为卿。

三个月后，楚国并没有什么异常情况发生。不久，晋侯率领各国诸侯的军队到达，楚王非常恐惧，召尊卢沙商量退敌之策，尊卢沙瞪大了眼睛，说不出话来。逼着他讲，他才说："晋国的军队锐勇无比，我认为对大王来说最好的办法，不如割地与晋国讲和。"楚王大怒，把尊卢沙关了三年，割掉他的鼻子才放了他。

尊卢沙对人说："我从今以后才知道说大话是足以招惹祸患的。"从此他终身不再讲话。想讲话时，一摸到被割的鼻子就止住了。

有才德的人说："战国时，读书人大多好说大话，不着边际，大概往往是想借助大话来谋取功名利禄。尊卢沙也是其中一个。如果晋国军队没有马上到来，他或许可以稍稍施展欺妄；而他没有多久就遭失败，这也是不幸的了。一一考察过去的事情，凡是弄虚作假欺骗人的，都没有好结局。这样看来，尊卢沙被割掉鼻子，不但不算不幸，而且还算幸运的。”

## 王冕传[①]

宋　濂

王冕者，诸暨[②]人，七八岁时，父命牧牛陇[③]上，窃入学舍听诸生诵书，听已，辄默记。暮归，忘其牛。或牵牛来责蹊[④]田，父怒，挞之。已而复如初。母曰：“儿痴如此，曷不听其所为？”冕因去，依僧寺以居。夜潜出，坐佛膝上，执策映长明灯读之[⑤]，琅琅[⑥]达旦。佛像多土偶，狞恶可怖，冕小儿恬[⑦]若不见。

安阳韩性[⑧]闻而异之，录为弟子，学遂为通儒。性卒，门人事冕如事性。时冕父已卒，即迎母入越城[⑨]就养。久之，母思还故里，冕买白牛，驾母车，自被古冠服随车后。乡里小儿竞遮道讪笑[⑩]，冕亦笑。

著作郎李孝光欲荐之为府史[⑪]，冕骂曰：“吾有田可耕，有书可读，肯朝夕抱案[⑫]立高庭下，备奴使哉？”每居小楼上，客至，僮入报，命之登，乃登。部使者[⑬]行郡，坐马上求见，拒之去。去不百武[⑭]，冕倚楼长啸，使者闻之惭。

冕屡应进士举，不中，叹曰：“此童子羞为者，吾可溺是哉？”竟弃去。买舟下东吴，渡大江，入淮、楚，历览名山川。或遇奇才侠客，谈古豪杰事，即呼酒共饮，慷慨悲吟，人斥为狂奴。北游燕都[⑮]，馆秘书卿泰不华[⑯]家。泰不华荐以馆职[⑰]，冕曰：“公诚愚人哉！不满十年，此中狐兔游[⑱]矣，何以禄仕为？”即日将南辕[⑲]，会其友武林卢生死滦阳[⑳]，唯两幼女、一童留燕，伥伥[㉑]无所依。冕知之，不远千里走滦阳，取生遗骨，且挈二女还生家。

冕既归越，复大言天下将乱。时海内无事，或斥冕为妄。冕曰：“妄人非我，谁当为妄哉？”乃携妻孥[㉒]隐于九里山。种豆三亩，粟倍之。树梅花千，桃杏居其半。芋一区[㉓]，薤、韭各百本[㉔]。引水为池，种鱼千余头。结茅庐三间，自题为梅花屋。尝仿《周礼》著书一卷，坐卧自随，秘不使人观，更深入寂辄挑灯朗讽[㉕]，既而抚卷曰：

"吾未即死，持此以遇明主，伊、吕事业不难致也[26]。"当风日佳时，操觚[27]赋诗，千百不休，皆鹏骞海怒[28]，读者毛发为耸。人至不为宾主礼，清谈竟日不倦。食至辄食，都不必辞谢。善画梅，不减杨补之[29]。求者肩背相望，以缯幅[30]短长为得米之差。人讥之，冕曰："吾藉是以养口体，岂好为人家作画师哉？"未几，汝颍兵起[31]，一如冕言。

皇帝取婺州[32]，将攻越，物色得冕，置幕府，授以咨议参军，一夕，以病死。冕状貌魁伟，美须髯[33]，磊落有大志，不得少试以死，君子惜之。

史官[34]曰："予受学城南时，见孟寀言越有狂生，当天大雪，赤足上潜岳峰，四顾大呼曰：'遍天地间皆白玉合成，使人心胆澄澈，便欲仙去。'及入城，戴大帽如筛，穿曳地袍，翩翩行，两袂轩翥[35]，哗笑溢市中。予甚疑其人，访识者问之，即冕也。冕真怪民哉！马不覂驾[36]，不足以见其奇才，冕亦类是夫！"

## 注　释

①本文选自《宋文宪公全集》卷二十七。作者笔下的王冕，勤学苦读，性格清高倨傲，超尘脱俗，形象鲜明生动，为后来《明史》所本。王冕：字元章，号煮石山农，浙江诸暨枫桥人，元末著名画家、诗人。他以画梅著称，尤工墨梅。诗多同情人民苦难、谴责豪门权贵、轻视功名利禄、描写田园隐逸生活之作。著有《竹斋集》。

②诸暨：今浙江绍兴诸暨市。

③陇：通"垄"，田埂。

④蹊：踩踏。

⑤策：通"册"，书册。长明灯：佛前昼夜长明的灯。

⑥琅琅：清朗响亮的读书声。

⑦恬：安然。

⑧韩性：字明善，浙江绍兴人，其先祖居安阳（今属河南），元代学者。

⑨越城：指今绍兴市。

⑩遮道：聚集于路旁。讪笑：嘲笑。

⑪李孝光：字季和，浙江温州乐清人，元代词作家。府史：府衙小吏。

⑫案：指文书档案。

⑬部使者：掌管监察地方的官员，权力较大。

⑭武：半步叫武。

⑮燕都：元朝都城大都，今北京市。

⑯泰不华：字兼善，伯牙吾台氏，原名达普化，元文宗赐名泰不华，官至礼部尚书，封魏国公。

⑰馆职：这里指在史馆供职。

⑱狐兔游：狐狸、野兔出没之所。指荒芜破败之地。王冕此话意指元朝不久就会灭亡，燕都将沦为一片废墟。王冕约在1347年北游，而元朝于1368年灭亡。

⑲南辕：车辕向南，即南归。

⑳武林：杭州的别称。滦阳：今河北迁安西北。

㉑伥伥：无所适从貌。

㉒妻孥：妻子和子女。

㉓一区：一块田地。

㉔薤（xiè）：百合科植物，鳞茎可作蔬菜。韭：韭菜。本：草木的根，此处作量词，棵。

㉕朗讽：高声朗读。

㉖伊、吕：指伊尹和吕尚，二者分别是商朝和周朝的开国重臣。

㉗操觚：执简写字，这里指拿起纸来。觚：古人书写时所用的木简。

㉘鹏骞海怒：大鹏高飞，怒海掀起波涛，比喻极有气势。

㉙杨补之：指宋代画家杨无咎，字补之，善画梅。

㉚缯幅：这里指画卷。

㉛汝颍兵起：指元末红巾军起义。汝颍：汝、颍两河流域。红巾军在颍上（今属安徽）发动起义。

㉜皇帝：指明太祖朱元璋。婺州：治所在今浙江金华。

㉝须髯：络腮胡子。

㉞史官：作者自称。

㉟轩翥（zhù）：飞举貌。

㊱覂（fěng）驾：翻覆车驾，指不受驾驭。

## 译　文

王冕，诸暨人，七八岁的时候，父亲叫他到田埂上放牛，他却偷偷溜进学舍去听学生们念书，听完后，就默默记住。有时晚上回家竟忘了牵牛。有时会有人牵着牛到王冕家，责备牛踩了他们的田，他的父亲很生气，就用棍子狠狠地抽打他。但挨打过后，王冕还是像往常一样。王冕的母亲说："儿子读书这样痴迷，为什么不让他去做自己喜欢的事呢？"王冕于是离开家，寄居在寺庙里。晚上他就偷偷出来，坐在佛像的大腿上，拿着书借着佛像前长明灯的灯光诵读，一直读到天亮。佛像大多是土造的，狰狞可怖，王冕虽然是小孩子，但他坦然面对，好像什么也没见到，一点也不怕。

安阳的韩性听说了，觉得他很奇异，便把他收作弟子，学习儒学，使他后来成为通晓儒学的人。韩性死后，他的门人对待王冕就像对待韩性一样尊重。当时王冕的父亲已经去世，他就把母亲接到越城奉养。时间长了，母亲因思念家乡而想要返回故里，王冕就买了头白牛，拖着母亲的车，自己穿戴旧的衣服帽子跟在车后。乡间的孩童争相观看，并嘲笑他，王冕也对他们笑。

著作郎李孝光想推荐王冕做府衙小吏，王冕骂道："我有田可以耕，有书可以读，难道还愿意整天抱着文卷站在官府里，供人奴役吗？"他常住在小楼上，有客人来了，门童入内报告，他要客人爬上去，客人才可以上去。部使者经过郡城，坐在马上要求见他，王冕拒绝了。部使者离开不到百步，他倚在楼上长啸，部使者听后很惭愧。

王冕多次参加进士考试，都没有考中，他叹道："这是小孩子都觉得羞愧的，我怎么可以沉溺其中呢？"于是放弃科举。王冕雇了艘船下东吴，渡过长江，进入淮、楚等地，游遍名山大川。有时遇到奇才侠客，谈及古时豪杰事迹，当即举杯共饮，吟诗抒发慷慨悲愤之情，别人骂他是狂奴。王冕往北游览燕都时，住在秘书卿泰不华家。泰不华推荐他在史馆供职，他说："你真是愚昧啊！不出十年，这里就变成狐狸、兔子出没的地方了，还当什么官？"那天王冕将要南归，碰上他的朋友武林人卢生死在滦阳，只剩两个幼女、一个书童留在燕都，茫然而无所依靠。王冕知道后，不远千里赶到滦阳，取回卢生的骸骨，并带两个幼女回到了卢生老家。

王冕回到越城后，再次宣称天下即将大乱。当时四海无事，有人斥责他狂妄。他说："我不狂妄，还有谁狂妄？"于是带妻儿隐居在九里山。种豆三亩，种粟六亩。种梅花千株，种桃杏五百株。还开垦了一块地种芋头，薤菜、韭菜各种了一百多棵。另外挖池引水，养了一千多条鱼。他搭了三间茅屋，自己题名为梅花屋。王冕曾经仿《周礼》写了一卷书，随时带在身上，不给别人看，到了夜深人静时，他就挑灯大声朗读，然后摸着书说："我只要不死，拿着这本书遇上明主，伊尹、吕尚那样的功业不难达成。"风和日丽时，他就拿起纸写诗，写上百首千首都不停，都是如大鹏高飞、怒海波涛般气势磅礴之作，让读的人激动得毛发耸立。如有客人来访，他也不必尽宾主之礼，聊一整天也不觉得累。有食物送来就吃，不必推辞。王冕擅长画梅，其艺术造诣不逊于杨补之。向他求画的人很多，他以画卷的长短决定需要对方用多少米来换。有人讥笑他以画换米，他说："我只不过是凭此养活自己，难道我喜欢为人家当画师吗？"没过多久，汝颍一带爆发反抗元王朝的起义，一如王冕所言。

朱元璋夺取婺州后，即将进攻越城，物色到了王冕，让他做了幕僚，任命他为咨议参军，谁知一晚之后王冕就病死了。王冕相貌魁伟，有美须髯，为人磊落有大志，但还没有稍微施展就死了，士人君子对此十分惋惜。

史官说："我在城南求学时，听孟冢说越城有个狂人，下大雪时赤脚上潜岳峰，朝四方观望，大呼道：'整个天地间都像是白玉合成的，使人心胆澄澈，真想成仙飞去！'等到进入城里，戴着一顶筛子那么大的帽子，穿着拖地的长袍，翩翩而行，两袖飞舞，满街都是哄笑声。我很怀疑是否有这个人，找到了一个认识他的人询问，原来就是王冕。他真是怪人啊！马不挣脱驾驭，不足以体现它的奇才，王冕也是这样啊！”

## 身有至宝[①]

宋　濂

西域贾胡有持宝来售，名曰瑊[②]者，其色正赤如朱樱，长寸者，直逾数十万。龙门子[③]问曰：“可乐饥[④]乎？”曰：“否。”“可已[⑤]疾乎？”曰：“否。”“能逐厉[⑥]乎？”曰：“否。”“能使人孝弟[⑦]乎？”曰：“否。”曰：“既无用如是，而价逾数十万何也？”曰：“以其险远，而获之艰深也。”

龙门子大笑而去，谓弟子郑渊曰：“古人有云：黄金虽重宝，生服之则死，粉之入目则眯[⑧]。宝之不涉于吾身者尚[⑨]矣。吾身有至宝[⑩]焉，其值不特数十万而已也。水不能濡[⑪]，风日不能飘炙[⑫]。用之则天下宁，不用则身独安，乃不知夙夜求之，而唯此为务，不亦舍至近而务至远耶！”

### 注　释

①本文选自《龙门子凝道记·先王枢》。此文以珠宝金玉为衬托，道出人的才能智慧、道德品格才是世界上最宝贵的。

②瑊（lán）：玉的色彩，这里指宝玉的名称。

③龙门子：虚构人物。

④乐饥：充饥。

⑤已：停止。这里指治愈。

⑥厉：灾祸。

⑦孝：指孝顺父母。弟：通“悌”，指敬爱兄长。

⑧眯：尘土入眼，丧失视力。

⑨尚：如此。

⑩至宝：这里当指人自身的美德。

⑪濡（rú）：沾湿，这里指淹没。

⑫飘炙：吹干，晒干。

### 译　文

西域有个胡商拿着一件宝玉来到中原售卖，这宝玉名叫瑊，颜色像樱桃一样鲜红，直径不过一寸，价值却过了数十万。龙门子问道：“这宝玉可以充饥吗？”回答说：“不能。”“可以治病吗？”“不能。”“能够驱灾免祸吗？”“不能。”“能够使人孝悌吗？”“不能。”龙门子说：“即然如此无用，为什么价值超过数十万呢？”胡商说：“因为它藏于遥远险峻的地方，是通过艰苦跋涉才获得的。”

龙门子大笑，然后离去，他对弟子郑渊说：“古人曾经讲过，黄金虽然贵重，但生吞下去人就会死，它的粉末进入人眼里人就会变瞎。宝物对我们自身没有好处到这种地步，那还要它干什么呢？其实，我们自身就有无价之宝，它的价值绝不止数十万。而且水不能淹没它，风吹日晒也不能损伤它。使用它就可使天下安宁，不用它也可以保全自身，不勤奋追求这样宝贵的东西，却为寻找珠玉钱财一类的宝物而忙碌奔波，这不是舍近求远吗？”

## 环翠亭记[1]

宋　濂

临川郡城之南有五峰，巍然耸起，如青芙蕖[2]，鲜靓可爱。其青云第一峰，雉堞[3]实绕乎峰上，旁支曼衍[4]，蛇幡磬折[5]。沿城直趋而西，如渴骥欲奔泉者，是为罗家之山。大姓许氏，世居其下。其居之后，有地数亩余。承平之时，有字仲孚者，尝承尊公[6]之命，植竹万竿，而构亭其中。当积雨初霁，晨光熹微，空明掩映，若青琉璃然。浮光闪彩，晶莹连娟[7]，扑人衣袂，皆成碧色。冲瀜[8]于北南，洋溢乎西东，莫不绀联绿涵[9]，无有亏欠。仲孚啸歌亭上，俨若经翠水之阳而待笙凤[10]之临也。虞文靖公[11]闻而乐之曰：“此足以抗清寥而冥尘襟[12]。”乃以“环翠”题其额。

至正壬辰之乱，烽火相连，非惟亭且毁，而万竹亦剪伐无余。过者为之弹指咏慨。及逢真人龙飞，六合载清。仲孚挈妻子自山中归，既完其阖庐[13]，复筑亭以还旧。贯而竹之，萌蘖[14]亦丛丛然，生三年而成林。州之寿陵与其有连者，咸诣大[15]仲孚，举觞次第为寿。且啃[16]曰：“江右多名宗右族，昔时甲第相望，而亭榭在在有之。占幽胜而挹爽垲[17]，非不美也。兵兴以来，有一偾[18]而不复者矣；有困心衡虑[19]仅脱于震凌者矣；有爬梳[20]不暇迁徙无宁居者矣。况所谓游观之所哉！是亭虽微，可以卜许氏之有后。足以克负先志，前承后引，盖未有涯也。”酒同酣，相与歌曰：“五山拔起兮青蕤蕤[21]，六千君子兮何师师[22]，凤毛褵褷兮啄其腴[23]，秋风吹翠兮实累累，邈千载兮动遐思。”歌已而退寿陵。

中有陈闻先生者，谓不可无以示后人。乃同仲孚来词林[24]，请予为之记。

呜呼！昔人有题名园记者，言亭榭之兴废，可以占时之盛衰。余初甚疑之，今征于仲孚，其言似不诬也。向者仲孚出入于兵车蹂践之间，朝兢暮惕，虽躯命不能自全。今得以安乎耕凿[25]，崇乎书诗。而于暇日，恰情景物之表，岂无其故哉？盖帝力如天，拨乱而反之，正四海、致太平，已十有余年矣。观仲孚熙熙以乐其生，则江右诸郡可知；江右诸郡如斯，则天下之广又从可知矣。是则斯亭之重构，非特为仲孚善继而喜，实可以卜世道之向。治三代[26]之盛，诚可期也。予虽不文，故乐为天下道之，非止记一事而已。

仲孚名仲丽，嗜学而好修，士大夫翕然[27]称之。

## 注释

①本文选自《宋文宪公全集》卷十六，是一篇应人而写之作。记述了一座园亭由兴到废、由废到兴的过程，赞扬了许氏一族生生不息的创业精神。作者把一座园亭的兴废与世道人心、国之盛衰联系起来，歌颂了明朝开国皇帝“正四海、致太平”的丰功伟绩，并对刚刚建立起来的明朝政权寄予深切的期望。

②芙蕖（qú）：即莲花。

③雉堞（zhì dié）：古代城墙上掩护守城之人所用的矮墙，也泛指城墙。

④曼衍：延伸，蔓延。

⑤蛇蟠：如蛇盘曲。蟠：通“蟠”。磬折：弯曲。

⑥尊公：对别人父亲的敬称。

⑦娟：美好。

⑧冲瀜：即沖瀜充盈弥漫貌。

⑨绀（gàn）：深青色。涵：包涵。

⑩笙凤：凤凰。这里化用箫史、弄玉的典故形容仲孚长啸竹林时的意境。《列仙传》记载，秦穆公之女弄玉嫁箫史，箫史每日教弄玉吹箫，声似凤鸣，后，凤凰来止其屋。数年后，夫妇皆随凤凰飞去。

⑪虞文靖公：指虞集，字伯生，元代著名学者。

⑫清寥：清幽静寂。冥：隔绝，消除。尘襟：世俗的胸襟。

⑬阓庐：住屋。

⑭萌蘖（méng niè）：萌发的新芽。

⑮大：或作“夫”。

⑯唶（jiè）：嗟叹。

⑰爽垲（kǎi）：高爽，干燥。

⑱偾（fèn）：毁坏。

⑲困心衡虑：心意困苦，思虑满胸。表示费尽心力。

⑳爬梳：整治繁乱而使之有条理。

㉑蕤（ruí）蕤：茂盛貌。

㉒师师：庄严恭敬貌。

㉓褵褷（lí shī）：羽毛初生时濡湿黏合貌。褵：通“离”。腴：腹下肉。

㉔词林：即翰林院。明洪武元年（1368）建翰林院于皇城内，门额为“词林”，遂有此称。宋濂时任翰林学士承旨，为翰林学士之长。

㉕耕凿：耕田凿井，泛指耕种，务农。

㉖三代：夏、商、周三个朝代的合称。

㉗龛然：一致貌。一说仲孚言论、行为一致。

## 译 文

临川县城的南面有五座山峰，巍然耸立，就像青色的荷花，鲜艳靓丽可爱。其中最高的一座山峰，高耸入云端，有矮墙盘绕其上，四处延伸蔓延，如蛇一般盘曲连绵。顺着临川县城一直向西走，就会看见形态好似饥渴的骏马想要奔向泉水的山，就是罗家山。大姓许氏，世代居住在此山下。许氏定居后，开垦了好几亩地。太平时世，许氏有一个字仲孚的人，曾经遵照父亲的吩咐，种植了万竿竹子，并且在竹林中建造了一座亭子。每当雨后初晴，早晨的阳光微明，空旷澄净，竹林掩映，好像青色琉璃瓦的样子。水珠闪烁七彩阳光，晶莹剔透，明媚柔美，好像要扑入人的衣衫，衣衫顿时都成碧绿色的了。水汽在四面八方充溢弥漫、流动，没有什么不披上青绿色的。仲孚在亭子里长啸吟咏，其声悠远，仿佛是在翠水岸边等待着笙凤的来临。虞文靖听说后把这当作一件乐事，说：“这足够让山林的清幽静寂扩大，并且使人的俗念泯灭。”于是在匾额上题名“环翠”。

至正十二年（1325），天下动乱，烽火不断，不但环翠亭被毁，连山下的万竿竹子也被砍伐得一竿不剩。经过此地的人都为它们存在的时间短暂而伤感不已。等到真龙天子出现，天下又恢复了清明。仲孚带着妻儿从深山中归来，在修好了房屋后，又修复亭子还原其旧貌。接着仲孚又在四周栽种竹子，竹子的枝芽也就丛生茂密了，三年后又生长成一片竹林。寿陵县中和仲孚有姻亲关系的人，都去拜访仲孚，举杯依次给他祝寿，并且感叹说：“江西有许多名门大族，昔日这些名门大族的府邸接连不断，亭台楼阁到处都是。他们的楼台占据幽静美好又高爽干燥的地方，风景没有不优美的。战乱以来，有些楼台一遭到毁坏就没有再修复了；有些楼台费尽心思修筑却只是从摇摇欲坠的破败中摆脱而已；有些楼台整修好了却没有时间搬迁过去或无法安居。更何况是所谓的可以供人游览观光的地方呢！这座亭子虽小，也可以用来赐予许氏后代。这样算得上是肩负起先祖的心意，继承前人的事业为后人引路了，功德是不可估量的。”酒饮得痛快之时，他们一起高歌道：“五山拔起兮青蕤蕤，六千君子兮何师师，凤毛褵褷兮啄其腴，秋风吹翠兮实累累，邈千载兮动遐思。”唱完后他们就返回寿陵去了。

这些人当中有一个叫陈闻的先生，他说，不能没有东西留给后人看，于是就和仲孚来到词林，请我为此写一篇记。

唉！前人也有给名园作题记的文章，说从亭台楼榭的兴起与废弃就可以预测时世的盛衰。我一开始很怀疑这种说法，现在在仲孚这里得到了验证，那些话似乎并不荒谬。从前仲孚处在战乱危局之中，从早到晚战战兢兢，时时警惕，连性命也不能保全。现在能够安心于耕作之事，推崇书诗。又能在空闲的日子里怡情于景物的美好，难道没有它的原因吗？因为皇帝威力如天，消除混乱局面而使天下恢复正常的秩序，如今天下太平已经有十几年了。看仲孚安乐地享受他的生活，那么江西各郡百姓的生活就可推知；江西各郡百姓的生活如此，那么天下广大地区百姓的生活就可推知。这样看来，这座亭子的重修，使我等不仅为仲孚能够继承祖业而高兴，更可借此看到世道盛衰的走向。像三代一样的和平昌盛，的确是可以期待的。我虽然不善于写文章，还是乐意为天下人说这件事，因为这并不只是记载一件事。

仲孚名仲丽，非常喜欢学习且有很好的修养，士大夫都一致称赞他。

## 良　桐[1]

刘　基

工之侨得良桐焉，斫[2]而为琴，弦而鼓之[3]，金声而玉应[4]，自以为天下之美也，献之太常[5]。使国工视之，曰：“弗古。”还之。

工之侨以归，谋诸漆工，作断纹[6]焉；又谋诸篆工，作古窾[7]焉；匣[8]而埋诸土。期年出之，抱以适市。贵人过而见之，易之以百金，献诸朝。乐官传视，皆曰：“希世[9]之珍也。”

工之侨闻之，叹曰：“悲哉世也！岂独一琴哉，莫不然矣。而不早图之，其与亡矣！”遂去，入于宕冥[10]之山，不知其所终。

### 作者简介

刘基（1311—1376），字伯温，浙江青田人，元末进士，曾任县丞、儒学提举等地方官职，后弃官隐居于青田山中。明太祖朱元璋用为谋臣，为明朝开国元勋，封诚意伯。后为宰相胡惟庸所谮，忧愤而死。著有《诚意伯文集》。

注　释

①本文选自《郁离子》。作者以虚构人物、借物为喻的手法，讽刺了好古、崇古，以致真假不辨的愚昧行径。

②斫：砍削、雕刻。这里指制作。

③弦：装上琴弦。鼓：弹。

④金声而玉应：发出金属一样的声音，又有玉石般的声音响应。

⑤太常：九卿之一，掌管朝廷宗庙祭礼的官。

⑥断纹：指古琴上断裂的纹路。《洞天清录》载：“古琴以断纹为证。不历数百年不断，愈久是断愈多。有梅花断，其纹如花，此为最古。有牛毛断，其纹如发。有蛇腹断，其纹横截琴面。有龙纹断，其纹圆大。”

⑦古窾：古代的款式，原指钟鼎彝器上铸刻的文字。窾：通“款”。

⑧匣：这里作动词，指用匣子装起来。

⑨希世：即稀世。

⑩宕冥：高远幽深貌。“宕冥之山”为作者虚拟的山名。

译　文

工之侨得到一块上好的桐木，就将它加工制作成一把琴，装上琴弦弹奏时，发出金、玉般和谐悦耳的声音，他认为这是天下最精美的琴了，于是把它献给了太常。太常让国内优秀的乐工来鉴定，乐工说：“这琴不古老。”太常于是把琴退还给了工之侨。

工之侨把琴带回家，跟漆工商议，在琴上漆出了残断的纹路；又找到篆刻工商议，让他把琴身刻成了古代的款式；然后用匣子装起来，埋在了土中。一年后工之侨把古琴挖出来，抱到市集上卖。一个有权势的人看到这把琴，用一百金买下了它，随后献给朝廷。主管礼乐的官员互相传看，都说：“这琴是世上少有的珍品啊！”

工之侨听说后，叹息道：“可悲的世俗啊！岂止对一把琴是这样呢？没有一件事不是如此啊。倘若不早点考虑这种情况，将会同这世道一起泯灭了！”于是他离开了尘世，进入了宕冥山，最后不知去向。

## 象　虎[1]

刘　基

楚人有患狐者，多方以捕之，弗获。或教之曰：“虎，山兽之雄也，天下之兽见之，咸詟[2]而亡其神，伏而俟命。”乃使作象虎，取虎皮蒙之，出于牖[3]下。狐入，遇焉，啼而踣[4]。

他日，豕暴于其田，乃使伏象虎，而使其子以戈掎诸衢[⑤]。田者呼，豕逸于莽[⑥]，遇象虎而反奔衢，获焉。楚人大喜，以象虎为可以皆服天下之兽矣。

于是，野有如马，被象虎以趋之。人或止之曰："是驳[⑦]也，真虎且不能当，往且败。"弗听。马雷响[⑧]而前，攫而噬之[⑨]，颅磔[⑩]而死。

## 注　释

①本文选自《郁离子》，又作《驳象于虎》。作者以寓言形式讽刺了经验主义者的无知以及做事不顾客观形势变化所带来的恶果。

②詟（zhé）：恐惧，害怕。

③牖（yǒu）：窗户。

④踣（bó）：倒毙。

⑤掎：牵制。这里指把守拦截。衢：大路。

⑥逸：逃跑。莽：草丛。

⑦驳：传说中的猛兽名。《尔雅·释兽》："驳如马，倨牙，食虎豹。"

⑧响：通"吼"。

⑨攫：用爪子抓取。噬：咬。

⑩磔（zhé）：裂开。

## 译　文

楚地有个人深受狐狸的扰害，想方设法来捕捉狐狸，都没能捉到。有人教他说："虎，是山兽之王，天下的野兽见了它，全都会吓掉魂，趴在地上等待命令。"于是他就做了一个假老虎，拿来虎皮蒙在外面，把它放在窗户下面。狐狸进入他家，看到假老虎，惊叫着倒毙在地。

有一天，有一头野猪出现在他的田里，他就让人把假老虎藏到田地草丛里，又让儿子拿着长戈在大路上准备拦截野猪。他带着一帮农夫大声吆喝，野猪于是往草丛中逃跑，遇到了假老虎，吓得回过身朝大路上奔去，他儿子就捉住了野猪。楚人非常高兴，认为假老虎可以降服天下的野兽。

后来，野地里出现一种野兽，样子有点像马，楚人披上假老虎就要跑过去。有人劝阻他说："这是驳呀，真的老虎尚且不能抵挡它，你去了必将遭难。"楚人不听。驳发出雷鸣般的吼叫，扑上前来抓住他就咬，楚人头颅破裂而死。

# 卖柑者言①

刘　基

杭有卖果者，善藏柑，涉寒暑不溃，出之烨然，玉质而金色。置于市，贾十倍，人争鬻之。

予贸得其一，剖之，如有烟扑口鼻，视其中，则干若败絮。予怪而问之曰：“若所市于人者，将以实笾豆②，奉祭祀、供宾客乎？将炫外以惑愚瞽③也？甚矣哉，为欺也！”

卖者笑曰：“吾业是有年矣，吾赖是以食④吾躯。吾售之，人取之，未尝有言，而独不足子所乎？世之为欺者不寡矣，而独我也乎？吾子未之思也。今夫佩虎符、坐皋比者⑤，洸洸乎干城之具也⑥，果能授孙、吴之略耶⑦？峨大冠、拖长绅者⑧，昂昂乎庙堂之器也⑨，果能建伊、皋之业耶⑩？盗起而不知御，民困而不知救，吏奸而不知禁，法斁⑪而不知理，坐糜廪粟而不知耻⑫。观其坐高堂，骑大马，醉醇醴而饫肥鲜者⑬，孰不巍巍乎可畏，赫赫乎可象也？又何往而不金玉其外，败絮其中也哉？今子是之不察，而以察吾柑！”

予默默无以应。退而思其言，类东方生⑭滑稽之流。岂其愤世疾邪者耶？而托于柑以讽耶？

注　释

①本文选自《诚意伯文集》卷七。文中以柑喻世，对统治阶级的达官贵人进行了辛辣的讽刺。所作时间当在元末。

②笾（biān）豆：古代祭祀时盛祭品用的两种器具。笾：竹制的食器。豆：木制、陶制或铜制的食器。

③瞽（gǔ）：瞎子。

④食（sì）：通“饲”，这里有供养、养活的意思。

⑤虎符：虎形的兵符，古代调兵用的凭证。皋比：虎皮，指武将的坐席。

⑥洸（guāng）洸：威武貌。干城之具：捍卫国家的将才。干：盾牌，这里指捍卫。干和城都用以防御。

⑦孙、吴：指孙武和吴起，皆为古代著名军事家。

⑧峨：高高地，指高戴。绅：古代士大夫束在外衣上的带子。

⑨昂昂：气宇轩昂貌。庙堂：指朝廷。

⑩伊、皋：指伊尹和皋陶，皆为古代著名政治家。

⑪斁（dù）：败坏。

⑫坐：身处高位，指那些身处高位却不干正事的人。糜：通“靡”，浪费。廪（lǐn）粟：国家发的俸米。

⑬醇醴（lǐ）：甘醇的美酒。饫（yù）：饱食。

⑭东方生：指东方朔，汉武帝时曾任太中大夫，性格诙谐，善于讽谏。

## 译 文

杭州有个卖水果的人，擅长贮藏柑橘，经历冬夏也不溃烂，拿出时还是光彩鲜明的样子，玉石一样的质地，金灿灿的颜色。放到市场上卖，价格高出普通柑橘十倍，人们还争相购买。

我买到了一个，切开它，像有股烟尘直扑口鼻，看那里面，干枯得像破败的棉絮。我感到奇怪，问他说：“你卖给别人的柑橘，是让人用来装满盛放祭品的容器，祭祀神灵、招待宾客的呢，还是让人炫耀它的外表来欺骗傻子和瞎子的？你这样的欺诈行为实在是太过分了！”

卖柑橘的人笑着说：“我从事这个行业已有好多年了，就是依靠这个养活自己。我卖它，别人买它，不曾有人说过什么，却唯独不能满足你的需要吗？世上做欺骗之事的人不少，难道只有我一个吗？你还没有好好考虑这个问题。现在那些佩戴虎形兵符、坐在虎皮上的人，威武的样子好像是捍卫国家的将才，他们果真拥有孙武、吴起的谋略吗？那些戴着高帽子，拖着长长带子的人，气宇轩昂的样子像是朝廷中有本事的人，他们果真能建立伊尹、皋陶那样的功业吗？盗贼四起却不懂得抵御，百姓困苦却不懂得救助，官吏狡诈却不懂得禁止，法度败坏却不懂得治理，身处高位浪费国家仓库里的粮食却不懂得羞耻。看看那些坐在高堂上，骑着大马，喝着美酒，吃着美食的人，哪一个不是威风凛凛、令人敬畏，显赫得引人们效仿？可是无论到哪里，又有谁不是外表如金似玉、内心破败得像破棉絮呢？现在你看不到这些现象，却只看到我的柑橘！”

我沉默着，没有话来回应。回来后我思考这位卖柑人的话，觉得他像是东方朔那样诙谐多讽、机智善辩的人。难道他是对世间邪恶现象激愤痛恨的人吗？他是假托柑橘来讽刺吗？

# 苦斋记[①]

刘 基

苦斋者，章溢[②]先生隐居之室也，室十有二楹[③]，覆之以茆[④]，在匡山之巅。匡山在处[⑤]之龙泉县西南二百里，剑溪之水出焉。山四面峭壁拔起，岩崿皆苍石，岸外而臼中[⑥]。其下惟白云，其上多北风。风从北来者，大率不能甘而善苦，故植物中之，其味皆苦，而物性之苦者亦乐生焉。

于是鲜支、黄蘗、苦楝、侧柏之木[7]，黄连、苦杕、亭历、苦参、钩夭之草[8]，地黄、游冬、葴、芑之菜[9]，槠、栎、草斗之实[10]，楛竹之笋[11]，莫不族布而罗生焉。野蜂巢其间，采花髓作蜜，味亦苦，山中方言谓之黄杜，初食颇苦难，久则弥觉其甘，能已积热，除烦渴之疾。其槚茶[12]亦苦于常茶。其洩水皆啮石出[13]，其源沸沸汩汩[14]，汫濙[15]曲折，注入大谷。其中多斑文小鱼，状如吹沙[16]，味苦而微辛，食之可以清酒。

山去人稍远，惟先生乐游，而从者多艰其昏晨之往来，故遂择其窊[17]而室焉。携童儿数人，启陨箨以藝粟菽[18]，茹啖其草木之荑实[19]。间则蹑屐登崖，倚修木而啸，或降而临清泠。樵歌出林，则拊[20]石而和之。人莫知其乐也。

先生之言曰："乐与苦，相为倚伏[21]者也，人知乐之为乐，而不知苦之为乐，人知乐其乐，而不知苦生于乐，则乐与苦相去能几何哉！今夫膏粱之子，燕坐于华堂之上，口不尝荼蓼之味[22]，身不历农亩之劳，寝必重褥，食必珍美，出入必舆隶[23]，是人之所谓乐也。一旦运穷福艾[24]，颠沛生于不测，而不知醉醇饫肥之肠，不可以实疏粝[25]，籍柔覆温之躯，不可以御蓬藋[26]，虽欲效野夫贱隶，跼[27]跳窜伏，偷性命于榛莽[28]而不可得。庸非昔日之乐，为今日之苦也耶？故孟子曰：'天之将降大任于是人也，必先苦其心志，劳其筋骨，饿其体肤[29]。'赵子曰：'良药苦口利于病，忠言逆耳利于行。'[30]彼之苦，吾之乐；而彼之乐，吾之苦也。吾闻井以甘竭[31]，李以苦存[32]，夫差以酣酒亡[33]，而勾践以尝胆兴[34]，无亦犹是也夫？"

刘子[35]闻而悟之，名其室曰苦斋，作《苦斋记》。

### 注　释

①本文选自《诚意伯文集》卷六，是一篇颇为别致的书斋记。作者围绕一个"苦"字，横说竖说，发人深省。文章说明了苦乐相倚伏的道理，苦中自有其乐，具有辨证的观点。

②章溢：字三益，号匡山居士，浙江龙泉人，元末明初高士。

③楹：这里指房间，屋一间为一楹。

④茆：通"茅"，茅草。

⑤处：指处州府，治所在浙江丽水。龙泉县属处州府管辖。

⑥岸外而臼中：谓其山四边高中间低。臼：舂米器具，中间凹下。

⑦鲜支：即栀子，常绿灌木。果实可入药，味苦。黄蘗（niè）：又名黄柏，落叶乔木，可作染料，又可供药用，味苦寒。苦楝（liàn）：又名黄楝，落叶乔木，可入药，味苦。侧柏：常绿乔木，可供药用，味苦涩。

⑧苦杕（dì）：草名，味苦。亭历：也作“葶苈”，草本植物，子可入药，味苦。苦参：多年生草本植物，根、实可入药，味苦。钩夭：又名钩芺、苦芺，菊科宿根草，味苦。

⑨地黄：多年生草本植物，可入药，味苦。游冬：菊科植物，一种苦菜。葴（zhēn）：即酸浆草，也叫“苦葴”。芑（qǐ）：一种苦菜。

⑩槠（zhū）：常绿乔木，种子可食。栎（lì）：落叶乔木，俗称柞栎或麻栎。草斗：栎树的果实。

⑪楛竹之笋：即苦竹笋。楛：这里通“苦”。

⑫檟（jiǎ）茶：苦茶树。

⑬啮：侵蚀。一说咬。一说缺口。

⑭沸沸：水腾涌貌。汩（gǔ）汩：水急流发出的响声。

⑮柢潏（jié mì）：水疾流貌。

⑯吹沙：鱼名。似鲫鱼而小，常张口吹沙，故名。

⑰窊（wā）：低洼地。

⑱启：开辟，扫除。陨箨（tuò）：落下的笋壳。蓺：种植。菽（shū）：豆类。

⑲茹啖：吃。荑：草木始生的芽。

⑳拊（fǔ）：击打。

㉑相为倚伏：互相依存。《老子》：“祸兮福所倚，福兮祸所伏。”

㉒荼：陆地上的苦菜。蓼（liǎo）：水生的有辛辣味的野菜。

㉓舆隶：古代把人分为十等，舆为第六等，隶为第七等。《左传·昭公七年》：“皂臣舆，舆臣隶。”这里指仆役。

㉔艾：尽，停止。

㉕疏粝：指粗劣的饭食。

㉖御：用。蓬藋（dí）：蓬蒿和藋草。

㉗跼（jú）：曲，屈。

㉘榛（zhēn）莽：指草木丛生的地方。

㉙“天之将降大任于是人也”四句：语见《孟子·告子下》。

㉚“赵子曰”三句：语见刘向《说苑·正谏》：“孔子曰：‘良药苦于口，利于病；忠言逆于耳，利于行。’”《孔子家语·六本》亦谓孔子语。本文作“赵子曰”，未知所本，或字有误。

㉛井以甘竭：《庄子·山木》：“直木先伐，甘井先竭。”

㉜李以苦存：《世说新语·雅量》：“王戎七岁，尝与诸小儿游，看道边李树多子折枝。诸儿竞走取之，唯戎不动。人问之，答曰：‘树在道边而多子，此必苦李。’取之信然。”

㉝夫差以酣酒亡：即春秋末期吴王夫差，曾大败越兵，使越王勾践屈服。后沉湎于酒色，为勾践所攻灭。

㉞勾践以尝胆兴：越王勾践为吴王夫差所败，后卧薪尝胆，图谋复仇，

终于攻灭吴国。

㉟刘子：作者自称。

## 译文

苦斋，是章溢先生隐居乡野时所居的房舍，有十二间屋子，用茅草覆盖，坐落在匡山的顶上。匡山在处州府的龙泉县城西南二百里，剑溪就从那里发源。匡山的四面，陡峭的山崖拔地而起，岩石都是青色的，外面高，中间低，像个臼。山的下面只见白云，山顶上常刮北风。风从北面刮来，大概不能使物甘甜而易于使物味苦，因此植物受北风吹刮，味道都是苦的，但物性苦的植物也乐于生长在这里。

于是，鲜支、黄蘗、苦楝、侧柏这类树木，黄连、苦杕、亭历、苦参、钩夭这类野草，地黄、游冬、葴、芑这类野菜，槠、栎、草斗这类果实，楛竹这类笋，无不成丛分布生长在这里。野蜂在它们中间筑巢，采集花粉酿蜜，所酿之蜜味道也是苦的，山中方言称它作“黄杜”，刚开始吃时极为苦涩，难以下咽，时间久了之后就越发觉得它甘甜，它能够消治积热，清除燥热心烦的病症。那里的槚树茶也比一般的茶要苦。那里的流水都是从石缝中冲刷而出，源流腾涌激荡，汩汩有声，水势湍急，弯弯曲曲，流入大山谷。水中有很多有花纹的小鱼，形状如同吹沙鱼，味道苦，而且有点辣味，吃它可以醒酒。

匡山距离人居住的地方较远，只有章溢先生喜欢去游玩，但跟随的人大多认为先生早去晚归太艰难，所以就选择匡山低洼的地方，在这里筑室定居。章溢先生带了几个童仆，清除脱落的笋壳，辟出空地来种植粟豆，吃那草木的嫩芽和果实。闲时就踏着木屐攀登山崖，靠着大树吟啸高歌，或者往下走来到清凉的溪水边。樵夫的歌声传出树林，他就击打着石头跟着唱起来。人们没有谁能理解他那种乐趣。

章溢先生说：“乐与苦，是互相依托转化的。人们只知道乐是乐，却不知道苦也是一种乐，人们只知道把自己的乐当作乐，却不知道苦是从乐中产生的，那么乐与苦之间，相距能有多远呢！如今那些富家子弟，安闲地坐在华丽的厅堂上，口没有尝过苦菜蓼辣的味道，身体没经历过农事的辛劳，睡觉必定要铺上双层的垫褥，吃饭必定是珍奇美味，出入必定是车马代步，仆役跟随，这就是世人所认为的乐。一旦运气穷尽，福泽停止，困顿的生活在意外的灾祸中降临，却不知那醉于醇酒、饱于肥肉的肚肠已不能填塞进粗劣的饭食，那垫惯了柔软的垫褥、盖惯了温暖的被子的身躯，已不能用蓬蒿、藿草来垫盖，这时即使想效仿山野的农夫、卑贱的仆役，慌慌张张地奔逃隐藏，在草木丛中苟且求生，也是做不到的。这样的话，岂不是从前的乐成了现在的苦了吗？所以孟子曰：‘上天将要把大任落在某人身上，一定先使他的内心痛苦，使他的筋骨劳累，使他的身体饥饿。’赵子说：‘良药使口苦却有利于治病，忠言不顺耳却有利于修养德行。’他们的所谓苦，正是我的乐；而他们的所谓乐，却正是我的苦啊。我听说井因为水甘甜而容易被汲干，李子因为味苦无人采摘而得以幸存，吴王夫差因为沉湎酒色而亡国，越王勾践因为尝胆知苦而兴国，不也如同这个道理吗？”

我听了这番话后，有所感悟，就把他的屋子取名为苦斋，并写了这篇《苦斋记》。

## 活水源记①

刘 基

灵峰之山，其上曰金鸡之峰②。其草多竹，其木多枫楮③，多松，其鸟多竹鸡④。其状如鸡而小，有文采，善鸣。寺⑤居山中，山四面环之。其前山曰陶山⑥，华阳外史弘景⑦之所隐居。其东南山曰日铸之峰⑧，欧冶子⑨之所铸剑也。寺之后，薄崖石有阁曰松风阁，奎上人⑩居之。

有泉焉，其始出石罅⑪，涓涓然冬温而夏寒。浸⑫为小渠，冬夏不枯，乃溢而西南流，乃伏行沙土中，旁出为四小池，东至山麓，潴⑬为大池，又东注于若耶之溪⑭，又东北入于湖⑮。其初为渠时，深不逾尺，而澄澈可鉴。俯视，则崖上松竹花木皆在水底。故秘书卿⑯白野公恒来游，终日坐水旁，名之曰活水源。其中有石蟹，大如钱，有小鲼鱼⑰，色正黑，居石穴中，有水鼠常来食之。其草多水松、菖蒲。有鸟大如鹳鹆⑱，黑色而赤觜⑲，恒鸣其上，其音如竹鸡而滑⑳。有二脊令㉑，恒从竹中下，立石上，浴饮毕，鸣而去。予早春来时方甚寒，诸水族皆隐不出。至是，悉出。又有虫四、五枚，皆大如小指，状如半莲子，终日旋转行水面，日照其背，色若紫水晶，不知其何虫也。

予既爱兹水之清，又爱其出之不穷，而能使群动咸来依，有君子之德焉。上人又曰：“属岁旱时，水所出，能溉田数十亩。”则其泽又能及物，宜乎白野公之深受之也。

注 释

①本文选自《诚意伯刘文成公文集》卷六。作者在元顺帝至正十五年

（1356）六月，从越城（今浙江绍兴市）经平水游览会稽山水，写了一组游记，本文就是其中之一。文章写得清新自然，富有生趣。

②金鸡之峰：金鸡峰，在会稽山上。

③槠（zhū）：一种常绿乔木。

④竹鸡：鸟名，形比鹧鸪小，好啼，喜居竹林，故名。

⑤寺：指灵峰寺。

⑥陶山：在今浙江瑞安市西三十五里，因陶弘景曾隐居于此，故名。

⑦华阳外史弘景：指南朝齐梁时的陶弘景，字通明，丹阳秣陵（今江苏南京南）人。曾为诸王侍读，奉朝请。永明中辞官，退隐于句容之句曲山（今江苏句容县），自号华阳隐居，为道教著作家、医药学家。

⑧日铸之峰：即日铸岭，在浙江绍兴市东南。

⑨欧冶子：春秋时冶金家，善铸剑。相传欧冶子应越王聘，铸湛庐、巨阙、胜邪、鱼肠、纯钧五剑。后又与干将为楚王铸龙渊、泰阿、工布三剑。

⑩上人：对僧人的敬称。

⑪罅（xià）：缝隙，裂缝。

⑫浸：渐渐地。

⑬潴（zhū）：水停积。

⑭若耶之溪：即若耶溪，在浙江绍兴市南，在若耶山下。相传西施曾浣纱于此，故又名浣纱溪。

⑮湖：指浙江绍兴会稽山北麓的镜湖。

⑯秘书卿：秘书监的长官。

⑰鲼鱼：即“鲫鱼”。

⑱鸜鹆（qú yù）：也作“鸲鹆”，即八哥。

⑲觜：通“嘴”。

⑳滑：流利。

㉑脊令：即鹡鸰鸟。

## 译文

灵峰山，山上有金鸡峰。峰上的草大多是竹子，树木大多是枫树、槠树和松树，鸟类大多是竹鸡。竹鸡的形状像鸡但比鸡小，身上有花纹色彩，喜欢鸣叫。有座寺庙坐落在山中，四面环山。寺前面的山叫作陶山，曾是华阳外史陶弘景隐居的地方。寺东南面的山叫作日铸峰，曾是欧冶子铸剑的地方。寺的后面临近崖石的地方有座楼阁叫作松风阁，奎上人住在里面。

有泉水在此，泉水开始从石头缝里流出来，细细地流淌，冬天温暖，夏天冰凉。流成一个小渠，冬夏季节都不干涸。小渠水满之后向西南流去，贴着沙土前行，旁边形成四个小池塘，向东流直到山脚下，水聚集成大池塘，又向东灌注到若耶溪中，向东北进入镜湖。刚形成小渠时，水深不到一尺，而且清澈得可照人，俯视泉水，则崖石上的松竹花草都在水底清晰可见。所以秘书卿白野公经常来游玩，整天坐在水旁，给这泉水起名叫作活水源。泉水中产石蟹，铜钱大小，也有小鲫鱼，颜色纯黑，生活在石头洞穴里，水鼠经常来吃它们。水里的草大多是水松、菖蒲。这里有种鸟和八哥差不多大，黑毛红嘴，经常在水上鸣叫，叫声和竹鸡差不多但比竹鸡滑润。有两只鹡鸰鸟，经常从竹林中出来，站在石头上，洗浴饮水后，就鸣叫着飞走了。我早春来到这里，当时天气还很寒冷，各类水族动物都隐藏不出，到现在才全部出现。又有四五条虫子，都如小手指般大小，形状好像半莲子，整天在水面上旋转着前进，太阳照在它们的背上，就像紫水晶，不知是什么虫。

我既喜欢这里泉水的清澈，又喜欢它的源源不断，还能使各种动物来依附它，具有君子的品德。奎上人又说："当遇到旱季时，所出泉水能灌溉好几十亩田地。"那么它的恩泽又能遍及万物，白野公深切喜爱它是应该的啊。

## 志杀虎[①]

苏伯衡

余至高溪之七日，有虎夜逾某子甲垣攫其豕[②]，豕呷然作声，甲意穿窬[③]也，亟举火烛之，不见豕，而见虎迹焉。黎明，与二弟俱蹑虎迹觅豕，行至黄土陇，见两虎丛薄[④]中，呼曰："虎在此！虎在此！乡党乡里，幸与我共杀之。不者，不惟吾豕被其攫，诸公家之豕亦恐不免；不惟豕不免害，且恐及人。"

于是环高溪一聚，壮者操刀与梃[⑤]，弱者声铜铁器[⑥]往助甲。虎见从前，且行且咆哮作声威，冀以惧众。众不为惧，益鼓噪环之[⑦]。虎乃跃而起，甲之长弟遽挥梃擿[⑧]虎，虎怒爪之，其右股被创。甲之幼弟奋戈刺之，自喁贯胁[⑨]，一虎随毙。其一犹咆哮作噬人状，然声战栗仅若牛鸣。众知其无能也，直前刺之，于是两虎俱毙。刳其腹，豕固在也。

虎于毛虫中最暴戾，人闻谈虎，且犹胆掉畏之，而况敢攖[⑩]之乎！使其据深山大谷，虽日攫麋鹿雉兔以自肥，孰得而毙之哉！顾恃其暴戾，纵逐逐[⑪]之欲，入墟市[⑫]攫人畜而弗忌，得一豕竟殒其命，悲夫！

世人自谓威权足赖而贪欲无顾忌者，其亦知所鉴也乎！

**作者简介**

苏伯衡（约1360年在世），字平仲，浙江金华人，元末贡于乡，博洽群籍，为古文有声。明太祖辟礼贤馆，苏伯衡亦被延致。后任国子学录，升学正。被荐，得召见，授翰林编修，乞省亲归。宋濂致仕，荐伯衡自代。复以疾辞。后聘主会试，为处州教授，坐笺表误下吏死。著有《苏平仲文集》。

## 注　释

①本文节选自《苏平仲文集》卷一。作者以亲历之杀虎见闻，警示“威权足赖而贪欲无顾忌者”，如若一意孤行，必然是同样的下场。“志”，就是“记”。

②甲：人名。攫（jué）：抓取。

③穿窬（yú）：穿壁翻墙的盗贼。

④丛薄：草木丛生的地方。

⑤梃（tǐng）：棍棒。

⑥声铜铁器：指击打铜铁器发出声响，即敲锣打鼓。

⑦鼓噪：指鸣鼓喧哗呐喊。环：包围。

⑧擿（tì）：挑。这里指击打。

⑨喁（yóng）：鱼嘴露出水面咂动的样子，这里指虎口。胁：胸肋的部位。

⑩撄（yīng）：触犯。

⑪逐逐：急于得利貌。

⑫墟市：农村市集。

## 译　文

我到高溪的第七天，有老虎在夜里翻过一户名叫甲的村民家的院墙，抓取他家的猪，猪发出咿咿的声音，甲以为是翻墙的盗贼，赶忙点燃烛火出去察看，发现猪已经不见了，只看见老虎的足迹。天亮时，甲和两个弟弟一起沿着老虎的足迹寻找猪，走到黄土陇时，发现两只老虎伏在草丛中，他们赶紧大喊：“这里有老虎！这里有老虎！各位邻居乡亲们，快来帮我们杀死它们。不然的话，不单是我家的猪被抓，你们家的猪也不能幸免啊；不仅猪不能幸免，恐怕它们还会伤人！”

于是高溪附近的村民迅速聚到了一起，年富力壮的人拿起刀和木棒，年老体弱的敲锣打鼓前去为甲助威。老虎看见面前出现这么多人，边走边咆哮，显示其声势威风，想凭此吓退众人。然而众人并不害怕，呐喊着步步逼近，将两只老虎包围。老虎跳跃而起想要伤人，甲的长弟迅速挥起木棒击打老虎，老虎发怒，用爪子抓他，伤了他的右大腿。甲的幼弟见此，立即操起戈去刺虎，戈直刺虎口，贯穿其胸肋，这只老虎当即毙命。另一只老虎还在咆哮，做出想要咬人的样子，然而它的叫声明显战栗，仅仅如牛鸣一般。众人知道老虎已经没什么能耐了，便冲上前去刺杀，于是两只老虎都死了。剖开老虎的肚子，猪还在其中。

老虎在野兽中属于最暴戾凶猛的了，人们谈到老虎都会胆战心惊，十分害怕，哪里还敢去跟它搏斗？如果老虎处于深山大谷之中，即使每日猎取麋鹿、野鸡、野兔等享用，又有谁会去杀它呢？可这两只老虎，仗恃自己暴戾凶猛，放纵自己的欲望，毫无顾忌进入农村集市去抓取人养的牲畜，结果抓到了一只猪，却也因此丧了命，这不是很悲哀吗？

世人中那些自以为威权足以仗恃，贪求利益而无所顾忌的豪强统治者们，他们如不知收敛，那两只老虎的下场就是他们的前车之鉴！

## 送虚白上人序[①]

高　启

余始不欲与佛者游，尝读东坡所作《勤[②]上人诗序》，见其称勤之贤曰：“使勤得列于士大夫之间，必不负欧阳公[③]。”余于是悲士大夫之风坏已久，而喜佛者之有可与游者。

去年春，余客居城西，读书之暇，因往云岩[④]诸峰间，求所谓可与游者，而得虚白上人焉。

虚白形癯[⑤]而神清，居众中不妄言笑。余始识于剑池[⑥]之上，固心已贤之[⑦]矣。入其室，无一物，弊箦折铛[⑧]，尘埃萧然[⑨]。寒不暖，衣一衲[⑩]，饥不饱，粥一盂，而逍遥徜徉，若有余乐者。间出所为诗，则又纡徐怡愉[⑪]，无急迫穷苦之态，正与其人类。

方春二三月时，云岩之游者盛，巨官要人，车马相属。主者撞钟集众，送迎唯谨，虚白方闭户寂坐如不闻；及余至，则曳败履起从，指幽导胜于长林绝壁之下，日入而后已。余益贤虚白，为之太息而有感焉。近世之士大夫，趋于途者骈然[⑫]，议于庐者欢然，莫不恶约而愿盈[⑬]，迭夸而交诋，使虚白袭冠带以齿其列，有肯为之者乎？或以虚白佛者也，佛之道贵静而无私，其能是亦宜耳！余曰：今之佛者无呶呶[⑭]焉肆荒唐之言者乎？无逐逐焉从造请之役者乎？无高屋广厦以居美衣丰食以养者乎？然则虚白之贤不惟过吾徒，又能过其徒矣。余是以乐与之游而不知厌也。

今年秋，虚白将东游，来请一言以为赠。余以虚白非有求于世者，岂欲余张之哉？故书所感者如此，一以风[⑮]乎人，一以省于己，使无或有愧于虚白者而已。

## 作者简介

高启（1336—1374），字季迪，江苏苏州人。少警敏博学，元末，张士诚据吴，高启隐居吴淞江之青丘，自号青丘子，与杨基、张羽、徐贲被称“吴中四杰”。明洪武二年（1369），受诏入朝修《元史》，授翰林院国史编修官，复命教授诸王。次年擢户部右侍郎，自陈年少不敢当重任，求辞官，遂放归田里，以教书为业。苏州知府魏观于张士诚宫室旧址改建府治，高启为其作《上梁文》。魏观被告发下狱，株连高启，被腰斩。著有《高青丘集》。

## 注释

①本文选自《高青丘集·凫藻集》卷三，是给虚白上人的赠序。作者在文中一方面赞颂了虚白上人高洁的品格，另一方面也是“悲士大夫之风坏已久”，籍以针砭时弊。上人：对僧人的尊称。

②勤：即惠勤，杭州僧人，善诗，苏轼曾与其交游。

③欧阳公：即北宋欧阳修，为一时文坛领袖，以善举贤才著称。

④云岩：指苏州虎丘山，山上有云岩寺。

⑤癯（qú）：瘦。

⑥剑池：在虎丘山上。

⑦贤之：认为其贤德。

⑧弊箦（zé）：破旧的竹席。折铛（chēng）：断了腿的锅。

⑨萧然：萧条冷落貌。

⑩衲：僧衣。

⑪纡（yū）徐：从容舒缓貌。怡愉：喜悦，和悦。

⑫骈然：接连貌。

⑬约：穷困。盈：富足。

⑭呶（náo）呶：唠唠叨叨貌。

⑮风：通“讽”，讽劝。

## 译文

我最初不愿意跟佛教徒交往，曾经读苏东坡写的《勤上人诗序》，见他称赞惠勤的贤明，说：“假如他能够列于士大夫之中，积极追求功名，一定不会辜负欧阳公。”我于是悲叹士大夫的风气已经败坏很久，对有值得与之交往的佛教徒这件事感到高兴。

去年春天，我寄居在苏州城西，读书之余，就到虎丘山的云岩寺，寻找所谓值得与之交往的僧人，因而在那里遇见了虚白上人。

虚白形体消瘦，心神清朗，在众人之中不苟言笑。我最初在虎丘山的剑池边认识了他，当时就在心里坚定地认为他是位贤人。进入他住的房间，没有一件多余的东西，只有破旧的竹席、断了腿的锅，异常简陋冷清。他天冷也不求穿得暖和，只穿一件僧衣，饿了也不求吃饱，只喝一碗稀粥，却优游自得，安闲自在，快乐得很。有时候拿出他写的诗来看，他的诗写得文辞委婉舒缓，表达出和悦愉快的心情，丝毫没有紧迫的不如意不得志的情感，正和他这个人相似。

正当春天二三月的时候，云岩寺里游人众多，达官贵人，车马相连。寺中住持敲钟集合众僧送往迎来，唯恐招待不周，虚白则关起门静坐像没听到一样。等我们到了，他就穿着破鞋子起身陪着我们，在长林绝壁之下给我们介绍这里的幽胜景观，一直到太阳下山才结束。我越发认为虚白是位贤士，为他叹息，不胜感慨。现在的士大夫们，在路上追逐利益的接连不断，在家里谈论利益时兴高采烈，无不厌恶贫困而希望财富充盈，他们聚在一起，不是轮流夸耀，就是相互诋毁。如果让虚白上人穿戴上冠袍，与他们同列，那么虚白上人肯做那些士大夫所做的事吗？有人也许会认为，虚白是个佛教徒，而佛道是崇尚清静无私的，他这样做是很适宜的。可我却要说，现今的佛教徒，难道就没有唠唠叨叨放纵地说着荒唐话的吗？难道就没有忙忙碌碌登门拜访巴结权贵的吗？难道就没有住着高高的阁楼享用着美衣丰食的吗？这样看来，虚白的贤能不只是超过我们这些人，也超过那些人了。所以我很乐意跟他交往并且从不感到满足。

今年秋天，虚白将到东边游历，请我为他写些话作为赠序。虚白不是对世人有所求的人，哪里是想让我去宣扬他的名声呢？所以我写下这样的感想，一方面用来讽劝世人，一方面用来反省自己，以让自己无愧于虚白上人罢了。

## 书博鸡者事[①]

高　启

博鸡者，袁[②]人，素无赖，不事产业，日抱鸡呼少年博市中。任气好斗，诸为里侠者皆下之[③]。

元至正间，袁有守多惠政，民甚爱之。部使者[④]臧，新贵，将按[⑤]郡至袁。守自负年德，易[⑥]之，闻其至，笑曰："臧氏之子也。"或以告臧。臧怒，欲中守法[⑦]。会袁有豪民尝受守杖，知使者意嗛[⑧]守，即诬守纳己赇[⑨]。使者遂逮守，胁服，夺其官。袁人大愤，然未有以报也。

一日，博鸡者遨于市。众知有为，因让之曰："若素名勇，徒能凌藉贫孱者耳[10]！彼豪民恃其资，诬去贤使君[11]，袁人失父母。若诚丈夫，不能为使君一奋臂耶？”博鸡者曰：“诺。”即入闾左[12]，呼子弟素健者，得数十人，遮豪民于道。豪民方华衣乘马，从群奴而驰。博鸡者直前捽[13]下，提殴之。奴惊，各亡去。乃褫[14]豪民衣自衣，复自策其马，麾[15]众拥豪民马前，反接[16]，徇诸市[17]。使自呼曰：“为民诬太守者视此！”一步一呼，不呼则杖，其背尽创。

豪民子闻难，鸠宗族童奴百许人[18]，欲要篡[19]以归。博鸡者逆谓曰：“若欲死而[20]父，即前斗。否则阖门[21]善俟。吾行市毕，即归若父，无恙也。”豪民子惧遂杖杀其父，不敢动，稍敛众以去。袁人相聚从观，欢动一城。郡录事[22]骇之，驰白府。府佐快其所为[23]，阴纵之不问。日暮，至豪民第门，捽使跪，数之曰：“若为民不自谨，冒使君，杖汝，法也。敢用是为怨望，又投间蔑污使君，使罢。汝罪宜死，今姑贷汝。后不善自改，且复妄言，我当焚汝庐、戕汝家矣！”豪民气尽，以额叩地，谢不敢。乃释之。

博鸡者因告众曰：“是足以报使君未耶？”众曰：“若所为诚快，然使君冤未白，犹无益也。”博鸡者曰：“然。”即连楮[24]为巨幅，广二丈，大书一“屈”字，以两竿夹揭之，走诉行御史台[25]。台臣弗为理。乃与其徒日张“屈”字游金陵市中。台臣惭，追受其牒[26]，为复守官而黜臧使者。方是时，博鸡者以义闻东南。

高子[27]曰：余在史馆，闻翰林天台陶先生言博鸡者之事[28]。观袁守虽得民，然自喜轻上，其祸非外至也。臧使者枉用三尺[29]，以仇一言之憾[30]，固贼鳌[31]之士哉！第[32]为上者不能察，使匹夫攘袂群起，以伸其愤，识者固知元政紊弛[33]，而变兴自下之渐矣。

注　释

①本文选自《高青丘集·凫藻集》卷五。文中记载了一位博鸡者为被诬陷者打抱不平并同群众一起斗争终于获胜的事迹，歌颂了博鸡者不畏强横、不畏权势、敢于斗争的侠义精神，反映了当时社会的黑暗。博鸡：斗鸡赌输赢。

②袁：袁州，地名，治所在今江西宜春县。

③里：乡里，当地。下：佩服，退让。

④部使者：负责巡察地方州郡的官员，权力较大。

⑤按：巡视，巡察。

⑥易：轻视，瞧不起。

⑦中守法：即“以法中守”，利用法律中伤陷害太守。

⑧嗛（xián）：用嘴含。这里指怀恨。

⑨赇（qiú）：贿赂。
⑩凌藉：欺凌，践踏。贫孱（chán）：贫穷弱小。
⑪使君：即太守。
⑫闾左：古代二十五家为一闾，贫者居于闾左，富者居于闾右。
⑬捽（zuó）：揪。
⑭褫（chǐ）：剥夺。
⑮麾：指挥。
⑯反接：双手反绑。
⑰徇诸市：指游街示众。
⑱鸠（jiū）：聚集。童：未成年的仆人。
⑲要（yāo）篡：拦路抢夺。
⑳而：通“尔”。
㉑阖门：关上门。
㉒郡录事：州郡地方上掌管文书的官吏。
㉓府佐：府一级官员的副职。快：觉得痛快。
㉔楮（chǔ）：纸。楮是树，其树皮纤维可造纸，所以古人称纸为楮。
㉕行御史台：设在地区的执行御史台职责的官署。御史台是中央监察机关。大德元年（1297），金陵（今南京）被定为江南诸道行御史台，设官品秩同内台，掌监察江浙、江西、湖广三省。
㉖追：事后补行。牒：公文。这里指状纸。
㉗高子：作者自称。
㉘翰林：官名，明代在科举考试中选拔一部分人入翰林院为翰林官。明代的翰林院是掌管修史、著作、图书等事的官署，史馆就并在其中。天台：今浙江天台。
㉙三尺：指剑。这里指权力。
㉚仇：报复。憾：怨恨。
㉛贼鳌：不正派，凶残。鳌：通“戾”。
㉜第：但。
㉝紊（wěn）弛：混乱、松弛。

## 译　文

博鸡者是袁州人，一向游手好闲，不从事劳动生产，每天抱着鸡召唤一帮年轻人，在街市上斗鸡赌输赢。他任性放纵，喜欢与人争斗。许多乡里的侠义好汉都很佩服他，并服从于他。

元朝至正年间，袁州太守多行惠政，深得百姓爱戴。当时有位姓臧的部使者，是新得势的权贵，他巡察各州郡，将要到袁州来。太守自负年高德重，看不起这位部使者，听说他到了，笑着说：“这是臧家的小子啊。”有人把这话告诉了部使者。部使者大怒，想利用法律来陷害太守。正巧袁州有一个土豪，曾经受过太守的杖刑，他得知姓臧的部使者心里怀恨太守，就诬陷太守接受过自己的贿赂。部使者于是逮捕了太守，威逼其认罪，并革除了太守的官职。袁州人非常愤慨，但也没有什么办法来对付他。

一日，博鸡者在街市上游荡。众人知道他有能力有作为，因而责备他说："你向来以勇敢出名，但只能欺压贫弱的人罢了。那些土豪仗恃钱财，诬陷贤能的太守，使他被革职，让袁州人失去了父母官。你果真是男子汉大丈夫的话，就不能为太守出一把力吗？"博鸡者说："好。"他随即到贫民聚居的地方，召来一批向来勇健的小兄弟，共有几十个人，在路上拦住那个土豪。土豪正穿着一身华丽的衣服，骑着马，后面跟随了一群奴仆，奔驰而来。博鸡者径直上前，把土豪揪下马，提起来就打。奴仆们惊恐万分，各自逃去。博鸡者于是剥下土豪的衣服，自己穿着，鞭打土豪的马，自己骑在马上，又指挥众子弟簇拥着土豪走在马的前面，把他的双手反绑着，游街示众。还命令土豪自己大声叫道："做老百姓的要诬陷太守，就看看我的样子！"走一步叫一声，不叫就用杖打，打得土豪背上全都是伤。

土豪的儿子听说有此祸殃，就聚集了同宗本家的奴仆一百人左右，想拦路夺回他的父亲。博鸡者迎面走上去说："如果想要你父亲死，那就上前来斗。否则就关起门来在家里好好等着。我游街结束，就归还你的父亲，保证他不会有性命之忧。"土豪的儿子害怕博鸡者会用棍杖打死父亲，不敢动手，就匆匆招拢了奴仆们离去。袁州的百姓聚集在一起追随观看，欢呼声震动了整个袁州城。郡录事听说此事后非常恐惧，骑马奔往州府衙门禀告。府佐对博鸡者的所作所为心感痛快，暗中放任他，并不过问。天黑时，博鸡者和游街队伍来到土豪家门口，揪着他命他跪下，列数他的罪状，说："你做老百姓，自己行为不检点，冒犯了太守，太守对你处以杖刑，这是遵照刑法的规定。你竟敢因此怀恨在心，还趁机诬陷太守，使他被罢了官。你罪行当死，现在姑且饶恕你。今后你若不好好改过自新，再胡言乱语，我就烧掉你的房屋，杀掉你的全家！"土豪完全没了以往的气焰，用额头碰地，承认自己有罪，表示再不敢了。博鸡者这才放了他。

博鸡者于是对众人说："这样是否足够报答太守了呢？"众人说："你的所作所为确实令人痛快，但是太守的冤屈还没得以伸雪，还是没有用。"博鸡者说："对。"他随即用纸连成一个巨幅，宽有二丈，大写了一个"屈"字，用二根竹竿夹举起来，到行御史台去诉讼。行御史台的官吏不受理。于是他便和一帮小兄弟，每天张着这个"屈"字游行于金陵城中。行御史台的官吏感到惭愧，追受了他们的状纸，恢复了太守的官职，罢免了姓臧的部使者。当时，博鸡者由于侠义行为闻名于东南一方。

高启说：我在史馆，听翰林官天台人陶先生说起博鸡者的事。据我来看，袁州太守虽得民心，但是沾沾自喜，轻视上级，他的遭祸不是外来原因造成的。姓臧的部使者，滥用法律权力，来报一句话引起的怨恨，本来就是一个凶残的人！但做上级的人不能察明下情，才致使百姓捋起袖子，一起奋起，发泄自己的愤慨。有见识的人原本就知道元代的政治混乱松弛，变乱的源头已经从下面慢慢形成了。

## 游天平山记[1]

高　启

至正二十二年九月九日，积霖既霁[2]，灏气澄肃[3]。予与同志之友以登高之盟不可寒也，乃治馔载醪[4]，相与诣天平山而游焉。

山距城西南水行三十里。至则舍舟就舆，经平林浅坞[5]间，道旁竹石蒙翳[6]，有泉伏不见，作泠泠琴筑声[7]。予欣然停舆听，久之而去。至白云寺[8]，谒魏公祠，憩远公庵，然后由其麓狙杙[9]以上。山多怪石，若卧若立，若搏若噬，蟠拏撑拄[10]，不可名状。复有泉出乱石间，曰白云泉，线脉萦络[11]，下坠于沼，举瓢酌尝，味极甘冷。泉上有亭，名与泉同。草木秀润，可荫可息。过此，则峰回磴[12]盘，十步一折，委曲而上，至于龙门[13]。两崖并峙，若合而通，窄险深黑，过者侧足。又其上有石屋二，大可坐十人，小可坐六七人，皆石穴，空洞，广石覆之如屋。既入，则凛然[14]若将压者，遂相引以去。至此，盖始及山之半矣。

乃复离朋散伍，竞逐幽胜，登者，止者，哦[15]者，啸者，惫而喘者，恐而咷[16]者，怡然若有乐者，怅然俯仰感慨若有悲者：虽所遇不同，然莫不皆有得也。

予居前，益上，觉石益怪，径益狭，山之景益奇，而人之力亦益以惫矣。顾后者不予继，乃独褰裳奋武[17]，穷山之高而止焉。其上始平旷，坦石为地，拂石以坐，则见山之云浮浮[18]，天之风飕飕[19]，太湖之水渺乎其悠悠。予超乎若举，泊乎若休，然后知山之不负于兹游也。既而欲下，失其故路，树隐石蔽，愈索愈迷，遂困于荒茅丛筱[20]之间。时日欲暮，大风忽来，洞谷谽呀[21]，鸟兽鸣吼。予心恐，俯下疾呼，有樵者闻之，遂相导以出，至白云亭，复与同游者会。众莫不尤[22]予好奇之过，而予亦笑其恇怯颓败[23]，不能得兹山之绝胜也。

于是采菊泛酒，乐饮将半，予起，言于众曰："今天下板荡[24]，十年之间，诸侯不能保其国，大夫不能保其家，奔走离散于四方者多矣。而我与诸君蒙在上者之力，得安于田里，抚佳节之临，登名山以眺望，举觞一醉岂易得哉！然恐盛衰之不常，离合之难保也，请书之于石，明年将复，使得有所考焉。”众曰：“诺！”遂书以为记。

## 注 释

①本文选自《高青丘集·凫藻集》卷一，是一篇重阳登游之作，作者在纪游之余抒发了对时局的感慨。天平山：山名，在苏州境内。

②积霖：连绵不停的雨。霁：雨停止。

③灏（hào）气：弥漫于天地之间的大气。澄肃：澄澈肃清。

④醪（láo）：酒。

⑤坞：四面高中间低的谷地，这里指山坞。

⑥蒙翳：遮蔽。

⑦泠泠：清越。筑：古代一种打击的弦乐器。

⑧白云寺：在天平山南麓。

⑨狙杙（jū yì）：像猕猴攀登小木桩一样。杙：系猴的木桩。

⑩蟠（pán）：盘曲。拏（ná）：牵引。撑拄：支撑。

⑪线脉萦络：形容泉水细小如线如脉，攀缠在一起。

⑫磴：山路上的石阶。

⑬龙门：为登山要道。其地两岩壁立对峙，中通一小径，仅容一人侧身而过，称为龙门，又名一线天。

⑭凛然：寒凉。

⑮哦（é）：吟哦。

⑯咷（táo）：号哭。

⑰蹇裳：提起衣裳。武：半步，泛指脚步。

⑱浮浮：流动飘荡貌。

⑲飕飕：或作“飂飂（liáo）”，指风声。

⑳筱（xiǎo）：小竹子。

㉑谽（hān）呀：山谷空阔貌。

㉒尤：责怪。

㉓恇（kuāng）怯：懦弱，胆小。颓败：衰败。

㉔板荡：《板》《荡》皆为《诗经·大雅》篇名，都是写周厉王无道的诗，后因称政局混乱为“板荡”。

## 译 文

元至正二十二年（1362）九月九日，久雨初晴，天高气爽。我和一群志同道合的朋友因为登高之约不能背弃的缘故，备好饭菜酒食，结伴去天平山游玩。

天平山距离城西南从水路走有三十里。我们到达后就弃船乘车舆，经过平旷的树林和山坞，路边有竹石遮蔽，有泉水藏而不见，只听见类似琴筑发出的清越之声。我高兴地停下车听，很久都不愿离去。到了白云寺，我们拜谒魏公祠，在远公庵稍事休憩，然后由这里的山脚像猕猴攀登小木桩一样攀登而上。山上有很多怪石，有的像躺着，有的像站着，有的像要抓人，有的像要咬人，如龙盘曲搏持，如柱撑天而立，无法一一描绘形容。又有泉水从乱石间冒出，叫白云泉，泉水细小如线如脉，向下流入水潭中，用瓢舀来尝尝，那味道极是甘甜清冽。泉水上有个亭子，名字与泉水相同。泉边草木秀丽润泽，遮盖成荫可供休憩。过了这里，则峰回路转，登山的石道盘绕，十步一折，蜿蜒曲折而上，一直到龙门。两面山崖壁立对峙，中通一小径，窄小险峻幽深黑暗，仅容一人侧身而过。山崖上有两间石屋，大的可坐十人，小的可坐六七人，都是空旷的石洞穴，有大石覆盖在上面使得石洞像个屋子一样。进入石洞，寒冷森然好像会被压在里面一样，于是大家互相招呼着离开了。到这里大概才到山的一半呢。

于是又解散队伍分头游览，竞相追逐幽胜之景，继续登山的，停下来休息的，吟哦感叹的，放声长啸的，疲惫喘气的，惊恐而哭的，怡然而自得其乐的，俯仰之间怅然感慨像有所悲伤的：虽然所遇到的看到的不一样，但无不有所收获。

我走在最前面，越往上，越觉得岩石更怪，路更窄，山的景色更奇，而人也更疲惫了。回头看后面的人跟不上我了，就独自提起衣裳奋步攀登，上到山的最高处才停下来。到此处地势才平坦宽旷，我坐在平坦拂净的岩石上，只看见山顶白云流动飘荡，自然之风吹拂有声，太湖的水渺远悠然。我超脱得就像要飞起来，恬静得像要睡着了，然后觉得这山没有辜负我此次游览。接着想要下山，却发现找不到上山时的路了，树隐石蔽，越找越迷，终被困在荒草乱竹之间。这时天将黑了，大风忽起，洞穴深谷空阔回响，鸟兽鸣吼。我心里恐惧，俯身向下大呼，有樵夫听到，终于引导我走出，到了白云亭，与同游的人会合。众人没有不指责我追逐奇景之过错的，而我也笑他们怯懦，不能看到这山中绝美的风景。

于是采来菊花在水边痛饮重阳的美酒，酒饮到一半时，我站起来，对众人说："现在天下混乱，十年中，诸侯不能保住自己的封地，大夫不能保住自己的家族，在四面八方奔走离散的人很多啊。而我与诸君承蒙皇恩，得以安居田里，在重阳佳节之际，登上名山眺望，举杯痛饮尽兴，难道这是易得的吗？但是我担心盛衰无常，离合难保，请允许我把今天的游历记在石上，明年再来，能有所考证啊。"众人说："好！"于是写下今天的事作为记载。

# 试笔说①

方孝孺

吾居乎乡，客遗善笔二。其一于友人，而用其一。锐而端，圆而劲，以摹画咸与心称。爱之不忍妄用，遇佳纸墨、洎②文辞则以书，书毕涤而藏之。恣意率手有所作，则用其次者。是以虽甚久而犹新焉。

他日，友人至。问其所得，则曰："敝而弃之矣。"诘③其用，则纪④钱粟货利卑猥事，不稍惜，视之与里巷所为偏攲软恶者等⑤，不知其为美也。吾闻而叹之。友人曰："子何叹之细⑥也？以余用斯笔也而违其任，余则有过矣。虽然，世之用人者得无有甚于余之用笔者乎？笔易为也，美者易得也，用久必敝，固其职也。今夫所谓贤士君子者，天之生也难，生而不夭死、不疾病、获全其美也，尤难。然而用之者不任之以立政教、修纪法、居庙朝⑦、治海内，而卑位冗职⑧是命，一不快于意，不待其敝而弃之。且加不胜之法焉者亦众矣。不彼之叹而于笔焉，惜是尚为知⑨类也哉？"吾愧乎其言，谓之曰："笔吾所任也，故吾知爱而叹之。任人非吾事也，吾其敢僭⑩而叹乎？若姑修其可任者以待人之任已，何暇乎世之叹而吾之疑邪？"

## 作者简介

方孝孺（1357—1402），字希直，一字希古，号逊志，浙江宁海人，因在汉中府任教授时蜀献王赐名其读书处为"正学"，亦称"正学先生"，明朝大臣、学者。宋濂弟子。洪武二十五年（1392）任汉中府教授，建文帝即位，召为翰林侍讲，次年迁侍讲学士，参与机务，并为《太祖实录》等书总裁。燕王朱棣起兵时，声讨燕王的诏书都出自他手。建文四年（1402），燕王入南京，他被执下狱。燕王即位，命他起草诏书，他坚决抗命，被处以磔刑，并连其亲友学生870余人全部遇害，成为中国历史上唯一一个被"诛十族"的人。永乐中禁其遗文，藏其文者死，幸其门人藏其遗稿。今存《逊志斋集》系后人辑录。

## 注　释

①本文选自《逊志斋集》卷七。文章以小见大，由好笔之遭遇发散，抨击了人才不被当政者爱惜的普遍现象，用意深沉。

②洎（jì）：浸润。这里指润色。

③诘：追问。

④纪：记。

⑤欹（yī）：不正，斜。软恶：指对恶势力服软。

⑥细：指细小的事。

⑦庙朝：朝廷。

⑧冗（rǒng）职：闲散的官职。

⑨知：通“智”，明智。

⑩僭（jiàn）：超越本分。

## 译文

我居住在乡里时，有客人送我两支好笔，我把其中一支送给了朋友，另一支自己用。此笔笔锋锐尖，笔管端直，写出的字圆润而遒劲，用来临摹绘画都能称心如意。我爱惜它，舍不得随便使用，遇到有好的纸墨，或是要为文章润色时，才用它书写，书写完毕就洗干净藏起来。随意得来的纸墨，或信手而写文章，就用次一等的笔书写。所以这支笔虽然用了很久却还像新的一样。

一天，朋友来了。我问起送他的那支笔，他回答说：“已经破旧丢掉了。”问他是怎么用的，原来他用那支笔来书写钱粮账目等细微低下之事，没有丝毫爱惜，对待那支笔就像对待街巷里的不良之徒一样，不知它的美好。我听后扼腕叹息。朋友问道：“你为何为这种小事叹息呢？我用这种笔写无关紧要的事，违背了它真正的作用，我是有过错的。虽然如此，世上任用人才者的过错恐怕远超过我用这支笔吧？笔容易制作，好笔也容易得到，用久以后必然破败，这是由它的用途决定的。如今那些所谓的贤士君子，上天造就一个也困难，生下来后不夭折、不生病、尽善尽美的，尤其难。然而那些任用他们的人不让他们制定法令教化制度、修订国家的纲纪法律、在朝廷做官、治理天下，却任命他们担任低微闲散的职务，稍不满意，不待他们衰老就弃而不用。而贤才被加以不能胜任之职的情况也有很多。你不感叹那些事，却为这支笔感叹，这种惋惜态度还能算是明白事理的人吗？”我为他的话感到羞愧，对他说：“笔是我能使用的，我知道爱惜它并为它感叹。而任用人才不是我的分内事，我哪里敢越职去感叹呢？你姑且努力做好你能胜任的工作来等待别人任用自己，哪里还有闲暇顾及世人感叹和我的困惑啊？”

# 越 巫[1]

方孝孺

越巫自诡[2]善驱鬼物，人病，立坛场，鸣角振铃，跳掷叫呼，为胡旋舞禳之[3]。病幸已，馔酒食持其资去[4]，死则诿[5]以他故，终不自信其术之妄。恒夸人曰："我善治鬼，鬼莫敢我抗。"

恶少年愠其诞，瞯[6]其夜归，分五六人栖道旁木上，相去各里所，候巫过下，砂石击之。巫以为真鬼也，即旋而角，且角且走，心大骇，首岑岑[7]加重，行不知足所在。稍前，骇颇定，木间砂乱下如初，又旋而角，角不能成音，走愈急。复至前，复如初，手栗气慑[8]不能角，角坠振其铃，既而铃坠，唯大叫以行。行闻履声及叶鸣谷响，亦皆以为鬼，号求救于人甚哀。夜半抵家，大哭叩门，其妻问故，舌缩不能言，唯指床曰："亟扶我寝！我遇鬼，今死矣！"扶至床，胆裂死，肤色如蓝[9]。巫至死不知其非鬼。

注 释

①本文选自《逊志斋集》卷六。此文写越巫装神弄鬼，自欺欺人，最后自食恶果，作者借此以讽世。

②诡：欺诈，说假话。

③胡旋舞：唐代盛行的舞蹈，由西域传入。禳（ráng）：驱除灾祸。

④馔（zhuàn）：食物。这里指吃。资：钱财。

⑤诿（wěi）：推诿，推卸责任。

⑥瞯（jiàn）：窥视，这里指探听。

⑦岑岑：胀痛貌。

⑧气慑：因恐惧而呼吸屏塞。

⑨蓝：蓝草，可提取靛蓝的植物。

译 文

越地有个巫师谎称自己善于驱除鬼怪，有人生病，他设立法坛，吹号角，摇铜铃，蹦跳腾跃，大声呼叫，好像跳胡旋舞那样来作法驱鬼。病人侥幸有了好转，他就吃喝一番，拿了人家的财物离去；如果病人病死，他就用别的理由来推托，终归不让人相信自己法术的虚妄。他经常向人夸耀说："我善于惩处鬼怪，鬼怪不敢与我对抗。"

有一个喜欢恶作剧的少年恼怒越巫的荒诞虚伪，探听好他夜里回家的时间地点，约了五六个人分别躲在路旁的树上，相距各一里左右，等越巫经过树下，便用沙子石块投击他。巫师以为真的是鬼，马上拿出身边的号角，边吹边跑，心里十分害怕，脑袋胀痛得越来越厉害，走路也不知道自己的脚踏在什么地方。稍微往前跑了一段路，惊慌略微安定了一点，树上的沙石又像刚才那样乱掷下来，他再次拿出号角来吹，却慌得吹不出声音，于是更着急地往前跑。到了前边，还是像刚才一样。他害怕得两手发抖、呼吸屏塞，再也拿不住号角，号角掉了他就摇动铜铃，一会儿连铜铃也掉了，只好大声喊叫着往前狂奔。一路上听到脚步声和树叶摇动、山谷回响的声音，他都以为是鬼，高声向人呼喊求救，声调极其哀伤。半夜到家，越巫大哭着敲门，妻子问他原因，他已恐惧得舌头僵缩，说不出话来，只是指着床说："快扶我躺下！我碰到了鬼，要死了！"越巫的妻子扶他上床，越巫终于胆吓破而死，皮肤是蓝草一般的颜色。越巫直到死也不知道用沙石掷他的是人而不是鬼。

## 吴士[①]

方孝孺

吴士好夸言，自高其能，谓举世莫及。尤善谈兵，谈必推孙、吴。

遇元季[②]乱，张士诚称王姑苏[③]，与国朝[④]争雄，兵未决。士谒士诚曰："吾观今天下形势莫便于姑苏，粟帛莫富于姑苏，甲兵莫利于姑苏，然而不霸者，将劣也。今大夫之将皆任贱丈夫，夫战而不知兵，此鼠斗耳！王果能将吾，中原可得，于胜小敌何有！"士诚以为然，俾为将，听自募兵，戒司粟吏勿与较赢缩[⑤]。士尝游钱塘[⑥]，与无赖儒人[⑦]交，遂募兵于钱塘，无赖士皆起从之，得官者数十人，月靡粟万计。日相与讲击刺坐作之法[⑧]，暇则斩牲具酒燕饮，其所募士实未尝能将兵也。李曹公[⑨]破钱塘，士及麾下遁去，不敢少格[⑩]，搜得缚至辕门诛之，垂死犹曰："吾善孙吴法。"

右[⑪]《越巫》《吴士》二篇，余见世人之好诞者死于诞，好夸者死于夸，而终身不知其非者众矣，岂不惑哉！游吴越间，客谈二事类之，书以为世戒。

注　释

①本文选自《逊志斋集》卷六，与《越巫》为姊妹篇，既作于一时，题旨亦近似。此文写吴士之夸夸其谈、自高其能而至死不悟，以诫后世之"好

诞”、“好夸”者。

②季：最末。

③张士诚：原名张九四，元末江浙一带的义军领袖与地方割据势力之一。出身盐贩。至正十三年（1353）起兵谋反，次年踞高邮称诚王。至正十六年（1356）定都平江（今江苏苏州），次年降元，至正二十七年（1367），朱元璋破平江，张士诚被擒，自缢而死。姑苏：即今江苏苏州。

④国朝：指明朝。

⑤赢缩：盈亏。这里指多少。

⑥钱塘：今浙江杭州。

⑦懦人：犹言“懦夫”，畏怯软弱的人。

⑧击刺、坐作：皆是古代训练士卒的科目。坐作：指卧倒起立。

⑨李曹公：指李文忠，朱元璋姐姐之子，以战功官至大都督府左都督，封曹国公。

⑩格：抗拒。

⑪右：这里指“以上”。

## 译　文

吴地有个读书人喜欢夸夸其谈，自以为才能很高，号称当世谁也比不上自己。他尤其善于谈论兵法，每次谈论必定提及孙武、吴起。

元朝末年，天下大乱，张士诚在姑苏称王，与本朝争夺天下，战事还未决出胜负。那读书人拜见张士诚，说：“我看当今天下形势没有比姑苏更便利的了，物产没有比姑苏更富庶的了，武器士兵也没有比姑苏更精锐的了。但是之所以不能称霸天下，是因为将领太无能了。现在大王的将领都由那些浅陋的人担任，指挥作战而不知兵法，这简直是鼠类相斗！大王若真能拜我为将军，中原唾手可得，至于战胜那些小敌就更不在话下了。”张士诚相信了他说的话，拜他为将军，听任他自行招募兵士，并告诫管理钱粮军需的官员不要计较他支取的多少。那读书人曾游历过钱塘，与钱塘的一些无才能而又怯懦的人有交往，于是到钱塘去招募兵士，那些浪荡市井的人都去投靠他，他选拔了几十个人给予官职，每月花费的军饷以万石来计数。他们每天聚坐一堂相互谈论行军作战的兵法，余下的时间就杀牛宰羊大摆酒宴，那些招募来的人其实并没有带兵作战的能力。曹国公李文忠攻占钱塘以后，那读书人及部下都逃跑离去，不敢稍作抵挡，后来被搜索捕获，捆绑到辕门诛杀，临死前还在说：“我熟读孙、吴兵法。”

上面是《越巫》《吴士》二篇，我见世上之人喜欢虚妄的死于虚妄，喜欢吹嘘的死于吹嘘，而终其一生不知道自己毛病的人实在太多了，这怎能不让人感到困惑呢！在吴、越游历时，有客人谈起这两件事，我于是把它们归为一类，写出来作为人们的戒鉴。

# 答许廷慎书[①]

方孝孺

往在京师[②]，士人从濠[③]上来者，多能诵足下歌诗，固已窥见胸中之一二。去年在临海[④]，遇林左民、张廷壁二子，问足下言行滋详[⑤]。二子自负为奇才，至说足下，辄弛然自愧，以为莫及也，然后益信所窥之不妄。近在王修德所，得所录文章数篇及手书，深欲读之，会仆家难作[⑥]，未果寓目[⑦]，辄引去。重入京师，道途所行千余里，恒往来于怀。及到此，获《岁寒事记》[⑧]于友人家，览数行而大惊喜，命意持论，卓卓不苟[⑨]，非流俗人所敢望也。何足下取于天之厚至是耶？

斯文世以为细事，然最似为天所靳惜[⑩]。其赋于人也，铢施两较[⑪]，不肯多与。得之稍多者，便若为所记忆，时时迫蹙[⑫]督责，不使有斯须佚乐意[⑬]。此理绝不可晓，岂其可重者果在此耶？不然，何独忌此而悦彼耶？如仆自揣[⑭]，百无所有，以粗识数字，大为所困。当危忧兢悚时，自誓欲以所能归诸造物，甘为庸人而不可得。足下幸安适无所苦，而骎骎焉欲抉发奇秘[⑮]，以与造化争也，然其取忌亦太甚矣。得微亦蹈其所忌乎？仆虽为斯文喜，然窃以为非计之得也。虽然，君子顾于道如何耳，宁论利害哉？自古奇人伟士，不屈折于忧患，则不足以成其学。载籍所该[⑯]，太半皆不得意者之辞也，然后世卒光明崇大，又安知忌之于一时者，非所以为无穷之幸？而悦之于俄顷者，非甚弃之耶？此可为足下道，聊以发笑，且自解耳。

左民多称王微仲之贤，恨无由见之。适见其弟晃仲，亦雅士，当是吾辈之秀，大不凡也。仆侍祖母故来此，其详有所难言。

注　释

①本文选自《逊志斋集》卷十一，是方孝孺给许廷慎的信，信中娓娓而谈，真切坦诚，除称赞许廷慎的人品外，还倾吐了对社会人生的积郁，其愤激不平之心，寓于婉转醇厚的文字中。许廷慎：名伯旅，浙江台州黄岩人。明初曾官刑科给事中。工诗文，著有《介石集》。

②京师：指明代初年的都城南京。

③濠：水名，在今安徽凤阳县境内。

④临海：今浙江临海市。

⑤滋详：更加详细。

⑥家难作：指作者父亲方克勤被冤杀事。方克勤，字去矜，曾任济宁知府，有政绩。后被属吏诬陷，贬谪到江浦，被冤死。

⑦寓目：过目，这里指阅读。

⑧《岁寒事记》：许廷慎的作品。

⑨卓卓：高超出众。不苟：谨慎，不马虎。

⑩靳（jìn）惜：吝惜。

⑪铢施两较：犹言斤斤计较。铢：重量单位，二十四铢为一两。

⑫迫蹙：催逼，催促。

⑬斯须：一会儿，片刻。佚乐意：闲适快乐的心情。

⑭仆：作者自称。自揣：自我揣度。

⑮骎（qīn）骎：急迫貌。抉发：发掘。

⑯载籍所该：书籍中所记载的。该：备。

## 译 文

我从前在京师时，从濠上来的读书人，大多能吟诵您的诗歌，我由此得以稍微了解您的才华和志向。去年在临海时，遇到林左民、张廷壁，我向他们询问关于您的详细事迹。他二人向来自负才华出众，但说到您时，则神色肃然，自愧不如，这让我更加相信之前对您的了解是正确的。近日在王修德家中，看到他抄录的您的数篇文章和您的一些手稿，我很想静下心来好好拜读，但不幸我家中发生变故，没能好好阅读就离开了。我再次前往京师，一路行程千余里，未能读到您的文章的遗憾一直在我心中徘徊。等到了此处，在友人家获得您的大作《岁寒事记》，看了数行后，我大为惊喜，您的立意持论，卓越超群，谨慎严密，不是一般人所能企及的。我不禁感叹，为什么您得到上天如此的厚待呢？

文章之事在世人看来只是小事，然而似乎老天对此最为吝惜。老天给予人文学天赋时，锱铢必较，一点都不肯多给。得天赋稍多者，就像是被老天惦记一般，时时受其催促督责，不能有丝毫闲适快乐的心情。这道理实在让人难以理解，难道文人值得被推重的只有天赋吗？可如果不是这样的话，为何老天总是忌恨有天赋的人而让无才无德之人安逸富贵呢？而我自我揣度，一无所有，只是粗识数字而已，却大受困厄。每当危难忧患、惊慌恐惧之时，我都发誓想把老天赋予我的天赋全归还了，甘愿做一个普通人，然而却不能。您天赋极高，所幸生活安逸并无苦难，孜孜不倦地研究学问，写作文章，与老天相抗争，然而您这样也招到了太多小人的忌恨。稍微取得一些成就，便会招来忌恨，做学问也太难了。我虽然为您能写出好文章而高兴，但私下以为您这样不是明智之举。虽然如此，真正的君子在意的只是如何履行大道，哪里还在乎什么利害得失？自古以来的奇人伟士，不屈折于忧患，就不能成就他的学问。如今书籍中所记载的诗文，大多是人生不得意者所作，他们生时受尽困厄，死后却受到推崇，享受荣光。如此看来，又如何知道有些人一时受忌恨不是他们将来的大幸，而有些人一时得志不是老天对他们的抛弃呢？我这些话只是跟您说说，聊以发笑，姑且用来自我安慰罢了。

林左民经常称赞王微仲贤能，我只恨没有机会见到他。这次恰好遇到他的弟弟晃仲，也是一位雅士，是吾辈中的杰出人物，才华着实不凡。我因为侍奉祖母来到这里，我的详细遭遇一时难言。

## 溪渔子传[①]

方孝孺

溪渔子，金陵江宁[②]人。少脱略[③]不拘，与群儿嬉遨，辄处其上，而什伍[④]部署之，令之曰“之左”，则趋之左；曰“之右”，则折而右，无敢过视者。溪渔之父素长者，常禁切之，纳之学，使读书，时时弃去，不肯帖帖[⑤]诸生间。而所业未久，即过诸生数倍，诸生大畏之。其师亦奇之，谢曰：“子非吾曹人也。”

溪渔子亦自雄其才志，尝往来江淮之南，结交大侠异人；论古人功业，遇当其意，徘徊叹息，仰天拊髀[⑥]，若有意于从之游也。与天台林右、张毂最善。右亦豪士，善击剑，知兵而长于为文。毂阳狂[⑦]饮酒，自放于歌诗。二人皆自负高一世，婴竖视同列。溪渔子在淮上，尝钓海滨，望见二人，踞坐大笑。二人者，知其非庸人也，即与之语，大惊异其所为。引归逆旅，主人出酒相饮，摄衣跣行[⑧]，起舞为乐，讙声撼数十百家。辨难上下古今事，折衷损益，根据理道。识者，知其非狂生；或不识其为人，共瞷[⑨]指笑之，以为真狂；或又疑其为神仙人云。溪渔子举若不闻，遇适其志，鲜衣美服行众人中，见者争观之。否则，被污垢短衣，逐蹑市人后，市人吁[⑩]之，弗辞也。

后溪渔子尽悔故所为，买书千余卷，伏而读之。为文章奇伟伉健[⑪]，然耻以自名。常曰：“汉无儒者，惟贾生、诸葛孔明耳[⑫]。唐人陆贽[⑬]粗有识，然不足庶几[⑭]王道。所贵乎学，将以辅天地所不及，不然，多读书何为？”识溪渔子者，闻其论高，愈疑之，终莫能测其为如何士也。或曰：“金陵有隐者五显微仲，好奇，溪渔子即其人”云；或曰：“非也”。

方子曰：古者，豪杰士其身未遇，志未信于时，宁晦[15]于屠钓以自全，不忍以细利挫其心，彼诚有以真知轻重之分也。溪渔子坐都邑中，而远利诡隐，使人莫测其浅深，此其志不苟且也，明矣。要之一世奇士哉！

## 注释

①本文选自《逊志斋集》卷二十一。文章勾画出了一位亦狂亦真的奇士，其个性相当鲜明生动。

②金陵江宁：在今江苏南京市东南。

③脱略：放任，轻慢。

④什伍：古代军队的基层编制，五人为伍，二伍为什。

⑤帖帖：安静顺从貌。

⑥拊髀：以手拍股。

⑦阳狂：即“佯狂”，装成发狂的样子。

⑧摄衣：提起衣裳。跣行：光着脚走路。

⑨瞯（jiàn）：窥视。

⑩吁：叹词，表示疑怪。

⑪伉健：雄健。

⑫贾生：即西汉贾谊，洛阳人。年少有才，汉文帝召为博士，迁太中大夫，数次上疏陈述政事，为大臣所忌，出为长沙王太傅，迁梁怀王太傅。卒年仅三十三岁。诸葛孔明：即诸葛亮，字孔明。

⑬陆贽：字敬舆，嘉兴人。唐德宗召为翰林学士，受到重用，诏书多出自其手，时号“内相”。官至中书侍郎、门下同平章事。后遭谗被贬。其奏议指陈时弊，为后世所重。

⑭庶几：近于。

⑮晦：隐。

## 译文

溪渔子，金陵江宁人。少年时洒脱而不拘礼法，和一群儿童玩耍，经常占上风，他把大家编成队列进行部署，命令“到左边”，大家就跑到左边；命令“到右边”，大家就转到右边，没有谁敢不听他的。溪渔子的父亲向来敦厚老实，经常管束责备他。送他进学校读书，他却经常逃学，不愿意老老实实和同学们待在一起。可是他上学不长时间，成绩就比同学们好许多，同学们都很敬畏他。他的老师也认为他是个奇才，夸奖说：“你和我们不一样啊。”

溪渔子也认为自己才志出众，曾经在江淮一带往来，结交一些侠客和非同一般的人物；谈论古人建功立业的事迹，每当遇上合乎他心志的，就徘徊叹息，仰天拊髀，像一心想跟随古人学习似的。期间他和天台的林右、张彀最要好。林右也是一位豪侠，善于击剑，懂得兵法又擅长写作。张毂做出发狂的样子饮酒，吟诗歌唱，放浪形骸。这两个人都自认为才志超人，把同辈人看成孩童。溪渔子在江淮，有一次到海滨垂钓，看见这两个人后蹲坐着大笑。这两个人知道溪渔子不是一般人物，就和他交谈，对他的所作所为大为惊奇。于是把他带到馆舍，拿出酒来一起痛饮，并提起衣裳光着脚，起舞作乐，欢乐的声音震动多户人家。他们分析质疑古今之事，调整过头的和不够充分的言论，依据事实理顺道理。了解的人，知道他们并不是狂妄之人；有些不了解的人，则窥视并用手指着嘲笑，认为他们真是疯子；也有一些人怀疑他们是神仙。溪渔子对这些全都充耳不闻，遇到符合他心意的，就穿上漂亮的衣服在人群中走动，发现他的人都争着来看他。反之，就穿上脏兮兮的短衣服，跟在市民的身后，人家驱赶他，他也不离开。

后来溪渔子非常后悔自己以前的所作所为，买了一千多卷书，伏案专心读书。他写的文章奇伟雄健，但是以自己的署名为耻辱。他经常说："汉代没有儒家学者，只有贾谊、诸葛亮罢了。唐朝的陆贽大致有些学识，但是还不能够近于王道。做学问可贵的是能够用来辅助天地所不能及之事，不这样，读再多的书有什么用处？"认识溪渔子的人，听他言论的高妙，更加怀疑，但最终没有谁能够猜测出他是个什么样的人。有人说"金陵有个隐者五显微仲，喜好奇行。溪渔子就是那个人"，也有人说"不是"。

方子说：在古代，豪杰之士得不到机遇，志向不被时人所接受，宁愿隐身于市井、山林之中以保全自己，他们不堪忍受因为微小利益挫伤自己的心志，他们的确有把握真知、分辨轻重的东西。溪渔子坐守都邑之中，却能够远离利益变成隐士，让人无法知道他的高深，这表明他志向不一般，这点很明显。总之，他真是一代奇士啊！

## 河崖之蛇[①]

薛　瑄

濒河[②]居者为予言，近年有大蛇穴禹门[③]下岩石中，常束尾崖树颠，垂首于河，伺食鱼鳖之类，已而复上入穴，如是者累年。一日复下食于河，遂不即起，但束尾树端，牢不可脱。每其身一上下，则树为起伏，如弓张弛状。久之，树枝被折，蛇坠水中。数日，蛇浮死水之漩隈[④]。竟不知蛇得水物，贪其腥膻不舍而坠耶？抑蛇为水之怪物所得，欲起不能而坠也？

余闻之，喟[⑤]曰："是蛇负其险毒，稔[⑥]其贪婪，以食于河。所持以安者，尾束于树耳。使树不折，则其生死犹未可知；惟树折身坠，遂死于河。此殆天理，非偶然也。且使蛇得水物，贪其腥膻不舍而死，固可为怙⑦强贪不知止之戒；使蛇为水之怪物所得而死，亦可为害物必报之戒。蛇，恶物，所不足道者，但其事有近乎理，故书以告来者。”

## 作者简介

薛瑄（1389—1464），字德温，号敬轩，山西河津人。明永乐十八年（1420）举乡试第一，次年中进士，历官御史、大理寺卿、礼部右侍郎兼翰林院学士，并入阁参预机务，后乞归以终，谥文清。他是明代著名的理学家，在北方开创“河东之学”，门徒遍及山西、河南、关陇一带，蔚为大宗。著有《读书录》《薛文清公集》（又名《敬轩薛先生文集》）等。

## 注　释

①本文选自《薛文清公集》卷十一，写一巨蛇因贪食而坠河淹死之事，并以之警世。

②河：指黄河。

③禹门：亦称“龙门”，在今山西河津县西北、陕西韩城县东北，峙立于黄河两岸，状如门阙。传说是夏禹治水时所开凿，故称禹门。

④漩隈（wēi）：水流回曲处。

⑤喟：叹。

⑥稔：熟悉。

⑦怙（hù）：凭仗。

## 译　文

一个居住在黄河边上的人对我说：“这几年有一条大蛇穴居在禹门下面的岩石中，经常把尾巴挂在悬崖峭壁的树上，低着头对着河，等待机会吃河里鱼鳖一类的生物，吃完后再上来回到洞穴中，像这样已经很多年了。一天大蛇又去河边寻找吃的，但不再起身回去了，只是用尾巴挂在树端，使之牢固不能掉下来。每次它的身子上上下下的时候，大树也跟着起起伏伏，就像弓被拉满了的样子。时间长了，树枝被大蛇折断，大蛇掉进了水中。数日后，蛇的尸体漂浮上来随着河水打着盘旋。究竟是因为蛇吃到了水中的食物，贪吃鱼鳖一类腥膻的东西才掉下去的，还是大蛇被水中的怪物捉住，想要起身却不能起来，最后掉下去的呢？”

我听说后，叹息着对他说：“这条蛇太自负自己的险毒，它心念贪婪，到河里找吃的。它以为这样很安全，用尾巴缠住大树。假如大树不折断，那么它是生是死也说不定；只是树折了，它也跟着掉落下来，所以死在河里。

这是上天的道理，并不是偶然发生的。如果大蛇是得到了水中的食物，贪婪水中的肉食才死的，就可以作为对自负以及贪念没有止境者的告诫。假如蛇是被水中的怪物杀死的，那么也可以作为害人的东西必遭报应的告诫。蛇，是恶毒之物，本不能拿来说事，但这种事情又有一定的道理，因此应该写下来告诫后人。”

## 游龙门记[1]

薛　瑄

出河津县西郭门，西北三十里，抵龙门下。东西皆层峦危峰，横出天汉。大河自西北山峡中来，至是，山断河出[2]，两壁俨立[3]相望。神禹疏凿之劳[4]，于此为大。

由东南麓穴岩构木[5]，浮虚架水为栈道[6]，盘曲而上。濒河[7]有宽平地，可二三亩，多石少土。中有禹庙，宫曰“明德”，制极宏丽。进谒庭下，悚肃[8]思德者久之。庭多青松奇木，根负土石，突走连结[9]。枝叶疏密交荫，皮干苍劲偃蹇[10]，形状毅然，若壮夫离立，相持不相下。

宫门西南，一石峰危出半流。步石磴，登绝顶。顶有临思阁，以风高不可木，甃甓[11]为之。倚阁门俯视，大河奔湍，三面触激，石峰疑若摇振。北顾巨峡，丹崖翠壁，生云走雾，开阖晦明，倏忽万变。西则连山宛宛[12]而去；东视大山巍然与天浮；南望洪涛漫流，石洲沙渚，高原缺岸[13]，烟村雾树，风帆浪舸，渺然出没。太华、潼关、雍、豫诸山[14]，仿佛见之，盖天下之奇观也。

下磴，道石峰东，穿石崖，横竖施木，凭空为楼。楼心穴板，上置井床辘轳[15]，悬绠[16]汲河。凭栏槛，凉风飘洒，若列御寇驭气在空中立也[17]。复自水楼北道，出宫后百余步，至右谷，下视窈然[18]。东距山，西临河，谷南北涯相去寻[19]尺，上横老槎[20]为桥，蹐步[21]以渡。谷北二百步，有小祠，扁曰“后土”[22]。北山陡起，下与河际，遂穷祠东。有石龛窿然若大屋[23]，悬石参差，若人形，若鸟翼，若兽吻[24]，若肝肺，若疣赘[25]，若悬鼎，若编磬[26]，若璞未凿，若矿未炉[27]，其状莫穷。悬泉滴石上，锵然[28]有声。龛下石纵横罗列，偃者，侧者，立者；若床，若几，若屏；可席，可凭，可倚。气阴阴，虽甚暑，不知烦燠[29]，但凄神寒肌，不可久处。复自槎桥道由明德宫左，历石梯上。东南山腹有道院，地势与临思阁相高下，亦可以眺河山之胜。遂自石梯下栈道，临流观渡，并[30]东山而归。

时宣德元年丙午，夏五月二十五日。同游者，杨景端也。

## 注　释

①本文选自《薛文清公集》卷十八。作者于明宣宗宣德元年（1426）从家乡河津出发，游览龙门，写成此游记。文中突出龙门的形胜奇险和巧夺天工的建筑，贯串全文的是一种敬畏赞叹的深情豪气。龙门：即禹门，在今陕西韩城东北、山西河津西北，黄河两岸峭壁，河流奔泻直下。黄河两岸都有龙门山，该文所写为河东的龙门山。

②山断河出：指龙门山在黄河处中断，河水从断口流出。

③俨立：森严而整齐地立着。

④神禹：即禹。传说是禹把龙门山中间凿开，黄河方才得以流过。

⑤穴岩：在岩石上凿洞。穴：这里用作动词，凿洞。构木：架起木材。

⑥浮虚：凌空。架水：在水的上空架起。栈道：古代在峭岩陡壁上凿孔架木而成的一种道路。

⑦濒河：靠近黄河。这里指山顶上靠河的一边。

⑧悚肃：畏惧而恭敬貌。

⑨"根负"二句：指树根仿佛不是埋在土中，而是背着泥土石块，突出在地面上跑动着、连结着。

⑩偃蹇（jiǎn）：高耸、傲然挺拔貌。

⑪甃甓（zhòu pì）：砖石。

⑫宛宛：蜿蜒曲折。

⑬缺岸：有缺口的河岸，实际是河边高低不平的小山。

⑭太华：即华山，在陕西华阴南。潼关：关名，在今陕西潼关县。雍：古州名，包括今陕西中部、甘肃东南部和宁夏、青海部分地区。这里的雍、豫，泛指今陕西、河南一带。

⑮井床：井栏。辘轳（lù lú）：井上绞起汲水的器械。

⑯繘（jú）：井绳。

⑰列御寇：即列子，战国时郑人，相传他得风仙之道，能乘风而行。《庄子·逍遥游》中说他"御风而行"。驭气：即御风。

⑱窈然：幽深貌。

⑲寻：古代长度单位，一寻为八尺。

⑳槎（chá）：水中浮木。

㉑蹐（jí）步：后脚紧跟着前脚，用极小的步子走路。

㉒扁：通"匾"。后土：土地神。

㉓石龛（kān）：安放神像的石阁。窿然：窟窿貌。

㉔吻：动物嘴的突出部分。

㉕疣（yóu）赘：皮肤上长的疙瘩。

㉖编磬：古代用玉或石制成的乐器，悬挂架上，依音调律吕编成一组，

故称。

㉗炉：这里作动词，冶炼。

㉘锵（qiāng）然：形容金宝珠玉声音清脆。

㉙烦燠（yù）：烦闷燥热。

㉚并（bàng）：通“傍”，沿着，挨着。

## 译文

出河津县县城西门，向西北走上三十里地，就到达了龙门山山脚下。东边和西边都是重叠的山冈和高峻的山峰，横排着直插云霄。黄河从西北方的山峡里冲来，到了这里，山峰断裂，河水流出，两岸的峭壁齐齐整整地竖立着。伟大的禹疏导开凿的功劳，在这儿显得最突出。

从东南山脚起，在岩石上凿出洞眼，架起木桩，在河水上面凌空搭成一条栈道，盘旋着往山上去。靠河边有块开阔平坦的地面，大约方圆两三亩，石头多，泥土少。上面建有一座禹王庙，宫殿叫明德宫，规模十分壮丽。我到大殿前参拜，恭敬地站在那里追思夏禹的丰功伟绩，站了很久。院子里有好多青松和叫不出名字的树木，树根排开岩石泥土，突起延伸，互相连结着，枝叶或疏或密，相互交结成荫。树皮、树干苍劲挺拔，形象很坚毅的样子，好像一些勇士各据一方，争持着不肯让步。

明德宫西南面有一座石头山峰，高高地突出在黄河水流中间。我踏着石头台阶，登上了顶峰。顶峰上有座临思阁，因为山高风大，没法使用木材建筑，全部用砖石砌成。从阁门口向下看，黄河激流翻滚，向三面冲击振荡，叫人疑心石头顶峰也在晃动。向北看那巨大的峡谷，有的山崖朱红，有的岸壁苍翠，云气翻腾，雾气飞动，云雾分开时明朗、闭合时阴暗，一会儿工夫千变万化；向西看，连绵不断的山峰蜿蜒着延伸开去。向东望，大山巍峨，浮在半空；向南望，巨浪洪涛，漫漫浊流，石头岛屿和沙滩，高高的平原和断缺的河岸，烟雾笼罩的村庄和树林，那风里的满帆和浪里的大船，或隐或现，渺渺茫茫。华山、潼关以及陕西、河南的许多山，好像都在眼前，真是天底下少有的奇观啊！

沿着石阶，从顶峰东面下山，有一处凿开石崖，用木头交叉架搭，悬空造起的一座水楼。在水楼中心的楼板上挖有一个洞，洞上安着井架和辘轳，挂下一根绳索，从河里汲水。倚靠在那栏杆边，清凉的风飘洒而来，使人感觉就像传说中的列御寇驾着天风在半空中站着一般。又从水楼北边沿着山路往禹王庙后面走过一百多步，就到了右面山沟边，向下面望，深得望不见底。东边背靠大山，西边面对黄河，山沟从南到北相去寻尺，上面横搭着一根老树桩，算是桥梁，脚尖挨脚跟地才能走过桥去。山沟北面二百步光景，有座小庙，匾上写着“后土祠”。北山山峰笔陡，山脚一直连到河边，这就走尽了后土祠东边的山路。那里有座石阁，空荡荡像一间大厅，倒挂着的石钟乳长长短短，有的像人形，有的像鸟的翅膀，有的像兽嘴，有的像肝脏肺脏，有的像赘瘤，有的像古鼎拖着三只脚，有的像整套的编钟，有的像未加工的璞玉，有的像还没投进熔炉的矿石，其形状真没法说齐全。高处的泉水滴在石头上，发出清脆的响声。石阁下面的石块横七竖八地散布着，有卧倒的，歪斜的，竖起的；有像床铺的，像茶几的，像屏风的；有的可以坐，可以扶，可以靠。里面阴湿寒凉，即使是大伏天，也不觉得闷热，只叫人感到心神清冷、肌肉里透着寒意，不能久待。又重新从老树桩桥上走过明德宫左边，踏着石头台阶上去。东南山腰上面有座道院，地势跟临思阁高低差不多，也可以从那里远望到黄河和龙门山一带的好风景。之后我就从石阶下来走向栈道，到黄河边上观看完往来的渡船，才沿着东山回去。

时间是宣德元年五月二十五。同游的人有杨景端。

## 记雪月之观[1]

沈　周

丁未[2]之岁，冬暖无雪。戊申[3]正月之三日始作，五日始霁，风寒沍[4]而不消，至十日犹故在也。是夜月出，月与雪争烂，坐纸窗下，觉明彻异尝。遂添衣起，登溪西小楼。楼临水，下皆虚澄[5]，又四囿于雪，若涂银，若泼汞，腾光照人，骨肉相莹。月映清波间，树影滉[6]弄，又若镜中见疏发，离离然[7]可爱。寒浃[8]肌肤，清入肺腑，因凭栏楯[9]上。仰而茫然，俯而恍然；呀[10]而莫禁，眄[11]而莫收；神与物融，人观两奇。盖天将致我于太素[12]之乡，殆不可以笔画追状，文字敷[13]说，以传信于不能从者。顾所得不亦多矣！尚思天下名山川宜大乎此也，其雪与月当有神矣。我思挟之以飞遨八表而返其怀[14]。汗漫[15]虽未易平，然老气衰飒[16]，有不胜其冷者。乃浩歌下楼，夜已过二鼓矣。仍归窗间，兀坐[17]若失。念平生此景亦不屡遇，而健忘日，寻改数日，则又荒荒[18]不知其所云，因笔之。

**作者简介**

沈周（1427—1509），字启南，号石田，晚号白石翁，长洲（今江苏苏州）人。平生隐居不仕，专事诗文、书画，是明代中期文人画“吴派”的开创者，与文征明、唐寅、仇英并称“明四家”。传世作品有《庐山高图》《秋林话旧图》《沧州趣图》。诗文著作有《石田诗选》《沈石田先生诗文集》。

## 注 释

①本文选自《沈石田先生诗文集》卷九。文中写冬季雪月交辉的景况，作者以画家特有的眼光以及诗人的气质，生动地再现了月光照耀下的雪景，是一篇文质皆美的写景小品。

②丁未：明宪宗成化二十三年（1487）。

③戊申：明孝宗弘治元年（1488）。

④冱（hù）：寒冷凝结。

⑤虚澄：空虚清澈。

⑥滉：通“晃”，摇晃。

⑦离离然：历历分明貌。

⑧浃（jiā）：透。

⑨栏楯（shǔn）：栏杆。纵为栏，横为楯。

⑩呀（xiā）：张大了口。

⑪眄（miǎn）：斜视，这里指看、视。

⑫太素：素净，极净之境。

⑬敷：铺陈。

⑭挟：夹持，携带。八表：谓八方之外，指极远的地方。

⑮汗漫：没有边际的。

⑯衰飒：犹衰老。

⑰兀坐：独自端坐。

⑱荒荒：暗淡不明的样子。

## 译 文

丁未年冬天，天气暖和，没有降雪。次年（戊申年）正月初三开始下雪，正月初五天气放晴，但依然寒风肆虐，冰封雪冻，直到正月初十，大地依然银装素裹。当晚，明月升空，雪月相映，我坐在纸窗之下，感觉天地之间明亮而清澈。于是添加衣服出门，登上溪水西侧的小楼。小楼临着溪水，溪水清澈见底，四周覆盖着皑皑白雪，如同涂上了一层白银，又如同水银泼了一地，月光照在上面，晶莹闪耀，人的肌肤也被映照得晶莹洁白。明月映照着寒冷的水波，树影在水中摇曳，如同镜子中映照着的头发，历历分明，十分可爱。清冷的寒气透入肌骨，沁入肺腑，我扶栏杆而上。仰视，茫然无际；俯视，混沌一片。不觉间惊叹不止，久久地凝视着，不愿收回自己的目光。此时此刻，我的精神与外物融为一体，自己同周围的环境都变成了一片神奇的景观。上苍将我放置于这素净的天地之间，这份景致竟然无以用笔画来传达，也不便用文字来铺陈以传达于没有亲临这份情景的人。这样看来，我的收获不也很多吗？同时我也想到，天下名山大川在此刻应该比这里更为壮观，那里雪月辉映的景致应当更为神奇。我的思绪因之驰骋于四面八方，很久才回过神来。茫无边际的思绪无法平抑，可是因为年老，身体衰弱，我已禁不住寒冷的侵袭。于是放声歌唱走下小楼，此时已过二更。我仍回到窗前，独自端坐，怅然若失。想到这辈子这样的景致并未多见，而且我也一天天变得健忘起来，唯恐数日后就茫然糊涂记不清今夜的情景来，于是用笔记下了这次经历。

## 听蕉记①

沈　周

夫蕉者，叶大而虚，承雨有声。雨之疾徐、疏密，响应不忒②。然蕉何尝有声，声假雨也。雨不集，则蕉亦默默静植；蕉不虚，雨亦不能使为之声。蕉雨固相能③也。蕉静也，雨动也，动静戛摩④而成声，声与耳又相能想入也。迨若匝匝插插，剥剥滂滂，索索淅淅，床床浪浪，如僧讽堂，如渔鸣榔⑤，如珠倾，如马骧⑥，得而象之，又属听者之妙也。

长洲胡日之种蕉于庭，以伺雨，号“听蕉”，于是乎有所得于动静之机者欤？

### 注　释

①本文选自《沈石田先生诗文集》。文章描写“雨打芭蕉”之意象，生动而富有诗意，巧妙地将听觉感受转化为视觉形象。同时本文还富有哲思。

②不忒：没有差错。

③相能：相配合，相协调。

④戛摩：击撞摩擦。

⑤榔：渔人系在船舷上敲击以驱鱼入网的长木棒。

⑥骧：这里指马嘶鸣。

### 译　文

芭蕉，叶子大而虚空，承受雨水时会发出声响。随着雨水落下的快慢、疏密而丝丝入扣地发出相应的声音。然而芭蕉哪里会自己发出声音？那声音不过是借助雨水滴落罢了。没有雨水，芭蕉也只能默默地立在那里；蕉叶不虚空，则雨水滴落也不能使它发出声响。正是芭蕉与雨水互相配合啊。芭蕉是静止的，雨水是流动的，一动一静相互作用而产生声音，声音与人的耳朵又相互作用，于是发出匝匝插插、剥剥滂滂、索索淅淅、床床浪浪等各种各样的声音，如同僧人在堂上诵经，如同渔人敲榔，如同倾倒珍珠，如同骏马嘶鸣，听到这些声音而产生各种各样的想象，这又是听到这些声音的人们各自的妙想了。

长洲的胡日之在庭院中种上芭蕉，专门等候下雨，且自号为“听蕉”，自此，他大概会从大自然的动静之机中有所感悟吧？

## 医　戒[①]

李东阳

予年二十九，有脾病焉，其症能食而不能化，因节不多食。渐节渐寡，几至废食。气渐苶[②]，形日就惫，医谓：“为瘵[③]也。”以药补之，病益甚，则补益峻。岁且尽，乃相谓曰：“吾计且穷矣。若春本旺，则脾土必重伤[④]。”先君子忧之。

会有老医孙景祥氏来视，曰：“及春乃解。”予怪问之，孙曰：“病在心火，故得木而解[⑤]。彼谓脾病者，不揣其本故也。子无乃有忧郁之心乎？”予爽然[⑥]曰：“嘻，是也。”盖是时予屡有妻及弟之丧[⑦]，悲怆交集，积岁而病，累月而惫。非唯医不能识，而予亦忘之矣。

于是括旧药尽焚之，悉听其所为，三日而一药，药不过四五剂，及春而果差[⑧]。因叹曰：医不能识病，而欲拯人之危，难矣哉！又叹曰：世之徇名遗实[⑨]，以躯命托之庸人之手者，亦岂少哉！向不此医之值[⑩]，而徒托诸所谓名医，不当补而补，至于惫而莫之悟也。因录以自戒。

**作者简介**

李东阳（1447—1516），字宾之，号西涯，湖南茶陵人，生于北京。八岁时李东阳以神童入顺天府学，天顺六年（1462）中举，天顺八年举二甲进士第一，选庶吉士，授编修，累迁太子少保、礼部尚书兼文渊阁大学士。太监刘瑾专权，他周旋其间，颇为士林不满，但他对受刘迫害的官员尽力保护营救。刘瑾被诛，李东阳自请罢黜，帝慰留之，赠太师。李东阳在成化、弘治年间，以首辅领袖文坛，奖掖后进，形成以其为首的茶陵诗派，散文典雅流丽。著有《怀麓堂集》（今易名为《李东阳集》）。

**注　释**

①本文选自《李东阳集》。作者以自己的亲身经历揭示：不仅庸医会害人，而且如果患病的人一味迷信名医，将性命寄托在徒有其名的庸人手中，

也会给自己带来祸害。不光是看病这种事，世上所有事其实都是这个道理。

②苶：疲惫，虚弱。

③瘵（zhài）：这里指脾病。

④“若春水旺”二句：中医以五行与五脏、五时（春、夏、长夏、秋、冬）相配，脾属土，故称“脾土”。而春属木，长夏属土，五行中木克土，因此春木越旺，对脾土的伤害也越大。脾的功能在于运化水湿，春季水盛，将加重脾脏负担，故说：“脾土必重伤。”

⑤“病在心火”二句：心属火。中医以五行与五时（春、夏、长夏、秋、冬）相配，春属木。木能生火，故有心病的人，至春季心火便得以散发，故说“得木而解”。

⑥爽然：明白清楚。

⑦妻及弟之丧：作者二十八岁时，三弟李三川亡。次年，继室岳夫人卒。

⑧差（chài）：通“瘥”，病愈。

⑨徇名遗实：指徒慕其名，而不究其实际情形。徇：随顺。遗：抛弃。

⑩向：倘或。值：遇。

## 译　文

我二十九岁时，脾患了病，症状是能吃而不能消化，因此就节制饮食。后来越节越少，几乎废食了。我的精神日渐衰颓，形状也日益显得憔悴，医生说：“这可是痨病呢。”便用补药来补，可病情却越发厉害，越补就越重。快到年终，医生说：“我的办法也想尽了，如果来年春木旺，那么，脾土必受重伤。”我父亲为此很担心。

这时恰有老医生孙景祥先生来为我看病，说：“到了春天就会痊愈了。”我感到奇怪，便问他原因，他说：“病在心火，所以得木而消失。那个医生当作脾病来医，是没有搞清病的根源。您莫非有什么悲伤的心事吗？”我恍然说：“哟！对啦。”因为我这时连续碰上妻子和弟弟的丧亡，悲怆交集，积年累月，因疲而病。非但那个医生没在意这点，连我自己也忽略了。

家里随即收集所有的旧药，全部烧掉，完全听从孙医生的诊治，三天服一剂药，不过四五剂，到春天病果然好了。我因此很有感慨：医生若不识病理，要想解救人的危急，难得很啊！又叹道：世上那些从名忘实，将性命寄托在庸人手中的人难道还少吗？当初我如果没有遇到那位老医生，只托于所谓名医，不当补而补，直到精疲力尽恐怕病情还是不明白啊！因此就记下此事警诫自己。

# 移树说[1]

李东阳

予城西旧茔久弗树[2]，比辟地东邻，有桧百余株，大者盈拱[3]，高可二三丈，予惜其生不得所。有种树者曰："我能为公移之。"予曰："有是哉？"请试，许之。

予尝往观焉。乃移其三之一。规[4]其根围数尺，中留宿土，坎[5]其四周，及底而止。以绳绕其根，若碇[6]然，然其重虽千人莫能举也。则隋其坎之稜[7]，絙[8]树腰而卧之，根之罅实以虚壤[9]。复卧而北，树为壤所垫，渐高以起，卧而南亦如之。三卧三起，其高出于次。棚木[10]而床，横载之，曳以两牛，翼以十夫，其大者倍其数。行数百武，植于墓后，为三重。阅岁而视之，成者十九，则又移其余，左右翼以及于门[11]。再阅岁而视之，其成者又十而九也。于是条干交接，行列分布，郁然改观，与古墓无异焉。夫规大而坎疏，故根不离；宿土厚，故元气足；乘虚而起渐，故出而无所伤。取必于旦夕之近，而巧夺于二十余年之远，盖其治之也有道，而行之也有序尔。

予因叹夫世之培植人材、变化气习者，使皆得其道而治之，几何不为君子归也哉？族子嘉敬举乡贡[12]而来。予爱其质近于义，留居京师，与之考业论道，示之向方[13]，俾从贤士大夫游，有所观法而磨砺，知新而聚博[14]。越三年，志业并进，再诎有司[15]，将归省其亲。予冀其复来，以成其学，且见之用也。作《移树说》以贻之。

注　释

①本文选自《李东阳集》，是作者赠给晚辈的文章。作者以亲历之事引出深刻道理，意在劝慰族子继续勤学求知，并找准方法，不断积累。

②予城：指作者故里湖南茶陵。旧茔：祖坟。

③盈拱：合抱。

④规：环绕树根划定所掘坎穴之面积。

⑤坎：此处用作动词，掘土成坎。

⑥碇（dìng）：停船时用以沉落水中的石块，类似于今天的锚。

⑦隋（duò）：毁坏。稜：指土坎之类某一边。

⑧絙（gěng）：大绳。这里作动词，指以绳捆缚。

⑨罅（xià）：缝隙。虚壤：所挖的浮土。

⑩棚木：架木。
⑪门：指墓门。
⑫乡贡：即乡试，录取者为举人。
⑬方：正道。
⑭聚博：积学博识。
⑮诎：通“黜”，摈退不取。有司：指考官。

## 译文

我家的城西祖坟一直都没有高大的树木，近来拓地于东邻，有桧柏百余株，大的合围，高约二三丈，我为它们长在不相称的地方而感到可惜。有一个种树人对我说：“我能够替您移植。”我说：“你真的做得到吗？”他请求试试看，我答应了他。

我曾前去观察过。他先移这一百多棵树的三分之一。环绕树根周围几尺，中间保留原来的泥土，四周都挖了坑，挖至树根为止。种树人用绳绕着树根，就像系碇那样，但它的重量即便千人也提不动，便敲掉树坑的边角，用绳子缚住树腰平放下来，树根的缝隙里放着松泥。再朝北平放，树身之下用泥土充垫，逐渐高升，朝南放时也是这样。三放三起，树便高出土坑了。又以木头搭成床棚将拔起的树横着放在上面，用两头牛来拖，十个壮汉在两侧用力推，更粗重的树便使用双倍的力量。走了几百步，在墓后种成三行。过了一年去看，成活的有十分之九，于是再请他移运剩下的树，种在左右两边以及墓门。再过一年去看，成活的又是十分之九了。从此枝干相接，一列列、一行行，遍布墓地，郁郁葱葱，气象庄严，与从前大异，很有古墓的气派。由于周围大而坑疏朗，所以根不离树；原来的土深厚，所以元气足；顺着空隙慢慢拔起，所以出土后无所损伤。在旦夕之间成功完成这一举措，而巧妙却能超越二十余年之前的情形，看来是因为他平日已积累了移树的经验，在实践时又很有条理的缘故。

我因此深感世上一些培植人材、教化风俗的人，如果都能顺着规律治理，那么不是很快就能使有识之士前来归附吗？族子嘉敬因应乡贡考试而至京城，我爱惜他的气质近于道义，便留他住下，和他探学论道，指引他前进的目标，让他跟随有德才的文士们交游，从而有所效法并得到锻炼，学习新的东西，拓宽视野和知识面。过了三年，他的志向学业都有进步，可还是不被主考的试官录取，于是打算回乡省亲。我期望他能再来京师，成就学业，并且能够被录用，因此写这篇论说赠别。

# 王古直传[1]

李东阳

王古直，名佐，字仁辅，后去车为甫，古直其所自号，以号行世。居台之黄岩[2]，今分太平县[3]地也。

少为诗及行草，漫游京师。有乡人坐事者，古直候诸官。官并捕候者，询其孥甚急。古直甘侵辱，竟不言所在。入刑部狱，独暴立烈日，不与从囚伍。李主事廷美[4]异之，检衣帽间得柯学士[5]诸诗，问之曰："尔能诗耶？"使赋日影，诗成，纵之归，长揖而出。狱吏皆大笑，然古直亦自是得名。与今侍郎黄定轩、侍讲谢方石友善，尝主[6]方石，方石以忧[7]去。主林给事克冲，克冲使海国。主王员外存敬，存敬亦出使。主定轩子主事汝修，然这头一恒在，卒然求之莫得也。

旅食三十年，无僮仆，不置釜甑[8]，有大笼五六，惟诗画数百幅，中贮壶酒，晨出饮一再勺，已复鐍[9]之以去。上元节[10]京师烧糯汗为瓶，以贮水畜鱼，旁映屏烛，通明可爱，俗呼为炮灯。古直贾置谢馆[11]，日玩弄为儿戏。一日，误触碎，意拂然[12]不乐，曰："吾平生家计在此，今荡尽矣！"方作草书，值掾吏[13]至，曰："遽败吾兴。"群掾欲殴之，或俾自为计。古直曰："我固当殴，殴由吾名益彰。"一日遇诸途，竟被殴，独袖手承之以归，亦不以屑意[14]也。

或劝使仕，大言曰："我来为爵禄图耶！""盍科举乎？"则笑曰："安得以少年处我。"尝在酒所，叹曰："此亦功名事业也。"显灵宫道士请主师塾，馆饩[15]甚厚。阅月，忽辞去曰："安能矻矻[16]操朱墨，坐几案间乎！"克冲之使，欲与俱，不果。或问之故，曰："彼不吾强，吾安能为彼行耶！自古大贤闻人[17]不渡海者何限，海岂必渡然后为快也！"其性气屹屹[18]不肯为人屈类此。然意度率直，内不为蹊径[19]，遇所会意，欣然忘去，人亦以此乐之。

为说者曰："方石先生尝云：'天地如许大，中间可喜、可叹、可怪、可笑事何所不有？可胜道哉！'"沈按察仲律尝值古直[20]，询其邑里名籍不置[21]，古直曰："公不须问，大抵奇怪人也！"其亦善自道耶！《周官》称四民[22]，班固表人物列九卿等[23]，魏晋以来中正第九品[24]，予雅知[25]古直，然不能目其为何如人也。作王古直传。

## 注 释

①本文选自《李东阳集》。文中刻画了一个特立独行、蔑视官势、直率得像个孩子的人物形象，其与当时封建潮流格格不入，但从他身上，透露出追求独立自主人格的时代要求。

②台：浙江台州府。黄岩：今浙江台州市黄岩区，当时属台州府管辖。

③太平县：明代黄岩县地置太平县，即今温岭市。

④李主事廷美：李廷美，时为刑部主事。

⑤柯学士：即柯潜，字孟时，莆田人。景泰二年（1451）进士。宪宗即位，擢翰林学士，仕至少詹事。潜邃于文学，有《竹岩诗文集》。

⑥主：这里指曾为谢方石的宾客。

⑦忧：居父母之丧。古代礼法，朝廷官员父母若去世，无论身居何职，都必须回家守丧。

⑧釜甑（zèng）：泛指炊具。釜：无脚的锅。甑：瓦制的煮器。

⑨鐍（jué）：锁闭。

⑩上元节：农历正月十五。

⑪谢馆：这里指馆舍。

⑫拂然：不悦貌。

⑬掾（yuàn）吏：官府中辅助官吏的通称。

⑭屑意：介意。

⑮馆饩（xì）：指塾馆居住饮食的待遇。

⑯矻（kū）矻：极度劳累貌。

⑰闻人：有名望的人。

⑱屹屹：高耸貌。

⑲不为蹊径：指行事不走小路偏门，为人正派。

⑳按察：按察使，主管一省的司法。值：遇到。

㉑不置：不止，不停。

㉒《周官》称四民：《书经·周官》："司空掌邦土，居四民，时地利。"四民：指士、农、工、商。

㉓班固表人物列九卿等：班固《汉书·古今人表》分古今人物为九等：上上圣人、上中仁人、上下智人、中上、中中、中下、下上、下中、下下愚人。

㉔中正第九品：即魏晋时期的九品中正制，每个州郡由有声望的人担任中正官，把州郡内的士人按才能分为九品。每十万人举一人，由吏部授予官职。这一制度到隋开皇年间才废除。

㉕雅知：素知。

## 译 文

王古直，名佐，字仁辅，后来去掉车字旁，字仁甫，古直是他自取的别号，并以此号行于世。他居住在台州府黄岩县，现在分属太平县地界。

王古直年少时就会作诗，并练习行书、草书，成年后到京师漫游。他的一位同乡因事犯罪，王古直到官府门前静候案情。官吏把所有静候的人都抓了起来，非常急切地拷问王古直这位同乡的妻子儿女在哪里。王古直甘受迫害羞辱，最终也没有说出同乡妻子儿女的所在地。后来官府把他送入了刑部大牢，他独自站在烈日下暴晒，也不愿与那些囚犯为伍。主事李廷美觉得非常奇怪，就翻检他的衣帽，找到了柯学士的一些诗，问王古直说："你能作诗吗？"就让他以日影为题作诗，不一会儿诗便作成了，李廷美就放了他，王古直作了长揖便离去。狱吏都笑了，而王古直也因此获得了名声。王古直和侍郎黄定轩、侍讲谢方石相友善。他曾经做过谢方石的幕僚，但不久谢方石就因丁忧而去职。他又做给事中林克冲的幕僚，不久林克冲就受命出使海外。又做员外王存敬的幕僚，王存敬亦受命出使。又做黄定轩之子主事黄汝修的幕僚，这个主人倒是一直都在，然而突然某天，王古直不辞而别，找也找不到了。

王古直寄食京城三十年，没有仆人，也没有置备锅碗器皿，只有五六个大箱子，其中只有几百幅诗卷画卷，中间存放着一壶酒，每天早晨拿出来喝一两勺，然后再锁上才离开。上元节京城流行用烧干糯米做成的瓶子，可以灌水养鱼，旁边用蜡烛照亮，通透明亮很好看，民间称为"炮灯"。王古直买了一个放在馆舍，天天赏玩，做小孩子一样的游戏。一天，炮灯不小心碰碎了，他非常不高兴，说："我一生的家当都在这，现在都没有了！"有时正当想挥写草书时，碰上小官吏来了，他就说："竟然败了我的兴致。"许多小官吏想要打他，甚至有人私下计划。王古直说："我本来也该被打，且被打也能使我的名声更加彰显。"有一天，他在路上遇到了那帮想要打他的小官吏，也真的被他们打了，他独自承受，然后离开，也不在意。

有人劝王古直谋官职，他大声说："我来京城难道是为了谋求爵禄吗！"又有人问："你为什么不参加科举呢？"他笑着答道："哪能用约束小孩子那套来约束我。"他曾经在酒馆喝酒，叹息道："这也是功名事业的一部分。"显灵宫道士请他当学堂的老师，居住饮食的待遇非常丰厚。过了一个月，他突然辞职，说："怎能劳累枯燥地坐在书桌前运用笔墨！"林克冲出使海外，想让王古直一起去，他没有答应。有人问他原因，他说："他能力不比我强，我怎么能为他做事呢！自古以来的贤士和有名望的人不出海的数不胜数，难道一定要出海后才能加快发展吗？"他的性格刚直不阿，不愿向人屈服，大抵就是如此。然而他性情风度耿直，内心不会钻营耍滑，遇到自己喜爱的，会高兴到忘记离开，所以人们也乐意和他交往。

作这篇文章的人说："谢方石先生曾说：'天地如此之大，其中觉得喜欢，觉得悲叹、觉得怪异、觉得可笑的事哪里没有呢？怎么能说得完呢！'"按察沈仲律曾遇到王古直，不停询问他的地址、姓名、籍贯，王古直说："您不用问，我大概是个奇怪的人吧！”对于自己选择的道路，他也自得其乐。《周官》记录士、农、工、商，班固《汉书·古今人表》分古今人物为九等，魏晋以来有九品中正制，我一向知道王古直，却不能分辨出他是怎样的人。因此作了王古直传。

## 西溪渔乐说[①]

罗玘

渔与樵、牧、耕，均以业为食者也。其食之隆杀[②]，惟视其身之勤惰，亦无以异也。然天下有佣樵，有佣牧，有佣耕，而独无佣渔，惟其无佣于人，则可以自有其身。作吾作也，息吾息也，饮吾饮而食吾食也，不亦乐乎？盖乐生于自有其身故也。若夫佣，则身非其身矣。吾休矣，人曰作之；吾作矣，人曰休之，不敢不听命焉。虽有甘食美饮，又焉足乐乎？

岂惟佣哉？食人之禄，犹佣也。故夫择业莫若渔，渔诚足乐也。而前世淡薄[③]之士托而逃焉者，亦往往于渔：舜于雷泽[④]，尚父于渭滨[⑤]。然皆为世而起，从其大也，而乐不终。至于终其身乐之不厌，且以殉者，古今一人而已，严陵[⑥]是也。

义兴吴心远先生渔于西溪[⑦]，亦乐之老已矣，无它心也，宁庵编修请曰[⑧]：“仲父[⑨]得无踵严之为乎？”先生曰：“吾何敢望古人哉！顾吾乡邻之渔于利者乐方酣，吾愚不能效也，聊以是相配然耳。”有闻而善之，为之说其事以传者，罗玘也，南城人。

### 作者简介

罗玘（？—1519），字景鸣，学者称“圭峰先生”，南城（今属江西）人。明成化二十二年（1486）乡试第一。次年成进士，选庶吉士，授编修，进侍读。正德初，迁南京太常少卿，官至南京吏部右侍郎。为人尚节义，遇事严谨，僚属畏惮。著有《罗圭峰文集》。

### 注释

①本文选自《罗圭峰先生文集》卷十三。文章叙述打鱼之乐，反映了作者向往自由，不慕功名利禄的精神追求。西溪：宜兴县的一条小河，时吴心远隐居于此。

②隆杀（shài）：丰盛或省约。

③淡薄：淡泊。

④舜于雷泽：《史记·五帝本纪》："舜耕历山，渔雷泽。"雷泽：古泽名，在今山东荷泽东北，已淤。

⑤尚父于渭滨：吕尚遇周文王前曾在渭水之滨钓鱼，见《史记·齐太公世家》。

⑥严陵：即严光，字子陵，余姚人。少与汉光武帝刘秀同游学。及刘秀称帝，严光变名姓，隐身不见，隐居于富春江，以钓鱼为生，终身不肯出仕。事见《后汉书·逸民列传》。

⑦义兴：今江苏宜兴市。吴心远：字大本，宜兴人，自号心远居士。

⑧宁庵：姓名及生平事迹不详。编修：官名，属翰林院。

⑨仲父：对吴心远的尊称。仲：吴心远排行老二。

## 译　文

捕鱼和砍柴、放牧、耕田一样，都是靠手艺和力气谋生的行业。就生活水平的高低只以所付出的劳动为标准来说，捕鱼与其他三者毫无区别。然而，天下有被雇去打柴、牧牛、种地的人，却从没有被雇佣去替别人打鱼的，正是因为不受雇于人，渔者才有完全的人身自由。自己想干则干，想歇就歇，喝的是自家的酒，吃的是自家的饭，这不也是非常快活的事吗？这种乐趣产生于能够掌握自己的命运。如果被人雇佣，那就身不由己了。想休息时，别人偏让干活；想干活了，别人却叫停下，凡事都不敢不听命于主人。这种生活，即使有美酒佳肴，又有什么乐趣可言？

其实，又岂止限于受人雇佣？拿人俸禄，也和受雇于人一样。所以，选择职业，没有比打鱼更好的了，打鱼确是一件乐事。而且，古代看轻功名利禄的名士，借以逃避尘世的途径也往往是打鱼：舜帝曾于雷泽捕鱼，吕尚则在渭滨垂钓。不过，后来他们都为了治理天下而弃渔从政，虽是为了顾全大局，却未能终身享受渔人之乐。至于一生打鱼，其乐不衰，矢志不移，终老江湖的，纵观古今，就只有严光一人而已。

义兴吴心远老先生也在西溪打鱼，其乐也至老不衰，别无他志。宁庵编修曾经向他请教："仲父莫非打算追随严光吗？"吴先生回答："我哪里敢攀附古人的风雅？只是看不惯乡里之间那帮名为隐居、骨子里却热衷于沽名钓誉之辈的行径。我天生愚钝，学不了他们。姑且以打鱼为生，来追配于前人。"听了吴心远先生的高论，钦佩他的所作所为并写文章加以宣扬传播的人，就是我罗玘，江西南城人。

# 谯楼鼓声记[①]

祝允明

居卧龙街之黄土曲[②]北，鼓出郡谯。声自西南来，腾腾沉沉，如莫知其所在。呜呼！鸣霜叫月，浮空摩远，敲寒击热，察公警私[③]。若哀者，若烦冤者，若木然寡情者，徒能煎人肺肠，枯人毛发，催名逐利。吊寒人[④]，惋[⑤]孤娥，戚戚焉。天涯之薄宦，岭海[⑥]之放臣，岩窦之枯禅[⑦]，沙塞之穷戍，江湖之游女，以至茕孽[⑧]背灯之泣，畸幽[⑨]玩剑之愤，壮侠抚肉[⑩]之叹，迨于悲鸦苦犬，愁螿[⑪]困蚓，且鸣号不能已。呜呼！鼓声之凄感极矣。岁庚戌五月十八日丙夜[⑫]，闻之以为记。

## 作者简介

祝允明（1460—1527），字希哲，号枝山，长洲（今江苏苏州）人。弘治五年（1492）举人，授广东兴宁知县，迁应天府通判，后谢病归。家学渊源，祝允明能诗文，工书法，尤善狂草，与唐寅、文征明、徐祯卿并称“吴中四才子”。著有《祝氏集略》（又名《怀星堂集》）。

## 注　释

①本文选自《祝氏集略》。文中写夜闻谯楼鼓声所引发的种种感触，鼓声惊心动魄，又使人“凄感极矣”，表达了作者失意落寞的情怀。谯楼：城上鼓楼，以瞭望报警。

②曲：深巷。

③察公：昭示公心。警私：惩警私情。

④寒人：贫苦之人。

⑤惋：叹息。

⑥岭海：指两广地区。其地北倚五岭，南临南海，故名。

⑦岩窦：犹岩穴，谓深僻之地。枯禅：憔悴之僧。

⑧茕孽：指孤苦无依之人。茕：无兄弟或无依靠者。孽：庶子。

⑨畸幽：失志落拓之人。

⑩抚肉：即抚髀或拊髀，以手拍股，表示慌愤慷慨。

⑪螿（jiāng）：寒蝉。

⑫庚戌：明弘治三年（1490）。丙夜：三更时分。

## 译 文

我住在卧龙街黄土巷北，鼓声出自郡城谯楼。声音从西南方向传来，或腾或沉，好像不知其所在。这鼓声响于霜月之夜，在空中飘浮，传播深远，敲打着空气中的寒气和热气，似是在察公警私。这鼓声像是个哀伤的人，像是个烦冤的人，又像是个木然寡情的人，空教人肺肠煎熬，毛发枯萎，催名逐利。这鼓声像是在为贫苦之人哭吊，又像是在为孤独的寡妇叹息，其调忧伤而低沉。在天涯任职的薄宦，被放逐岭海的逐臣，岩穴里枯坐的苦僧，守卫沙场的边塞戍卒，漫游江湖的儿女，听此鼓声皆感伤不已，以至孤独无依之人背灯哭泣，失志落拓之士玩剑悲愤，壮士豪侠以手拍股，慷慨而叹，乃至悲鸦苦犬、寒蝉困蚓，听此鼓声皆长声呜号而不能止。呜呼！这鼓声真是凄怆伤感至极啊！庚戌年五月十八丙夜，闻鼓声而作此记。

# 唐子畏墓志并铭[①]

祝允明

子畏死，余为歌诗，往哭之恸。将葬，其弟子重[②]请为铭。子畏，余肺腑友，微子重且铭之。

子畏性绝颖利[③]，度越千士。世所谓颖者，数岁能为科举文字，童髫[④]中科第，一日四海惊称之。子畏不然，幼读书，不识门外街陌，其中屹屹[⑤]，有一日千里气。不或友一人，余访之再，亦不答。一旦，以诗二章投余，杰特之志铮然。余亦报以诗，劝其少加弘舒[⑥]，言万物转高转细，未闻华峰可建都聚[⑦]。惟天极峻且无外，故为万物宗。子畏始肯可，久乃大契，然一意望古豪杰，殊不屑事场屋[⑧]。

其父德广，贾业而士行，将用子畏起家，致举业。归教子畏，子畏不得违父旨。德广常语人，此儿必成名，殆难成家乎！父没，子畏犹落落[⑨]。一日，余谓之曰："子欲成先志，当且事时业[⑩]；若必从己愿，便可褫襕幞[⑪]，烧科策[⑫]。今徒籍名泮庐[⑬]，目不接其册子，则取舍奈何？"子畏曰："诺。明年当大比[⑭]，吾试捐一年力为之，若勿售，一掷之耳。"即墐户[⑮]绝交往，亦不觅时辈讲习，取前所治毛氏诗[⑯]，与所谓四书[⑰]者，缛讨[⑱]拟议，祗求合时义[⑲]。戊午，试应天府[⑳]，录为第一人。己未，往会试。时傍郡有富子，亦已举于乡，师慕子畏，载与俱北。既入试，二场后，有仇富子者，抨于朝，言与主司有私[21]，并连子畏。诏驰敕礼闱[22]，令此主司不得阅卷，亟捕富子及子畏付诏狱。逮主司出，同讯于廷，富子既承，子畏不复辨，与同罚，黜掾[23]于浙藩，归而不往。或劝少贬，异时亦不失一命。子畏大笑，竟不行。放浪形迹，翩翩远游，扁舟独迈祝融、匡庐、天台、武夷[24]，观海于东南，浮洞庭、彭蠡。暂归，将复踏四方。得疾，久少愈，稍治旧绪。

其学务穷研造化，玄蕴象数[25]，寻究律历，求扬马玄虚、邵氏声音之理而赞订之[26]。傍及风鸟、壬遁、太乙[27]，出入天人之间，将为一家学，未及成章而殁。其于应世文字、诗歌不甚措，意谓后世知不在是，见我一班已矣。奇趣时发，或寄于画，下笔辄追唐宋名匠。既复为人请乞，烦杂不休，遂亦不及精谛[28]。且已四方慕之，无贵贱富贫，日诣门征索文词、诗画，子畏随应之，而不必尽所至，大率兴寄遐邈，不以一时毁誉重轻为取舍。

子畏临事果，事多全大节，即少不合不问，故知者诚爱宝之，若异玉珍贝。王文恪公最慎予可[29]，知之最深重。不知者亦莫不歆其才望，而媢嫉[30]者先后有之。子畏粪土财货，或饮其惠，讳且矫，乐其灾，更下之石[31]，亦其得祸之由也。桂伐漆割[32]，害俊戕特[33]，尘土物态[34]，亦何伤于子畏，余伤子畏不以是。气化英灵，大略数百岁一发钟于人，子畏得之，一旦已矣，此其痛宜如何置？有过人之杰，人不歆而更毁；有高世之才，世不用而更摈，此其冤宜如何已？

子畏为文，或丽或淡，或精或泛，无常态，不肯为锻炼功，其思常多而不尽用。其诗初喜秾丽，既又仿白氏[35]，务达情性而语终璀璨，佳者多与古合。尝乞梦仙游九鲤神[36]，梦惠之墨一担，盖终以文业传焉。

唐氏世吴人，居吴趋里[37]。子畏母丘氏以成化六年二月初四日生子畏，岁舍庚寅，名之曰寅，初字伯虎，更子畏。卒嘉靖癸未十二月二日，得年五十四。配徐，继沈，生一女，许王氏国士[38]，履吉[39]之子。墓在横塘王家村。子畏罹祸后，归心佛氏，自号六如，取四句偈[40]旨。治圃舍北桃花坞，日般饮其中，客来便共饮，去不问，醉便颓寝。子重名申，亦佳士，称难弟兄[41]也。铭曰：

穆天门兮夕开，纷吾乘兮归来。睇桃夭兮故土[42]，回风[43]冲兮兰玉摧。不兜率兮犹裴回[44]，星辰下上兮云雨淮[45]。椅桐轮囷兮稼无滞穟[46]。孔翠错璨兮金芝葳蕤[47]。碧丹渊涵兮人间望思[48]。

## 注 释

①本文选自《祝氏集略》卷十七，是作者为好友唐寅写的墓志铭。文中简叙了唐寅生平遭际以及与作者之间的交往，展示了唐寅狂放超俗的个性和横放杰出的才华，充满了对好友的沉痛思念之情，也抒发了作者深沉的感叹。

②子重：唐子畏之弟，名申。

③颖利：谓聪明拔尖。

④童髫：童年。髫：指童子下垂的头发。

⑤屹屹：高耸出群貌。

⑥弘舒：扩大舒展。

⑦都聚：都市。

⑧场屋：指科举考试的考场。

⑨落落：不在意的样子。

⑩时业：即举业。

⑪褫（chǐ）：剥夺。这里指脱下。襕（lán）幞：襕衫和幞头。襕衫为古代士人之物，明代为秀才举人的公服，幞头是士人所戴的帽子。

⑫科策：指应付科举考试的书策，即下文所说的"目不接其册子"的"册子"。

⑬泮（pàn）庐：即"泮宫"，古代的学宫。

⑭大比：明清时称乡试为大比。

⑮墐（jìn）户：用泥土涂塞门窗。这里指紧闭家门。

⑯毛氏诗：即"毛诗"，指秦汉间人毛亨和毛苌所传的《诗经》。

⑰四书：指《大学》《中庸》《论语》《孟子》，为当时科举考试的教科书。

⑱繙（fān）讨：反复研讨。

⑲衹：只。时义：时文之意。

⑳应天府：府治在今江苏南京，这是乡试。

㉑与主司有私：据《明史·文苑传》载，当时主司为程敏政，"敏政总裁会试，江阴富人徐经贿其家僮，得试题"。

㉒礼闱：明清时礼部试进士的地方。

㉓掾（yuàn）：掾吏。

㉔祝融：祝融峰，湖南衡山的最高峰。匡庐：即江西庐山。天台：天台山，在今浙江天台县北。武夷：武夷山，在福建崇安县西南。

㉕玄蕴：玄妙深奥。象数：《周易》中凡言天日山泽之类为象，言初上九六之类为数，用以占卜吉凶。

㉖扬马玄虚：指汉代扬雄的《太玄》和司马相如的《子虚赋》。邵氏：指邵雍，字尧夫，宋代理学家。声音之理：邵雍《伊川击壤集序》说："是知怀其时则谓之志，感其物则谓之情，发其志则谓之言，扬其情则谓之声，言成章则谓之诗，声成文则谓之音，然后闻其诗，听其音，则人之志情可知之矣。"

㉗风鸟、壬遁、太乙：都是古代的占卜之术。

㉘精谛：精微而真确。

㉙王文恪公：指王鏊，字济之，吴县（今江苏苏州）人。明成化年间进士，官至户部尚书兼文渊阁大学士。博学善文，谥文恪。予可：赞许。

㉚娼（mào）嫉：嫉妒。

㉛下之石：指落井下石。

㉜桂伐漆割：《庄子·人间世》："桂可食，故伐之；漆可用，故割之。"谓桂树皮芳香可以食用，因而遭到砍伐；树漆因为可用，所以遭受刀斧割裂。

㉝俊：优秀，才智出众。特：谓卓异之才。

㉞尘土物态：谓尘世小人的一般情态。

㉟白氏：指唐代诗人白居易。其诗以通俗著称。

㊱乞梦：求梦。九鲤神：九鲤湖之神。九鲤湖在今福建仙游县北。传说汉武帝元狩年间，有何氏兄弟九人炼丹于此，丹成，各乘一鲤仙去。

㊲吴趋里：苏州地名。

㊳王氏国士：即王阳，字玄静，为太学生。

㊴履吉：即王宠，字履吉，吴县（今属江苏苏州）人。博学多才，工篆刻，善山水、花鸟，他的诗文在当时声誉很高，而尤以书名噪一时。

㊵偈（jì）：梵语"偈佗"的简称，佛经中的颂词，四句合成一偈。

㊶难弟兄：即"难兄难弟"。意谓兄弟俱佳，难分高下。语见《世说新语·德行》"元方难为兄，季方难为弟"。

㊷睇（dì）：斜视，流盼。桃夭：《诗经·周南·桃夭》诗说："桃之夭夭，灼灼其华。"这里借谓死者留念故乡的美景。

㊸回风：旋风。

㊹兜率：兜率天，佛教所说的欲界六天中的第四天，后泛指人死后所登的天界。裴回：通"徘徊"。

㊺漼（cuǐ）：深积貌。

㊻椅：木名，又叫山桐子，木材可做小家具。轮囷：高大貌。穟：同"穗"。

㊼孔翠：孔雀与翠鸟。错璨：交相辉映，鲜明灿烂貌。金芝：仙草名。葳蕤（wēi ruí）：草木茂盛貌。

㊽碧丹：指天上的宫殿。渊涵：幽深貌。

## 译　文

唐子畏去世了，我为他写了挽歌，前往哭吊，心里非常悲痛。子畏将要下葬，他弟弟子重请求我写墓志铭。子畏，是我的知心挚友，即使没有子重的请求，我也将要给他写墓志铭。

子畏天生聪明绝顶，超过一般读书人。世人所谓的聪明人，几岁就能写科举应试之文，童年就能中科举，在一天之内就能让天下人惊异而称赏。子畏则不是这样，他幼年读书，不认识家门外的街道，内心志向高远，好像有马便一日能行千里的气象。他不喜欢结交任何人，我曾经拜访过他两次，他也不曾回访我。后来的某一天，他拿着两首诗给我，卓异之志鲜明。我也写诗回赠他，并勉励他稍加拓展胸怀，说到世间万物总要向高深细致发展，没有听说高大的山峰能建在都市之中的。只有天极高且不排斥外物，才能成为万物之根本。子畏于是开始认可，时间长了就和我在感情上非常投合，然而他一心仰慕古之豪杰，一点儿也不屑于参加科举考试。

子畏的父亲唐德广，从事商业却有读书人的品行，想依靠子畏振兴家声，让他通过科举走上仕途。唐德广回家教导子畏，子畏没法违逆父亲的意旨。唐德广常常对人说，这孩子一定能成就美名，大概难以成就家业啊！父亲去世后，子畏依旧不在意科举。一天，我对他说："你如果想要成就父亲的遗愿，应该姑且从事当前的科举之业；如果一定要顺从自己的心愿，就可脱去学士服，烧掉那些科举书籍。现在白白留名于学宫，却不看那些书册，你到底如何选择呢？"子畏说："好。明年就是乡试之年，我试着耗费一年的时间来做这件事，如果没有中举，我就抛下它。"接着他就紧闭家门，谢绝来客，也不寻找当时人请教讨论，只是找来先前学习过的毛诗和"四书"，反复研讨琢磨，只求合乎时文之意。戊午年，子畏前去参加乡试，被录取为第一名。己未年，子畏前去参加会试。当时邻郡有一个富家子，也已经通过乡试，他仰慕子畏，两人同车一起参加会试。参加会试，两场之后，有一个与富家子有仇的人到朝廷控告，揭发他与主考官有勾结，并牵连了子畏。皇帝下诏很快传到礼部主持的考场，命令被揭发的主考官不得阅卷，紧急捉拿富家子和子畏，并把他们关在诏狱。等到主司被捕，一同被朝廷审讯，富家子已经认罪，子畏也不再辩驳，与他一同受罚，被贬到江浙一带做掾吏，子畏没有赴职而是回了家。有人劝他暂时委屈自己，将来还会有被任命的机会。唐子畏大笑，最后也没有赴任。从此他放浪形迹，到远方游玩，驾一叶扁舟，独自登游祝融、匡庐、天台、武夷诸山，到东南一带观海，泛游洞庭、彭蠡。中间曾暂归故里，后又漂泊四方，颇为自得。很久才稍有好转，重操旧有学业。

在学业方面，子畏深入研究造化之理以及玄妙深奥的象数，寻究历法，探求扬马玄虚、邵氏声音之理而将其修订完善。他还研究风鸟、壬遁、太乙等占卜之术，出入天人之间，将成一家之学，却在还没有完成论著时就去世了。他对于应世文章和诗歌不太在意，认为后世人不会通过这些来了解他，这些也只是他学识的一部分而已。他奇趣时有勃发，有时寄情于画，下笔总是追求唐宋名匠的风韵。后来常受人请托作画，烦杂不断，于是画作也不求精微。四方之士仰慕他，无论贵贱贫富，每天到他家索要文词诗画，子畏总是随意应允他们。他对画作不一定追求尽善尽美，大概他寄情深远，不会因一时毁誉轻重而决定取舍。

子畏临事果断，做事都顾全大局名节，稍微不合志趣之人或事，他都不加过问，所以了解他的人都像对待珍宝美玉一样敬爱他。王文恪公最赞许他，也最为理解他。不了解他的人也无不羡慕他的才华和声望，而嫉妒他的人也从来不缺。子畏视钱财如粪土，有些人受其实惠却讳言矫饰，有些人幸灾乐祸，甚至落井下石，这也是他遭遇祸患的原因。桂可食因而受到砍伐，漆可用因而被切割，美好出众之物总是容易受到戕害，这些尘世小人的一般情态，又怎么会伤害到子畏呢，我为子畏感伤也不是因为这些。气化英灵，大约数百年才会加于一人之身，而子畏得到了他，却英年早逝，这种悲痛当如何消释！有过人的天赋，世人不但不尊重他反而毁谤他；有超群的才华，不为世所用，反遭摈弃，这种冤苦当如何倾诉！

子畏写文章，或清丽或淡雅，或精求物理或泛泛而谈，并没有固定的风格，他也不愿意下功夫锻炼，他的才思虽多，却往往不求尽用。他的诗起初秾丽，后来又效仿白居易的通俗，力求通达情性且文辞鲜明，其佳作多与古人有相通之处。子畏曾经专程前往仙游向九鲤湖神乞仙梦，在梦里，仙公赐给他墨锭一担，最终他真以文业传于世。

唐氏世代都是吴人，居住在吴趋里。子畏的母亲在成化六年（1470）二月初四生下子畏，当年是庚寅年，所以取名为寅，初字伯虎，后改子畏。卒于嘉靖二年（1523）十二月二日，享年五十四。配偶徐氏，继室沈氏，生一女，许配给王阳，即王履吉之子。子畏的墓在横塘王家村。子畏遭科举之祸，回家后便潜心佛事，自号六如，取自四句偈旨。他在屋舍北边的桃花坞建有圃园，每日醉饮其中，有客人来，便邀之共饮，去留不问，醉了便随处躺下睡觉。子重，名申，也是一位佳士，与子畏难分高下。铭曰：

穆天门兮夕开，纷吾乘兮归来。睇桃夭兮故土，回风冲兮兰玉摧。不兜率兮犹裴回，星辰下上兮云雨漼。椅桐轮困兮稼无滞穟。孔翠错璨兮金芝葳蕤。碧丹渊涵兮人间望思。

## 《晦庵诗话》序[1]

文征明

子朱子[2]之学，以明理为事，诗非其所好也。而其所为论诗，则固诗人之言也。呜呼！理固无不该[3]也，而况诗乎哉？世盖有工于吟讽，而不得其故[4]者，或终日论议，而谐谐音声[5]，辄不合作[6]。要之[7]，其于理于诗，皆未为有得也。练川[8]沈文韬氏，以明经[9]游学官，而特好为诗，取凡朱子平日论诗之语，萃而为书曰《晦庵诗话》，岂将会理与诗而一之耶？

夫自朱氏之学行世，学者动以根本之论，劫持士习[10]。谓六经之外，非复有益，一涉词章，便为道病。言之者自以为是，而听之者不敢以为非。虽当时名世之士，亦自疑其所学非出于正，而有“悔却从前业小诗”之语。沿讹踵[11]敝，至于今，渐不可革。呜呼！其亦甚矣！说者往往归咎朱氏，而不知朱氏未始[12]不言诗也。观于文韬之书，可概见[13]已。若其所论，当自有识者取之，小子[14]何述哉！

## 作者简介

文征明（1470—1559），原名壁，字征明，四十二岁起，以字行，更字征仲，号“衡山居士”，长洲（今江苏苏州）人，为人谦和而耿介，宁王朱宸濠慕名相聘，托病不赴。正德末年文征明以岁贡生荐试吏部，授翰林待诏，因不满官场，旋即致仕归乡。文征明诗、文、书、画无一不精，人称“四绝”全才，尤精于画，在画史上与沈周、唐寅、仇英合称“吴门四家”。其诗文在“七子”拟古文风之外独成一格。著有《甫田集》，今行《文征明集》。

## 注　释

①本文选自《文征明集》卷十七，是为沈文韬所辑的《晦庵诗话》作的序。明代文坛，不仅为前后七子的拟古文风所统治，更为程、朱理学所统治，“谓六经之外，非复有益，一涉词章，便为道病”，大有把文艺扼杀之势。针对这种情况，文征明借为《晦庵诗话》作序的机会，指出“朱氏未始不言诗”，“其所为论诗，则固诗人之言也”，用事实驳斥了拉朱熹作大旗否定文学的谬论。

②子朱子：前一个“子”为敬称。朱子即宋代理学家朱熹，字元晦，号晦庵，江西婺源人。北宋理学家提出作文害道，朱熹也有排斥文学的见解，但他本人也写了一些可读的好诗，说了些“诗人之言”。

③该：通“赅”，包括一切，完备。

④故：旧典，旧制，这里指诗词格律、规范等。

⑤谐谐：和谐。音声：这里指观点。

⑥合作：合于法度。

⑦要之：总之。

⑧练川：地名，明代苏州府嘉定县（今属上海）南有练祁塘，亦名练川。

⑨明经：通晓经术。

⑩士习：读书人的风气。

⑪踵：因袭，追随。

⑫未始：不一定。

⑬概见：谓窥见其概貌。

⑭小子：作者自谓。

译　文

朱子的学说，以明理为核心，诗不是他所喜好的。然而他也有论诗的言辞，本就属诗人之言。呜呼！理本就无所不包，何况诗呢？世上有些人工于吟咏诗歌，却不得要领精髓，有些人终日议论义理，但他所说的观点，都不符合法度。总之，他们不管对于义理还是对于诗歌，都未有所得。练川人沈文韬，以通晓经术游于学官，尤其喜好作诗，他搜集朱子平日论诗的言论，编辑成书，名曰《晦庵诗话》，他难道是想把义理与诗歌合二为一吗？

自从朱子的学说流行于世，学者都将其视为根本之论，强力把持士林文风。竟然声称六经之外，其他皆无益处，一旦涉及词章，则有损于大道。散播此说的人自以为是，而听到此说的人又不敢提出异议。即使是当时的名士，也怀疑自己所学的是不是出于正统，而有“后悔当初曾用心于吟诗作诗”的话语。这个错误观点不断因袭，以至于今日，渐渐成了不可质疑不可更改的权威。呜呼！这也太荒唐了！议论者往往归咎于朱子，可他们不知道朱子不一定不言诗论诗。看了文韬的这本书，就可概知其实情了。这本书的观点，有识者自会赞同受益，我又何必多言呢！

## 《游洞庭东山诗》序①

文征明

洞庭两山②，为吴中胜绝处。有具区映带③，而无城阓之接④，足以遥瞩高寄。而灵栖桀构⑤，又多古仙逸民奇迹，信人区别境也。

余友徐子昌国⑥近登西山，示余《纪游》八诗，余读而和之。于是西山之胜，无俟手披足蹑，固已隐然目睫间⑦。而东麓方切倾企⑧。属以事过湖，遂获升而游焉。留仅五日，历有名之迹四。虽不能周览群胜，而一山之胜，固在是矣。一时触目摅怀⑨，往往托之吟讽。归而理咏，得诗七首。辄亦夸示徐子，俾子继响。

昔皮袭美⑩游洞庭，作古诗二十篇⑪，而陆鲁望⑫和之。其风流文雅至于今，千载犹使人读而兴艳。然考之鹿门所题，多西山之迹，而东山之胜，固未闻天随有倡也。得微陆公犹有负乎？予于陆公不能为役⑬，而庶几东山之行，无负于徐子。

注　释

①本文选自《文征明集·补辑》卷十九。题下原注“弘治癸亥冬十月”，

则当作于明孝宗弘治十六年（1503），时作者三十四岁。这一年作者与徐祯卿合刻洞庭唱和的多首诗为《太湖新录》，这篇文章原见于该书，文章清新雅淡，表达了作者对山水的向往之情以及自己吟咏诗歌的自得之乐。

②洞庭两山：指洞庭东山和洞庭西山，在江苏省太湖中。东山古名莫厘山，又名胥母山。元明后与陆地相连，成为半岛。西山古名“包山”。两山都是太湖中著名的游览胜地。

③具区：即太湖的古称。映带：谓景物相互关联衬托。

④城闉（yīn）：城曲重门。

⑤桀构：杰出的构造。桀：通“杰”。

⑥徐子昌国：即徐祯卿，字昌国，吴县（今江苏苏州）人。弘治年间进士，官国子博士，为“吴中四才子”之一，又被称为“吴中诗冠”。

⑦隐然：隐隐约约貌。目睫：眼睛。

⑧倾企：向往企慕。

⑨摅怀：抒发情怀。

⑩皮袭美：即皮日休，字袭美，自号鹿门子，襄阳人。唐代咸通年间进士，任太常博士，诗人，与陆龟蒙友善，时称“皮陆”。

⑪作古诗二十篇：《皮日休集》中存有《太湖诗》二十篇。

⑫陆鲁望：即陆龟蒙，字鲁望，自号江湖散人，或号天随子，唐代诗人，与皮日休相友善，多唱和。

⑬不能为役：指连供其役使都不配。自谦才干远不能和别人相比。

## 译　文

洞庭东山和洞庭西山，是吴中的游览胜地。有太湖相衬托，无城郭相阻隔，登上山顶，足以远眺四方，寄托高远。而山中多灵兽栖存，构造杰出，相传又有许多古代神仙和隐逸之士的居处，实在是人间佳境。

我的好友今日登览西山，给我看他写的八首《纪游》，我读后唱和。于是西山的胜景，我没有亲自攀登游览，就已隐约浮现在眼前。对东山之境，则更加心驰神往。正好有事经过太湖，于是有了登游的机会。我驻足游览仅五日，游历了四处胜迹。虽然未能完全欣赏东山众胜景，但一山之胜，大抵在此了。看过美景，难免要抒发情怀，往往以吟诗来表达感慨。回去之后，整理思绪，潜心吟咏，作诗七首。我也拿去给徐祯卿看，使他能唱和。

从前皮日休游洞庭，作古诗二十篇，而陆龟蒙与它唱和。他们的风流文雅流传至今，千载之后读罢，仍使人兴致盎然。然而考察皮日休所描写的，多是西山的胜迹，而东山的胜迹，也没看到陆龟蒙有唱和。莫不是陆公有所亏欠？我的才能不能和陆公相比，但我曾游览东山，作诗七首，或许可以不负徐子。

# 中州览胜序[1]

唐　寅

吾党袁臣器，少年逸器，温然[2]玉映，盖十室之髦懿也[3]。弘治丙辰五月，忽翻然理篙楫[4]，北乱杨子[5]，历彭城[6]，渐于淮海，抵大梁[7]之墟，九月末归。乃绘所经历山川陵陆，并冲隘名胜之处，日夕展弄，目游其中。予忝[8]与乡曲，得藉访道里，宛宛[9]尽出指下，盖其知之素而能说之详也。

予闻丈夫之生，剡蒿体[10]，揉柘干[11]，以丽[12]别室，固欲其远陟遐举[13]，不齷齪牖下也[14]。而愿悫[15]者怀田里，没齿不窥阛阓[16]，曰：世与我违，甘与蓝木委灰同弃[17]。虽有分寸，而人莫之知也，后世因莫之建白[18]也。是余固自展以异，而颓然青袍掩胫[19]，驰骛[20]士伍中，而身未易自用也[21]。虽然，窃不能久落落于此。

臣器所从魏地来，今不知广陵有中散之遗声[22]欤？彭城项氏之都也，今麋鹿有几头欤？黄河故宣房[23]之基在否欤？大梁墟中有持盂羹为信陵君祭与无也[24]？臣器其为我重陈之，余他日当参验其言。

## 作者简介

唐寅（1470—1523），字伯虎，又字子畏，以字行，号六如居士、桃花庵主，吴县(今江苏苏州)人。弘治十一年（1498），举乡试第一。后因科场泄题案被牵连，下狱拷问，谪为吏，耻不就，归家益放浪。宁王朱宸濠厚币聘之，唐寅察其有异志，佯狂使酒，得放归。筑室桃花坞，日与客醉饮其中。唐寅玩世不恭而又才华横溢，诗、文、画皆善，尤精画。著有《六如居士全集》。

## 注　释

①本文选自《六如居士全集》，是作者为友人袁臣器所绘中州览胜图所作的序。时作者尚未遭科举泄题案之祸，心态比较积极，文中抒发了自己不甘沉沦，欲纵游河山、一展雄心抱负的磊落之志。

②温然：和润貌。

③十室：家家户户。髦：发中之秀出者，士中之俊彦亦谓之髦。懿：美好。

④翻然：突然。篙楫：篙、桨等行船的工具。

⑤乱：横渡。杨子：指扬子江。

⑥彭城：今江苏徐州铜山，项羽曾定都于此。

⑦大梁：今河南开封，战国时魏都。

⑧忝：辱，有愧于，常用作谦辞。

⑨宛宛：回旋曲屈貌。

⑩剡（yǎn）：削。萵体：衰惫之体。

⑪揉拓（zhè）干：意为锻炼体魄，使之坚韧。柘：木质密致坚韧，可制弓。

⑫丽：附著，居住。居别室意谓不安于主室之中享受安逸。

⑬遐举：远行。

⑭龌龊：局促。牖下：窗下。这里指家乡的小区域。

⑮愿悫（què）：朴实忠诚。

⑯闉阇（yīn dū）：曲城，泛指城门。

⑰菑（zī）木：枯死之木。委灰：烧弃之香灰。

⑱建白：有所倡议陈述。

⑲青袍：贱者之服。胫：小腿。

⑳驰骜（ào）：纵逸奔驰。

㉑未易：难以。自用：指师心自用，一展抱负。

㉒中散之遗声：指嵇康之《广陵散》琴曲。嵇康，字叔夜，西晋名士，拜中散大夫，人称嵇中散。康善鼓琴，因触犯司马昭与钟会，遭诬害。临刑时曾弹奏《广陵散》。康死后，琴曲失传。

㉓宣房：即宣房宫。汉武帝时所建，故址在今河南濮阳县西南。

㉔盂羹：以盂盛羹。为信陵君祭：战国时魏国公子信陵君礼贤下士，名冠诸侯，为世所敬，死后百姓奉祠不绝。

## 译　文

我的好友袁臣器，少年时就才具非凡，气质温润如玉，是众人中的杰出者。弘治九年（1496）五月，他突然决定驾船出游，北渡扬子江，进入淮海，到达大梁故城，一直到九月都未归。回来后，他把自己所游历的山川陵陆，以及各个关隘要冲、风景名胜全部画了下来，日夜展开画轴欣赏，神游其中。我有幸是他的同乡，有机会去他家拜访，欣赏到他的画，只见宛宛山河尽在画上，叫人拍案称奇，大概是他记忆力超群，能记住所游胜景，且画技精湛，所以能在画卷上完美呈现。

我听说，大丈夫生于世，当振作衰惫之躯，锻炼强健体魄，居于别室之中，常怀远行之志，不局限于尺寸之地。而有些朴实者，一心经营田地庐舍，无心出行，一辈子都没有见过城门，说：世道不属于我，我甘愿与枯木同化为灰，为世所弃。这虽是理性懂得分寸之语，但常人难以认可，后世人也不会对他有只言片语的议论。所以我常展示自己的过人之处，却颓然以青袍遮体。往来于士人之中，却难以按自己的主观意图行事。即使如此，我也不甘心长久零落于此。

臣器从魏地回来，不知道如今广陵城中是否还有嵇中散的遗声呢？彭城是当年项羽的都城，不知道如今有几头麋鹿？黄河边上宣房宫的地基还在吗？大梁故城中是否有人祭祀信陵君呢？臣器你再跟我重新说说，我他日再来验证你的话。

## 与文征明书[①]

唐　寅

寅白征明君卿：

窃尝听之，累吁可以当泣，痛言可以譬哀。故姜氏叹于室，而坚城为之隳堞[②]；荆轲议于朝，而壮士为之征剑[③]。良以情之所感，木石动容，而事之所激，生有不顾也。昔每论此，废书而叹，不意今者，事集于仆。哀哉哀哉！此亦命矣！俯首自分，死丧无日，括囊[④]泣血，群于鸟兽。而吾卿犹以英雄期仆，忘其罪累，殷勤教督，罄竭怀素[⑤]。缺然不报，是马迁之志，不达于任侯[⑥]；少卿之心，不信于苏季也[⑦]。

计仆少年，居身屠酤，鼓刀涤血。获奉吾卿周旋，颉颃婆娑[⑧]，皆欲以功名命世。不幸多故，哀乱相寻，父母妻子，蹑踵而没，丧车屡驾，黄口嗷嗷，加仆之跌宕无羁，不问生产，何有何亡，付之谈笑。鸣琴在室，坐客常满，而亦能慷慨然诺，周人之急。尝自谓布衣之侠，私甚厚鲁连先生与朱家二人[⑨]，为其言足以抗世，而惠足以庇人。愿赍[⑩]门下一卒，而悼世之不尝此士也。

芜秽日识，门户衰废，柴车索带，遂及蓝缕[⑪]。犹幸藉朋友之资，乡曲之誉，公卿吹嘘，援枯就生，起骨加肉，猬以微名，冒东南文士之上。方斯时也，荐绅[⑫]交游，举手相庆，将谓仆滥文笔之纵横，执谈论之户辙[⑬]。岐舌而赞，并口而称。墙高基下，遂为祸的。侧目在旁，而仆不知。从容晏笑，已在虎口。庭无繁桑，贝锦[⑭]百匹。谗舌万丈，飞章交加，至于天子震赫，召捕诏狱。身贵三木[⑮]，卒吏如虎，举头抢地，洟泗[⑯]横集。而后昆山焚如，玉石皆毁[⑰]。下流难处，众恶所归[⑱]。缋[⑲]丝成网罗，狼众乃食人，马氂[⑳]切白玉，三言变慈母[㉑]。海内遂以寅为不齿之士，握拳张胆，若赴仇敌。知与不知，毕指而唾，辱亦甚矣！整冠李下[㉒]，掇墨甑中[㉓]，仆虽聋盲，亦知罪也。当衡者哀怜其穷，点检旧章，责为部邮[㉔]，将使积劳补过，循资干禄，而籧篨戚施[25]，俯仰异态。士也可杀，不能再辱。

嗟乎吾卿！仆幸同心于执事者，于兹十五年矣！锦带县髦[26]，迨于今日，沥胆濯肝，明何尝负朋友？幽何尝畏鬼神？兹所经由，惨毒万状，眉目改观，愧色满面。衣焦[27]不可伸，履缺不可纳。僮奴据案[28]，夫妻反目。旧有狞狗，当户而噬。反视室中，甂瓯破缺，衣履之外，靡有长物。西风鸣枯，萧然羁客，嗟嗟咄咄，计无所出。将春掇桑椹，秋有橡实，余者不迨，则寄口浮屠[29]，日愿一餐，盖不谋其夕也。

吁欷[30]乎哉！如此而不自引决，抱石就木者，良自怨恨。盘骨柔脆，不能挽强执锐，揽荆吴之士，剑客大侠，独当一队，为国家死命，使功劳可以纪录，乃徒以区区研摩刻削之材[31]，而欲周济世间，又遭不幸，原田无岁[32]，祸与命期，抱毁负谤，罪大罚小，不胜其贺矣！窃窥古人，墨翟拘囚，乃有薄丧[33]；孙子失足，爰著兵法[34]；马迁腐戮，《史记》百篇[35]；贾生流放，文词卓落[36]。不自揆测，愿丽其后，以合孔氏不以人废言[37]之志。亦将隳括[38]旧闻，总疏百氏，叙述十经，翱翔蕴奥，以成一家之言。传之好事，托之高山，没身而后，有甘鲍鱼之腥而忘其臭者，传育其言，探察其心，必将为之抚缶命酒，击节而歌呜呜也[39]。

嗟哉吾卿！男子阖棺事始定，视吾舌存否[40]也？仆素佚侠，不能及德，欲振谋策，操低昂，功且废矣。若不托笔札以自见，将何成哉？辟若蜉蝣，衣裳楚楚[41]，身虽不久，为人所怜。仆一日得完首领，就柏下见先君子，使后世亦知有唐生者。岁月不久，人命飞霜，何能自戮尘中，屈身低眉，以窃衣食，使朋友谓仆何使？后世谓唐生何素？自轻富贵犹飞毛，今而若此，是不信于朋友也。寒暑代迁，裘葛可继，饱则夷犹[42]，饥乃乞食，岂不伟哉？黄鹄举矣，骅骝[43]奋矣！吾卿岂忧恋栈豆、吓腐鼠邪[44]？

此外无他谈，但吾弟弱不任门户，傍无伯叔，衣食空绝，必为流莩[45]。仆素论交者，皆负节义。幸捐狗马余食，使不绝唐氏之祀。则区区之怀，安矣乐矣，尚复何哉！唯吾卿察之。

注　释

①本文选自《唐伯虎全集》卷五，江阴富人徐经贿赂会试总裁程敏政的家僮窃得试题，事情败露，唐寅因会试时与之同行而受到株连，而被下诏狱，谪为吏，耻不就，始归家。归家后，唐寅更加放浪形骸，日与宾客宴饮

于桃花坞。但在这封给挚友文征明的信中，却表露了他内心的痛苦。信中还表达了唐寅“士也可杀，不能再辱”的悲愤及忍辱苟活的原因。这是一封饱含血泪的信，在写作上显然受到司马迁《报任安书》的影响。

②“故姜氏”二句：用孟姜女哭长城典。堞：城墙上齿状的矮墙。

③“荆轲”二句：用荆轲为燕太子丹刺秦王典。征剑：指燕太子丹求天下之利匕首，得赵人徐夫人之匕首。见《史记·刺客列传》。

④括囊：原指束闭口袋，这里指闭口不言。

⑤罄竭：竭尽，毫无保留。怀素：胸怀本素。

⑥“是马迁”二句：指司马迁《报任安书》。书中告诉任安自己隐忍苟活是为了完成《史记》。

⑦“少卿之心”二句：指李陵（字少卿）《答苏武书》。书中述说了自己暂降匈奴的原因。

⑧颉颃（xié háng）：鸟飞上下貌。婆娑：盘旋。

⑨鲁连：鲁仲连，战国时齐人，常为人排难解纷而不受报酬。朱家：秦汉之际游侠，鲁人，以任侠得名。

⑩赉：赐予，给予。

⑪蓝缕：通“褴褛”。

⑫荐绅：通“缙绅”。

⑬户辙：门户之辙，这里指领军人物。

⑭贝锦：编成贝形花纹的锦缎。《诗经·小雅·巷伯》：“萋兮斐兮，成是贝锦。彼谮人者，亦已大甚。”笺：“喻谗人集作己过以成于罪，犹女工之集采色以成锦文。”后以“贝锦”喻故意编造的谗言。

⑮三木：加在犯人颈、手、足上的刑具。

⑯洟（yí）泗：鼻涕。

⑰“而后”二句：《尚书·胤征》：“火炎昆冈，玉石俱焚。”

⑱“下流”二句：《论语·子张》：“纣之不善不如是之甚也，是以君子恶居下流，天下之恶皆当焉。”

⑲缋（huì）：通“绘”，绘画。

⑳马氂（máo）：马尾。《淮南子·说山》：“执而不释，马氂截玉。”

㉑三言变慈母：用曾参杀人典。《战国策·秦策二》载：有与曾参同姓名者杀人，人告曾母，曾母曰：“吾子不杀人。”织自若。顷之又有人告，其母尚织自若。后有一人又告之，其母惧，投杼逾墙而走。

㉒整冠李下：乐府《君子行》：“瓜田不纳履，李不下正冠。”

㉓掇：拾取。甑（zèng）：瓦制的煮器。

㉔部邮：犹“部传”，州郡属吏。

㉕蘧篨（qú chú）、戚施：皆指谄谀献媚的人。

㉖锦带县髦：指当官。

㉗焦：褶皱。

㉘据案：按住，压制，指不听使唤。

㉙浮屠：佛寺。

㉚欷：抽泣。

㉛研摩：研究揣摩。刻削：雕刻。这里指书写。

㉜原田：平原上的田地。无岁：没有收成。

㉝“墨翟”二句：墨翟即墨子，战国时墨家学派创始人。他曾被囚于宋。今《墨子》中有《书葬》篇。

㉞“孙子”二句：孙子即孙膑。他遭庞涓陷害，断去双足，后逃到齐国做了军师，破杀庞涓。著有《孙膑兵法》。

㉟“马迁”二句：司马迁因李陵事遭腐刑，忍辱完成名著《史记》。

㊱“贾生”二句：贾生指汉代作家贾谊。汉文帝时任太中大夫，对国事多有建议，遭当政大臣周勃等反对，被贬为长沙王太傅，遂写了《吊屈原赋》等名文以抒愤。

㊲不以人废言：指因说话人地位低下或犯有错误就不采纳他所说的正确的意见。《论语·卫灵公》：“君子不以言举人，不以人废言。”

㊳檃（yǐn）括：把原有的文章就其内容、情节加以剪裁或修改。

㊴“必将”二句：李斯《谏逐客书》：“夫击瓮叩缶弹筝搏髀，而歌呼呜呜快耳目者，真秦之声也。”

㊵视吾舌存否：《史记·张仪列传》载：楚相疑张仪盗璧，掠笞数百，不服，释之。其妻曰：“嘻！子毋读书游说，安得此辱乎？”张仪谓其妻曰：“视吾舌尚在不？”其妻笑曰：“舌在也。”仪曰：“足矣。”意谓只要舌头仍在，声名就可反转。若身死舌亡，则盖棺定论，再无更改之可能。

㊶“辟若”二句：《诗经·曹风·蜉蝣》：“蜉蝣之羽，衣裳楚楚。”蜉蝣是一种小飞虫，寿命极短，朝生暮死。辟：通“譬”。

㊷夷犹：谓从容不迫。

㊸骅骝：赤色的骏马。

㊹栈豆：马房的豆料，喻现成的利益。《三国志·曹爽传》注引干宝《晋纪》：“桓范出赴爽，宣王（司马懿）谓蒋济曰：‘智囊往矣！’济曰：‘范则智矣，驽马恋栈豆，爽必不能用也。’”吓腐鼠：《庄子·秋水》：“于是鸱得腐鼠，鹓雏过之，仰而视之曰：‘吓！’”

㊺莩（piǎo）：通“殍”，饿死。

## 译文

唐寅告白征明君卿：

我曾听说，多次的吁叹可当哭泣，悲痛的言辞可以倾诉哀伤。所以孟姜女在室内悲叹，坚固的长城竟为之坍塌；荆轲在朝中痛陈国事，就有壮士送上行刺秦王的宝剑。这是因为情之所感，就是木石也为之动容，而事到紧急关头，就连生命也可以不顾啊。过去每每议论这些，我都会放下手中的书叹息，想不到如今事情发生在我身上。悲哀啊，悲哀！这也是命啊！低头自思，离死不远，闭口痛哭，觉得自己和鸟兽一样卑微。而您还用英雄的标准期盼于我，忘了我身负多项罪名，对我殷勤地教诲督促，竭尽平常胸怀。然而你从我这里得不到回报，这就好像是司马迁的理想不被任安知晓，又好像李陵的心思不被苏武理解一样。

回忆年少时，我曾在屠夫和酒家那些人中间厮混，在刀和血之中长大。后来我得到您的提携，于人世间上下求索，都是想以功名命世。然而人生不幸频生变故，哀事祸乱接踵而来，父母妻子接连去世，我一次次驾驶丧车，家中幼儿嗷嗷待哺，再加上我一贯自由懒散，不事生产，家中有什么、缺什么，只能付诸谈笑间。虽然如此，我还是天天在家中鸣琴鼓乐，坐客常满，我还是能慷慨允诺，周济别人的危难。曾自称是百姓中的豪侠，私下里佩服鲁仲连和朱家这样的豪杰，以为他们说一句话足以扭转乾坤，施舍一点好处就足以庇护旁人。我宁愿送出门下一名奴仆，来纪念这世上不曾出现过这样的人士。

我的家境一天天衰败，庭院中日渐荒芜，出入乘坐柴车，衣着渐渐破烂不堪。还好借助朋友的资助，乡亲抬举，公卿吹嘘，使我如枯木逢春，白骨生肉，惶恐中以些微名声冒东南文士之上。记得那段时间，与名流交游，举手相庆，都说我纵横文笔，所谈论往往引领潮流。恨不得把一个舌头分成两个来称赞我，众口一词都是赞誉之词。墙筑得高而地基不牢，这就会酿成祸患。有人在一旁冷眼看我，我却不知。我从容饮乐谈笑，不知已在虎口。院内未种桑树，人家编派我的罪名早已满天飞。进谗言的舌头足有万丈，一道道奏章飞驰朝廷。最终天子震怒，下旨捕我入狱。我身戴枷锁，见卒吏如虎，只能磕头作揖，涕泗纵横，而后玉石俱焚。下流难处，一旦居于下流，一切罪恶都会加之于身。用笔画出的丝线竟然也织出罗网；狼聚在一起就会吃人；只要坚持不懈，马尾都能切割白玉；传言儿子杀人，多说几次慈母的信心就能动摇。天下都以唐寅为不齿之士，握紧拳头，放开胆量，像是对待仇敌。知情的不知情的，都指着我吐口水，那羞辱也算厉害！在李子树下整理帽子，在饭甑中取墨，我虽然不聪明，也知道是有罪的。当权者可怜我的困窘，依照旧章程，让我做个地方官的随从，意在叫我效力补过，规规矩矩挣点衣食之资，然而谄谀献媚，卑躬屈膝，经常改换脸色去服侍奉承他人，实非我愿。士可杀，却不可再受辱。

唉，我的好友啊！你我一同共事，至今十五年了！当个小官到今日，肝胆相照，在明处哪有负过朋友？在暗中何尝怕过鬼神？这次的经历，惨毒万状，弄得我面目全非，愧色满面。衣服折皱不敢舒展，鞋子破了不敢纳补。奴仆书童不听使唤，夫妻反目成了仇人。旧时养的凶猛的狗，见我归来竟然守着门要咬我。回看室中，坛坛罐罐破烂一地，除了几件衣服鞋子，再没有什么多余家什。西风吹枯叶，一派萧瑟中勉强留客，心慌意乱，一点办法也没有。只好打算春天捡点桑葚，秋天采点橡实用来充饥了，实在还不够，就到寺院去化点吃的。一日但愿有一餐，实在不敢去想晚上吃什么。

痛哭流涕啊！我遭遇如此却没有自杀，实在是心中怨恨难平。我身柔骨脆，不能挽强弓、执利器，像荆吴之士、剑客大侠那样独当一面，为国家效死命，立下功劳记载在册，仅凭区区文才，希望周济世间，却遭不幸，原田无岁，祸与命期，身负毁谤，罪大罚小，不胜其贺矣！私下里对比古人，墨翟被囚，作了《书葬》；孙膑被废双足，著有《孙膑兵法》；司马迁遭腐刑，写下《史记》百篇；贾谊被流放，文辞越发卓越高超。我不自量力地估量自己，愿意追随他们，以应和孔子“不以人废言”的观点。我也准备把之前写的文章加以整理修改，梳理诸子百家之书，叙述十经，就此潜心于深奥的道理之中，以成一家之言。传之好事，托之高山，我死之后，也许有人会因为我文学上的成就而忘却我曾经的污点吧，他们传论我的言论，探察我的心迹，必定会为我抚缶命酒，击节而歌。

可叹啊，我的朋友！大丈夫的功过盖棺论定，到时看我还有说话的舌头没有？我向来任侠尚义，不能顾及德养，若是想要弄点权术计谋什么的，恐怕连我的文字功底都荒废了。我若不靠文笔书札来实现自我，还能有什么成就呢？好比短命的蜉蝣，羽衣鲜亮，虽然活不久，亦为人所怜。我有朝一日完成愿望，就到地下去见先君子，使后世人也知道这世界上曾经有个叫唐寅的。岁月不能长久，人的寿命像飞霜一样短暂，怎么能使自己迷失在尘世中，屈身低眉，以谋衣食，使朋友议论我生来是干什么的？后人批评说唐生有什么追求？素来轻看富贵犹如飞毛，现在如果这样忍辱苟安，是不能取信于朋友。寒暑季节变换，有裘衣葛衣可以为继，吃饱了则从容不乱，饥饿时就去乞食，岂不是快事？黄鹄高飞，骅骝腾跃！我的朋友怎会担忧我是贪恋栈豆的驽马或者只是吓吓鹓雏鸟的病鹰啊？

好啦，没别的话说了，但你兄弟我荏弱，不能当家立户，又无伯叔可以依傍，衣食空绝，早晚会饿死。平时与我交往的人，都不讲义气背叛了我。万望您捐助点狗马余食给我，使唐氏不至绝后。那么我这不值一提的小人物，就心满意足了，还能有什么别的奢求！只希望我友明白。

## 勤　学[①]

王守仁

已立志为君子，自当从事于学，凡学之不勤，必其志之尚未笃[②]也。从吾游者不以聪慧警捷为高，而以勤确谦抑为上[③]。

诸生试观侪辈[④]之中，苟有虚而为盈，无而为有，讳己之不能，忌人之有善，自矜自是，大言欺人者，使其人资禀虽甚超迈，侪辈之中有弗疾恶之者乎？有弗鄙贱之者乎？彼固将以欺人，人果遂为所欺？有弗窃笑之者乎？苟有谦默自持，无能自处，笃志力行，勤学好问，称人之善而咎己之失，从人之长而明己之短，忠信乐易[5]，表里一致者，使其人资禀虽甚鲁钝，侪辈之中有弗称慕之者乎？彼固以无能自处而不求上人，人果遂以彼为无能？有弗敬尚之者乎？

诸生观此，亦可以知所从事于学矣。

## 作者简介

王守仁（1472—1529），汉族，幼名云，字伯安，因曾筑室于会稽山阳明洞，自号阳明子，学者称之为阳明先生，绍兴余姚（今浙江余姚）人。弘治十二年（1499）进士，历任刑部主事、兵部主事。因上书救言官戴铣等，忤权宦刘瑾，受廷杖，谪为贵州龙场驿丞。刘瑾被诛后，起用为庐陵知县，迁南京刑部主事、吏部尚书。后以右佥都御史巡抚南赣，因镇压农民起义与平定宸濠之乱的军功而被封为新建伯。官至南京兵部尚书。谥文成，故后人又称王文成公。著有《王文成公全书》。

## 注 释

①本文选自《王文成公全书》卷二十六。王守仁被贬为贵州龙场驿丞时作《教条示龙场诸生四则》，包括立志、勤学、改过、择善，此为其中之一。

②笃：忠实。这里指专一不变。

③确：确实，踏实。谦抑：谦虚低调的处事方式。

④侪（chái）辈：同辈。

⑤乐易：乐观和蔼，平易近人。

## 译 文

既已立志做君子，自然应当努力求取学问。凡是学习不够勤快的人，一定是因为他所立志向还不够深切。跟从我求学的人，我不会把天资聪慧、机警敏捷看作最可贵的，而是会把勤劳踏实、谦虚自处视为最重要的品质。

诸生试着观察同学之中，如果有人肚子里明明空空如也，却假装很充盈，明明是没学问，却假装很有学问，隐藏自己的短处，妒忌别人的长处，自以为是，说大话来欺骗别人，即使他天资禀赋超迈突出，同学们有不讨厌他的吗？有不鄙夷轻视他的吗？就算他用各种方式来欺骗别人，别人就真的会被他欺骗吗？会有人不在背后偷偷嘲笑他吗？如果有人谦虚缄默、自我约束，以没有能力的态度自处，立志深切又努力实践，勤奋向学又喜好提问，称赞他人的优点而责怪自己的缺点，学习他人的长处而揭明自己的短处，忠诚信实、和乐平易，表里如一，即使他天资禀赋鲁钝平庸，同学们有不称赞羡慕他的吗？他固然以无能自处而不求超越别人，别人就真的会以为他无能吗？会有人不敬重他吗？

各位同学看看这两种人，就知道要用什么样的态度求学了。

## 何陋轩记[1]

王守仁

昔孔子欲居九夷，人以为陋，孔子曰："君子居之，何陋之有？"[2]守仁以罪谪龙场，龙场古夷蔡[3]之外，于今为要绥[4]，而习类尚因其故。人皆以予自上国[5]往，将陋其地，弗能居也，而予处之旬月，安而乐之，求其所谓甚陋者而莫得。独其结题鸟言山栖羝服[6]，无轩裳[7]宫室之观，文仪揖让之缛[8]，然此犹淳庞[9]质素之遗焉。盖古之时，法制未备，则有然矣，不得以为陋也。夫爱憎面背，乱白黝[10]丹，浚奸[11]穷黠，外良而中螫[12]，诸夏[13]盖不免焉。若是而彬郁[14]其容，宋甫鲁掖[15]，折旋矩矱[16]，将无为陋乎？夷之人乃不能此，其好言恶詈[17]，直情率遂，则有矣，世徒以其言辞物采之眇[18]而陋之，吾不谓然也。

始予至，无室以止，居于丛棘之间，则郁[19]也。迁于东峰，就石穴而居之，又阴以湿。龙场之民老稚，日来视予，喜不予陋，益予比[20]。予尝圃于丛棘之右，民谓予之乐之也，相与伐木阁之材，就其地为轩以居予。予因而翳[21]之以桧竹，莳[22]之以卉药，列堂阶，办室奥[23]，琴编图史，讲诵游适之道略具，学士之来游者，亦稍稍而集。于是人之及吾轩者，若观于通都焉，而予亦忘予之居夷也，因名之曰"何陋"，以信[24]孔子之言。

嗟夫！诸夏之盛，其典章礼乐，历圣修而传之，夷不能有也，则谓之陋固宜。于后蔑道德而专法令，搜抉钩絷之术穷[25]，而狡匿谲诈，无所不至，浑朴尽矣！夷之民，方若未琢之璞、未绳[26]之木，虽粗砺顽梗[27]，而椎斧尚有施也，安可以陋之？斯孔子所为欲居也欤？虽然，典章文物，则亦胡可以无讲？今夷之俗，崇巫而事鬼，渎礼而任情，不中不节[28]，卒未免于陋之名，则亦不讲于是耳。然此无损于其质也。诚有君子而居焉，其化之也盖易。而予非其人也，记之以俟来者。

注　释

①本文选自《王文成公全书》卷二十三。《明史·王守仁传》载，王守仁

因上书救戴铣等人，触怒刘瑾，被廷杖四十，谪贵州龙场驿丞。龙场万山丛薄，苗獠杂居。守仁因俗化导，夷人喜，相率伐木为屋，以栖守仁。文章以亲身经历，赞扬了苗族、仡佬族（獠）百姓质直纯朴、乐于助人的品格，批驳了人们称之为“陋”的说法。文章也讽刺了中原人士的“狡匿谲诈，无所不至”。

②“昔孔子”五句：《论语·子罕》：“子欲居九夷。或曰：‘陋，如之何？’子曰：‘君子居之，何陋之有？’”九夷：古书中的九夷，是对东方少数民族的通称。

③夷蔡：蔡为周代古国，其地在今河南上蔡、新蔡等地，即在河南南部。

④要绥：要服、绥服，古代王畿以外的区划名，这里泛指边远地区。

⑤上国：这里指京城。

⑥结题：指少数民族结发于额的装束。鸟言：说话似鸟语。羝（dī）服：羊皮作衣服。

⑦轩裳：古代卿大夫所乘坐的一种前顶较高而有帷幕的车子。裳：指帷裳，车旁的布幔。

⑧缛（rù）：指繁密的礼节。

⑨淳庞：朴实。

⑩黝：青黑色。

⑪浚奸：深奸。

⑫中螫（shì）：内心像毒虫一样容易刺人。

⑬诸夏：泛指中原地区。

⑭彬郁：文质彬彬有文采貌。

⑮宋甫：宋国的礼帽。鲁掖：鲁国的大袖之衣。宋、鲁在春秋时属礼仪之邦。

⑯折旋：曲行。古代行礼时的动作。矩矱（yuē）：规则法度。

⑰詈（lì）：骂。

⑱眇：低微，细小。

⑲郁：阻滞。

⑳比：亲近。

㉑翳（yì）：遮蔽，这里指种植成荫。

㉒莳（shì）：栽种。

㉓室奥：泛指室内。

㉔信（shēn）：通“伸”，伸张。

㉕搜抉：亦作“搜刔”。搜求选择。钩縶：指钩心斗角。

㉖绳：木工用的墨线，引申为标准、法则。这里作动词，指校准。

㉗粗砺：粗糙。顽梗：愚妄而不顺服。

㉘不中不节：不合乎礼义法度。

## 译文

从前孔子想搬到九夷去住，别人都认为那里鄙陋落后，孔子说：“君子居住在那里，有什么鄙陋的呢？”我因罪被贬龙场，龙场地处古蔡国以外，在当今属边远地区，风俗习惯还因袭古时。人们都以为我来自京城，一定会嫌弃这里鄙陋，居住不惯，然而我在此地住了十个月，却安居且快乐，寻求所谓的鄙陋之处，却没有找到。只是这里夷人的装束、言语、居所、服饰等，没有轩裳那样华美，没有宫室那样壮观，人与人交往也没有各种繁密的礼节，然而这却是古时淳朴民风的遗留。在古时候，各种法规制度还没有完备，民风习俗大抵就是如此，不能称之为鄙陋。人前人后爱憎不一，混乱白色、青黑色、红色，为人奸邪狡黠，外表善良而内心似毒虫，中原地区人士就是这样的作风。像这样，就算外貌文质彬彬，身着宋甫鲁掖，行礼符合法度，能不算鄙陋吗？龙场的少数民族则不是这样的，他们好骂人，说粗话，性情率真淳朴，世人都因为他们言辞粗俗，仪容卑微而认为他们鄙陋，我却不这样认为。

我刚来这里时，没有房子居住，住在丛棘之中，非常偏僻，道路阻滞，迁到东峰，就着石洞住下，却又阴暗潮湿。龙场的老少民众，每日都来看望我，他们对我不觉得此地鄙陋而感到欣喜，更加亲近我。我曾在丛棘的右边开园种菜，夷民以为我喜欢居住此地，纷纷砍伐木材，就着那块地搭建起一座轩房让我居住。我于是种上桧柏竹子，又栽上芍药等花卉，装饰堂前室内，又摆上琴书和图册史书，这些讲诵游适的器物大致具备后，来交往的文人学士，也慢慢聚集了。从此来到我轩室的人，就好像来到了四通八达的都市，而我也忘记了我是住在远夷之地，于是给轩房取名为“何陋轩”，以伸张孔子的观点。

哎呀！现在中原地区极为兴盛，其典章礼乐经历过无数代圣贤的改进流传，夷人是不可能拥有的，从这方面来说，称夷人鄙陋是合适的。然而此后的中原人士，蔑视道德而专擅法令，竭尽心思搜抉钩絷之术，而狡匿谲诈，无所不至，古时浑朴民风已荡然无存！夷地民众，就好像未雕琢的璞玉和未校准的木头，虽然粗砺顽梗，但椎斧尚未加之其身，怎么可以称他们鄙陋呢？大概孔子也是因此才想到九夷居住的吧？虽然如此，但在典章礼乐方面，难道夷人就没有一点值得称道的地方吗？现在夷人的风俗，崇尚巫术，敬奉鬼神，轻慢礼仪，放任性情，不符规矩，不守礼义，这些不能免于鄙陋之名，也不是值得称道的，但这对他们淳朴的本质并没有损害。果真有君子住到这里来，开导教化他们，大概很容易吧。可是我不是那种能担此重任的君子，因此写下这篇“记”，用以等待将来的人。

# 答毛宪副书[1]

王守仁

昨承遣人，喻以祸福利害，且令勉赴大府[2]请谢，此非道谊深情，决不至此。感激之至，言无所容。

但差人至龙场[3]陵侮，此自差人挟势擅威，非大府使之也。龙场诸夷与之争斗，此自诸夷愤愠不平，亦非某使之也。然则大府固未尝辱某，某亦未尝傲大府，何所得罪而遽[4]请谢乎？

跪拜之礼，亦小官常分，不足以为辱，然亦不当无故而行之。不当行而行，与当行而不行，其为取辱一也。废逐小臣，所守以待死者，忠信礼义而已。又弃此而不守，祸莫大焉。凡祸福利害之说，某亦尝讲之。君子以忠信为利，礼义为福，苟忠信礼义之不存，虽禄之万钟[5]，爵以侯王之贵，君子犹谓之祸与害；如其忠信礼义之所在，虽剖心碎首，君子利而行之，自以为福也，况于流离窜逐之微乎！

某之居此，盖瘴疠蛊毒之与处[6]，魑魅魍魉[7]之与游，日有三死[8]焉。然而居之泰然，未尝以动其中[9]者，诚知生死之有命，不以一朝之患，而忘其终身之忧也。大府苟欲加害，而在我诚有以取之，则不可谓无憾；使吾无有以取之而横罹焉，则亦瘴疠而已尔，蛊毒而已尔，魑魅魍魉而已尔，吾岂以是而动吾心哉！

执事之谕，虽有所不敢承，然因是而益知所以自励，不敢苟有所隳堕[10]，则某也受教多矣，敢不顿首以谢！

注　释

①本文选自《王文成公全书》卷二十一。毛宪副是当时任都察院左副都御史的毛伯温。都察院在明代以前称为御史台，也称宪台，故称毛伯温为宪副。王守仁被贬为龙场驿丞，太守派人至驿，来人仗势对王守仁加以凌辱，当地少数民族人士激于义愤打了这个差人。太守就把这件事上告到都察院。副都御史毛伯温派人传信给王守仁，谕以祸福利害，劝他向太守谢罪，王守仁就写了这封回信。信中表示了与毛宪副不同的祸福利害观，坚持了为忠信礼义的信念献身的精神。

②大府：指知府衙门。

③龙场：其驿在今贵州修文县。

④遽：急，骤然。

⑤万钟：指优厚的俸禄。钟：古代容量单位，六斛四斗为一钟。

⑥瘴疠：古代指山林温热地区流行的恶性疟疾等传染病。蛊（gǔ）毒：古代传说把许多毒虫放在器皿里使互相吞食，最后剩下不死的毒虫叫蛊。蛊毒即蛊虫之毒。

⑦魑魅魍魉：传说中的山精木怪，能作祟害人。

⑧日有三死：每天有三种可死的机会，即瘴疠、蛊毒、魑魅魍魉。

⑨动其中：指内心有所触动。中：通“衷”，内心。

⑩隳（huī）堕：自弃堕落。隳：毁，坏。

## 译　文

昨日承蒙您派人来，喻以祸福利害之理，让我姑且去向知府谢罪，如果没有深情厚谊，绝不会如此为我着想。我感激之至，无法用言语表达。

然而差人到龙场凌辱我，是因为他自恃威势，擅用威权，并不是知府让他这么做的。龙场众少数民族百姓与他争斗，是因为愤怒不平，也并不是我所指使。如此，知府未尝有意凌辱我，我也未尝有意对知府倨傲，又哪里有罪过需要急着去谢罪呢？

对上司行跪拜之礼，本来就是下官的本分，不足以成为屈辱，然而也不能无故行礼。不当行而行，与当行而不行，都是自取其辱，结果是一样的。我是一个被废逐的小臣，所禀守以等待死亡的，只有忠信礼义而已，如果又抛弃它而不守，那祸患就大了。祸福利害之说，我也曾讲说过。君子以忠信为利，以礼义为福，如果忠信礼义不存，那么即使有禄至万钟之富，爵至侯王之贵，君子仍称之为祸害；如果忠信礼义仍在，那么即使剖心碎首，君子也会认为有利而加以执行，自以为福，更何况我这被放逐流离于边荒之地的小臣呢！

我居于龙场，与瘴疠蛊毒相伴，与魑魅魍魉同游，每日会遇到三次死亡的威胁。然而我处之泰然，内心并不觉得苦，是诚知生死有命，不会因为一朝一夕之蒙患，而忘记终身之忧。知府如果因此事而加害于我，而我确实有罪，则不能说无憾；假使我无罪而横遭祸难，那不过如瘴疠蛊毒、魑魅魍魉而已，我岂能因此而觉苦？

执事的劝谕，我虽然有所不敢应承，却因此更加明白，做人当保持原则，自我勉励，不敢有丝毫自暴自弃，如此我也是受益颇多了，岂敢不顿首以谢！

# 答周北渚书①

边　贡

昔人有夜寝者，觉而闻壁间有声，听之緉緉然②旋也。叱之，则对曰："我者乃符③也。"问之曰："胡不于户外？"曰："外有鬼。"又有人暮行失道，过丛祠④。天雨且黑，狐长鸣不休，野磷荧荧⑤，散乱左右，因大恐，疾趋。后有追之者曰："幸我待！幸我待！抵郭⑥中当以符报若。"其人以为鬼且厉⑦己也，恐其近，愈益疾趋。追者益近，回视之，颀然羽人也⑧。问之，曰："予天师耳。"是二事者甚相类，闻之者莫不笑之也。其笑之者盖曰："所贵于符者，以其能以辟鬼也；而天师者，又符之所自出者也。今不惟不能辟鬼，而反辟于鬼，是乌用符与天师者为哉？"

鄙人从大夫后⑨十有余年，有父不能以养，而使糊其口于雁门⑩三年矣。虽政不及于古之人，然未敢以病民。而外不免于监司⑪之辱，内不免五百⑫之罚，鄙人之力盖可知矣。

京师之士人有以医名者，其门如市也。予往叩焉，出见之，仅能步，尫然⑬羸也。予甚笑之。盖未有己不治，而能治人者也。

大儿至，予适病疡在告，朝籍之不通⑭者一月矣。不敢以出，即出亦羸医耳，天师耳，辟于鬼之符耳，于执事⑮者何能为？故大儿之归也，草草布意。若执事之详悉颠末⑯，彼自能道之矣。不宣⑰。

## 作者简介

边贡（1476—1532），字廷实，因家居华泉附近，自号华泉子，历城（今山东济南）人。明弘治九年（1496）进士，授太常博士，又擢兵科给事中，历山西、河南提学副使，以母亡守丧家居。嘉靖元年（1522）起为南京太常少卿，官至南京户部尚书，被劾纵酒废职，罢归。边贡以诗著称于弘治、正德年间，与李梦阳、何景明、徐祯卿并称"弘治四杰"。再加上康海、王九思、王廷相，合称为明代文学"前七子"。著有《华泉集》。

## 注　释

①本文选自《华泉集》卷十一。周北渚是边贡的好友，在地方为官，借边贡之子赴京之机，托带一封书信给边贡，求他在京城为自己疏通关系，以

便提拔，边贡就写了这封信回绝。

②缅缅（shǎi shǎi）然：连续不断的样子。

③符：这里指道士用来驱鬼的符咒。

④丛祠：建造在荒野丛林中的神祠。

⑤磷：人和动物的尸体腐烂会分解出磷化氢，并自动燃烧。夜间在野地里看到的白色带蓝色火焰的就是磷火，俗称鬼火。荧荧：光闪烁貌。

⑥郭：外城。这里泛指城中。

⑦厉：害。

⑧颀然：身材高大貌。羽人：指道士。

⑨从大夫后：入仕为官的谦称。

⑩雁门：在山西代州西北，这里借指代州。边贡父边节，字时中，号介庵，曾任山西代州知府。

⑪监司：监察官吏的上级长官，明代指按察使。

⑫五百：也作“伍伯”，官府小吏，主管车前导引、护卫及行杖等事。

⑬尪（wāng）然：瘦弱而骨骼变形貌。

⑭朝籍之不通：指病假在家不上朝。

⑮执事：尊称周北渚。

⑯颠末：始末。

⑰不宣：旧时书信末尾常用此语。

## 译　文

从前有个人夜里睡觉，忽然惊醒，听见墙壁间有声响，那声音听起来连续不断的样子。他大声呵斥，墙壁间有声音回应道：“我是符咒啊。”这人问道：“你为什么不待在门外？”符咒回答道：“门外有鬼。”又有一个人夜行迷了路，经过荒野丛林中的神祠。当时天色已晚且下着雨，狐狸长鸣不休，野外磷火荧荧闪烁，散乱左右，这人因此大为恐惧，于是快步赶路。后面有个人追赶他，说：“等等我！等等我！到了城中我将用符咒报答你。”这人以为是鬼要加害自己，害怕其靠近，于是脚步更加匆忙地赶路。追赶他的人也一点点靠近他，他回头一看，原来是个身材高大的道士。这个人问他是谁，他说：“我是天师啊。”这两个故事极为相似，听到的人无不嘲笑那符咒和天师。嘲笑的人大抵这样说：“符咒以能辟鬼为贵，而天师又是制作符咒的人，现在他们不但不能辟鬼，反而为鬼所辟，如此，符咒和天师又有什么用呢？”

我出仕做官已经有十多年，却有父亲不能供养，而使他在雁门艰难糊口三年。虽然我的政绩不如古代贤人，但也不敢为害百姓。我在外不能免于监司的凌辱，在内不能免除伍伯的责罚，我的力量之微由此可知了。

京城有个士人以医术高超闻名，其门庭若市。我前往拜见，看到了他，发现他身体瘦弱得仅能走路。我对此感到非常可笑。从来都没有连自己都治不了却能医治别人的人啊。

我大儿子回京，我正告病在家，已经一个月没有上朝。我实在不敢出面帮你疏通，即使出面，不过也如那羸医、天师和为鬼所辟的符咒一样，对您又有何帮助呢？所以我大儿子回来后，只是粗略地表达了您的意思。您如果详细知道事情的始末，自能明白我的意思。这事我实在是无能为力。

## 记王忠肃公翱三事[①]

崔　铣

公为吏部尚书，忠清，为英皇[②]所信任。仲孙以荫入监[③]，将应秋试[④]。以有司[⑤]印卷白公，公曰："汝才可登第，吾岂忍蔽之哉？如汝误中选，则妨一寒士矣。且汝有阶得仕，何必强所不能，以幸冀非分邪？"裂卷火[⑥]之。

公一女，嫁为畿辅[⑦]某官某妻。公夫人甚爱女，每迎女，婿固不遣，恚[⑧]而语女曰："而翁长铨[⑨]，迁我京职，则汝朝夕侍母。且迁我如振落叶耳，而固吝者何？"女寄言于母。夫人一夕置酒，跪白公。公大怒，取案上器击伤夫人，出，驾而宿于朝房[⑩]，旬乃还第。婿竟不调。

公为都御史[⑪]，与太监某守辽东。某亦守法，与公甚相得也。后公改两广[⑫]，太监泣别，赠大珠四枚。公固辞。太监泣曰："是非贿得之。昔先皇颁僧保所货西洋珠于侍臣[⑬]，某年八焉，今以半别公，公固知某不贪也。"公受珠，内所着披袄中[⑭]，纫之[⑮]。后还朝，求太监后，得二从子。公劳之曰："若翁廉，若辈得无苦贫乎？"皆曰："然。"公曰："如有营，予佐尔贾。"二子心计，公无从办，特示故人意尔，皆阳[⑯]应曰："诺。"公屡促之，必如约。乃伪为屋券，列贾五百金[⑰]，告公。公拆袄，出珠授之，封识宛然[⑱]。

**作者简介**

崔铣(1478—1541)，字子钟，又字仲凫，初号后渠，改号少石，又号洹野，安阳（今河南安阳）人。明弘治十八年（1505）进士，选庶吉士，授编修。参与编修《孝宗实录》。因忤刘瑾，出为南京吏部主事。刘瑾败，召复原官，充经筵讲官，进侍读，擢南京国子祭酒。嘉靖三年（1524）因弹劾张璁等触怒皇帝，被免官。后又起为少詹事兼侍读学士，擢南京礼部右侍郎。卒谥文敏。著有《洹词》《后渠庸言》《政议》《文苑春秋》等书。

## 注　释

①本文选自《洹词》卷五。王忠肃公翱：即王翱，字九皋，盐山(今河北盐山)人。永乐年间进士，历官御史、右都御史、提督辽东军务、总督两广军务、吏部尚书等职。有政绩。为人“刚正廉直，忧国奉公，忘情恩怨”，死后谥曰“忠肃”。本文记其小事三件，以此可见其大节。

②英皇：指明英宗朱祁镇。

③仲孙：第二个孙子，指王辉。以荫入监：凭借上代的余荫，不以考选而直接取得监生资格。

④秋试：即乡试，亦称“秋闱”。明清科举制度，每隔三年的秋季，在各省城举行一次考试，被录取的称举人。因在秋季举行，故称。

⑤有司：指秋试主考官。

⑥火：烧毁。

⑦畿辅：京都周围附近的地区。史载王翱女婿名贾杰。

⑧恚：怨怒。

⑨而：你，代词。翁：父。长：长官。这里作动词，做……长官。铨：铨选，唐宋至清选用官吏的制度，由吏部按照规定任免、考核、选拔官吏。故吏部亦称“铨部”。

⑩朝房：每日凌晨，大臣上朝时暂歇之房舍，在午门一带。

⑪都御史：都察院的长官。

⑫两广：广东和广西两省。王翱调任总督两广军务时在代宗景泰三年(1452)，时年六十九岁。

⑬先皇：这里指明成祖或明宣宗。颁：赏赐。僧保：人名，其人不详。或为“三保(郑和)”之误。货：买。西洋：泛指南洋群岛、印度、斯里兰卡、阿拉伯半岛、东非等地。明成祖至明宣宗时，郑和曾七次下西洋。

⑭内：通“纳”，放入。着：穿。披袄：穿在外面的上衣，多是夹的或棉的。

⑮纫之：指把宝珠缝在披袄中。

⑯阳：通“佯”，假装。

⑰列贾：开列的价格。五百金：五百两银子。金：古代计算货币的单位。先秦以黄金二十两为一镒，一镒称一金；汉代以黄金一斤为一金；后来以银子为货币，银一两称一金。

⑱封识：指原来封好的记号。识：通“帜”，标志，记号。宛然：依然。

## 译　文

王公做吏部尚书，忠正清廉，深为英皇所信任。他的仲孙王辉凭借上代的余荫而取得监生资格，即将参加秋试。王辉拿加有秋试主考官印章的卷子去给王公看，王公说：“你如果可以凭真才实学考中，我岂会忍心埋没你？可如果你因为事先拿到考题而侥幸考中，就会妨碍一名寒门苦读学子的前程。况且你有以监生资格做官的机会，何必强求以自己所不能做到的事情，来妄求实现非分的奢望呢？”于是撕掉、焚毁了王辉的考卷。

王公有一个女儿，嫁给京城附近一位官吏为妻。王公的夫人十分疼爱女儿，每当接女儿回娘家，女婿坚决不让妻子走，他怨怒地对妻子说：“你父亲是吏部的长官，若将我调任京城，你就可以时时侍奉母亲。况且调动我就像摇下正在凋落的树叶那么简单，可是为何你父亲如此固执吝惜力气？”女儿托人带话给母亲。夫人就在一天晚上摆上酒，跪着禀告王公。王公十分生气，拿起桌上的器物打伤了夫人，出门坐车到朝房里住宿去了，十天后才回到自己的府第。女婿最终没有被调进京城。

王公做都御史时，同一名太监镇守辽东。这个太监也奉公守法，同王公相处得很好。后来王公改调两广任职，太监哭着送别，赠给王公大宝珠四枚。王公坚决推辞不受。太监哭着说：“这大宝珠不是受贿得到的东西。以前先皇把僧保所买来的西洋珠赏赐给左右近臣，我得到八枚，今天拿一半给您赠别，您本来就知道我并不是贪财的人啊。”王公就接受了宝珠，放进自己所穿的披袄中，把它缝在里面。后来回到朝廷，王公寻找太监的后辈，找到了他的两个侄子。王公安慰他们说：“你们的叔父很廉洁，你们恐怕正为贫穷所困吧？”二人都说：“是的。”王公说：“如果你们想有所经营，我帮你们出钱。”太监的两个侄子心里盘算，觉得王公无法办到，只不过是表表老朋友的心意罢了，都假装答应说：“是。”王公几次催促他们，一定要按照说定的办。于是他们就伪造了一张买房子的契约，开列的价钱是五百两银子，告诉王公。王公拆开披袄，取出宝珠交给他们，那包裹上的标识，仍然是原来的样子。

## 跋赵文敏公书《巫山词》[1]

杨　慎

巫山十二峰[2]在楚蜀之交，余尝过之，行舟迅疾，不及登览。近巫山王尹于峰端摹得赵松雪石刻小词十二首，以乐府《巫山一段云》[3]按之，可歌。

古传记称：帝之季女曰瑶姬，精魂化草，实为灵芝[4]。宋玉本此以托讽[5]。后世词人，转加缘饰[6]，重葩累藻，不越此意。余独爱袁崧[7]之语，谓：“秀峰叠崿，奇构异形，林木萧森[8]，离离蔚蔚[9]，乃在霞气之表。仰瞩俯眺，不觉忘返。自所履历，未始有也。山水有灵，亦当惊知己于古矣！”寻此语意，使人神游八极[10]，而爽然自失于晔花温莹之外[11]。

欲以袁意和赵词，以洗兹丘之黩[12]，未暇也，乃临松雪墨妙[13]一纸，邀曹太狂[14]作图，藏之行笥[15]，为他日游仙兴端云。

## 作者简介

杨慎（1488—1559），字用修，号升庵，新都（今属四川）人。正德六年（1511）殿试第一，授翰林院修撰。世宗即位，充经筵讲官，参与编修《武宗实录》。性刚直，每事必直书。嘉靖三年（1524），召为翰林学士。因“议大礼”触怒世宗，谪戍永昌卫（今云南保山）。自此，或归蜀，或居云南会城，或留戍所，三十多年后去世。杨慎少即以诗文名世，曾受业于李东阳，与何景明等为友。好学穷理，老而弥笃。《明史·杨慎传》曰：“明世记诵之博，著作之富，推慎为第一。”著有《升庵集》及杂著一百多种。

## 注　释

①本文选自《太史升庵全集》卷十。赵文敏公指元代著名文学家兼书画家赵孟頫，字子昂，号松雪，谥文敏。杨慎的书法就是师法于他的。杨慎于嘉靖二十年（1541）回成都，得到巫山县令王道赠送的赵孟頫自书《巫山词》拓片，因作此跋。此跋一出，当时远近附庸风雅的官僚们不断向巫山县令索取拓片，不胜其烦。至万历时，当地官吏把赵孟頫书刻在巫峡中的刻词凿去，连拓片也没有留存。

②巫山十二峰：在巫峡的长江北岸，正当湖北与四川的交接处。

③《巫山一段云》：唐代教坊曲名，后用作词牌名。

④“古传记称”四句：引文见《水经注·江水》：“宋玉所谓天帝之季女，名曰瑶姬，未行而亡，封于巫山之阳，精魂为草，实为灵芝。”宋玉的《高唐赋》，李善在《文选》的注解里引《襄阳耆旧传》说：“赤帝女曰姚姬，未行而卒，葬于巫山之阳，故曰巫山之女。”

⑤宋玉本此以托讽：宋玉本巫山瑶姬的传说，写了《高唐赋》和《神女赋》，用来讽喻楚襄王。见《文选》卷十九及李善注解。

⑥缘饰：文饰。

⑦袁崧：一称袁山松，东晋人。少有才名，博学能文，著有《后汉书》百篇及《宜都山川记》。下段引文见《水经注·江水》，引《宜都记》。

⑧萧森：错落耸立貌。

⑨离离蔚蔚：罗列茂密貌。

⑩八极：极远之地。

⑪爽然：茫然。晔花温莹：形容神女花茂玉润的美貌。《神女赋》写巫山神女“晔兮如华，温乎如莹”。

⑫兹丘：小丘，这里指庸俗文人的庸俗之作。黩（dú）：蒙辱，玷污。

⑬墨妙：精妙的文章。

⑭曹太狂：即曹学，字行之，号太狂，四川眉山人。能诗，善书画。

⑮行笥（sì）：出行时所带的箱笼。

**译 文**

巫山十二峰在楚蜀两地的交界处，我曾经路过，但行舟迅疾，没来得及登览。近日巫山县王县令在峰顶拓得赵孟頫所刻的小词十二首，又以乐府《巫山一段云》为之谱曲，使其可以歌唱。

古代传记称：天帝的小女儿名瑶姬，其精魂化为仙草，就是灵芝。宋玉以此传说为本，写了《高唐赋》和《神女赋》，来讽喻楚襄王。后世文人描写巫山及神女之典，只是在此基础上稍加修饰，皆为重葩累藻，未能超过这个意境。我独爱袁崧之语，他的文章描写巫山道："秀峰叠崿，奇构异形，林木萧森，离离蔚蔚，乃在霞气之表。仰瞩俯眺，不觉忘返。自所履历，未始有也。山水有灵，亦当惊知己于古矣！"我仔细玩味这段话的意境，只觉使人心神飘逸，仿佛神游八极，在神女花茂玉润的美貌中茫然自失。

我本想按袁崧的文意作词以和赵词，以洗庸俗文人对巫山神女所作的陈词滥调的亵渎，但没有时间，于是临写了赵孟頫的一篇佳作，邀请曹太狂作画，收藏于行笥之中，他日出门游赏，就以此兴端。

## 新都县八阵图记[①]

杨 慎

诸葛武侯八阵图，在蜀者二：一在夔州之永安宫[②]；一在新都之弥牟镇[③]。在夔者盖侯从先主伐吴，防守江路，行营布伍之遗制；新都为成都近郊，则其恒所讲武之场也。

武侯之人品事业，前哲论之极详，不复剿同[④]其说。独其八阵，有重可慨者。史谓侯推演兵法，作为八阵，咸得其要[⑤]。自令行师，更不覆败，深识兵机者所不能洞了。盖胜之于多算，而出之于万全，非借一于背城，而侥幸于深入也。

惜乎！其方锐意以向中原，而溪蛮洞獠[⑥]，左跳右跋，以裂其势。外寇方殷，内境自惫，使夫八阵之妙，不得加于二曹三马之枭敌[⑦]，而乃止试于七纵七擒之孟获。天威神算，不聘于中原王者之区宇，而仅以服南中巴僰[⑧]之偏方。事机既已迟，精力又已亏，勇贾其余[⑨]，师用其分[⑩]，以为大举，譬之逐盗救火之家，挺刃决水犹恐不及，而内外仇贼，自相乘机胠箧[⑪]助燎，则虽有倍人之知力[⑫]，亦自无如之何。侯之不幸，势正类此。天之所坏，谁能支之。祚去炎汉[⑬]，不待陨星[14]而后知矣。

嗟乎！国之兴亡，天也。而千载之下，君子独遗恨于蜀汉之事者，非以武侯故耶？至其故垒遗墟，独为之爱惜不已？乃其忠义之激人，不独其法制阵伍之妙也。不然，则窦宪尝勒八阵以击匈奴[15]，晋马隆用八阵以复凉州[16]，是在侯前已有之，而后亦未尝亡也。功既有成，而后世犹罕所称述，况能传其遗迹至今乎？

慎尝放舟过夔门[17]，吊永安之宫，寻阵图之迹。维时春初，水势正杀，自山上俯视，下百余丈，皆聚细石为之，凡八行六十四蕝[18]。土人言：夏水盛时，没在深渊，水落依然如故。在吾新都者，其地象城门四起，中列土垒，约高三尺。耕者或铲平之，经旬余复突出。此乃其精诚之贯，天之所支，而不可坏者，盖非独人爱惜之而已耳。

庆阳[19]韩君大之，以进士出宰吾邑，始至，拜侯之荒祠，次观遗垒，重有感焉。谓慎曰："之罘[20]篆锲，燕然铭石，蓺[21]焉尔，人不足称也，爱其蓺者，不泯其迹，矧[22]侯之地，而可忽诸？今阵图在夔者，有和叔独孤之记、少陵东坡之诗[23]，四方灼知，而此顾泯焉无所表识，往来者不轼[24]，樵牧者不禁，非缺欤？祠宇行当新之。阵图所在，欲伐石树道左，大书曰：'诸葛武侯八阵图。'碑阴之辞，子宜为之。"

夫崇贤存古，以示向往焉，循良事也；推表山川，考记往昔者，则史氏职也。遂书之使刻焉。

## 注　释

①本文选自《太史升庵全集》卷四。文章虽是为新都县的八阵图作记，但与夔州永安宫的八阵图并提，相互呼应。全文紧紧围绕八阵图，发为感慨。新都县：今四川成都市新都区，在成都北。

②永安宫：三国时蜀汉先主刘备所建宫殿，故址在今重庆奉节县境。其地属夔州。

③弥牟镇：据《明一统志》，弥牟镇在新都北三十里。

④剿同：抄袭，重复。

⑤"史谓"三句：见《三国志·蜀书·诸葛亮传》："亮性长于巧思，损益连弩，木牛流马，皆出其意；推演兵法，作八阵图，咸得其要云。"

⑥溪蛮洞獠：指以孟获为首的西南少数民族。刘备死后，孟获与建宁豪强雍闿起兵反蜀。建兴三年（225），诸葛亮南征，平雍闿，对孟获七擒七纵，使其心服，誓不复反。

⑦二曹：指魏国的曹操、曹丕。三马：指司马懿、司马师、司马昭，他们先后为魏国的领军统帅。

⑧僰（bó）：古代西南地区少数民族。
⑨勇贾其余：即“贾其余勇”。贾：本指卖，引申为鼓足，使用。
⑩分：极限。
⑪胠箧（qū qiè）：从旁边撬开箱子。
⑫知力：即“智力”。
⑬炎汉：指汉代，此指蜀汉。汉自称以火德王，故称。
⑭陨星：指诸葛亮之死。《三国志·蜀书·诸葛亮传》裴注引《晋阳秋》：“有星赤而芒角，自东北西南流，投于亮营，三投再还，往大还小，俄而亮卒。”
⑮窦宪尝勒八阵以击匈奴：事见《后汉书·窦宪传》。窦宪：字伯度，东汉外戚、名将。他曾北击匈奴，登燕然山，刻石纪功，令班固作《封燕然山铭》。《铭》中提及“勒以八阵，莅以威神”。
⑯马隆用八阵以复凉州：事见《晋书·马隆传》。马隆：字孝兴，他以武威太守之职领兵，征讨凉州秃发树机能。“依八阵图作偏箱车，地广则鹿角车营，路狭则为木屋施于车上，且战且前”。
⑰夔门：即瞿塘峡。因地当川东门户，故称。
⑱蕝（jué）：标志。
⑲庆阳：今甘肃庆阳市。
⑳之罘（fú）：亦作“芝罘”，山名，在今山东烟台市北。秦始皇二十九年，东游，登之罘，刻石纪功。见《史记·秦始皇本纪》。
㉑蓺（yì）：种植。
㉒矧（shěn）：况且。
㉓和叔：未详。或以为指唐代诗人吕温，字和叔。独孤：唐代独孤及有《风后八阵图记》，但所记非奉节之八阵图，待考。少陵：唐代诗人杜甫，他有《八阵图》诗。东坡：宋代文学家苏轼，他有《八阵碛》诗。
㉔轼：车厢前扶手的横木。古人立乘，扶轼表示敬意。

## 译 文

武侯诸葛亮的八阵图，在四川境内有两处：一处在夔州的永安宫，另一处在新都的弥牟镇。夔州的八阵图大概是诸葛亮跟随先主伐吴，防守长江通道，在路上留下的排兵布阵的遗迹；新都是成都的近郊，这里的八阵图遗址就是诸葛亮常常演练八阵图的讲武场地。

诸葛亮的人品和功绩，先贤们已经论述得很详尽了，我就不再重复他们的说法了。唯独他的八阵图，有可以再次引起感慨的地方。史书上说诸葛亮推演兵法，研制了八阵图，完全掌握了兵法要领。他自从运用八阵图来行军用兵，从没有打过败仗，其中缘由即使是深知兵法谋略的人也不能洞悉。因为诸葛亮取胜在于多谋略，用兵才万无一失，并不是依靠背向自己的城池决一死战，或者深入敌境之后侥幸取胜。

可惜呀！诸葛亮积极向中原进攻之时，南方的溪蛮洞獠不断地前来滋扰，分裂诸葛亮的兵势。外敌正盛的时候，国内的防守自然空虚，即使那八阵图如此的巧妙，也未能应用在对付曹氏父子及司马氏父子等劲敌上，只是在七擒孟获的战争中应用。如此威力巨大的八阵图加上诸葛亮的神机妙算，不能够用于逐鹿中原的帝王战争，却仅仅成为了使边远少数民族臣服的方法。征服了南方之后，不仅时机早已错过，精力又大受损耗，鼓足士卒剩下的勇气，兵力被使用到极限，再发动大规模的战争去伐魏，就好比既要追赶盗贼又要救火的人家，提着刀追赶盗贼和用水灭火都还来不及，可内外的仇人贼寇，各自互相乘机从旁边撬开箱子把火烧得更大，那么即使有超过别人一倍的智慧和能力，也自然没有什么办法。诸葛亮的不幸，情势正是如此。上天要毁灭什么，谁能够支撑下去呢？蜀汉的国祚远去，不等诸葛亮死去就已经知道了。

唉！国家的兴亡，是天命呀！但千载以来，君子独对蜀汉的事情感到遗憾，不是因为武侯的缘故吗？人们到故垒遗墟来凭吊，仅仅是替他痛惜不已吗？是因为诸葛亮的忠义能够激励世人，不单单是他的八阵之法的绝妙啊。如果不是因为这些，那么，窦宪曾经凭借八阵来抗击匈奴，晋代的马隆用八阵收复凉州，这是在诸葛亮之前就有的，并且之后遗迹也没有消失。他们的功绩已经是现成的，可后世却少有称赞他们的，更何况传扬他们的遗迹到今天呢？

我曾经坐船经过夔州，凭吊永安宫，寻找八阵图的遗迹。当时正值初春时节，水量很少，从山上向下看，下面百丈深的地方，聚集了大量的小石头，组成了八阵图，总共有八行六十四个标志。当地人说：夏季水盛时，这里被淹没在深水之中，水势退后则仍和以前一样。在我家乡新都的八阵图遗址，地势像城门一样四方隆起，中间布列土堆，大约有三尺高。耕种的人有时铲平土堆，但过了十几天后，它又再次冒了出来。这现象是由于诸葛亮的精诚贯通始终，是上天维护的。八阵图不能够被损坏的原因，大概不仅仅是人们痛惜它吧？

庆阳的韩君大之，以进士身份出任我县长官，刚到的时候，就祭拜武侯的荒祠，然后再去参观八阵遗迹，又一次发出感慨。他对我说："芝罘山上的篆刻，燕然山上的铭石，只是一种书法艺术摆在那里罢了，不值得后人称道，喜欢书法艺术的人们，不会消磨它们的痕迹，而诸葛武侯的遗迹，却怎么可以忽视呢？如今夔州的八阵图，有和叔和独孤及的记、杜甫和苏东坡的诗宣扬它，天下人都知道，但本地的八阵图遗迹反而泯没，没有任何标记，来来往往的人不曾表达敬意，打猎放牧的人不加回避，不是一种缺憾吗？祠堂和楼宇应当重新修缮一新。八阵图所在的地方，要雕石立在路旁，上面写上大字：诸葛武侯八阵图。石碑背面的话，你应该去写。"

崇敬先贤、保存古迹，以示向往之意，是一件好事；推介表记山川，考证记录过往之事，是史官的职责。于是我写了这篇记文，让人刻在碑石上。

## 贻华亭诸亲友诗序[①]

何良俊

余旅寓留都[②]，故乡诸亲友每有来讯，即讽余南归。尝闻昔人以轩冕为桎梏[③]。夫轩冕者本荣身之具也，然不免于牵曳，由达情任性者视之，其于桎梏等耳。若吴中[④]士，竞营厚产，多者以万计，其次不减数千。故皆受有司絷笼[⑤]，每一接见病若夏畦[⑥]。其为桎梏，孰甚于是？

余羁旅贫困，有时绝粮，岂不知故乡尚有旧业可赖，或庶几不至乏绝？然士可杀不可辱，纵令饿死，不犹愈于低头就之乎？且良俊譬若笼中之鸟，今幸已解决，宁可自求更处笼中哉？脱去一笼，复入一笼，此自贻伊戚[⑦]。他日谁复怜之？谁复念之？又谁复肯解放之耶？

夫建康[⑧]旧都，其留守大臣暨诸僚，皆与内庭埒[⑨]，但事简乏权，颇称闲局[⑩]。士大夫避炎畏逼者辄来就之，并是一时胜流，亦皆怜才下士。见良俊颇工笔札[⑪]，兼善名理[⑫]，说剑谈兵，考文辨制，下至词曲亦能知其音调[⑬]，故常下榻[⑭]待之。又以良俊失意无聊，不欲责以苛礼。良俊性复疏宕[⑮]，每至，即抵掌[⑯]谈笔于其坐，诸公亦无牾[⑰]也。假令亲友强之南归，不知教何此着此？其能免穷愁勃窣[⑱]窘死哉？故聊寄傲[⑲]以毕余年。古人常寄傲泉石，余乃今寄傲于公卿间，此亦一大奇事也。

吾家子晳[⑳]，史称其明目秀眉，真素通美[㉑]，博通群书，善于谈论，率到好狎[㉒]，遨游人间，大言箕踞[㉓]，公卿皆下之。时驾柴车[㉔]，恣心所适，致醉而归，时人号为通隐[㉕]。此即秣陵[㉖]故事。今日良俊适在秣陵，熟知子晳千年之后，复有一云孙似之耶？辄用韵寄怀，以贻同好[㉗]。

**作者简介**

何良俊(1506—1573)，字元朗，号柘湖，松江华亭（今属上海）人。少年笃学，攻习诗文，爱好戏曲。嘉靖时为贡生，荐授南京翰林院孔目。曾聘请著名老曲师顿仁，研讨戏曲音律。后因仕途屡不得意，辞去官职，归隐著述。自称与庄周、王维、白居易为友，题书房名为“四友斋”。著有《柘湖集》《何氏语林》《四友斋丛说》。

注 释

①本文是作者赠亲友之诗的诗序，文中陈述了不愿南归返乡的原因，抒发了自己崇尚自由，不愿为利禄所束缚的襟怀，体现了通脱任诞的晋代士大夫之风。

②旅寓留都：时作者任南京翰林院孔目。永乐十九年（1421），迁都北京，北京为京师，南京因此被称为留都。

③轩冕：乘轩服冕，借指身居高位，身份显贵。桎梏：古代的刑具，在足曰桎，在手曰梏。

④吴中：今江苏苏州。

⑤绦笼：喻束缚。绦：系鸟足之丝绳。

⑥病若夏畦：《孟子·滕文公下》："胁肩谄笑，病于夏畦。"指强为媚悦之颜，其累甚于夏日在菜地劳作。

⑦自贻伊戚：犹言自寻烦恼，自讨苦吃。戚：忧苦。

⑧建康：即南京。

⑨与内庭埒：明成祖迁都北京后，在南京仍设有一套与北京相似的官僚机构，官吏品秩亦同，但少实权，故下文称事简乏权。内庭：宫禁之内，指朝廷。埒：相等。

⑩闲局：闲散无事之官署。

⑪笔札：指创作诗文。

⑫名理：魏晋人士尚清谈，称辨析名称事理为名理。何良俊精熟《世说新语》，尝仿其体，作《皇明世说新语》。

⑬知其音调：何良俊爱好戏曲，精通音律，为明代著名戏曲批评家。

⑭下榻：接待宾客。《后汉书·徐稚传》："（陈）蕃在郡不接宾客，唯稚来特设一榻，去则县之。"

⑮疏宕：放荡不羁。

⑯抵掌：或作"抵（zhǐ）掌"，指击掌，形容人在谈话时的高兴神情。

⑰牾（wǔ）：抵触。

⑱勃窣（sū）：匍匐而行。又，吴地方言，体短步涩曰勃窣。

⑲寄傲：寄托傲世之志。

⑳吾家子皙：即何点，字子皙，南朝齐梁时人。《梁史》本传云："容貌方雅，博通群书，善谈论。家本甲族，亲姻多贵仕。点虽不入城府，而遨游人世，不簪不带，或驾柴车，蹑草履，恣心所适，致醉而归，士大夫多慕从之。时人号为'通隐'。"

㉑真素通美：真率自然、豁达友善。

㉒率到：率性爽直。狎：戏谑，态度不庄重。

㉓箕踞：两脚张开，两膝微曲地坐着，形状像箕。这是一种不拘礼节的坐姿，比喻轻慢傲视对方的姿态。

㉔柴车：简陋无饰的车子。

㉕通隐：旷达的隐士。

㉖秣陵：秦汉时期今南京的称谓。

㉗同好：志同道合者。其诗云："不论泽国与神京，心远从自地自清。刘伶到处便埋骨，陶潜去留不吝情。试言东海滩头鹤，讵胜秦淮树底莺？招隐劳君频怅望，移文元在秣陵城。"

## 译　文

我寓居留都，每有同乡故旧、亲戚朋友前来探望，见我位卑家贫，都劝我南归。我听说古人有以乘轩服冕为桎梏的。轩车冕服本是使人荣耀显贵的东西，然而仍不免成为牵累，在性情豁达、崇尚自由的人看来，就等同于桎梏。像吴中人士，竞相谋求丰厚的家产，多的数以万计，稍次一点也不少于数千。然而这些富人都受到相关官员的束缚，一见到官员，就卑躬屈膝，态度谄媚，其中劳累甚于夏天在田地里弯腰劳作的人。如此桎梏，有比这更甚的吗？

我客居于此，穷苦贫困，有时断粮绝炊，我难道不明白故乡尚有旧业可以依赖，凭其生活，或许不至于贫困断粮吗？然而士可杀，不可辱，我就算饿死，不也比低头回乡操旧业要更有尊严吗？况且我就好比那笼中之鸟，好不容易得到解脱，岂能再自己主动回到笼中？离开一个笼子，再进入另一个笼子，这是自讨苦吃。他日谁还会怜惜我？谁还会惦念我？谁还能将我从笼中解放出去？

南京是旧都，这里的留守大臣和官僚机构都与北京一样，但平时政事很少，缺乏实权，可谓闲置。那些害怕、躲避当权者的士大夫都到南京就职，南京一时聚集了很多名流佳士，他们也都能爱惜才子，礼贤下士。南京的长官见我颇善于诗文，又兼通名理，平时说剑谈兵，考辨典章制度，下至词曲也能精通音律，所以常下榻以礼相待。又因为我失意郁闷，也不用繁苛的礼节来要求我。我的性情放荡不羁，每至长官寓所，就在其座中抵掌而谈，主官也不觉得我无礼而对我加以指责。假使亲友们强行令我南归，我又如何能有这样的境遇呢？回到故乡，我就一定能免受穷愁之苦，不至体短步涩困窘而死了吗？所以我聊寄傲世之志以终余年。古人常寄傲于泉石之间，我如今则寄傲于公卿之间，这也是一大奇事。

吾家先人何点，史籍称其明目秀眉，真率自然，豁达友善，博通群书，善于谈说议论，性格率直好戏谑，他遨游人间，狂放不拘小节，公卿都甘居其下。他有时驾着简陋无饰的车子，任其所至，喝醉了才回家，当时人称他为"通隐"。这就是秣陵故旧之事。今日我恰好也在秣陵，谁能料到，何点千年之后又有一远孙与他相似？于是用韵作诗，以抒发胸怀，赠送给志同道合者。

## 项脊轩志[1]

归有光

项脊轩，旧南阁子也。室仅方丈，可容一人居。百年老屋，尘泥渗漉[2]，雨泽下注。每移案，顾视无可置者。又北向不能得日，日过午已昏。余稍为修葺，使不上漏。前辟四窗，垣墙周庭[3]，以当南日，日影反照，室始洞然[4]。又杂植兰桂竹木于庭，旧时栏楯[5]，亦遂增胜。借书满架，偃仰啸歌[6]，冥然兀坐[7]，万籁有声。而庭阶寂寂，小鸟时来啄食，人至不去。三五之夜，明月半墙，桂影斑驳，风移影动，珊珊[8]可爱。

然余居于此，多可喜，亦多可悲。先是庭中通南北为一，迨诸父异爨[9]，内外多置小门，墙往往而是[10]。东犬西吠[11]，客逾庖而宴，鸡栖于厅。庭中始为篱，已为墙，凡再变矣。家有老妪，尝居于此。妪，先大母婢也，乳二世，先妣抚之甚厚。室西连于中闺，先妣尝一至。妪每谓余曰："某所，而母立于兹。"妪又曰："汝姊在吾怀，呱呱而泣，娘以指叩门扉，曰：'儿寒乎？欲食乎？'吾从板外相为应答。"语未毕，余泣，妪亦泣。余自束发[12]读书轩中。一日，大母过余曰："吾儿，久不见若影，何竟日默默在此，大类女郎也？"比去，以手阖门，自语曰："吾家读书久不效，儿之成，则可待乎？"顷之，持一象笏[13]至，曰："此吾祖太常公[14]宣德间执此以朝，他日汝当用之。"瞻顾遗迹，如在昨日，令人长号不自禁。

轩东，故尝为厨，人往，从轩前过。余扃牖[15]而居，久之，能以音辨人。轩凡四遭火，得不焚，殆有神护者。

项脊生曰："蜀清守丹穴，利甲天下，其后秦皇帝筑女怀清台[16]。刘玄德与曹操争天下，诸葛孔明起陇中。方二人之昧昧于一隅也，世何足以知之？余区区处败屋中，方扬眉瞬目[17]，谓有奇景。人知之者，其谓与坎井之蛙何异？"

余既为此志，后五年，吾妻来归[18]。时至轩中，从余问古事，或凭几学书。吾妻归宁[19]，述诸小妹语曰："闻姊家有阁子，且何谓阁子也？"其后六年，吾妻死，室坏不修。其后二年，余久卧病无聊，乃使人复葺南阁子，其制稍异于前。然自后余多在外，不常居。

庭有枇杷树，吾妻死之年所手植也，今已亭亭[20]如盖矣。

## 作者简介

归有光（1507—1571），字熙甫，号震川，又号项脊生，昆山（今江苏昆山）人。九岁能文，弱冠通五经三史诸书。嘉靖十九年（1540）举乡试。但会试八次落第。徙居嘉定安亭江上，以读书讲学为业，从学者常达数百人。嘉靖四十四年（1565）始中进士，授浙江长兴知县。因得罪上司，三年后改调顺德府（今河北邢台市）通判，专管马政，实为明升暗降。隆庆四年（1570），大学士高拱、赵贞吉引为南京太仆丞，留掌北京内阁制敕房，参与编修《世宗实录》，次年病死。归有光以散文著称。他反对当时流行的摹拟剽窃文风，在唐宋派中成就最高。王世贞赞其文“不事雕饰，而自有风味”，徐渭称其为“今之欧阳子也”，后人称赞其散文为“明文第一”，著有《震川先生集》。

## 注　释

①本文选自《震川先生集》卷十七。文章通过作者青年时代的书斋，着重叙述与项脊轩有关的人事变迁，借“百年老屋”的几经兴废，回忆家庭琐事，抒发了物在人亡、三世变迁的感慨。

②渗漉（lù）：从小孔慢慢漏下。渗：透过。漉：漏下。

③垣墙周庭：庭院四周砌上围墙。垣：这里作动词，指砌矮墙。

④洞然：明亮貌。

⑤栏楯（shǔn）：栏杆。纵曰栏，横曰楯。

⑥啸歌：长啸或吟唱。这里指吟咏诗文，以示豪放自若。啸：口里发出长而清越的声音。

⑦冥然：玄默貌。兀坐：端坐。

⑧珊珊：通“姗姗”，舒缓轻盈貌。

⑨诸父：伯父、叔父的统称。异爨：分灶做饭，指分家。

⑩往往：指到处，处处。而：修饰关系连词。是：这样。

⑪东犬西吠：东边的狗对着西边叫。意思是分家后，狗把原住同一庭院的人当作陌生人。

⑫束发：青少年。清朝以前，汉族成童束发为髻，因用为指代成童。束发常指男子十五岁。

⑬象笏：象牙手板。古代臣子上朝皆持手板，用玉、象牙或竹片制成，用以指画或记事。据《明史·舆服志》载，一品到五品官员上朝用象牙做的手板。

⑭太常公：指归有光祖母的祖父夏昶，字仲昭，昆山人，明成祖永乐年间进士，曾任太常寺卿。

⑮扃牖（jiōng yǒu）：关着窗户。

⑯“蜀清守丹穴”三句：《史记·货殖列传》：“巴寡妇清，其先得丹穴（朱砂矿），而擅其利数世，家亦不訾。清，寡妇也，能守其业，用财自卫，

不见侵犯。秦皇帝以为贞妇而客之，为筑女怀清台。”

⑰扬眉瞬目：沾沾自喜、自得其乐貌。

⑱归：古代女子出嫁。

⑲归宁：出嫁的女儿回娘家省亲。

⑳亭亭：高耸直立貌。

## 译文

项脊轩，就是旧日的南阁子。房舍只有一丈见方，可以容纳一个人居住。这是历经百年的老屋，屋顶墙上的泥土从上边小孔渗漏下来，积聚的雨水透过缝隙直往下淌。我常想挪动一下书桌，但环顾四周，实在没有可以安置桌案的地方。而且屋子朝北，照不进阳光，一过中午，屋内就昏暗了。我稍微修葺了一下，使屋顶不漏，在前面开了四扇窗子，又在院子四周砌上围墙，用来挡住南面射来的阳光，借助阳光的反射，室内才明亮起来。我在庭院里随意种上兰花、桂树、竹子等草木，往日的栏杆也因此增加了新的光彩。家中的书杂乱地摆满书架，我仰头高声吟诵诗歌，有时又静静地独自端坐，自然界万物发出的各种声音都听得见，而庭院、台阶前则显得特别寂静，小鸟不时飞下来啄食，人走到它跟前它们也不离开。农历十五的夜晚，明月高悬，照亮半截墙面，桂树的影子纷杂错落，随着风的吹拂，影子也在移动，舒缓轻盈，可爱极了。

然而我居住在这里，可喜的事多，可悲的事也多。以前，这里的庭院南北贯通，是个完整的院子，等到伯父、叔父们分了家，庭院内外开了许多小门，隔墙垒得到处都是。分家后，狗把原住同一庭院的人当作陌生人，来了客人得越过厨房去吃饭，鸡都栖息在厅堂上。庭院中开始是篱笆隔开，然后又砌成了墙，一共变了两次。家中有个老婆婆，曾经在这里居住过。这个老婆婆是我已故祖母的婢女，做过两代人的乳母，先母生前待她很好。房子的西边和内室相连，先母曾经来过。老婆婆常对我说：“那里，就是你母亲曾经站立过的地方。”老婆婆又说：“你姐姐在我怀中哭泣，你母亲听到哭声，用手指敲着房门说：‘孩子是冷了呢，还是想吃东西了？’我隔着门板应声回答。”话还没有说完，我就哭了，老婆婆也哭了。我从十五岁起就在这项脊轩中读书。有一天，祖母来看我，说：“孩子，好久没有见到你的人影了，为什么整天默默地待在这里，像个女孩子呢？”等到离开时，用手关上门，自言自语地说：“我们家的读书人很久没有得到功名了，这孩子的成功，总是可以期待的吧？”不一会儿，祖母拿着一块象笏过来，说：“这是我祖父太常公宣德年间拿着上朝的，以后你一定会用得上它！”回顾旧日遗物，那场景就像在昨天一样，令人忍不住放声大哭。

项脊轩的东边，曾经做过厨房，人们到那里去，要从轩前经过。我关上窗子住在里面，时间长了，能够根据脚步声辨别出是谁。项脊轩一共遭过四次火灾，能够不被焚毁，大概是有神灵在保护着吧。

项脊生说："巴蜀地方有个名叫清的寡妇，她继承了丈夫留下的朱砂矿，采矿获利为天下第一，后来秦始皇筑'女怀清台'纪念她。刘备与曹操争夺天下，诸葛亮起于田亩之中，建立勋业。当这两个人还待在不为人所知的偏僻角落时，世人又怎能知道他们呢？我今天居住在这破旧的小屋里，却自得其乐，以为有奇景异致。如果有知道我这种境遇的人，恐怕会把我看作目光短浅的井底之蛙吧！"

作了这篇志之后，过了五年，我的妻子嫁到我家来。她时常来到项脊轩中，向我询问一些旧时的事情，有时伏在桌旁学写字。我妻子回娘家探亲，回来转述她小妹妹们的话说："听说姐姐家有个小阁子，那么什么叫小阁子呢？"又过了六年，我的妻子去世了，项脊轩也破败了，我没有整修。又过了两年，我因久卧病榻，心情郁闷，于是叫人再次修葺南阁子，格局跟过去稍有不同。然而这之后我多出门在外，不常在这里居住。

庭院中有一株枇杷树，是我妻子去世那年我亲手种下的，如今已长得高大挺拔，枝繁叶茂如同伞盖一样了。

## 寒花葬志[①]

归有光

婢，魏孺人媵也[②]，嘉靖丁酉五月四日死，葬虚丘[③]。事我而不卒[④]，命也夫！

婢初媵时，年十岁，垂双鬟[⑤]，曳深绿布裳。一日天寒，爇火煮荸荠熟[⑥]，婢削之盈瓯[⑦]。予入自外，取食之，婢持去不与。魏孺人笑之。孺人每令婢倚几旁饭，即饭，目眶冉冉[⑧]动，孺人又指予以为笑。

回思是时，奄忽[⑨]便已十年。吁！可悲也已！

**注 释**

①本文选自《震川先生集》。寒花是作者妻子之婢女的名字。文中通过追忆寒花的生前经历，写出了小丫鬟的可爱形象，流露出作者对亡妻深切的思念之情。

②魏孺人：作者的妻子魏氏，南京光禄寺典簿魏庠次女。孺人：明代七品职官母亲或妻子的封号，又通用为对妇女的尊称。此系尊称。作者写此文时，尚未中举。媵（yìng）：古代随嫁的男女都称为媵。这里指古代贵族随

嫁的女子。

③虚丘：地名。作者家乡江苏昆山东南有丘虚镇，二字或倒置。一说“虚”通“墟”，“墟丘”即大丘，土山。

④卒：终，最后。

⑤鬟：古代女子梳的环形发髻。

⑥爇（ruò）：点火，点燃。荸荠：多年生草本植物，可食。

⑦瓯：小盆。

⑧冉冉：形容缓慢移动或飘忽迷离。

⑨奄忽：忽然，很快。

译　文

婢女名寒花，是我妻的陪嫁丫鬟，死于嘉靖十六年（1537）五月四日，葬在虚丘。她没能侍奉我到最后，这是命啊！

寒花当初陪嫁来我家时，年方十岁，低垂着两个环形发髻，穿一条深绿色的布裙。有一天，天很寒冷，她点火煮荸荠，将已煮熟的荸荠一个个削好皮盛在小盆中，已盛满了。我从外面回来，取来就吃，寒花立即拿开，不给我吃。我妻见了便笑她。我妻经常叫寒花靠在桌子旁边吃饭，她吃饭时，两个眼珠慢慢地转动，我妻又指给我看，觉得好笑。

回想当时的情景，转眼已经十年了。唉，真令人伤心啊！

## 祭外姑文[①]

归有光

昔吾亡妻[②]，能孝于吾父母，友于吾女兄弟，知夫人之能教也；粗食之养，未尝不甘，知夫人之俭也；婢仆之御，未尝有疾言厉色，知夫人之仁也。癸巳之岁[③]，秋冬之交，忽遘[④]危疾，气息掇掇[⑤]，犹日念母，扶而归宁[⑥]。疾既大作，又扶以东。沿流二十里，如不能至。十月庚子[⑦]，将绝之夕，问侍者曰：“二鼓[⑧]矣？”闻户外风淅淅，曰：“天寒，风且作，吾母其不能来乎？吾其不能待乎？”呜呼！颠危困顿[⑨]，临死垂绝之时，母子之情何如也！

甲午、丙申三岁[⑩]中，有光应有司[⑪]之贡，驰走二京，提携二孤[⑫]，属之外母[⑬]。夫人抚之，未尝不泣。自是每见之必泣也。呜呼！及今儿女几有成矣，夫人奄忽长逝。闻讣之日，有光寓松江[⑭]之上，相去百里，戴星而往，则就木[⑮]矣。悲夫！吾妻当夫人之生，即以遗夫人之悲，而死又无以悲夫人。夫人五女，抚棺而泣者，独无一人焉。今兹岁蒨车将次于墓门⑯。呜呼！死者有知，母子相聚，复已三年也。哀哉！尚享⑰。

## 注　释

①本文选自《震川先生集》卷三十。外姑：岳母的别称。文中指作者原配魏氏之母顾氏。文章虽为祭悼岳母而作，但字里行间念及亡妻，无限感怆。

②亡妻：指归有光的原配魏氏。嘉靖七年（1528）嫁到归家，嘉靖十二年（1533）冬十月卒。归有光写此文时，其前妻已去世十六年。

③癸巳之岁：即嘉靖十二年（1533）。

④遘（gòu）：遭遇。

⑤掇（duó）掇：疲惫貌。掇：通“惙”。

⑥归宁：已婚女子回娘家看望父母称归宁。

⑦十月庚子：按嘉靖十二年农历十月无“庚子”日，庚子日当为该年农历十一月初二。

⑧二鼓：即二更，相当于现代的九时至十一时。

⑨颠危困顿：极端的危难困苦。

⑩甲午、丙申三岁：即嘉靖十三年秋，归有光赴南京乡试下第；嘉靖十五年，应选贡赴北京廷试，入南京国子监。

⑪有司：官吏。古代设官分职，各有专司，故称。

⑫二孤：指魏氏所生的两个孩子。

⑬属（zhǔ）：通“嘱”，托付意。外母：即岳母。

⑭松江：县名，今属上海市。

⑮就木：即入棺，指装殓完毕。

⑯今兹岁：今年。蒨（qiàn）车：装载灵柩的车子。次：停驻。墓门：墓道之门。全句言安葬事。

⑰尚享：或作“尚飨”，即享用祭品，是古代祭文结尾的惯用套语。

## 译　文

从前我的亡妻，能孝敬我的父母，与我的姐妹友爱相处，因而我知道夫人是很有教养的人；亡妻跟着我过粗茶淡饭的日子，从来没有说过不好，因而知道夫人是很节俭的；亡妻管理家中的奴婢仆人，从来没有说过尖刻的话，露出不好看的脸色，因而知道夫人是很仁慈的。癸巳年秋冬之交，妻子忽然患上严重的疾病，气色十分疲惫，但仍然每天思念着母亲，扶病归家省亲。病严重发作之后，又扶病东归。沿途水路仅二十里，却不能到达家中。十月庚子，气息将绝的夜里，妻子还问服侍的人：“已是二更天了吗？”听到窗外风声淅淅作响，妻子说：“天气寒冷，又刮着风，我母亲大概不能来了吧？我大概不能等到她来了吧？”呜呼！在极端的危难困苦中，临死将终之时，还想着母亲，母女之间的情义多么深厚啊！

甲午至丙申这三年中，我应有司的荐举，奔波于北京、南京之间。我带着两个孩子，把他们托付给您。夫人爱抚他们，泣不成声。自此之后每看到两个孩子就必定会哭泣。呜呼，到现在儿女几乎长大成人了，夫人突然与世长辞。听到讣告之日，我寄寓在松江边上，两地相距百里之远，我披星戴月赶归，到达时，夫人已入棺了。真是令人伤心啊！我妻是夫人所生，她先夫人而去，把悲伤留给夫人，如今夫人去世，她无法哭祭夫人。夫人有五个女儿，扑在棺木上痛哭哀泣的人中，独独少了这一个女儿啊。今年装着灵柩的车子将停在墓道的门口，安葬的事结束了。呜呼！逝者如果泉下有知的话，你们母女相聚，到现在也已三年了。令人伤心呀！请您享用祭品。

## 先妣事略①

归有光

先妣②周孺人，弘治元年二月二十一日生。年十六年来归，逾年生女淑静。淑静者，大姊也。期而生有光。又期而生女子，殇一人，期而不育者一人。又逾年生有尚，妊十二月。逾年，生淑顺。一岁，又生有功。有功之生也，孺人比乳他子加健，然数颦蹙顾诸婢曰③："吾为多子苦！"老妪以杯水盛二螺进，曰："饮此，后妊不数矣。"孺人举之尽，喑④不能言。

正德八年五月二十三日，孺人卒。诸儿见家人泣，则随之泣，然犹以为母寝也，伤哉！于是家人延画工画，出二子，命之曰："鼻以上画有光，鼻以下画大姊。"以二子肖⑤母也。

孺人讳⑥桂。外曾祖讳明。外祖讳行，太学生⑦。母何氏。世居吴家桥，去县城东南三十里，由千墩浦而南，直桥并小港以东，居人环聚⑧，尽周氏也。外祖与其三兄皆以资雄，敦尚简实，与人姁姁⑨说村中语，见子弟甥侄无不爱。

孺人之吴家桥则治木绵⑩，入城则缉纑⑪，灯火荧荧，每至夜分。外祖不二日使人问遗⑫。孺人不忧米盐，乃劳苦若不谋夕⑬。冬月炉火炭屑，使婢子为团，累累曝阶下。室靡弃物，家无闲人。儿女大者攀衣，小者乳抱，手中纫缀不辍⑭。户内洒然⑮。遇僮奴有恩，虽至棰楚⑯，皆不忍有后言。吴家桥岁致鱼蟹饼饵，率人人得食。家中人闻吴家桥人至，皆喜。有光七岁，与从兄有嘉入学，每阴风细雨，从兄辄留，有光意恋恋，不得留也。孺人中夜觉寝，促有光暗诵《孝经》即熟读，无一字龃龉[17]，乃喜。

孺人卒，母何孺人亦卒。周氏家有羊狗之疴[18]，舅母卒，四姨归顾氏又卒，死三十人而定。惟外祖与二舅存。

孺人死十一年，大姊归王三接，孺人所许聘者也。十二年，有光补学官弟子[19]，十六年而有妇，孺子所聘者也。期而抱女，抚爱之，益念孺人。中夜与其妇泣，追惟[20]一二，仿佛如昨，余则茫然矣。世乃有无母之人，天乎痛哉！

## 注释

①本文选自《震川先生集》卷二十五，是作者追忆亡母之作。作者拾取母亲生前的一些日常琐事一一道来，刻画了一位勤劳、俭朴、待人厚道、严以教子的母亲形象，文中蕴含着对母亲深沉的悼念之情。

②先妣（bǐ）：亡母。妣：母，后只用于称亡母。《礼记·曲礼》：“生曰父，曰母，曰妻；死曰考，曰妣，曰嫔。”

③数（shuò）：屡次。颦蹙（pín cù）：皱眉头。

④喑：哑。

⑤肖：像。

⑥讳：名。封建时代不应直称的尊长的名字称讳。

⑦太学生：太学的学生。太学是封建时代的最高学府，在明代就是国子监。

⑧聚：村落。

⑨姁（xù）姁：和蔼亲切貌。

⑩木绵：这里指棉花。

⑪缉纑（lú）：把麻搓成线，准备织布。纑：麻缕。

⑫问遗（wèi）：问候和赠送物品。

⑬不谋夕：即朝不谋夕，早上不能为晚上打算，比喻境况窘迫。这里说母亲虽不忧米盐，但当成穷日子过。

⑭纫缀：缝缝补补。辍：停。

⑮洒然：整齐清洁，很有秩序。

⑯棰（chuí）楚：杖责。棰：杖。楚：荆木。

⑰龃龉（jǔ yǔ）：原指牙齿上下不对齐，这里指生疏而不流畅。

⑱羊狗之疴：由羊、狗等家畜传染的疾病。

⑲学官弟子：经过本省各级考试取入府、州、县学的学员，即秀才。学官：各级地方教官的统称，府学称教授，州学称学正，县学称教谕，负责管教在学宫的生员。

⑳追惟：追思，回想。

## 译　文

亡母周孺人，弘治元年（1488）二月二十一日生。十六岁嫁到我家，第二年生下女儿淑静。淑静，就是我的大姐。一年后，生下我。又一年后，生下一男一女，一个生下就夭折了，另一个也只活了一年。又过了一年，生下有尚，怀孕十二个月。又过一年，生下淑顺。一年后，又生下有功。有功生下以后，先母哺养他比前几个儿女更费力，她多次皱着眉头对几个女佣说："孩子这样多，我真苦死了！"一个老婆婆用一杯水盛着两个田螺送上来，说："把这杯水喝了，以后就不会常怀孕了。"先母举杯，把水一口气喝完，之后失声变哑，再不能说话。

正德八年（1513）五月二十三日，母亲病故。儿女都还小，看见家里大人哭，也跟着哭，但他们都还以为母亲是睡着了，真是令人悲伤啊！接着，家里请来画工为先母画遗像，把两个孩子带到画工面前，对他说："遗像鼻子以上照有光画，鼻子以下照淑静画。"因为这两个孩子长得像母亲。

先母名桂。外曾祖父名明。外祖父名行，是太学的学生。外祖母姓何。外祖父世世辈辈住吴家桥，其地在昆山县城东南三十里，经过千墩浦，往南一直到桥，沿着小港向东。村子里聚居着许多人家，全都姓周。外祖父和他三个哥哥都凭财产而在当地很有势力，为人注重简易朴实，对人和蔼亲切，常常和村里人拉家常，看到小辈外甥侄子们，个个都很喜爱。

先母到吴家桥娘家，就做棉花活，进城回婆家，就搓麻捻线，常常点盏小灯，劳动到深更半夜。外祖父三天两头差人来送点东西。家里不缺吃食，先母却终日劳苦，像是家里穷得揭不开锅。冬天生炉火用的炭屑，叫婢女做成炭团，一颗挨一颗晒在台阶下面。屋里没有多余的物品，家里没有闲人。儿女大的牵着衣服，小的抱在怀里喂奶，手里还缝缝补补一刻不停。房间内收拾得整齐干净。先母对待下人很好，即使到了非棍打条抽不可的地步，也不忍在背后说些难听的话。吴家桥每年要送来鱼、蟹、糕饼，总是人人可以吃到。家里人听说吴家桥有人来，个个都欢喜。我七岁时，和堂兄有嘉进学塾读书，每逢阴雨天气，堂兄总是在学塾里过夜，我心里非常想留在书塾，却不能够，必定要赶回家。先母半夜醒来，就叫我低声背诵《孝经》，要背诵得没有一个字错漏，她才高兴。

先母去世以后，外祖母何氏也病故了。周家染上了瘟疫，舅母也病故，四姨妈嫁在顾家又病故，一连死了三十个人。只有外祖父和二舅还健在。

先母去世十一年后，大姐淑静嫁给王三接，这婚事是先母生前应允的。十二年后，我补上了生员，十六年后，我娶妻，婚事也是先母生前给我聘定的。一年以后我有了个女儿，我们夫妇都很喜爱，也更加想念先母。夜半三更时，我常和妻子一同流泪，追忆先母生前的几件事，仿佛像是昨天发生的一样，别的什么都记不起来了。世上竟有没有娘亲的人吗！天啊，多么令人悲痛啊！

## 悠然亭记[1]

归有光

余外家世居吴淞江南千墩浦上[2]。表兄淀山公[3]，自田野登朝[4]，宦游二十余年，归始僦居县城[5]。嘉靖三十年，定卜于马鞍山之阳、娄水之阴[6]。

忆余少时尝在外家，盖去县三十里，遥望山颓然[7]如积灰，而烟云杳霭[8]，在有无之间。今公于此山日亲，高楼曲槛，几席户牖常见之。又于屋后构小园，作亭其中，取靖节"悠然见南山"之语以为名[9]。靖节之诗，类非晋、宋雕绘者之所为，而悠然之意，每见于言外，不独一时之所适。而中无留滞，见天壤间物，何往而不自得？余尝以为悠然者实与道俱。谓靖节不知道，不可也。

公负杰特有为之才，所至官，多著声绩，而为妒娼[10]者所不容。然至今朝廷论人才有用者，必推公。公殆未能以忘于世，而公之所以自忘者如此。

靖节世远，吾无从而问也，吾将从公问所以悠然者。夫"山气日夕佳，飞鸟相与还，此中有真意，欲辨已忘言[11]"，靖节不得而言之，公乌得而言之哉？公行天下，尝登泰山，览邹峄[12]，历嵩、少间[13]，涉两海[14]，入闽、越之隩阻[15]，兹山何啻泰山之礨石[16]？顾所以悠然者，特寄于此！庄子云："旧国旧都[17]，望之畅然，虽使丘陵草木之缗[18]，入之者十九，犹之畅然，况见见闻闻[19]者也？"予获侍斯亭，而僭[20]为之记。

注　释

①本文选自《震川先生集》卷十五。作者叙写了表兄淀山公罢官后随遇而安，建筑庭院，修建悠然亭的超逸情趣，以陶渊明作比，满含崇敬向往之意。

②吴淞江：又名苏州河，在今江苏省南部、上海市西部，流经昆山。千墩浦：归有光《前山丘翁寿序》："吴郡太湖之别，为淀山湖，湖水溢出为千墩浦，入于吴淞江。浦入江之处，地名千墩；环浦而居者，无虑数千家。"

③表兄淀山公：即周大礼，别号淀山，系因淀山湖之地而名。归有光的

母亲周桂与周大礼的父亲周书同一祖父。

④自田野登朝：指周大礼于嘉靖十一年（1532）考中进士步入仕途。

⑤归：指罢官归乡。僦（jiù）居：租房。

⑥定卜：指定居。马鞍山：在今江苏昆山境内，又名玉峰。其形如马鞍，故名马鞍山。阳：山之南水之北称阳。娄水：即娄江。归有光《见村楼记》："昆山治城之隍，或云即古娄江。然娄江已湮，以隍为江，未必然也。"阴：山之北水之南为阴。

⑦颓然：坍塌貌。

⑧杳霭：云雾飘渺貌。

⑨靖节：即陶渊明，一名潜，字元亮，友人私谥为"靖节"，后世称"靖节先生"。曾为江州祭酒，复为镇军、建威参军，后为彭泽令，因"不为五斗米而折腰"，弃官归隐，以诗酒自娱。他诗风恬淡，状写山川田园之美，朴素自然。有《陶渊明集》。悠然见南山：见陶渊明《饮酒二十首》诗之五："采菊东篱下，悠然见南山。"

⑩妒媢：即妒忌。

⑪"山气"四句：见陶渊明《饮酒二十首》之五。

⑫邹峄：即峄山，又名邹山，在今山东邹城东南。秦始皇曾登此山刻石纪功。

⑬嵩：即中岳嵩山，在今河南登封以北。少：指少室山，为嵩山三高峰之一。《名山记》："嵩山中为峻极峰，东曰太室，西曰少室。"

⑭两海：这里指东海与南海。周大礼曾受"广南之命"，见归有光《封中宪大夫兴化知府周公行状》一文。

⑮闽、越：指今福建与浙江一带。隩（ào）阻：深险难行之地。

⑯兹山：指马鞍山。何啻（chì）：何异于。礨（lěi）石：大石。

⑰旧国旧都：指故乡。

⑱草木之缗（mín）：草木丛生，茫昧不分。

⑲见见闻闻：看到曾经看过的，听到曾经听过的。指接触到熟悉的事物。以上庄子所语出自《庄子·外篇·则阳》。

⑳僭（jiàn）：谦辞，指超越本分。

## 译　文

我外祖父家世代居住在吴淞江南边的千墩浦边上。表兄淀山公自从考中进士进入仕途，在外做官二十多年，罢官回来后在昆山县城租房居住。嘉靖三十年（1551），在马鞍山的南麓、娄水的南岸定居。

回忆起我小时候曾经住在外祖父家，大概离县城三十里，远远地遥望马鞍山仿佛坍塌如一堆堆积的土灰，云雾缭绕，似有似无。现在淀山公一天比一天喜欢这座山了，在山上建了高大的楼阁、弯曲的栏杆，台儿、坐席、门窗随处可见。又在房子的后面建了一座小花园，在园子中建了一座亭子，取陶渊明"悠然见南山"的诗句作为亭子的名字。陶渊明的诗不像东晋、南朝宋那些刻意修饰文字的人所作的那样，其恬淡自然的意韵常常体现在诗句外，不只是一时的适意。看到天地间的万物，心中无阻塞之处，随遇而安，到了哪里能不悠然自得呢？我曾经认为悠然自得的人果真能够和天道成为一体，说陶渊明先生不知道天道，是不恰当的啊。

淀山公凭着杰出的才能，所做官职多有显著的声名和功绩，因而为妒忌者所不容。然而直到现在，朝廷谈论可以重用的人才，还一定推崇淀山公。大概淀山公没有为世人所忘怀，然而他自己却忘怀到这种地步。

陶渊明先生已经远去了，我无从跟随他来向他请教，我将要跟随淀山公，向他请教“悠然”的原因。那“山气日夕佳，飞鸟相与还，此中有真意，欲辨已忘言”的诗句，陶渊明没有能够说出其中“悠然”的含义，淀山公哪里能够说明白呢？淀山公游历天下，曾登临泰山，游览邹山，游历于嵩山及少室山之间，涉游东海和南海，进入福建和浙江两地深险难行的地域，这马鞍山与泰山的一块大石头有什么不同呢？回想淀山公的悠然自得，只寄托在这座山中吧！庄子说：“自己的故乡，看到她心里就舒畅，即使丘陵草木杂芜，掩蔽了十分之九，心里仍然舒畅，何况是亲身见闻过本来的面目呢？”我获得陪同这座悠然亭主人的荣耀，冒昧地写下了这篇记。

## 沧浪亭记[1]

归有光

浮图[2]文瑛居大云庵，环水，即苏子美[3]沧浪亭之地也。亟求余作《沧浪亭记》，曰：“昔子美之记，记亭之胜也。请子记吾所以为亭者。”

余曰：昔吴越[4]有国时，广陵王镇吴中[5]，治南园于子城之西南，其外戚孙承祐[6]，亦治园于其偏。迨淮海纳土[7]，此园不废。苏子美始建沧浪亭，最后禅者居之：此沧浪亭为大云庵也。有庵以来二百年。文瑛寻古遗事，复子美之构于荒残灭没之余：此大云庵为沧浪亭也。

夫古今之变，朝市[8]改易。尝登姑苏之台[9]，望五湖[10]之渺茫，群山之苍翠，太伯、虞仲之所建[11]，阖闾、夫差之所争[12]，子胥、种、蠡之所经营[13]，今皆无有矣。庵与亭何为者哉？虽然，钱镠因乱攘窃，保有吴越，国富兵强，垂及四世。诸子姻戚，乘时奢僭[14]，宫馆苑囿，极一时之盛。而子美之亭，乃为释子[15]所钦重如此。可以见士之欲垂名于千载之后，不与其澌然[16]而俱尽者，则有在矣。

文瑛读书喜诗，与吾徒游，呼之为沧浪僧云。

## 注释

①本文选自《震川先生集》卷十五。沧浪亭是苏州市的四大古名园之一。它原是五代广陵王钱元璙的池馆，又说是五代末中吴军节度使孙承祐的别墅。到北宋时，苏舜钦购得，临水筑亭，题为“沧浪亭”，园子也因亭而得名。后来又屡易其主。南宋初为抗金名将韩世忠所居，故又名韩园。由元至明为佛寺。至明嘉靖间，有僧人文瑛来此重建沧浪亭，本文就是归有光应文瑛之请而作。它记述了沧浪亭的历代沿革、兴废，从中悟及了读书人垂名于千载的特有原因。

②浮图：即浮屠，梵语音译，指佛。这里是指信奉佛事的僧人。

③苏子美：即北宋诗人苏舜钦，字子美。景祐元年（1034）进士，官至集贤殿校理，监进奏院，因故除名，隐居苏州，建沧浪亭。今集中有《沧浪亭记》。

④吴越：五代十国的十国之一。唐末钱镠，官拜节度使，后拥兵自重，建国吴越，称吴越国王，辖地包括今浙江、江苏西南、福建东北部地区。

⑤广陵王：指钱镠之子钱元璙，字德辉。曾为苏州刺史，后封广陵郡王。吴中：今苏州一带地区。

⑥外戚：指帝王的母族或妻族。孙承祐：钱塘人，钱元瓘（钱元璙之弟，吴越国第二任君主）之子钱俶（吴越忠懿王）纳其姊为妃，因擢要职，曾为中吴军节度使，后随钱俶归宋。

⑦淮海纳土：指吴越国主钱俶献其地于宋。

⑧朝市：朝廷。一说尘世。

⑨姑苏之台：即姑苏台，在今苏州城西南。据传是春秋末期由吴王阖闾、夫差两代君主所建，工程浩大。越灭吴，姑苏台被焚毁。

⑩五湖：这是泛指包括太湖在内附近所有的湖泊。

⑪太伯：周先祖太王长子，相传太王欲传位给季历，他和弟弟仲雍避居江南，开发吴地，为吴国的始祖。太伯卒，无子，弟仲雍立。虞仲：即仲雍。

⑫阖闾：一作阖庐，即姬光。他派专诸刺杀吴王僚，代立为王，屡败楚兵，曾攻入楚都郢。后为越王勾践所败。夫差：吴王阖闾之子。继位后，誓报父仇。在夫椒大败越兵，后又被越王勾践所攻灭。

⑬子胥：伍员，字子胥，吴国大臣。种：文种，越国大夫。蠡：范蠡，越国大夫。他们都是春秋末吴越争霸的主要人物。

⑭奢僭（jiàn）：奢侈豪华过度而不合礼制法度。

⑮释子：因出家修行的人都舍弃了俗姓，以释为姓，故“释子”为佛教徒的通称。

⑯澌然：冰雪消融貌。

## 译文

文瑛和尚居住在大云庵，那里四面环水，是从前苏子美建造沧浪亭的地方。文瑛曾多次请我写篇《沧浪亭记》，说："过去苏子美的《沧浪亭记》是写亭子的胜景，您就记述我修复这个亭子的缘由吧。"

我说：从前吴越国建国时，广陵王镇守吴中，曾在内城的西南修建了一个园子，他的外戚孙承祐，也在它的旁边修了园子。到吴越国被宋灭亡时，这个园子还没有荒废。北宋时，苏子美购得此园，始在园中建了沧浪亭。后来沧浪亭荒废，人们又在沧浪亭的遗址上修建了大云庵，住进了僧侣。这是从沧浪亭到大云庵的演变过程。大云庵至今已有二百年的历史了。文瑛寻访亭子的遗迹，又在废墟上按原来的样子修复了沧浪亭。这是从大云庵到沧浪亭的演变过程。

历史在变迁，朝代在改易。我曾经登上姑苏台，远眺浩渺的五湖，苍翠的群山，那太伯、虞仲建立的国家，阖闾、夫差争夺的江山，伍子胥、文种、范蠡筹划经营的事业，如今都已消失殆尽了，大云庵和沧浪亭的兴废，又算得了什么呢？话虽如此，钱镠趁天下动乱窃据权位，占有吴越国，国富兵强，传了四代。他的子孙亲戚，也借着权势大肆挥霍，广建宫馆园囿，也只是盛极一时，而子美的沧浪亭，却被僧侣如此钦重。可见士人要想垂名千载，不与吴越国一起迅速消失，就在于这个原因啊。

文瑛好读书，爱作诗，常与我们交游，我们称他为沧浪僧。

## 《尚书别解》序[1]

归有光

嘉靖辛卯，余自南都下第归。闭门扫轨[2]，朋旧少过。家无闲室，昼居于内，日抱小女儿以嬉。儿欲睡，或乳于母，即读《尚书》。儿亦爱弄书，见书辄以指循行，口作声，若甚解者。故余读常不废，时有所见，用著于录。意到即笔，不得留，昔人所谓兔起鹘落[3]时也。无暇为文章，留之箱筥[4]，以备温故[5]。章分句析[6]，有古之诸家在，不敢以比拟，号曰《别解》。

余尝谓：观书若画工之有画，耳、目、口、鼻、大小、肥瘠无不似者，而人见之，不以为似也，其必有得其形而不得其神者矣。余之读书也，不敢谓得其神，乃有意于以神求之云。

注　释

①本文选自《震川先生集》卷二，叙述了他撰写《尚书别解》的缘起、经过及自己对读书的见解。文章用语极精练，其中插入小女儿的稚态描写，

寥寥几笔，却极为生动传神。

②闭门扫轨：谓闭门断绝交往。扫轨：谓扫除车辙，比喻隔绝人世。

③兔起鹘（hú）落：比喻写诗作画时，才思泉涌，一气呵成，心手合一。语出苏轼《文与可画筼筜谷偃竹记》："画竹必先得成竹于胸中，执笔熟视，乃见其所欲画者，急起从之，振笔直遂，以追其所见，如兔起鹘落，诮纵则逝矣。"喻文思稍纵即逝。鹘：鹰一类的猛禽。

④箱筥（jǔ）：书箱之类的器物。

⑤温故：《论语·为政》："温故而知新。"

⑥章分句析：分析每章每句的语意。

译 文

嘉靖十年（1531），我在南京参加考试，未被录取，然后回家。从此闭门闲居，断绝交游，亲朋故旧鲜有到访。因为家中没有空余的房间，所以我白天也居于内室，每日抱着小女儿逗趣。小女儿睡觉或是吃奶时，我就读《尚书》。小女儿也喜欢摆弄书，一看见书就用小手指头顺着一行行的文字指着，口中念念有声，仿佛很懂的样子。所以我一直没有把读书这件事荒废，偶尔有些感悟，就记录下来。想到什么马上用笔记下，绝不留滞，正像古人所说的"兔起鹘落"一样。因为没有什么时间写文章，所以就把这些记录下来的感悟保存在箱子中，以便日后复习。我对文章的分析，因为有古代名家在，不敢和他们所作分析相提并论，所以取名为《别解》。

我曾说过：读书就像画工作画，有时耳朵、眼睛、嘴巴、鼻子、大小、胖瘦都画得很像了，但人们看了之后仍说不像，那一定是只注重外表而没有画到人的精神、气质等。我读书，不敢说是已经得到了书的"神"，但我读书的目的就是为了努力地领悟书中的"神"。

## 张自新传①

归有光

张自新，初名鸿，字子宾，苏州昆山人。自新少读书，敏慧绝出，古《经》中疑义，群子弟屹屹②未有所得，自新随口而应，若素了③者。性方简，无文饰，见之者莫不讪笑，目为乡里人。同舍生夜读，倦睡去，自新以灯檠④投之，油污满几，正色切责，若老师然。髫龀⑤丧父，家计不能支，母曰："吾见人家读书，如捕风影，期望青紫⑥，万不得一。且命已至此，何以为书？"自新涕泣长跪，曰："亡父以此命鸿，且死，未闻有他语，鸿何敢忘？且鸿宁以衣食忧吾母耶？”与其兄耕田度日，带笠荷锄，面色黧黑。夜归，则正襟危坐，啸歌古人，飘飘然若在世外，不知贫贱之为戚也。

兄为里长[⑦]，里多逃亡，输纳无所出。每岁终，官府催科[⑧]，搒掠[⑨]无完肤。自新辄诣县自代，而匿其兄他所。县吏怪其意气，方授杖，辄止之，曰：“而何人者？”自新曰：“里长，实书生也。”试之文，立就，慰而免之。弱冠[⑩]，授徒他所。岁归省三四，敝衣草履，徒步往返，为其母具酒食，兄弟酣笑，以为大乐。

自新视豪势，眇然[⑪]不为意。吴中子弟多轻儇[⑫]，冶鲜[⑬]好衣服，相聚集，以亵语戏笑，自新一切不省。与之语，不答。议论古今，意气慷慨。酒酣，大声曰：“宰天下竟何如？”目直上视，气勃勃若怒，群儿至欲殴之。补学官弟子员，学官索贽金[⑭]甚急，自新实无所出，数召笞辱，意忽忽不乐，欲弃去，俄得疾卒。

自新为文，博雅而有奇气，人无知之者。予尝以示吴纯甫[⑮]，纯甫好奖士类，然其中所许可者，不过一二人，顾独称自新。自新之卒也，纯甫买棺葬焉。

归子[⑯]曰：余与自新游最久，见其面斥人过，使人无所容。侍人[⑰]广坐间，出一语，未尝视人颜色。笑骂纷集，殊不为意。其自信如此。以自新之才，使之有所用，必有以自见者。沦没至此，天可问邪？世之乘时得势，意气扬扬，自谓己能者，亦可以省矣。语曰：“从兰欲茂，秋风败之。”余悲自新之死，为之叙列其事。自新家在新洋江口，风雨之夜，江涛有声，震动数里。野老相语，以为自新不亡云。

### 注　释

①本文选自《震川先生集》卷二十六。张自新为作者友人，是一位怀才不遇、性格桀骜的寒士，作者佩服他的才华，哀怜他的遭遇，故为之作传。传记写得有血有肉，有声有色，颇有《史记》的气势与精神。

②屹屹：耸立貌。这里指呆呆地站立。

③素了：熟悉，明了。

④灯檠（qíng）：灯架。

⑤髫龀（tiáo chèn）：指童年时代。髫：古代小孩下垂的头发。龀：小孩子换牙齿。

⑥青紫：古代公卿绶带之色，这里借指高官显爵。汉代规定：丞相、太尉金印紫绶，御史大夫银印青绶。后因称贵官之服为“青紫”。

⑦里长：谓一里之长。《大明律附例》四：“凡各处人民，每一百户内议设里长一名，甲首一十名，轮年应役，催办钱粮，勾摄公事。”

⑧催科：催收租税。科：法令条律。因租税有法令科条，故称。

⑨搒掠：拷打。

⑩弱冠：古代称二十岁为“弱冠”。

⑪眇然：轻视貌。

⑫轻儇（xuān）：轻佻，不庄重。

⑬冶鲜：姚冶，媚艳。

⑭贽金：指入学的见面礼金。

⑮吴纯甫：即吴中英，字纯甫，昆山人，博学多才，但屡试不第，终生未仕。

⑯归子：作者自称。

⑰侪人：同辈之人。

## 译文

张自新，原名鸿，字子宾，苏州昆山人。自新年少读书，聪慧绝伦，古《经》中有疑惑难解之处，学友们茫然呆立而无所获，自新随口而答，仿佛很平常很熟识一样。他性格方正诚实，没有丝毫的矫饰，看见他的人没有不讥讽他的，把他看作是乡下人。同舍的书生晚间读书，因疲倦而睡去，自新朝他扔灯架以提醒他，油污洒满桌子。他态度严肃言语恳切地提出批评，仿佛老师一样。自新幼年丧父，家计不能支撑，母亲说：“我看见人家读书，宛如捕风捉影，期望做大官，能成功的万人中不过一个。况且我们家势已经到了这种地步，还拿什么支持你读书呢？”自新哭泣着长跪于地，说：“亡父也曾拿这话嘱咐我，他将离人世时，这之外我没有听到过别的话，怎么敢忘却呢？况且我难道能让母亲有衣食之忧吗？”他和兄长耕田度日，戴着斗笠，扛着锄头，脸色变得黧黑。晚间归来，就正襟危坐，吟咏古人的诗文，飘飘然仿佛在尘世之外，不知道贫贱是让人悲戚的事了。

自新的兄长是里长，乡里多有逃亡之人，租税没地方去收。每到年终，官府催交租税，总是把自新的兄长拷打得体无完肤。自新就到县衙代哥哥受刑，把哥哥藏匿到别的地方去。县官因其意气而感到奇怪，刚要施以杖刑，他就阻止了，问：“你是什么人？”自新说：“我是里长，本是一名书生。”县官让他试写一篇文章，他很快就写成了，县官安慰他，并免去了对他的刑罚。自新年仅二十岁，就在别的地方教授学生。每年回乡探亲三四次，穿着破衣草鞋，徒步往返，为他的母亲准备酒菜饭食，兄弟俩酣笑，把它视为最高兴的事。

自新对待那些权豪势要之人，淡然不放在心上。吴中子弟大多轻佻浮夸，姿容妖媚，喜欢穿着华丽的衣服，聚集到一处，用污言秽语开玩笑，自新一概不予理会。和他谈话，他也不回答。自新谈论古今之事，意气慷慨。酒喝到酣畅时，他大声说：“主宰天下的人终究会怎么样呢？”他眼睛往上看，神气勃勃仿佛发怒一样，那些年轻人想要殴打他。自新被补授为秀才，学官污言秽语向他索要礼金很急迫。自新确实拿不出礼金，屡次遭受鞭笞、侮辱，心里怏怏不乐，想弃官而去，不久得病而死。

自新写文章，渊博高雅而有奇伟气概，却没有真正赏识他的人。我曾把他的文章拿给吴纯甫看，纯甫好奖掖士人，然而他所赞许的人，不过一两个而已，而独称许自新。自新死后，纯甫买棺材将其安葬。

归子说：我和自新交游最久，见过他当面斥责别人的过错，使人无容身之处。大庭广众之下，他讲一句话，不曾看人家的脸色。即便笑骂纷纷扬扬，他也不放在心上。他是这样自信。凭着自新的才华，如果让他被举用，他一定会有自己的主见。然而沉沦埋没到这种地步，天意可探问吗？世间乘时得势者，意气扬扬，自以为很有才能，也可以多反省了。古语说："丛兰欲茂，秋风败之。"我悲悼自新的死，为此叙述他的事迹。自新家在新洋江口，风雨之夜，江涛声声，声响可传至几里远。村野百姓相互议论，认为自新并没有逝去。

## 沈贞甫墓志铭[①]

归有光

自予初识贞甫时，贞甫年甚少，读书马鞍山浮屠之偏[②]。及予娶王氏[③]，与贞甫之妻为兄弟，时时过内家相从也。予尝入邓尉山[④]中，贞甫来共居，日游虎山、西崦[⑤]，上下诸山，观太湖七十二峰之胜。嘉靖二十年，予卜居安亭[⑥]。安亭在吴淞江上，界昆山、嘉定之壤，沈氏世居于此，贞甫是以益亲善，以文字往来无虚日。以予之穷于世，贞甫独相信，虽一字之疑，必过予考订，而卒以予之言为然。

盖予屏居江海之滨，二十年间，死丧忧患，颠倒狼狈，世人之所嗤笑，贞甫了不以人之说而有动于心，以与之上下。至于一时富贵翕赫[⑦]，众所观骇，而贞甫不予易也。嗟夫！士当不遇时，得人一言之善，不能忘于心，予何以得此于贞甫耶？此贞甫之没，不能不为之恸也！

贞甫为人伉厉[⑧]，喜自修饰，介介[⑨]自持，非其人，未尝假以词色。遇事，激昂偃仆无所避。尤好观古书，必之名山及浮屠、老子之宫[⑩]，所至扫地焚香，图书充几。闻人有书，多方求之，手自抄写，至数百卷。今世有科举速化之学[⑪]，皆以通经学古为迂。贞甫独于书知好之如此，盖方进于古而未已也。不幸而病，病已数年，而为书益勤。予甚畏其志，而忧其力之不继，而竟以病死，悲夫！

初，予在安亭，无事，每过其精庐⑫，啜茗论文，或至竟日。及贞甫没，而予复往，又经兵燹之后，独徘徊无所之，益使人有荒江寂寞之叹矣。

贞甫讳果，字贞甫，娶王氏，无子，养女一人。有弟曰善继、善述。其卒以嘉靖三十四年七月日，年四十有二。即以是年某月日，葬于某原之先茔⑬。可悲也已！铭曰：

天乎命乎不可知，其志之勤而止于斯！

## 注　释

①本文选自《震川先生集》卷十九。沈贞甫是作者好友，又是连襟，两人过从甚密。沈不幸早死，作者为他写了这篇墓志铭。文章着重写两人相识的经过，写相知之深，及自己失友之痛，同时介绍了沈的性格特点。全文娓娓道来，如叙家常，其失友之痛、愤世之情，从胸中自然流泻出来。

②马鞍山：在江苏昆山西北，形似马鞍，故名，又名昆山。浮屠：佛塔。

③王氏：归有光的继室。前妻魏氏早故。

④邓尉山：在今江苏苏州西南，因汉代邓尉曾隐居于此，故名。此山以梅花著称。

⑤虎山、西崦：山名。

⑥安亭：镇名。在今上海嘉定西南。

⑦翕（xī）赫：显赫。赫：通“赫”。

⑧伉厉：正直严厉。

⑨介介：耿介。

⑩浮屠、老子之宫：指佛寺、道观。

⑪科举速化之学：指应对科举考试能迅速登科的学习办法。

⑫精庐：书斋。

⑬原：高地。先茔（yíng）：祖先的坟地。

## 译　文

我初识沈贞甫时，他还年少，在马鞍山一座寺庙旁读书。等我娶了王氏，因为王氏和贞甫的妻子是姊妹，所以我们经常在岳丈家相见。我曾经到邓尉山中小住，贞甫也来同住，每日到虎山、西崦以及周围的山上游玩，观赏太湖七十二峰的美景。嘉靖二十年（1541），我定居安亭。安亭在吴淞江边，界于昆山、嘉定之间，沈家世代在此居住，贞甫因此更加亲近善待我，我们之间通过书信文字往来，没有一天不这样。我仕途坎坷，生活困顿，唯独沈贞甫相信我，即使是一个字的疑惑，也一定来拜访我，加以考订，并且最终认为我的观点正确。

我隐居在江海边，二十年中经历了许多生老病死、坎坷磨难，为世人所嗤笑，而贞甫全然不因别人的说法改变对我的看法，反倒与我共进退。即使我偶尔得到重用，众人看到后都很惊讶，而贞甫也不改变对我的态度。唉！士人在潦倒不得意时，听到别人一句好话，也不能忘怀，我凭什么从贞甫那里得到这样的恩遇呢？这正是贞甫去世，我不能不为他极度悲伤的原因啊！

贞甫为人刚直严厉，注重自己的道德修养，耿介自重，不是同道中人，就不曾对他和颜悦色。遇到事情则慷慨激昂，即使遭遇挫折也不回避。他特别喜欢读古书，一定要到名山大川、寺庙道观中，每到一处就扫净地面，燃上香，图书放满书几。听说别人有好书，就想尽办法借来，亲自抄书，多达几百卷。如今有为应对科举而产生的速成为学之道，都认为研习经书、学习古籍是迂腐的，沈贞甫却偏偏这样喜欢并精研经典古籍，在古籍研究方面大有长进，从未停止。后来不幸得病，一病数年，可是读书著述更加勤奋。我十分敬仰他的志向，同时也担心他的气力难以继续如此繁重的劳作，他最终因此病逝，真令人悲伤啊！

当初我在安亭时，闲来无事，每次到他的学舍去拜访他，边喝茶边讨论文章，有时可以待一整天。贞甫病逝之后，我再到那里去，加之经过战乱，独自徘徊无处可去，更使人产生荒凉寂寞的慨叹。

贞甫名果，字贞甫，娶王氏，无子，有一女。有弟弟名善继、善述。他在嘉靖三十四年（1555）七月某日病逝，时年四十二岁。此年某月某日，安葬在某高地的祖坟。真令人悲伤啊！铭文写的是：

天意与命运不可预料，他的勤谨忠恳在这里就停止了！

## 书《秦风·蒹葭》三章后[①]

唐顺之

嘉靖戊申，秋七月二十五日夜，雷雨大作，万艘震荡。平明开霁，则河水增高四五尺矣。余与褚生泛小舠[②]，如陈渡[③]，临流歌啸，渺然有千里江湖之思。因咏《秦风·蒹葭》三章，则宛如目前风景，而所谓伊人者，犹庶几见之。

且秦时风俗，不雄心于戈矛战斗，则痒技于猃歇射猎[④]。至其声利所驱，虽豪杰亦且侧足于寺人、媚子之间[⑤]，方以为荣而不知愧。其义士亦且沉酣豢养，与君为殉而为可赎[⑥]。盖靡然矜侠趋势之甚矣[⑦]。

而乃有遗世独立，澹乎埃壒之外若斯人者[⑧]，岂所谓一国之人皆若狂，而此其独醒者欤？抑亦以秦之不足与，而优游肥遁[⑨]，若后来凿坏、羊裘之徒者[⑩]，在当时固已有人欤？

余独惜其风可闻而姓名不著，不得与凿坏、羊裘之徒并列隐逸传[⑪]。然凿坏、羊裘之徒以其身而逃之，《蒹葭》伊人者乃并其姓名而逃之，此又其所以为至也。

噫嘻！士固有不慕乎当世之荣，而亦何心于后世之名也哉？因慨然为之一笑，遂书以示褚生。

## 作者简介

唐顺之（1507—1560），字应德，一字义修，武进（今属江苏常州）人。嘉靖八年（1529）会试第一，授庶吉士，调兵部主事，后转吏部。嘉靖十二年（1533）任翰林院编修，校累朝实录。后罢官入阳羡（今江苏宜兴）山中，读书十余年。倭寇蹂躏大江南北，他以职方郎中之职视师浙江，亲身泛海，累破倭寇，擢右佥都御史，巡抚凤阳。嘉靖三十九年（1560）力疾泛海，渡焦山，至通州（今江苏南通），卒。唐顺之学识渊博，天文、乐律、地理、兵法等，莫不穷极原委。在文学上，他是反对拟古派的主要人物之一，与王慎中、茅坤、归有光同称为“唐宋派”。其古文“在有明中叶，屹然为一大宗”，著有《荆川先生文集》《史纂左编》《两汉解疑》《荆川稗编》及《诸儒语要》等，辑有《文编》。

## 注　释

①本文选自《荆川先生文集》卷十七，是《诗经·秦风·蒹葭》的读后感。《蒹葭》一诗中的“伊人”，各家有不同的说法，唐顺之认为是隐士，文中称赞这位独醒的隐士不慕当世之荣，亦无心于后世之名，超过了颜阖、严光的隐士行为，可说是归隐的最高境界了。文中还透露了作者对世风的不满，对能保持独立人格之清醒隐士的赞颂。

②褚生：名滔，唐顺之弟子。舠（dāo）：刀形的小船。

③如：前往。陈渡：今江苏常州武进西南十余里的小镇名。

④猃、歇：两种猎犬名。

⑤侧足：形容因畏惧而不敢正立。寺人、媚子：指国君亲近的侍臣、宠臣。

⑥“与君为殉”句：指《诗经·秦风·黄鸟》所记子车奄息、子车仲行、子车针虎三人为秦穆公殉葬事。

⑦靡然：颓废貌。矜：夸耀。

⑧澹：恬静，安然。埃壒（ài）：尘土。这里指人世。

⑨肥遁：退隐。

⑩凿坏：战国时鲁君要聘颜阖为相，他凿破后墙逃走。羊裘：严光不受东汉光武帝聘用，披羊裘钓于大泽。

⑪隐逸传：指正史中的《隐逸传》，专记有名声的隐士。

译 文

嘉靖二十七年（1548）秋七月二十五夜里，雷雨大作，水面万舟震荡。次日黎明，天气放晴，只见河水已经暴涨了四五尺。我和褚生划着小舟，前往陈渡，我们在水边高歌吟啸，渺然有千里江湖之思。吟咏《秦风·蒹葭》三章，诗中所写宛若眼前的风景，所谓的“伊人”，仿佛可以看到。

先秦时秦国风俗，不是醉心于拿起武器作战，就是热衷于带着猎犬狩猎。人们为声势和财利所驱逐，即使是豪杰之士也侧足于宠臣、宠妃之间，还觉得光荣，不曾觉得羞愧。义士也沉酣于被豢养，甘心为君主殉葬赎命。竟颓靡不自重、夸耀侠义、趋于权势到如此地步！

也有遗世独立、安然于尘世之外的人，比如诗中的“伊人”，这难道不是所谓的一国之人尽皆颠狂，而他独自清醒的情况吗？或许，认为秦国不值得依附，故悠游尘世，隐居避世，像后世的颜阖、严光等隐士那样的人，在当时本来也已有了吧？

我独对“伊人”之气节流传而姓名却不为人所知感到可惜，其不得与颜阖、严光等并列隐逸传记。然而颜阖、严光等只是自身逃离尘世利禄，而《蒹葭》中的“伊人”却是连姓名都一起逃隐了，这又是他的行为超出众人之上的原因。

唉！高士本就不贪慕当世的荣耀，又怎么可能在意后世的名声呢？想到这我慨然一笑，于是写下来给褚生看。

## 任光禄竹溪记①

唐顺之

余尝游于京师侯家富人之园，见其所蓄，自绝徼②海外奇花石无所不致，而所不能致者惟竹。吾江南人斩竹而薪之，其为园，亦必购求海外奇花石，或千钱买一石、百钱买一花，不自惜。然有竹据其间，或芟③而去焉，曰：“毋以是占我花石地！”而京师人苟可致一竹，辄不惜数千钱，然才遇霜雪，又槁以死。以其难致而又多槁死，则人益贵之。而江南人甚或笑之曰：“京师人乃宝吾之所薪！”

呜呼！奇花石诚为京师与江南人所贵，然穷④其所生之地，则绝徼海外之人视之，吾意其亦无以甚异于竹之在江以南。而绝徼海外，或素不产竹之地，然使其人一旦见竹，吾意其必又有甚于京师人之宝之者。是将不胜笑也。语云："人去乡则益贱，物去乡则益贵。"以此言之，世之好丑，亦何常[5]之有乎！

余舅光禄任君治园于荆溪[6]之上，遍植以竹，不植他木。竹间作一小楼，暇则与客吟啸其中。而间谓余曰："吾不能与有力者争池亭花石之胜，独此取诸土之所有，可以不劳力而蓊然[7]满园，亦足适也。因自谓竹溪主人。甥其为我记之。"

余以谓君岂真不能与有力者争，而漫然取诸其土之所有者？无乃独有所深好于竹，而不欲以告人欤？昔人论竹，以为绝无声色臭味[8]可好。故其巧怪不如石，其妖艳绰约不如花，孑孑然有似乎偃蹇孤特之士[9]，不可以谐[10]于俗。是以自古以来，知好竹者绝少。且彼京师人亦岂能知而贵之？不过欲以此斗富，与奇花石等耳。故京师人之贵竹，与江南人之不贵竹，其为不知竹一也。君生长于纷华，而能不溺乎其中，裘马、僮奴、歌舞，凡诸富人所酣嗜，一切斥去。尤挺挺不妄与人交，凛然有偃蹇孤特之气，此其于竹必有自得焉。而举凡万物，可喜可玩，固有不能间[11]也欤？然则虽使竹非其土之所有，君犹将极其力以致之，而后快乎其心。君之力虽使能尽致奇花石，而其好固有不存也。

嗟乎！竹固可以不出江南而取贵也哉！吾重有所感矣！

### 注　释

①本文选自《荆川先生文集》卷十二，是作者为舅父任卿的竹溪园而作的一篇记。文章以竹子在南北不同的遭遇发端，阐述物以稀为贵的道理，接着写竹溪园之建成，写任卿之独爱竹，刻画了任卿不合流俗、志趣高雅的形象。光禄：官名，光禄寺卿或少卿。任氏，名卿，字世臣，号竹溪，宜兴人。曾历任光禄寺署丞、湖广都御史等职。所居皆植竹，故号竹溪。

②绝徼（jiào）：极远的边地。徼：边界。

③芟（shān）：锄除。

④穷：追溯。

⑤常：固定的标准。

⑥荆溪：水名，在江苏南部，经溧阳、宜兴，注入太湖。

⑦蓊（wěng）然：丛密貌。

⑧臭（xiù）味：气味。这里指香味。

⑨孑孑然：孤高貌。偃蹇孤特：傲然独立貌。

⑩谐：协调。

⑪间：间隔，阻止。

## 译文

我曾经游览过京城世宦富贵人家的亭园，见过那里收藏的东西，从极远的边地到海外，奇异的花卉石子没有不能罗致的，所不能罗致的只有竹子。我们江南人砍伐竹子当柴烧，筑园构亭也必定寻求海外的奇花异石，有的用千钱买一石，有的用百钱买一花，并不吝惜。然而如有竹子生长其中，有时会将它砍去，说："不要让它占了我种花置石的地方。"但京城人如果能觅到一竿竹子，常常不惜花费数千钱来购买，然而那竹子一遇到下霜降雪，便又都干枯而死。正因为竹子难以寻觅而且又多枯死，京城人因此就更加珍爱它。而江南人中有人讥笑他们说："京城人竟把我们当柴烧的东西视为珍宝。"

呜呼！奇花异石诚然为京城与江南人所珍爱，然而追溯至它们的产地，那么遥远边地和海外之人看待它们，我想也与竹子在江南的处境没有什么大的区别。而边地、海外又或许是从不出产竹子的地方，假如让那里的人一旦看到竹子，我想他们必定比京城人更加珍爱和看重它。这种情况恐怕更是让人讥笑不止的了。俗语说："人离乡则愈贱，物离乡则愈贵。"如此说来，世上的美丑好恶，又有什么不变的标准呢！

我的舅舅任光禄君在荆溪的边上构筑了一个亭园，到处种竹，不种其他任何花木。竹林间造了一座小楼，有空就与客人在那里吟诗啸歌。他不经意间对我说："我不能与有势力的人攀比池亭花石的胜况，单是在这里取山地本来所有的东西，可以不花费劳力而使满园苍翠葱茏，也足以自适。因此自称竹溪主人。请外甥为我记述一下吧。"

以我看来，任君哪里是真的不能与有势力者攀比，才随意取当地所有？恐怕还是对竹子独有特殊的爱好，并且不愿意告诉别人吧？过去有人谈论竹子，以为它绝没有动人的姿色和香味值得人喜爱。所以它奇巧怪异不如石，妖艳柔美不如花，孑孑然有如高傲独立的士人，不能与尘俗混同合一。因此自古以来，知道珍爱竹子的人极少。那么京城人难道也是能知竹而加以珍爱的吗？他们不过是想用此与别人争夸富贵，如同用奇花异石向人炫耀一样。所以京城人的珍爱竹子，与江南人的不重竹子，同属于不知竹。任君在繁华纷闹中成长，而能不沉溺其中，衣饰车马童仆歌舞，凡是富贵人家所沉湎嗜好的，全都摈斥而去。尤其是方正刚直不随意与人交往，凛然有高洁独立之气，这正是任君对竹子必有自得的地方。世上可喜可玩的万物，只要人们喜爱，那就没有什么办法可以阻止他对于那种东西的追求。那么假使竹子不是这里的土地所有，任君也必将竭尽其力予以收集，然后心里才高兴。任君的财力虽然使他能随意寻觅奇花异石，然而他的爱好本不在此啊。

可叹啊！竹子本可以不出江南而为人所贵重，对此，我重新有了感受。

## 与安子介[①]

唐顺之

谨具布被一端[②]，奉为令爱送嫁之需。布被诚至质且陋矣，然以之厕于刺绣结绘[③]，绫绮绡金[④]，缀翠玄朱[⑤]，错陈之间，则如苇箫土鼓[⑥]，而与朱弦玉磬[⑦]，金钟大镛[⑧]相答响，乃更足以成文[⑨]。又如贵介[⑩]公子，张筵邀客，珠履[⑪]貂冠，狐裘豹袖，联翩[⑫]杂座，既美且都[⑬]；而有一山泽被褐[⑭]老人，逍遥曳杖其间，乃更足以妆点风景，而不失其为质且陋也。且夫桓少君[⑮]之事，兄之所以养成闺行，而出乎习俗之外者，岂足多让古人哉！素辱知爱，敢以家之所常用者为献，而侑[⑯]之以辞。不然，亦愿兄受之，而以畀之媵仆之用可也[⑰]。

注　释

①本文选自《荆川先生文集》卷七。朋友嫁女，按世俗常规，应该馈赠珍贵礼品，而作者只送一床布被，且以质朴节俭相劝勉。作者在书信中，巧比妙喻，处处以布被之质朴和绫绮之华贵作对比，强调质朴之美，强调相互为用，强调在富贵之中不要忘记节俭。

②一端：即一床。

③刺绣结绘：刺绣有各种美丽花纹图案的丝织品。

④绫：绫子，比缎子薄的丝织品。绮：有花纹图案的丝织品。绡金：即销金，在织物上嵌以金线。

⑤缀翠玄朱：结缀着各种鲜艳颜色的丝织品。玄朱：黑色和红色。

⑥苇箫：截苇为箫。土鼓：古乐器。皆指粗陋简易的乐器。

⑦朱弦：即练朱弦，用练丝(熟丝)制作的琴弦。这里指琴。玉磬：古代的石制乐器，声音清脆，传声较远。

⑧大镛：大钟。

⑨成文：形成乐章、文采、文辞、礼仪等的总称。

⑩贵介：尊贵。介：大。

⑪珠履：缀有珍珠的鞋子。

⑫联翩：连续不断貌。

⑬既美且都：《诗经·郑风·有女同车》："洵美且都。"都：安娴文静，大方。

⑭被褐：穿着粗布衣服。

⑮桓少君：东汉鲍宣妻，初嫁鲍宣，鲍宣不悦其随嫁之盛。桓少君于是去掉华丽服饰，更着短布裳，与鲍宣共挽鹿车归里，礼姑即毕，提瓮引汲，修行妇道，乡里称之。

⑯侑（yòu）：劝。
⑰畀（bì）：给予。媵（yìng）：陪嫁的人。

**译 文**

谨献上一床布被，作为送令爱出嫁的礼品。布被确实极为质朴且简陋，然而它与刺绣结绘、绫绮绡金、缀翠玄朱等精美丝织品放在一起，错陈其间，就好比苇籥土鼓与朱弦玉磬、金钟大镛等乐器一同演奏，互相响应，如此则更足以形成完美的乐章，更符合礼仪。又好比尊贵的公子，置办筵席邀请客人，身着珠履貂寇、狐裘豹袖的贵客一个接一个地入座，他们的气质既安娴文静，又落落大方；然而又有一个来自山泽之中的穿着粗布衣服的老人，拄着拐杖，逍遥自在地身处贵客中间，如此则更足以妆点风景，不能说他质朴且简陋。况且您一直用桓少君的事迹来教育闺中女儿，修养她的德行，使其出于尘世之外，如今她出嫁，又怎能逊色于古人呢！我平素了解您的志趣追求，故敢以家中所常用的布被作为礼物送上，又以这番话来劝说。如果您不同意我的观点，也请您收下，赏给陪嫁的媵仆使用也是可以的。

## 叶子肃诗序[1]

徐 渭

人有学为鸟言者，其音则鸟也，而性则人也；鸟有学为人言者，其音则人也，而性则鸟也。此可以定人与鸟之衡[2]哉？今之为诗者，何以异于是？不出于己之所自得，而徒窃于人之所尝言，曰某篇是某体，某篇则否；某句似某人，某句则否。此虽极工逼肖，而已不免于鸟之为人言矣。

若吾友子肃之诗则不然。其情坦以直，故语无晦[3]；其情散以博，故语无拘；其情多喜而少忧，故语虽苦而能遣；其情好高而耻下，故语虽俭而实丰。盖所谓出于己之所自得，而不窃于人之所尝言者也。就其所自得，以论其所自鸣，规[4]其微疵，而约于至纯，此则渭之所献于子肃者也。若曰某篇不似某体，某句不似某人，是乌知子肃者哉！

**作者简介**

徐渭（1521—1593），初字文清，后改字文长，号青藤老人、天池渔隐、金回山人、白鹇山人等，山阴（今浙江绍兴）人。出生于官僚世家，天才超逸，性格豪放，二十岁为生员，但之后屡试不中。他生计潦倒，诸事不顺，为时所弃，精神上极其痛苦，以致九次自杀，未遂。后在精神失常的情况下误杀继室张氏，下狱七年。后浪游北地，教授李成梁之子李如松兵法。晚年以卖画为生，贫困凄惨而终。徐渭本旷世奇才，却潦倒终生，以一秀才终老，其于诗、文、曲、画无不特出，言行作品都表现出封建叛逆者的狂傲之气。有《徐渭集》和戏曲论著《南曲叙录》传世。

### 注释

①本文选自《徐文长文集》卷十九。这是作者为其友人叶子肃诗所写的序言，序中对拟古派的诗作了尖锐的批判。

②衡：衡量，评定。

③晦：晦涩。

④规：纠正。

### 译文

人有学讲鸟语的，他的声音像鸟，而本性还是人；鸟有学讲人类言语的，它的声音像人，而本性仍然是鸟。如此，语言可以用来区分人与鸟吗？现在那些作诗的，和这又有什么不一样呢？他们不是出于自己所体会感受到的，而只是从别人那里剽窃已经说过了的东西，并且标榜说这一首诗是什么体，那一首则不是；这一句像谁的，那一句则不像。这样的作品即使摹仿得极其工细、极其近似，还是免不了像鸟学说人话一样。

至于我友人叶子肃的诗，则不是这样。他的作品情感坦荡而直率，所以语言不隐晦；他的作品情感自由而开阔，所以语言不受拘束；他的作品情感喜悦多而忧愁少，所以即使用语苦涩也能排遣；他的作品情感追求高尚而以卑下为耻，所以语言即使很简略，含义却很丰富。这就是所谓出于自己所体会感受到的，而不是从别人那里剽窃已经说过了的东西啊。就他自己所体会感受到的，来评论他自己所发表的，提醒他改正细小的缺点，从而不断精练，以至极其纯净的境界，这就是我所要奉献给叶子肃的话啊。假如说他某一篇不像某体，某一句不像某人作品，这怎么算得上是理解叶子肃呢？

## 豁然堂记①

徐　渭

越②中山之大者，若禹穴、香炉、蛾眉、秦望之属，以十数，而小者至不可计。至于湖，则总之称鉴湖③，而支流之别出者，益不可胜计矣。

郡城隍祠[4]，在卧龙山[5]之臂，其西有堂，当湖山环会处。语其似，大约缭青萦白，髻峙带澄。而近俯雉堞[6]，远问村落。其间林莽田隰[7]之布错，人禽宫室之亏蔽，稻黍菱蒲莲芡之产，耕渔犁楫之具，纷披于坻[8]洼。烟云雪月之变，倏忽于昏旦。数十百里间，巨丽纤华，无不毕集人衿带上。或至游舫冶尊[9]，歌笑互答，若当时龟龄[10]所称"莲女""渔郎"者，时亦点缀其中。于是登斯堂，不问其人，即有外感中攻，抑郁无聊之事，每一流瞩，烦虑顿消。而官斯土者，每当宴集过客，亦往往寓庖于此。独规制无法，四蒙以辟[11]，西面凿牖，仅容两躯。客主座必东，而既背湖山，起座一观，还则随失。是为坐斥旷明，而自取晦塞。予病其然，悉取西南牖之，直辟其东一面，令客座东而西向，倚几以临，即湖山，终席不去。而后向之所云诸景，若舍塞而就旷，却晦而即明。

工既讫，拟其名，以为莫"豁然"宜。既名矣，复思其义曰："嗟乎，人之心一耳。当其为私所障时，仅仅知有我七尺躯，即同室之亲，痛痒当前，而盲然若一无所见者，不犹向之湖山，虽近在目前，而蒙以辟者耶？及其所障既彻，即四海之疏，痛痒未必当吾前也，而灿然若无一而不婴[12]于吾之见者，不犹今之湖山虽远在百里，而通以牖者耶？由此观之，其豁与不豁，一间耳。而私一己，公万物之几[13]系焉。此名斯堂者与登斯堂者，不可不交相勉者也，而直为一湖山也哉？"既以名于是义，将以共于人也，次而为之记。

注　释

①本文选自《徐文长逸稿》。作者借豁然堂的改造抒发感慨：人心若为一己之私所障，仅知有我七尺之躯，不关心别人的痛痒，就正像改建前的豁然堂一样，坐失周围无限风光的大千世界。只有抛却这层障壁，心胸才可开朗高远。寓意颇为深刻。

②越：这里指浙江绍兴府附近。下句"禹穴"、"香炉"诸山，均距绍兴不远。

③鉴湖：即"镜湖"，在浙江绍兴南，总纳境内三十六源之水。

④城隍祠：祭城隍神之祠，其祀多为求雨、祈晴、禳灾等事。

⑤卧龙山：今称府山，在绍兴市内。

⑥雉堞：泛指城墙。

⑦隰（xí）：低湿之地。

⑧坻（chí）：水中小洲。

⑨冶尊：华艳的酒器。

⑩龟龄：指南宋学者王十朋，字龟龄，温州乐清（今浙江乐清）人。绍兴二十七年（1157）进士，授绍兴府签判，历任各地地方官，以龙图阁学士致仕。他作有《会稽风俗赋》，写及鉴湖中莲女、渔郎往来的风光。

⑪辟：通“壁”。

⑫婴：通“撄”，触。

⑬几：迹象，征兆，这里指差别。

## 译文

越地比较大的山，像禹穴、香炉、蛾眉、秦望之类，有数十座，但小的就数不清了。至于湖，则总称之为鉴湖，而由大湖派生出去另外形成的小湖，就更加数不过来了。

郡里的城隍庙，在卧龙山的半山腰上，庙的西面有一座堂室，正建在湖山环抱会合处。要说这景色像什么，大体上是青山绿水相间，回旋缠绕，像女子的发髻那样高耸，像莹洁的长绢那样清澄。而低头近看可见城墙，远处可闻村落里的人声。其间树木、草地、田地、沼泽错杂分布，人群、鸟类、房屋相互遮蔽，大米、小米、菱、蒲、莲、芡等出产于此，耕地和捕鱼用的犁、桨等工具，散乱地遍布于高地或洼地里。忽而烟云迷蒙，忽而皓月当空，从早到晚变化非常迅疾。方圆近百里之间，无论巨大的壮伟场面或细微的美好景物，莫不汇集于人们的衣襟带上。有时来到游船上饮酒，游人的歌声与笑声此起彼落，当年诗人王十朋所描写过的“莲女”、“渔郎”，也时时点缀其间。此时登上这座堂室，不论他是什么人，即使受到外来的刺激或内心的煎熬而感到压抑或无聊，只要一顾盼这大好景致，烦恼忧虑就会顷刻消散。而在这里当官的，每当宴请过往客人，也往往特聘厨师来此。只是这座堂室修筑得毫无章法，四面都被遮蔽住，仅向西开了一扇小窗，里面只容得下两个人。客人坐在朝东的主座，就不得不背靠湖山，要观看景色就必须离座转身，等转回来景色就随之看不见了。这是由于放弃了空旷明亮，而自取晦暗闭塞的缘故。我非常不满这种状况，于是把西面和南面两堵墙全部开成窗子，只保留一面东墙没有打通，又让客人改为坐东而向西，他倚靠在酒桌上就面对着湖山，那景色直到席终也不会消失。从此以后，刚才所说的那些景色，就全都舍弃了闭塞而转为开阔，摆脱了晦暗而接近于明亮。

工程完毕以后，打算为它起名，觉得没有比“豁然”更适宜的了。已经命名了，又反复思索它的含义，想道：“唉，人心其实和这堂室一样啊。当它为私利所遮蔽时，只知道自己的七尺身躯，即使是同居一室的亲人，他们的痛痒就发生在眼前，他却装作什么也看不见，不就像原先的湖山，虽然近在眼前，却被遮蔽了一样吗？等到遮蔽他心房的东西去除以后，即使是四海之遥，痛痒不一定发生在眼前，反而鲜明得好像无不萦绕在眼前了，不就像现在的湖山，虽然远在百里以外，却透过窗户就能看到一样吗？由此看来，人心的豁达与不豁达，距离本是很近的啊！而只顾一己私利同以天下万物为公的细微差别，全维系在这上面了。这是为这座堂室起名的人和登上这座堂的人不可不相互勉励的啊，难道只是为了湖山的胜景吗？”我既已为了这些用意而命名这座堂室，本是准备公之于众的，于是接着写下了这篇记。

## 与马策之[1]

徐 渭

发白齿摇矣，犹把一寸毛锥，走数千里道，营营一冷坑上，此与老牯[2]踉跄以耕，拽犁不动，而泪渍肩疮者何异？噫，可悲也！每至菱笋候，必兀坐[3]神驰，而尤摇摇[4]者，策之之所也。厨书幸为好收藏，归而善健，当与吾子读之也。

### 注 释

①本文选自《徐文长文集》卷十六，是作者晚年在宣府做幕僚时寄给门人的一封短札，文字随意而精警，极生动地写出了他在落魄生涯中的悲苦心境，同时也显示出不甘寄人篱下的个性。

②牯（gǔ）：公牛。

③兀坐：端坐。

④摇摇：心神不定，这里指心驰神往。

### 译 文

我头发已白，牙齿松动，还手执一寸毛笔，奔赴几千里外的边疆，在冰冷的炕上工作。我这样与踉踉跄跄耕地、拉犁拉不动、而泪水却渗进了肩头疮疤里的老牛又有何区别？唉，悲哀啊！每当菱角和竹笋丰收的季节，我必定坐着发呆，神驰江南，最让我怀念的，是策之你的家。我那一橱书，希望你为我好好收藏。我回去时如果还健康，当与你一起好好阅读。

## 赠光禄少卿沈公传[1]

徐 渭

青霞君者，姓沈，名炼，字纯甫，别号青霞君。生而以奇骜一世。始补府学生，以文奇。汪公文盛以提学副使校浙士[2]，得君文惊艳，谓为异人，拔居第一。嘉靖辛卯，逐举于乡，戊戌，成进士。始知溧阳[3]，以政奇。御史惮之，卒得诋，徙茌平[4]，再徙清丰[5]。

已乃擢经历锦衣卫[6]，以谏奇。庚戌冬，虏入古北口[7]，抄骑至都城，大杀掠。时先帝仓卒集群臣议于廷，大官以百十计，率婘婀[8]不敢出一语。君独与司业赵公贞吉[9]，历阶抵掌相倡和，慷慨论时事。严氏党执格之，君遂抗声诋严氏父子[10]。又上疏请兵万人，欲出良、涿[11]以西护陵寝，遮虏骑使不得前，因得开都门，通有无便。不报。无何，又上疏直诋严氏十罪。有诏廷杖君五十，削官。

徙保安[12]为布衣，以戆奇。当是时，君怀愤之日久，而忠不信于主上，乃削木为宋丞相桧象，旦莫射捶之。随事触景为诗赋文章，无一不慨时事，骂诃奸谀，怀忠主上也。当是时，边人苦虏残掠，而杨顺者方握符镇宣、大[13]，虏杀人如麻，顺不敢发一矢；虏退则削汉级，以虏首功上。君飞书入辕门，数顺罪。顺痛忌之，承严氏旨，日夜奇构君。及甲寅，虏复寇大同右卫，顺计不出前辙，君飞书益急。而君在边久，尝思结客以破虏，或散金募土人豪宕[14]者为城守。保安饥，又散金市远粟，粥僧舍，活万余人。顺谓诸事非放逐臣所宜为，可以判构君，遂与御史巡宣、大者路楷[15]会疏入告君叛状。严氏父子从中下其事，弃君宣府市，连坐死者五人。既又驰捕其长子襄，械抵宣府杖系，糜且死。会给事中吴公时来[16]疏上，有诏逮顺、楷[17]，襄得免戍。时丁巳秋月也。

先帝始再听谏臣邹公应龙、林公闰等说[18]，悟向者严氏奸罔，斩世蕃西市，夺嵩官，籍其家。再逾年而先帝崩，遗诏录嘉靖以来言事得罪者，君得赠光禄寺少卿，荫子一人。今上[19]立一年，襄复疏父冤，顺、楷坐死。上感君戆，为制文，命省臣祭其墓。

## 注释

①本文选自《徐文长文集》卷二十五。作者为沈炼作传，着重表现了沈炼文奇、政奇、谏奇、戆奇，歌颂了他不避权奸，一身正气，为国为民，不计个人身家性命，直至被权奸构陷而死的斗争精神。

②汪公文盛：汪文盛，字希周，崇阳人。正德年间进士，累官右佥都御史，巡抚云南。召为大理卿，道得病，致仕卒。提学副使：提学道的副使，主掌一路州、县学政的副学官。

③溧阳：今江苏溧阳。

④茌平：今山东茌平。

⑤清丰：今河南清丰。

⑥经历锦衣卫：掌管锦衣卫吏员及处理日常事务的官员。

⑦虏：指俺答，明代蒙古鞑靼部右翼土默特万户首领，对明贡掠无常，为嘉靖中一大边患。古北口：在今北京市密云县东北，为长城隘口之一，为古代军事要地。

⑧媕婀（ān ē）：依违从人，敷衍逢迎的人。

⑨司业：国子监司业，为监内副长官，掌儒学训导之职。赵公贞吉：赵贞吉，字孟静，四川内江人。嘉靖年间进士，官至礼部尚书，文渊阁大学士。

⑩严氏父子：指明代权奸严嵩及其子严世蕃。

⑪良、涿：指今北京良乡和河北涿州市。

⑫保安：今陕西延安市。

⑬杨顺：严嵩党羽，时总督宣、大。宣、大：指宣府镇和大同镇，均为明代九边之一。

⑭豪宕：豪放而不受约束。

⑮路楷：山东汶上人。严嵩党羽，由进士累官至户部主事，坐贪纵削籍，后被劾论斩。

⑯吴公时来：吴时来，字惟修，浙江仙居人。嘉靖进士，擢刑科给事中。

⑰逮顺、楷:《明史·沈炼传》谓“会顺、楷以他事逮，(襄）乃免”。

⑱邹公应龙：邹应龙，字云卿，长安人。嘉靖年间进士，擢御史，以弹劾严嵩父子得名。累官至兵部侍郎，巡抚云南。林公闰：林闰，《明史》作林润，字若雨，莆田人。嘉靖年间进士，进南京监察御史，刚毅敢言，劾严世蕃，戮死西市。官至右佥都御史，巡抚应天诸府。

⑲今上：指明穆宗朱载垕。

## 译文

青霞君，姓沈，名炼，字纯甫，别号青霞君。以传奇经历驰骋一世。起初补府学生时，他的文采就已令人称奇。汪文盛公以提学副使的身份考察浙江士人，看到沈炼的文章，为其文采之华美所震惊，认为他非同寻常，提拔他使之列为第一。嘉靖十年（1531），沈炼乡试中举，十七年（1538），考中进士，起初任溧阳知县，又以政绩突出令人称奇。因御史忌惮，他最终被诋毁，迁茌平知县，又徙清丰知县。

不久又改任经历锦衣卫，又以直言敢谏令人称奇。嘉靖二十九年（1550）冬，俺答汗率军侵入古北口，大肆劫掠的骑兵直抵京城，烧杀抢掠。当时先帝仓促召集群臣到朝廷商议，身居要位的高官数以百十计，竟全无主见，一声不吭。只有沈炼和司业赵贞吉公，登上台阶，相互击掌谈论应对之策，慷慨陈述时事。严氏党徒竟按住他俩殴打，沈炼大声喝斥，谴责严氏父子。又上疏请求发兵万人，出击良、涿以西，护卫帝后陵寝，抵御敌虏骑兵，使其不得向前，如此就可以打开都城之门，使内外交往便捷。但没有得到批复。不久，沈炼又以“十罪疏”弹劾严嵩。结果受廷杖五十，削去官职。

沈炼被贬为布衣，放逐边塞保安，又以性格刚直令人称奇。当时，他长期心怀忧愤，满腔忠诚，却不被皇上信任，于是用木头削成宋丞相秦桧像，早晚捶打。有时触景生情，作诗赋文章，无不感慨时事，斥骂奸诈谄媚之徒，心怀忠君之意。在当时，边疆百姓苦于敌虏的残暴掠夺，而严嵩党羽杨顺正手握兵符，总督宣府镇和大同镇，敌虏杀人如麻，可杨顺却不敢发一箭抵抗；敌虏撤退，杨顺居然砍下汉人首级，假称是敌虏首级，以向上面邀功。沈炼飞书上报，数落杨顺之罪。杨顺由此极为忌恨沈炼，他秉承严嵩的旨意，日夜挖空心思设计陷害沈炼。等到嘉靖三十三年（1554），敌虏再次侵犯大同右卫，杨顺还是像往常一样应对，沈炼则更加急迫地上书举报。沈炼在边疆日久，曾谋划结交侠客以破敌，或花钱招募当地豪放不羁的勇士守城。保安闹饥荒，他又花钱到远处购买粮食，在寺庙向饥民施粥，救活了万余人。杨顺认为这些事不是一个被放逐的小臣所应该做的，可以以反叛罪名陷害沈炼，于是与巡视宣府、大同的御史路楷一同上疏，告发沈炼反叛。严嵩父子从中落井下石，沈炼在宣府集市被问斩，又有五人连坐而死。后来又追捕沈炼的长子沈襄，将其戴上刑具押送宣府，杖击后关押。沈襄伤口糜烂，即将死去。正好碰上给事中吴时来上疏揭发，朝廷下令逮捕杨顺、路楷，沈襄因此得以免于戍边。当时是嘉靖三十六年（1557）秋。

先帝两次听谏臣邹应龙、林闰等陈说，才明白先前严氏父子之奸诈欺罔，于是斩严世蕃于西市，削夺严嵩的官职，籍没其家。一年后先帝驾崩，遗诏中记录了嘉靖年间因进谏而获罪者的名单，沈炼得赠光禄寺少卿，其一子得庇荫。当今皇上即位一年后，沈襄再次上疏为父亲喊冤，杨顺、路楷因罪被处死。皇上有感于沈炼的刚直，为他作了祭文，并命行省长官祭拜其墓。

## 青霞先生文集序[①]

茅　坤

青霞沈君，由锦衣经历上书诋宰执[②]，宰执深疾之。方力构其罪，赖明天子[③]仁圣，特薄其谴，徙之塞上。当是时，君之直谏之名满天下。已而，君累然[④]携妻子，出家塞上。

会北敌数内犯，而帅府以下，束手闭垒，以恣敌之出没，不及飞一镞以相抗。甚且及虏之退，则割中土之战没者与野行者之馘[⑤]以为功。而父之哭其子、妻之哭其夫、兄之哭其弟者，往往而是，无所控吁。君既上愤疆场之日弛，而又下痛诸将士之日菅刈[6]我人民以蒙国家也，数呜咽唏嘘[7]，而以其所饮郁发之于诗歌文章，以泄其怀，即集中所载诸什[8]是也。君故以直谏为重于时，而其所著为诗歌文章，又多所讥刺，稍稍传播，上下震恐。始出死力相煽构，而君之祸作矣。

君既没，而中朝之士虽不敢讼其事，而一时阃寄[9]所相与谗君者，寻且坐罪罢去。又未几，故宰执之仇君者亦报罢。而君之故人俞君，于是裒辑[10]其生平所著若干卷，刻而传之。而其子襄，来请予序之首简。

茅子受读而题之曰：若君者，非古之志士之遗乎哉？孔子删《诗》，自《小弁》[11]之怨亲，《巷伯》[12]之刺谗而下，其忠臣、寡妇、幽人、怼士之什，并列之为“风”，疏之为“雅”，不可胜数。岂皆古之中声[13]也哉？然孔子不遽[14]遗之者，特悯其人，矜其志。犹曰“发乎情，止乎礼义[15]”，“言之者无罪，闻之者足以为戒”焉耳。予尝按次《春秋》以来，屈原之《骚》疑于怨[16]，伍胥[17]之谏疑于胁，贾谊[18]之疏疑于激，叔夜[19]之诗疑于愤，刘蕡[20]之对疑于亢。然推孔子删《诗》之旨而裒次之，当亦未必无录之者。君既没，而海内之荐绅[21]大夫，至今言及君，无不酸鼻而流涕。呜呼！集中所载《鸣剑》、《筹边》诸什，试令后之人读之，其足以寒贼臣之胆，而跃塞垣战士之马，而作之忾也，固矣！他日国家采风者之使出而览观焉，其能遗之也乎？予谨识之。

至于文词之工不工，及当古作者之旨与否，非所以论君之大者也，予故不著。嘉靖癸亥孟春望日归安茅坤拜手序。

**作者简介**

茅坤（1512—1601），字顺甫，号鹿门，归安（今浙江湖州吴兴）人。嘉靖十七年（1538）进士。历任青阳、丹徒知县，迁礼部主事，又转任吏部稽勋司，曾受牵连而谪为广平通判。后又屡迁广西兵备佥事、河南副使。由于镇压广西瑶民起义有功而升为大名兵备副使。终被忌者中伤，落职归家，隐居五十余年而卒。著有《史记钞》《纪剿除徐海本末》等，有《茅鹿门集》行世。

**注释**

①本文选自《茅鹿门集》卷十二，是为沈炼文集所作之序。文中力明沈炼诗文之不可遗，痛愤之情，溢于言表。

②宰执：宰相，此指严嵩。明代不设宰相，内阁大学士实际上就是宰相，严嵩任武英殿大学士，入阁执政，实居相位。

③天子：指明世宗。

④累然：不得意貌。

⑤馘（guó）：被杀者的左耳。古代战争中割取所杀敌人之左耳以记功。

⑥菅（jiān）刈：割草。喻指屠杀人民如割草。菅：草名。

⑦唏嘘：叹息。

⑧什：《诗经》之雅、颂以十篇为一组，称“什”，后用以泛指诗篇或文卷。

⑨阃（kǔn）寄：寄以阃外之事，即以军事重任相托。按古代郭门以外称阃外，将军出征，必出郭门，因以阃外指军事重任。

⑩裒（póu）辑：搜集编定。

⑪《小弁》：《诗经·小雅》篇名。相传西周末年，周幽王听信宠妃褒姒的谗言，废掉太子宜臼。宜臼被废后，作《小弁》诗，抒发自己被弃逐以后的忧怨。

⑫《巷伯》：《诗经·小雅》篇名。相传巷伯被谗而受宫刑，气愤之下作此诗。

⑬中声：中和之声。《荀子·劝学》：“诗者，中声之所止也。”

⑭遽：因此。一说快速。

⑮发乎情，止乎礼义：及下句“言之者无罪，闻之者足以为戒”，出自《毛诗序》，原无“为”字。

⑯《骚》：《离骚》。疑于怨：或以其怨而疑其失中和之旨。

⑰伍胥：名员，字子胥，本楚人，奔吴为大夫，以谏吴王夫差拒越之求和、停止伐齐等事而被疏，后赐死。伍子胥谏吴王，言辞愤激。

⑱贾谊：西汉文帝时政治家、文学家。为梁怀王太傅，数上疏言时政，主张削弱诸侯王势力以加强中央集权，言辞颇为恳切。

⑲叔夜：嵇康，字叔夜，魏晋时期思想家、文学家，诗长于四言，有《幽愤诗》为抒愤之作。

⑳刘蕡：字去华，唐朝诗人。唐文宗大和二年举贤良方正，能直言极谏，其策对极言市政弊端，特别指出宦官专政的严重问题和剪除宦官恶徒的必要性，以此得罪宦官，后被诬遭贬，客死他乡。

㉑荐绅：通“缙绅”，古代高官的装束，借指官宦。

## 译文

青霞君沈炼，以锦衣卫经历的身份向皇帝上书斥责严嵩，严嵩因此非常忌恨他。正当严嵩要极力罗织罪名陷害他时，幸亏皇上仁慈圣明，特地减轻他的罪罚，只把他贬谪到塞上。当时，沈君直谏的声名传遍天下。不久，沈君满怀郁懑，携带家小，迁居塞上。

正逢北方的敌人多次侵犯内地，而帅府以下的各级官员都束手无策，关闭城垒，任由敌人往来出没，连向敌人发一支箭来抵抗都做不到。更过分的是，等到敌人退走以后，他们就割下在战争中阵亡的中原士兵和在郊野中赶路的人的耳朵来当作军功。百姓中父亲哭儿子、妻子哭丈夫、哥哥哭弟弟的，到处都是，怨愤之情无处可诉。沈君对上愤慨于边疆防务的日益懈怠，对下又痛心于将士们肆意残害百姓、欺骗国家。他多少次为之感慨哀叹，于是将他满腔郁愤表现在诗歌文章中，从而抒发他的情怀，文集中所载录的各篇就是他这类的作品。沈君本来就因为敢于直谏而为当世人所敬重，而他所作诗文又多有讥刺，稍一传播，上下都感到震惊恐慌。于是他们就竭力造谣、陷害，而大祸也就落到了沈君头上。

沈君遇害之后，虽然朝中官员不敢为他申冤，然而那些身居军中要职、一同陷害沈君的人，不久也都因罪被罢官。又过了不久，过去仇视沈君的严嵩也被罢官。沈君的故人俞君，搜集编纂了沈君生前的著述若干卷，加以刊刻流传。沈君的儿子沈襄，来请我为文集作这篇序文。

我拜读了沈君文集后，题写道：像沈君这样的人，难道不就是古代那志行高尚的一类人吗？孔子删定《诗经》，从怨恨亲人的《小弁》、讽刺奸谗的《巷伯》以下，其中忠臣、寡妇、隐士、愤世嫉俗者的作品，一起被列入“国风”，分入“小雅”，数不胜数。难道它们都符合古诗中和之声的要求吗？然而孔子之所以不轻易删掉它们，只是因为怜悯那些受谗害的人，推重他们的志向。他还说“这些诗歌都是发自真情实感，都合乎礼义的要求”，“说话的人没有罪，听的人完全可以把它作为戒鉴”。我曾依次考察自《春秋》以来的作品，发现屈原的《离骚》，似乎有发泄怨恨之嫌；伍子胥的进谏，似乎有进行威胁之嫌；贾谊的奏疏，似乎有过于偏激之嫌；嵇康的诗歌，似乎有过于激愤之嫌；刘蕡的对策，似乎有亢奋偏执之嫌。然而按照孔子删定《诗经》的原则而收集、编辑它们应该是未必没有值得收录的。沈君虽然已经作古，然而海内的士大夫们至今谈到他，无不鼻酸流泪。呜呼！文集中所载的《鸣剑》《筹边》等篇，如果让后人读了，足以使奸臣胆寒，令守边将士战马腾跃，激发起同仇敌忾的义愤，这是肯定的！日后假如朝廷负责采诗的官员看到这些诗篇，难道会把它们给遗漏掉吗？在此，我怀着一片恭谨之情记在这里。

至于说到文采辞藻精工还是不精工，以及是否符合古代作家的题旨，这些都不是能够说明沈君大节的东西，所以在这里我就不再论述了。嘉靖四十二年（1563）正月十五日，归安茅坤拜手作序。

# 蔺相如完璧归赵论[1]

王世贞

蔺相如之完璧，人皆称之，予未敢以为信也。

夫秦以十五城之空名，诈赵而胁其璧。是时言取璧者，情也，非欲以窥赵也。赵得其情则弗予，不得其情则予；得其情而畏之则予，得其情而弗畏之则弗予。此两言决耳，奈之何既畏而复挑其怒也！

且夫秦欲璧，赵弗予璧，两无所曲直也。入璧而秦弗予城，曲在秦；秦出城而璧归，曲在赵。欲使曲在秦，则莫如弃璧；畏弃璧，则莫如弗予。夫秦王既按图以予城，又设九宾[2]，斋而受璧，其势不得不予城。璧入而城弗予，相如则前请曰："臣固知大王之弗予城也。夫璧非赵璧乎？而十五城秦宝也。今使大王以璧故，而亡其十五城，十五城之子弟，皆厚怨大王以弃我如草芥也。大王弗与城，而绐[3]赵璧，以一璧故，而失信于天下，臣请就死于国，以明大王之失信！"秦王未必不返璧也。今奈何使舍人怀而逃之，而归直于秦？

是时秦意未欲与赵绝耳。令秦王怒而僇[4]相如于市，武安君十万众压邯郸[5]，而责璧与信，一胜而相如族[6]，再胜而璧终入秦矣。

吾故曰：蔺相如之获全于璧也，天也。若其劲渑池[7]，柔廉颇[8]，则愈出而愈妙于用。所以能完赵者，天固曲全之哉！

## 作者简介

王世贞（1526—1590），字元美，号凤洲，又号弇州山人，苏州太仓人。嘉靖二十六年（1547）进士，初任刑部主事，屡迁员外郎、郎中。为官正直，不阿权贵，出为山东按察副使，兵备青州。其父王忬被严嵩构陷下狱处死，王世贞与弟王世懋上京为父亲申冤。明穆宗为其父平反。后出任浙江左参政、山西按察使、湖广按察使、广西右布政使等职，因恶张居正被罢归故里。张居正死后，起复为应天府尹、南京兵部侍郎，累官至南京刑部尚书，卒赠太子少保。王世贞与李攀龙、徐中行、梁有誉、宗臣、谢榛、吴国伦合称"后七子"。李攀龙死后，王世贞独领文坛二十年。著有《弇州山人四部稿》《弇州山人续稿》《弇山堂别集》《艺苑卮言》等。

## 注　释

①本文是一篇有名的史论。作者对蔺相如完璧归赵这一史实发表了不同

看法。文章逻辑清晰，论述严密，辩驳有力。蔺相如：战国时赵国大臣。赵惠文王得到稀世珍宝和氏璧，秦昭王想用十五座城换取这块璧。当时秦强赵弱，赵王担心给了秦和氏璧却得不到城。蔺相如请命奉璧入秦，见秦王无意给赵城，用计赚回和氏璧，并叫随从化装后从小路逃走，完璧归赵。

②九宾：古代举行大典时所用的极隆重的礼仪。宾：指摈相，迎宾礼赞的官吏。

③绐：欺骗。

④僇：通“戮”，杀戳。

⑤武安君：指秦国大将白起。邯郸：赵国都城。

⑥族：灭族。

⑦劲渑池：公元前279年，秦王约赵王会于渑池。宴会上秦王请赵王鼓瑟以辱赵王。蔺相如随行，便以刺杀秦王相威胁，请秦王为赵王击缶。劲：强劲、果敢之意。

⑧柔廉颇：蔺相如因“完璧归赵”和“渑池会”功大，拜为上卿，位在名将廉颇之上。廉颇不服，打算侮辱他。蔺相如以国家利益为重，多次避让廉颇。廉颇受到感动，负荆请罪。廉、蔺遂成刎颈之交。柔：忍让，退让。

## 译　文

战国时期的蔺相如完璧归赵，人人都称赞他，但我不敢苟同。

秦国以十五座城池的空名，欺诈赵国以勒索和氏璧。这时说它要骗取和氏璧是实情，但秦国并不是想要借此以窥视赵国。赵国知此实情就不给，不知此实情就给；知此实情而惧怕秦国就给，知此实情而不惧怕秦国就不给。这只要两句话就能解决了，为何既惧怕它而又去激怒它呢？

而且秦国想要得到玉璧，赵国不给，双方都没有什么是非曲直可言。赵国送去玉璧而秦国不给城，秦国理亏；秦国给城而赵国收回了玉璧，赵国理亏。要想使秦国理亏，则不如放弃玉璧；害怕失去玉璧，则不如不给。秦王既然按照地图划给了城池，又设九宾之仪典，准备斋戒之后才接受玉璧，其势已是不得不给城的了。如果秦王得到了和氏璧而不给城，蔺相如便可上前陈述：“我本来就知道大王是不会给城的。这璧不就是赵国的一块玉璧吗？而十五座城池是秦国的宝物。现在假如大王以一块璧的缘故，而抛弃了十五座城池，十五城的百姓都会深深怨恨大王像对待草芥一样抛弃了他们。大王不给城，却骗取了赵国的璧，为了一块璧的缘故而失信于天下，我请求死在这里，以表明大王的失信！”这样，秦王未必不归还玉璧。但是当时为什么要派手下的人藏璧逃离，从而使秦国处于理直的一方呢？

当时秦国并不想与赵国关系破裂啊。假如秦王怒斩相如于市，再派武安君率十万大军逼临邯郸，责问璧的去向以及赵国的失信，一次获胜可使相如灭族，再次获胜玉璧终究还得属于秦国。

因此我说，蔺相如之所以能保全玉璧，那是天意。至于他在渑池对秦国的强硬较量，以忍让使廉颇惭悟，就越来越显得高妙了。而他之所以能完璧归赵，的确是上天在偏袒他啊！

## 题《海天落照图》后[1]

王世贞

《海天落照图》，相传小李将军[2]昭道作，宣和[3]秘藏，不知何年为常熟刘以则[4]所收，转落吴城汤氏[5]。嘉靖中，有郡守，不欲言其名，以分宜子大符意迫得之[6]。汤见消息非常，乃延仇英实父别定[7]，摹一本，将欲为米颠狡狯[8]，而为怨家所发。守怒甚，将致叵测。汤不获已，因割陈缉熙[9]等三诗于仇本后，而出真迹，邀所善彭孔嘉[10]辈，置酒泣别，摩挲三日后归守，守以归大符。大符家名画近千卷，皆出其下。寻坐法，籍入天府。隆庆初，一中贵[11]携出，不甚爱赏，其位下小珰[12]窃之。时朱忠僖领缇骑[13]，密以重资购，中贵诘责甚急，小珰惧而投诸火。此癸酉[14]秋事也。

余自弱中闻之拾遗人[15]，相与慨叹妙迹永绝。今年春，归息弇园[16]，汤氏偶以仇本见售，为惊喜，不论直[17]收之。

按《宣和画谱》[18]称昭道有《落照》《海岸》二图，不言所谓《海天落照》者。其图有御题[19]，有瘦金、瓢印与否亦无从辨证[20]，第睹此临迹之妙乃尔，因以想见隆准公[21]之惊世也。实父十指如叶玉人[22]，即临本亦何必減逸少《宣示》、信本《兰亭》哉[23]！老人馋眼，今日饱矣！为题其后。

注　释

①本文选自《弇州山人续稿》卷一百七十。文章历叙《海天落照图》流落的经过，见识广博，情思深远。

②小李将军：李昭道，唐代画家，世称小李将军，其父李思训世称大李将军。

③宣和：宋徽宗的年号，这里指宋徽宗。

④刘以则：明代收藏家。

⑤汤氏：明代苏州古董商。

⑥分宜：指明代权奸严嵩，江西分宜人，这里以籍贯代人名。大符：即严嵩之子严世蕃，字大符，与其父把持朝政，又好古玩书画，到处攫取。后遭弹劾，被斩。

⑦仇英：字实父，号十洲，明代画家，善临摹宋元名笔。别定：别处另设的房间。

⑧米颠：米芾，宋代画家，为人颠狂，世称“米颠”。善仿古以乱真，故文中称其“狡狯”。

⑨陈缉熙：陈鉴，字缉熙，明代收藏家。

⑩彭孔嘉：彭年，字孔嘉，文征明的学生，画家。

⑪中贵：即中官、宦官。古代泛指皇帝宠爱的近臣。

⑫小珰：小宦官。

⑬朱忠僖：朱希孝，谥忠僖。缇骑：这里指缉捕犯人的官役，如锦衣卫校尉，朱希孝时掌锦衣卫事。

⑭癸酉：公元1573年（明神宗万历元年）。

⑮弱：年纪小。拾遗人：旧货商。

⑯弇（yān）园：王世贞故园，在江苏太仓。

⑰直：通“值”，指价格。

⑱《宣和画谱》：记载宣和时宫内藏画的册录，宋徽宗时编。

⑲御题：指宋徽宗的题词。

⑳瘦金：宋徽宗所创的一种字体。瓢印：宋徽宗在其所藏古书画上所用的瓢形印鉴。

㉑隆准公：隆准，高鼻梁，古时以为帝王之相。李昭道为唐宗室，故称。

㉒叶玉人：将玉雕成叶状的高手匠人。见《列子·说符》。比喻仇英画手之巧妙。

㉓逸少：王羲之，字逸少，晋代书法家，曾临三国魏书法家钟繇《宣示表》。信本：欧阳询，字信本，唐代书法家，曾临王羲之《兰亭序》。

## 译文

《海天落照图》，相传为小李将军李昭道所作，最初由宋徽宗秘藏在宫中，不知在哪一年被常熟刘以则得到，又辗转落入吴城汤氏之手。嘉靖年间，有一位郡守，姓名不为人所知，他奉严嵩之子严世蕃旨意，急切索求此图。汤氏发现事情不一般，于是请来仇英，让其别具一室，潜心临摹了一幅，想效仿米芾以假乱真，却被自己的仇家揭发。郡守非常恼怒，将要治汤氏的罪。汤氏不得已，割下了陈缉熙等人题在仇英画末的三首诗，并交出了真迹，邀请了和他关系很好的彭孔嘉等人，设置酒席，哭着告别，把玩了三天后交给郡守，郡守把它送给了严世蕃。严世蕃家里名画将近一千卷，都比不上这幅画。不久严世蕃犯法被处死，此画被没收入宫中。隆庆初年，一个受皇帝宠幸的大太监将此画携带出宫，却不是很珍惜，被他属下的小宦官偷去了。当时朱希孝统领锦衣卫，暗地里以重金求购此画，大太监追查得很急，小宦官因为害怕就把画扔进了火里。这是癸酉年秋天的事了。

我从小就听旧货商相互谈论、慨叹这幅画的妙迹永远消失了。今年春天，我回到弇园修养，赶上汤氏拿出仇英所画的副本出卖，我很惊喜，不曾考虑要价多少就买下了。

按《宣和画谱》记载，李昭道有《落照》《海岸》两幅画作，没说过有所谓《海天落照》这幅。这幅画有宋徽宗的题字，是否有瘦金、瓢印也无从辨清考证了，但只要看到这临摹之作的美妙，就能想象到李昭道的画技惊世了。仇英画技也精湛，就像能把玉石雕刻成叶子状的工匠，就算是临摹，这幅也不比王羲之临摹的《宣示表》、欧阳询临摹的《兰亭序》差！老夫我向来眼馋，今天终于一饱眼福了！题于其后。

## 赞刘谐[①]

李　贽

有一道学[②]，高屐大履，长袖阔带，纲常[③]之冠，人伦[④]之衣，拾纸墨之一二，窃唇吻之三四，自谓真仲尼之徒焉。时遇刘谐。刘谐者，聪明士，见而哂[⑤]曰：“是未知我仲尼兄也。”其人勃然作色而起曰：“天不生仲尼，万古如长夜[⑥]。子何人者，敢呼仲尼而兄之？”刘谐曰：“怪得羲皇以上圣人尽日燃纸烛而行也[⑦]！”其人默然自止，然安知其言之至哉！

李生[⑧]闻而善曰：“斯言也，简而当，约而有余，可以破疑网而昭中天矣。其言如此，其人可知也。盖虽出于一时调笑之语，然其至者百世不能易。”

### 作者简介

李贽（1527—1602），字宏甫，号卓吾，泉州晋江（今属福建）人。嘉靖三十一年（1552）举人，不应会试。历共城教谕、国子监博士，万历中为云南姚安知府。旋弃官，寄寓黄安、湖北麻城龙湖芝佛院。在麻城讲学时，从者数千人，中杂妇女，晚年往来南北两京等地。李贽公开以“异端”自居，大胆抨击当时的假道学、程朱理学和封建传统教条，晚年被诬下狱，自刎而死。著有《焚书》《续焚书》《藏书》《续藏书》等。

### 注　释

①本文选自《焚书》卷三。文章通过刘谐对道学家诙谐调笑的两句话，尖锐地讽刺和批判了道学家们煞有介事地自我标榜为孔子真正门徒的做法，以及他们所宣扬的“天不生仲尼，万古如长夜”的论调，从而赞扬了刘谐所

言，也体现了李贽的反传统精神。刘谐：字宏源，麻城（今属湖北）人，隆庆五年（1571）进士。

②道学：道学先生，指思想、作风特别迂腐的读书人。

③纲常：三纲五常。“三纲”指父为子纲，君为臣纲，夫为妻纲。“五常”指仁、义、礼、智、信。

④人伦：指封建社会所规定的人与人之间的伦常关系。如《孟子·滕文公上》所言：“使契为司徒，教以人伦：父子有亲，君臣有义，夫妇有别，长幼有叙，朋友有信。”

⑤哂（shěn）：讥笑。

⑥“天不生仲尼”二句：宋时强行父《唐子西文录》载：“蜀道馆舍壁间题一联云：‘天不生仲尼，万古如长夜。’不知何人诗也。”

⑦羲皇：即伏羲氏。纸烛：蘸油点火照明的纸捻。

⑧李生：作者自称。

## 译 文

有一位道学先生，脚穿宽大而底高的木屐，身上的衣服长袖阔带，俨然以纲常为冠、以人伦为衣，从故纸堆里拣来了只言片语，又窃取到了一些陈词滥调，便自以为是真正的孔子信徒了。这时他遇见了刘谐。刘谐，是一位聪明博学的才子，见了他讥笑说：“这是因为你不知道我是孔子的兄长啊。”那位道学先生顿时变了脸色，站起来说：“上天如果不降生孔子，世界就会千秋万代如在黑夜之中。你是什么人，敢直呼孔子的名字而以兄长自居？”刘谐说：“怪不得羲皇以前的圣人都是整天点着纸烛走路啊！”那人无言以对，但他又怎能理解刘谐一番话的深刻道理呢？

我听说以后赞叹道：“这句话，简明而恰当，概括性强而又启人思考，可以冲散云雾的遮蔽而使天空晴朗。他的言论如此，他的人品也就可以知道了。因为这虽然是出于一时的玩笑话，然而其中的深刻道理却是千百年不可改变的。”

# 题孔子像于芝佛院[1]

李 贽

人皆以孔子为大圣，吾亦以为大圣；皆以老、佛为异端[2]，吾亦以为异端。人人非真知大圣与异端也，以所闻于父师之教者熟也；父师非真知大圣与异端也，以所闻于儒先[3]之教者熟也；儒先亦非真知大圣与异端也，以孔子有是言也。其曰“圣则吾不能[4]”，是居谦也。

其曰“攻乎异端⑤”，是必为老与佛也。

儒先亿度⑥而言之，父师沿袭而诵之，小子蒙聋⑦而听之。万口一词，不可破也；千年一律，不自知也。不曰“徒诵其言”，而曰“已知其人⑧”；不曰“强不知以为知”，而曰“知之为知之⑨”。至今日，虽有目，无所用矣。

余何人也，敢谓有目？亦从众耳。既从而圣之⑩，亦从众而事之，是故吾从众事孔子于芝佛之院。

## 注 释

①本文选自《续焚书》卷四。作者针对道学家的盲目尊孔进行揭露，呈现出其无知而强逞有知的嘴脸。芝佛院：寺院名，在今湖北麻城龙湖北岸，作者曾在这里著书讲学。

②老、佛：指道教和佛教。异端：不符合正统思想的主张或教义。

③儒先：先儒，儒家先辈。

④圣则吾不能：《孟子·公孙丑上》：“昔者子贡问于孔子曰：‘夫子圣矣乎？’孔子曰：‘圣则吾不能，我学不厌而教不诲也。’”

⑤攻乎异端：出自《论语·为政》：“子曰：‘攻乎异端，斯害也已。’”对这句话有不同的解释：一是研究、专攻异端邪说，这就是祸害了；一是攻击异端邪说，祸害就可以消灭了。无论哪种解释，异端都不能指为老、佛，因为孔子时代还没有道教和佛教，作者这样说是讽刺儒家先辈的无知。

⑥亿度（duó）：主观猜测。亿：通“臆”。

⑦蒙聋：目不明曰蒙，耳不聪曰聋。这里指道学后辈小子们只知听信儒先父师之言而不会独立思考，如同瞎子、聋子。

⑧知其人：已经知道他这个人。这里是讽刺那些儒家的先辈只知背诵几句孔子的话，其实并不了解孔子这个人。

⑨知之为知之：《论语·为政》：“知之为知之，不知为不知，是知也。”这里指出道学家们只取孔子原话的上半句，装得一切皆“知”，实则是“强不知以为知”。

⑩圣之：把孔子当作圣人。

## 译 文

人们都认为孔子是大圣人，我也认为孔子是大圣人；人们都认为道教、佛教是异端邪说，我也认为道教、佛教是异端邪说。人们并不是真正知道大圣人与异端邪说的区别，而是从父亲和老师的教导中熟知的；父亲和老师也并不是真正知道大圣人与异端邪说区别，而是从儒学先辈的教导中熟知的；儒学先辈也并不是真正知道大圣人与异端邪说区别，而是孔子说过这样的话语。孔子说“我还不能成为圣人”，这是自谦的话；他说“攻击错误邪说”，一定是指道教与佛教的观点。

儒学先辈们根据自己的主观臆断猜测、讲授孔子的著作，父亲和老师沿袭儒学先辈们的观点朗诵记忆着孔子的著作，学生们不加思考地听着记着。大家的意见都一致，没有破旧立新的；千百年来都是如此，自己还不知道。不说“仅仅是朗诵他的话语”，而说“已经知道了这个人了”；不说“勉强把没有弄懂当作弄懂了”而说“弄懂了就是弄懂了”。时至今日，虽然有批判发现的眼光，也没有发挥作用。

我是什么人，竟敢说有批判发现的眼光？也是跟随众人罢了。既然跟随众人而把孔子当作大圣人，也就跟随着众人敬奉大圣人，所以我也是跟随众人在芝佛院事奉孔子。

## 与焦弱侯[①]

李　贽

人犹水也，豪杰犹巨鱼也。欲求巨鱼，必须异水；欲求豪杰，必须异人。此的然之理也！今夫井，非不清洁也，味非为甘美也，日用饮食非为切切[②]于人，若不可缺以旦夕也。然持任公之钓[③]者，则未尝井焉之之[④]矣。何也？以井不生鱼也。欲求三寸之鱼，亦了不可得矣。

今夫海，未尝清洁也，未尝甘旨也。然非万斛之舟不可入，非生长于海者不可以履于海。盖能活人，亦能杀人；能富人，亦能贫人。其不可恃之以为安，倚之以为常也明矣。然而鲲鹏化焉[⑤]，蛟龙藏焉，万宝之都[⑥]，而吞舟之鱼所乐而游遨也。彼但一开口，而百丈风帆并流以入，曾无所于碍，则其腹中固已江、汉若矣。此其为物，岂豫且[⑦]之所能制，网罟之所能牵耶！自生自死，自去自来，水族千亿，惟有惊怪长太息而已，而况人未之见乎！

余家泉海[⑧]，海边人谓余言：“有大鱼入港，潮云不得去，呼集数十百人，持刀斧，直上鱼背，恣意砍割，连数十百石，是鱼犹恬然如故也。俄而潮至，复乘之而去矣。”然此犹其小者也。乘潮入港，港可容身，则兹鱼亦若不大也。余有友莫姓者，住雷海[⑨]之滨，同官滇中，亲为我言：“有大鱼如山。初视，犹以为云若雾也。中午雾尽收，果见一山在海中，连亘若太行，自东徙西，直至半月日乃休。”则是鱼也，其长又奚啻三千余里者哉！

嗟呼！豪杰之士，亦若此焉尔矣。今若索豪士于乡人皆好之中，是犹钓鱼于井也，胡可得也？则其人可谓智者欤？何也？豪杰之士决非乡人之所好，而乡人之中亦决不生豪杰。古今贤圣皆豪杰为之，非豪杰而能为圣贤者，自古无之矣。今日夜汲汲[10]，欲与天下之豪杰共为贤圣，而乃索豪杰于乡人，则非但失却豪杰，亦且失却贤圣之路矣！所谓北辕而南其辙，亦又安可得也？吾见其人决非豪杰，亦决非有为圣贤之真志者。何也？若是真豪杰，决无有不识豪杰之人；若是真志要为圣贤，决无有不知贤圣之路者，尚安有坐井钓鱼之理也！

## 注释

①本文选自《焚书》卷一。焦弱侯：即焦竑，字弱侯，号漪园，江宁（今江苏南京）人。万历十七年（1589）殿试第一，官翰林院修撰。皇长子出阁，充讲官，后谪福宁州同知。李贽与焦竑为友，但对焦所追随的耿定向颇为不满，认为耿是假道学，并非真豪杰，因写此信规劝。信采用生动的比喻、夸张的手法，指出洁净甘美的井水中不生鱼，只有波涛翻滚的大海中才有巨鱼，正像豪杰之士不能从乡人中去寻求一样，颇有哲理意味。

②切切：迫切貌。

③任公之钓：《庄子·外物》载："任公子为大钩巨缁，五十犗以为饵，蹲乎会稽，投竿东海，旦旦而钓……已而大鱼食之，牵巨钩铂（陷）没而下。骛扬而奋鬐，白波若山，海水震荡，声侔鬼神，惮赫千里。"

④井焉之之：意谓到井边去钓鱼。后一"之"字是动词"往"的意思。

⑤鲲鹏化焉：《庄子·逍遥游》："北冥有鱼，其名为鲲，鲲之大，不知其几千里也。化而为鸟，其名为鹏，鹏之背，不知其几千里也。"

⑥都：聚。

⑦豫且：又作余且。《庄子·外物》："仲尼曰：'神龟能见梦于元君，而不能避余且之网'。"《史记·龟策列传》："宋元王二年，江使神龟使于河，至于泉阳，渔者豫且举网得而囚之，置于笼中。夜半，龟来见梦于宋元王。"

⑧泉海：今福建泉州。

⑨雷海：今广东雷州。

⑩汲汲：急切貌。

## 译文

人就像水一样，而豪杰就像巨大的鱼。想要寻找巨鱼，必须要有奇异的水；想要寻找豪杰之人，必须要有奇异的人。这是显然的道理。如今那井水，并不是不洁净，味道并不是不甘美，用于日用饮食，并不是和人的关系不密切，好像一早一晚也不可缺少。但是打算像任公那样钓大鱼的人就未必会到井边去。为什么？因为井水不生鱼啊。即使只想寻求三寸长的鱼，也完全不能寻到。

如今那海水，未必洁净，未必甘甜。然而不是很大的船是不敢进入的，不是生长在海边的人是不能够渡过大海的。因为海水能养活人，也能杀死人；能使人富有，也能使人贫穷。那不能依靠它把它作为安全的地方和长久不变的情况是很明显的。但是大海让鲲鱼变成鹏鸟，蛟龙隐藏在里面，丰富的宝藏都聚集在那里，吞舟之鱼也喜欢在其中遨游。那鱼只要一张嘴，巨大的帆船连同海水便一起被吞入它的口中，竟然没有什么可阻碍它的，原来那大鱼的腹中本来就像长江、汉水一样宽阔啊。这样的庞然大物，哪里是豫且能够控制，渔网能够捕捉的呢！它自生自死，自去自来，所有的水生动物，只有惊讶叹息的份罢了，何况是没有见过它的人呢！

我家住在泉海，海边的人对我说："有一条大鱼进入海港，潮水退去后它无法离开。有人呼喊召集了几十上百人，拿着大刀和斧头，径直爬上鱼背，任意砍割，接连割下几百上千斤，这条鱼竟还像先前一样怡然自得。不久潮水来了，它又乘着潮水离开了。"然而这还是小鱼。乘着潮水进入海港，海港可以容纳身体，这条鱼还不算大。我的一个姓莫的朋友，住在雷海的边上，和我一同在滇中做官，他亲口对我说："有一条像山一样大的鱼，初看，还以为是云霞或者雾气。到中午雾气散尽，果真看到一座大山在海里，像太行山一样绵亘不绝，从东面移动到西面，直到半个月才消失。"如此看来，这条鱼哪里只是三千里长呢！

唉！那些豪杰之士，也正像这样的鱼。现在假如在乡间人喜欢的人中寻找豪杰之士，这就像在井里钓鱼，怎么可能钓到呢？那么，这种人难道可以说是智者吗？为什么？豪杰之士绝不是乡下人喜欢的，乡下人中也绝不会出现豪杰之士。古今的圣贤之人都是原来的豪杰之士，不是豪杰却能够成为圣贤的，古今以来就没有过。如今心情急切，日夜追求，想要和天下豪杰共同成为圣贤，却在乡人中去寻找豪杰之士，那不只是失去豪杰之士，还会迷失于成为圣贤的道路。这可以说是想到北面去，却走向了南方，这又怎么能够到达呢？我看那个人绝不是豪杰之士，也绝没有成为圣贤的真正志向。为什么呢？如果是真正的豪杰之士，绝没有不认识豪杰之士的；如果是真正立志要成为圣贤，绝没有不知道成为圣贤之道的，还哪里会坐在井边钓鱼的道理呢！

## 寄答京友[1]

李　贽

"才难，不其然乎[2]！"今人尽知才难，尽能言才难，然竟不知才之难，才到面前竟不知爱，幸而知爱，竟不见有若己有者，不啻[3]

若自其己出者。呜呼！无望之矣！

举春秋之天下，无有一人能惜圣人[4]之才者，故圣人特发此叹，而深羡于唐、虞之隆也。然则才固难矣，犹时时有之，而惜才者则千古未见其人焉。孔子惜才矣，又知人之才矣，而不当其位[5]。入齐而知晏平仲[6]，居郑而知郑子产[7]，闻吴有季子[8]，直往观其葬，其惜才也如此，使其得志，肯使之湮灭而不见哉！然则孔子之叹才难，非直叹才难也，直叹惜才者之难也；以为生才甚难，甚不可不爱惜也。

夫才有巨细。有巨才矣，而不得一第[9]，则无凭，虽惜才，其如之何[10]！幸而登上第，有凭据，可藉乎以荐之矣，而年已过时，则虽才如张襄阳[11]，亦安知听者[12]不以过时而遂弃，其受荐者又安知其不以既老而自懈乎！

夫凡有大才者，其可以小知[13]处必寡，其暇疵处必多，非真具眼者与之言必不信。当此数者，则虽大才又安所施乎？故非自己德望过人，才学冠世，为当事者所倚信，未易使人信而用之也。

## 注　释

①本文选自《焚书》卷二。文章谈的是人才的问题，强调识别人才者之重要以及人才被发现之难。

②"才难"二句：人才难得，不是那样吗？《论语·泰伯》："舜有臣五人而天下治。武王曰：'予有乱臣（能治理天下的臣子）十人。'孔子曰：'才难，不其然乎？'"

③不啻（chì）：无异于，如同。

④圣人：旧时指品德高尚、智慧超群的人物，这里指孔子。

⑤不当其位：不临其位，指没在官位，无用人权力。

⑥晏平仲：即晏婴。春秋时齐国的贤大夫。《论语·公冶长》："子曰：'晏平仲善与人交，久而敬之。'"

⑦子产：即公孙侨，字子产，郑穆公之孙，春秋时郑国贤相。《论语·公冶长》："子谓子产，'有君子之道四焉：其行己也恭，其事上也敬，其养民也惠，其使民也义。'"

⑧季子：即季札，春秋时吴王寿梦少子，有贤名，封于延陵，因号延陵季子。

⑨第：科举中第。

⑩"则无凭"三句：言爱才者不能违反当时的用人制度而任用没有考中科举的人。

⑪张襄阳：其人不详，疑为孟襄阳，即孟浩然。

⑫听者：指掌权者。

⑬小知：小聪明。知：通"智"。

译 文

“人才难得，不是这样的吗？”现在的人都知道人才难得，能说人才难得却不知道人才发现之难，人才到了面前却不知道爱惜，就算有人知道爱惜人才，却看不见他们对待人才之有才华像对待自己之有才华一样，看不见他们对待人才像对待自己培养的人一样。唉！我对此不抱希望了！

春秋时代，全天下都没有一人能爱惜孔子的才华，所以孔子发此感慨，深深称羡唐尧、虞舜时代对人才的重视。人才确实难得，但仍是时常会出现的，而爱惜人才者却很多年没有出现了。孔子爱惜人才，又能了解人才，可惜他没有用人的权力。他到齐国了解晏平仲，在郑国了解子产，听说吴国有季子就径直前往他的坟墓瞻仰，他爱惜人才就像这样，假使他能得志，拥有用人的权力，岂会使人才埋没而不为人知！孔子慨叹人才难得，不只是慨叹人才难得，而是慨叹爱惜人才者难得啊。他认为上天降下人才极为难得，所以不可不爱惜。

才能有大小。有杰出的才能，却不能科举中第，于是没有凭据，虽然爱惜人才，那又能把他怎么办！侥幸科举考中，有了凭据，可以凭借职务推荐他了，但年岁已经过了适合任用的年龄，那么即使才能如张襄阳，又怎么能知道掌权者不因为他已过时而弃置不用呢？又哪里知道那些被举荐的人不因为自己已经年老而自我松懈，不求上进呢？

大凡有杰出才华的人，就不会有太多的小聪明，他身上的小缺点必定很多，不是真正有见识的人和他说的话他一定不相信。面对这几点，那么即使有杰出的才能，又哪里有施展才能的地方呢？所以如果不是自己的品德名望超过众人，才能学识冠绝当世，被当权者倚重，就不会轻易得到别人信任并重用。

## 李卓吾先生遗言[1]

李　贽

春来多病，急欲辞世。幸于此辞，落在好友朋之手[2]，此最难事，此余最幸事，尔等不可不知重也。

倘一旦死，急择城外高阜[3]，向南开作一坑，长一丈，阔五尺，深至六尺即止。既如是深、如是阔、如是长矣，然后就中复掘二尺五寸深土，长不过六尺有半，阔不过二尺五寸，以安予魄。既掘深了二尺五寸，则用芦席五张填平其下，而安我其上，此岂有一毫不清净者哉！我心安焉，即为乐土。勿太俗气，摇动人言，急于好看，以伤我之本心也。虽马诚老能为厚终之具[④]，然终不如安余心之为愈矣。此是予第一要紧言语。我气已散，即当穿此安魄之坑。

未入坑时，且阁[⑤]我魄于板上，用予在身衣服即止，不可换新衣等，使我体魄不安。但面上加一掩面，头照旧安枕，而加一白布中单[⑥]总盖上下，用裹脚布廿字交缠其上。以得力四人平平[⑦]扶出，待五更初开门时寂寂抬出，到于圹[⑧]所，即可装置芦席之上，而板复抬回以还主人矣。既安了体魄，上加二三十根椽子横阁其上。阁了，仍用芦席五张铺于椽子之上，即起放下原土，筑实使平。更加浮土[⑨]，使可望而知其为卓吾子之魄也。周围栽以树木，墓前立一石碑，题曰："李卓吾先生之墓"。字四尺大，可托焦漪园[⑩]书之，想彼亦必无吝。

尔等欲守者，须是实心要守。果是实心要守，马爷决有以处尔等，不必尔等惊疑。若实与予不相干，可听其自去。我生时不着亲人相随，没后亦不待亲人看守，此理易明。

幸勿移易我一字一句！二月初五日，卓吾遗言。幸听之！幸听之！

## 注　释

①本文选自《续焚书》卷四。这篇《遗言》发于至诚，而文字朴实，语意沉稳，虽大限将至，却如与友人促膝抵掌而谈，无一悲戚之语，无一苛求之事。事实上，李卓吾最终并没能在好朋友手里安安稳稳地了此一生。在他病情危重的情况下，当时的封建官吏仍以"敢倡乱道，惑世诬民"的罪名将他逮捕入狱，他终于在三月中旬某日被迫在狱中自杀。他的好朋友马经伦按照他的《遗言》，把他安葬在了通州的北门外。

②落在好友朋之手：李贽原居湖北龙湖芝佛院，万历二十八年（1600）冬，湖广佥事冯应京以"维护风化"为名，指使歹徒烧毁芝佛院，又毁坏李贽预为藏骨的墓塔。次年，被罢官的御史马经纶将李贽接到通州，安排他入住莲花寺。作此文时，李贽寓居通州（今北京通州区）。

③高阜：高地。

④马诚老：即马经纶，字诚所，官至御史，《续焚书》中多称为"马侍御"，因触怒神宗，被贬斥为民，回通州家居。厚终之具：指厚葬的用品。

⑤阁：通"搁"。

⑥中单：祭服、朝服的裹衣，古称中衣。自唐以后，渐趋简易，变通其制，腰无缝，下不分幅，故称中单。

⑦平平：安稳，有序。

⑧圹：墓穴。

⑨浮土：地表层的松土。

⑩焦漪园：即焦竑，李贽挚友。

## 译文

自开春以来我一直多病，想来就要辞世了。所幸在此弥留之际，身处好朋友这里，这是最难得的事，也是最幸运的事，你们不可不知其重要性。

倘若我有朝一日死去，就尽快在城外选择一块高地，向南开一坑穴，长一丈，宽五尺，深六尺就可以了。这样的坑挖好后，再在坑内挖一个二尺五寸深的小坑，长不过六尺五，宽不过二尺五寸，以安放我的尸身。小坑挖好后，用五张芦席放在下面，将其铺平，把我的尸身放到芦席上，像这样，哪里有一丝一毫的不清净啊！我心安处，即是乐土。操办丧葬之事不要太过俗气，令世俗之人议论，追求场面隆重，以违背我的本心。即使马诚老能为我置办丰厚的丧葬之具，然而终究比不上听从我的安排，令我心安。这是我的第一要紧语。我元气散去时，就把我安葬在这个坑穴内。

未下葬入墓穴时，就把我的尸身放在一块木板上，我就穿我身上的衣服，不要再给我换新衣服，以使我的体魄不安。但脸上要盖一块掩面的布帛，头照样枕旧时的枕头，再用一块白布中单覆盖全身，用裹脚布作“廿”字形缠裹我白布盖住的身体。以四个得力的人平稳有序地将我的尸身护送出来，到五更城门初开时悄然地抬出城，到达先前挖好的墓穴后，就可以把我的尸身放在芦席之上了，至于木板，再抬回去还给主人。安置好我的体魄后，再用二三十根椽子放在上面，然后再用五张芦席铺在椽子上面，最后盖土，夯实填平。上面再加上浮土，使其高出地面，让人一望就知道这里是安葬李卓吾的地方。墓穴周围载上树木，墓前立一块石碑，上面题曰：“李卓吾先生之墓。”字要四尺大，可请焦漪园先生书写，想来他也不会推辞。

你们如果想为我守丧，必须是真心想为我守丧。果真是真心守丧，马爷一定会好好安置你们，你们不必惊疑。若是实在与我不相干的人，可听任其自行离去。我活着时不需要亲人相随，死后也不用亲人为我守丧，这个道理是很明显的。

切记不要违背我的一字一句！二月初五，卓吾遗言！一定要听从！一定要听从！

# 遗子说[1]

张元忭

客有广买田宅以遗其子者，其言曰：“不如是不足以遗吾子。”张子[2]闻而诘之曰：“子之父遗子几何？子之祖遗若父又几何？”客曰：“吾祖所遗簿田敝庐耳，吾父始拓之，至予又拓之。”张子曰：“若是，则安用子之汲汲[3]焉为若子谋也？”客曰：“夫人之子，亦安得人人贤且智，如吾父子之能自创立者？”张子逌然[4]而笑曰：“噫！子过矣，子过矣！子亦安可逆料汝之子不贤且智，如若父与子之能自创立也，而汲汲焉为之谋耶？若子广田宅以遗若子，而逆待之以不肖，遗之虽厚，待之实薄矣。且子既以不肖待若子，又安望若子以贤且智自待，而终守子之所遗也？夫我则不然。我将以贤且智待吾子，即亡[5]以遗吾子，视子之待若子，不已厚乎？”

## 作者简介

张元忭（1538—1588），字子荩，号阳和，山阴（今浙江绍兴）人。幼好学，素羸弱，母戒毋过劳，乃藏灯幕中，俟母寝始诵。十余岁时，即以气节自负。明隆庆五年（1571）廷试第一，授翰林院修撰。后进左谕德，直经筵。以疾卒，谥文恭。著有《不二斋文选》《云门志略》等。

## 注　释

①该文选自《张阳和文选》卷三。文章在为儿子遗留些什么的问题上展开了论说，批判了为儿子广买田宅的做法，认为应当在培养儿子使之贤且智上下功夫。这样才能使他们自己去创业，去开拓。

②张子：作者自称。

③汲汲：急切貌。

④逌（yóu）然：闲适自得貌。

⑤亡：通“无”。

## 译　文

有一个大量购买田地和住宅想作为财产留给儿子的人，他说：“不像这样的话就不足以留给我的儿子。”我听说后，追问他说：“你的父亲留给你多少？你的祖父又留给你父亲多少？”那人说：“我的祖父所留下的只是些贫瘠的土地和破旧简陋的小屋罢了，到我的父亲时才开始开拓产业，到我又进一步开拓产业至此。”我说：“如果是这样，哪里用得着你急切地为你的儿子谋划呢？”那人说：“世人的儿子，哪里能够人人都贤良且有智慧，像我祖辈父辈那样自己开创基业呢？”我悠然一笑，说：“唉！你错了，你错了！你怎么可以预料你的儿子不是贤良且有智慧，不能像祖辈父辈那样创立基业，而急切地为他谋划呢？像你这样扩大田地和宅院留给你的儿子，却料定他没有才能，如此虽然留给他的很多，但实际上对他很不利。况且你既然已料定你儿子没有才能，又怎么指望他以贤良且有智慧的标准看待自己呢？他最终只能守着你的遗产罢了。我就不这样。我将以贤良且有智慧看待我儿子，即使没有东西留给我儿子，比起你对待你儿子，不也好得多吗？”那人无话可说就走了。

## 在京与友人①

屠　隆

燕市带面衣②，骑黄马，风起飞尘满衢陌③。归来下马，两鼻孔黑如烟突④。遍身皆马屎和沙土，雨过淖泞没鞍膝。百姓竞策蹇驴⑤，与官人肩相摩。大官传呼来，则疾窜避委巷⑥不及，狂奔尽气，汗流至踵，此中况味如此。

遥想江村夕阳，渔舟投浦，返照入林，沙明如雪，花下晒网罟⑦。酒家白板青帘⑧，掩映垂柳，老翁挈鱼提瓮出柴门。此时偕三五良朋，散步沙上，绝胜长安⑨骑马冲泥也。

### 作者简介

屠隆（1542—1605），字长卿，又字纬真，号赤水，又号鸿苞居士，鄞县（今属浙江宁波）人。万历五年（1577）举进士，除颍上知县，调为青浦令，迁礼部主事、郎中。与西宁侯宋世恩甚相得，宴游甚欢。刑部主事俞显卿尝为隆所诋，遂以私憾讦隆与世恩淫纵，隆等上疏自理，并列显卿挟仇诬陷，乃两黜之。隆归，益放情诗酒，好宾客。家贫，以卖文为活。屠隆好游历，有博学之名，尤其精通曲艺，他不但写戏编戏，还演戏，其家中便自办有戏班，还掏钱聘请名角。诗文杂著有《白榆集》《由拳集》《鸿苞集》等。

### 注　释

①本文选自《皇明十六名家小品·屠赤水集》。文章把明代都城北京与江南村景作了强烈的对比，用以衬托作者向往江南故乡的美景与自由自在的

渔家生活。

②燕市：指明代首都北京，它原为春秋时燕国都城蓟。面衣：古代用以遮挡风尘的面罩。

③衢陌：通道及田间小路，这里指大街小巷。

④烟突：烟囱。

⑤蹇驴：跛脚的驴子。

⑥委巷：曲巷。

⑦网罟（gǔ）：渔网。

⑧白板：指没有上漆的本色木板。青帘：酒帘。

⑨长安：代指都城北京。

译文

在京城街市上带着面罩，骑着黄马，风吹尘土满街飞扬。归来下马，两个鼻孔像烟囱一样黑。全身都沾满马粪和沙土，下雨之后泥淖淹没膝盖和马鞍。百姓争着挥鞭赶跛驴，与做官的人肩膀相互摩擦。大官将至，传令回避，就飞速逃到小巷唯恐避之不及，用尽力气狂奔，汗水一直流到脚后跟。其中的境况滋味就是这样。

遥想夕阳下的江边小村，捕鱼的船回到水边，夕阳返照进树林，沙滩像雪一样洁白，渔人在花丛下晒着渔网。卖酒的人家门板还未上漆，挂着青青的幌帘，垂柳相互掩映，老人提着鱼和酒瓮走出柴门。这时与三五个朋友相伴，漫步在沙滩上，大大地胜过在京城骑着马泥中行进了。

## 归田与友人①

屠　隆

一出大明门②，与长安③隔世，夜卧绝不作华清④马蹄梦。家有采芝堂，堂后有楼三间，杂植小竹，树卧上房，厨灶都在竹间。枕上常听啼鸟声。宅西古桂二章，百数十年物，秋来花发，香满庭中。隙地凿小池，栽红白莲，傍池桃树数株，三月红锦映水，如阿房、迷楼，万美人尽临妆镜。又开有芙蓉蓼花，令秋意瑟⑤。更喜贫甚道民⑥，景态清冷，都无吴越间士大夫家艳气。翠色娟娟⑦咽涤竹，妖香奕奕⑧露凝花。

注释

①本文选自《皇明十六名家小品·屠赤水集》。文中描绘归隐后居室的

幽静之景，颇具高雅的生活情趣，而作者远离世俗、心归纯真的喜悦之情也溢于文中。

②大明门：北京皇城的正南门，明代称大明门。

③长安：代指明代都城北京。

④华清：华清宫，唐代帝王游幸的别宫，这里代指皇宫。

⑤瑟：明洁。

⑥道民：屠隆晚年修道，因此自称“道民”。

⑦娟娟：明媚貌。

⑧奕奕：缓行貌。

译　文

一旦离开大明门，就与京城隔绝了，夜里躺卧不再做飞马游走华清宫之梦。家中有采芝堂，堂后有楼三间，间杂种植有小竹，树木的枝叶低垂屋顶，厨灶都在竹间。安睡时可常听鸟儿鸣啼之声。住宅西边有古老的桂树两排，已经生长一百几十年了，秋来开花，香满庭中。空闲之地凿有小池，栽种有红白莲，池畔种植有几株桃树，三月桃花映入水中，绚丽若红锦，仿佛阿房宫、迷楼中无数美人临镜梳妆。池中还盛开着芙蓉和蓼花，让秋天的意味更加明洁。更让贫苦的我欣喜的是，景物情态清冷，全没有吴越之间士大夫家的浮艳之气。正是“翠色娟娟咽涤竹，妖香奕奕露凝花。”

## 偶　读[①]

屠　隆

余偶读韦蟾[②]《赠商山僧》诗云：“商岭[③]东西路欲分，两间茅屋一溪云。师言耳重[④]知师意，人是人非不欲闻。”余为洒然会心。

余以一官，奔走燕、赵、齐、鲁、江、淮、吴、越间十年，身经风波撼顿[⑤]无算，所游处略尽九州，人物尘埃烟火语[⑥]满耳，即日日手持杨枝水[⑦]，浇洒不去。居兰省[⑧]，每听诸公谈朝端[⑨]是非，升沉蜂起，余则亟称东南太湖水声、赤城[⑩]霞气以洗之。诸公不应。诸公向余道烟火语，余亦不应。两不相入，自知无久滥班行理[⑪]。

及还四明[⑫]，新失进贤冠[⑬]，又以家徒四壁立，故亲朋不来，得肆志闭门下楗[⑭]。所居城北隅，有小楼三楹，楼前种梧桐数株，杂树花竹，甫半岁，辄扶疏蓊蔚[⑮]。余或坐楼上，或移坐楼下，随意取庄老书，略其文辞，领其元旨[⑯]，炼气了心，久颇冥契[⑰]。从朝至晡[⑱]，绝无履綦款门[⑲]。早起科头[⑳]，旭日冉冉升，东海峤日[㉑]，明霞散彩，与波光交射。晓气清凉，濯人衣裾，泠然[22]若坐冰壶中。日暮白云起西山，长天绀[23]碧。少选，月出风生，桐影零乱。坐久冥寂，神亦丧形，形亦丧神，了不复知我四大[24]安顿何时处。

初归，犹向人乞花竹为娱，即而莳艺浇灌，并属尘劳，使人见扶疏可爱，花竹亦障，遂不复增栽。始爱焚好香，啜苦茗，读异书，顷亦遣去，以为多事。异书足快心，送长日，多读则能起浮游暗想，损性灵，是故不取。何必深山，萧然大寂，门外即市廛[25]，喧嚣百丈，短垣薜荔[26]限之如隔万里。人间世是邪非邪，绝不入幽人耳；即偶入耳，亦不得入我丹元府[27]，辄有梧风吹之而去。商山僧耳重不闻，余耳聪不入，不知韦蟾何以措语？

## 注　释

①本文选自《晚明小品》，是屠隆被黜后家居时作。因偶读书韦蟾的《赠商山僧》诗引起共鸣，表述了作者对污浊官场的厌恶，以及在悠然的隐居生活和老、佛哲学中得到解脱的心境。另，《赠商山僧》应为李廓《赠商山东与岭僧》之误。

②韦蟾：字隐桂，或作隐珪，下杜（今陕西西安）人。唐朝诗人。大中七年（853）进士，官至尚书右丞。

③商岭：即商山，在今陕西商洛丹凤县境内。

④耳重：重听，听觉迟钝。

⑤撼顿：摇动颠仆。

⑥烟火语：充满世俗气息的语言。道家修炼主张不食人间烟火物，因以烟火谓俗气。

⑦杨枝水：佛家称能使万物复苏的甘露。

⑧兰省：即兰台，秘书省。这里指朝廷。

⑨朝端：位居首席的朝臣。

⑩赤城：即赤城山，在今浙江天台境内。

⑪滥：谦辞。班行：朝班的行列，朝官的位次。

⑫四明：四明山，在浙江宁波市西南。这里指作者故乡。

⑬进贤冠：《后汉书·舆服志下》：“进贤冠，古缁布冠也，文儒者之服也，前高七寸，后高三寸，长八寸。公侯三梁，中二千石以下至博士两梁，自博士以下至小史私学弟子皆一梁。”其制元代始废。这里借指官职。

⑭肆志：随心，纵情。楗：门闩。

⑮扶疏：枝叶茂盛，高低疏密有致。蓊蔚：草木茂盛貌。

⑯元旨：即玄旨，深奥的义理，多指道家学说。

⑰冥契：默契，暗相投合。

⑱晡（bū）：申时，即下午三点至五点。这里泛指晚上。

⑲履綦（qí）：原指鞋的饰物，代指鞋，这里指人迹。款门：敲门。

⑳科头：束发不戴帽子。
㉑峤日：高高升起的太阳。峤：通“乔”，高。
㉒泠然：寒凉，清冷。
㉓绀：深青中透红的颜色。
㉔四大：佛教指人身。
㉕市廛（chán）：店铺集中处，犹言市场。
㉖薜荔：又名“木莲”，常绿藤本植物。
㉗丹元府：道家指心。

## 译文

我偶然读到韦蟾的《赠商山僧》诗：“商岭东西路欲分，两间茅屋一溪云。师言耳重知师意，人是人非不欲闻。”便领悟了其中的洒脱超俗之意。

我因为做官，奔走燕、赵、齐、鲁、江、淮、吴、越间达十年之久，亲身经历过的风波颠仆不计其数，所宦游处几乎遍及天下九州，各种人物的是是非非以及各种世俗的言语充斥于耳，即使每日手持杨枝水浇洒，也不能洗去。我在朝廷为官时，经常听到诸公谈论首辅的是非，其言如烟雾升腾，又如群蜂飞舞，挥之不去，每当此时，我就赶忙插言东南太湖的水声以及赤城山的霞气来洗涤他们的世俗气。诸公不予回应。后来诸公向我说及世俗之语，我也不予回应。我与他们格格不入，自知不会长久地身处朝官之中。

等到我回到老家，因刚被罢官，又因家徒四壁，所以亲朋不来，我得以随心而为，闭门下楗，不与俗人相处。我住在县城北角，有小楼三间，楼前种了几棵梧桐，又间杂种了些花草竹子，才半年后，就树影扶疏、草木茂盛了。我或坐在楼上，或坐在楼下，随意取来庄子、老子的书，领略其文辞和玄旨，修炼气质和精神，久而颇觉与之暗相投合。从早到晚，绝无他人来问。早起束发不戴帽，看旭日冉冉升起，那东海边高高升起的太阳，其明亮的霞光散发出耀眼的光彩，与海面波光交相辉映。清晨的雾气清凉，沾染人的衣裾，使人感觉寒冷，如坐冰壶中。日暮时分，白云从西山升起，长天呈现出一派绀碧色。不久，明月升起，微风轻拂，梧桐树影零乱飘动。我久久地坐着，天地一片冥寂，我的精神离开了身体，身体也离开了精神，完全不知道自己身居何处了。

我刚返乡时，还向人乞求花竹以自娱，后来栽种浇灌，都属于世俗的劳累，假使人们看见花竹之扶疏可爱，那花竹也就成了我远离世俗的障碍了，于是不再增栽。起初我喜爱焚好香，啜苦茶，读异书，不久这些爱好也都摈弃了，因为觉得太繁琐。读异书确实是件快心事，但时间长了，读得多了就会浮想联翩，有损性灵，所以不可取。想要追求萧然清寂的心境，何必要到深山之中？纵然门外就是集市，喧嚣之声升腾百丈高，只要心地澄澈空明，矮小的院墙和薜荔之藤就能将世俗隔绝于万里之外。人间的是是非非，绝不入幽人之耳；就算偶然入耳，也不会进入我的心中，梧风吹来，即随风而去。商山之僧因为耳重而不闻世俗之声，像我这样，不知道韦蟾会如何措辞形容？

## 猫　号[①]

刘元卿

齐奄家畜一猫，自奇之，号于人，曰：“虎猫。”客说之曰：“虎诚猛，不如龙之神也。请更名为龙猫。”又客说之曰：“龙固神于虎也，龙升天须浮云，云其尚于龙乎？不如名曰云。”又客说之曰：“云霭蔽天，风倏[②]散之，云故不敌风也，请更名曰风。”又客说之曰：“大风飙[③]起，维屏以墙[④]，斯足蔽矣，风其如墙何？名之墙猫可。”又客说之曰：“维墙虽固，维鼠穴之，斯墙圮[⑤]矣，墙又如鼠何？即名曰鼠猫可也。”

东里丈人[⑥]嗤之曰：“噫嘻[⑦]！捕鼠者，故猫也。猫即猫耳，胡为自失本哉！”

### 作者简介

刘元卿（1544—1609），字调甫，号旋宇，一号泸潇，江西莲花（一说江西安福）人。隆庆四年（1570）乡试中举，次年会试极陈时弊，未予录取，乃绝意功名。因累被荐，曾出任国子监博士和礼部主事。后以疾归，致力于著述。与吴与弼、邓元锡、章潢并称“江右四君子”。刘元卿在理学、教育和文学等领域皆卓有成就，著述甚丰，有《刘聘君全集》，其寓言集《贤奕编》被收入“四库全书”。

### 注　释

①本文选自《应谐录》。区区一猫，更号次数之频繁，号名寄意之殷切，令人啼笑皆非。文章批评了社会生活中向声背实、舍真求伪的虚浮风气。

②倏：急速。

③飙：暴风。

④维：句首语气助词。屏以墙：以墙为屏障。

⑤圮（pǐ）：毁。

⑥东里丈人：作者假托的人物。

⑦噫嘻：叹词。表示慨叹。

译　文

齐奄家养了一只猫，自认为它很奇特，他告诉别人说："我这猫叫虎猫。"客人劝他道："虎的确很猛，但不如龙神通，请改名为龙猫。"另一个客人劝他道："龙确实比虎更有神通，龙升天必须浮在云上，云比龙更让人尊崇吧？不如叫云。"另一个客人劝他道："云雾遮蔽天空，风突然一下就把它吹散了，所以云不敌风啊，请改名为风。"另一个客人劝他说："大风狂起，用墙就足够挡蔽了，风和墙比如何？给它取名叫墙猫好了。"另一个客人劝说道："墙虽然牢固，老鼠在它里面打洞，墙全都倒塌啦。墙和老鼠比如何？给它取名叫鼠猫好了？"

东里丈人不屑地说："唉！捕鼠的本来就是猫，猫就是猫罢了，为什么要让它失去本真啊？"

## 万　字[①]

刘元卿

汝有田舍翁[②]，家资殷盛，而累世不识"之""乎"[③]。一岁，聘楚[④]士训其子。楚士始训之搦管临朱[⑤]，书一画训曰一字，书二画训曰二字，书三画训曰三字。其子辄欣欣然掷笔，归告其父曰："儿得矣，儿得矣，可无烦先生，重费馆谷[⑥]也，请谢去。"其父喜而从之。具币谢遣楚士。

逾时，其父拟征召姻友万氏姓者饮，令子晨起治状，久之不成。父趣[⑦]之，其子恚[⑧]曰："天下姓字多矣，奈何姓万？自晨起至今，才完五百画也。"初机士[⑨]一偶解，而即訑訑[⑩]自矜有得。殆类是已。

注　释

①本文选自《应谐录》。以一目不识丁的地主延师教子，辄学即辍的笑话，讽刺一知半解之士自矜自得，结果往往丑态百出。

②汝：汝州，今河南临汝县。田舍翁：农村有田产者。

③不识"之""乎"：连"之"、"乎"这样简单的字都不认识，即不识字。

④楚：旧称湖南、湖北为楚地。

⑤搦（nuò）管：执笔。临朱：照仿影写字，俗称"描红"。

⑥馆谷：给老师的聘金。

⑦趣：催促。

⑧恚（huì）：怨怒。

⑨机士：凡俗之士。

⑩讹（yí）讹：扬扬自得、沾沾自喜貌。

译　文

汝州有个地主，家资殷实丰厚，但几代人都不识字。有一年，他请来楚地的一位先生教儿子认字。先生先教地主的儿子握笔临帖，写了一画，说："这是'一'字。"写两画，说："这是'二'字。"写三画，又说："这是'三'字。"他儿子高兴地扔下笔，回去告诉父亲说："孩儿全会了，孩儿全会了。不要再麻烦先生，多花学费了，把他辞退吧。"他父亲高兴地照办了，准备了佣金辞退了先生。

不久，地主打算宴请一位姓万的亲友来喝酒，就让儿子早晨起来写张请帖，可是过了好长时间也不见他写完。地主前去催促，谁知儿子竟气愤地说道："天下的姓那么多，为啥要姓万！苦得我从早晨写到现在，才写完五百画！"当初凡俗之士偶然有所领悟，就扬扬得意自以为有所得。其情形大致就是如此吧。

## 《渔父词》引①

李维桢

郝公琰工诗而贫，操舴艋②，游江湖间十年，与渔父狎，为《渔父词》示余。其于家则张融陆处无屋，舟居无水③；其于鱼则王弘之钓亦不得，得亦不卖④；其于兴寄则张志和⑤烟波钓徒，陆龟蒙⑥江湖散人。词之声音调格⑦，相出入⑧矣。

余家三澨⑨水畔，渔钓固其本业，为世饵所中，三仕三已。今老病免，青箬绿蓑⑩，返而初服⑪，将从江上丈人游。顾不如公琰习于水也，请为先导，而余击榜鼓枻和之⑫。

作者简介

李维桢（1547—1626），字本宁，京山（今属湖北）人。隆庆二年（1568）进士，由庶吉士授编修，进修撰，出为陕西右参议，迁提学副使。在外任职近三十年。天启初年，以布政使家居。当时他已经七十多岁，朝廷启用旧臣，召为南京太仆卿，不久改任太常，未就。后召为南京礼部右侍郎，进尚书，告老归。著有《大泌山房集》一百三十四卷。

## 注 释

①本文选自《大泌山房集》卷一三一。文章是为友人郝公琰的《渔父词》写的小序。序中巧用典故，反映了作者对仕宦生涯的厌倦及追求自由自在之隐居生活的愿望。

②舴艋（zé měng）：小舟。

③“其于家”二句：事见《南齐书·张融传》。张融：字思光，吴郡人。齐武帝问他住在何处，他回答说：“臣陆处无屋，舟居非水。”原来他权且把小船放在岸上住着。

④“其于鱼”二句：事见《宋书·王弘之传》。王弘之：字方平，琅邪临沂人。他喜欢钓鱼，“经过者不识之，或问：‘渔师得鱼卖不？’弘之曰：‘亦自不得，得亦不卖。’”

⑤张志和：字子同，婺州金华人。曾任左金吾卫录事参军，因事贬为南浦尉，被赦还以后，不再做官，“居江湖，自称烟波钓徒”（《新唐书》本传）。作品以《渔父歌》（一作《渔歌子》）最为著名。

⑥陆龟蒙：字鲁望，吴县人。隐居甫里，“时谓江湖散人，或号天随子、甫里先生。自比涪翁、渔父、江上丈人”（《新唐书》本传）。

⑦调格：音乐术语。即调式。

⑧出入：和谐。一说差异。

⑨三澨（shì）：古水名。《读史方舆纪要》记载，出自湖北京山县西七十里磨石山的澨水，可能就是三澨水。李维桢是京山人，故云。

⑩青箬（ruò）绿蓑：化用张志和《渔父歌》中“青箬笠，绿蓑衣”句。箬：箬竹，叶大而宽，可编竹笠。

⑪初服：未入仕时的服装，与“朝服”相对。

⑫榜（bàng）：船桨。鼓枻（yì）：敲打着船舷。

## 译 文

郝公琰工诗，但生活贫困，他驾着小舟，在江湖间漫游十年，与渔父关系亲近，作了《渔父词》给我看。在生活方面，他就像张融一样，陆处无屋，舟居无水；在钓鱼方面，他就像王弘之一样，钓亦不得，得亦不卖；在寄寓情趣方面，他就像烟波钓徒张志和以及江湖散人陆龟蒙一样。这首词的声音和调式，相互和谐，相得益彰。

我家住在三澨水畔，渔钓本来就是家族本业，可我为世俗名利所诱惑，三次出仕，又三次罢官。如今年老，以病免官，姑且穿戴上青箬笠、绿蓑衣，返回江湖间，穿上当年的服装，准备跟随江上的老者以渔钓为业。思量不如公琰熟习水性，就请他为先导，而我就击打船桨船舷来与之唱和。

# 艾子教孙[1]

陆　灼

艾子有孙，年十许，慵劣不学，每加榎楚而不悛[2]。其子仅有是儿，恒恐儿之不胜杖而死也，责必涕泣以请。艾子怒曰："吾为若教子不善邪？"杖之愈峻。其子无如之何。

一旦，雪作，孙抟[3]雪而嬉。艾子见之，褫[4]其衣，使跪雪中，寒战之色可掬。其子不复敢言，亦脱其衣跪其旁。艾子惊问曰："汝儿有罪，应受此罚，汝何与焉？"其子泣曰："汝冻吾儿，吾亦冻汝儿。"艾子笑而释之。

**作者简介**

陆灼，生卒年不详，长洲（今江苏苏州）人，著有《艾子后语》。

**注　释**

①本文选自《艾子后语》。文字通过一个诙谐有趣的小故事讽喻了世风人物，反映了古代家庭教育问题，发人深省。艾子：作者虚构的人物。苏轼著有《艾子杂说》，《艾子后语》为陆灼托名续作。

②榎（jiǎ）：通"槚"，楸树的别称。楚：落叶灌木，枝干坚劲，可以做木杖。榎楚这里指用作鞭笞的刑具。悛（quān）：悔改。

③抟（tuán）：把东西揉弄成球形。

④褫（chǐ）：剥夺。

**译　文**

艾子有个孙子，十岁左右，懒惰顽劣不爱学习，艾子常用棍棒打他，但他仍不悔改。艾子的儿子只有这么一个儿子，常常担心儿子禁不住杖责而死去，每当艾子责罚孙子时，他就哭泣着求情。艾子愤怒地说："我替你教训儿子不好吗？"于是杖责孙子愈加严厉。艾子的儿子对艾子无可奈何。

一天早晨，下着大雪，艾子的孙子滚雪球玩耍。艾子看见了，剥掉孙子的衣服，让他跪在雪中，孙子冻得浑身发抖，直打寒战，煞是可怜。艾子的儿子不敢再求情，也脱掉衣服跪在自己儿子的旁边。艾子惊讶地问道："你儿子有罪，应当受到这种惩罚，你为什么要跟他跪在一块？"艾子的儿子哭着说："您让我的儿子受冻，我也让您的儿子受冻。"艾子笑着宽释了他们父子。

# 病　忘[①]

陆　灼

齐有病忘者，行则忘止，卧则忘起。其妻患之，谓曰："闻艾子多知，能愈膏肓之疾[②]，盍往师之？"其人曰："善。"于是乘马挟弓矢而行。未一舍[③]，内逼，下马而便焉，矢植于土，马系于树。便讫，左顾而睹其矢，曰："危乎！流矢奚自[④]，几乎中予！"右顾而睹其马，喜曰："虽受虚惊，乃得一马。"引辔[⑤]将旋，忽自践其遗粪，顿足曰："踏却犬粪，污吾履矣，惜哉！"鞭马，反向归路而行。须臾抵家，徘徊门外曰："此何人居，岂艾夫子所寓邪？"其妻适见之，知其又忘矣，骂之。其人怅然曰："娘子[⑥]素非相识，何故出语伤人？"

## 注　释

①本文选自《艾子后语》。文章以戏谑之笔，夸张之法，写出了一个健忘症患者的故事，有所讽喻、寓托。

②膏肓之疾：不可医治的绝症。

③舍：三十里为一舍。

④奚自：何自，从哪里来。

⑤辔（pèi）：牵马的缰绳。

⑥娘子：对青年女子的尊称。

## 译　文

齐地有个患了健忘症的人，走路能忘了停下来，躺下能忘了起来。他的妻子深受其苦，对他说："我听说艾子这个人富有智慧，连膏肓之疾都能治愈，你何不前往求医呢？"这人一听，说道："好主意。"于是骑上马带着弓和箭出发了。走了还不到三十里路，他内急，就下马方便去了，他把箭插进泥土里，把马系在了树上。方便完后，他向左一回头，看见了自己的箭，说道："好险哪！哪里射来的乱箭，差点儿射中了我！"他又向右回头一看，发现了自己的马，不由得喜出望外，说："虽然受了场虚惊，却得到了一匹马。"他拉起马辔，准备掉头走，忽然踩到了自己的秽物，他气得跺脚道："踩到了狗粪，弄脏了我的鞋，太可惜了。"他用鞭子抽马，反向沿回家的路走。不久就到家了，他在自家门外走来走去，犹豫不决地说："这是什么人的住所呢，难道是艾子的住所吗？"他的妻子刚好见到他，知道他的老毛病又犯了，大骂起他来。这人茫然地说：“这位娘子跟我素不相识，为什么一见面就出口伤人呢？”

## 《合　奇》序[1]

汤显祖

世间惟拘儒[2]老生不可与言文。耳多未闻，目多未见，而出其鄙委[3]牵拘之识，相天下文章，宁复有文章乎？

予谓文章之妙不在趋形似之间。自然灵气，恍惚而来，不思而至，怪怪奇奇，莫可名状。非物寻常得以合之。苏子瞻[4]画枯株竹石，绝异古今画格，乃愈奇妙。若以画格程之，几不入格。米家[5]山水人物，不多用意，略施数笔，形像宛然。正使有意为之，亦复不佳。故夫笔墨小技，可以入神而证圣[6]。自非通人，谁与解此？

吾乡丘毛伯[7]选海内合奇文止百余篇，奇无所不合。或片纸短幅，寸人豆马[8]；或长河巨浪，汹汹崩屋；或流水孤村，寒鸦古木[9]；或岚烟草树，苍狗白衣[10]；或彝鼎商周[11]，丘索坟典[12]。凡天地间奇伟灵异高朗古宕[13]之气，犹及见于斯编。神矣化矣！夫使笔墨不灵，圣贤减色，皆浮沉习气为之魔。士有志于千秋，宁为狂狷[14]，毋为乡愿[15]，试取毛伯是编谈之。

### 作者简介

汤显祖（1550—1616），字义仍，号海若，又号若士，别称清远道人，临川（今属江西）人。万历十一年（1583）进士，曾任南京太常博士、礼部主事等职。万历十九年（1591），因抗疏抨击朝政，被贬广东徐闻典史，后调浙江遂昌知县。万历二十六年（1598），弃官归家，遂不再仕。汤显祖以戏剧名世，著有“临川四梦”，其中以《牡丹亭》最为著名。汤显祖也工诗文，其文长于议论。所著诗文戏曲今行《汤显祖诗文集》和《汤显祖戏曲集》二种。

### 注　释

①本文选自《汤显祖诗文集》卷三十二。是为丘兆麟所编的《合奇》所写的序言，既批判了当时文章追求“步趋形似”的拟古之风，也被论者认为是空灵小巧的晚明小品的先声。

②拘儒：迂腐的儒生。

③鄙委：庸俗委琐。

④苏子瞻：指宋代文学家、书画家苏轼，字子瞻。其传世画有《古木怪石图》等。

⑤米家：指宋代书画家米芾及其子友仁。他们的画不求工细，多用水墨点染。米芾自谓："信笔作之，多以烟云掩映树石，意似便已。"

⑥证：证入，证悟。圣：真理。

⑦丘毛伯：名兆麟，字毛伯，临川人。万历年间进士，擢御史，崇祯初为河南巡抚。

⑧寸人豆马：寸长的人，豆大的马，这里比喻文章篇幅短小。

⑨"或流水孤村"二句：马致远《天净沙·秋思》："枯藤老树昏鸦，小桥流水人家，古道西风瘦马。"

⑩苍狗白衣：即"白衣苍狗"，也作"白云苍狗"。

⑪彝鼎商周：指商周彝鼎上的文字。

⑫丘索坟典：相传都是古代典籍。

⑬古宕：古朴流荡。

⑭狂狷：《论语·子路》："不得中行而与之，必也狂狷乎？狂者进取，狷者有所不为也。"狂狷皆偏于一面，因泛指偏激。

⑮乡愿：也作"乡原"。指外有谨愿之名，实与流俗合污的伪善者。《论语·阳货》："乡原，德之贼也。"

## 译　文

世间唯有迂腐的儒生不可以与之说文章。他们耳朵没有听到多少，眼睛没有看到多少，若以其鄙陋、委琐、拘泥的认识来评价天下的文章，难道还有文章吗？

我认为文章的奇妙不在于亦步亦趋追求形似。自然灵气，恍惚而来，不思而至，奇奇怪怪，不能用言语来形容。不是寻常之物可以与之相合的。苏轼画枯木竹石，绝不同于古今画格，却更加奇妙。如果用画格来规范他，几乎不能入格。米芾父子画山水人物，不多刻意而为，只稍用几笔，形象就很逼真。假使有意去画，反倒不会好的。所以笔墨小技，可以入神而证入最高的真理。我自己不是学问贯通古今的人，和谁一起解读这些呢？

我的同乡丘毛伯选择天下奇妙文章只不过一百多篇，但是奇妙之事没有不包含的。有的只是片纸短幅，如寸人豆马一般；有的气势逼人，如长河巨浪，汹汹崩屋；有的清瘦奇崛，如流水孤村，寒鸦古木；有的变幻莫测，如岚烟草树，苍狗白衣；有的引经据典，似彝鼎商周，丘索坟典。凡是天地之间奇伟灵异、高朗古宕之气，都能够出现在这个集子中。神奇啊！假如笔墨没有灵气，圣贤气象减色，都是因为内心的浮沉习气造成的。有志于千秋事业的读书人，宁为狂狷之士，勿做乡愿之流，试着拿丘毛伯这本集子来阅读吧。

# 《牡丹亭记》题词①

汤显祖

天下女子有情，宁有如杜丽娘者乎！梦其人即病，病即弥连②，至手画形容③传于世而后死。死三年矣，复能溟莫④中求得其所梦者而生。如丽娘者，乃可谓之有情人耳。情不知所起，一往而深，生者可以死，死可以生。生而不可与死，死而不可复生者，皆非情之至也。梦中之情，何必非真，天下岂少梦中之人耶？必因荐枕⑤而成亲，待挂冠⑥而为密者，皆形骸⑦之论也。

传杜太守事者，仿佛晋武都守李仲文、广州守冯孝将儿女事⑧。予稍为更而演之。至于杜守收考柳生，亦如汉睢阳王收考谈生⑨也。

嗟夫，人世之事，非人世所可尽。自非通人⑩，恒以理相格⑪耳。第云理之所必无，安知情之所必有邪！

注　释

①选自《汤显祖诗文集》卷三十三。《牡丹亭记》又名《牡丹亭还魂记》，或简称《牡丹亭》或《还魂记》，是汤显祖最得意的代表作。作品通过杜丽娘和柳梦梅生死离合的爱情故事，传达了追求个人幸福、呼唤个性解放的浪漫主义理想。这篇题词作于万历二十六年（1598），在作者弃遂昌令返临川数月后写成。

②弥连：即“弥留”，言久病不愈。《牡丹亭·诊祟》旦白：“我自春游一梦，卧病至今。”

③手画形容：指亲手为自己画像。见该剧第十四出《写真》。

④溟莫：指阴间。溟：通“冥”。

⑤荐枕：荐枕席。《文选》宋玉《高唐赋》：“闻君游高唐，愿荐枕席。”李善注：“荐，进也，欲亲近于枕席，求亲昵之意也。”

⑥挂冠：谓辞官。

⑦形骸：形体，相对于精神而言。意谓肤浅之说。

⑧“仿佛晋武都守李仲文”句：《搜神后记》卷四：“武都太守李仲文丧女，暂葬郡城之北。其后任张世之之男子常，梦女来就，遂共枕席。后发棺视之，女尸已生肉，颜姿如故。但因被发棺，未能复生。”又，冯孝将为广州太守时，他的儿子梦见一女子说：“我是前太守北海徐玄方女，不幸早亡，亡来今已四年，为鬼所枉杀……应为君妻。”后来在本命年的生日，掘棺开视，女子体貌如故，遂为夫妇。事见《搜神后记》卷四，又见《异苑》及《幽明录》等。将：嫁娶。

⑨汉睢阳王收考谈生:《列异传》:“汉谈生，四十无妇，夜半读书，有女子来就生为夫妇，约三年中不能用火照。后生一子，已二岁，生夜伺其寝，以烛照之，腰上已生肉，腰下但有枯骨。妇觉，以一珠袍与生，并裂取生衣裾而去。后生持袍诣市，睢阳王家买之。王识女袍，以生为盗墓贼，乃收拷生。生以实对。王视女冢如故。发现之，得谈生衣裾。又视生儿正如王女，乃认谈生为婿。”又见于《搜神记》。

⑩通人：学通古今的人。

⑪格：推究。

### 译 文

天下女子之多情，难道还有像杜丽娘那样的吗？梦见情人就得了病，一病不起，以至亲手描绘自己的画像传于世之后就死了。死去三年，又能在冥冥之中寻求到所梦之人，死而复生。像杜丽娘这样，才可以称得上是多情的人。她的感情在不知不觉中产生，且越来越深，活着时可以为情而死，死了又可以为情而生。活着不愿为情而死，死而不能复生的，都不能算是感情的最高境界啊。梦中产生的情，为什么一定不是真的呢？天下难道还缺少这样的梦中之人吗？一定要挨到男女同枕席了才算是成亲，等到挂冠辞官之后才感觉安全的，都是只看事情表面的说法啊。

记述杜太守事迹的故事，模仿了晋代武都太守李仲文、广州太守冯孝将儿女嫁娶的传说。我稍加改动而写成了这个剧本。至于杜太守拘押拷打柳梦梅，也就像汉代睢阳王拘押拷打谈生了。

唉，人世间的事情，不是身处人世就能理解透彻的。自己不是学问贯通古今的人，所以常常用“理”去加以推究。只是一味强调（杜丽娘死而复生与柳梦梅结合的事）从理的角度看一定没有，又怎么知道从情的角度看一定存在呢？

## 与岳石梁[①]

汤显祖

石梁过我，风雨黯然，酒频温而易寒，烛累明而似暗。二十余年昆弟道义骨肉之爱，半宵倾尽。明日送之郡西[②]章渡，险而汔[③]济，两岸相看，三顾而别。知九月当更尽龙沙[④]之概。见石梁如见石帆[⑤]，终不能了我见石帆之愿也。

注　释

①本文选自《汤显祖诗文集》卷四十六。岳石梁：名和声，字石梁，嘉兴（今属浙江）人。曾出守庆远，擢惠潮道参政，改补九江，官至蓟辽巡抚，与其兄元声（字石帆）均为作者好友。这封短柬生动地写出了他们之间深厚的友情。

②郡西：当指临川郡西，时作者罢官家居。

③汔（qì）：尽。

④龙沙：在江西新建县北，亦名龙冈。《水经注》谓旧俗九月九日登高处。王维《九月九日忆山东兄弟》诗说："独在异乡为异客，每逢佳节倍思亲。遥知兄弟登高处，遍插茱萸少一人。"此用其意。

⑤石帆：石梁之兄，名元声，汤显祖同年进士。万历二十四年（1596），以工部都水司郎中参兵部尚书石星，被谪为民。

译　文

石梁路过这里来探望我，风雨黯然，寒夜里我们把酒交谈，酒温了多次仍觉得冷，蜡烛数次拨亮仍觉得暗。二十多年的兄弟道义、骨肉之爱，半夜时间倾吐殆尽。次日送他到郡西章渡，险渡激流，分手后我们隔岸相看，三顾而别。九月当登高，可惜知己不在一处，不能一起寄兴抒怀。见到石梁仿佛见到了石帆，可终究不能圆我与石帆相见的心愿。

## 与李九我宗伯[①]

汤显祖

从京师来者，言丈蔬食[②]敝衣。或以丈为贫，或以丈为伪。夫世人何足与言真伪也。马心易[③]作县，食尝不饱；赵仲一为铨部归来[④]，几为索债人所窥。贫而仕，仕遂不贫耶？古人云："匈奴未灭，何以为家[⑤]？"此时亦非吾辈作家时也。惟丈有以自砺。

注　释

①本文选自《汤显祖诗文集》卷四十六。李九我：名廷机，字尔张，晋江（今属福建）人。万历十一年（1583）与汤显祖同榜进士，授编修，累迁祭酒。官至礼部尚书兼东阁大学士，入参机务。宗伯：古代六卿之一，掌邦国祭事典礼，后因称礼部尚书为宗伯。据《明史·七卿年表》载，李廷机于万历三十一年至三十五年（1603—1607）任礼部尚书，则信当写于此时。本文说明了作为有抱负的士大夫，当以国家为重，贫穷是必然的，以此来勉励

李廷机，也用来自勉。

②蔬食：粗粝的饭食。

③马心易：名应图，平湖（今属浙江）人。官至刑部主事。万历十三年（1585）因疏劾科道齐世臣等，并及首辅，谪大同典史。后升封邱知县，年余复刑部主事。以疾免归。

④赵仲一：名邦清，真宁（今甘肃正宁）人。万历二十三、二十六年以山东滕县知县赴北京上计，得与汤显祖两度相聚。二十六年迁吏部主事。后被劾，削职为民。铨部：因吏部专司铨选。故称吏部为铨部。

⑤“匈奴未灭”二句：为汉代霍去病语。《史记·卫将军骠骑列传》：“天子为治第，令骠骑（指骠骑将军霍去病）视之，对曰：‘匈奴未灭，无以家为也。’”

### 译　文

从京师来的人，说您平时粗食敝衣。有人认为您贫困，有人认为您虚伪。世俗之人，哪里值得与他们谈论真伪。当年马心易当知县，常吃不饱；赵仲一从吏部任职归来，几乎被讨债人杀死。贫寒之士追求入仕，入了仕途难道就能不贫穷了吗？古人说：“匈奴未灭，何以为家？”现在也不是吾辈追求家业的时候啊。希望您以此自勉。

## 嗤彪赋序①

汤显祖

予郡巴丘南百拆山中，有道士善槛虎②。两函，桁③之以铁，中不通也。左关羊，而开右以入虎，悬机下焉。饿之，抽其桁，出其爪牙，楔而锯之④，组⑤其舌。已，重饿之，饲以十铢⑥之肉而已。久则羸然弭然⑦，始饲以饭一杯，菜一盂，未尝不食也，亦不复有一铢之肉矣，以至童子皆得饲之。已而出诸囚，都无雄心，道士时与扑跌为戏，因而卖与人守门，以为常。率虎千钱，大者千五百钱。初犹惊动马牛，后反见犬牛而惊矣。或时伸腰振首，辄受呵叱，已不复尔。常置庭中以娱宾客。月须请道士诊其口爪，镌剔扰洗各有期⑧。道士死，其业废。

予独嗤夫虎雄虫也，贪羊而穷，以至于斯辱也。赋之。

### 注　释

①本文选自《汤显祖诗文集》。文章借道士训虎一事讽刺那些只顾眼前

而不顾长远，最终遭受屈辱的愚蠢行为。

②槛虎：这里指驯虎。

③桁（háng）：古代用于加在囚犯颈部的一种木制刑具。这里指以铁条封住笼子。

④楔（xiē）：填充器物的空隙使其牢固的木橛、木片等。这里指用楔子填塞。锯：绞，斩。

⑤絙：绳索。这里指用绳索系住。

⑥铢：古代重量单位。旧制，一两的二十四分之一为一铢。

⑦羸然：瘦弱貌。弭然：顺服貌。

⑧镌剔：指清除老虎的牙齿和口腔。扰：通“挠”。

**译 文**

在巴丘南部的百拆山中，有个道士善于训虎。他做了两个笼子，用铁条封口，中间不通。左边笼子关着羊，将右边笼子打开，老虎进入右边笼子，随后，悬在上面的机关就降下来，关住了老虎。老虎饿的时候，就抽出铁条，等老虎把爪子、牙齿伸出来，就用楔子紧紧撑开它的嘴，然后用绳索绞它的舌头。完了以后，等它非常饿的时候，只给它十铢的肉吃。时间久了，它就变得瘦弱而顺从，然后开始喂它食物，一碗饭、一碗菜，它都会吃的，然后连一铢的肉也不再喂给它了，以至于小孩子都能够喂养它。这样即使它出了囚笼，也不再有雄心，道士有时还和它玩扑跌游戏，所以后来卖给人家去看大门，也不足为怪。小老虎可以卖一千文钱，大的可以卖到一千五百文钱。刚开始老虎还把牛和马都吓着了，但是后来老虎见到狗和牛居然都感到害怕。它有时候还伸伸腰，甩甩头，动不动就被人训斥，已经不再是原来的那只老虎了。常常被养在家中供贵宾和客人们娱乐。每月还需要请道士来检查它的口腔牙齿和爪子，定期洗澡装扮，精心伺候。道士死了以后，他的这门技术也就废止了。

我只想嘲笑这只大老虎，为了贪图一只羊，把自己的前途废了，以至于受到如此屈辱。所以写文章记录一下。

## 瞽 者[1]

赵南星

二瞽者同行，曰：“世上惟瞽者最好，有眼人终日奔忙，农家更甚，怎得如我们清闲一世？”适众农夫窃听之，乃假为官人，谓其失于回避[2]，以锄把各打一顿而呵之去。随后复窃听之，一瞽者曰：“毕竟是瞽者好，若是有眼人，打了还要问罪。”

赞[3]曰：北方瞽者叫做先生，自有好处。世上欺天害理，行凶作霸，俱是有眼人，无一瞽者。只看这些农夫，扮作假官，擅自打人，如此事瞽者却做不出来，此便胜似有眼人也。

## 作者简介

赵南星（1550—1627），字梦白，号侪鹤，高邑（今属河北）人。万历年间进士，任河南汝南县推官，后任文选员外郎。因直言上疏，陈述时政四大害，触犯时忌，不得已乞归乡里。后再起考郎中，主京察，旋即遭诬陷，被贬斥为民。在乡里与邹元标、顾宪成被称为“三君”，为东林党重要人物。光宗即位，任左都御史。天启三年（1623），任吏部尚书。时宦官魏忠贤专政，政治腐败，赵南星与之对抗，革除旧弊，选用贤能，为魏忠贤所嫉。魏忠贤假托君命，发布诏旨，赵南星被革去官职，谪戍山西代县，不久病死。后被追谥忠毅。所作散曲淋漓酣畅，小曲也有成就。笑话集《笑赞》中多有讽世之作。有《赵忠毅集》《味檗斋文集》等。

## 注　释

①本文选自《笑赞》。文章借盲者之言和盲者无端遭打的故事，讽喻了现实世界的冷酷无情和人性中的丑陋。瞽（gǔ）者：眼睛失明的人，俗称瞎子。

②失：过错。回避：古代官员出行，闲人必须回避。

③赞：以颂扬人物为主的一种文体。

## 译　文

两个瞎子同行，说：“世上只有瞎子处境最好，有眼睛的人终日奔波忙碌，尤其是农民，最为辛苦，哪里比得上我们清闲一世？”恰巧一群农夫偷听到了他们的话，于是就假扮成当官的出巡，声称瞎子没有回避，用锄把将两个瞎子各打了一顿，然后呵斥他们走开。随后农夫又偷听他们的谈话，一个瞎子说：“毕竟还是瞎子好啊，如果是有眼睛的人没有回避，挨了打还要问罪。”

赞曰：北方的瞎子称作先生，自有他们的过人之处。世上欺天害理，行凶作霸的，都是有眼睛的人，没有一个是瞎子。只看这些农夫，假扮成当官的，擅自打人，像这样的事瞎子是做不出来的，从这点上看瞎子就已胜过有眼之人。

# 钟　馗[①]

赵南星

钟馗专好吃鬼。其妹与他做生日，写礼帖云："酒一樽，鬼两个，送与哥哥做点剁，哥哥若嫌礼物少，连挑担的是三个。"钟馗看毕，命人将三个鬼俱送庖人烹之。担上鬼看挑担者曰："我们死是本等，你如何挑这个担子。"

赞曰：挑担者不闻钟馗之所好耶，而自投鼎俎[②]，此文种、韩信之流也[③]，若少伯、子房[④]，可谓智鬼矣。

**注　释**

①本文选自《笑赞》。文章讽刺那些不知祸至、不能及时抽身者的行为，暗喻历史上常见的"狡兔死，走狗烹；飞鸟尽，良弓藏"的现象。

②鼎俎：鼎和俎，泛称割烹的用具。

③文种：春秋末年越国大臣，助越王勾践灭吴后，被杀。韩信：西汉开国功臣，后被杀。

④少伯：即范蠡，春秋末年越国大臣，助越王勾践灭吴后隐退。子房：即张良，西汉开国功臣，后隐退。

**译　文**

钟馗特别喜欢吃鬼。他过生日，他妹妹送礼物祝寿，礼帖上写道："酒一樽、鬼两个，送给哥哥吃喝，哥哥如果嫌礼物少，连挑担子的鬼一共是三个。"钟馗看完后，命人将三个鬼都送到厨师那煮了。担上的鬼对挑担的鬼说："我们同样是死路一条，你为何要挑这个担子。"

赞曰：挑担的鬼不知道钟馗的喜好，而自投鼎俎，这就好比文种、韩信之流，像范蠡、张良那样的，可称得上是智鬼。

# 鼠技虎名[①]

江盈科

楚人谓虎为"老虫"，姑苏人谓鼠为"老虫"。余官长洲[②]，以事至娄东[③]，宿邮馆，灭烛就寝，忽碗碟砉然[④]有声。余问故，阍童[⑤]

答曰："老虫。"余楚人也，不胜惊错曰："城中安得有此兽？"童曰："非他兽，鼠也。"余曰："鼠何名老虫？"童谓吴俗相传耳。

嗟乎！鼠冒老虫之名，至使余惊错欲走，良足发笑。然今天下冒虚名骇世俗者不少矣！堂皇之上，端冕垂绅⑥，印累累而绶若若者⑦，果能遏邪萌、折权贵、摧豪强欤？牙帐⑧之内，高冠大剑，左秉钺右仗纛者⑨，果能御群盗、北遏虏、南遏诸彝⑩，如古之孙吴之俦欤⑪？骤而聆其名，赫然喧然⑫，无异于老虫也；徐而叩所挟⑬，止鼠技耳。夫至于挟鼠技，冒虎名，立民上者皆鼠辈。天下事不可不大忧耶！"

## 作者简介

江盈科（1553—1605），字进之，号绿萝山人，常德桃源（今属湖南）人。自幼聪慧，万历十三年（1585）乡试中举，后两次参加进士考试，皆不第。明万历二十年（1592）三月中进士，历任长洲县令、大理寺正、户部员外郎，卒于四川提学副使任上。江盈科是明朝晚期文坛"公安派"的重要成员，与袁宏道友善，诗文理论主张为文应抒发时代个人的真性情，以矫正当时复古派蹈袭之风为己任。著有《雪涛小说》《雪涛谐史》《谈言》等。

## 注　释

①本文选自《雪涛小说》。此文以虎与鼠在不同乡俗中皆称"老虫"的小事生发开来，抨击时弊朝政，具有指桑骂槐、含沙射影之功效。

②长洲：县名，今属江苏苏州市。

③娄东：今江苏昆山。

④砉（huā）然：象声词，常用以形容破裂声。

⑤阍童：看门的童仆。

⑥端：穿戴。垂绅：大带下垂。绅：古代士大夫束腰的大带。

⑦累累：重积众多貌。绶：彩色丝带，用以系官印或勋章。若若：长而下垂貌。

⑧牙帐：古代将帅所居营帐。前建牙旗，故名。

⑨钺：古代兵器，形如板斧而较大。纛（dào）：古时军队或仪仗队的大旗。

⑩彝：通"夷"，这里指南方少数民族。

⑪孙吴：春秋时期军事家孙武和战国初期军事家吴起。俦：同辈。

⑫赫然：声威显赫貌。喧然：显赫貌。

⑬叩：叩问。这里指了解。所挟：志向，本领。

## 译　文

楚地的人称老虎为"老虫"，苏州人则称老鼠为"老虫"。我在长洲做县令时，有事到娄东，住在客栈里，晚上吹灭蜡烛准备睡觉，忽然听见碗碟叮当有声。我便问看门的童子是怎么回事，童子答道："是老虫闹腾。"我是楚地人，听说是老虫，很是惊慌失措，说："城里怎么会有这种野兽？"童子说："不是别的什么野兽，是老鼠。"我问他："老鼠为什么叫老虫？"童子说这是吴地的风俗，世世代代都是这么叫这么传下来的。

唉！老鼠冒老虎之名，以至我吓得要逃走，实在是令人发笑。然而今日天下冒虚名以欺世的人也真不少！那些坐在宏伟殿堂之上，戴着官帽，垂着大带，掌大印披绶带的文臣，果真能阻止邪恶萌生、抑制权贵、打击豪强吗？那些坐于军帐之中，戴高帽、佩长剑，左边有人拿着斧钺，右边有人握着大旗的将帅，果真能抵御强盗，北阻胡虏入侵，南挡诸夷冒犯，如同古代良将孙武、吴起那般吗？猛然间听到这些文臣武将的大名，真可谓声威显赫，令人惧怕得如同见了老虎一般；但慢慢地了解他们的本事，就知道这些人玩弄的不过是鼠辈的伎俩。那些以鼠辈伎俩冒充虎之威名，骑在百姓头上作威作福的权贵皆是鼠辈。这关系到天下危亡，怎能不叫人担忧呢？

## 妄　心[1]

江盈科

一市人贫甚，朝不谋夕。偶一日拾得一鸡卵，喜而告其妻曰："我有家当矣。"妻问安在，持卵示之，曰："此是。然须十年，家当乃就。"因与妻计曰："我持此卵，借邻人伏鸡[2]乳之，待彼雏成，就中取一雌者，归而生卵，一月可得十五鸡。两年之内，鸡又生鸡，可得鸡三百，堪易十金[3]。我以十金易五牸[4]，牸复生牸，三年可得二十五牛。牸所生者，又复生牸，三年可得百五十牛，堪易三百金矣。吾持此金举责[5]，三年间，半千金可得也。就中以三之二市田宅，以三之一市僮仆，买小妻[6]，我乃与尔优游以终余年，不亦快乎？"

妻闻欲买小妻，怫然大怒，以手击卵碎之，曰："毋留祸种！"夫怒，挞其妻，乃质于官，曰："立败我家者，此恶妇也，请诛之。"官司问："家何在？败何状？"其人历数自鸡卵起，至小妻止。官司曰："如许大家当，坏于恶妇一拳，真可诛。"命烹之。妻号曰："夫所言皆未然事，奈何见烹？"官司曰："你夫言买妾，亦未然事，奈何见妒？"妇曰："固然，第[7]除祸欲早耳。"官司笑而释之。

## 注　释

①本文选自《雪涛小说》。文章通过描述一市人的贪心和其妻嫉妒的情状，讽刺了世人的贪婪和狂妄妒忌之心。

②伏鸡：孵卵的母鸡。

③十金：十斤金或十镒金。

④牸（zì）：母牛。

⑤责：通“债”。

⑥小妻：指小妾。

⑦第：只是。

## 译　文

有一市井之人特别贫穷，困窘得早上顾不得晚上。一日他偶然捡到一个鸡蛋，特别高兴，就去告诉妻子说：“我们有家当了！”妻子问在哪里，他拿着鸡蛋给妻子看，说：“这就是。只是需要十年，那时我们就有家当了。”然后他与妻子计划说：“我拿着这个鸡蛋，去向邻居借老母鸡来孵化出小鸡，寄存在邻居家喂养。等小鸡长大了，我们取一只母鸡，拿回来生蛋，一个月可以孵出十五只鸡。两年之内，鸡长大了生蛋又孵出小鸡，可以得到三百只鸡，可以获利十金。然后拿十金买五头母牛，母牛又生小牛，三年可得到二十五头牛。母牛生的牛，又再生母牛，三年之中可以获利三百金。我拿着这些钱放债，三年之中可得五百金。再拿其中的三分之二买田地和宅院，剩下的三分之一买仆人和小妾，我与你逍遥自在地安度余生，不是很快乐吗？”

他的妻子听他说要买小妾，怫然大怒，伸手就把鸡蛋打碎了，说：“不能留下祸种。”这人非常愤怒，鞭打了妻子一顿，然后带到衙门见官，说：“败我家产的人，就是这个恶妇，请判她死罪。”官吏问：“你的家产在哪里？败成什么样了？”这人于是从鸡蛋讲起，讲到买小妾为止。官吏听完说道：“这么大的家产竟然被这妇人一拳打毁了，真是可恶，该杀啊！”于是下令将妇人烹死。妇人号哭着说：“我丈夫所说的都是没有发生的事情，为什么就要烹煮我啊？”官吏说：“你丈夫要买小妾也是没有发生的事情，你为什么要嫉妒呢？”妇人说：“话虽如此，但是祛除祸患要趁早啊！”官吏闻言大笑，然后下令释放了她。

# 造　酒[1]

江盈科

一人问造酒之法于酒家。酒家曰："一斗米，一两曲[2]，加二斗水，相掺和，酿七日，便成酒。"其人善忘，归而用水二斗、曲一两，相掺和，七日而尝之，犹水也。乃往诮[3]酒家，谓不传与真法。酒家曰："尔第不循[4]我法耳。"其人曰："我循尔法，用二斗水，一两曲。"酒家曰："可有米乎？"其人俯首思曰："是我忘记下米。"

噫！并酒之本而忘之，欲求酒，及于不得酒，而反怒怨教之者之非也。世之学者，忘本逐末，而学不成，何异于是！

## 注　释

①本文选自《雪涛谐史》。作者以学造酒者的故事，喻托治学的道理，讽刺了急于求成、妄想一步登天的人。

②曲：酿酒所用的发酵剂。

③诮（qiào）：责备。

④循：遵循，按照。

## 译　文

一个人向酒家请教酿酒的方法。酒家对他说："一斗米，加上一两酒曲，再加上二斗水，相互掺和，酿制七天，就成酒了。"这人十分健忘，回家后用了二斗水和一两酒曲，相互掺和，七天后一尝，味道还是和水差不多。于是此人就去责备酒家，认为酒家没教他真正的酿酒之法。酒家说："你只是没有按照我说的方法去做。"这人说："我按照你说的做的，用二斗水，加上一两酒曲。"酒家问他："加米了吗？"他低下头想了想说："是我忘记放米了。"

唉！连酿酒最基本的原料都忘了，却想要酿酒，到了酿不出酒的时候，反而生气怨恨教他方法的人不对。世上不少求学的人，忘记去打基础，却想着一步登天，结果什么也学不到，跟这个人有什么不同呢！

# 言　志①

张大复

净煮雨水泼虎丘②，庙后之佳者连缀数瓯。坐重楼上望西山，爽气窗外，玉兰树初舒嫩绿。照日通明，时浮黄晕③。烧笋午食，抛卷暂卧，便与王摩诘、苏子瞻对面纵谈④。流莺破梦，野香乱飞，有无不定。杖策散步，清月印水，陇麦翻浪。手指如冰，不妨敝裘着罗衫外。敬问天公肯与方便否。

## 作者简介

张大复（约1554—1630），名彝宣，字元长，晚号寒山子，又号病居士，苏州昆山（今属江苏）人。年十七，赴乡试不中。至中年则弃之，以诸生授课，后以多病止。潜心古文，犹重东坡文章，获其风骨。广交士林，与归有光，王世贞，陈继儒等当时名儒相与交接。著有《嘘云轩文字》《闻雁斋笔谈》《梅花草堂笔谈》及《志遗》《灵荟》等。尤其以《梅花草堂笔谈》著称于世，以随笔形式写日常见闻与生活琐事，文笔清雅简洁，灵动有韵致。

## 注　释

①本文选自《梅花草堂笔谈》。文章记述雨后出游所见之景，表达了高雅闲适的文人追求。

②净：指雨水洁净。煮：指雨水落地激起水花，似水煮沸一般。形容雨大。

③黄晕：模糊的黄色。

④王摩诘、苏子瞻：王维、苏轼。

## 译　文

洁净的雨水泼洒虎丘，雨后彩虹现，庙后彩虹之佳者连缀数瓯。我坐在高楼上眺望西山，窗外空气清爽，玉兰树上嫩绿的芽儿刚刚舒放。阳光照得人间通明，天空时时浮现黄晕。烧竹笋作午餐，吃罢抛开席子暂卧，梦中便与王摩诘、苏子瞻对面畅谈。流莺清啼把我从梦中唤醒，野花野草的香气四处弥漫，游离不定。我拄着拐杖散步，只见清冷的月光映在水中，田垄中的麦子掀起层层波浪，手指如冰，顿觉寒意，最好还是在罗衫外再套一件破皮裘。敬问天公，是否可以与我方便，使我长享此闲逸之趣。

# 品　泉[①]

张大复

料理息庵，方有头绪，便拥炉静坐其中，不觉午睡昏昏也。偶闻儿子书声，心乐之，而炉间翏翏[②]如松风响，则茶且熟矣。三月不雨，井水若甘露，竞扃其门而以缸罂[③]相遗。何来惠泉？乃厌张生馋口。讯之家人辈云：旧藏得惠水二器，宝云泉一器。亟取二味品之，而令儿子快读李秃翁[④]《焚书》，惟其极醒极健者。因忆壬寅五月中，着屐烧灯[⑤]品泉于吴城王弘之第，自谓壬寅第一夜，今日岂减此耶！

注　释

①本文选自《梅花草堂笔谈》。文章记述干旱时节全家品泉之乐，因忆故人、故事，颇具生活情味和家庭温情。

②翏（liù）翏：拟声词，长风声。

③罂：一种盛器，可用来汲水、存水。

④李秃翁：即李贽，作者好友。

⑤烧灯：指举行灯会或灯市。

译　文

在我居住的息庵处理事务，刚刚有了些条理，就静坐在炉火旁，不觉间午睡过去，昏昏沉沉了。忽而听见儿子的读书声，心中十分高兴，而炉间翏翏如松风作响，是茶快熟了。三个月不曾下雨，井水若甘露一般宝贵，人们竞相关上门，带着缸罂出去打井水。哪来的惠泉水？于是责备张生多嘴。我对家人们说：我之前藏了两坛惠泉水和一坛宝云泉水。说完赶紧将两种泉水拿出来给家人品尝，之后令儿子快读李秃翁的《焚书》，世上只有他是个清醒笔健的人啊。因此又想起壬寅年五月中，我穿着木屐，在吴城王弘之家举行灯会、品泉，当时感觉是壬寅年最快乐的一个晚上了，而今日岂输于彼！

# 囊萤[1]

张大复

书生以囊萤[2]闻于里，里人高[3]其义，晨诣之。谢[4]，他往。里人曰：“何有囊萤读，而晨他往者？”谢曰者：“无他，以扑萤往。晡[5]且归矣。”今天下之所高，必其囊萤者，令书生白日下帷[6]，孰诣之哉？

注释

①本文选自《梅花草堂笔谈》。文章辛辣地讽刺了那些贪图虚名、华而不实的人。

②囊萤：指夜晚将萤火虫装到袋子里，借光以读书。

③高：这里作动词，指仰慕，推崇。

④谢：致歉。

⑤晡：申时，下午三点到五点。

⑥下帷：放下帷幕。指闭门读书。

译文

有个读书人因把萤火虫装在袋子里借光读书而闻名乡里，一位同乡仰慕他的品行，便在早晨去拜访。他的家人向同乡致歉，说他出门了。同乡说：“哪有囊萤夜读而早晨却外出的人呢？”家里人说：“不为别的，是为了去捕捉萤火虫，申时就会回来。”现在天下所敬仰推崇的人，定是那些“囊萤”读书的人。假使读书人白天闭门读书，谁又会去拜访他呢？

# 兰之味[1]

张大复

兰之味，非可逼而取[2]也。盖在有无近远续断之间，纯以情韵胜。氤氲[3]无所，故称瑞耳。体兼彩，而不极于色，令人览之有余，而名之不可。即善绘者以意取似，莫能肖也。其真文王、孔子、屈原之徒，不可得而亲，不可得而疏者耶？

## 注　释

①本文选自《梅花草堂笔谈》。文章着重细描兰花之香气，并将兰花比作“文王、孔子、屈原之徒”，让我们领悟到了兰花高洁的品性。

②取：这里是嗅取兰花的香气。

③氲（yūn）氲：弥漫、充满貌。

## 译　文

兰花的香气，并不是非得靠近才可以闻嗅品赏的。它在似有似无、忽远忽近、时断时续之间，纯粹以情韵取胜。兰花的香气弥漫飘忽，没有固定停留的场所，所以被看作吉祥的草。兰花，有各种颜色，但它的色彩素淡清纯、含蓄温润，绝不是姹紫嫣红、艳丽眩目的，能够使人得到无穷的视觉愉悦和心灵慰藉，却又难以用语言来表达。兰花的形态意趣，即使是善于绘画的人，也只能凭自己的体会来描绘兰花的形状，所描绘出的也并不能与兰花的神韵相同。兰花恐怕就是周文王、孔夫子、屈原的同类，不可以亵玩，但也“不可以一日无此君”。

# 路贵不喜神怪[①]

朱国祯

路贵，字秉彝，顺天[②]人。粗涉经籍，少为童子师。性伉直，不匿人过。母丧发引[③]，仿家礼[④]，去幡幢[⑤]鼓乐，用人为方相[⑥]。市儿争哗笑之。尤不喜神怪。尝有降鸾[⑦]者，各献香楮[⑧]。贵脱所趿双鞋置案上，曰：“吾无他物，聊以供神。”观者缩颈。贵大笑而去。后以寿终。

**作者简介**

朱国祯（1558—1632），字文宁，号平涵，乌程（今浙江湖州南浔）人。万历十七年（1589）进士。累官国子监祭酒。天启三年（1623）拜礼部尚书、文渊阁大学士。天启四年（1624）春晋户部尚书、武英殿大学士，总裁《国史实录》，史称其“处逆境时，独能不阿，洁身引退。性直坦率，虽位至辅伯而家业肃然”。晚年托病归隐著书。著有《明史概》《大政记》《涌幢小品》《皇明纪传》等。

## 注释

①本文选自《涌幢小品》卷九。文中记载了一位平凡小人物的美德和智慧，体现了一种朴素唯物主义的思想。

②顺天：今北京地区。

③发引：俗称出殡，即将灵棺从家里或庙堂抬到坟地去埋葬。

④家礼：指家庭中行的一种古礼。这里是说按照南宋理学家朱熹制定的家庙礼节行事。

⑤幡幢：旌旗、伞盖。

⑥方相：方相本是商末将军，后反出朝歌，为周朝的建立做出贡献，后人尊其为显道神、开路神。因方相本是官员，所以路贵也遵照古法，不用纸扎，而用活人装扮。

⑦降鸾：古时一种骗人把戏，即在一间空房子里放置笔墨纸砚，然后把房门锁起来，隔了一会儿，听见房里有鞭炮声响，开门看时，那些纸上常写了格言、对联、诗词或药方等。主持者就说这是神仙、佛祖或有名望的古人降临，实际上是那房间有暗门，由雇来的外地书手偷偷进去写的。主持者往往借此愚弄群众，敛聚钱财。

⑧香楮：祭神鬼用的香和纸钱。

## 译文

路贵，字秉彝，顺天人。粗略读过几本经书，年轻时做过小孩子的启蒙老师。他性情刚正爽直，不阿谀奉承，见到别人的缺点，敢于当面批评。路贵的母亲去世，出殡时，他按照家庙礼节操办，不用旌旗乐器，也不用纸扎方相，而用活人来装扮。街上的人争相嘲笑他。路贵尤其不喜装神弄鬼之事。曾经有一处地方"降鸾"，很多人恭恭敬敬地供奉香烛、纸钱。路贵脱下穿着的那双鞋，放到神案上，说道："我没有别的东西，只能拿这个来供奉神灵。"围观的人怕有祸事降临，都吓得缩了脖子。路贵毫不在意，大笑而去。后来路贵长寿而终。

# 王长年智斗倭寇[①]

朱国祯

古称操舟者为"长年"。王长年，闽人，失其名。自少有胆勇，渔海上。嘉靖己未，倭薄会城大掠[②]，长年为贼得，挟入舟。舟中贼五十余人，同执者男妇十余人，财物珍奇甚众。

贼舟数百艘，同日扬帆泛海去。长年既被执，时时阳[③]为好语媚贼，酋[④]甚亲信之。又业已入舟，则尽解诸执者缚，不为防。长年乘间谓同执者曰："若等思归乎？能从吾计，且与若归。"皆泣曰："幸甚！计安出？"长年曰："贼舟还，将抵国，不吾备，今幸东北风利，诚能醉贼，夺其刀，尽杀之，因捩舵饱帆归[⑤]。此不可失也。"皆曰："善！"

会舟夜碇[⑥]海中，相与定计，令诸妇女劝贼酒。贼度近家，喜甚。诸妇更为媚歌唱，迭劝，贼叫跳欢喜，饮大醉，卧相枕藉。妇人收其刀以出。长年手巨斧，余人执刀，尽斫五十余贼，断缆发舟。旁舟贼觉，追之。我舟人持磁器杂物奋击，毙一酋。长年故善舟，追不及。日夜乘风举帆，行抵岸。长年既尽割贼级，因私剜其舌，另藏之。挟金帛，并诸男妇登岸。

将归，官军见之，尽夺其级与金。长年秃而黄须，类夷人[⑦]，并缚诣[⑧]镇将所，妄言捕得贼。零舟首虏，生口具在，请得上功幕府[⑨]。镇将大喜，将斩长年，并上功。镇将，故州人也。长年急，乃作乡语，历言杀贼奔归状。镇将唶[⑩]曰："若言斩贼级，岂有验乎？"长年探怀中藏舌示之。镇将验贼首，皆无舌。诸军乃大骇服。事上幕府。中丞[⑪]某，召至军门复按[⑫]，皆实。用长年为裨将，谢不欲。则赐酒，鼓吹乘马，绕示诸营三日，予金帛遣归。并遣诸男妇。而论罪官军欲夺其功者。长年今尚在，老矣，益秃，贫甚，犹操舟渔。

### 注　释

①本文选自《涌幢小品》卷三十。文章记述了王长年的英雄事迹，展示了他过人的胆识，同时反映了当时倭寇窜扰、掳掠我国沿海的社会现实，还有力地揭露了军官的腐败。

②倭：古代对日本的称呼。此指十四至十六世纪劫掠我国江浙一带和朝鲜沿海的日本海盗集团，即倭寇。薄：迫近。会城：指福建省会福州。

③阳：表面上。

④酋：倭寇的头目。

⑤捩（liè）：调转。饱帆：乘风鼓帆。

⑥碇（dìng）：下碇。碇：停船时抛入水中的石块，作用相当于锚。

⑦类夷人：相貌类似倭寇。

⑧诣（yì）：前往。

⑨上功：上报请功。幕府：明代称地方的督抚衙门为幕府。

⑩唶（zè）：大喊。

⑪中丞：明代中央监察机构都察院的副都御史，与汉代御史中丞略同，而明代常以副都御史出巡地方，称为巡抚，所以此处中丞指巡抚。

⑫军门：总督或巡抚官署。复按：复查。

## 译文

古代做船工为生的人称为“长年”。王长年，福建人，不知道他的本名叫什么。王长年从小勇敢胆大，在海上打鱼为生。嘉靖三十八年（1559），倭寇迫近福州大肆抢劫，王长年被倭寇抓获，关在一艘小船上。这艘船上有五十多个倭寇，还有一起被捆绑的男女十多人，以及很多金银财宝。

倭寇有数百艘船，同日扬帆出海，起航离开。王长年从被抓的时候起，就经常表面上说奉承话讨好倭寇，倭寇首领因此非常亲近信任他。倭寇们又看到那些被抓的百姓已经在出海的船上，就放松了警惕，把捆绑他们的绳子都解开了。王长年找机会对一起被抓的人说：“你们想回家吗？如果能按我的计策行事，我将帮助你们逃回去。”众人都哭着说：“好极了！可是你有什么计策呢？”王长年说：“倭寇的船返回，将到达他们国家，这时对我们没有防备。万幸的是今天海上的东北风很大，如果我们能把倭寇们灌醉，夺来他们的刀，将他们杀光，再掉头转舵，乘风鼓帆，就可以回家了。这是不可再得的机会啊。”众人都赞同王长年的计策。

这天晚上，正碰上倭寇停船抛锚休息，众人按照商量的计策行事，让那几个妇女劝倭寇喝酒。倭寇想到快回国了，因此十分高兴。妇女们轮番演唱娇媚的小曲，不停地劝酒，倭寇们开心得唱歌跳舞，全都喝得大醉，纵横相枕睡在一起。妇女们就拿着倭寇的刀出来了。王长年手持大斧，其他人持刀，将五十几个倭寇全部杀死，然后砍断拴锚的缆绳开船。旁边船上的海盗发现他们逃走，就出发追赶他们。王长年所在船上的百姓用瓷器等杂物奋力还击，打死了一个倭寇。王长年本来掌船的技术就很高，倭寇并没有追上。他们扬帆乘风破浪，日夜兼程，终于到达了我明朝的海岸边。王长年将所有倭寇的首级全部割下，并偷偷地剜出舌头藏起来。随后他们带着金银财宝一起上了岸。

快到家的时候，碰到了朝廷的官兵，将他们带着的倭寇首级和钱财全部抢走。王长年是秃头而且长着黄色的胡须，长相很像倭寇，官兵把他抓起来送到镇将的住所，欺骗镇将说抓到了倭寇。把残留的船、贼寇的首级、活捉的贼人一一带到，上报督抚衙门请功。镇将大喜，准备处死王长年，并向上级邀功。镇将是当地人，王长年十分着急，用方言说出了他们杀死倭寇逃回来的情形。镇将大喊说：“如果像你说的那样斩敌首级，有什么凭证？”王长年于是从怀里拿出藏着的舌头给镇将看。镇将于是检验倭寇的首级，发现都没有舌头，所有官兵这才惊讶地相信了王长年所说的事。事情上报督抚衙门后，某个巡抚将王长年他们召到衙门复查，发现全部属实。巡抚想任用王长年做副将，王长年推辞不愿做官。于是巡抚赏赐美酒，敲锣打鼓让他骑着马到各个军营让众人看示，并给他财物送他回家。同时把一起逃回来的男女百姓都放了。巡抚对企图夺功的官军依军法定罪。王长年现在还活着，已经很老了，比以前更秃更穷，还是靠打鱼为生。

## 黄山人小传[①]

朱国祯

苏州黄勉之省曾，风流儒雅，卓越罕群。嘉靖十七年当试春官[②]，适田汝成[③]过吴门，与谈西湖之胜。便辍装不果北上，来游西湖，盘桓[④]累月。勉之自号五岳山人，其自称于人亦曰山人。田尝戏之曰："子诚山人也。癖耽[⑤]山水，不顾功名，可谓山兴；瘦骨轻躯，乘危涉险，不烦笻策[⑥]，上下如飞，可谓山足；目击清辉，便觉醉饱，饭才一镒[⑦]，饮可旷旬，可谓山腹；谈说形胜，穷状奥妙，含腴咀隽[⑧]，歌咏随之，若易牙[⑨]调味，口欲流涎，可谓山舌；解意苍头[⑩]，追随不倦，搜奇剔隐，以报主人，可谓山仆。备此五者而谓之山人，不亦宜乎！"坐客为之大笑。此虽戏言，然人于五者无一，而漫曰游山，必非真赏。

### 注　释

①本文选自《明人小品集》。文章通过对"山人"黄勉之的描述，体现了一种高远的志趣。

②试春官：参加礼部的进士考试。春官：礼部的别称。

③田汝成：字叔禾，钱塘人，嘉靖五年（1526）进士，善文章诗词，著有《西湖游览志》《炎徼纪闻》《武夷游咏》等。

④盘桓：逗留。

⑤癖耽：爱好，沉迷于。

⑥笻（qióng）策：拄杖与马鞭。

⑦镒：古代重量单位，合二十两（一说二十四两）为一镒。

⑧含腴咀隽：细细体味咀嚼山川精华。腴：腹下肥肉，这里指精华。隽：肥肉，美味。

⑨易牙：春秋时齐桓公宠臣，著名厨师，善于调味。

⑩苍头：指山。一说仆人。

### 译　文

苏州人黄勉之，字省曾，风流儒雅，才智卓越超群。嘉靖十七年

（1538）他准备进京参加礼部的进士考试，恰巧好友田汝成经过吴门，与他谈论西湖的胜景。黄勉之便停止整理行装，不再北上应试，然后来到西湖游览，停留了将近一个月。勉之号为五岳山人，他自己在别人面前也常常称自己是山人。田汝成曾经戏谑他说："你真是一个山人啊。喜爱游山玩水几乎成了嗜好，可以不要功名，这可以说是山人的兴致；你身材瘦弱，体骨轻盈，还经常攀行危险的山道，不用拄杖与马鞭，徒手爬上爬下，像飞一般，这可以说是山人的脚；你眼睛看到旷世绝丽的山景，便如痴如醉，像不吃饭就已经饱了，每次吃饭才吃了一镒，可以光喝山泉支撑十几天，这可以说是山人的肚肠了；你谈说山的形态胜景，能完全描绘出山色的奥妙，细细体味山川精华，还伴随着诗歌咏叹。若是说起山里的美味，更是口水都快要流下来了，这可以说是山人的舌头；你一生致力于体察山之奇秀，追随不倦，搜寻其奇妙志趣，去除其隐涩之处，向世人传达，这可算是对山的报答，可以说你是山的仆人。具备这五点而称之为山人，不是很合适吗？"在座的客人听了这话全都大笑。这虽是戏谑黄勉之的话，然而常人在这五个方面可说没有一个人能超过他，大多数人嘴上随意说去游山，未必是真的欣赏山。

## 跋姚平仲小传[①]

陈继儒

人不得道，生老病死，四字关，谁能透过？独美人名将，老病之状，尤为可怜。夫红颜化为白发，虎头健儿化为鸡皮[②]老翁，亦复何乐？西子[③]入五湖，姚平仲入青城山，他年未必不死，直是不见末后一段丑境耳。故曰：神龙使人见首不见尾。

### 作者简介

陈继儒（1558—1639），字仲醇，号眉公、麋公，华亭（今上海松江）人。年二十九，焚儒衣冠，隐居小昆山之南，绝意科举仕进。父亡后移居东余山，自此闭门读书，但仍与三吴名士来往。陈继儒工诗文、书画，书法师法苏轼、米芾，书风萧散秀雅。擅墨梅、山水，画梅多册页小幅，自然随意，意态萧疏。有《梅花册》《云山卷》等传世。著有《妮古录》《陈眉公全集》《小窗幽记》。

### 注　释

①本文选自《晚香堂小品》，是为姚平仲传所写的跋。文章抒发了英雄迟暮之慨，赞扬了西施和姚平仲及时抽身的智慧。姚平仲：字希晏，五原

（今内蒙古包头西北）人，宋时名将。靖康元年，金兵袭开封，他率兵由西陲入援京师，未获成功，亡命奔四川青城山，时仅二十余岁。

②鸡皮：比喻老年人起皱的皮肤。

③西子：即西施，春秋末年越国美女，由越王勾践献给吴王夫差，成为夫差最宠爱的妃子。传说吴国灭亡后，与范蠡偕入五湖。

译　文

人如果不能得道成仙，那么生老病死这四字难关，谁能逃过？唯独美人和名将，衰老病重之形状，尤其可怜。红颜化为白发，虎头健儿变成鸡皮老翁，还有什么快乐可言？西施遁入五湖，姚平仲隐入青城山，他年未必不死，只是世人看不见他们晚年的衰病之态罢了。所以说：神龙使人看见它的头而看不见它的尾。

## 祭汪侍峰文①

陈继儒

语曰："言无不酬，德无不报。"此言人不相负也。又曰："天道无亲，常与善人②。"此言天不相负也。公客居吾淞三十余年，人有缓急告者，告无不诺，诺无不应，应无不满意而去。如叩钟必鸣，呼谷必应，不责券③，不记姓名。岁月久，则并其子母钱④，俱化为子虚⑤矣。公不得已，索之故所贷者，贷者唯唯。诣门，则阍人⑥辞；遇诸途，则障扇避，甚有当面若不相识。明知公之萧条旅食，出不能具舟车，归不能见妻子，而无意还楚弓、完赵璧如故也⑦。

事尝闻一二缙绅负公至千金，以宦贫不能偿，身死不得偿。其不贫不死者，似宜无辞以谢公，而无意还楚弓、完赵璧如故也。公以此身家悬磬⑧，进退触藩⑨，隐忧煎其中，窘迫攻其外，交游笑其旁，而病且殁矣。殁之日，一棺戢⑩身，六亲无倚，徒寄空榇于郊圹野榛莽破寺之旁⑪。

呜呼！人负公耶，公负人耶？公负天耶，天负公耶？公虽不言，诸君宁能无愧于胸中？公虽不起，诸君何以他日相见于地下？此余所以感慨唏嘘，具壶浆率子弟而哭之。匪独为公哀，且哀吾淞之交情太薄，而取与之太不分明也。

呜呼！痛哉，尚飨⑫。

## 注释

①本文选自《陈眉公小品》，是一篇祭文。文中极写汪侍峰的仗义疏财和世人的寡义薄情，运用鲜明对比，表达了作者对人情世态的痛恨。

②天道无亲，常与善人：出自《老子》第七十九章，言天道公正，不分亲疏，常佑善人。

③责券：索取凭证。

④子母钱：借出的本钱为母钱，利息称子钱。

⑤子虚：西汉司马相如作《子虚赋》，设子虚、乌有先生互为问答。后因称不存在的事物为子虚乌有。

⑥阍人：守门人。

⑦还楚弓：典出汉代刘向《说苑·至公》："楚共王出猎而遗其弓，左右请求之。共王曰：'止，楚人遗弓，楚人得之，又何求焉。'"后遂以"楚弓楚得"说明此处有失，彼处有得。完赵璧：典出《史记·廉颇蔺相如列传》。蔺相如奉使赴秦国，交涉以和氏璧换取秦城。秦王实无诚意，蔺相如识破其诡诈，巧妙地将和氏璧安然送回赵国。此处是化用"楚弓楚得"和"完璧归赵"二典，喻归还。

⑧悬磬：形容空无所有，极其贫困。

⑨进退触藩：前进后退都有障碍，谓进退两难。藩：篱笆。一说形容居室狭小。

⑩戢（jí）：盛殓。

⑪空：指没有任何装饰品。椟：棺材。榛莽：糟乱丛生的草木。

⑫尚飨：本为希望死者来享用祭品的呼语，后世多用作祭文结语。

## 译文

俗语说："发表言论无不得到应答，恩德施与人无不得到回报。"这是说人与人之间不相负。俗语又说："天道不分亲疏，总是把善果报于善人。"这是说上天不相负。汪公客居松江三十多年，他人有要紧或不要紧之事，都来向汪公求助，汪公亦无不应承；一旦应承，无不付诸实际行动；一旦付诸行动，求助者无不满意而去。就好比敲钟必定发出声响，在山谷中呼喊必定会有回声，汪公借钱于人，从不向人索取凭证，也不记借钱者姓名。时间长了，本钱和利钱都没有收回，都化为乌有。汪公不得已，向当年借钱的人讨债，借钱者嘴上答应归还，却不兑现。上门讨债，看门人会把他赶走；在路上遇到借钱者，那人就以扇遮面来回避，更有甚者面对面时都装作不相识。这些当年借钱的人明知汪公生活萧条，寄食于人，出门不能置办舟车，回家无颜见妻子儿女，却不愿意归还欠债。

曾听闻有几个缙绅欠汪公千金，他们因为做官贫穷而不能还债，因为身死而不能还债，这都可以理解，可那些不贫穷且没有死的人，恐怕没有理由拒绝汪公，只是不愿意归还所欠的债吧。汪公因此身家潦倒，室内空如悬謦，进退举步维艰，心中隐忧煎熬，身外窘迫折磨，所交游者在旁讥笑。汪公最终病重几乎死去。汪公去世那日，只有一口棺材盛殓，没有可以依靠的亲戚，只是将棺材寄放在郊外一间破寺旁的杂草丛生之地。

呜呼！是世人辜负了汪公呢，还是汪公辜负了世人？是汪公辜负了上天呢，还是上天辜负了汪公？虽然汪公不能再说话了，但那些欠债不还者真就能心中无愧吗？虽然汪公不能再起来了，但那些欠债不还者他日有何面目见汪公于地下？我因此感慨唏嘘，准备了酒食，率领子弟前来哭悼。不仅是为汪公感到悲哀，也为我们松江人人情太薄、取舍不分明而感到悲哀。

呜呼！悲痛啊，尚飨。

## 《文　娱》序[①]

陈继儒

往丁卯[②]前，珰[③]纲告密，余谓董思翁[④]云："吾与公此时不愿意为文昌[⑤]，但愿为天聋地哑[⑥]，庶几免于今之世矣。"郑超宗[⑦]闻而笑曰："闭门谢客，但以文自娱，庸何伤？近年缘读《礼》之瑕，搜讨时贤杂作小品而题评之，皆芽甲[⑧]一新，精彩八面，而法外法，味外味，韵外韵，丽典新声，络绎奔会，似亦隆、万以来[⑨]，气候秀擢之一会也。""往弇州公[⑩]代会，雷轰霆鞠，后生辈重趼[⑪]而从者，几类西昆之宗李义山[⑫]，江右之宗黄鲁直[⑬]。楚之袁氏[⑭]思出而变之，欲以汉帜易赵帜[⑮]，而人不尽服也。然新陈代变，作者或孤出，或四起，神鹰掣鞲而擘九霄[⑯]，天马脱辔而驰万里，即使弇州公见之，亦将感得气之先，发起予之叹。白乐天有云：'天下无正声，悦耳即为娱。'岂是之谓耶？"超宗曰："吾侪草士，岂敢洋洋浮浮，批判先觉？但古豪俊必有寄，如皇甫淫[⑰]，杜预癖[⑱]，柱下[⑲]五千言，毗耶[⑳]之四十九年法，即至人累世宿劫，不能断文字缘，而况吾辈乎？尝反复诸贤文，一读之蠲愁[㉑]，再读之释涕，三读之不觉呻吟疾痛之去体也，其庶几大祥之援琴乎哉[㉒]？"余曰："宁唯是。"开元中，将军旻[㉓]居丧，诣吴道子[㉔]请画鬼神于东都天官壁，以资冥福。答曰："将军试为我缠结舞剑一曲，庶因猛厉以通幽冥。"旻唯唯，脱去缞服[㉕]，装束走马，左旋右转，挥剑入云，高数十丈，若电光下射，旻引手执鞘承之，剑透室[㉖]而入。观者数千人，无不惊栗。道子于是援毫图壁，飒然风起，为天下之壮观。郑超宗磊落侠丈夫，文章高迈，名流见之辟易[27]，出其精鉴[28]，选为《文娱》，斯亦吴道子东都之画壁耳。若康乐[29]娱于清宴，玄晖[30]娱悦于澄江，未足比于《文娱》之壮观也。眉道人陈继儒书于砚庐中。

## 注释

①本文选自《陈眉公小品》，是作者为郑元勋所编《媚幽阁文娱》所作的序。文中阐述了不同流俗的文学观点，也表达了对郑元勋的赞赏。

②丁卯：指明熹宗天启七年（1627）。是年熹宗死，明思宗朱由检即位，打击惩治阉党，治魏忠贤十大罪，命逮捕法办。魏忠贤自缢而亡，余党亦被肃清。

③珰：本为妇女耳上饰物。汉代宦官贵盛，以貂尾、金珰做冠饰，后代遂以珰作为宦官的代称。

④董思翁：即董其昌，字玄宰，号思白、香光居士，松江华亭人，万历十七年（1589）进士，明代著名画家。

⑤文昌：即文昌星。古人认为文昌星主管人间读书人和文人功名，因以文昌星比拟著名的文人、作家。

⑥天聋地哑：在一些文昌祠中，在主神文昌帝君的两侧，常塑两位童子。这两位侍童，即俗称“天聋”、“地哑”。

⑦郑超宗：即郑元勋，江都（今江苏扬州）人，字超宗，崇祯十六年（1643）进士，工诗善画，尤工山水小景，为江东名流。

⑧芽甲：草木初生而未放的嫩叶，引申为萌发、萌生。

⑨隆：指明穆宗年号隆庆（1567—1572）。万：指明神宗年号万历（1573—1619）。

⑩弇州公：明文学家王世贞，号弇州山人，故称。

⑪重趼（jiǎn）：足部因久行而生的硬皮。

⑫李义山：唐代诗人李商隐，字义山。北宋初，杨亿、刘筠、钱惟演等西昆体诗人的作品，专门从形式上模仿李商隐。

⑬黄鲁直：北宋诗人黄庭坚，字鲁直。北宋末，吕本中作《江西诗社宗派图》，以黄庭坚为宗主。

⑭楚之袁氏：指明末公安派作家袁宗道、袁宏道、袁中道。因为他们都是湖北公安人，湖北古为楚地，故称。

⑮以汉帜易赵帜：秦末井陉之战中，汉将韩信派两千轻骑袭占赵营，迅速拔下赵军旗帜，插上汉军旗帜，以动摇赵军军心。这里指改弦易辙，即改变一时文风。

⑯鞲（gōu）：革制套袖，打猎时用以停立猎鹰。擘：分开，剖裂。这里指冲向。

⑰皇甫淫：晋皇甫谧《玄晏春秋》：“余学或兼夜不寐，或临食忘餐，或不觉日夕，言之好色，号余曰书淫。”

⑱杜预癖：晋杜预博学，多谋略，自谓有“《左传》癖”，所著《春秋左氏传集解》，为流传至今最早的《左传》注本。

⑲柱下：相传老子曾为周柱下史，后因以柱下为老子或老子《道德经》的代称。

⑳毗（pí）耶：即毗耶娑，印度古代传说中的圣人。相传他把《吠陀》整理成现有形式。

㉑蠲（juān）愁：解除忧愁。

㉒大祥：古时父母去世两周年的祭礼。援琴：古代丧祭礼，谓亲丧大祥祭日，为节哀而弹奏素琴。

㉓将军旻：即裴旻，先后参与对奚人、契丹和吐蕃的战事，据记载官至左金吾大将军。诗人李白曾从其学剑。唐文宗时，称李白的诗、张旭的草书、裴旻的剑舞为“三绝”，世人称“剑圣”。

㉔吴道子：唐朝著名画家，画史尊称“画圣”。

㉕缞（cuī）服：用粗麻布制成的孝服。

㉖室：剑鞘。

㉗辟易：拜服，倾倒。

㉘精鉴：高明的鉴赏能力。

㉙康乐：南朝诗人谢灵运，为谢玄之孙，晋时袭封康乐公，故称谢康乐。少好文学，博览群书。初为宋武帝太尉参军，后迁太子左卫率。少帝时贬永嘉太守，肆意遨游，各处题咏。不久辞官居会稽，文帝征为秘书监，迁侍中，常称病不朝，而游娱宴集，夜以继日。

㉚玄晖：南朝齐诗人谢朓，字玄晖。其诗多写自然景色，风格清俊。《晚登三山还望京邑》有诗云：“余霞散成绮，澄江静如练。”

## 译文

丁卯年（1627）之前，宦官专权，监视百官万民，四处告密揭发，朝野人人自危，我对董思翁说：“我和你在这个时候就不要想着做文昌星了，只愿为天聋地哑，或许可以免于今世之祸。”郑超宗听说后笑道：“闭门谢客，但以文章自娱，又有何妨？近年我在读《礼》的空隙，搜集了很多当代名家的杂作小品，一一加以品评。这些文章皆新颖杰出，精彩八面，旧模式外的新模式，旧况味外的新况味，旧意韵外的新意韵以及丽典新声，络绎奔会，就好像隆庆、万历以来的气象文采汇于一处。”他又说：“从前弇州公引领文坛时，如雷霆轰鸣，声势浩大，后生晚辈争相追随，把他视为西昆体之宗李商隐、江西诗派之宗黄庭坚那样的人物。楚地的袁氏兄弟思虑改变文坛之风，欲改旗易帜，但世人不是非常信服。然而新的事物取代旧的事物，这是世间的规律，不同文风的作者们或独个出现，或四面齐出，如神鹰蹬离革鞲而冲向九霄，又如天马挣脱缰绳而奔驰万里，即使弇州公见了，也会感叹这些人的文章得气势之先，已超越了自己。白乐天有云：‘天下本没有标准的乐声，只要是悦耳动听的就是好的音乐。’难道不真是这样的吗？”郑超宗又说：“吾辈草士，岂敢扬扬得意，夸夸其谈，批判前辈呢？但自古以来，豪俊之士必然有所寄托，如皇甫谧号曰‘书淫’，杜预有《左传》癖，老子著《道德经》五千言，毗耶娑编《吠陀》四十九年法，这些都是至人之累世宿劫，不能断文字缘，更何况是吾辈之人呢？我曾反复品读诸贤的文章，一读而解愁，再读而流涕，三读则感觉身体上的疾病痛苦呻吟都消失了，就好像大祥之日为节哀而弹奏素琴。”我说：“难道不是这样吗？”唐朝开元年间，将军裴旻居丧，拜请吴道子在洛阳天官寺画几幅鬼神的壁画，为其母祈冥福。吴道子对他说：“将军试着为我缠结舞剑一曲，或许我受到您凌厉剑法的启发，能获得灵感。”裴旻答应了，脱去丧服，穿起劲装，骑马奔驰，他左旋右转，把宝剑挥向云霄，高有数十丈，宝剑落下时，剑光如电光下射，裴旻手持剑鞘去接，只见那宝剑稳稳落入剑鞘，丝毫不差。围观的数千人，无不胆战心惊。吴道子于是挥笔在寺壁上作画，神鬼自笔下而出，风飒然而起，其情状为天下之壮观。郑超宗是个为人磊落有侠气的大丈夫，名流也为之倾倒，他精选出当代名家的佳作，编为《文娱》，其气势壮观，堪比吴道子在洛阳画壁画的情形。像谢灵运游娱宴集，谢朓登览澄江，都比不上《文娱》的壮观。眉道人陈继儒书于砚庐中。

## 《园　史》序[①]

陈继儒

余尝谓园有四难：曰佳山水难，老树难，位置难，安名难。复有三易：曰豪易夺，久易荒，主人不文易俗。今江南多名园，余每辄过寓目焉。已复再游，或花明草暗而园主无暇至，即至掉臂如邮传归矣[②]。或狭小前人制度，更辄而新之，园不及新，而其人骨且腐矣。或转眼而售他姓，非大榜[③]署门，则坚镭扃户矣[④]。或斫木作臼[⑤]，仆石为础[⑥]，摧栋败垣，如水旱逃亡屋矣。即使榱桷[⑦]维新，松菊如故，而拥是园者为酒肉伧父[⑧]，一草一木，一字一句，使见者秽而欲呕，掩鼻蒙面而不能须臾留也。夫有之以为恨，讵[⑨]若亡之以为快乎？

吾友费无学，天下才子也。其先文宪公有晁采园，太仆公有甲秀园，君复自辟日涉园。君出入三园中，饶有湖山竹木之胜。而又性不耐苛碎[⑩]，体不工献酬[⑪]，罢簪裾[⑫]，遁名誉，先别妻子，次辞亲友，尝为文见志。其中畜建康朱琴、黄鲁直风字砚、湘累重衙尊、苍玉斗各一[⑬]，而三教之书聚焉。居恒著述甚富，前无古人，间以其暇，为韵人韵事，歌咏品题，漫兴而读书之，遂成一家园史。大抵言志类萧大圜[14]，诫子类徐勉[15]，逍遥磅礴，文采隽逸。能写其意中之味与方外之乐，即陆天随之《幽居》[16]，罗景纶[17]之《鹤林》，皆未始有也。吾昔与王元美游弇州园[18]，公执酒四顾，咏灵运[19]诗云："中有天地物，今为鄙夫有。"余戏问曰："辋川[20]何在？盖园不难，难于园主人；主人不难，难于此园中有《四部稿》[21]耳！"公乐甚，浮余大白[22]。今吾于《园史》亦云。

虽然，以无学之才品，当置之木天[23]一席地，而乃使如椽之笔，退而修《园史》以寄傲，亦足悲已。知我者稀，无学且秘之。苟非文士，宁许窥园，不得许轻窥《园史》。

注　释

①本文选自《晚香堂小品》，是作者为费无学所著《园史》写的序。文中阐述园林主人对于园林的重要性，高度赞扬了费无学治园的品位和高洁之志，含蓄地表露了自己不遇之慨。

②掉臂：摇动手臂以示不屑意。邮传：驿站。这里指驿吏。

③大榜：大幅的告示。

④鐍（jué）：锁。扃（jiōng）户：关门，锁门。

⑤臼（jiù）：舂米或捣物用的器具，多用石头或木头制成。

⑥础（chǔ）：柱子底下的石礅。

⑦榱桷：屋椽。

⑧酒肉伧父：只知饮酒吃肉的粗野之人。伧父：鄙夫。

⑨讵：怎，岂。

⑩苛碎：苛杂琐碎之事。

⑪献酬：谓饮酒时主客互相敬酒。代指友人间的酬答往来。

⑫簪裾：与"布衣"相对，借指显贵。

⑬建康：疑为"嵇康"之误。嵇康：西晋著名文学家、音乐家。黄鲁直：即北宋黄庭坚，字鲁直。风字砚：一种前狭后广，无两足支撑，形如"风"字的箕形砚。湘累：指屈原。古称不因判罪而死为"累"，屈原自投湖南汨罗江，故称他为"湘累"。

⑭萧大圜：梁简文帝第十二子，字仁显，著有《梁旧事》《寓记》《士丧仪注》等。

⑮徐勉：南朝梁文学家，字仁修，孤贫好学。其《诫子书》为世人传诵。

⑯陆天随：唐代陆龟蒙，长洲（今江苏苏州）人，字鲁望。举进士不第，好游江湖之间，自号江湖散人，又号天随子。《幽居》：陆龟蒙所作赋名。

⑰罗景纶：南宋罗大经，吉州吉水（今属江西）人，字景纶。著有《鹤林玉露》。

⑱王元美：明代文学家王世贞，字元美。弇州园：王世贞的私人园林。

⑲灵运：南朝宋诗人谢灵运。

⑳辋川：水名，在今陕西蓝田县南。王维于辋川筑有别业，过着亦官亦

隐的悠游生活。

㉑《四部稿》：王世贞著有《弇州山人四部稿》一百七十四卷。

㉒浮余大白：本指罚酒，后来转称满饮一大杯酒为浮一大白。

㉓木天：指翰林院。

## 译文

我曾说过园林有四样难得：好的山水难得，老树难得，位置难选，取名亦难。又有三样容易：豪强易夺，年久易荒，主人不文雅易俗。如今江南多名园，我每次经过一园都会进去游赏一番。后来再游，发现有的园子里花明草暗而主人却无暇前来，就算前来也是挥臂不屑，如驿吏一般匆匆忙忙。有的园子主人将前人的园子格局改小，更改之后立即规划新的布局，可是园子还没来得及更新，他的尸骨都快腐烂了。有的园子转眼之间就卖给了别人，门上不是贴张大幅告示，就是大铁锁把门。有的园子主人砍伐园内树木做木臼，推倒园内山石做石墩，摧毁栋宇，毁坏院墙，把园子搞得像水灾旱灾时人们逃亡后留下的屋子。就算屋椽还是新的，松菊还如往常，但如果园子的拥有者是一个粗鄙的酒肉伧父，那么园内一草一木，楹联上的一字一句，直叫见者恶心欲吐，掩着鼻子蒙着脸不想作片刻停留。这样的园子就算是完好的，也是遗憾，还不如让它荒芜败亡，这样反而痛快一些。

我的好友费无学，是天下的才子。他的先人文宪公有晁采园，太仆公有甲秀园，他自己也开辟有日涉园。他出入三个园子之中，苦心经营，使其饶有湖山竹木之胜。他的性格又不耐苛杂琐碎之事，亦不擅长朋友间献酬之事，于是绝心于显贵，远离名誉，先告别妻子儿女，再辞别亲友，隐居园中，常作文以抒其志。他在园中藏有嵇康的朱琴、黄鲁直的风字砚、屈原的重衔尊和苍玉斗各一，三教之经典也在其中。费无学隐居园中，著述甚丰，可谓前无古人，偶尔利用闲暇时间，择韵作诗，歌咏品题，率意记下，遂作成一部《园史》。书中内容，大抵言志如萧大圜，诫子如徐勉，文风逍遥磅礴，文采清丽隽逸。能抒写意中之味与方外之乐，就算陆天随的《幽居》、罗景纶的《鹤林》，也没能像它一样。我曾经与王元美游弇州园，王公执酒四顾，咏谢灵运的诗云："中有天地物，今为鄙夫有。"我开玩笑地问他道："辋川如今何在？不是还在那里吗。盖一座园子并不难，难的是有好的园主人；有一位好的园主人不难，难的是园中有《四部稿》啊！"王公非常高兴，让我满满地喝了一大杯酒。如今对于这部《园史》，我也会如此评价。

虽然，以费无学的才学品行，翰林院中当有他一席之地，可惜造化弄人，他竟以如椽巨笔，隐居著述《园史》，以寄孤傲之志，亦足以悲己之不遇。知我者甚少，无学是我最亲密的知音。若非文士，可许他游园，不可轻易许他窥看《园史》。

# 颜子身讽[1]

陈继儒

颜子居陋巷，一箪食，一瓢饮。孔子贤之，非贤其安贫乐道也。安贫乐道，独行苦节[2]之士皆能之，何足以难颜子。颜子，王佐才也。箪瓢陋巷中，却深藏一个王佐！当是时，不特仲由、子贡诸侪辈拉他不去[3]，即其师孔子栖栖遑遑[4]，何等急于救世！而颜子只是端居不动，而且有以身讽孔子之意。其后孔子倦于环辙[5]，亦觉得陋巷的无此劳攘[6]；厄于绝粮[7]，亦觉得箪瓢的无此困顿；又其后，居夷浮海[8]，毕竟无聊，原归宿到蔬水曲肱地位[9]，而后知颜子之早年道眼清澈耳，所以有感而三叹其贤也。古人云："智与师齐，减师半德；智过于师，乃堪传授[10]。"其颜氏之谓耶！故终日不违，不见他如愚，惟于箪瓢陋巷时味之，绝不露王佐伎俩，亦绝不露三十岁少年圭角[11]，至此方见得颜子如愚气象[12]。

注　释

①本文选自《陈眉公小品》。文中高度赞扬了颜回在乱世之中洁身自好，绝意仕进的德行，属于"借古人之事，发己之衷肠"。颜子：孔子弟子颜回，春秋末年人，字子渊。好学，安贫乐道，箪食瓢饮，始终自得其乐。颜回不迁怒，不贰过，在孔门中以德行著称。后世尊为"复圣"。

②苦节：坚守节操，矢志不渝。

③仲由：字子路，一字季路，春秋末年鲁国人，仕于卫，为大夫孔悝邑宰。子贡：即端木赐，春秋末年卫国人，能言善辩，善于经商，家产累积千金。曾任鲁、卫相。

④栖栖遑遑：形容整日忙碌不安，也指身心不安。

⑤环辙：这里指孔子乘车周游列国。

⑥劳攘：纷扰，纷乱。

⑦厄于绝粮：孔子游于陈、蔡之间，楚王欲邀他赴楚。陈、蔡两国为阻拦孔子，出兵将其围困于陈、蔡的郊野。孔子与弟子们连续数日没有饭吃，几近饿死。

⑧居夷：《论语·子罕》："子欲居九夷。或曰：'陋，如之何？'子曰：'君子居之，何陋之有？'"浮海：《论语·公冶长》："子曰：'道不行，乘桴浮于海。'"

⑨蔬水曲肱：指平凡简朴的生活。《论语·述而》："子曰：'饭疏食饮水，曲肱而枕之，乐亦在其中矣。'"

⑩“智与师齐”四句：《景德传灯录》卷六：“见与师齐，减师半德；见过于师，方堪传授。子堪有超师之作。”

⑪圭角：锋芒。

⑫如愚气象：指大智若愚，于乱世中及时抽身。

## 译文

颜子居于陋巷之中，一箪食，一瓢饮，生活俭朴，却自得其乐。孔子认为他贤能，但不是因为他安贫乐道。安贫乐道，独行苦节之士皆能为之，对于颜子又有何难？颜子，是王佐之才。谁曾想到，箪瓢陋巷之中，却深藏着一个王佐之才！在当时，不仅仲由、子贡等同辈拉颜子入仕不成，就连颜子的老师孔子也忙碌不安，四处奔波，是何等地急于救世！而颜子只是端居不动，还有以自身行为讽劝孔子之意。后来孔子周游列国，事不成而身心疲惫，也觉得陋巷之中无此劳碌纷乱；当他在陈、蔡之间断粮时，也觉得箪食瓢饮的生活无此险恶困顿；又后来，孔子心灰意冷，愿居夷地，乘桴浮于海，生活无聊，又回到曾经平凡俭朴的状态，然后才知道颜子早年就道眼清澈，所以心中感慨，三次赞叹他的贤能。古人云：“才智与老师齐等，会减去老师一半的功德；才智胜过老师，才值得老师传授。”这大概说的就是颜子吧。所以颜子在孔子面前，始终不曾相违，不见他如愚，只有箪食瓢饮居于陋巷时，他才会仔细品味孔子的言行，绝对不显露王佐的才华，也绝不显露三十岁的锋芒，至今吾等方能体会颜子的如愚气象。

# 柬米子华[①]

陈继儒

前以一束生刍[②]，拜太夫人。四顾萧然，苔花绣壁，落叶满门，人为酸鼻[③]，顾弟且为足下顿足相敬。古所谓蓬蒿三径[④]，居然[⑤]名士风者，正为足下发耳。足下诗本性情，绝不作当今涂神画鬼[⑥]面目，乃就李[⑦]不知有米先生何也？且无论足下，即秋潭一沙弥，彦平、方叔两缝掖[⑧]，俱寂寂如木钟石鼓。大雅[⑨]凋伤，烟霞冷落，一至如此！仆为老亲[⑩]，浮沉人间，既似在绦[⑪]之鹰，复如斗穴之鼠，思得清凉闲散如兄者，相与以一钵米、一杯茗破之，亦了不可得。况海氛杂沓[⑫]，吾辈泄泄与蜉蝣燕雀争尺寸之安[⑬]，何以堪之。

## 注 释

①本文选自《陈眉公小品》，是作者写给亲友米子华的信。文中描写米子华生活之落魄，悲“大雅凋伤”，又思及己之遭遇，深有同病相怜之叹。

②生刍：本指新割的青草。《后汉书·徐稚传》：“林宗（郭泰）有母忧，稚往吊之，置生刍一束于庐前而去。”后世因称吊丧礼物为“生刍”。

③醋鼻：因心酸而流泪。

④蓬蒿三径：西汉末，王莽专权，兖州刺史蒋诩告病辞官，隐居乡里，在院中开辟三径，只与裘仲、羊仲来往。后常用“三径”指家园。蓬蒿三径，意谓隐士自甘家园荒僻。

⑤居然：俨然。

⑥涂神画鬼：指明代弘治、正德以来，由“前后七子”煽扬起来的在诗文创作上盲目尊古，以摹拟剽窃为能的不良风气。

⑦就李：即槜李，古地名，在今浙江嘉兴县。后泛指吴越一带。

⑧缝掖：宽袖单衣，古代儒生的通常衣着，因而作为儒生的代称。

⑨大雅：德高而有大才的人。

⑩老亲：累代或上代的亲戚。

⑪绦：绳子。在绦：被绳拘系。

⑫海氛杂沓：指明末倭寇在江浙沿海的滋扰杀掠。

⑬泄泄：闲散、弛缓。蜉蝣：朝生夕死的小虫。燕雀：泛指不能高飞的鸟。与蜉蝣燕雀争尺寸之安，意谓苟安于世。

## 译 文

前日以一束生刍拜祭太夫人，只见您家中四顾萧然，苔花绣壁，落叶满门，常人为此破败景象辛酸落泪，而我则对足下顿足相敬。古人所谓蓬蒿三径，俨然有名士之风者，说的就是足下啊。足下的诗性情真挚，绝不是当今流行的涂神画鬼般的荒诞风格，然而槜李之地却不知道有米先生这样一位贤士，这是为什么呢？不单是足下，连秋潭的沙弥，彦平、方叔两位儒生，也和你一样寂寂无闻，好比木钟石鼓。大雅之士疾病缠身，烟霞美景冷清寥落，社会风气竟无知可悲到如此地步！我是您的老亲，在人世间浮沉，就好似被绳系足的鹰，又好比斗大穴洞中的鼠，有志难伸，思量寻得像您这样清高闲散之士，相互以一钵米、一杯茶来抒发心中悲愤，然而条件也不允许。如今沿海地区形势复杂纷乱，吾辈闲散而居，如蜉蝣、燕雀般苟安于世，情何以堪！

# 付儿辈铭[1]

陈继儒

唐人功名富贵之盛，未有出郭汾阳[2]之上者，然三四传而支胄[3]不复振。至宋庆历四年，访求厥后，得裔孙元亨于布衣中，仅为永兴军助教而已[4]。狄梁公[5]曾孙，飘泊岷汉[6]，干谒[7]王侯。宋相三李[8]：文正公昉、文靖公沆、文定公迪，皆一时名宰，子孙亦相继达宦，乃数世后渐益萧条。南渡转徙，三裔并居余干[9]，无一人在仕版[10]者。而文正、文靖，寂绝无闻，尤可太息。

至于靖康之变[11]，帝子王孙、官门仕族之家，没为奴婢，使供作务。每人一月支稗子[12]五斗，令自舂米，米得一斗八升，用为糇粮[13]。岁支麻[14]五把，令缉为裘，此外不闻一钱一帛之入矣。男子不能缉者，经岁裸体。虏或哀之，使之执爨[15]，虽微有暖气，旋出取柴，归坐火边，皮肉脱落。惟喜医人、绣工之类，寻常团坐地上，衬以败席。客至开筵，引能乐者，环列秦技。酒阑客散，各复其初，依旧环坐刺绣，往往绥病[16]，相枕而死。

嗟乎！此皆帝王之苗裔、将相之名胄耳，逢时不辰，颠越[17]至此。今遭际太平，生长乐土，虽家徒四壁，而书富五车[18]，白衣一裘，黄齑[19]半瓮，天付儿曹，可谓多矣。我复尚安求哉！其各[20]书一通，以置坐隅[21]，以代击壤[22]之乐。

注释

①本文选自《陈眉公小品》。文中极写靖康之难中皇族贵裔之惨状，抒发人世无常，富贵难续之叹，告诫子孙要知足常乐。

②郭汾阳：唐郭子仪以平安史之乱功，累官至太尉、中书令，封汾阳郡王。

③支胄：指贵族后代。

④永兴军：北宋行政区划名，治京兆府(今西安)，辖今陕甘各一部，豫西一小部，金为京兆府路。助教：古代学官名。协助国子祭酒、博士教授生徒。

⑤狄梁公：狄仁杰，字怀英，并州太原人。高宗初为大理丞。天授二年（691）入为地官侍郎、同凤阁鸾台平章事。为酷吏来俊臣诬害下狱，神功元年（697）复为相。睿宗时追封梁国公。

⑥岷汉：今四川地区，古代为岷山郡和汉中郡所在地，故称。

⑦干谒：对人有所求而请见。

⑧宋相三李：李昉，宋太宗朝拜平章事，卒谥文正；李沆，宋咸平元年累迁平章政事，卒谥文靖；李迪，宋景德初举进士第一，累官资政殿大学士，同平章事，卒谥文定。

⑨余干：今江西余干县。

⑩仕版：官吏的名册。

⑪靖康之变：靖康元年（1126），金兵攻破宋都开封，把宋徽宗、宋钦宗及宗室贵戚等三千余人掳而北去，北宋覆亡。

⑫稗子：稻田里的杂草，此指稻子。

⑬糇（hóu）粮：干粮。

⑭麻：麻类植物总称，茎部韧皮纤维长且坚韧，可制绳索，可织布。

⑮执爨（cuàn）：烧火煮饭。

⑯绥：通“馁”，饥饿。

⑰颠越：坠落，困顿落魄。

⑱书富五车：《庄子·天下》：“惠施多方，其书五车。”后用书富五车形容书多。

⑲齑：细切的酱菜姜腌菜。

⑳各：通“搁”。

㉑坐隅：座位旁边。

㉒击壤：相传尧时，有老人击壤歌曰：“日出而作，日入而息，凿井而饮，耕田而食。”后以“击壤”作为歌颂盛世太平的典故。

## 译文

唐朝人功名富贵之盛，没有超过郭子仪的，然而郭氏传了三四代后，子孙就不能振兴家声了。到了宋代庆历四年（1044），朝廷访求郭子仪的后人，于布衣之中寻得他的裔孙郭元亨，仅任永兴军助教而已。狄仁杰的曾孙，飘泊岷汉之间，干谒王侯以谋生。宋朝名相三李：文正公李昉、文靖公李沆、文定公李迪，都是一时名相，子孙也相继为达官贵人，然而数世之后亦是渐渐凋零。南渡之后，族人转徙，三相的后裔都居住在余干，竟无一人为官。而李昉、李沆的大名，寂绝无闻，尤其令人叹息。

到了靖康之变时，帝王子孙、达官贵族之后裔，沦为金人的奴婢，供金人驱使，终日劳作。每人每月支取五斗稗子，让他们自己舂米，所得米中他们可取一斗八升作为干粮。每年支取五把麻，让他们自己搓麻制衣，此外没听说还有一钱一帛的收入。男子不会制衣，常常经年累月裸体。有的金人可怜他们，让他们烧火做饭，虽然稍微有点暖气，但转身出去取柴后，归来坐到火边，皮肉立即脱落。金人只喜欢医生、绣工之类，让他们团坐在地上，底下垫一张破席，为他们服务。每每有客人前来，需要摆筵席，就找来会演奏音乐的人，让他们环列座旁，演奏献技。酒席散后，客人离去，又让这些人回到原来的地方，依旧环坐在地上刺绣，这些人饥病交加，往往相枕死去。

可悲啊！这些都是帝王的苗裔、将相的后人啊，一旦生不逢时，竟悲惨落魄到如此地步。如今天下太平，所居乐土，我家虽然家徒四壁，但书富五车，有白衣一件、腌菜半瓮，上天给予儿辈们的，可以说很多了。我还要再强求什么呢！于是我写下此文，搁置在座位旁边，以代替击壤之乐。

## 游桃花记①

陈继儒

南城独当阳，城下多栽桃花。花得阳气及水色，太是秾华②。居民以细榆软柳编篱缉墙，花间菜畦，绾结③相错如绣。

余以花朝④后一日，呼陈山人父子，暖酒提小榼⑤，同胡安甫、宋宾之、孟直夫渡河梁，踏至城以东，有桃花蓊然⑥。推户闯入，见一老翁，具鸡黍饷客。余辈冲筵前索酒，请移酒花下。老翁愕视，恭谨如命。余亦不通姓字，便从花板酒杯⑦，老饕⑧一番。复攀桃枝，坐花丛中，以藏钩⑨输赢为上下，五六人从红雨中作活辘轳⑩，又如孤猿狂鸟，探叶窥果，惟愁枝脆耳。日暮乃散。是日也，老翁以花朝为生辰，余于酒后作歌赠之，谓翁明日请坐卮脯⑪为寿。

十四日，余与希周、直夫、叔意挈酒榼，甫出关路，途得伯灵、子犹，拉同往。又遇袁长史披鹤氅入城中，长史得我辈看花消息，遂相与返至桃花溪。至则田先生方握锄理草根，见余辈，便更衣冠出肃客⑫。客方散踞石上，而安甫、宾之、箕仲父子俱挈酒榼佐之。董、徐、何三君从城上窥见，色为动，复踉跄下城，又以酒及鲜笋、蛤蜊佐之。是时，不速而会凡十八人，田先生之子归骈为十九。榼十一，酒七八壶觞。酒屈兴信⑬，花醉客醒，方苦瓶罍⑭相耻，忽城头以长绠缒酒一樽送城下⑮，客则文卿、直卿兄弟是也。余辈大喜，赏为韵士。时人各为队，队各为戏。长史、伯灵角智局上，纷纷诸子，饱毒空拳。主人发短耳长，龙钟言笑。时酒沥尚余，乃从花篱外要路客，不问生熟妍丑，以一杯酒浇入口中，以一枝桃花插入鬓角：人人得大欢喜吉祥而去。日暮鸟倦，余亦言旋⑯，皆以月影中抱持，而顾视和纱巾缥袖，大都酒花、花瓣而已。

昔陶征君⑰以避秦数语，输写心事，借桃源为寓言，非有真桃源也。今桃花近在城齿，无一人为花作津梁[18]，传之好事者。自余问津后，花下数日间，便尔成蹊。第赏花护花者，舍吾党后，能复几人？几人摧折如怒风甚雨，至使一片赤霞，阑珊狼藉？则小人于桃花一公案[19]，可谓功罪半之[20]矣。

## 注　释

①本文选自《陈眉公小品》。文中记述了作者与一众文人雅士同游桃花溪，赏花痛饮的豪放情态，描摹了一众超然物外、洒脱纯真的隐士形象，字里行间透露出田园隐逸之乐。

②秾华：繁盛，娇艳。

③绾（wǎn）结：系结。此指盘绕缠结。

④花朝：旧俗以农历二月十五为百花生日，号花朝节。也有二月初二或二月十二之说。

⑤榼（kē）：古时盛酒的器具。

⑥蓊然：花木茂盛貌。

⑦花板酒杯：即梨花杯，以形似花瓣而得名。

⑧老饕（tāo）：贪食。

⑨藏钩：古代的一种博戏，也作“藏驱”。晋代周处《风土记》：“腊日饮祭之后，叟妪儿童分为藏驱之戏，分二曹较胜负。”钩：为博具。

⑩红雨：比喻落花。唐代李贺《歌诗编·将进酒》：“况是青春日将暮，桃花乱落如红雨。”辘轳：民间井上汲水设备。

⑪卮：酒器。脯：干肉。卮脯：此处指酒肴。

⑫肃客：揖拜、迎接客人。

⑬屈：竭尽。信：舒展，伸张。酒屈兴信：即酒尽而兴浓。

⑭瓶罍（léi）：皆为盛酒的器具。

⑮绠（gěng）：汲水器上的绳索。缒（zhuì）：以绳悬物使下坠。

⑯言旋：即返回。言：语气助词，无义。

⑰陶征君：指晋代诗人陶渊明。旧称曾经朝廷征聘而不肯受职的隐者为“征君”。陶渊明在《桃花源记》中写桃源中人：“自云先世避秦时乱，率妻子邑人，来此绝境，不复出焉。”

⑱津梁：桥梁。此指媒介。

⑲公案：事件。

⑳功罪半之：作者希望这一处桃花胜景能为更多人所知，然因作者等游历后，此处游客纷至，作者又担心游客不能真正赏花护花，担心游客会摧残桃花，故云。

## 译　文

南城独向阳，城下多栽种桃花。桃花吸收了阳气和水色，繁盛娇艳。居住的百姓用细细的榆枝和柔软的柳枝编制篱笆墙，桃花间隔着种在菜地里，盘绕缠结如同丝织品。

我在花朝节后的一天，叫上陈山人父子，暖了酒提上盛酒的小榼，和胡安甫、宋宾之、孟直夫一起渡过河，步行来到城东，此处桃花十分繁盛。我们推门闯入一户农家，见到一位老翁，准备了鸡肉米饭招待客人。我们这群人冲到筵前索要酒肉，请求将酒肉筵席移到桃花树下。老翁很惊愕，但仍然十分恭谨地依从了我们的要求。我们也没有与老翁互通姓名，就用梨花杯畅饮了一番。我们又攀上桃树枝，坐在花丛中，以藏钩游戏的输赢确定座次，五六个人在落花丛中像辘轳一样翻滚，又像孤猿狂鸟，从花叶间探出头来窥探果实，只担心枝条太细脆。到了日落时分才散去。这一天，老翁权且将花朝当作生日，我在酒后作了诗歌赠送给他，作为老翁第二天过寿的贺礼。

十四日，我和希周、直夫、叔意提着酒榼，刚刚出路口，半路就遇上伯灵、子犹，就拉住他们一起前往南城。又遇到袁长史披着鹤氅入城，长史得到我们要去看花的消息，便同我们一起返回桃花溪。到了那里就看到田先生正握着锄头清理草根，见到我们，就更换衣帽出来迎接客人。客人这才分散着坐在石头上，安甫、宾之、箕仲父子都提着酒榼来陪酒了。董、徐、何三位先生在城上见到，欢喜色动，又踉踉跄跄地下城来，用酒和鲜笋、蛤蜊来陪酒。这时，未受邀约而突然来会的客人总共有十八人，加上田先生的儿子归骈一共是十九人。榼十一个，酒七八壶。酒尽而兴浓，桃花都醉去了而客人愈加清醒，装酒的瓶、罍互相以无酒为耻，忽然城头有人用长绳子悬挂一樽酒坠下城来，这送酒的客人原来是文卿、直卿兄弟。我们大为欢喜，以之为风雅之士。当时每个人各自归作一队，每队都各自游戏。长史、伯灵在棋局上斗智，诸多棋子，饱受空拳荼毒。主人头发短耳垂长，有神仙之姿，老迈却言笑晏晏。这时尚有余酒，就从花篱外邀请过路的客人，不管生熟美丑，把一杯酒灌进口中，把一枝桃花插入鬓角：每个人都得到了大欢喜的吉祥之兆才离开。天色已晚，归鸟回巢，我也返回了，大家都在月色下相互搀扶着回家，回头看纱巾衣袖上面，都是星星点点的酒痕和桃花瓣。

昔日陶渊明用《桃花源记》书写一段心事，借桃花源写下一个寓言，并非真有桃花源。现在桃花近在城郊，却没有一个人为花做媒，传播消息给爱花惜花者。自从我来到此处游玩后，几日之内，游客纷至，桃花树下就踏出了一条路径。只是前来赏花护花的人，除去我们这群人外，还能有几人？又有几人用暴风骤雨的手段摧折桃花，致使地下一片红色的花瓣衰败零落？那么我对于桃花这一事情的处理，可以说是功过参半了吧。

# 赵瞻云传[①]

陈继儒

瞻云子者，姓赵，名淮，字源长，太仓人。七龄而丧父，又七龄而丧母，遂自号曰瞻云子，志思也。三娶三失偶。性喜孤伴，好苦吟诵，顾独为琅玡兄弟及太原父子所知[②]。琅玡殁，王文肃公解相印归，与公日益昵。所居去文肃南园不数武[③]。文肃巾车[④]过园，辄物色赵翁在否。在则相与把臂入林，分兰艺菊，举觞斗棋，率抵暮以为常。决死生如神，而他若单赤贫，委苍庳屋[⑤]，必侧身趋视之，去亦不复问报谢。诗坛酒社，及浮屠老子之宫，每有胜游，而公赴必人先，归必人后。酒酣耳热，曼为长讴[⑥]，四座辟易，即群少年竹肉满堂[⑦]，噤无敢发声音。性慷慨，重然诺。人以缓急告，虽酣极燕笑时，辄愀然[⑧]舍去。凡为人经营劝导，宛转词色间，不啻身当之。贫者炊，暴者[⑨]葬，具得公力居多。

公父事兄，母事嫂，待孀姊存殁皆有恩礼。与人交，坦直无他肠，所谈皆道义风雅节侠，未尝以俗务经怀。独不耐龊市人态，甚则内呕[⑩]，至义形于色。虽富贵人，富家翁，折行就之，而心不服也。当文肃鼎盛时，坐无公不欢。公抗言无忌讳，退亦罕所干请[⑪]。文肃每叹曰："吾阅人多矣，若口无佞舌，腰无媚骨者，其邻叟瞻子乎！"

及文肃父子相继捐宾客[⑫]，物情炎冷，逭[⑬]几百变，而公以一布衣，始终慰存太原家如故。文肃存不加腴[⑭]，亡不加瘠[⑮]，衡门吟咏，老而不衰，其感报知，勃勃须发胸抱间，则又古高渐离、侯生之流亚也[⑯]。惜里中知公者，故于七十有五时，为作《瞻云子传》。

注　释

①本文选自《陈眉公小品》。文中赞赏了赵瞻云之洒脱，以及他对王锡爵"存不加腴，亡不加瘠"的感恩图报，赏其古士之风。

②琅玡兄弟：指明代文学家王世贞、王世懋兄弟二人。太原父子：指王锡爵及其子王衡。下文王文肃公即王锡爵，字元驭，太仓人，嘉靖年间进士，授编修。万历初掌翰林院，历任礼部右侍郎、礼部尚书，兼文渊阁大学士，官至首辅。后因事被弹劾，自乞罢归。卒谥文肃，有《王文肃集》。王锡爵出自太原王氏，故称。

③武：半步为武。

④巾车：有车衣遮盖的车。

⑤委：衰颓。苍：众民。委苍：即门庭不显的平民。庳屋：低矮的房屋，贫民所居。

⑥曼：通“漫”。讴：歌唱。

⑦竹：指竹制乐器。肉：指歌喉。竹肉：此指歌舞伎人。

⑧愀（qiāo）然：形容神色变得严肃。

⑨暴者：指暴尸于荒野者。

⑩内呕：心中厌烦、唾弃。

⑪干请：有所求而请托于人。

⑫捐宾客：死的讳称。

⑬邅（zhān）：轮转变换。

⑭腴：喻亲厚。

⑮瘠：喻凉薄。

⑯高渐离：战国末年人，善击筑，与荆轲为友。荆轲刺秦王被杀，高渐离变姓名为佣保，寻机为友复仇。秦始皇闻其善击筑，命人熏瞎他双眼，让他击筑。他在筑中暗藏铅块，扑击秦始皇，不中，被杀。侯生：指魏国隐士侯嬴。因家贫，七十岁尚为大梁夷门守吏。后被信陵君纳为上客。魏安釐王二十年，秦围赵，赵求救于魏。魏安釐王派将军晋鄙出兵，晋鄙观望不前。侯嬴为报答信陵君的知遇之恩，献计信陵君，窃符救赵。待信陵君成功，侯嬴自刎而死。流亚：同一类的人或物。

## 译　文

瞻云子，姓赵，名淮，字源长，太仓人。七岁时丧父，又过了七年后，丧母，于是自号为瞻云子，以表达思念之情。他三次娶妻三次丧偶。生性喜欢独处，喜欢刻苦吟诵，然而只为琅玡兄弟和太原父子等人所知晓。琅玡兄弟死后，王文肃公罢相乞归，与赵公过往日益亲密。赵公住处距离文肃南园没有几步远。文肃公驱车经过南园时，就去寻访赵公，看他是否在家。赵公在家，就与他相伴入园林游玩，或赏兰，或种菊，或对饮，或斗棋，游乐至暮色初降也是常事。赵公决断死生之事妙算如神，而他独身赤贫，住在破败颓圮的地方，人到他住的屋子去必须侧身近看，来客离去时，他也不再问候致谢。诗坛酒社，以及佛寺和道观，每每举行盛大的活动，赵公去时必定比他人早，回来必定比他人晚。酒酣耳热之时，他唱起柔曼婉转的歌，举座惊动佩服，即便满堂是少年歌舞伎人，也都闭口不敢发出声音。他性情慷慨，重信用。如果人家以急迫之事相告，即使他正沉醉于饮酒谈笑的时候，也都会悄然变色，立即离开。凡是他为人张罗劝说开导之类的事，皆言辞婉转，如同自己身临彼事一样。穷人的吃饭问题，暴亡的人安葬，赵公都出了很多力。

赵公以侍奉父亲的礼节来侍奉兄长，以侍奉母亲的礼节来侍奉嫂子，对孀居姐姐的存亡都竭尽恩情礼仪。他与人交往，坦率耿直没有别的心思，所谈论的都是道义风雅节侠之类的事，不曾把世俗事务放在心上。赵公唯独不能忍受龌龊的市民心态，甚至心里感到非常厌烦，乃至于怒形于色。即使面对富贵人家、富贵之人，他表面上折节而与之接触，但心里却并不服气。当文肃公得势鼎盛时，他的座席上没有赵公，气氛就不会快乐。赵公直言而无所顾忌，离去时也没有什么托请之事。文肃公每每叹息说："我所见识的人多了，口中没有巧佞之舌，腰间没有谄媚之骨的，恐怕就只有我的邻居赵瞻子了吧！"

等到文肃父子相继离世，人情炎凉，几多变幻，然而赵公一介布衣，始终关怀、照顾王家，就像过去一样。文肃公活着的时候，他没有阿谀；死的时候，他没有待之以凉薄，当庭吟咏，即使垂垂老矣，也没有丝毫怠慢，他感报知遇之恩的情意，如其怀抱间的勃勃须发，正如古代的高渐离、侯生之类的人物。可惜乡里知道赵公的人太少，所以在七十五岁时，我为他写了《瞻云子传》。

## 姚元素《黄山记》引[①]

黄汝亨

我辈看名山，如看美人，颦[②]笑不同情，修约[③]不同体，坐卧徙倚不同境，其状千变。山色之落眼光亦尔，其至者不容言也。

庚戌[④]春晚，予游黄山，有记，自谓三十六峰之美略尽。而元素后予往，以秋月，所为记简而整，有与不同者，取境使然。海子、光明顶上[⑤]，元素独饶取，而予所快览丹台[⑥]之云气，与石笋[⑦]上下之峰幻，元素不尽也。虽然，亦各言其美也已。夫美人入宫见妒，而吾辈入山岂相妒耶？书之发览者一笑。

### 作者简介

黄汝亨（1558—1626），字贞父，钱塘（今浙江杭州）人。万历二十六年（1598）进士，官至江西布政司参议。晚年归乡，谢病不复出，结庐南屏小蓬莱，以著作自娱。著有《天目游记》《廉吏传》《古奏议》《寓林集》《寓庸子游记》等。

### 注释

①本文选自《晚明小品选注》卷三。这是作者为友人姚元素《黄山记》

所写的小引。文章开篇将“看名山”比作“看美人”，继而对比自己的黄山游记与姚元素的黄山游记“取境”不同，“各言其美”，从而说明了由于欣赏“眼光”的不同，两人的游记各具特色。既赞美了黄山“其状千变”的美景，也揭示了姚元素游记“简而整”的风格。

②颦：皱眉。

③修约：这里指形态高矮胖瘦。

④庚戌：万历三十八年（1610）。

⑤海子：疑即黄山天海景区。光明顶：黄山主峰之一，位于黄山中部。

⑥丹台：即炼丹台，在黄山中部炼丹峰下。峰上有石室，室内有炼丹灶，峰前即炼丹台，颇宽平，台下有炼丹源，隔谷有晒药岩。

⑦石笋：黄山石笋与庐山瀑布、雁荡龙湫并称为“天下三奇”。

译文

我辈观览名山，就好比观看美人，美人不同情感下的一颦一笑，不同体型的高矮胖瘦，不同环境下的坐卧徙倚，其表现出来的情态千变万化。山色落于人眼也与此类似，其景物之胜不是只言片语所能描述尽的。

庚戌年的一个春日傍晚，我登游黄山，作了一篇记，自以为黄山三十六峰的景色尽收在内了。在我之后，姚元素也在秋季的一个月夜登览黄山，他写的记文简约而工整，所描绘的内容和我的有所不同，是因为我们取境不一样。天海、光明顶上的景色，元素描述得极为详细，而我所快览的是丹台的云气和石笋上下的峰峦变幻，在这方面，元素的记文没有记述详尽。即便如此，我们俩的记文却各自描绘了黄山的胜景。美人入宫因美色相近而互相嫉妒，而我们入山览胜，各自作文，岂会互相嫉妒？记下此事权引读者一笑。

## 复吴用修①

黄汝亨

怀足下意非楮墨②可了，彼此穷愁，亦复默会，姑与足下陈说两境：

泉声咽石，月色当户；修竹千竿，芭蕉一片。或探名理③，时对佳客。清旷则弟蓄嵇、阮④，飞扬则奴隶原、尝⑤。萧然四壁，傲睨千古。此一境也。

采薇⑥颇艰，辟纑不易⑦。内窘中馈⑧之奉，外虚北海之樽⑨，更复好义先人，守雌⑩去道。食指⑪如林，多口若棘，风雅之趣既减，往来之礼务苛。此又一境也。

两境迭进，终归扰扰。半是阿堵[12]小贼，坐困英雄耳！吾与足下俱不免，故敢及之，此未可示俗客也。

## 注 释

①本文选自《晚明小品选注》卷八。这是作者给友人吴用修的复信，陈述穷困之境的难堪，而又故作豁达风雅。

②楮墨：纸墨。

③名理：学问。

④弟：此指次一等。文中指使嵇、阮为次。下文“奴隶”用法与此相近。嵇、阮：嵇康与阮籍，西晋名士，同属“竹林七贤”。

⑤原、尝：平原君与孟尝君，同属“战国四公子”。以养士著称。

⑥采薇：伯夷、叔齐不食周粟，居首阳山，采薇而食。此指隐居生活。

⑦辟纑：绩麻和练麻。《孟子·滕文公下》：“曰：是何伤哉。彼身织履，妻辟纑，以易之也。”

⑧中馈：古指妇女在家主持饮食之事。

⑨北海之樽：东汉献帝时，孔融为北海相，自言“座上客恒满，樽中酒不空，吾无忧矣”。见《后汉书·孔融传》。

⑩守雌：语出《老子》：“知其雄，守其雌。”指谦卑忍让，与人无争。

⑪食指：喻人口。

⑫阿堵：代指钱。典出《世语新说·规箴》。

## 译 文

我想足下的心意也并非纸墨可以表达的，你我的穷困愁苦，我们暗自领会，姑且与足下陈说两种境界：

泉水在石缝间流淌，发出幽咽之声，月色照耀门户，园内有修竹千竿、芭蕉一片。或探讨名理，或与佳客酬答。论清高旷远则胜过嵇康、阮籍，论飞扬孤傲则胜过平原君、孟尝君。四顾萧然空寂，却傲视千古风流人物。这是一种境界。

采薇而食颇为艰难，辟纑而服亦甚不易。家中米仓空空，日常饮食难以为继；在外酒樽空空，无以招待贵客，又仰慕古人之高义，不愿巧取豪夺，只好安守本分。家中人口众多，待食之口如林若棘，风雅之趣已经减退，往来之礼杂多繁重。这又是一种境界。

这两种境界轮番出现，终归使人心烦意乱。我俩的困境，有一半是因为阿堵小贼，因为它才困住了英雄志士啊。我与足下俱不能免于困窘，所以写这封信与你言说，不可让世俗之人看到啊。

# 浮梅槛记[①]

黄汝亨

客夏游黄山、白岳[②]，见竹筏行溪林间，好事者载酒从之，甚适。因想吾家西湖上，湖水清且广，雅宜此具，归而与吴德聚谋制之。朱栏青幕，四披之，竟与烟水云霞通为一席，泠泠[③]如也。按《地理志》云："有梅湖者，昔人以梅为筏，沉于此湖，有时浮出。至春则开花，流满湖面。"友人周本音至，遂欣然题之曰："浮梅槛。"古今人意同不同，未可知也。书联者二，一曰："湍回急沫上，缆锦杂华浮。"一曰："指烟霞以问乡，窥林屿而放泊。"每花月夜，及澄雪山阴，予时与韵人禅衲[④]，尚羊六桥[⑤]。观者如堵，具叹西湖千载以来未有，当时苏、白风流[⑥]，意想不及。此人情喜新之潭[⑦]。夫我辈寥廓湛妙之观，岂必此具，乃与梅湖仙人争奇哉？聊述所自，以贻观者。

## 注释

①本文选自《晚明小品选注》卷六。文章叙述浮梅槛的制作及命名由来，描写游览西湖的情形，颇有标新立异、风流自赏的意味。

②黄山：在安徽歙县西北。白岳：在安徽休宁县西。

③泠泠：清冷貌。

④禅衲：僧衣，代指僧人。

⑤尚羊：通"徜徉"。六桥：在西湖苏堤上。

⑥苏、白：苏轼、白居易，他们都曾任杭州地方官，也都修治过西湖，今杭州西湖有苏堤与白堤。

⑦潭：通"谈"。

## 译文

夏天我去黄山、白岳两地出游，见竹筏漂行在林间小溪之上，那些好游玩的人坐着筏子载着酒随着水流而行，颇为闲适惬意。我想到我家是住在西湖边上的，西湖之水清澈而且宽广，非常适合竹筏这种优雅的东西，回来之后我便与友人吴德聚在一起谋划制作一个。竹筏用朱红色的栏杆围起来，并在四周遮以青色的纱幕，远远看过去竟然跟烟水云霞融为一体，一派清幽凄冷的样子。《地理志》里说过："有一个叫梅湖的地方，曾有仙人以梅枝作筏，沉放在此湖之中，有时候它会浮起来，到春天时这个梅筏会开出梅花来，满湖面地漂流。"友人周本音到我这看到这个独特的筏子，欣然为它题名曰"浮梅槛”。古时和现在的意韵相不相同，我不知道。又写了两副对联，一副是：“湍回急沫上，缆锦杂华浮。”另外一副是：“指烟霞以问乡，窥林屿而放泊。”每逢花月之夜，或是雪天黄昏，我常和雅士禅僧坐着自制的“浮梅槛”，徜徉苏堤六桥。围观者堵塞通道，都感叹说这是西湖千百年来从未有过之景，就算当年苏轼、白居易在杭州时的风流倜傥，怕也逊色于今日几分。这是人们喜欢新意的缘故吧。像我们这样空旷深远、妙圆湛寂之辈，岂不是必须配备此筏以与梅湖的那个仙人争奇斗艳吗？姑且记下这些，以供读者欣赏。

## 玉版居记①

黄汝亨

钟陵②民俭，境以内山川城郭半萧瑟，绝少胜地可眺览。独城南山寺名福胜者，去城里许，径窅③而僻，都无市喧。惟是苔衣树色相映，寺殿亦净敞可坐，前令于此集父老或诸生五六辈，说约讲艺。而寺以后方丈地，有修竹几百竿，古树十数株，为松、为枥、为樟、为朴、为蜡、为柞、为枫，及芭蕉细草间之。四面墙不盈尺，野林山翠，葱茜苍霭，可攀而望。六月坐之可忘暑，清风白月，秋声夜色，摇摇堕竹树下。间以吏事稀少，独与往还，觉山阴道④不远，亦自忘其吏之为俗。借境汰情⑤，似于其中不无小胜。因出余锾⑥，命工筑小屋一座，围棂窗四周，窗以外长廊尺许，带以朱栏干。薙草⑦砌石，可步可倚。最后隙地亦佳，覆树似屋，据而坐，亦近乎巢树凿坯之民。而总之以竹居胜，即榜竹为径，题之以小淇园⑧，颜其居曰玉版⑨。里父老诸生未始不可与集，高客韵士与之俱，更益清远。间觅闲孤往，亦复自胜。不佞令此地，无善状，庶几此袈裟地片居为政林下者云尔已矣。昔苏子瞻邀刘器之参玉版和尚，至则烧笋而食，器之觉笋味胜，欣然有悟⑩，盖取诸此也。寺僧一二每见多酒态，不知此味，子瞻亦不可多得。嗟乎！情境旷视，雅俗都捐，亦乌知世无子瞻、玉版其人也。别一石刻《玉版居约》：戒杀，戒演戏，戒多滋味，戒毁墙壁篱落、砍伐摧败诸竹木，愿后来者共呵护之。有越⑪三章者，不难现宰官身而说法。工竣为壬寅⑫秋九月。

注　释

①本文选自《晚明二十家小品》。文中记叙作者在钟陵县城南福胜寺旁

游历、筑室的过程，写出了作者闲适清高的意趣。

②钟陵：古县名，今属江西。

③窅：眼睛眍进去，喻深远。

④山阴道：《世说新语》："从山阴道上行，山川自相映发，使人应接不暇。"山阴：会稽的别称。

⑤汰情：陶冶性情。

⑥鍰（huán）：古代货币单位。此指钱。

⑦薙（tì）草：除草。

⑧小淇园：暗含有竹园之意。《诗经·卫风·淇奥》："瞻彼淇奥，绿竹猗猗。"

⑨玉版：竹笋的别称。

⑩"昔苏子瞻"四句：《冷斋夜话》卷七："（苏轼）尝要刘器之同参玉版和尚，器之每倦山行，闻见玉版，欣然从之。至廉泉寺，烧笋而食，器之觉笋味胜，问：'此笋何名？'东坡曰：'即玉版也。此老师善说法，要能令人得禅悦之味。'于是器之乃悟其戏，为大笑。"

⑪越：逾越，违背。

⑫壬寅：1602年，即明万历三十年。

## 译　文

钟陵的民风纯朴，境内的山川、城郭大半萧条冷落，很少有风景优美的地方可供纵目游览。只城南有座福胜寺，距城中心一里多路，通往那里的小路深远僻静，全然没有街市的喧嚣。唯有青苔绿树的碧色互相映衬，寺中殿堂也清爽敞亮，可让人静坐清修。前任县令曾在此邀集县里德高望重的父老和才识出众的文士，共同讲说经义。寺庙后面的方丈之地，有修竹几百竿，古树十余株，有松树、枥树、樟树、朴树、蜡树、柞树、枫树，还有芭蕉细草杂错其间。四周矮墙高不足一尺，林木饶有野趣，山色青翠动人，山间岚烟雾霭，可以登山远眺。六月坐此间，能忘暑意，仿佛清风白月、秋声夜色自修竹古树间摇曳而下。在公事不忙的时候，我独自到这里流连，觉得这风景情致和《世说新语》里写的山阴道相去不远，也怡然自得忘了自己身在官场的一切俗事。借山水风景陶冶性情，似乎在这里也并不是没有客观的美景。于是我拿出一点钱，让工匠们建了一间小屋，四周围上雕窗，窗外建有一尺多宽的长廊，用朱漆栏杆连在一起。剪去乱草，堆砌山石，既可闲步，也可倚坐。最后面的一小块空地也很好，树冠层层遮盖就像一间屋子，席地而坐，也就有些像树上筑巢、土里凿穴而居的隐士了。因为竹子最美又遍布这里，就依着竹林当作了小路，给它题上了名字，叫"小淇园"，在居室门上题写匾额"玉版"。有了此地，乡里的老者和学子未尝不能聚会于此。心志高远之人、文辞出众之士相携于此，山水更增清雅旷达。偶尔忙中偷闲，一人独去，也可独自享受美景。我本不才，在此为官，全无善政，所能做的，大概也只是在山林中这小小寺庙的居室里处理政事罢了。从前苏子瞻邀刘器之一同参见“玉版和尚”（竹笋），到了那里，他们烧笋吃，刘器之觉得竹笋味道鲜美，欣然而有所领悟，“玉版”的名字大约就是出自这里。寺中的那几个和尚，每次见到他们都是醉醺醺喝醉了一般，他们不能体会其中的滋味，苏轼这样的人也是不可多得的。唉，身处此间，俯仰纵横，这样的情景，超越了平时所说的雅与俗，又怎么知道世上就没有像苏东坡那样视竹笋为和尚的人呢？在一块石头上刻下《玉版居约》，说：戒杀生，戒演戏喧嚣，戒油腻厚味，戒毁坏墙壁篱笆、砍伐毁损竹木，希望后来的人一同呵护此地。有违约的人，不难见到宰官现身说法。竣工时间是万历三十年（1602）九月。

## 极乐寺纪游[①]

袁宗道

高梁桥[②]水，从西山[③]深涧中来，道此入玉河[④]。白练千匹，微风行水上，若罗纹纸[⑤]。堤在水中，两波相夹，绿杨四行，树古叶繁，一树之荫，可覆数席，垂线长丈余。

岸北佛庐道院甚众，朱门绀[⑥]殿，亘数十里。对面远树，高下攒簇，间以水田。西山如螺髻[⑦]，出于林水之间。

极乐寺去桥可三里，路径亦佳。马行绿荫中，若张盖[⑧]。殿前剔牙松[⑨]数株，松身鲜翠嫩黄，斑剥若大鱼鳞，大可七八围[⑩]许。

暇日曾与黄思立[⑪]诸公游此。予弟中郎[⑫]云：“此地小似钱塘苏堤。”思立亦以为然。予因叹西湖胜境，入梦已久，何日挂进贤冠[⑬]，作六桥[⑭]下客子，了此山水一段情障[⑮]乎？

是日分韵各赋一诗[⑯]而别。

### 作者简介

袁宗道（1560—1600），字伯修，号石浦，湖广公安（今属湖北）人。万历十四年（1586）会试第一，授编修，官至右庶子。他钦慕白居易、苏轼，书斋取名为“白苏斋”。明代万历年间，以王世贞、李攀龙为代表的复古文风极盛，他极力反对这种文风，与其弟袁宏道、袁中道并称“三袁”，成为“公安派”的代表人物。著有《白苏斋类集》。

## 注 释

①本文选自《白苏斋类集》。极乐寺建于明嘉靖年间，位于北京西直门外高梁桥以西三里。此是憩游极乐寺的游记，风格简洁清新、活泼灵秀、诗趣盎然。

②高梁桥：高梁河上的一座桥，在北京西直门外。

③西山：在北京西郊，属太行山支脉，一名小清凉山，林麓苍莽，溪涧错镂，风景秀丽。

④道：经过。玉河：源出北京西北郊的玉泉山，三十里而东，至此桥下，环流紫禁城，入大通河。

⑤罗纹纸：质地轻软、带有椒眼状花纹的纸。

⑥绀：微红带深青色。

⑦螺髻：形似螺壳的发髻。

⑧张盖：张开的车盖。古时为车上遮阳御雨之具。

⑨剔牙松：一种针叶松，其叶如牙签，故名。

⑩围：两只胳膊合围起来的长度。

⑪黄思立：即黄大节，字斯立，一作思立，号无净，信丰（今属江西）人，万历十四年（1586）进士，时任太常寺博士。

⑫中郎：袁宗道的二弟袁宏道，字中郎。

⑬进贤冠：古时儒者所戴的一种表示身份的缁布冠，元代以后废。这里说挂进贤冠，表示弃官退隐。

⑭六桥：在杭州西湖苏堤上，称"跨虹六桥"，风景优美。

⑮情障：情感郁结在心头而不能消，谓之情障。这里犹言"心愿"。

⑯分韵各赋一诗：作诗规定韵字，各人分拈，依字为韵。袁宗道有《暮春邹生邀黄思立诸公游高梁桥即事》诗，袁宏道有《暮春同黄无净、曹季和、黄昭质、家伯修游高梁桥》诗，皆即此日分韵之作。

## 译 文

高梁桥下的河水从西山幽深的峡谷中流淌过来，经过此地流入玉河。流水好比千匹白练，微风吹过水面，就如罗纹纸一般。河堤筑在水中，被两条河夹着。堤上有四行绿杨，树木古老，枝叶繁盛，一棵大树的树荫下，可以铺好几张席子，从叶子缝隙中垂下的柳条有一丈多长。

河岸北边寺庙道院非常多，朱门绀殿，绵延数十里。对面远处的树木，高矮成林，中间还有几处水田。西山好像妇女头上的螺髻，耸立在林木河水之间。

极乐寺离桥大约三里路，道路上的风景也很好。马在绿荫下前行，就像马车张开的伞盖。佛殿前有几株剔牙松，松树的叶子青翠，斑驳疏落就像大鱼的鱼鳞，树干最粗的地方大约有七八围粗。

闲暇时节我曾与黄思立诸公一起来这里游赏。我的弟弟袁中郎说："这个地方稍有点像杭州的苏堤。”黄思立也这样认为。我于是感慨西湖美景，我已梦见过很多次了，何时能挂起进贤冠，做一个西湖六桥底下的游客，了却我一段山水情缘？

当天我们每人分别押一个韵，各自作了一首诗，然后道别。

## 岳阳纪行[①]

袁宗道

从石首[②]至岳阳，水如明镜，山似青螺，篷窗下饱看不足。最奇者墨山[③]仅三十里，舟行二日，凡二百余里，犹盘旋山下。日朝出于斯，夜没于斯，旭光落照，皆共一处。盖江水萦回山中，故帆樯绕其腹背[④]，虽行甚驶[⑤]，只觉濡迟[⑥]耳。

过岳阳，欲游洞庭，为大风所尼。季弟小修[⑦]秀才，为《诅柳秀才文》[⑧]，多谑语。薄暮风极大，撼波若雪，近岸水皆揉为白沫，舟几覆。季弟曰：“岂柳秀才报复耶？”余笑曰：“同袍[⑨]相调，常事耳。”因大笑。

明日，风始定。

### 注　释

①本文选自《白苏斋类集》，是一篇游记。文章短小精悍，清丽自然，富有情韵，展现了秀美辽阔的景色。

②石首：今湖北省石首市，靠长江。

③墨山：在湖北省石首市与湖南省交界处。

④帆樯：指船只。腹背：指山的凸出处与凹曲处。

⑤甚驶：船行驶甚速。

⑥濡迟：迟缓，慢。

⑦季弟小修：作者小弟袁中道，字小修。

⑧诅：咒骂。柳秀才：指唐代传奇《柳毅传》中的柳毅，传说中他为受丈夫虐待的龙女传书到洞庭龙宫，龙君为女儿讨回公道后感谢柳毅的传告，遂欲招他为婿。

⑨同袍：穿同样衣服的人，意指季弟与柳毅同为秀才。

### 译　文

从石首到岳阳，湘江水如明镜一样清澈，山峰像青色田螺一样俊秀，我们在船中透过窗户欣赏，怎么也看不够。最奇特的是墨山绵延只有三十里，船已走了两天，总共二百多里，却还在山下盘旋。太阳早晨从山上升起，傍晚落下，早晚霞光都辉映于一处。只因为江水在山中环绕，所以船绕着山行驶，虽然船速很快，却只觉得慢啊。

过了岳阳，我们正要游览洞庭湖，却为大风所滞。季弟小修作了《诅柳秀才文》一文，文中多有戏谑之语。傍晚，风很大，波浪如雪一样白，靠近岸边的湖水皆揉为白沫，船几乎翻了。季弟说："这不是柳秀才在报复我们吗？"我笑着说："同袍之间开玩笑，是常有的事。"因此都大笑起来。

次日，风方才停住。

## 答江长洲绿萝①

袁宗道

家弟②既有《锦帆集》矣，门下可无《茂苑集》乎？集果行，不佞当僭③跋数语，庶几贱姓名托佳篇不朽，意在附骥，不耻为蝇也④。家弟尚未抵家，不知萍踪近在何处，音耗不通，业已半载。征仲⑤真迹难得，其仿山谷老人⑥者尤难得。明窗棐⑦几，沐手展玩，神采奕奕，射映一室，尘土胃肠，为之一浣。十年梦想虎丘⑧茶，如想高人韵士，千里寄至，发瓿⑨喜跃，恰如故人万里归来，对饮之语，不足方⑩弟之愉快也。弟仅有一女适⑪人，匝岁⑫死于产病，情殊难堪。所幸当事见怜，听辞试差，婆娑⑬一室，良朋时来，一觞一咏，消结涤郁，恩缠爱绁⑭，日就轻微，卜⑮夏之病，庶其免矣。知门下念我，故缕及近怀。

注　释

①本文选自《白苏斋类集》，是作者写给友人江长洲的一则书简。作者笔调从容，娓娓而谈，如叙家常，不拘一格，作者或喜或忧的感情波澜也溢于文字之间。江长洲绿萝：作者友人，长洲为其名，或其籍贯，绿萝疑其字。

②家弟：指袁宏道。

③僭（jiàn）：超越身份。此处是自谦之辞。

④意在附骥，不耻为蝇也：出自《史记·伯夷传》："颜渊虽笃学，附骥尾而行益显"。另，《索引》有："苍蝇附骥尾而致千里，以譬颜回因孔子而名彰也。"附骥：比喻附于名人之后。

⑤征仲：明代画家文征明，字征仲。

⑥山谷老人：北宋黄庭坚。

⑦棐：通“榧”，木名。
⑧虎丘：在今江苏苏州。
⑨瓿（bù）：古器名，青铜或陶制，圆口，深腹，圈足。
⑩方：比拟。
⑪适：出嫁。
⑫匝岁：一年。匝：环绕一周。
⑬婆娑：盘旋。此指聚集。
⑭绁（xiè）：缚人的绳索。
⑮卜：估量。

## 译文

家弟既作《锦帆集》，您怎可无《茂苑集》呢？您的集子若果真能够出版发行于世，我希望能冒昧地写几句跋语，或许我的贱名就可依托您的佳作得以流传不朽了，我愿做那附在骥尾而致千里的苍蝇，并不会以此为羞耻。家弟尚未到家，我也不知他目前身在何处，我与他音信不通已有半年了。征仲的真迹确实难得，他仿山谷老人的画作尤其难得。在明窗下榧木桌上，洗净双手，展开画卷，仔细把玩，其神采奕奕，映射满堂，人之尘土胃肠，顷刻间被洗涤一净，实乃人生一大快事。十年以来我一直梦想得到虎丘茶，就像想念高人雅士，如今你从千里之外寄给我，打开瓿口，我欢喜得几乎跳起来，就好似故人从万里之外归来，对饮之乐，比不上我初收到茶时的愉快。我仅有一女，嫁人一年后就死于产病，我悲痛不已。所幸上司哀怜我，准我暂停差事在家休养，良朋经常前来安慰，聚集一室，我与他们饮酒歌咏，消减心中郁结之悲情，缠绕心头的父女慈爱之情，也一天天看开看淡了。估摸着到夏天，我的身体就能恢复了。我知道您挂念我，所以把最近的琐事都告诉您。

# 养兰说[①]

陶望龄

会稽多兰，而闽产者贵。养之之法，喜润而忌湿，喜燥而畏日，喜风而避寒，如富家小儿女，特多态难奉。予旧尝闻之，曰他花皆嗜秽而溉，闽兰独用茗汁，以为草树清香无如兰，味洁者无如茗，气类相合宜也。

休园中有兰二盆，溉之如法，然叶日短，色日瘁[②]，无何[③]其一槁矣。而他家所植者，茂而多花。予就问故，且告以闻。客叹曰：

“误哉，子之术也。夫以甘食人者，百谷也；以芳悦人者，百卉也。其所谓甘与芳，子识之乎？臭腐之极，复为神奇，物皆然矣。昔人有捕得龟者，曰龟之灵，不食也。箧藏之，旬而启之，龟已饥死。由此言之，凡谓物之有不食者，与草木之有不嗜秽者，皆妄也。子固而溺④所闻，子之兰槁亦后矣。”

予既归，不怿，犹谓闻之不妄，术之不谬。既而疑曰：物固有久而易其嗜，丧其故，密化⑤而不可知者。《离骚》曰：“兰芷⑥变而不芳兮，荃蕙化而为茅。”夫其脆弱骄蹇⑦，炫芳以自贵，余固以忧其难养，而不虞其易变也。嗟乎！于是使童子刈槁沃枯，运粪而渍之，遂盛。万历甲午⑧五月廿五日。

## 作者简介

陶望龄（1562—1609），字周望，号石篑，会稽陶堰（今属浙江绍兴）人。万历十七年（1589）会试第一，授编修。后起国子监祭酒，因母老，固辞不受。有《解庄》十二卷。

## 注　释

①本文选自《解庄》。文字借事喻理，通过对养兰过程的叙述，阐明了做事应当从实际出发，不能盲从他人的道理。

②瘁：憔悴。

③无何：不久，很短的时间之后。

④溺：沉溺，深信。

⑤密化：悄然变化。

⑥兰芷：与下句“荃蕙”皆香草名。

⑦骄蹇：骄傲。

⑧万历甲午：万历二十二年（1594）。

## 译　文

会稽多兰花，而福建产的兰花最为贵重。培养兰花的方法，要湿润却又不能太潮湿，要干燥又不能暴晒，要通风又不能温度过低，就如富家小儿女，姿态多样极难奉养。我曾经听说过这种花，说是其他的花都喜欢在污秽的泥土中受其灌溉而生长，只有福建的兰花只要用茶水浇灌即可，因为论草树的清香没有比得上兰花的，论气味清雅没有比得上茶的，正是同气相求。

我在休园中养了两盆兰花，按照听说的方法只用茶水灌溉，但兰花的叶子却越来越短，颜色越来越憔悴，眼看快要枯死了。而别人家的兰花却枝叶繁茂，开了很多花。我前往咨询，将我听到的都告诉了他。他感叹说：“耽误事的是你的方法。因为香甜而被人食用的，是百谷；因为美丽而取悦于人的，是百花。这里所说的香甜和美丽，你知道是什么吗？腐朽到了极致，又复归神奇，万物都是一样。曾经有一个人捕到一只龟，说龟有灵性，不用吃东西。于是用盒子装起来，十几天后拿出来看，龟已饿得快死了。由此看来，凡是所谓有动物不吃东西，有草木不喜肥沃泥土，都是胡说。你相信你所听到的，那么你的兰花枯萎，也是理所当然了。”

我回去后，心里很不高兴，还认为听到的并不荒谬，方法也并没有差错。然后才心有怀疑：万物一定有时间久就改变自己本性，失去自己原来要求的，并且悄然而不为人所知。《离骚》上说：“兰芷变得不芳香了，荃蕙变成了茅草。”兰花以其脆弱芳香而娇贵，我原本认为它难养，却不料它改变了。唉！于是让童子去除了枯枝，用粪水浇灌，兰花于是就茂盛了。写于万历甲午年五月二十五。

## 与袁石浦[1]

陶望龄

天下有二等自在人：一大睡者，二大醒者。惟梦魇[2]未觉人，谓睡着则已欲醒，谓醒则正在梦境。叫号谵呓[3]，纯是苦趣。仆，梦魇者也。足下虽振其手，摇其足，未肯霍然[4]寤也，欲自在得耶？忆侍雅论[5]时，觉身心时时有益。自远胜友[6]，转复茫然。虽自鞭策，较往日已加紧切，而愈求愈远，不自知其入于支离艰僻[7]之内。此古人所以愿亲近善知识，以为甚于衣食父母也。长安如弈棋[8]，世路艰难矣，叹叹！

**注　释**

①本文选自《解庄》。作者在文中表达了对自在自得境界的向往和对“善知识”的追求。

②梦魇（yǎn）：睡眠中所做的一种因压抑而呼吸困难的梦。

③谵呓：梦中所说的荒唐话。

④霍然：忽然，快速地。

⑤侍雅论：听（袁石浦的）高雅之论。古时弟子听先生讲学称“侍”。此外用“侍”表示对友人的尊敬。

⑥胜友：胜过自己的朋友。

⑦支离艰僻：烦琐而凌乱，艰深而僻涩。指学问走入了歧途。

⑧长安：指代明王朝的都城北京。弈棋：比喻当时朝廷中的党政之争。

**译　文**

天下有两种自在之人：一是大睡者，二是大醒者。又有一种处于梦魇之中未醒来的人，说他睡着了，可他又快醒了；说他醒着，可他又正在梦境中。梦魇之中的呼号、说胡话，纯是苦趣。而我，就是处于梦魇中的一类人。足下即使是晃动我的手，摇晃我的脚，我也不能霍然醒来，像这样如何能自在自得呢？追忆往日坐听您的高雅之论，便觉身心时时受益。自从与您远别，我又变得茫然起来。即使每日自我鞭策，较往日更加抓紧用功，然与昔日所求却越来越远，不自知地就落于支离艰僻的学说之中。这就是古人之所以愿意亲近高雅知识而胜过衣食父母的原因吧。朝廷之上如棋局之事变幻莫测，世路颇为艰难啊。真是可叹！

## 好书三病[①]

谢肇淛

好书之人有三病：其一，浮慕时名，徒为架上观美，牙签锦轴[②]，装潢炫曜，骊牝[③]之外，一切不知，谓之无书可也。其一，广收远括，毕尽心力，但图多蓄，不事讨论，徒涴[④]灰尘，半束高阁，谓之书肆可也。其一，博学多识，矻矻[⑤]穷年，而慧根[⑥]短浅，难以自运，记诵如流，寸觚[⑦]莫展。视之肉食面墙[⑧]，诚有间矣，其于没世无闻，均也。夫知而能好，好而能运，古人犹难之，况今人乎！

**作者简介**

谢肇淛（1567—1624），字在杭，号武林、小草斋主人，晚号山水劳人，福建长乐人。万历二十年（1592）进士，历任湖州、东昌推官，南京刑部主事、兵部郎中、工部屯田司员外郎，曾上疏指责宦官遇旱仍大肆搜括民财，受到神宗嘉奖。天启元年（1621）任广西按察使，官至广西右布政使。入仕后，历游川、陕、两湖、两广、江、浙各地所有名山大川，所至皆有吟咏，雄迈苍凉，写实抒情，为当时闽派诗人的代表。有《谢肇淛文集》，笔记小品《五杂俎》涉及明代史事、风俗、名物、掌故等，内容极丰富。

**注　释**

①本文选自《五杂俎》，主旨在于揭示好书者的弊病，提出不要死读书的观点。

②牙签：象牙制的书签。锦轴：古代装成卷轴形的书，这里指用锦缎裱

在外面的卷轴。

③骊牝（lí pìn）：犹言牝牡骊黄。喻指事物的表面现象。

④涴（wò）：玷污，弄脏。

⑤矻（kū）矻：勤奋不懈貌。

⑥慧根：佛教语，指天赋、聪明、悟性，即才思才华。

⑦觚：古代书写的简策。

⑧肉食：指位高禄厚而不学无识者。面墙：面墙而立什么也看不见，指不谙世事，知识贫乏。

**译　文**

好书之人有三病：其一，浅薄地仰慕当时的虚名，只是追求书架的美观，用象牙书签、锦缎卷轴，装潢极尽绚丽耀眼，但除了把书室装饰得好看外，其他一无所知，说他无书也是可以的。其二，广泛地搜集难得的书籍，耗尽心力，但只是图个藏书数量之多，却从不阅读讨论，白白地使书沾染灰尘，一半的书束之高阁，称他的书室为书店也是可以的。其三，博学多识，勤奋苦读终年，而慧根短浅，难以运用自如，即使记诵如流，可属于自己的心得一个字也写不出。这样的人与居高位而不学无术者相比，确实是有区别的，但与没于世俗、寂寂无闻的人相比，则是一样的。知而能好，好而能用，古人尚难为，何况今人！

## 秦士好古[①]

谢肇淛

秦士有好古物者，价虽贵，必购之。一日，有人持败席一扇，踵门[②]而告曰："昔鲁哀公命席以问孔子[③]，此孔子所坐之席也。"秦氏大惬，以为古，遂以附郭之田易之。

逾时，又有持枯竹一枝，告之曰："孔子之席，去今未远，而子以田售。吾此杖乃太王[④]避狄，杖策去邠[⑤]所操之棰也，盖先孔子之席又数百年矣，子何以偿我"秦士大喜，因倾家资悉与之。

既而又有持朽漆碗一只，曰："席与杖皆周时物，固未为古也。此碗乃舜造漆器时作，盖又远于周矣，子何以偿我？"秦士愈以为远，遂虚[⑥]所居之宅以予之。

三器既得，而田舍资用尽去，致无以衣食，然好古之心，终未忍舍三器。于是披哀公之席，持太王之杖，执舜所作之碗，行乞于市，曰："那个衣饮父母，有太公九府钱，乞我一文。"

## 注释

①本文选自《五杂俎》。明代文坛上复古之风盛行，人们厚古薄今，一味模仿古人，严重扼杀了文学创作的时代气息和创新精神。作者此文即借以讽刺那些盲目好古又没什么眼光的人。

②踵门：亲至其门。

③鲁哀公命席以问孔子：《礼记·儒行》："哀公命席，孔子侍。"郑玄注："为孔子布席于堂，与之坐也。"陈澔集曰："公于是命设席，使孔子坐侍而言之。"

④太王：周太王古公亶父，周文王的祖父。因受狄人侵扰，亶父率部由邠迁于岐。

⑤邠：通"豳"，古国名，故地在今陕西旬邑、彬县一带，为周的先人公刘所建。

⑥虚：空出。

## 译文

有一位姓秦的士人喜好古物，即使价格再高，他也必定买回来。一天，一个人扯着一张烂席，来到秦士府上对他说："从前鲁哀公下令为孔子安排席位，向孔子问政，我这个就是孔子当年所坐的席子。"秦士大喜，认为这是难得的古物，就用靠近城墙的田地与之交换。

过了些时候，又有一个人手持一把古杖找上门，对秦士说："孔子的坐席距今不算太远，而你却用田地买了下来。我这把古杖是当年周太王为避夷狄之乱离开豳地时所持的杖棰，比孔子的坐席还要早几百年呢！你该出什么价钱？"秦士大喜，就倾尽家资买了下来。

不久又有一个人手捧一只朽烂的漆碗来兜售，对秦士说："您买的席和杖都是周时之物，所以都算不上古物。这个漆碗是舜帝造漆器时所做，这又比周朝更久远了，你出什么价钱？"秦士认为这个东西更古老，就把正住着的宅院变卖买下了这只漆碗。

秦士三件古物到手，却落得田舍资产用尽，以致无衣无食，然而好古之心却使他始终不忍丢弃古物。于是他披上"哀公之席"，拿着"太王之杖"，捧着"舜帝之碗"，在集市乞讨，口中喊着："衣食父母们啊，哪个有太公时的九府钱，就行行好，给我一文吧。"

## 寄郑梦麟[1]

谢肇淛

家室至。得手书甚慰，兼悉近况。

水部[2]自不恶，而河上翁[3]尤不恶。俗言纷纷，但患贫耳！而贫非不佞[4]所患也。老母在堂，不乏菽水[5]；先人敝庐，足以蔽风雨；百亩之田，足以供饘粥[6]。视一二善官者，诚贫；回首作措大[7]时，已过之远矣！

吾尝谓人生苟存一知足之心，何官不可为？何地不可居？如不知足，则卿相不已，必思帝王；帝王不已，必思神仙；神仙不已，必思作玉皇大帝。而元会运世、百六阳九之期[8]，于心尚以为未足也。

历观古今人所为，知止知足、不贪得、不竞进音，皆虚言耳。以敬通、仲翔[9]，塞门不仕，左对孺人，右顾稚子——此天下之至乐，而犹然怨天尤人，赍志长恨[10]，至谓："死之日，以青蝇为吊客，使天下有一人知己，死不恨[11]！"宁知知己之有无，于自家本来面目分毫有何干涉[12]？此仆所常考镜千古，而不胜窃笑者也！

注　释

①本文选自《谢肇淛文集》。作者认为人不应当一味地追求贪欲，并借对历史人物的评价，讥笑了世人在"知足"二字上言行不一的态度。

②水部：官署名。魏设水部郎。此借指明代掌管河流、水利的都水清吏司。

③河上翁：传说汉代有仙人名河上公，此借指治理河流的官员。谢肇淛此时就是这类官员。

④不佞：不才，作者谦称自己。

⑤菽水：豆和水。《礼记注疏》卷十《檀弓》："孔子曰：'啜菽饮水，尽其欢，斯之谓孝。'"旧时常以此指对父母的供养。

⑥饘（zhān）粥：稠粥。

⑦措大：亦作"醋大"，旧时对贫寒读书人的称呼。

⑧元会运世：宋邵雍《皇极经世书》云："三十年为一世，十二世为一运，二十运为一会，十二会为一元。"百六阳九：道家称天厄为阳九，地亏为百六。又认为三千三百年为小阳九、小百六，九千九百年为大阳九、大百六。这里的元会运世、百六阳九皆极言时间之长。

⑨敬通、仲翔：指冯衍和虞翻。冯衍：字敬通，东汉人。善作赋。曾从

光武帝刘秀为曲阴令，擢升司隶从事，后免官而死。虞翻：字仲翔，三国时期吴国学者。

⑩“塞门不仕”数句：江淹《恨赋》：“至乃敬通见抵，罢归田里。闭关却扫，塞门不仕。左对孺人，顾弄稚子。脱略公卿，跌宕文史。赍志没地，长怀无已。”

⑪“死之日”四句：《三国志·吴志·虞翻传》注引《虞翻别传》：“翻放逐南方，云‘自恨疏节，骨体不媚，犯上获罪。当长没海隅，生无可与语，死以青蝇为吊客，使天下一人知己者，足以不恨’。”

⑫“宁知知己之有无”二句：虞翻被贬，认为落难之时无知己，而作者则认为有无知己与自身遭遇并无相干。

**译文**

家室已回。得到您的手书我颇为欣慰，也从信中知悉了您的近况。

水部的官职本来就不坏，而我现在所担任的河上翁尤其不坏。俗言纷纷，说我这个职务没有油水，恐怕会落于贫穷。可贫穷从来都不是我所担忧的。老母在堂，不乏菽水供养；先人敝庐，足以遮蔽风雨；百亩之田，所产足以供饘粥之食。比起那些收入丰厚的官员，我确实算贫穷，然而回首读书时，这条件已经好太多了。

我曾说，人如果有一颗知足之心，何官不可做？何地不可居？但如果不知足，即使位列卿相都不行，必定还想当帝王；当了帝王还不行，必定还想当神仙；当了神仙还不行，必定还想当玉皇大帝。即使寿至元会运世、百六阳九之期，心中仍不知足。

纵观古今之人所谓“适可而止，知足而停，不贪得，不争着进言”，都是空话。就拿冯敬通和虞仲翔来说，冯敬通闭门不仕，向左有妻子相伴，向右可看顾稚子——这已是天下至乐了，可他仍怨天尤人，怀志长恨，而虞仲翔被放逐时则说：“我死之时，只有青蝇为吊客，假使天下有一个知己，我死而不恨！”他哪里知道知己之有无与自己的遭遇并没有一丝一毫的关系。这些都是我考察历史而不胜窃笑之事。

## 虎丘记①

袁宏道

虎丘去城可六七里，其山无高岩邃壑，独以近城，故箫鼓楼船②，无日无之。凡月之夜，花之晨，雪之夕，游人往来，纷错如织，而中秋为尤胜。

每至是日，倾城阖户[③]，连臂而至。衣冠士女，下迨蔀屋[④]，莫不靓妆丽服，重茵累席，置酒交衢[⑤]间，从千人石[⑥]上至山门，栉比如鳞[⑦]。檀板[⑧]丘积，樽罍[⑨]云泻，远而望之，如雁落平沙，霞铺江上，雷辊[⑩]电霍，无得而状。布席之初，唱者千百，声若聚蚊，不可辨识。分曹[⑪]部署，竞以歌喉相斗；雅俗既陈，妍媸自别。未几而摇头顿足者，得数十人而已。已而明月浮空，石光如练，一切瓦釜[⑫]，寂然停声，属而和者，才三四辈。一箫，一寸管，一人缓板而歌，竹肉[⑬]相发，清声亮彻，听者魂销。比至夜深，月影横斜，荇藻[⑭]凌乱，则箫板亦不复用，一夫登场，四座屏息，音若细发，响彻云际，每度一字，几尽一刻，飞鸟为之徘徊，壮士听而下泪矣。

剑泉[⑮]深不可测，飞岩如削。千顷云得天池诸山作案[⑯]，峦壑竞秀，最可觞客。但过午则日光射人，不堪久坐耳。文昌阁[⑰]亦佳，晚树尤可观。面北为平远堂[⑱]旧址，空旷无际，仅虞山[⑲]一点在望。堂废已久，余与江进之[⑳]谋所以复之，欲祠韦苏州、白乐天诸公于其中[㉑]；而病寻作，余既乞归，恐进之之兴亦阑矣。山川兴废，信有时哉！

吏吴两载，登虎丘者六。最后与江进之、方子公[㉒]同登，迟月生公石上。歌者闻令来，皆避匿去，余因谓进之曰：“甚矣，乌纱之横，皂隶之俗哉！他日去官，有不听曲此石上者，如月[㉓]！”今余幸得解官称吴客矣。虎丘之月，不知尚识[㉔]余言否耶？

## 作者简介

袁宏道（1568—1610），字中郎，号石公，湖广公安（今属湖北）人。万历二十年（1592）进士，先后任吴县知县、顺天府教授、国子监助教和礼部主事、礼部郎官等职。与兄宗道、弟中道，并称“三袁”，为公安派创始者，文学成就居三袁之首。其思想受李贽影响较深，重视小说、戏曲和民歌在文学中的地位。诗文不满前后七子摹拟复古主张，强调抒写“性灵”，在一定程度上突破儒家思想束缚。作品真率自然，内容多写闲情逸致，部分篇章反映民间疾苦，对当时政治现实有所批判。著作今有《袁宏道集笺校》。

## 注　释

①本文选自《袁宏道集笺校》，作于作者去官之后。通篇写山水少，写游况多，描绘细致，语言明快，以作者感受为脉络，表达了对官场生活的鄙薄和对自由生活的向往。

②楼船：本指古代巨型战船。这里指盛大华美的游船。

③阖户：闭门。

④迨（dài）：至。蔀（pǒu）屋：草席盖顶的屋子，指穷苦人家昏暗的屋子。这里指贫民。

⑤交衢：道路交错要冲之处。

⑥千人石：巨石名，在苏州虎丘山剑池旁，上下平衍，可坐千人，故称。相传南朝梁高僧生公（竺道生）曾于此说法，故又称生公石。

⑦栉比如鳞：像鱼鳞和梳子齿那样有次序地排列着。栉：梳篦的总称。

⑧檀板：简称板，乐器，因常用檀木制作而有檀板之名。

⑨樽罍（léi）：酒杯。

⑩雷辊（gǔn）：雷的轰鸣声。这里指车轮滚滚之声。

⑪分曹：分对。犹两两。

⑫瓦釜：屈原《卜居》："黄钟毁弃，瓦釜雷鸣。"瓦釜即瓦缶，一种小口大腹的瓦器，也是原始的乐器。这里比喻低级的音乐。

⑬竹肉：《世说新语·识鉴》刘孝标注引（孟）嘉别传："听妓，丝不如竹，竹不如肉，何也？答曰：渐近自然。""丝"指弦乐器，"竹"指管乐器，"肉"指人的歌喉。

⑭荇藻：两种水草名。这里用以形容月光下树的枝叶影子。

⑮剑泉：在虎丘千人石下，相传为吴王洗剑处，又称剑池。

⑯千顷云：山名，在虎丘山上。天池：山名，又名华山，在苏州阊门外三十里。

⑰文昌阁：在今天苏州浒墅关镇。

⑱平远堂：初建于宋代，至元代改建。

⑲虞山：位于江苏常熟市西北。

⑳江进之：即江盈科，字进之。时任长洲（与吴县同治苏州）知县。与作者友善。

㉑韦苏州：唐代诗人韦应物，曾任苏州刺史。白乐天：唐代诗人白居易，曾任苏州刺史。

㉒方子公：方文僎，字子公，新安（今安徽歙县）人。穷困落拓，由袁中道荐与宏道，为宏道料理笔札。

㉓如月：对月发誓。"有如"或"如"，为古人设誓句式。

㉔识（zhì）：通"志"，记忆。

## 译 文

虎丘离苏州城约六七里路，这座山没有高峻的山峰与幽深的峡谷，只不过因为靠近苏州城，因此盛大华美的游船，没有一天不到那儿去。凡是有月亮的夜晚，有花盛开的早晨，下雪天的黄昏，游人来往穿梭，纷繁错杂得像织布一样，而以中秋最为繁盛热闹。

每到这一天，苏州城全城闭户，众人携手并肩而来。士大夫乡绅、贵族妇女，以至贫民百姓，无不涂脂抹粉，鲜衣美服，重重叠叠地铺设席毡，将酒肴摆在大路中间，从千人石一直到山门，如梳齿和鱼鳞般密集相连。檀板聚积如小山，樽罍似云霞般倾泻，远远望去，犹如成群的大雁栖落在平坦的沙滩，彩霞铺满江面，电闪雷鸣，无法具体描绘它的形状。刚开始陈设席位时，唱歌的人成百上千，声音如团聚在一起的蚊子，没法分辨识认。等到分队安排，争相以歌喉比高低；雅乐和俗乐各自陈献后，美和丑自然区别开了。不多时，摇头顿脚按节拍而歌的，只不过几十个人而已。不一会儿，明月升到天空，月光照在石上尤如洁白的绢绸，所有粗俗的歌乐，便不再发出声响，跟随着唱和的，只有三四个人。一支箫，一寸管，一人慢慢地打着歌板唱着，管乐伴着歌喉，声音清脆嘹亮，使听者深受感动。等到夜深，月亮西斜，树影散乱，于是连箫板也不用，一个人登场，四围的人屏住声息，声音如细而直上的毛发，响彻云端，每吐一字，几乎拖长可达一刻之久，飞鸟听了为之飞翔盘旋，壮士听了感动得流下眼泪。

剑泉深得无法测量，陡峭的岩石如斧削一般。千顷云因为有天池等山作为几案，山峰峡谷，争奇斗秀，是请客饮酒的好地方。但是过了中午便阳光逼人，不能久坐。文昌阁也不错，晚上林中的景色尤为迷人。朝北为平远堂旧址，空旷且没有遮拦，仅仅远远望见虞山，如小小的黑点。平远堂荒芜已经很久了，我和江进之商量修复它的办法，想在里面供奉韦应物、白居易等人，但不久生了病，我既然已经辞了官，恐怕进之的兴致也消尽了。山川的兴旺和荒废，确实有它的运数啊！

在吴县做了两年官，登虎丘山六次。最后一次是和江进之、方子公一起登山，坐在生公石上等候月出。唱歌的人听说县令到来，都躲避开了。我因此对进之说："做官的横行气盛，衙役庸俗粗野，是多么厉害呀！以后不做官了，必定要到这石上听歌，有月亮为证！"现在我有幸得以免去官职客居吴县，虎丘的月亮不知道还记得我的话吗？

## 初至西湖记[1]

袁宏道

从武林门[2]而西，望保叔塔[3]突兀层崖中，则已心飞湖上也。午刻入昭庆[4]，茶毕，即棹小舟入湖。山色如娥[5]，花光如颊，温风如酒，波纹如绫。才一举头，已不觉目酣神醉，此时欲下一语描写不得，大约如东阿王[6]梦中初遇洛神时也。余游西湖始此，时万历丁酉[7]二月十四日也。

晚同子公渡净寺[8]，觅阿宾[9]旧住僧房。取道由六桥、岳坟、石径塘而归[10]，草草领略，未及偏[11]赏。次早得陶石篑帖子，至十九日，石篑兄弟同学佛人王静虚至[12]，湖山好友，一时凑集矣。

## 注 释

①本文选自《袁宏道集笺校》，记述初游西湖所见所感，满心欢喜蕴藏字里行间。

②武林门：古杭州的城门。

③保叔塔：即保俶塔，西湖边塔名。

④昭庆：西湖边寺名，吴越天福年间建。元末毁，明初重建。

⑤娥：美女的黛眉。

⑥东阿王：即三国曹植，曾封东阿王。曹植作有《洛神赋》，虚构了自己与洛神的邂逅相遇和彼此间的思慕爱恋。

⑦万历丁酉：即万历二十五年（1597）。

⑧子公：方文僎，字子公，袁宏道好友。净寺：即净慈寺。在南屏山慧日峰下，始建于五代周显德元年（954）。

⑨阿宾：袁中道小名，是作者之弟。

⑩六桥：指苏堤上的映波、锁澜、望山、压堤、东浦、跨虹六桥。岳坟：在西湖北边栖霞岭下岳王庙内。石径塘：在西湖北。

⑪偏：通“遍”。

⑫石篑兄弟：即陶望龄、陶奭龄兄弟。陶望龄，字周望，号石篑，会稽（今浙江绍兴）人，官至国子监祭酒。其弟陶奭龄，字公望，一字君奭，号石梁，官至济宁知州。王静虚：王赞化，字静虚，山阴（今浙江绍兴）人，为学佛居士。

## 译 文

从杭州武林门西行，远远看见保俶塔高高耸立在层峦山崖上，心绪早已飞到西湖之上了。午时进入昭庆寺，喝完茶，即划着小船进入西湖。只见得四面的山峦色彩如黛，百花的光彩好似少女的颜面，柔和的春风好似醉人的美酒，湖水的波纹好似平滑的绸缎。刚一抬头，已经不由得眼花缭乱，如醉如痴了。这时想用一个词语来描绘眼前的美景，却终不可得，就好像东阿王梦中初遇洛神时那样精神迷离恍惚吧。我游西湖的经历从这一次开始，正是万历二十五年二月十四。

晚上同子公一起坐船来到净慈寺，寻觅阿宾曾经住过的僧房。取道六桥、岳坟、石径塘回去，草草领略了沿途景色，没来得及仔细观赏。次日早晨收到陶石篑的帖子，到十九日，石篑兄弟和佛家居士王静虚来了，一同游山玩水的好友一时间都凑到一起了。

# 晚游六桥待月记[1]

袁宏道

西湖最盛，为春，为月。一日之盛，为朝烟，为夕岚。

今岁春雪甚盛，梅花为寒所勒，与杏桃相次开发，尤为奇观。石篑数为余言："傅金吾园中梅[2]，张功甫[3]家故物也，急往观之。"余时为桃花所恋，竟不忍去。湖上由断桥至苏堤一带[4]，绿烟红雾，弥漫二十余里。歌吹为风，粉汗如雨，罗纨[5]之盛，多于堤畔之草，艳冶极矣。

然杭人游湖，止午、未、申三时[6]。其实湖光染翠之工，山岚设色之妙，皆在朝日始出，夕舂[7]未下，始极其浓媚。月景尤不可言。花态柳情，山容水意，别是一种趣味。此乐留与山僧、游客受用，安可为俗士道哉！

## 注释

①本文选自《袁宏道集笺校》卷十八。作者撇开一般所共赏的湖光山色，着重描写西湖六桥一带的春月景色，写出西湖"别是一种趣味"的风致。

②傅：姓。金吾：即执金吾，古官名。在明代为五城（中、东、西、南、北）兵马司指挥，是掌管京师治安的长官。

③张功甫：名镃，南宋名将张俊曾孙，其家园林中玉照堂有梅花四百株。

④断桥：本名宝祐桥，自唐时呼为断桥，在白堤东头。苏堤：一名苏公堤，南北横截西湖，为北宋苏轼任杭州知州时浚湖而筑，故名。

⑤罗纨：借指身着绫罗绸缎盛装艳服的仕女游人。

⑥午、未、申：均属十二时辰，指十一时至十七时。

⑦夕舂：意同"下舂"。《淮南子·天文训》："日至于渊虞，是谓高舂；至于连石，是谓下舂。"高诱注："连石，西北山。言欲将冥，下象息舂，故曰下舂。"此指夕阳。

## 译文

西湖最美的时候是春天，是月夜。一天中最美的是烟雾弥漫的早晨，是山间烟雾缭绕的傍晚。

今年春雪很多，梅花被寒气所抑制，和杏花、桃花次第开放，是难得一见的奇观。石篑多次告诉我："傅金吾园中的梅花，是张功甫玉照堂中的旧物，应该赶快去观赏。”我当时迷恋桃花，竟舍不得离开湖上。从断桥到苏堤一带，绿柳迎风飘拂如绿烟，桃花盛开如红雾，弥漫二十多里。歌声和着打乐声随风飘扬，散发着脂粉香气的汗水像雨一样，身着罗纨的游客众多，竟多过堤畔上的草，真是艳丽极了。

然而杭州人游览西湖，却仅在上午十一时到下午五时之间。其实湖光染翠之美，山岚染色之妙，都在朝日初升，夕阳未下时才最浓丽。月景之美，更是难以形容。那花的姿态，柳的风情，山的容颜，水的意境，更是别有情趣韵味。这种乐趣只可留给山僧和明白其中风味的游客享受，怎么能够对那些凡夫俗子去说呢！

## 湘　湖[①]

袁宏道

萧山樱桃、鸷鸟、莼菜皆知名[②]，而莼尤美。莼采自西湖，浸湘湖一宿然后佳，若浸他湖便无味。浸处亦无多地，方圆仅得数十丈许。其根如荇[③]，其叶微类初出水荷钱[④]，其枝丫如珊瑚，而细又如鹿角菜[⑤]。其冻如冰，如白胶，附枝叶间，清液泠泠欲滴。其味香粹滑柔，略如鱼髓蟹脂，而清轻远胜。半日而味变，一日而味尽，比之荔枝，尤觉娇脆矣。其品可以宠莲孽[⑥]藕，无得当者，唯花中之兰、果中之杨梅，可异类作配耳。惜乎此物东不逾绍，西不过钱塘江，不能远去，以故世无知者。余往仕吴，问吴人：“张翰[⑦]莼作何状？”吴人无以对。果若尔，季鹰弃官，不为折本矣。然莼以春暮生，入夏数日而尽，秋风鲈鱼将无非是，抑千里湖中别有一种莼耶？

湘湖在萧山城外，四匝皆山。余游时，正值湖水为渔者所盗，湖面甚狭，行数里，即返舟。同行陶公望、王静虚[⑧]，旧向余夸湘湖者，皆大惭失望。

注　释

①本文选自《袁宏道集笺校》卷十八。作者用大量笔墨写莼菜，侧面突出湘湖之美，为结尾“大惭失望”铺垫蓄势，意味深长。

②萧山：今浙江杭州萧山区。莼菜：又名马蹄菜、湖菜等，多年生水生宿根草本。嫩叶可食，莼菜本身没有味道，胜在口感的圆融、鲜美滑嫩。

③荇：荇菜，别名水荷叶，多年生水生草本，叶可食。

④荷钱：状如铜钱的初生小荷叶。

⑤鹿角菜：又称角叉菜，藻类植物，分枝呈叉状，供食用或制糊料用。

⑥嬖：宠幸，推崇。

⑦张翰：字季鹰，吴郡吴县（今江苏苏州）人，西晋文学家。《晋书·张翰传》："翰因见秋风起，乃思吴中菰菜、莼羹、鲈鱼脍，曰：'人生贵适志，何能羁宦数千里，以邀名爵乎？'遂命驾而归。"

⑧陶公望：即陶奭龄，字公望。王静虚：即王赞化，字静虚。

## 译文

萧山的樱桃、莺鸟、莼菜都远近闻名，尤以莼菜为美。莼菜采自西湖，在湘湖浸泡一宿之后才为佳品，但若在其他湖浸泡则无味。湘湖能浸泡的地方也不多，方圆也就几十丈上下。莼菜的根如荇菜，叶子有点像刚出水面的小荷叶，它的枝丫就像珊瑚，细细的样子又像鹿角菜。它的嫩茎和叶背部有胶状透明物质，像冰，像白胶，附着在枝叶之间，汁液透明清凉欲滴。莼菜的口感香脆滑柔，有点像鱼髓蟹脂，可是那种清香的味道又绝非鱼髓蟹脂可比。莼菜出水经半天味道就变了，经一天味道全无，与荔枝相比，感觉更要娇嫩脆弱。莼菜品性即使推崇莲藕与之媲美也不够得当，只有百花中的兰花、水果中的杨梅，从异类的角度权且能与之相配。可惜莼菜生长范围向东不过绍兴，向西不过钱塘江，不能远离这个生长区域，所以世人很少了解这种植物。我去吴地任职，问吴人："张翰钟情的莼菜是什么样子的？"吴人回答不上来。果然这样的话，张季鹰为莼菜弃官归乡，不是太赔本了吗？莼菜在暮春时节生长，入夏几天就不再有了。张翰与秋风鲈鱼并提的，难道不是这种莼菜，或者千里湘湖还存有另外一种莼菜？

湘湖在萧山城外，四周有山围绕。我们游览时，正赶上湖水被打鱼的人盗泄，湖面非常狭窄，船才行了几里路，就调转船头返回了。同行的有陶公望、王静虚，原来向我夸耀湘湖之美的人也都大感惭愧失望。

# 初至天目双清庄记[①]

袁宏道

数日阴雨，苦甚，至双清庄，天稍霁。庄在山脚，诸僧留宿庄中，僧房甚精[②]。溪流激石作声，彻夜到枕上，石篑梦中误以为雨，愁极，遂不能寐。

次早，山僧供茗糜[③]，邀石篑起。石篑叹曰："暴雨如此，将安归乎？有卧游[④]耳！"僧曰："天已晴，风日甚美，响者乃溪声，非雨声也。"石篑大笑，急披衣起，啜茗数碗，即同行。

### 注　释

①本文选自《袁宏道集笺校》。文中记述石篑将溪流声听成暴雨声这一趣事，反衬出双清庄的清幽安静。天目：天目山。天目山有两支，东天目山在浙江临安西北；西天目山与於潜（今临安於潜镇）接界。东西两支均有天池，好像上天的眼睛，故称天目山。

②精：干净整洁。

③糜：稀饭。

④卧游：这里指卧床睡觉。

### 译　文

一连数日阴雨，让人甚为苦闷，到了双清庄的时候，天色终于稍微放晴。双清庄在天目山脚下，有很多僧人留宿庄中，僧房很是干净整洁。山间溪水敲击石头的声音，整晚都在耳边，石篑睡梦之中以为又下雨了，愁闷至极，于是不能安睡。

次日早晨，僧人准备了茶饭，来叫石篑起床。石篑叹气道：“下了这么大的雨，怎么回去呀？继续睡觉好了。”僧人说：“天已放晴，风和日丽，你昨夜听到的响声是溪流之声，不是雨声。”石篑开怀大笑，急忙披了衣服起来，喝了几碗茶，我们便一起走了。

## 天　目（一）[①]

袁宏道

天目幽邃奇古不可言。由庄至颠[②]，可二十余里。

凡山深僻者多荒凉，峭削[③]者鲜迂曲，貌古则鲜妍不足[④]，骨[⑤]大则玲珑绝少，以至山高水乏，石峻毛[⑥]枯，凡此皆山之病。天目盈山皆壑，飞流淙淙[⑦]，若万匹缟[⑧]，一绝也。石色苍润，石骨奥巧，石径曲折，石壁竦峭[⑨]，二绝也。虽幽谷县[⑩]岩，庵宇皆精，三绝也。余耳不喜雷，而天目雷声甚小，听之若婴儿声，四绝也。晓起看云，在绝壑下，白净如绵，奔腾如浪，尽大地作琉璃海，诸山尖出云上若萍，五绝也。然云变态最不常，其观奇甚，非山居久者不能悉其形状。山树大者，几四十围，松形如盖，高不逾数尺，一株直万余钱，六绝也。头茶之香者，远胜龙井，笋味类绍兴破塘[⑪]，而清[⑫]远过之，七绝也。余谓大江之南，修真栖隐之地，无逾此者，便有出缠结室之想矣[13]。

宿幻住[14]之次日，晨起看云，巳后登绝顶，晚宿高峰、死关[15]。次日由活埋庵[16]寻旧路而下。数日晴霁甚，山僧以为异，下山率相贺。山中僧四百余人，执礼甚恭，争以饭相劝。临行，诸僧进曰："荒山僻小，不足当巨目[17]，奈何？"余曰："天目山某等亦有些子分[18]，山僧不劳过谦，某亦不敢面誉。"因大笑而别。

## 注　释

①本文选自《袁宏道集笺校》卷十。这是作者万历二十五年（1597）在於潜县所作的两篇天目山游记中的一篇。作者先以"幽邃奇古"概括天目山的特点。继而铺写天目山"七绝"，最后才点出自己的游踪。文中描写山中变幻无常的云态，更是比比皆是奇妙传神之笔。

②庄：这里指天目山山脚的双清庄。颠：天目山山顶。

③峭削：陡峭如削。

④貌古：指山的神气容貌显得古老，地貌古朴。鲜妍：鲜艳美丽。

⑤骨：指山的骨架。

⑥毛：这里指草木。

⑦淙（cóng）淙：流水声。

⑧缟：白色的绢。

⑨竦（sǒng）峭：高耸陡峭。竦：通"耸"，高耸。

⑩县：通"悬"。

⑪破塘：浙江绍兴地名，以产笋著称。

⑫清：清爽鲜美可口，与肥甘相对。

⑬出缠：佛教语。指摆脱人间烦恼的束缚。结室：佛教语，指佛门弟子聚会祈祷吉祥。

⑭幻住：天目山山上的寺名。

⑮高峰、死关：天目山山上的地名。

⑯活埋庵：天目山山上庙名。

⑰当：对，相称。巨目：巨人之目，大人物的眼界。

⑱分：缘分。

## 译　文

天目山幽静深邃，神奇古老，无法用语言来形容。从山脚下的双清庄到山顶，大约有二十多里路。

大凡幽深偏僻的山，多荒无人烟；陡峭如削的山，很少有盘旋迂回的山路；苍朴的山很少有光彩艳丽的景色；磅礴的山很少有精致的景致。以至于山高就缺乏大水，山体陡峭就缺乏茂盛的植被。这些都是山的不足之处。天目山整个山沟壑遍布，瀑布发出淙淙的水声，如万匹白色的丝绢，这是第一个绝妙之处。石头的颜色青色润泽，山石的棱角奇异巧妙，石径曲曲折折，石壁高耸陡峭，这是第二个绝妙之处。即使在幽静的山谷悬岩处，寺庙都很精致，这是第三个绝妙之处。我不喜欢听打雷的声音，然而天目山的雷声非常小，听起来就像婴儿的啼哭声，这是第四个绝妙之处。清晨起来看云彩，云在悬崖下，纯净得像棉花一样，又奔腾翻滚如同浪花，整个大地变得五光十色，仿佛一片琉璃海，每座山峰的山顶突出于云海之上，如同漂浮的浮萍，这是第五个绝妙之处。然而云彩的形状常常变化，景观非常奇特，如果不是久居山里的人，根本不能熟知云彩的形态。天目山高大的树木，树身粗的几乎有四十围，松树的形态如同华盖一样，树高不过数尺，一棵树价值万余钱，这是第六个绝妙之处。天目山每年第一次采摘的春茶，芳香扑鼻，远胜于龙井茶。竹笋的味道与绍兴破塘所产的竹笋相似，但更加鲜嫩香甜，这是第七个绝妙之处。我认为，在江南地区寻找修心隐居之地，没有比天目山更好的了，于是我就起了脱离尘世烦恼隐居山林的念头。

留宿在幻住寺的次日，早晨起来看云，巳时后登上了天目山的最高峰，晚上住在高峰、死关。第二天从活埋庵沿着原来的路下山。这几日天气十分晴朗，山寺的僧人认为天气反常，下山时互相庆贺。山寺的僧人有四百多人，行礼非常恭敬，相互争着用饭食招待我。临行时，僧人们对我说：“天目山偏僻而且小，不足以入贵客的眼，怎么办？”我说：“我和天目山也有些微妙的缘分，山僧不必过于谦虚，我们也不敢当面称赞。”于是各自大笑着分别。

## 满井游记[①]

袁宏道

燕地寒，花朝节后，余寒犹厉。冻风时作，作则飞沙走砾，局促一室之内，欲出不得。每冒风驰行，未百步辄返。

廿二日天稍和，偕数友出东直[②]，至满井。高柳夹堤，土膏微润，一望空阔，若脱笼之鹄[③]。于时冰皮始解，波色乍明，鳞浪层层，清澈见底，晶晶然如镜之新开，而冷光之乍出于匣也。山峦为晴雪所洗，娟然[④]如拭，鲜妍明媚，如倩女之靧面而髻鬟之始掠也[⑤]。柳条将舒未舒，柔梢披风，麦田浅鬣[⑥]寸许。游人虽未盛，泉而茗者[⑦]，罍[⑧]而歌者，红装而蹇者[⑨]，亦时时有。风力虽尚劲，然徒步则汗出浃背。凡曝沙[⑩]之鸟，呷浪之鳞[⑪]，悠然自得，毛羽鳞鬣之间皆有喜气[⑫]。始知郊田之外未始无春，而城居者未之知也。

夫不能以游堕事[13]而潇然于山石草木之间者，惟此官也。而此地适与余近，余之游将自此始，恶[14]能无纪？己亥[15]之二月也。

## 注 释

①本文选自《袁宏道集笺校》卷十七，文章用精简的文字描写了北京郊区初春的美好景色。历历如画的景物描写，透出京郊早春的芬芳气息，写出了春回大地的喜悦以及作者对早春的欣赏和赞美。满井：井名，在北京东北郊。

②东直：北京东直门，在旧城东北角。

③鹄：一种水鸟，俗名天鹅。

④娟然：美好貌。

⑤靧（huì）：洗脸。髻鬟（jì huán）：环形发髻。掠：梳掠。

⑥鬣（liè）：兽颈上的长毛，一说马鬃。这里形容不高的麦苗。

⑦泉：指汲泉水。茗：指煮茶。

⑧罍（léi）：这里指端着酒杯。

⑨红装：指妇女。蹇（jiǎn）：指骑驴。

⑩曝沙：在沙滩上晒太阳。

⑪呷：吸，这里指浮到水面。鳞：代指鱼。

⑫毛：指虎狼兽类。羽：指鸟类。鳞：指鱼类和爬行动物。鬣：指马一类动物。毛羽鳞鬣：泛指一切动物。

⑬堕（huī）事：耽误公事。堕：通“隳”，坏。

⑭恶：怎么。

⑮己亥：1599年，即万历二十七年。

## 译 文

燕地一带气候寒冷，每年花朝节过后，残存的寒气还很厉害。冷风时常刮起，风一起就飞沙走石，人就只能拘束在一室之中，想出去却不能。每次冒风疾行，走不到百步就被迫返回。

二十二日天气略微暖和，我偕同几个朋友出东直门，到了满井。高大的柳树夹立在堤旁，肥沃的土地刚刚有些湿润，空旷开阔，顿时觉得自己好像是逃脱笼子的天鹅。这时河上的薄冰刚刚融化，波光才刚刚开始明亮，鱼鳞似的浪纹一层一层，清澈得可以看到河底，波光盈盈的样子好像镜子新打开，清冷的光辉突然从镜匣中散射出来一样。山峦被晴天融化的积雪洗过，美好的样子好像刚被擦拭过一样，鲜艳美好而又明亮妩媚，又像美丽的少女洗了脸刚梳好的发髻一样。柳条将要舒展却还没有舒展开来，柔软的梢头在风中散开，麦苗破土而出，短小如兽颈上的毛，才一寸左右。游人虽然还不多，但汲泉水煮茶的，拿着酒杯唱歌的，身着艳装骑驴的，也时时能看到。风力虽然还很强劲，然而走路也已会汗流浃背。那些在沙滩上晒太阳的鸟，浮到水面上戏水的鱼，都悠然自得，一切动物都透出喜悦的气息。我这才知道郊野之外未尝没有春天，可是住在城里的人却不知道有这样的变化啊。

不会因为游玩而耽误公事，能无拘无束在山石草木之间潇洒游玩的，只有我这种清闲的官了吧。而且满井这地方正好接近我的住处，我的郊游打算从这里开始，怎能没有记述？此时是万历二十七年二月。

## 游高梁桥记①

袁宏道

高梁桥在西直门②外，京师最胜地也。两水夹堤，垂杨十余里，流急而清，鱼之沉水底者，鳞鬣③皆见。精蓝④棋置，丹楼珠塔，窈窕⑤绿树中。而西山之在几席者，朝夕设色以娱游人。当春盛时，城中士女云集，缙绅士大夫非甚不暇，未有不一至其地者也。

三月一日，偕王生章甫、僧寂子出游。时柳梢新翠，山色微岚，水与堤平，丝管夹岸。趺坐⑥古根上，茗饮以为酒，浪纹树影以为侑⑦，鱼鸟之飞沉，人物之往来，以为戏具。堤上游人，见三人枯坐树下若痴禅者，皆相视以为笑，而余等亦窃谓彼筵中人，喧嚣怒诟⑧，山情水意，了不相属，于乐何有也？少顷，遇同年⑨黄昭质拜客出，呼而下，与之语，步至极乐寺⑩观梅花而返。

注　释

①本文选自《袁宏道集笺校》。文中描绘了早春时节高梁河一带的盛景，以及作者与友人以茶代酒，静坐观景的超然洒脱之态，颇有“众人皆醉我独醒”的况味。高梁桥：在今北京海淀区西直门外，元朝时建，明代此处古刹林立，水清见底，为游览胜地。

②西直门：北京内城九大古城门之一。

③鳞鬣（liè）：本指龙的鳞片和鬣毛。此指鱼鳞与鱼鳍。

④精蓝：佛寺，僧舍。

⑤窈窕：妖冶貌。

⑥趺（fū）坐：即互交二足，将右脚盘放于左腿上，左脚盘放于右腿上的坐姿。

⑦侑（yòu）：劝酒。古代宴饮，主人为示殷勤，往往用财物赠客，以助酒兴。

⑧诟：辱骂。

⑨同年：指同年同科的学友。

⑩极乐寺：在今北京海淀区东升乡，临高梁河。

译 文

高梁桥在西直门外，是京城风景最优美的地方。两条河分列堤岸两旁，垂杨柳绵延十余里，水流湍急而清澈，鱼沉在水底，鱼鳞和鱼鳍都看得清清楚楚。附近佛寺星罗棋布，红楼朱塔，在绿树的映衬下显得格外美丽。而从西山为游人所设下的坐席上看到的景致早晚都不一样，仿佛是故意用来娱乐游人的一样。当春意正浓时，城中的游人众多，那些达官贵人只要不是实在没有时间，都会来这里游览一番。

三月初一这一天，我偕同王章甫、僧人寂子一同出游。当时杨柳刚刚抽芽，山色在雾霭中若隐若现，水面与河堤齐平，两岸音乐声不断。盘腿坐在古树根上，把茶当作酒来品，把浪纹树影当作侑宾之主，把观看鱼鸟之飞沉、人物之往来当作游戏。河堤上的游人看到我们三个人呆坐在古树上，像痴迷的僧人一样，纷纷相视而笑，而我们也私下笑他们在这里设下宴席，喧嚣怒诟，和这里的山水美景丝毫不相衬，也不知乐从何来。过了一会儿，遇到了同一年登科的黄昭质出城拜客，招呼他下来，与他交谈了一会儿，之后步行至极乐寺观赏了梅花，然后才回家去。

## 答梅客生[①]

袁宏道

一春寒甚，西直门外，柳尚无萌蘖[②]。花朝之夕，月甚明，寒风割目，与舍弟[③]闲步东直道上，兴不可遏，遂由北安门至药王庙[④]，观御河水。时冰皮未解，一望浩白，冷光与月相磨，寒气酸骨。趋至崇国寺[⑤]，寂无一人，风铃之声，与猧[⑥]吠相应答。殿上题及古碑字，了了可读。树上寒鸦，拍之不惊，以砾[⑦]投之，亦不起，疑其僵也。忽大风吼檐，阴沙四集，拥面疾趋，齿牙涩涩有声。为乐未几，苦已百倍。数日后，又与舍弟一观满井，枯条数茎，略无新意。京师之春如此，穷官之兴可知也。冬间避门，著得《广庄》[⑧]七篇。谨呈教。

注 释

①本文选自《袁中郎全集》。万历二十七年（1599），袁宏道任京兆教官，这封信通过花朝之夕踏月崇国寺之事，写北京春寒料峭，字里行间透露出心情之冷落。梅客生：梅国桢，字客生，麻城人，能诗文，善骑射。万历

十一年进士，授固安知县，官至兵部左侍郎，总督宣大、山西军务。

②萌蘖（niè）：树木春天生出幼芽。

③舍弟：指袁中道。

④药王庙：在北京天坛以北，庙祀伏羲、神农、黄帝，秦汉以来，名医附祭。

⑤崇国寺：又名大隆善护国寺，在北京西城。袁宏道等人曾在这里相聚论学，结为蒲桃社。

⑥猧（wō）：小犬。

⑦砾：小石块。

⑧《广庄》：作者仿《庄子》内篇，作《广庄》七篇。

### 译文

整个春天都非常寒冷，西直门外，柳树还没有长出嫩芽。花朝节之夜，月光很明亮，寒风刮得人睁不开眼睛，我和弟弟在东直门甬路上散步，游兴很浓，不愿停下来，于是从北安门走到药王庙，观看护城河水。当时冰面还没融化，看上去一片洁白，冰面上的冷光和月光交相辉映，顿时感到寒气刺骨。快步走到崇国寺，那里空无一人，只有风铃声和犬吠声相应和。殿上的题额和古碑上的文字，可以清清楚楚地辨认读出。树上的乌鸦，拍手也不惊飞，用小石子投掷，也不飞起，我怀疑它是冻僵了。忽然大风怒吼，沙尘飞舞，我们赶紧用手遮着脸快跑，因口中进沙，齿牙间吱吱作响。快乐不长，痛苦已经百倍。数日后，我又和弟弟去满井游玩，只见树枝疏落，毫无春天的气象。京城的春天是这样，偏远地方官吏的兴致就可以推知了。冬天闭门不出，写了《广庄》七篇。敬请指正。

## 致李子髯[①]

袁宏道

髯公近日作诗否？若不作诗，何以遣此这寂寞日子？人情必有所寄，然后能乐。故有以弈为寄，有以色[②]为寄，有以技为寄，有以文为寄。古之达士，高人一层，只是他情有所寄，不肯浮泛虚度光景。每见无寄之人，终日忙忙，如有所失，无事而忧，对景不乐，即自家亦不知是何缘故。这便是一座活地狱，更说甚么铁床铜柱、刀山剑树也[③]？可怜！可怜！

大抵世上无难为的事，只胡乱做将去，自有水到渠成日子。如子髯之才，天下事何不可为？只怕慎重太过，不肯拼著便做。勉之哉！

毋负知己相成之意可也。

注　释

①本文选自《袁宏道集笺注》。这是作者给妻弟李子髯的书信，以近乎白话的语言写出至亲间亲切真挚的感情。李子髯：名学元，字元善，湖北公安人。少与“三袁”为“六人社”，喜好作诗。万历二十八年（1600）举人。有《矜情集》。

②色：女色。

③铁床、铜柱、刀山、剑树：旧时迷信，说地狱中有此物。

译　文

不知髯公今日是否作诗？若不作诗，那你做什么来消遣这些寂寞的日子呢？人的感情必须有所寄托，然后才能感觉到快乐。所以有人以下棋对弈为情感的寄托，有人以声色犬马为寄托，有人以钻研技艺为乐，有人以写文章为乐。古代出类拔萃的人物，之所以比常人出色，只不过是因为他们的情感有寄托，不肯浪费青春虚度光阴。每当看到感情没有寄托的人，终日忙忙碌碌，心神不宁，若有所失，没什么事却烦忧不已，对着良辰美景也一点都不快乐，连自己也不知道为什么会如此。这样的人生如同活在地狱中一般，何必再说什么地狱中的热铜床、烧铁柱，以及插满剑的树和插满刀的山呢？可怜！可怜！

也许世上并没有什么无法做到的事情，只要放手去做，自然会有水到渠成的那一天。以子髯你的才华，天下事有什么是你做不到的呢？只担心你太过小心谨慎，不肯放开顾忌，大展拳脚。努力吧！希望你不要辜负知己对你的期盼。

## 与丘长孺书[①]

袁宏道

闻长孺病甚，念念。若长孺死，东南风雅尽矣，能无念耶？

弟作令备极丑态，不可名状。大约遇上官则奴，候过客则妓，治钱谷则仓老人[②]，谕百姓则保山婆[③]。一日之间，百暖百寒，乍阴乍阳，人间恶趣，令一身尝尽矣。苦哉！毒哉！

家弟秋间欲过吴。虽过吴，亦只好冷坐衙斋[④]，看诗读书，不得如往时，携侯子登虎丘山故事也。

近日游兴发不？茂苑主人[5]虽无钱可赠客子，然尚有酒可醉，茶可饮，太湖一勺水可游，洞庭一块石[6]可登，不大落寞也。如何？

注　释

①本文选自《袁宏道集笺校》卷五，是作者写给朋友丘长孺的信，大约作于万历二十三年（1595）作者任吴县县令不久。全文如对好友信口直言，无所掩饰，以调侃的语气问候朋友的病情，讲述自己在吴县做县令的体验，又表达了寄意山水的情趣。丘长孺：名坦，字坦之。

②仓老人：管理官仓的老吏。

③保山婆：媒婆。

④衙斋：衙门里供职官燕居之处。

⑤茂苑主人：作者自称。茂苑：代称苏州。语出左思《吴都赋》："佩长洲之茂苑。"

⑥洞庭一块石：指太湖中的东西洞庭山。

译　文

听闻长孺你病重，我心中挂念不安。如果长孺你死了，那东南一带的风雅便会尽失，我能不挂念吗？

我自从做了吴县县令，可谓备极丑态，其中苦楚不可名状。大约就是遇到上司就像个奴仆，迎候过往的巡官就像个娼妓，管理钱粮之事就像个仓老人，教谕百姓就像个啰唆的保山婆。常常一日之内，百暖百寒一起袭来，乍阴乍阳，人间各种丑陋低俗，我这个县令是尝尽了。苦哉！毒哉！

家弟秋日准备来吴县。即使他来吴县，也只能冷坐衙斋看诗读书，不得像旧日那样，偕侯子登虎丘山游览了。

近日你的游兴可发？我虽然无钱可赠客，但尚有酒可与客同醉，亦有茶可与客同饮，有太湖一勺水可与客同游，有洞庭一块石可与客同登，你若前来，定不会太落寞。你意下如何？

## 叙陈正甫《会心集》[1]

袁宏道

世人所难得者唯趣。趣如山上之色，水中之味，花中之光，女中之态，虽善说者不能下一语，唯会心者知之。今之人慕趣之名，求趣之似，于是有辨说书画，涉猎古董以为清；寄意玄虚，脱迹尘纷以为远。又其下则有如苏州[2]之烧香煮茶者。此等皆趣之皮毛，何关神情。

夫趣得之自然者深，得之学问者浅。当其为童子也，不知有趣，然无往而非趣也。面无端容，目无定睛，口喃喃而欲语，足跳跃而不定。人生之至乐，真无逾于此时者。孟子所谓“不失赤子③”，老子所谓“能婴儿④”，盖指此也，趣之正等正觉最上乘也⑤。山林之人，无拘无缚，得自在度日，故虽不求趣而趣近之。愚不肖之近趣也，以无品也。品愈卑故所求愈下。或为酒肉，或然声伎。率心而行，无所忌惮，自以为绝望于世，故举世非笑之不顾也，此又一趣也。迨夫年渐长，官渐高，品渐大，有身如梏，有心如棘，毛孔骨节，俱为闻见知识所缚，入理愈深，然其去趣愈远矣。

余友陈正甫，深于趣者也，故所述《会心集》若干卷，趣居其多。不然虽介若伯夷⑥，高若严光⑦，不录也。噫！孰谓有品如君，官如君，年之壮如君，而能知趣如此者哉！

## 注 释

①本文选自《袁宏道集笺校》，是作者为陈正甫《会心集》所作的序。文章大谈情趣，而文章本身亦颇有情趣。陈正甫：即陈所学，字正甫，万历十一年（1583）进士，时任徽州知府，善谈性理之学。《会心集》：陈正甫选取一些古人言行录或诗文而编成的集子。叙：通“序”，为……作序。

②苏州：唐代诗人韦应物终于苏州刺史任上，史称“韦苏州”。

③不失赤子：《孟子·离娄下》：“大人（有德行的人）者，不失其赤子之心者也。”赤子：初生的婴儿。

④能婴儿：《老子》第十章：“专气致柔，能婴儿乎？”大意为：聚结精气以至柔和温顺，能像无欲的婴儿吗？

⑤正等：即上等。正觉：佛教谓洞明真谛，大彻大悟的境界。

⑥介：耿介，有操守。伯夷：商末孤竹君长子。周武王灭商后，伯夷与其弟叔齐逃到首阳山，不食周粟而死。

⑦高：清高。严光：字子陵，东汉初会稽余姚人，曾与刘秀同学。刘秀即位，多次延聘他，但他隐姓埋名，退居富春山。

## 译 文

世上的人最难得的只有情趣。情趣就像山上的景色、水的味道、花的光彩、女子的姿态，即使擅长言辞的人也不能一句话说清楚，只有领会于心的人知道它。如今有人羡慕情趣的名声，做出得到情趣的样子，于是有人辨识谈论书画，收藏古董，认为这样就有了清雅的情趣；有人寄意于玄妙空洞的谈论，摆脱尘俗纷扰去隐居，认为这就是脱俗的情趣。还有更低等的，有人模仿韦应物烧香煮茶，自以为很有情趣。这些都只不过是情趣的表面，与情趣的精髓有什么关系呢？

情趣，如果是从自然中得到的就是深层的情趣，如果是从学问中得到的往往就是肤浅的情趣。当一个人还是小孩子的时候，根本就不知道有情趣这种东西存在，但是他的所作所为都有真正的情趣。脸上没有故作庄重的神色，眼睛不专注于某一物，嘴里喃喃地自言自语，双脚跳跃不定。人生最快乐的时光，真没有超于此时的。孟子所说的“没有失去孩童淳朴天真的心思”，老子所说的“能够像刚出生的婴儿一样”，大概都是指这种情况，情趣在最无私心杂念、最大彻大悟的时候才是最上乘的情趣。生活在山林的人，无拘无束，能够自由自在地生活，所以虽然不刻意地追求情趣而情趣却自然靠近他。愚昧无才能的人之所以有情趣，是因为他们没有品第。品第越是卑下，所追求的东西就越低下。有的是酒肉，有的是歌女。想干什么就干什么，无所顾忌，自己认为在世上不追求什么了，所以全天下的人批评嘲笑他他也不顾，这又是一种情趣。等到年纪越来越大，官职越做越大，品级越来越高，身体像套着无形的枷锁，心灵如同扎着芒刺一般，全身心都为见闻知识所束缚，道理学得越深，而离情趣却越远。

我的朋友陈正甫，是个深谙情趣真谛的人，所以他所编著《会心集》中的若干人，有情趣的居多。如果没有情趣，即使耿介如伯夷，清高如严光的，也不收录。呀，谁称得上像正甫君你这样，既有品级，又有官职，年纪正值壮年，却又如此懂得情趣的呢！

## 识伯修遗墨后[1]

袁宏道

伯修酷爱白、苏二公，而嗜长公[2]尤甚。每下直[3]，辄焚香静坐，命小奴伸纸，书二公闲适诗，或小文，或诗余一二幅。倦则手一编而卧，皆山林会心语，近懒近放者也。余每过抱瓮亭[4]，即笑之曰：“兄与长公，真是一种气味。”伯修曰：“何故？”余曰：“长公能言，吾兄能嗜，然长公垂老玉局[5]，吾兄直东华[6]，事业方始，其不能行一也。”伯修大笑，且曰：“吾年止是东坡守高密时[7]，已约寅年入山，彼时才得四十三岁，去坡翁玉局尚二十余年，未可谓不能行也。昔乐天七十致仕，尚自以为达，故其诗云‘达哉达哉白乐天’，此犹白头老寡妇，以贞骄人，吾不学也。”因相与大笑。

未几而伯修下世。嗟乎！坡公坎坷岭外，犹得老归阳羡[8]；乐天七十罢分司[9]，优游履道尚十余年。使吾兄幸而跻下寿，长林之下，兄倡弟和，岂二公所得比哉？弟自壬辰[10]得第，宦辙[11]已十三年，然计居官之日，仅得五年。山林花鸟，大约倍之。视兄去世之年，仅余四载。夫兄以二老为例，故以四十归田为早，若弟以兄为例，虽即今不出，犹恨其迟也。世间第一等便宜事，真无过闲适者。白、苏言之，兄嗜之，弟行之，皆奇人也。甲辰[12]闰九月九日，弟宏道书于栀子楼。

## 注　释

①本文选自《袁宏道集笺校》。作者由兄长之遗墨追忆当年兄弟之间趣事，充满了对往昔时光的怀念和兄长早逝的憾恨，字里行间透露着拳拳兄弟深情。

②长公：指苏轼。

③下直：在宫中当值结束，下班。

④抱瓮亭：袁宗道在京居处的亭名。

⑤长公垂老玉局：苏轼晚年，宋徽宗曾任他为成都府玉局观提举。

⑥直：供职。东华：指朝廷。

⑦东坡守高密时：北宋熙宁七年（1074）十一月，苏轼任密州知州，时密州辖诸城、安丘、高密、莒县、胶西五县。

⑧阳羡：古县名，隋代改称义兴县，属常州，即今江苏宜兴。苏轼晚年屡遭贬谪，最远贬居儋州（今海南儋县）。宋徽宗即位后，召其回朝。苏轼于北归途中卒于常州。

⑨分司：唐宋制度，中央之官有在陪都（洛阳）执行任务者，称为“分司”。但除御史之分司有实权外，其他分司多用以优待退闲之官，并无实权。

⑩壬辰：即万历二十年（1592），此年袁宏道中进士。

⑪宦辙：指仕宦之路，为官之行迹、经历。

⑫甲辰：即万历三十二年（1604）。

## 译　文

伯修酷爱白乐天、苏东坡二公的诗文，尤其钦慕东坡公。每天当值结束回家，就焚香静坐，命童仆铺开纸张，书写二公风格闲适的诗作，或小文，或词一二幅。疲倦了就双手一合，随意地躺下休息，他所书写的都是山林会心之语，像个懒散之徒，也像个豪放之士。我每次去抱瓮亭，都笑他说：“兄长与东坡公，真是一种气味。”伯修问：“此话怎讲？”我说：“东坡公能言，兄长您能痴爱，然而东坡公垂老时仅担任成都府玉局观提举一职，兄长您供职朝廷，事业才刚刚开始，在不得施展抱负方面，你们是一样的。”伯修大笑，说：“我的年龄只不过和东坡公守高密时一样，才三十八岁，我已决定寅年退隐，那时我也才四十三岁，仍比东坡公担任成都府玉局观提举时年轻二十多岁，所以我不能说不得志。从前白乐天七十岁致仕，仍自以为显达，所以他作诗云‘达哉达哉白乐天’，这就好比白头老寡妇，还以贞操在人们面前夸耀，我不学他。”我们俩相与大笑。

没过多久伯修就去世了。唉！东坡公在岭南坎坷流离，仍能在晚年回到阳羡；白乐天七十岁罢官分司，此后仍能优游履道十余年。倘若吾兄能得下寿，长林之下，我们兄倡弟和，这乐趣岂是白、苏二公可比的？我自从壬辰年及第，仕宦之路已历十三年，然而仔细算算，真正担任官职也仅有五年。游赏山林花鸟的年日，倒是居官的两倍。兄长去世至今，剩下我一人，也已经四年了。兄长以二老为例，认为四十岁归隐田园尚早，假如我以兄长为例，那么即使我现在就隐居不出，仍是太迟。世间第一等便宜事，真没有超过闲适的了。白、苏言之，吾兄好之，弟行之，我们都算是世间奇人了。甲辰年闰九月初九，弟宏道书于栀子楼。

## 识张幼于惠泉诗后[①]

袁宏道

余友麻城丘长孺，东游吴会[②]，载惠山泉三十坛之团风[③]。长孺先归，命仆辈担回。仆辈恶其重也，随倾于江。至倒灌河，始取山泉水盈之。长孺不知矜重甚。次日，即邀城中诸好事尝水。诸好事如期皆来，团坐斋中，甚有喜色。出樽取瓷瓯[④]，盛少许，递相议，然后饮之。嗅玩经时，始细嚼咽下，喉中汩汩[⑤]有声，乃相视而叹曰：“美哉水也！非长孺高兴，吾辈此生，何缘得饮此水！”皆叹羡不置[⑥]而去。半月后，诸仆相争，互发其私事。长孺大恚[⑦]，逐其仆。诸好事之饮水者，闻之愧叹而已。

又余弟小修，向亦东询，载惠山、中泠泉[⑧]各二樽归，以红笺书泉名记之。经月余，抵家，笺字俱磨灭。余诘弟曰：“孰为惠山？孰为中泠？”弟不能辨。尝之，亦复不能辨。相顾大笑。

然惠山胜中泠，何况倒灌河水？自余吏吴来，尝水既多，已能辨之矣。偶读幼于此册，因忆往事，不觉绝倒[⑨]。此事政与东坡河阳美猪肉事相类[⑩]，书之并博幼于一笑。

注　释

①本文选自《袁宏道集笺校》。作者由张幼于之惠泉诗忆起当年趣事，

并因此大笑绝倒，其闲适心境跃然纸上。张幼于：即张献翼，字幼于，嘉靖中国子监生。为人放荡不羁，言行诡异，与兄凤翼、燕翼并有才名，时称“三张”。

②吴会：今绍兴的别称。

③惠山泉：位于今江苏无锡西郊惠山山麓锡惠公园内，相传茶圣陆羽亲品其味，乾隆御封为“天下第二泉”。团风：县名，今属湖北。

④樽、瓯：皆为盛酒器。

⑤汩汩：水流声。

⑥不置：不止。

⑦恚（huì）：怒。

⑧中泠泉：又称中濡泉、南泠泉，位于江苏镇江金山寺外。

⑨绝倒：前仰后合地大笑。

⑩政：通“正”。东坡河阳美猪肉事：苏轼《仇池笔记》载：“予昔在岐下，闻河阳猪肉至美，使人往致之。使者醉，猪夜逸，买他猪以偿，吾不知也。客皆大诧，以为非他产所及。已而事败，客皆大惭。”

## 译文

我的好友麻城人丘长孺，东游吴会，载了三十坛惠山泉水回到团风。长孺先回，命仆人把泉水挑回。仆人们抱怨泉水太重，随即就把三十坛惠山泉水都倾倒入长江里。挑着空坛子到了倒灌河，这些仆人又取当地山泉水把三十个坛子装满。长孺不知情，对这些泉水非常爱惜。次日，他邀请城中诸多好友前来尝水。诸好友如期而至，团坐于斋中，每个人都面带喜色。长孺取出酒樽和瓷瓯，给每人倒上少许，众人相互议论，然后饮下。嗅玩了好久，才缓缓咽下，喉中汩汩有声，喝完众人相视感叹道：“真是好泉水啊！不是长孺好兴致，我们这辈子哪有机会喝到这样的好泉水！”皆叹羡不止，然后离去。半月后，仆人们吵架，互相揭发偷换泉水的事。长孺得知后大怒，把当初挑泉水的仆人全部赶走。长孺那些喝过水的好友们听闻此事后，皆愧叹不已。

我的弟弟小修，前段时间也在东南游历，载回惠山泉水和中泠泉水各两樽，用红笺书写泉名加以区分。历时一个多月运到家，红笺上的字都看不清了。我责问弟弟说：“哪个是惠山泉？哪个是中泠泉？”弟弟也不能分辨。尝尝口味，还是不能分辨。我俩相视大笑。

然而惠山泉本来就是胜过中泠泉的，更何况是倒灌河的水？自从我担任吴县县令以来，尝过的好泉水已经很多了，已经能分辨其口味了。偶然读到幼于的诗册，回忆起往事，不觉大笑绝倒。丘长孺的故事正与苏东坡夸赞河阳猪肉之事相似，写下来博幼于一笑。

# 拙效传[1]

袁宏道

石公[2]曰："天下之狡于趋避者，兔也，而猎者得之。乌贼鱼吐墨以自蔽，乃为杀身之梯，巧何用哉？夫藏身之计，雀不如燕[3]；谋生之术，鹳不如鸠[4]，古记之矣。作《拙效传》。"

家有四钝仆：一名冬，一名东，一名戚，一名奎。冬即余仆也。掀鼻削面，蓝眼虬须[5]，色若绣[6]铁。尝从余武昌，偶令过邻生处，归失道，往返数十回，见他仆过者，亦不问。时年已四十余。余偶出，见其凄凉四顾，如欲哭者，呼之，大喜过望。性嗜酒，一日家方煮醪[7]，冬乞得一盏，适有他役，即忘之案上，为一婢子窃饮尽。煮酒者怜之，与酒如前。冬伛偻突间[8]，为薪焰所着，一烘而过，须眉几火。家人大笑，仍与他酒一瓶。冬甚喜，挈瓶沸汤中，俟暖即饮，偶为汤所溅，失手堕瓶，竟不得一口，瞠目而出。尝令开门，门枢[9]稍紧，极力一推，身随门辟，头颅触地，足过顶上，举家大笑。今年随至燕邸[10]，与诸门隶嬉游半载，问其姓名，一无所知。

东貌亦古，然稍有诙气。少役于伯修。伯修聘继室时，令至城市饼。家去城百里，吉期已迫，约以三日归。日晡[11]不至，家严[12]同伯修门外望。至夕，见一荷担从柳堤来者，东也。家严大喜，急引至舍，释担视之，仅得蜜一瓮。问饼何在，东曰："昨至城，偶见蜜价贱，遂市之。饼价贵，未可市也。"时约以饼纳礼，竟不得行。

戚、奎皆三弟仆。戚尝刈薪，跪而缚之，力过绳断，拳及其胸，闷绝[13]仆地，半日始苏。奎貌若野獐，年三十，尚未冠[14]，发后攒作一纽，如大绳状。弟与钱市帽，奎忘其纽，及归，束发如帽，眼鼻俱入帽中，骇叹竟日。一日至比舍[15]，犬逐之，即张空拳相角，如与人交艺者，竟啮其指。其痴绝皆此类。

然余家狡狯[16]之仆，往往得过，独四拙颇能守法。其狡狯者，相继逐去，资身无策，多不过一二年，不免冻馁。而四拙以无过，坐而衣食，主者谅其无他，计口而受之粟，唯恐其失所也。噫，亦足以见拙者之效矣。

## 注 释

①本文选自《袁宏道集笺校》卷十九。作者以漫画的笔法、具体的事例，生动地描写了家中四位仆人。他们同样拙笨可笑，却同中有异，各具神态。作者借此表达了对为人处世之道的深沉感慨，文笔诙谐有趣，又耐人寻味。

②石公：作者自号石公。

③夫藏身之计，雀不如燕：燕子住在人的头顶，却没人去伤害它们，说明越危险的地方越安全。

④谋生之术，鹳不如鸠：斑鸠不觅食自有主人喂养，说明守规矩的人不容易饿死。

⑤虬须：卷曲的胡须。

⑥绣：当作"锈"字。

⑦醪（láo）：浊酒。

⑧伛偻（yǔ lǚ）：腰背弯曲。突：烟囱。这里指灶火。

⑨门枢：门上的转轴。

⑩燕：北京。邸：官邸。

⑪晡（bū）：申时，下午三点至五点。

⑫家严：在别人面前对自己父亲的谦称。

⑬闷绝：晕倒。

⑭冠：古代男子二十要行成人礼。结发戴冠。

⑮比舍：隔壁邻居。

⑯狡狯：狡猾，诡诈。

## 译 文

石公说："全天下在趋利避害方面最狡猾的是兔子，但猎人却捉到了它。乌贼在遇到危险时能够吐出墨色汁液来隐蔽自己，然而这却成为了招来杀身之祸的原因。玩弄技巧又有什么用呢？藏身的本领，麻雀赶不上燕子；谋生的方法，鹳鸟赶不上斑鸠，古代已有记载。我现在写了这《拙效传》。"

我家中有四个愚钝的仆人：一个名叫冬，一个名叫东，一个名叫戚，一个名叫奎。冬就是我的仆人。冬两鼻朝天，面孔瘦削，蓝色眼睛，满脸虬须，面色像锈铁。他曾跟随我到武昌，一次我命他去拜访不远处的一位朋友，他回来时迷了路，来回走了数十次，看见其他仆人经过，他也不开口询问。当时他已经四十多岁了。我恰好出去，看见他可怜巴巴地四处张望，像是要哭的样子，便招呼他，他看到我，顿时大喜过望。冬喜欢喝酒。一天，家里正酿酒，他求得一碗，恰好有其他差事，他就将酒忘在案上，被一个婢女偷着喝掉了。酿酒的人同情他，便又像先前那样给了他一碗。他弯着身子到灶间去烫酒，酒被火焰点着，"轰"的一下，几乎烧掉了他的眉毛。家里人大笑，便又给他一瓶酒。冬十分高兴，将酒瓶放到滚烫的热水中，准备等到酒热了再喝，不料手又被溅起的热水烫了一下，失手将酒瓶掉入热水中，到最后他都没能喝到一口酒，只好瞪着眼睛出去了。曾经让他开门，门的转轴稍紧，他用力一推，身随门开，头触到地上，脚弯过了头顶，惹得全家人大笑不止。今年他随我到燕京的住所，与那些守门的仆役玩耍了半年，可问起与他玩耍的那些仆人的姓名，他一个也答不上来。

东的相貌也很奇特，但稍微有些诙谐的意味。他年轻时在伯修家做事。伯修给续娶之妻家里下聘礼的时候，叫他到城里去买饼。家离城有百来里，佳期已经迫近，便要他在三日内赶回来。到了第三天下午申时还不见他回来，我父亲便和伯修到门外张望。到了傍晚，看见一个人挑着担子从柳堤方向走来，那就是东。父亲大喜，赶快迎回家里，放下担子一看，只看到一瓮蜂蜜。问他饼在哪里，他说："昨天到城里，见到蜂蜜的价格低廉，于是就买了。饼的价格比较贵，不值得买。"当时的风气要用饼作为下聘的礼物，因为没买到饼，最后也没有办法行聘礼。

戚和奎都是三弟的仆人。戚曾经去砍柴，他跪下来捆柴，用力过猛，绳子断了，拳头打到胸部，晕倒在地，半天才苏醒过来。奎的相貌像野獐，年已三十，还没有行冠礼，头发在脑后扭成一个高高的发髻，像很粗的绳子扭在一起一样。三弟给他钱去买帽子，奎在试帽子时忘了自己头上扭成的高高的发髻，等到回来，解开发髻，束发戴帽，结果帽子太大，戴上时把鼻子眼睛全遮住了，他惊叹了一整天。一天，奎到邻居家去，一只狗追他，他便摆开双拳与狗厮打，就好像与人比武一般，最后被狗咬了手指头。他们的痴愚都是如此。

但是我家狡猾的仆人，常常犯过错，只有这四个拙笨的仆人很能守规矩。那些狡猾的仆人，相继被赶走了，他们没有办法养活自己，大多不到一两年，就难免挨饿受冻。但这四个拙仆，因为没有过错，不用操心就有衣有食，主人体谅他们没有其他谋生办法，便根据他们的人口给他们粮食，唯恐他们失去立身之地。唉！这也足以看出愚拙的好处啊。

## 楮亭记[1]

袁中道

金粟园后，有莲池二十余亩，临水有园，楮树丛生焉。予欲置一亭纳凉，或劝予："此不材木也，宜伐之，而种松柏。"予曰："松柏成阴最迟，予安能待？"或曰："种桃李。"予曰："桃李成荫，亦须四五年，道人之迹如游云。安可枳[2]之一处？予期目前可作庇阴者耳。楮虽不材，不同商丘之木，嗅之狂酲三日不已者[③]，盖亦界于材与不材之间者也。以为材，则不中梁栋枅栌之用[④]；以为不材，则皮可为纸，子可为药，可以染缯，可以颒[⑤]面，其用亦甚夥。昔子瞻[⑥]作《宥老楮诗》，盖亦有取于此。”

今年夏，酷暑，前堂如炙，至此地则水风泠泠袭人，而楮叶皆如掌大，其阴甚浓，遮樾[⑦]一台。植竹为亭，盖以箬，即曦色不至，并可避雨。日西，骄阳隐蔽层林，啼鸟沸叶中，沉郁有若深山。数日以来，此树遂如饮食衣服，不可暂废，深有当[⑧]于予心。自念设有他树，犹当改而植此，而况已森森如是，岂惟宥[⑨]之哉？且将九锡[⑩]之矣，遂取之以名吾亭。

## 作者简介

袁中道（1570—1623），字小修，湖北公安人。万历四十四年（1616）进士，授徽州府教授，历国子监博士，官至南京礼部郎中。与兄宗道、宏道并称“三袁”，为公安派代表作家之一。著有《珂雪斋近集》，今本有《珂雪斋集》。

## 注　释

①本文选自《珂雪斋近集》。文章叙述了楮树的用处和楮亭的由来，并借题发挥，形象地阐明了只有“处乎材与不材之间，才能保全性命”的观点，也隐隐表达了作者对人才生存处境的思索。楮（chǔ）：落叶乔木，叶似桑，皮可制纸。

②枳：疑通“滞”。

③“不同商丘之木”两句：《庄子·人间世》：“南伯子綦游乎商之丘，见大木焉，有异……嗅之，则使人狂酲三日而不已。”酲（chéng）：醉酒。

④枅（jī）：柱上的方木。栌：柱头承托栋梁的方木。

⑤颒（huì）：洗脸。

⑥子瞻：即苏轼，字子瞻，其《宥老楮诗》说楮树用处“略数得五六”。

⑦樾（yuè）：树荫。

⑩当（dàng）：适合。

⑨宥（yòu）：通“侑”，酬答。

⑧九锡：古代皇帝赐给诸侯、大臣有殊勋者的九种礼器，是最高礼遇的表示。

## 译　文

金粟园后面，有一个二十多亩的莲池，水边有一个园子，楮树生长得很茂盛。我想在那里建一个小亭子以供纳凉，有人劝我说：“楮树不是一种有材用的树，最好把它砍去，种上松柏。”我说：“松柏长得很慢，需要很久才会有阴凉，我怎能等得了？”又有人建议说：“种上桃李。”我回答说：“桃李成荫，也需要等四五年，道人云游四海，像云一样游走，怎能滞留于一处呢？我需要的是现在可以用来乘凉的。楮树虽然不能有大材用，但也不像商丘的树木，闻了之后让人狂醉三天而不能自已，也介于有材用和无材用之间。如果认为它有材用，它却不能用来作为顶梁柱。如果认为它无材用，它的皮却可以做纸，结的果实可以用药，也可染丝织品，可以洗脸，用处还是很多的。以前苏轼作《宥老楮诗》，大概也是来源于此种说法。

今年夏天，天气非常热，待在前面的堂屋就像火烧一样，到了这个地方却清风送爽，凉快无比，而且楮树叶都有手掌那样大小，树荫很密很大，整个亭台都在树荫之下。在亭子周围种上竹子，亭子上盖上箬叶，阳光就遮住了，还可以避雨。太阳西移，隐藏于茂密的树林，枝叶间小鸟因为热而鸣叫着，沉闷的气氛就像是在深山老林里一样。这些日子以来，在楮树下纳凉就像穿衣吃饭，未曾有一天停息，甚是合乎我的心意。自己思量种植别的树木，还是应当种植楮树，而且到了现在，楮树已经长得繁盛茂密，难道不应该感谢它吗？那么就用最高的殊荣对待它，所以以之为我这座亭子的名字。

## 游高梁桥记[①]

袁中道

高梁旧有清水一带，柳色数十里，风日稍和，中郎拉予与王子往游[②]。时街民皆穿[③]沟渠淤泥，委积道上，羸马不能行，步至门外。

于是三月中矣，杨柳尚未抽条，冰微泮[④]，临水坐枯柳下小饮。谭锋甫畅[⑤]，而飙风[⑥]自北来，尘埃蔽天，对面不见人。中目塞口，嚼之有声。冻枝落，古木号，乱石击。寒气凛冽，相与御貂帽，着重裘以敌之，而犹不能堪，乃急归。已黄昏，狼狈沟渠间，百苦乃得至邸，坐至丙夜[⑦]，口中含沙尚砾砾[⑧]。

噫！江南二三月，草色青青，杂花烂城野，风和日丽，上春[⑨]已可郊游，何京师之苦至此。苟非大不得已，而仆仆[⑩]于是，吾见其舛[⑪]也。且夫贵人所以不得已而居是者，为官职也。游客山人所以不得已而至是者[⑫]，为衣食也。今吾无官职，屡求而不获，其效亦可睹矣。而家有产业可以糊口，舍水石花鸟之乐，而奔走烟霾沙尘之乡，予以问予，予不能解矣。然则是游也宜书，书之所以志予之嗜进[⑬]而无耻，颠倒而无计算也。

## 注　释

①本文选自《珂雪斋近集》。文章记述了初春高梁桥的一次游历，作者由此生出对家乡的思念，抒发了仕进无果的牢骚与愤懑。

②中郎：即袁宏道。王子：即王袗，字章甫。

③穿：挖通，疏通。

④泮（pàn）：融化。

⑤谭：通“谈”。甫：才，刚刚。

⑥飚（biāo）风：暴风。

⑦丙夜：三更时分。

⑧砾（lì）砾：口中含有碎沙。

⑨上春：农历正月，也泛指初春。

⑩仆仆：形容旅途劳顿的样子。

⑪舛（chuǎn）：谬误。

⑫游客：这里指门客，古代出外投靠权贵的人。山人：这里指从事卜卦、算命等迷信职业的人。

⑬进：仕进。

## 译　文

高梁桥原有清澄如玉带一般的河水，岸上杨柳绵延几十里，这日天气稍稍暖和一些，中郎拉我和王章甫一道前去游览。当时街上百姓正在疏通沟渠中的淤泥，淤泥堆积在路上，马瘦弱而无法行走，我们只好步行来到西直门外。

这时已是三月中旬，柳树还没有发芽，冰稍稍融化，我们坐在水边枯柳树下喝酒。交谈刚刚畅快的时候，暴风从北而来，顿时尘埃遮蔽了天空，就连对面的人都看不到。沙石进入眼睛，堵塞口鼻，在口中发出响声。冻住的树枝被吹落，古树在风中呜呜号叫，乱石相互撞击。天气十分寒冷，我们一起戴上貂皮帽，穿上厚皮袄抵挡暴风，然而仍不能忍受，于是急忙回家。到黄昏时，十分狼狈地走在沟渠间，历经千辛百苦才到家，坐到半夜，口中还有碎沙。

唉！江南二三月，草色青青，城野杂花烂漫，风和日丽，正月就已经可以去郊游，为什么京都的气候恶劣到这种地步？如果不是迫不得已，风尘仆仆来到这里，我觉得是很荒谬的选择。况且达官贵人之所以不得不居住在这里，为的是担任官职。游客、山人之所以不得不到这里，为的是谋取吃穿。如今我没有官职，屡屡谋求却得不到，后果也是可以看得见的了。家里本来有产业可以维持生计，却舍去享受山水花鸟风光的乐趣，奔走在充满浑浊烟气沙尘的地方，我问自己原因，自己也无法解释。既然如此，那么这次出游也应当写下来，写下它用来记述我沉迷于仕进而不知羞耻，以及做事本末倒置而缺乏考虑。

## 游岳阳楼记[①]

袁中道

洞庭为沅湘等九水之委[②]，当其涸时，如匹练耳；及春夏间，九水发而后有湖。然九水发，巴江[③]之水亦发，九水方奔腾皓淼，以趋浔阳[④]；而巴江之水，卷雪轰雷，自天上来。竭此水方张之势，不足以当巴江旁溢之波。九水始若屏息敛衽[⑤]，而不敢与之争。九水愈退，巴江愈进，向来之坎窞[⑥]，隘不能受，始漫衍为青草，为赤沙，为云梦，澄鲜[⑦]宇宙，摇荡乾坤者八九百里。而岳阳楼峙于江湖交会之间，朝朝暮暮，以穷其吞吐之变态，此其所以奇也。楼之前，为君山[⑧]，如一雀尾垆[⑨]，排当水面，林木可数。盖从君山酒香、朗吟亭上望，洞庭得水最多，故直以千里一壑，粘天沃日为奇[⑩]。此楼得水稍诎[⑪]，前见北岸，政须君山妖蒨[⑫]，以文其陋。况江湖于此会，而无一山以屯蓄之，莽莽洪流，亦复何致。故楼之观，得水而壮，得山而妍也。

游之日，风日清和，湖平于熨。时有小舫往来，如蝇头细字，着鹅溪练[⑬]上。取酒共酌，意致闲淡。亭午[⑭]风渐劲，湖水汩汩有声。千帆结阵而来，亦甚雄快[⑮]。日暮，炮车云生，猛风大起，湖浪奔腾，雪山汹涌，震撼城郭。予始四望惨淡，投箸而起，愀然[⑯]以悲，泫然[⑰]不能自已也。

昔滕子京[⑱]以庆帅左迁此地，郁郁不得志，增城楼为岳阳楼。既成，宾僚请大合乐落之，子京曰：“直须凭栏大哭一番乃快！”范公“先忧后乐”之语[⑲]，盖亦有为而发。夫定州之役[⑳]，子京增堞[㉑]籍兵，慰死犒生，边垂以安，而文法吏[㉒]以耗国议其后。朝廷用人如此，诚不能无慨于心。第以束发[㉓]登朝，入为名谏议[㉔]，出为名将帅，已稍稍展布其才；而又有范公为知己，不久报政最矣，有何可哭？至若予者，为毛锥子[㉕]所窘，一往四十余年，不得备国家一亭一障之用。玄鬓已皤[㉖]，壮心日灰。近来又遭知己骨肉之变，寒雁一影，飘零天末，是则真可哭也，真可哭也！

## 注　释

①本文选自《珂雪斋近集》。文章描绘了洞庭湖岳阳楼的壮阔景观，将自身遭遇同滕子京贬官修楼作比，抒发了壮志难酬、孤身天涯之深切悲愁。

②沅湘：沅水和湘水的并称。二水皆在湖南省。委：积聚，汇集。

③巴江：此指长江。

④浔阳：今江西九江。

⑤屏息：屏住呼吸，表示敬畏。敛衽：整理衣襟，表示恭敬。

⑥坎窦：坑洞。

⑦澄鲜：清新。这里作动词。

⑧君山：洞庭湖中小岛。

⑨垆：旧时酒店里安放酒瓮的土台子。

⑩粘天：贴近天，仿佛与天相连。沃日：冲荡日头。形容波浪大。

⑪诎：通"屈"，弯曲。这里指窄小。

⑫政：通"正"。妖蒨：妖媚。

⑬鹅溪练：产于四川盐亭鹅溪的绢帛，这里指如绢的溪流。

⑭亭午：正午。

⑮雄快：豪爽痛快。

⑯愀然：忧愁貌。

⑰泫然：流泪貌。

⑱滕子京：即滕宗谅，字子京，洛阳人，与范仲淹同科进士。庆历二年（1042），西夏军进犯泾原，滕子京时任泾州知州，沉着应战，动员数千百姓共同守城；又招募勇敢之士侦察敌军之远近及兵力之多少。后经略安抚招讨使范仲淹率一万五千人解泾州之危。滕子京张罗供应柴粮，确保了战争所需一切物资，终于将西夏军击退。次年滕子京调京任职，朝臣郑戬、梁坚告发他在泾州滥用官府钱财十六万贯，其实，所谓十六万贯钱是诸军月供给费，用在犒劳羌族首领及将士的费用只有三千贯。

⑲范公"先忧后乐"之语：滕子京被贬岳州，重新修建岳阳楼，并请好友范仲淹作记。范仲淹作《岳阳楼记》，其中有"先天下之忧而忧，后天下之乐而乐"句。

⑳定州之役：当指泾州保卫战。

㉑堞：这里指城墙。

㉒文法吏：通晓法令、执法严峻的官吏。

㉓束发：古代男孩成童时束发为髻，因以代指成童之年。这里指青少年。

㉔谏议：劝谏。这里指文臣。

㉕毛锥子：毛笔的别称。这里指文章。

㉖皤：白色。

## 译 文

洞庭湖是沅江、湘江等九条河流汇集而成。秋冬时节湖水因为寒冷凝结，如同一匹白绢；等到春夏季节，九条河流水发以后才有眼前的湖面。但是，这九条河流水发的时候，长江也正发大水。九条河流奔腾浩荡，直奔浔阳；而长江之水，波浪如同卷起的白雪，声音如同雷霆轰鸣，仿佛从九天上飞流直下。竭尽那九条河流正涨潮的势头，也不足以抵挡长江旁溢的波浪。这九条河流只得像人屏住呼吸裹紧衣服一样不敢和长江争雄。九条河流越退却，长江越进逼，原来的那些坑洞狭小，根本不能承受长江的冲击，开始涨满潮水成为青草湖、赤沙湖、云梦湖，使天地清新涣然摇撼天地八九百里。而岳阳楼耸立于江湖交汇之处，看尽它变幻无穷的吞吐之态，这是岳阳楼奇特的地方。楼前面是君山，像一尊雀尾垆，劈开水面，正对着这座楼，山上的树木清晰可数。从君山上的酒香亭、朗吟亭上远望，洞庭湖湖面最广，故此处以水域广阔千里，远接天际，波浪巨大，冲荡日头为妙。岳阳楼上见到的水面稍窄，前面能看到长江北岸，正好必须以君山的妖媚来修饰它的不足，何况江湖在此交汇的气势，如果没有一座山来包容，只是莽莽洪流，又有什么意趣呢？所以楼的气势，有了水才雄壮，有了山才美丽。

我们游览的这一天，风和日丽，湖面像被熨烫过一样平坦。不时有小船来来往往，如蝇头小字写在白练似的溪流上。举酒同饮，意趣闲淡。中午时分，风渐渐大起来，湖水汩汩有声。很多船只排阵而来，场景壮丽让人痛快。傍晚时分，状如炮车般的黑云升腾，狂风大作，湖面波浪奔腾，白色的波浪如雪山汹涌起伏，震撼城郭。我这时环顾四周一片惨淡，放下筷子站立起来，忧惧悲伤，伤心流泪不能自制。

从前滕子京因在庆州统领军队抗敌的事情被贬官到这里，因不得志而心情忧郁，扩大原有城楼的规模而造就了现在的岳阳楼。等到完工，宾客同僚请典礼大乐庆祝落成。滕子京说：“简直要扶着栏杆大哭一场才觉得痛快。”范仲淹“先忧后乐”的话，是为滕子京有作为而发的感慨。定州一役，滕子京增高城墙，招募士卒，告慰死者，犒劳生者，边疆得以安宁。但后来执掌法律的官员却以耗费国家资财的罪名上书弹劾，此后滕子京被贬官到岳州。朝廷如此用人，怎么能不让人心生感慨呢？但是，他年纪轻轻就入朝做官，在朝廷是有名的文臣，出朝廷在外统领军队是知名的武将，年轻时就已展示了自己的才华；他又有范仲淹这样的名士为知心好友，贬官不久政绩卓著至极，有什么值得哭的呢？至于我，被诗文写作束缚，一下子就是四十多年，没有得到国家任何任用。黑色的鬓发已经白了，往日的壮志已逐渐心灰意冷，近来又遭遇兄弟病故，我像冬日的大雁形单影只，飘零天涯，这才真的值得哭，真正值得大哭一场啊！

## 夜　雪[1]

袁中道

夜雪大作，时欲登舟至沙市[2]，竟为雨雪所阻。然万竹中雪子敲戛[3]，铮铮有声，暗窗红火，任意看数卷书，亦复有少趣。自叹每有欲往，辄复不遂，然流行坎止[4]，任之而已。鲁直[5]所谓无处不可寄一梦也。

### 注　释

①本文选自《珂雪斋近集》。文章写夜雪之景，简笔勾勒，传形写照，笔触轻灵，极富韵味，同时表达出作者随遇而安的闲适心态。

②沙市：在湖北江陵县东南十五里长江北岸。

③雪子：即霰，南方称雪子。敲戛（jiá）：敲击。

④流行坎止：遇坎而止，乘流则行。比喻依据环境的逆顺确定进退行止。

⑤鲁直：即黄庭坚，字鲁直，北宋文学家。

### 译　文

夜里忽然下起了大雪。当时原本是准备乘船到沙市的，最终为大雪所阻。然而在屋子里听着雪击打着竹林发出的铮铮声，就着昏暗的窗子与红红的烛火，随意地翻看一些书，也颇有一番趣味。自叹每次有想去的地方，总是不能成行，然后是行是止，随它吧。正如黄鲁直所说“没有什么地方不可以寄一梦”。

## 一瓢道人传[1]

袁中道

一瓢道人，不知其名姓，尝持一瓢浪游鄂岳间[2]，人遂呼为一瓢道人。道人化于澧州[3]。澧之人，渐有得其踪迹者，语予云：“道人少读书不得志，弃去，走海上从军。时倭寇方盛，道人拳勇非常，从小校得功，至裨将。后失律[4]畏诛，匿于群盗，出没吴楚间。久乃厌之，以资市歌舞妓十余人，卖酒淮扬间，所得市门资，悉以自奉，诸妓更代侍之。无日不拥艳冶，食酒肉，听丝竹，饮食供侍，拟于王者。又十余年，心复厌之，亡去，乞食湖湘间。后至澧。澧人初不识，既久，出语颠狂，多奇中⑤，发药有效。又为人画牛。信口作诗，有异语，人渐敬之。馈好衣服饮食，皆受而弃之，人以此多延款道人。道人栖古庙中。一日于炉灰里取金一挺⑥，付祝⑦云：'为我召僧来礼忏。'忏毕，买一棺自坐其中，不覆，令十余人移至城市上，手作拱揖状，大呼曰：'年来甚扰诸公，贫道别矣。'虽小巷间，无不周遍，一市大惊。复还至庙中，乃仰卧命众人曰：'可覆我。'众人不敢覆，视之，已去矣。遂覆而埋之。举之甚轻，不类有人者。"余闻而大异焉。

人又问曰："审有道者，不宜淫且盗；淫且盗者，又不宜脱然生死。予大有疑⑧，以问子。"予曰："予与汝皆人也，乌能知之？夫济颠⑨之酒也，三车⑩之肉也，锁骨⑪之淫也，寒山、拾得之诟也⑫，皆非天眼莫能知也。古之诸佛，固有隐于猪狗中者，况人类乎？子与予何足以知之哉！"

## 注释

①本文选自《珂雪斋近集》。文中叙述了一瓢道人超然尘世的奇特经历，暗喻有道者不为世俗所容的慨叹。

②鄂岳间：指湖北、湖南一带。鄂：湖北鄂城，代指湖北。岳：南岳衡山，代指湖南。

③澧（lǐ）州：今湖南澧县。

④失律：触犯法律。

⑤奇中：意想不到地说准、猜中。

⑥一挺：表数量。用于条状之物。这里指一锭。

⑦祝：指庙祝，旧时庙里管理香火的人。

⑧予大有疑：此人认为一瓢道人曾为强盗，又曾肆意享乐，似乎不应该是有道者，亦不该超脱生死。

⑨济颠：南宋高僧，法名道济，佯狂不拘细节，饮酒吃肉，游行市井间，人们以为他颠狂，故称济颠。

⑩三车：即三车法师，唐代高僧窥基的别号，曾从玄奘译经。性情豪侈，不忌酒肉。

⑪锁骨：菩萨化身，供男子淫欲而传道。圆寂后全身骨节钩连如锁。

⑫寒山、拾得：唐代二僧，都喜欢作诗，又状类疯颠，不拘小节。

## 译文

一瓢道人，不知道他的名姓，曾经手持一只瓢在鄂岳一带浪迹游荡，于是人们就称呼他为一瓢道人。道人在澧州化缘。澧州的人，渐渐有人寻得道人的踪迹，他们告诉我说："道人少时读书不得志，弃学出走，跑到海上参军。当时倭寇正猖獗，道人拳脚勇气非同一般，从一个校小的职位立下大功，最终升至裨将。后来违犯法律，害怕被杀，隐匿于群盗中，出没吴楚之间。很久之后厌倦了这种生活，用钱买了十多个歌舞妓，在淮扬卖酒，所得的钱财全部用来自我享乐，那些歌舞妓轮流伺候他。他没有一天不是左拥右抱，喝酒吃肉，听丝竹音乐。饮食用度，可比王者。又过了十多年，他心里又厌倦了，便偷偷离去，在湖湘间乞讨。后来到了澧州。澧州人起初不认识他，时间久了，一瓢道人说话癫狂，但多说中，所赐医药也有效果。又为人画牛。他随口作诗，颇有奇语，人们慢慢开始敬重他，赠送他好的衣服，好的饮食，他开始接受后都丢弃，人们却因此更加款待道人。道人栖息古庙中。一天他从炉灰里掏取一锭金子，交给庙祝说：'替我找来僧人做忏悔。'忏悔完毕，买了一副棺木，自己坐进去，不加盖，令十多人抬到集市上，他拱手作揖，大声说："这一年来打扰诸位，贫道要离开了。"即使是小巷，没有不走遍的，一市百姓非常吃惊。他再次回到古庙中，仰卧在棺材里命令众人说：'可以盖上了。'众人不敢盖，再看他，已经死了。于是盖上棺木并且埋葬了他。抬起棺木时特别轻，不像里面躺了人。"我听说后感到很奇怪。

有一个人问我说："真正有道之人，不应该放纵自身并且偷盗；放纵自身并且偷盗之人，又不该超脱生死。我颇有疑问，想问问您。"我说："我和你都是一样的人，怎么能够知道呢？济颠喜欢喝酒，三车道人喜欢吃肉，锁骨菩萨纵淫，寒山、拾得爱骂人，若非天眼则不能知晓他们的超尘高远。古代的这些佛，本来就有隐藏在猪狗之中的，何况是人？你和我哪里能够知道呢？"

## 狱中血书[①]

杨　涟

涟今死杖下矣！痴心报主，愚直仇人[②]。久拼七尺，不复挂念。不为张俭[③]逃亡，亦不为杨震仰药[④]，欲以性命归之朝廷，不图妻子一环泣耳。

打问之时，枉处赃私[⑤]，杀人献媚，五日一比[⑥]，限限严旨。家倾路远，交绝途穷，身非铁石，有命而已。雷霆雨露，莫非天恩，仁义一生，死于诏狱[⑦]，难言不得死所。何憾于天！何怨于人！

惟我身副宪臣[⑧]，曾受顾命[⑨]。孔子云："托孤寄命，临大节而不可夺[10]！”持此一念，终可以见先帝[11]于在天，对二祖十宗[12]与皇天后土、天下万世矣。大笑，大笑，还大笑！刀砍春风，于我何有哉？

涟即身无完骨，尸供蛆蚁，原所甘心。但愿国家强固，圣德刚明，海内长享太平之福。此痴愚念头，至死不改。

## 作者简介

杨涟（1572—1625），字文孺，号大洪，应山（今属湖北广水）人，万历三十五年（1607）进士，官兵科给事中。神宗、光宗相继崩，他拥立熹宗，官至左都副御史。时宦官魏忠贤当权，杨涟上书弹劾，历数魏二十四条大罪。后为魏构陷，死于狱中。

## 注　释

①本文选自《碧血录》，是杨涟狱中绝笔。作者被诬下狱，受尽折磨，却并未怨天尤人，其浩然之气，慷慨之志，面对死亡的凛然气概，千百年来令无数世人为之动容。

②仇人：为人所仇视。

③张俭：字元节，东汉高平（今山东邹城）人。延熹初为东部督邮，弹劾宦官侯览，为览所诬，遂遁去。望门投止，人皆重其名行，破家相容。前后受其牵连受诛者以十数，宗族并皆殄灭。

④杨震：字伯起，东汉华阴（今属陕西）人。延光初为太尉，为宦官樊丰所谮，遣归本郡，于途中饮鸩而死。仰药：服毒。

⑤“打问”二句：刑讯逼供，冤枉定为贪赃罪。当时东林党人积极营救被捕的熊廷弼，阉党逮捕杨涟、左光斗、顾大章等人，诬陷他们接受了熊廷弼的贿赂。

⑥比：对犯人追赃。

⑦诏狱：奉皇帝命令而成立的专案。

⑧宪臣：御史台又称宪台，杨涟官职为左都副御史，故称。

⑨顾命：封建时代，皇帝临终前往往召集亲信大臣托付后事，嘱咐辅佐新君。参与此事的大臣称为顾命大臣。

⑩“托孤”二句：《论语·泰伯》：“曾子曰：‘可以托六尺之孤，可以寄百里之命，临大节而不可夺也！’”此处引作孔子语，系作者误记。

⑪先帝：指明光宗朱常洛。

⑫二祖十宗：指明熹宗之前的所有明朝皇帝——太祖、成祖、仁宗、宣宗、英宗、宪宗、孝宗、武宗、世宗、穆宗、神宗、光宗十二君。

## 译　文

我杨涟今日要死于杖下了！一片痴心报主，鲁莽刚直，为奸人所仇视。然而我早就立志拼却这七尺之躯，并不以此为挂念。我不愿学张俭逃亡而连累他人，也不愿意学杨震服毒一死了之，我愿将性命归于朝廷，并不图妻子儿女在旁为我哭泣。

奸人严刑拷问，诬我贪赃徇私，酷吏杀人献媚，五日一追赃，手段凶狠，咄咄逼人。我家室倾败，路途遥远，朋友交际，全部断绝，我这身骨虽不是铁石，但要杀要剐，唯一命而已！不管雷霆还是雨露，无不是上天之恩赐，我仁义一生，死于昭狱，有口难言，终不得其所。我对上天有何遗憾！对他人又有何怨言！

只是我官居副宪臣，曾受先帝顾命。孔子曾说："受托孤寄命之臣，临大节时，其志不可夺！"我持此一念，终可见先帝于天，可坦然面对二祖十宗与皇天后土、天下万世了。大笑，大笑，还大笑！奸人之加害就好比刀砍春风，于我而言又有何惧？

我此时身上没有一块完整的骨肉，腐烂的皮肉被蛆虫吞噬，我并没有觉得不甘心。但愿国家富强稳固，圣德刚正严明，四海之内长享太平之福。我心中的这个痴愚念头，至死不改变。

## 夏梅说[1]

钟　惺

梅之冷，易知也，然亦有极热之候。冬春冰雪，繁花粲粲，雅俗争赴，此其极热时也。三、四、五月，累累其实，和风甘雨之所加，而梅始冷矣。花实俱往，时维朱夏[2]，叶干相守，与烈日争，而梅之冷极矣。故夫看梅与咏梅者，未有于无花之时者也。

张渭《官舍早梅》诗所咏者，花之终，实之始也。咏梅而及于实，斯已难矣，况叶乎？梅至于叶，而过时久矣。廷尉董崇相官南都[3]，在告[4]，有夏梅诗，始及于叶。何者？舍叶无所谓夏梅也。予为梅感此谊，属同志者和焉，而为图卷以赠之。

夫世固有处极冷之时之地，而名实之权在焉，巧者乘间赴[5]之，有名实之得，而又无赴热之讥，此趋梅于冬春冰雪者之人也，乃真附热者也。苟真为热之所在，虽与地之极冷，而有所必辩焉。此咏夏梅意也。

### 作者简介

钟惺（1574—1624），字伯敬，一作景伯，号退谷、止公居士，竟陵（今湖北天门）人。万历三十八年（1610）进士，授行人，掌管诗诣及册封事宜。历官工部主事、南京礼部祭司主事，官至福建提学佥事。其为人严冷，不喜接俗客，由此得谢人事，研读史书。喜游名山大川，曾与林古度同登泰山。他与谭元春同为竟陵派的创始者，文学主张基本上与公安派相同，提倡抒写性灵之作，同时又企图以幽深峭拔的风格来矫正公安派的浮浅之弊，在反对当时前后七子的拟古主义方面起过一定的作用，但由于过度追求形式，作品流于冷僻苦涩。著有《隐秀轩文集》《史怀》。

## 注　释

①本文选自《隐秀轩文集》。这是一篇谈梅论世、托物寓意的叙议小品。作者从赏梅者欣赏心理角度之不同而生发开去，以赏物的常见现象来暗讽社会上层人物中世态炎凉、趋炎附势之风。

②朱夏：《尔雅·释天》："夏为朱明。"故称夏季为"朱夏"。

③廷尉：汉代为九卿之一，掌刑狱。董崇相：即董应举，字见龙，号崇相，闽县（今属福建福州）人，时任南京大理寺丞，故沿古称谓廷尉。南都：明成祖迁都北京，以南京为南都。

④在告：古代官员在家休假。

⑤赴：趋附。

## 译　文

梅花在隆冬时节开放，冰清冷艳，这是人们所知道的，然而它也有被人争相观赏的热闹时候。冬春之际，冰雪之中，梅花开得繁多而又灿烂鲜明，雅人、俗人纷纷抢着去欣赏，这就是它非常热闹的时候了。三、四、五月时，梅子果实累累，和风吹，甘霖降，这时候来赏梅的人就开始少了。当花朵凋零，梅子熟谢时，时间已经进入了炎炎夏日，只剩树叶与树干相依相守，和烈日相互对抗，而这时来赏梅的人更是少之又少了。所以一般人欣赏梅，歌咏梅，从来没有在它不开花的时候。

唐代诗人张谓《官舍早梅》里所歌咏的梅，是梅花快要凋谢而梅子才刚要结成的时候。歌咏梅而能涉及到梅子，已经是很难了，何况是梅叶呢！梅树到了叶子茂盛时，已经过了开花期很久。廷尉董崇相在南京当官，目前正在休假，他写了夏梅诗，才开始在诗歌里涉及到梅树的叶子。为什么呢？因为没有梅叶，那也就不称其为夏梅了。我替梅感念这份情谊，就吩咐志同道合的朋友来写诗唱和，并画一幅夏梅图送给他。

这世间本来就有处在很冷落、很清闲的地位，却有名望、有实权的人，趋炎附势的投机取巧之徒会利用机会接近他们，既能够得到实际的名利，又不会遭受趋炎附势的讥讽。这些奸巧的人就像是在冬春之际、冰雪之中跑去欣赏梅花的人，他们才是真正趋炎附势的人啊。假如真是"热"（权势）所在的地方，即便他处在很冷落、很清闲的地位，也一定要分辨清楚趋附者的品性，这就是我歌咏夏梅的真正用意啊！

# 浣花溪记[1]

钟　惺

出成都南门，左为万里桥[2]。西折纤秀长曲，所见如连环、如玦、如带、如规、如钩[3]，色如鉴、如琅玕、如绿沉瓜[4]，窈然深碧、潆回城下者[5]，皆浣花溪委也。然必至草堂，而后浣花有专名，则以少陵浣花居在焉耳[6]。

行三四里为青羊宫[7]，溪时远时近。竹柏苍然[8]、隔岸阴森者，尽溪，平望如荠。水木清华，神肤洞达。自宫以西，流汇而桥者三，相距各不半里，舁夫云通灌县[9]，或所云"江从灌口来[10]"是也。

人家住溪左，则溪蔽不时见；稍断则复见溪。如是者数处，缚柴编竹，颇有次第。桥尽，一亭树道左，署曰"缘江路"。过此则武侯祠[11]。祠前跨溪为板桥一，覆以水槛，乃睹"浣花溪"题榜。过桥，一小洲横斜插水间如梭，溪周之，非桥不通。置亭其上，题曰"百花潭水"。由此亭还，度桥过梵安寺[12]，始为杜工部祠[13]。像颇清古，不必求肖，想当尔尔。石刻像一，附以本传，何仁仲别驾署华阳时所为也[14]。碑皆不堪读。

钟子曰：杜老二居，浣花清远，东屯险奥，各不相袭。严公[15]不死，浣溪可老，患难之于朋友大矣哉！然天遣此翁增夔门一段奇耳。穷愁奔走，犹能择胜，胸中暇整[16]，可以应世，如孔子微服主司城贞子时也[17]。

时万历辛亥[18]十月十七日。出城欲雨，顷之霁。使客游者，多由监司郡邑招饮[19]，冠盖稠浊，磬折[20]喧溢。迫暮趣归。是日清晨，偶然独往。楚人钟惺记。

注　释

①本文选自《隐秀轩文集》，是作者游览成都浣花溪杜工部祠后写的一篇游记。文章以简洁清秀的笔调写出了浣花溪所经的自然风景、名胜古迹，之后又大发感想，对诗人杜甫在穷愁中犹能择胜境而居的胸怀表示赞赏。此文融写景、记叙、抒情、议论为一体，多用比喻，寓意深远。

②万里桥：在今四川成都市南，旧名长星桥。传说三国时蜀国费祎出使吴国，诸葛亮在这里替他饯行时说："万里之行始于此。"因此改称万里桥。

③玦：似环而有缺口的玉佩。规：画圆形的工具。这里指圆弧。

④琅玕：似玉美石。绿沉瓜：一种深绿色的瓜。

⑤窈（yǎo）然：幽深貌。潆（yíng）回：水流回旋貌。

⑥少陵：指杜甫，他自号少陵野老。浣花居：杜甫在浣花溪的住宅，即杜甫草堂。

⑦青羊宫：道观名，在今四川成都市西南浣花溪附近。传说是老子与关尹相约会见的地方，明初蜀王朱椿重建。

⑧苍然：幽深碧绿貌。

⑨舁（yú）夫：抬轿子的人。灌县：今四川都江堰市。

⑩江从灌口来：这是杜甫《野望因过常少仙》中的诗句。江：指锦江。锦江发源于郫县，流经成都城南，是岷江的支流。岷江发源于岷山羊膊岭，从灌县东南流经成都附近，纳锦江。故上文说“通灌县”。灌口：灌县古为灌口镇，西北有灌口山。

⑪武侯祠：诸葛亮祠，因其生前为武乡侯，故称。

⑫梵安寺：在今成都市南，本名浣花寺，宋改梵安寺，因与杜甫草堂相近，俗称草堂寺。

⑬杜工部祠：宋人吕大防就杜甫草堂故址建祠，因杜甫曾任工部员外郎，故称杜工部。

⑭何仁仲：万历时为夔州通判。别驾：即通判。华阳：在成都市南。

⑮严公：指严武。杜甫漂泊四川，依托镇守成都的严武，在浣花溪构筑草堂，安居了几年。代宗永泰元年（765）四月，严武死，杜甫离开成都。

⑯暇整：即“好整以暇”，形容遇事从容不迫。《左传·成公十六年》：“日臣之使于楚也，子重问晋国之勇，臣对曰：‘好以众整。’曰：‘又何如？’臣对曰：‘好以暇。’”

⑰微服：改变常服以掩人耳目。司城贞子：春秋时陈国大夫，孔子周游列国时曾寄居其家。

⑱万历辛亥：即万历三十九年（1611）。

⑲监司：监察州郡的官。郡邑：郡县地方长官。

⑳磬折：弯腰敬礼的情状。

## 译文

出成都城南门，左边是万里桥。向西折行，纤细秀丽，绵长蜿蜒，所见如连环、如玉玦、如长带、如圆规、如弯钩，水色如明镜、如碧玉、如浓绿色的瓜，深幽幽呈现一派青碧色，在城下回旋着的，都是浣花溪溪水流聚的地方。然而一定要到草堂一带，才有“浣花溪”这一专门名称，这是因为杜甫的浣花居在那儿罢了。

行走三四里路就到了青羊宫，溪流一会儿远，一会儿近。青竹翠柏郁郁葱葱，对岸浓荫森森，一直延伸到溪的尽头，平望过去像一片荠菜。水光树色，清幽而绚丽，使人表里为之澄彻，神清气爽。从青羊宫往西，因溪水汇流而架设了三座桥，彼此相隔都不到半里路，轿夫说通向灌县，或者这就是所谓“江从灌口来”的说法吧。溪东面住有人家，这时溪身便被屋舍遮住，不能常常看见；稍有空隙，溪水重又展现在眼前。像这样的情形有好几处。溪岸人家用树枝、竹条编扎成门户和篱墙，很是齐整。过了桥，路旁边立着一座亭子，题写着“缘江路”几个字。过了这里就到了武侯祠。祠前有一座木板桥跨越溪身，桥上有临水的栏杆围着，到此才看见题着“浣花溪”字样的匾额。过桥，是一片小小的陆地，像梭子那样横斜着插在水中，溪水四面环绕着它，没有桥便无法通行。小洲上面建造了一座亭子，题字为“百花潭水”。从这座亭子折回原路，走过桥经过梵安寺，这才到了杜工部祠。杜甫的画像十分清朗古朴，不必强求惟妙惟肖，但想来杜甫应当是这个模样。还有一块刻在碑石上的肖像，附着杜甫的传记，是何仁仲代理华阳县令时所作。碑文已完全没法读了。

钟子说：杜甫的两处居所，在成都浣花溪的，环境幽远，在夔州东屯的，地方险僻，两者互不相同。假如严武不死，杜甫就可以在浣花溪畔安然度过晚年，患难时真是太需要朋友了！然而是上天要派定这位老诗人添加出夔州的一段非凡经历罢了。在艰难潦倒中流离奔波，却仍能选择胜地处身。胸襟安闲从容，可以应付世事，这同孔子变换服装客居在司城贞子家里避难时的情形是一样的啊。

当时是万历三十九年十月十七。出城时像是要下雨，不一会儿便云开天晴了。朝廷使臣出来游玩的，大多由按察使或州县长官邀请参加饮宴，官场中人稠杂而混乱，像石磬那般弯曲着身子打躬作揖，喧闹声充满四方。将近黄昏时分连忙回家。这天清晨，我偶然独自前往。楚人钟惺作记。

## 序《山　歌》[1]

冯梦龙

书契以来，代有歌谣，太史所陈[2]，并称风雅[3]，尚矣。自楚骚唐律[4]，争妍竞畅，而民间性情之响，遂不得列于诗坛，于是别之曰山歌，言田夫野竖矢口寄兴之所为[5]，荐绅学士家不道也。唯诗坛不列，荐绅学士不道，而歌之权[6]愈轻，歌者之心亦愈浅，今所盛行者，皆私情谱耳。虽然，桑间、濮上[7]，国风刺之[8]，尼父[9]录焉，以是为情真而不可废也，山歌虽俚甚矣，独非郑、卫之遗欤[10]。且今虽季世[11]，而但有假诗文[12]，无假山歌，则以山歌不与诗文争名，故不屑假，苟其不屑假，而吾藉以存真，不亦可乎？抑今人想见上古之陈于太史者如彼，而近代之留于民间者如此，倘亦论世之林云尔。若夫借男女之真情，发名教之伪药，其功于《挂枝儿》⑬等，故录《挂枝词》而次及《山歌》。

## 作者简介

冯梦龙（1574—1646），字犹龙，别号龙子犹、顾曲散人、墨憨斋主人、词奴等，长洲（今江苏苏州）人。早年屡考科举不中。崇祯三年（1630）取得贡生资格，任丹徒县训导，崇祯七年（1634）升福建寿宁知县，崇祯十一年（1638）归隐乡里。晚年参加过抗清斗争。他重视戏曲、小说、山歌等通俗文学，编辑有拟话本集《喻世明言》《警世通言》《醒世恒言》，还编印了民间歌曲集《挂枝儿》和《山歌》，收录盛行于吴中的民间歌曲800多首，又编有散曲集《太霞新奏》、笔记《古今谭概》等。

## 注　释

①本文选自《冯梦龙诗文》，是为《山歌》这部民歌集所写的序文。文章论述了山歌的起源和发展情况，指出了山歌“情真”的特色，并表明编辑《山歌》的目的，就是为了“藉以存真”，“借男女之真情，发名教之伪药”。

②太史所陈:《礼记·王制》有“天子命太师陈诗以观民风”的记载。陈诗，即将搜集的民间歌谣呈给天子。

③风雅:《诗经》中的“国风”和“大雅”、“小雅”的合称。

④楚骚：楚国屈原《离骚》所创制的骚体诗。唐律：唐代的律诗。

⑤野竖：乡村少年。矢口：随口。

⑥权：这里指轻重程度。

⑦桑间、濮上:《礼记·乐记》:“桑间濮上之音，亡国之音也。”郑玄注：“濮水之上，地有桑间者，亡国之音于此水出也。昔殷纣使师延作靡靡之乐，已而自沉于濮水。”桑间、濮上本是河南的地名，因有上述传说，就成为靡靡之音和淫靡之俗的代称。

⑧国风刺之:《诗序》认为《诗经·国风》中收录《郑风·溱洧》《卫风·氓》一类诗是讽刺“淫风大行”。

⑨尼父：孔子，字仲尼。人们尊称他为尼父。

⑩郑、卫:《诗经》中“郑风”和“卫风”。多收录情歌。

⑪季世：末世，衰微的时代。

⑫假诗文：指虚伪不真实、情感不真挚的诗文。

⑬《挂枝儿》：作者编印的另一部民歌集。

## 译　文

自有文字以来，代代都有歌谣，周朝太史所搜集呈献天子的，并称为“风雅”，千百年来都备受推崇。从战国的骚体诗到唐代的律诗，各种风格的诗歌争相比美、竞相流传，而民间那些有真性情的歌谣，则不得列于诗坛，于是区别称之为山歌，说它是田夫野竖随口寄兴而唱的歌谣，缙绅学士是不会传扬的。因为不列于诗坛，缙绅学士不传扬，所以山歌在社会上的地位越来越轻，歌唱者的态度越来越随意，现今所盛行的山歌，都是关于男女爱情的。虽然如此，桑间、濮上之音，孔子将其收录到《诗经·国风》中，对其加以讽刺，认为人之真情实感不可废弃，山歌虽然粗俗，但表达的情感亦真挚热烈，难道不如《诗经》中的郑风和卫风吗？况且如今虽是末世，却只有假诗文，没有假山歌，是因为山歌不屑与诗文争名，所以不屑作假，如果山歌不屑作假，那我就借其发扬人性真情，不也是可以的吗？今人从上古太史所呈的歌谣可知当时的民风世情，而近代流传民间的山歌中，亦可使人知时论世。如果借男女之真情，揭发名教之虚伪，其功劳可与《挂枝儿》相等，所以先编录《挂枝词》，再编录《山歌》。

## 好好先生[①]

冯梦龙

后汉司马徽[②]，不谈人短，与人语，美恶皆言好。有人问徽："安否？"答曰："好。"有人自陈子死，答曰："大好[③]。"妻责之曰："人以君有德，故此相告，何闻人子死，反亦言好？"徽曰："如卿之言，亦大好[④]！"今人称"好好先生"，本此。

### 注释

①本文选自《古今谭概》。好好先生原指不坚持原则，对谁也不敢或不愿得罪的人。此文则暗喻被称为"好好先生"的司马徽为世人不解的奇人。

②后汉：指东汉。司马徽：东汉末颍川阳翟（今河南禹县）人，字德操，善于知人，庞德公称之为"水镜"。长期居荆州，为刘备推荐诸葛亮、庞统。后刘琮以荆州降曹，他为曹操所得，不久病死。

③大好：司马徽此言"大好"是因为他和庄子一样有"齐生死"之见。庄子为妻死"鼓盆而歌"，他便说"其子死大好"，这里隐含着他"生之痛苦，死意味着是一种解脱"的观点。

④如卿之言，亦大好：司马徽妻所言是出于对人的同情怜悯之心，因而也是大好的。

### 译文

东汉末年的司马徽从来不谈论别人的短处，与别人谈论，美丑都只说"好"。有人问司马徽："身体可安好？"他回答说："好。"有人告诉他自己儿子的死讯，他回答说："非常好。"他妻子责备他说："人家是认为你有高尚的品德，才把儿子的死讯告诉你，哪有听说别人死了儿子，反而说很好的呢？”司马徽说：“像刚才的话，也很好！”如今世人所称的“好好先生”一语，其出处就来自于此。

## 书马犬事[①]

冯梦龙

欧阳公[②]在翰林时，常与同院[③]出游。有奔马毙犬，公曰：“试书其一事。”一曰：“有犬卧于通衢[④]，逸马蹄而杀之。”一曰：“有马逸于街衢，卧犬遭之而毙。”公曰：“使之修史，万卷未已也。”曰：“内翰[⑤]云何？”公曰：“逸马杀犬于道。”相与一笑。

注　释

①本文选自《古今谭概》。文章描绘了一场简单的事故，说明了该如何把简单的事讲得明白。

②欧阳公：即欧阳修，字永叔，号六一居士，北宋文学家。

③同院：指与欧阳修同在翰林院供职的人。

④通衢：四通八达的大道。

⑤内翰：翰林的别称，此处指欧阳修。

译　文

欧阳修在翰林院任职的时候，经常和同僚们外出游玩。有一次，众人看到一匹奔马踩死了一条狗，欧阳修说：“大家试着记述一下这件事。”一人说：“有狗卧在大道上，被奔马用蹄子踩死了。”另一人说：“有一匹马奔跑于大道，一只狗被它踩死。”欧阳修说：“如果让你们来编撰史书，恐怕一万卷也写不完啊！”众人问欧阳修：“你说如何写这件事？”欧阳修说：“奔马在大道上踩死了狗。”众人相视一笑。

## 半日闲[①]

冯梦龙

有贵人游僧舍，酒酣，诵唐人诗云：“因过竹园逢僧话，又得浮生半日闲[②]。”僧闻而笑之。贵人问僧何笑，僧曰：“尊官得半日闲，老僧却忙了三日。”

注　释

①本文选自《古今谭概》，对富贵闲人予以嘲讽。

②“因过竹园逢僧话”二句：出自唐李涉《题鹤林寺僧舍》。

译　文

有一富贵之人游赏寺庙，酒喝得尽兴时，诵唐人的诗句道：“因过竹园逢僧话，又得浮生半日闲。”寺庙里的僧人听后苦笑。这人问僧人为何苦笑，僧人说：“尊贵的官爷您得了半日清闲，老僧我为了招待好您却忙了三天。”

## 游满井记①

王思任

京师渴处，得水便欢。安定门外五里有满井，初春，士女云集，予与吴友张度往观之。

一亭函井，其规五尺，四洼而中满，故名。满之貌，泉突突起，如珠贯贯然，如蟹眼睁睁然，又如渔沫吐吐然，藤蓊草翳资其湿②。

游人自中贵外贵以下③，巾者帽者，担者负者，席草而坐者，引颈勾肩、履相错者，语言嘈杂。卖饮食者，邀呵好火烧④，好酒，好大饭，好果子。贵有贵供，贱有贱鬻。势者近，弱者远，霍家奴⑤驱逐态甚焰。有父子对酌，夫妇劝酬者；有高髻云鬟⑥，觅鞋寻珥⑦者；又有醉詈⑧泼怒，生事祸人，而厥夭陪乞者⑨。传闻昔年有妇即此坐蓐⑩，各老妪解襦以帷者，万目睽睽，一握为笑⑪。而予所目击，则有软不压驴，厥夭扶掖而去者；又有脚子抽登复堕⑫，仰天丑露者；更有喇唬恣横⑬，强取人衣物，或狎人妻女；又有从旁不平，斗殴血流，折伤至死者。一国惑狂，予与张友买酌苇盖之下，看尽把戏乃还。

作者简介

王思任（1574—1646），字季重，号谑庵，又号遂东、稽山外史，山阴（今浙江绍兴）人。万历年进士，曾知兴平、当涂、青浦三县，又任袁州推官、九江佥事。清兵破南京后，鲁王监国，以思任为礼部右侍郎，进尚书。顺治三年，绍兴为清兵所破，王思任绝食而死。为文笔意放纵诙谐，时有讽刺时政之作。有《王季重十种》传世。

## 注释

①本文选自《王季重十种》。文章重在写人，世间百态和一国现状尽在百余文字之中。

②蓊（wěng）：草木茂盛貌。翳：隐蔽貌。

③中贵：指宦官。外贵：指一般显贵官僚。

④邀呵：即“吆喝”。火烧：北方传统名吃。

⑤霍家奴：指豪门权贵的家奴。霍：指西汉大将军霍光。

⑥云鬟：高耸的环形发髻。

⑦珥：珠玉耳饰。

⑧詈（lì）：骂。

⑨厥：磕头。夭：弯腰。

⑩坐蓐（rù）：孕妇生产。

⑪一握为笑：微笑。《易经·萃卦》：“若号，一握为笑，勿恤。”孔颖达疏：“一握者，小之貌也。自比一握之间，言至小也。”

⑫脚子：即脚夫。登：即凳。

⑬喇唬：流氓匪徒。恣横：放纵专横。

## 译文

京师干旱，有水处便是欢游之所。安定门外五里有满井，初春时节，男女云集，我与吴地好友张度前往游览。

一座亭子中有一口井，井的直径约五尺，四周低洼而中间井水很满，故称满井。满的形态是：井里的泉水汹涌突起，好像珠子一颗颗喷出来，如螃蟹的眼睛睁开想迸出来一般，又如鱼吐泡沫一样喷出来，四周茂盛隐蔽的藤草都被它弄湿了。

到此游览的人从中贵、外贵以下，有戴着巾帽的人，有挑着担子的人，有坐在草上的人，有脖子伸得长长、彼此勾肩搭背、鞋子相错而放的人，这些人谈天说地，声音嘈杂。卖饮食的小贩，吆喝叫卖好火烧、好酒、好大饭、好果子。显贵者有显贵的供给，卑贱者有卑贱的买卖。有权势者近赏满井，无权无势者只能远观，豪门权贵的家奴驱逐闲杂人等的气焰很甚。有父子对饮，夫妇劝酬的人；有梳着高髻云鬟，正低头寻觅鞋和耳饰的人；又有醉酒撒泼，生事祸人，然后弯腰磕头向人告饶的人。传闻往年有妇人在此生产，众老妪解开襦裙遮蔽四周充当帷帐，此妇人众目睽睽之下生下孩子，叫人微微一笑。而我所亲眼见到的，则有醉后身体轻软，不能骑驴，最后踉踉跄跄相互扶持而去的人；又有被脚夫撤了凳子后，从车上坠下，仰天而躺，丑态毕现的人；更有地痞无赖横行霸道，强夺他人衣服，或调戏他人妻女；又有路见不平，与贼人斗殴至血流，折伤至死的人。一国之惑狂，皆在眼前，我与张度在苇盖之下买酒小酌，看尽这如戏的人世百态，然后归去。

## 游敬亭山记[①]

王思任

“天际识归舟，云中辨江树[②]”，不道宣城，不知言之赏心也。姑孰[③]据江之上游，山魁而水怒，从青山讨宛[④]，则曲曲镜湾，吐云蒸媚，山水秀而清矣。曾过响潭[⑤]，鸟语入流，两壁互答。望敬亭绛雾浮巘[⑥]，令我杳然生翼[⑦]，而吏卒守之，不得动。

既束带[⑧]竣谒事，乃以青鞋[⑨]走眺之。一径千绕，绿霞翳染，不知几千万竹树，党结寒阴，使人骨面之血，皆为蔨[⑩]碧，而向之所谓鸟鸣莺啭者，但有茫然，竟不知声在何处？厨人尾我，以一觞劳之留云阁上。至此而又知“众鸟高飞尽，孤云独往还[⑪]”造句之精也。眺乎！白乎！归来乎！吾与尔凌丹梯以接天语也。

日暮景收，峰涛沸乱，饮猿出啼，予栗然不能止。归卧舟中，梦登一大亭，有古柏一本，可五六人围，高百余丈，世眼未睹，世想不及，峭崿[⑫]斗突，逼嵌其中，榜曰：“敬亭”，又与予所者异。嗟乎！昼夜相半，牛山短而蕉鹿长[⑬]，回视霭空间，梦何在乎？游亦何在乎？又焉知予向者游之非梦，而梦之非游也，止可以壬寅[⑭]四月记之尔。

**注　释**

①本文选自《王季重十种》。敬亭山在安徽宣城县城西北，南朝诗人谢朓和唐朝诗人李白都曾登游，并留下著名诗篇。因此，王季重游敬亭山便有一种与谢、李神接，入其诗境的感觉。文章先写望敬亭山，再写实游敬亭山，最后写梦游敬亭山，三者交织在一起，便营造出一种似实而虚、如梦如幻的境界。

②天际识归舟，云中辨江树：谢朓《之宣城郡出新林浦向板桥》里的诗句。

③姑孰：安徽当涂县的古称。

④青山：位于当涂东南三十里，南朝文学家谢朓曾出任宣城太守，谢朓曾筑室于此。宛：曲折。

⑤响潭：安徽宣城南有响山。响潭应在此。

⑥绛雾：赤色的雾气。巘（yǐn）：形容山势高耸突兀。

⑦杳然：幽深、寂静。生翼：想飞登而上。

⑧束带：整肃衣冠。

⑨青鞋：亦作“青鞵”，指草鞋。

⑩酳（yǒng）：酗酒。这里指浓、深。

⑪众鸟高飞尽，孤云独往还：李白《独坐敬亭山》里的诗句。

⑫峭崿：形容飞岩。

⑬牛山：即“牛山叹”，典出《晏子春秋》卷一：“（齐）景公游于牛山，北临其国城而流涕曰：‘若何滂滂去此而死乎！’”后遂以“牛山叹”喻为人生短暂而悲叹。蕉鹿：典出《列子·周穆王》，后世以“蕉鹿”指“梦幻”。

⑭壬寅：万历三十年（1602）。

## 译　文

“天际识归舟，云中辨江树”，不提起宣城，不知道提起它能让人有多么愉悦。姑孰位于江水的上游，那里山高水急，江水沿着青山蜿蜒流淌，弯弯曲曲的水面上云气蒸腾缭绕，颇有一番媚态，山水也极为清新秀丽。我曾经路过响潭，那里鸟鸣声与流水声交汇，两岸山壁的回音互为应答。远望敬亭山上有赤色的雾气，山势高耸突兀，一直都有前去攀登的想法，但由于官职在身，不得动身。

等到了却公事，我就整肃衣冠，脚踏青鞋，登上敬亭山眺望四周的景色。一条小道蜿蜒延伸，目之所及全都被植物的绿色覆盖沁染，数不清的篁竹幽树，连成一片，寒气逼人，使人体内的血液，都变成了绿色，而一直在说的鸟鸣莺啼，只能远远听见，竟然不知由何处发出。厨子跟随在我身后于留云阁上设酒慰劳我。此刻，临风远眺，又体会到“众鸟高飞尽，孤云独往还”这诗句的精妙。谢朓啊！李白啊！归来吧！我要和你们驾红色的天梯登临而上，与苍天对话！

日薄西山，美景渐渐模糊，山巅的激风呼啸奔突，再加上饥饿的猿猴出洞哀号，令我惊悚不已。归来后躺在船上，梦中登上一座大亭子，亭中有一棵古柏，大概有五六抱粗，高一百多丈，世人谁也没见过，谁也想象不到，峭壁参差处，一块榜额紧嵌其间，榜上写着“敬亭”，但又与我所见的现实“敬亭”不同。可叹啊！昼夜各自参半，人生苦短而梦幻太长，回望渺茫的时空，梦在哪里？游览过的地方又在哪里？又怎么知道我以前的游览经历不是梦，而做梦时不正是在游览？万历三十年四月记。

# 剡　溪[1]

王思任

浮曹娥江[2]上，铁面横波，终不快意。将至三界[3]址，江色狎人，渔火村灯，与白月相上下，沙明山静，犬吠声若豹，不自知身在板桐[4]也。昧爽，过清风岭，是溪江交代处，不及一唁贞魂。山高岸束[5]，斐[6]绿叠丹，摇舟听鸟，杳小清绝，每奏一音，则千峦啾答[7]。秋冬之际，想更难为怀[8]，不识吾家子猷[9]，何故兴尽？雪溪无妨子猷，然不大堪戴。文人薄行，往往借他人爽厉[10]心脾，岂其可！过画图山，是一兰苕[11]盆景。自此万壑相招赴海，如群诸侯敲玉鸣裾[12]。逼折[13]久之，始得豁眼一放地步。山城崖立，晚市人稀。水口有壮台作砥柱力，脱帻[14]往登，凉风大饱。城南百丈桥翼然虹饮[15]，溪逗其下，电流雷语。移舟桥尾，向月碛枕漱[16]取酣。而舟子以为何不傍彼岸，方喃喃怪事我也。

注　释

①本文选自《王季重十种》。文章主要描述从曹娥江入剡溪沿途所见的山水景观，穿插以曹娥、王子猷等传说和典故。全文笔调淡雅，语言简洁。剡（shàn）溪：在今浙江嵊州境内，为曹娥江上游。

②曹娥江：为剡溪之下流。至嵊州各支流汇合，曲折北流经曹娥庙前，故名曹娥江。曹娥为东汉会稽郡上虞县人，相传其父五月五日迎神，溺死于江中。曹娥年仅十四，沿江哭号十七昼夜，投江而死。

③三界：上虞至嵊州之间曹娥江上的村镇。

④板桐：此处指船。

⑤束：狭窄。

⑥斐：五色相错。

⑦啾答：应答，回应。

⑧秋冬之际，想更难为怀：《世说新语·言语》：“王子敬云：‘从山阴道上行，山川自相映发，使人应接不暇。若秋冬之际，尤难为怀。’”

⑨吾家子猷：指东晋王徽之，字子猷，作者与他同姓，故称吾家子猷。《世说新语·任诞》：“王子猷居山阴。夜大雪。眠觉，开室，命酌酒，四望皎然。因起彷徨，咏左思《招隐诗》。忽忆戴安道，时戴在剡，即便夜乘小船就之。经宿方至，造门不前而返。人问其故，王曰：‘吾本乘兴而来，兴尽而返，何必见戴！’”

⑩爽厉：也作“厉爽”，爽快。

⑪苕（tiáo）：凌霄花。

⑫敲玉鸣裾：形容穿着礼服，佩戴玉饰，走动时发出声响。

⑬逼折：一作“逼仄”，狭窄。

⑭帻（zé）：头巾。

⑮虹饮：桥如虹形，两端像在饮水。

⑯枕漱：即枕石漱流。《世说新语·排调》：“孙子荆年少时欲隐，语王武子：‘当枕石漱流。’误曰：‘漱石枕流。’王曰：‘流可枕，石可漱乎？’孙

曰：‘所以枕流，欲洗其耳；所以漱石，欲砺其齿。’”

## 译文

乘船浮游于曹娥江上，联想起曹娥故事，顿觉江水无情，风波横起，心中始终闷闷不乐。将至三界镇时，忽觉江上景色迷人，渔船上的灯火、岸边村落的灯火，与皎洁的明月上下辉映，沙滩明净，远山寂静，犬吠声若豹鸣一般震人心魄，使我忘记了自己身在船中。次日拂晓，船过清风岭，此处是剡溪与曹娥江的交接处，来不及吊唁曹娥贞魂，我便准备弃船登岸了。只见眼前山高岸狭，绿色、红色错杂相叠。在摇晃的舟船上聆听鸟鸣，杳小清绝，鸟每叫一声，千峦之中发出阵阵回音，像是在应答。秋冬之际的景色叫人难以忘怀，不知当时的王子猷为何兴致散尽？雪夜的剡溪阻碍不了王子猷出行访客，但王子猷最终兴尽而归，而这对于戴逵却是不大承受得了的。文人品行轻薄，往往借非难他人使自己心脾爽快，这难道可以吗！过画图山，此处景致如一兰苕盆景。从这里开始，连绵的高山涧谷相继延伸至海，如同众诸侯穿着礼服，佩戴玉饰，参加盛会，气势颇为雄壮。走过很长的一段窄路后，终于寻得一块视野开阔之地。只见山城凭崖而立，傍晚的集市人流稀少。水流的出口处有一高台作砥柱，我脱下头巾前往攀登，凉风大作。城南的百丈桥像飞在空中的一道彩虹，溪水逗留其下，流水似电，水声如雷。我回到船上，将船停靠到桥尾，在向月碛枕石漱流，酣然入睡。而船夫却怪我为何不把船停靠在对岸，喃喃低语，像是在责备我呢。

# 小　洋[①]

王思任

由恶溪登括苍[②]，舟行一尺，水皆污[③]也。天为山欺，水求石放，至小洋而眼门一辟。

吴闳仲送我，挈睿孺出船口，席坐引白[④]，黄头郎以棹歌赠之[⑤]，低头呼卢[⑥]。俄而惊视，各大叫，始知颜色不在人间也。又不知天上某某名何色，姑以人间所有者仿佛图之。

落日含半规，如胭脂初从火出。溪西一带山，俱似鹦绿鸦背青，上有猩红云五千尺，开一大洞，逗出缥天，映水如绣铺赤玛瑙。

日益曶[⑦]，沙滩色如柔蓝懈白[⑧]，对岸沙则芦花月影，忽忽不可辨识。山俱老瓜皮色。又有七八片碎剪鹅毛霞[⑨]，俱黄金锦荔，堆出两朵云，居然晶透葡萄紫也。又有夜岚数层斗起，如鱼肚白，穿入出炉银红[10]中，金光煜煜[11]不定。盖是际，天地山川，云霞日彩，烘蒸郁衬，不知开此大染局作何制。意者，妒海蜃[12]，凌阿闪[13]，一漏卿丽[14]之华耶？将亦谓舟中之子，既有荡胸决眦[15]之解，尝试假尔以文章，使观其时变乎？何所遘[16]之奇也！

夫人间之色仅得其五[17]，五色互相用，衍至数十而止，焉有不可思议如此其错综幻变者！曩吾称名取类，亦自人间之物而色之耳。心未曾通，目未曾睹，不得不以所睹所通者，达之于口而告于人；然所谓仿佛图之，又安能仿佛以图其万一也！嗟呼，不观天地之富，岂知人间之贫哉！

## 注　释

①本文选自《王季重十种》。文章描绘了小洋难以言说、色彩缤纷的绚丽之景。小洋：恶溪的下游，在浙江青田境内。

②恶溪：亦名好溪，瓯江支流，源出大甕山。相传溪中多水怪，后遁去，故改恶溪为好溪。括苍：山名，绵亘于浙江丽水至临海一带。

③污：通“纡”，迂曲。

④引白：犹言举杯。白：古时罚酒用的酒杯。

⑤黄头郎：指船夫，以头着黄帽而称。汉代有黄头郎之官，掌管船舶行驶。棹（zhào）歌：船夫行船时所唱的歌。

⑥呼卢：即呼卢喝雉，古时的一种赌博。共五子，一面涂黑，画牛犊；一面涂白，画雉。掷子时若五子皆黑，即得彩，谓之“卢”，呼喊得“卢”，谓之呼卢。

⑦曶（hū）：天色昏暗。

⑧柔蓝懈白：柔弱的蓝、白色，即浅蓝、灰白色。

⑨鹅毛霞：指松软如鹅毛的云霞。

⑩银红：即银朱，由水银和硫磺加热制成。此指夜雾中闪耀银光的红色。

⑪煜煜：明亮貌。

⑫海蜃（shèn）：即海市蜃楼。因光线的折射出现于海上或沙漠上空的景物幻影。

⑬阿闪：即阿闳（chù），佛名。《净名经》云：：“有国名妙喜，佛号无动。”疏云：阿之言无，闳之言动。此指佛的妙境。

⑭卿丽：即美丽的云彩。卿：卿云，古时以为象征祥瑞的云气。

⑮荡胸决眦：心胸荡漾，极目远视。杜甫《望岳》：“荡胸生层云，决眦入归鸟。”

⑯遘：遇到，看到。

⑰五：即五色，指青、黄、赤、黑、白。古人以此五色为正色。

## 译 文

由恶溪登括苍山，得走一条水路。水底石多，阻挡水流，小舟行驶非常艰难，才一尺的水域，溪水就弯弯曲曲。远处山势高峻，青天也好像为其所欺，水底乱石杂处，水流纡曲前行，像是请求乱石放行。抵达小洋，视野顿时开阔。

吴闳仲送我到小洋，他领着个聪明孩子走出船口，同大家一起坐下，举杯饮酒，船夫边划船边唱歌，船里不时传出博戏得彩的呼卢声。一会儿，人们抬头一看，不禁大声惊叹，被美丽的景色吸引，这才知道美好景色在天上，不在人间。这种奇异的景色，不知道天上叫作什么，还得用人间所有能叫出名的颜色来描绘。

落日像被含着的半个圆，宛如胭脂刚从火中拿出。小洋西岸一带的群山呈现鹦鹉绿、鸦背青之色，群山上空有猩红云一大片，中间开出一个大洞，露出淡青色的天空，倒映在水中，像锦绣上铺着红色玛瑙。

天色越来越昏暗，近处沙滩变成浅蓝、灰白色，对岸沙滩则是芦花月影，一片朦胧。群山也都成了老瓜皮色。而太阳落山的上空，又有七八片像剪碎鹅毛的晚霞，全是黄金锦荔色，逐渐堆出两朵云，竟然是晶透葡萄紫那样的奇异色彩。山中夜雾层层涌起，如鱼肚白，穿入出炉银红中，金光闪闪。此刻，天地山川，云霞日彩，烘蒸郁衬，好像一个大染坊，却不知要染什么。我猜想啊，眼前之美胜过海市蜃楼和佛家的妙境，是要露现一点祥云的华美吗？又像是给心胸荡漾、极目远视的舟中人以心灵的启示，老天赐予的自然文彩，使他们观赏景色随时变化的奇妙。为什么遇到的景象是如此的奇异呢？

世间的主要颜色不过五种，五种颜色不断组合调配，不过变至数十种。这数十种颜色，哪里比得上此景的错综变幻不可思议！从前，我称谓名物、取称类别，也是用人世间物品来叫出颜色。还有好多景色是眼睛不曾看过，语言无法表达的。由于惊叹小洋晚景的美妙，不得不把所看见的用语言表达出来告诉别人；但是，描绘出来的，也只是实际景色的万分之一！唉，不看到天地富足，怎么能知道人间贫乏呢！

# 徐伯鹰《天目游诗记》序[①]

王思任

尝欲俟[②]吾目，每岁见一绝代丽人，每月见一种异书，每日见几处山水，逢阿堵[③]举却，遇纱帽[④]则逃入深竹，如此则目着吾面，不辱也。徐伯鹰铁脊万丈，突中时魔，大纛[⑤]出镇，短后削归[⑥]，绝无矜拂之意[⑦]。每至我草亭，谈谐索酒，玄对会稽千万峰，辄半晌痴去。无何，伯鹰出走，两月不晤，忽从天目言旋，以记绘其像，以诗绣其神；吾读之若瀑落冰壶[⑧]，若霞飞鹤背，若半夜招提[⑨]，妙香清梵[⑩]，梦魂犹冷；若坐我于老岩古壁之下，嚼梅蕊，嗅雪兰，时有山鸟赠舌；又若松风溪月，谡谡溶溶也[⑪]。伯鹰曰："色易衰，书易倦，无斁[⑫]无妒，世间惟山水。吾偶思天目，即抽胫诣之[⑬]，以雨濛故，仅放只眼。"嗟乎！造物何常，人心不足。使当日生人之初，增设四眼，尽如苍颉[⑭]，犹以为未供其观也；使人人而皆只眼，与玉垄[⑮]分面称孤，则亦相安无越思[⑯]矣。伯鹰曰："然，吾第欲还我双眼。所愿一眼如天，一眼如海。"问曰："何须恁底[⑰]睁大？"曰："不但看山水，亦看伊[⑱]也。"

注　释

①本文选自《王季重十种》，是为徐伯鹰诗文所作的序。文章出言灵巧，风格戏谑，开篇就表明了自己爱美人、爱异书、爱山水，却轻钱财、贱官职的个性。继而描写性格相合的徐伯鹰与自己之间的交往，并以一连串形象的比喻称许徐伯鹰关于天目的诗文。结尾仍以"目"为由头，引出二人相互戏谑之辞，令人哑然失笑。

②佞（nìng）：逢迎讨好。此处是谐谑口气。

③阿（ē）堵：即"阿堵物"，代称钱。典见《世说新语·规箴》。

④纱帽：代指官职。

⑤纛（dào）：军中大旗。

⑥短后：衣的后幅较短，便于动作，这里指军衣。削（xuē）归：削职回乡，罢官。

⑦矜：自负贤能。拂：不合心意，失意。

⑧冰壶：指月亮。

⑨招提：梵语。后用作寺院的别称。

⑩梵：梵语音译词梵摩等略称，意为寂静、清静。

⑪谡（sù）谡：形容风声呼呼作响。溶溶：水盛貌。

⑫斁（yì）：厌弃。

⑬胫：腿。诣：往，到。

⑭苍颉：即仓颉，传说创造文字的人。古籍称仓颉"龙颜四目，生有睿德"。

⑮玉垄：道家语，指鼻。

⑯越思：越轨的思想行为。

⑰恁底：即"恁地"。如此。

⑱伊：你。此句意为看你“只眼”的样子。

译文

曾想讨好自己的眼睛，每年见一位绝代佳人，每月读一种奇书，每日赏几处山水，逢钱财则推辞不受，遇官职之事则逃入深山竹林，像这样的话，眼睛长在我的脸上方才不算是耻辱。徐伯鹰铁脊万丈，突遭时俗所害，扛着大旗出镇边塞，但不久就从军中削职而归，却绝无矜拂之意。他每次到我的草亭，言谈诙谐幽默，向我索酒，以超凡绝俗的湛然心胸面对会稽千万峰，半晌后离去，其状若痴。不久，伯鹰外出，两月不曾见到他，忽然他从天目山回来，作游记以描绘所见之景色，作诗以描摹天目山之神韵。我读其诗文，觉其意境就如瀑布自月宫倾泻而下，就如仙鹤在晚霞中翱翔，就如夜半时分步入佛寺，妙香清寂，梦魂犹冷；就如我坐在老岩古壁之下，嚼梅蕊，嗅雪兰，时有山鸟鸣啼；就如清风吹松林，明月照流溪，风声谡谡，水波溶溶。伯鹰说：“容貌易衰，读书易倦，世间不会厌倦、不会嫉妒的，唯有山水。我突然想去天目山游览，随即迈步前往，由于当时细雨迷蒙，我只看到了一只眼所能看到的景色。”唉！造物者何其公平，人心又是何其不足啊。假使当初造人的时候，给人安排了四只眼，使人人像苍颉一样，恐怕在遇到美景时还是会嫌不够观赏；假使人人都只有一只眼，和鼻子在脸上各据一边称孤，则人人相安不会有过分之念了。伯鹰说：“对，但我只愿还我双眼。希望一眼如天，一眼如海。”我问道：“何必如此之大？”伯鹰说：“不但看山水，也看你一只眼的样子啊！”

## 让马瑶草[1]

王思任

阁下文采风流，才情义侠，职素钦慕，当国破众疑之际，立今上，以定时局[2]，以为古之郭汾阳[3]，今之于少保[4]也。然而一立之后，阁下气骄腹满，政本自由，兵权独握。从不讲战守之事，而只知贪黩之谋，酒色逢君[5]，门墙固党[6]，以致人心解体，士气不扬。叛兵[7]至则束手无策，强敌来而先期以走。致令乘舆播迁[8]，社稷邱墟。阁下谋国至此，即喙长三尺，亦何以自解也？以职上计，莫若明水[9]一盂，自刎以谢天下，则忠愤节义之士，尚尔相亮无佗[10]；若但求全首领，亦当立解枢权，授之才能清正大臣，以召英雄豪杰，呼号惕厉[11]，犹当幸望中兴；如或消摇[12]湖上，潦倒烟雾，仍效贾似道[13]之故辙，千古笑齿，已经冷绝；再不然，如伯嚭[14]渡江，吾越乃报仇雪耻之国，非藏垢纳污之区也，职当先赴胥涛[15]，乞素车白马，以拒阁下。上干洪怒，死不赎辜，阁下以国法处之，则当束身以候缇骑[16]；以私法处之，则当引颈以待锄霓[17]。

## 注释

①本文选自《王季重十种》。1645年，南京城破，马士英饰其母为太后逃亡杭州。可因为他作恶多端，不思抗清报国，江浙一带百姓恨之入骨，遂闭门不纳。本文即作于当时。马瑶草：即马士英，字瑶草，贵州贵阳人，万历进士。明朝覆灭后，他与史可法、高弘图等拥福王朱由崧建立弘光政权，成为首辅。他独揽南明大政，但不思进取，贪权好利，排除异己，致使民怨沸腾。南明覆灭后，为清廷所诛。

②"当国破众疑之际"三句：1644年，李自成农民起义军攻破北京，崇祯帝自缢景山，后吴三桂降清，引兵破李自成军。次年五月，多尔衮率清兵入关。与此同时，马士英拥福王朱由崧至南京，福王先称监国，旋即皇帝位，改年号为弘光。马士英有拥立新君之功劳。

③郭汾阳：即郭子仪，唐朝名将，平定"安史之乱"有功。

④于少保：即于谦，明朝大臣，曾死守北京城，抵御瓦剌军。

⑤酒色逢君：福王即位才两个月，马士英就劝其普选天下淑女入宫。

⑥门墙固党：马士英掌权后，结党营私，公开为巨逆阮大铖复官，打击东林党人。

⑦叛兵：1645年3月，明将左良玉弃大局于不顾，以征讨马士英为名，进军南京，实际是欲废弘光帝。

⑧乘舆：代指皇帝。播迁：颠沛流离。

⑨明水：指古代祭祀时用铜鉴所取的露水，这里取其郑重之义。此处或双关暗指明朝之水。

⑩亮：通"谅"。无佗：无他。

⑪惕厉：警惕激励。

⑫消摇：通"逍遥"。

⑬贾似道：南宋末年奸相。1275年，贾似道率精兵13万与元军战于丁家洲，大败，乘单舟逃奔扬州。后被杀。

⑭伯嚭：春秋末年吴国大夫，他内残忠臣，外通敌国。越国灭吴国时，伯嚭请降，仍被杀。

⑮胥涛：传说春秋时伍子胥为吴王所杀，尸投江水之中，成为涛神。后人因称浙江潮为"胥涛"。典出《吴越春秋》卷五。

⑯缇骑：穿红色军服的骑士，为逮治犯人的禁卫吏役的通称。

⑰锄霓：当作"鉏麑"，春秋时晋国大力士。晋灵公派鉏麑行刺赵盾，但鉏麑为赵盾的忠义所感染，放弃刺杀，撞槐而死。

## 译 文

阁下文采风流，才情侠义，我素日里颇为钦慕，当国家破亡，众人都惧怕而摇摆不定的时候，是阁下拥立了当今的皇上，安定了朝廷大局，人们都把你视作古代的郭汾阳、今时的于少保。但是一旦拥立皇上之后，阁下就气骄满腹，朝廷一切政令都由你发布，兵权也全由你独揽。自此不再提起战争守备之事，而只知道谋划如何贪婪和享受，以酒色来逢迎皇上，树立门墙营私结党，以至于人心解体，战士士气不扬。叛兵来到却束手无策，强敌临城，却想着要最先逃跑，以致皇上东奔西走不断迁移，江山社稷只剩下一堆邱墟，阁下治理这个国家到这个地步，即使你有三尺长嘴，又如何自我辩解？以我的看法，你不如准备一盂明水，认清自己的行为，然后自刎以谢天下，那么天下的忠愤节义之士，或许能够原谅你，不会追究；如果你只求保全自己的脑袋，也应当立即解除自己的职权，交给那些有才能、清明正直的大臣，以召唤英雄豪杰，奋发激励，国家仍有中兴的希望。或者在西湖上逍遥自由，在烟霞山水之间潦倒地度过余生，重蹈贾似道的覆辙，为后世所耻笑，死后绝冷，为人所湮没不提；再不然就像伯嚭那样渡江做个降臣，我们越地乃是报仇雪耻的古国，不是藏污纳垢的地方，如果你要来这里的话，我自当率先投身钱塘江，像伍子胥那样，死后立于江涛之中，乘素车白马来抗拒阁下。这封信公布后，必将触怒阁下，我就算死也难赎己罪。如果阁下要以国法来处置我，那么我就自束己身以等待吏役逮捕；如果阁下要以私法来处置我，我就伸出脖子等待刺客前来割取首级。

# 洪汝含《鼓山游记》序[1]

曹学佺

作文游山记最难。未落笔时，搜索传志，铺叙程期，洋洋洒洒，堆故实于满纸，但数别人财宝而已，于一种游情了不相关。即移之他处游亦可，移之他人游亦可。拘而寡韵，与泛而不切，病则均焉。

记游如作画，画家必须摹古，间复出己意着色生采，自然飞动。及乎对镜盘礴[2]，往往难之。乃以为画不必似，盖远近位置，木石向背，逼真则碍理，两为入耳。法既不伤，于境复肖，又何以似为病也？

友人洪汝含氏，作《鼓山游记》。余读之，初若不汲汲于游者。或为岚翠[3]招之，或为友朋动之，或自崖而返，或登顶者再。惟随其兴之所适，及乎境之所奏[④]，故其为记，亦不为传志故实之所窘缚[⑤]，与夫年月里数之所役使。神情满足，气色生动，嘻笑戏谑，皆成文章。以如意之笔术，夺难肖之画工。此所谓合作[⑥]也。传《诗》[⑦]之《葛覃》曰："葛者，妇人之所有事也。为是诗者，咏歌其所有事，而又及其所闻见，言其乐从事于此也。"噫！汝含氏之游，可谓乐矣，是宜记。

## 作者简介

曹学佺（1574—1646），字能始，号雁泽，又号西峰居士、石仓居士，福建侯官人。万历二十三年（1595）进士，任四川右参政、按察使。天启年间官广西参议，因著《野史纪略》被劾削职。明亡后曾任南明礼部尚书。清兵入闽，自缢山中。著有《石仓集》《蜀中广记》。

## 注　释

①本文选自《晚明二十家小品》，是为友人《鼓山游记》所作的序。文中论述了有关游山记的写作方法问题。认为写游山记文，要"随其兴之所适，及乎境之所奏"，而不为传志故实所束缚和年月里数所役使，也就是要写出独具个性的"游情"。

②盘礴：指恣意作画。

③岚翠：山气呈现的翠绿。

④奏：通"凑"。会合。

⑤窘缚：束缚。

⑥合作：谓书画诗文等合于法度。

⑦传《诗》：《诗经》毛亨传。传：解说经义的文字。

## 译　文

写文章要数写游山散文最难。还未下笔时，搜寻史传方志，铺叙游程行期，洋洋洒洒，堆叠满纸典故，只不过是清点别人的财宝罢了，与当时的游览之情毫不相关。即使换成写别处游览也可以，换成写别人游览也可以。受束缚而缺少韵味，与空泛而不真切的弊病是相同的。

写游记好比作画，画家一定是临摹古人的画作，偶尔之中又能着色添彩体现自己的心思，使整幅画自然活泼、气韵生动。等到他面对眼前景色全力作画，往往就感到困难了。于是认为作画不一定要相似，因为景物位置远近、树木石头运笔向背，太相似就违犯画理，两者不能同时兼顾罢了。既不损害画理，所画景色又与眼前景物相似，又为何以"相似"作为作画的弊病呢？

我的朋友洪汝含作《鼓山游记》。我读这篇文章，一开始好像对游山并不热切。有时被山岚翠峰招引，有时受朋友鼓动，有时从山崖返回，有时两次登顶。只是由着自己的兴致走到各处，达到游兴与景色相合的境界。所以他所写的游记，不为史传方志与典故所束缚，也不为游山日程与行程里数所限制。精神情状有余，气色生动，嬉戏玩笑，都能写成文章。以如意的笔法，胜过难以画得相似的画匠。这就是所谓的合于法度之作。解说《诗经》中《葛覃》篇的传中说："葛，是妇人所干的事。写这首诗的人，歌咏妇人所做的事，又写她所见所闻，说的是她乐意做这些事。"嗨！汝含的游山，可以说是快乐的了，这应该写下来。

## 游虎丘小记[1]

李流芳

虎丘，中秋游者尤盛。士女倾城而往，笙歌笑语，填山沸林，终夜不绝。遂使丘壑化为酒场，秽杂可恨。

予初十日到郡，连夜游虎丘，月色甚美，游人尚稀，风亭月榭，间以红粉笙歌一两队点缀，亦复不恶。然终不若山空人静，独往会心。

尝秋夜与弱生坐钓月矶，昏黑无往来，时闻风铎[2]，及佛灯隐现林杪[3]而已。又今年春中，与无际偕访仲和于此。夜半月出无人，相与趺坐[4]石台，不复饮酒，亦不复谈，以静意对之，觉悠然欲与清景俱往也。

生平过虎丘才两度，见虎丘本色耳。友人徐声远诗云："独有岁寒好，偏宜夜半游。"真知言哉！

**作者简介**

李流芳（1575—1629），字长蘅，号沧庵，晚号慎娱居士。嘉定（今属上海）人。万历三十四年（1606）中举人，三赴会试，均不第。因魏忠贤乱政，遂绝意进取，筑檀园，读书著述。工诗，善书法，尤精绘画。著有《檀园集》十二卷。

**注　释**

①本文选自《檀园集》卷八。虎丘是苏州的名胜，文以记胜。全文层层推进，从闹境引入静景，表现了作者爱好清静、与自然悠然神往的审美心境。

②铎：风铃。
③林杪：林梢。
④趺（fū）坐：双足交叠而坐。

**译 文**

虎丘，在中秋之夜游人极多。士绅学子、妇孺歌姬倾城而往，笙歌笑语充斥整个山林，终夜不绝。于是乎，丘壑竟化为酒场，污秽混杂，着实可恨。

我在初十到郡，连夜游览了虎丘，月色甚好，游人也还不多，亭榭之间微风拂过，明月当空，偶尔有一两队歌女吹笙点缀，并不使人厌恶。但还是不如山林空寂之时，那时一人独往更合我意。

我曾在秋夜与弱生坐在虎丘山顶的钓月矶上，天色昏暗，无人往来，时闻佛塔的风铃之声，眼见佛寺灯光在树梢间若隐若现。今年春天，我又和无际一起到此拜访仲和。夜半月出，四下无人，我们盘膝坐在石台之上，既不饮酒，也不交谈，只静静地对坐着，便觉悠然之间心与周围静景同在了。

我生平造访虎丘两次，也就这两次见到了虎丘的本色。我的朋友徐声远作诗云："独有岁寒好，偏宜夜半游。"说的真对啊！

## 游西山小记①

李流芳

出西直门，过高梁桥，可十余里，至元君祠。折而北，有平堤十里，夹道皆古柳，参差掩映。澄湖百顷，一望渺然②。西山匌匒③与波光上下。远见功德古刹及玉泉亭榭，朱门碧瓦，青林翠嶂，互相缀发。湖中菰蒲零乱④，鸥鹭翩翻，如在江南画图中。

予信宿⑤金山及碧云、香山，是日跨蹇⑥而归。由青龙桥纵辔⑦堤上，晚风正清，湖烟乍起，岚润如滴，柳娇欲狂。顾而乐之，殆不能去。

先是约孟旋、子将同游⑧，皆不至。予慨然独行。子将挟西湖为己有，眼界则高矣。顾稳踞七香⑨城中，傲予此行。何也？书寄孟阳⑩诸兄之在西湖者一笑。

**注 释**

①本文选自《檀园集》卷八。文章描写北京西山一带的风景，尤其是湖

光柳色，随意点染数笔，便有如画境。“晚风正清”数句，写出独赏此景的乐趣。结尾点明“独行”之意及作记的缘由。

②渺然：广远貌。

③匌匒（gé dá）：重叠。

④菰：多年生浅水草本植物，又称茭草、菰菜等。蒲：多年生草本植物。

⑤信宿：连宿两夜。

⑥蹇（jiǎn）：本指劣马。这里指马。

⑦纵辔：放开马缰，纵马奔驰。

⑧孟旋：方应祥，字孟旋，号青峒，浙江衢州人，万历四十四年（1616）进士，历官南京兵部职方司主事、祠部郎中、山东布政司参政兼按察司佥事等。子将：闻启祥，字子将，钱塘人。生性淡荡，博综群书。钱谦益称其“为诸生祭酒二十年，始举于南京（明万历壬子科）”。后屡受荐征，坚辞不赴。

⑨七香：本指七种香料，这里是繁华的意思。

⑩孟阳：程嘉燧，字孟阳，号松圆老人，安徽休宁人。作者好友，善书画。著有《松园浪淘集》《偈庵集》。

**译　文**

从直西门出去，经过高梁桥，大约十里路，就到了元君祠。转而向北走，有大约十里河堤，路旁都是古老的柳树，参差不齐，相互掩映。澄澈的湖水大约有数百顷，一望渺然。西山重重叠叠与波光一同起起伏伏。远处可以看见功德古刹和玉泉亭榭，朱红色的门和碧绿的琉璃瓦，青翠的树林和山峰互相呼应。湖中菰蒲零乱，鸥鹭翩翩飞翔其中，如同在江南的图画之中。

我在金山及碧云、香山待了两天，第二日就骑马回去。到了青龙桥，我纵马奔驰于堤上，时晚风清爽，湖面烟光乍起，山间雾气湿润得像要滴出水来，柳条不停摇摆，状似颠狂。我眼见此景，心中愉快，几乎不忍离去。

本来约孟旋、子将一同游玩，他们都没有来，我唯有长叹一声，独往游赏。子将挟西湖美景为己有，眼界实在太高了。稳踞繁华城中的人，不屑于这样的游玩。为什么呢？写这封信寄给居于西湖之滨的孟阳诸兄，权作一个笑料。

## 再游乌龙潭记①

谭元春

潭宜澄，林映潭者宜静，筏宜稳，亭客宜朗，七夕宜星河，七夕之客宜幽适无累。然造物者岂以予为此拘拘者乎！

茅子越中人②，家童善篙楫。至中流，风妒之，不得至荷荡，旋近钓矶系筏。垂垂下雨，霏霏③湿幔，犹无上岸意。已而雨注下，客七人，姬六人，各持盖④立幔中，湿透衣表。风雨一时至，潭不能主⑤。姬惶恐求上，罗袜无所惜。

客乃移席新轩，坐未定，雨飞自林端，盘旋不去，声落水上，不尽入潭，而如与潭击。雷忽震，姬人皆掩耳欲匿至深处。电与雷相后先，电尤奇幻，光煜煜⑥入水中，深入丈尺，而吸其波光以上于雨，作金银珠贝影，良久乃已。潭龙窟宅之内，危疑⑦未释。

是时风物倏忽，耳不及于谈笑，视不及于阴森，咫尺相乱。而客之有致者反以为极畅，乃张灯行酒，稍敌风雨雷电之气。忽一姬昏黑来赴，始知苍茫历乱，已尽为潭所有，亦或即为潭所生。而问之女郎来路，曰，“不尽然”，不亦异乎？

招客者为洞庭吴子凝甫，而冒子伯麟、许子无念、宋子献孺、洪子仲伟，及予与止生为六客，合凝甫而七。

## 作者简介

谭元春（1586—1637），字友夏，号鹄湾，别号蓑翁，竟陵（今湖北天门）人。天启年间乡试第一，与同里钟惺同为“竟陵派”创始人，论文重视性灵，反对摹古，提倡幽深孤峭的风格，所作亦流于僻奥冷涩。著有《谭友夏合集》。

## 注　释

①本文选自《谭友夏合集》。作者于万历四十七年（1619）曾三次游乌龙潭，共有三篇游乌龙潭记，本文是《初游乌龙潭记》的续篇。文章主要描绘了乌龙潭上由细雨到大雨再到暴雨时的奇特景象，从视觉、听觉、触觉、幻觉等多种角度写出景物的急骤变化。乌龙潭：在今江苏南京清凉山东麓。

②茅子：茅元仪，字止生，归安（今浙江湖州市）人。越中：明代绍兴府，古称越州。而归安属湖州府。此处“越中”当是指浙江。春秋时浙江一带属越国。

③霏霏：形容雨雪之密。

④盖：古代指车盖，掩覆在车上的帷幔，与伞相类。亦指伞。

⑤主：一说“往”字之误。

⑥煜煜：明亮貌。

⑦危疑：疑惧。

## 译　文

潭水应以清澈为好，树木映在潭中应以静谧为好，筏子应以平稳为好，亭台楼阁应以敞亮朗然为好，七夕之夜应以有银河为好，七夕之夜的客人应以幽雅闲适、清新脱俗者为好。然而造物主难道会认为我是这样拘泥的人吗？

茅元仪先生是越中人氏，他的家童善于撑篙使桨。筏子划到了潭的中流，也许是风在妒忌我们的闲情雅兴，便吹得我们到不了荷荡，随即我们靠向钓鱼的石台，系住了筏子。此时雨点垂垂落下，霏霏细雨沾湿了筏顶的帷幔，但我们仍没有上岸的意思。不一会儿大雨如注，七位客人、六位歌女，各自打着雨伞站在帷幔下，外衣都湿透了。狂风暴雨顷刻之间一齐袭来，潭水涌动，筏子不能自主。歌女们惊恐万分，想赶快上岸，也顾不上她们漂亮的罗袜了。

客人们就把宴席移到新轩中，还没坐定，大雨从树木之颠飞下，盘旋不离，雨落在潭水上，不是都没入潭里，而是像击打在潭面上。忽然雷声大作，歌女们都掩住了耳朵，想躲到潭的深幽之处。闪电和雷声先后而至，那闪电尤其奇幻，耀眼的电光尽入水中，深入一丈数尺，好像吸纳了潭上的波光，又反射到了雨中，现出黄金白银、珍珠贝壳的光影，过了好久才消失。这一切搅得乌龙潭的龙宫不得安宁，龙王不知道发生了什么事。

这时，景物顷刻万变，耳朵听不见笑语喧哗，眼睛看不清昏暗阴森，咫尺之间，一片慌乱。而客人中有兴致高的，反而心情十分畅快，于是高挂灯笼喝酒，才稍稍驱散了些风雨雷电的气息。忽然一个歌女从黑暗之中赶来赴会，这才知道这雷电风雨所造成的苍茫昏暗，只有乌龙潭才有，也可能就是为乌龙潭而生发的。而问那女郎来的路上的情况，女郎回答“来的路上情况不全是这样”，这不是很让人奇怪吗？

请客的是洞庭吴凝甫先生，而冒伯麟、许无念、宋献儒、洪仲伟以及我和茅元仪是六个客人，加上吴凝甫本人共七人。

## 三游乌龙潭记[①]

谭元春

予初游潭上，自旱西门[②]左行城阴下，芦苇成洲，隙中露潭影。七夕再来，又见城端柳穷为竹，竹穷皆芦，芦青青达于园林。后五日，献孺招焉。止生坐森阁未归[③]，潘子景升、钟子伯敬由芦洲来[④]，予与林氏兄弟由华林园、谢公墩取微径南来[⑤]，皆会于潭上。潭上者，有灵应，观之。

冈合陂陀[⑥]，木杪之水坠于潭。清凉一带，丛灌其后，与潭边人家檐溜沟勺入涘潭中，冬夏一深。阁去潭虽三丈余，若在潭中立。筏行潭无所不之，反若往水轩。潭以北，莲叶未败，方作秋香气，令筏先就之。又爱隔岸林木，有朱垣点深翠中，令筏泊之。初上蒙翳⑦，忽复得路，登登至冈。冈外野畴方塘，远湖近圃。宋子指谓予曰："此中深可住。若冈下结庐，辟一上山径，俯空杳之潭，收前后之绿，天下升平，老此无憾矣！"已而茅子至，又以告茅子。

是时残阳接月，晚霞四起，朱光下射，水地霞天。始犹红洲边，已而潭左方红，已而红在莲叶下起，已而尽潭皆赪⑧。明霞作底，五色忽复杂之。下冈寻筏，月已待我半潭。乃回篙泊新亭柳下，看月浮波际，金光数十道，如七夕电影⑨，柳丝垂垂拜月。无论明宵，诸君试思前番风雨乎？相与上阁，周望不去。适有灯起荟蔚⑩中，殊可爱。或曰："此渔灯也。"

## 注释

①本文选自《谭友夏合集》卷十一。文章记述了作者与好友第三次游乌龙潭的经历，先写山林与潭水相接的幽深境界，继而写晚霞映潭和月色照潭的奇妙景色，逐层点染，极写乌龙潭晴日间多姿多彩之美。

②旱西门：南京城门名，又称清凉门。

③止生：茅元仪，字止生。森阁：茅元仪所建，在乌龙潭附近。

④景升：潘之恒，字景升。伯敬：钟惺，字伯敬。

⑤华林园：南京园林。原为三国时东吴宫苑。谢公墩：原为晋谢安园池。地近钟山。

⑥陂（pō）陀：倾斜不平貌。

⑦蒙翳：此指草木覆盖。

⑧赪（chēng）：通"赪"，红色。

⑨七夕电影：指作者二游乌龙潭遇雷雨时情形。电影：雷电之光影。

⑩荟蔚：茂密的草丛树林。

## 译文

我初次游览乌龙潭，从旱西门向左走到城北边，那里芦苇茂盛成洲，缝隙中露出潭水的影子。七夕节再来，又看到城端柳树尽头是竹林，竹林尽头是芦苇，芦苇青青直到园林。又过了五天，宋献孺邀我同游。茅元仪住在森阁没有回去，潘景升、钟伯敬从芦苇荡上来，我和林家兄弟从华林园、谢公墩走小路从南边来，都在乌龙潭上相逢。潭上有灵气，我们共同观赏。

山冈倾斜，树梢上的水滴掉进潭里。清凉山就像一条带子，坐落在乌龙潭的后边，与潭边人家屋檐的排水槽、下水沟一齐伸入深潭中，冬夏季节水一样深。楼阁离潭虽然有三丈多，可就像在潭水中耸立一样。竹筏在潭水中行走不管哪儿都能到达，倒像是去水上楼阁。潭水北部，荷叶还没有凋残，正散发着秋天的香气，于是我们让竹筏先去那里。又喜欢隔岸的树林，有红色的墙点缀在深绿色中，于是让竹筏靠岸。刚上岸时土地全被草木覆盖，忽然找到一条路，沿路向上走到了山冈。山冈外边是田野池塘，远处有湖近处有苗圃。宋献孺指着这些对我说："这个地方很适合居住。如果在山下建造一座房屋，开辟一条上山的路，俯视空旷的潭水，观赏前后的景致，天下太平，在这里终老一生都没有遗憾了！"不一会儿茅元仪到了，他又把这话告诉了茅元仪。

这时候夕阳和月亮同时在天上，晚霞在四方升起，红光照下来，底下是水上面是霞。开始只照红了芦苇荡的周遭，不一会儿潭水的左边也红了，又过了一会儿红光照到了莲叶底下，不久之后全潭都红了。明亮的霞光作底色，五种颜色忽然又掺杂进来。下山找竹筏，月光已经布满半个潭面等着我们了。于是撑着竹篙停在新亭的柳树下面，观赏月光在水波中沉浮，金色的水光好几十道，就像七夕节雷电的光影，柳条下垂轻触水中的月亮。如果不去看今天晴朗的夜晚，各位能否想到上次游乌龙潭的那番风雨呢？我们一起登上楼阁，向四周眺望不愿离去。正好有灯光在茂密的草丛树林里亮起，非常可爱。有人说："这是渔灯。"

## 《秋寻草》自序[①]

谭元春

予赴友人孟诞先之约，以有此寻也。是时，秋也，故曰"秋寻"。

夫秋也，草木疏而不积，山川淡而不媚，结束凉而不燥。比之春，如舍佳人而逢高僧于绽衣[②]洗钵也。比之夏，如辞贵游[③]而侣韵士于清泉白石也。比之冬，又如耻孤寒而露英雄于夜雨疏灯也。天以此时新其位置，洗其烦秽，待游人之至。而游人者，不能自清其胸中，以求秋之所在，而动曰"悲秋"。予尝言宋玉有悲[④]，是以悲秋；后人未尝有悲而悲之，不信胸中而信纸上，予悲夫悲秋者也。

天下山水多矣，老子[⑤]之身不足以了其半，而辄于耳目步履中得一石一湫[⑥]，徘徊难去。入西山恍然，入雷山恍然，入洪山恍然，入九峰山恍然，何恍然之多耶？然则予胸中或本有一"恍然"以来，而山山若遇也。

予乘秋而出，先秋而归。家有五弟，冠[⑦]者四矣，皆能以至性奇情，佐予之所不及。花棚草径、柳堤瓜架之间，亦可乐也。曰“秋寻”者，又以见秋而外，皆家居也。诞先曰：“子家居诗少，秋寻诗多，吾为子刻《秋寻草》。”

## 注　释

①本文选自《谭友夏合集》卷二十三，是作者为自己诗集作的一篇序。作者在序中指出秋天与春、夏、冬相比而独具的清淡特色，认为游人要“自清其胸中，以求秋之所在”，而不能一味模仿宋玉“悲秋”的情调，人云亦云。

②绽衣：破衣。

③贵游：无官职的王公贵族。

④宋玉有悲：宋玉《楚辞·九辩》：“悲哉！秋之为气也。萧瑟兮，草木摇落而变衰。”

⑤老子：自称，犹“老头”。

⑥湫（qiū）：空洞、深潭。

⑦冠：古代男子二十岁行成人礼，结发戴冠。

## 译　文

我赴朋友孟诞先之约，才有此次寻芳。这时正是秋天，所以叫“秋寻”。

秋天这个时节，草木萧疏而不茂盛，山川清淡而不妩媚，凉气凝结而不干燥。和春天相比，好像是舍弃美人却遇着高僧穿着破衣在洗饭钵；和夏天相比，好像离开贵游而和风雅人士在清泉白石间作伴；和冬天相比，又好像是耻于贫寒无依靠而和英雄露宿在夜雨疏灯下。上天在此时改变了它的位置，洗尽了它的烦恼浊秽，等待游人的到来，但是游人却不能自己清洗心胸来求得秋的所在，反倒动辄说“悲愁”。我曾经说宋玉有悲伤的事情，所以悲愁；后人不曾有悲却言悲愁，不相信自己的内心而相信纸上的东西，我为那些悲愁的人感到悲伤。

天下的山水很多，我不能了解其中的一半，却总是对平时见到的一石一洞流连忘返。进入西山恍然大悟，进入雷山恍然大悟，进入洪山恍然大悟，进入九峰山恍然大悟，为什么有这么多恍然大悟呢？看来是我胸中或许原本就有一座“恍然”之山，这时山与山就好像相遇了。

我趁着秋天出来，先于秋天回家。家里有五个弟弟，成年的有四个，他们都能用极高的悟性与才情帮助我做我力所不能及的事情。花棚草径、柳堤瓜架之间，也有值得高兴的地方。说是“秋寻”，还因为我赏秋以外都在家里住着。诞先说：“你家居的诗很少，寻秋的诗很多，我来为你刊刻《秋寻草》。”

# 《天工开物》序[1]

宋应星

天覆地载，物数号万，而事亦因之，曲成[2]而不遗，岂人力也哉？事物而既万矣，必待口授目成而后识之，其与几何？万事万物之中，其无益生人与有益者，各载其半。世有聪明博物者，稠人[3]推焉。乃枣梨[4]之花未赏，而臆度楚萍[5]；釜鬵之范鲜经[6]，而侈谈莒鼎[7]。画工好图鬼魅而恶犬马，即郑侨、晋华[8]，岂足为烈哉？

幸生圣明极盛之世，滇南车马，纵贯辽阳[9]；岭徼[10]宦商，横游蓟北[11]。为方万里中，何事何物，不可见见闻闻。若为士而生东晋之初、南宋之季，其视燕、秦、晋、豫方物，已成夷产[12]；从互市而得裘帽，何殊肃慎之矢[13]也？且夫王孙帝子，生长深宫，御厨玉粒正香，而欲观耒耜[14]；尚宫[15]锦衣方剪，而想象机丝[16]。当斯时也，披图一观，如获重宝矣！

年来著书一种，名曰《天工开物》。伤哉贫也！欲购奇考证，而乏洛下之资[17]；欲招致同人，商略赝真，而缺陈思之馆[18]。随其孤陋见闻，藏诸方寸而写之，岂有当哉？吾友涂伯聚[19]先生，诚意动天，心灵格物[20]，凡古今一言之嘉，寸长可取，必勤勤恳恳而契合焉。昨岁《画音归正》[21]，由先生而授梓[22]；兹有后命，复取此卷而继起为之，其亦夙缘之所召哉！卷分前后[23]，乃贵五谷而贱金玉之义，《观象》《乐律》二卷[24]，其道太精，自揣非吾事，故临梓删去。丐[25]大业文人，弃掷案头，此书于功名进取，毫不相关也。

时崇祯丁丑[26]孟夏月，奉新宋应星书于家食之问堂[27]。

## 作者简介

宋应星（1587—1666），字长庚，江西奉新人，自幼聪明强记，对天文学、声学、农学及工艺制造之学有很大兴趣。万历四十三年（1615）乡试中举，之后三次参加会试，皆不第，遂绝科举之念。后任江西分宜县学教谕，旋升福建汀州府推官，任期未满，辞官归里。崇祯十六年（1643）又出任亳州知州，次年辞官。明亡后，宋应星屡受南明政权征召，皆不就，隐居贫苦而终。宋应星的著作和研究领域涉及自然科学及人文科学的不同学科，其最杰出的作品《天工开物》被誉为“中国17世纪的工艺百科全书”。

## 注 释

①《天工开物》是一本记载农业与手工业生产技术的著作。这篇自序不谈专门知识，着重说明著书宗旨和成书经过，表明作者的思想和志趣，字里行间洋溢着尊重科学、实事求是的精神。

②曲成:《易·系辞上》:“曲成万物而不遗。”韩康伯注:“曲成者，乘变以应物，不系一方者也。”

③稠人：众人。

④枣梨：常见之木。

⑤楚萍：楚王渡江，有物触舟，大如斗，圆而赤。群臣不识，问于孔子。孔子说，此谓“萍实”，乃吉祥之物，唯霸主能获之。

⑥鬵（xín）：大锅。范：铸造器物的模型。

⑦莒鼎：据《左传·昭公七年》载，晋侯曾赐子产莒国二方鼎。莒：春秋小国名，在今山东莒县一带。

⑧郑侨：即子产，姓公孙，名侨，字子产，春秋时期郑国大夫，博识多闻，人称“博物君子”。晋华：即张华，西晋文学家，以博洽多闻著称。著有《博物志》，书中多奇闻异物。

⑨辽阳：泛指辽河以北地区。

⑩岭徼：泛指岭南一带。岭：五岭（越城、都庞、萌渚、骑田、大庾）。徼：边境。

⑪蓟北：泛指河北地区。

⑫夷产：外国的物产。东晋、南宋两个政权皆偏安江南，江北为他国。

⑬肃慎之矢:“肃慎”为商、周时代东北少数民族，其地产劲箭石镞，曾向周朝进贡。

⑭耒耜：古代农具的通称。

⑮尚宫：古代女官名，管理皇宫内务。

⑯机丝：织机上的丝线。

⑰洛下之资：指钱财。《三国志·魏志·夏侯玄传》注引《魏略》:“洛中市买，一钱不足则不行。”是说洛阳城里买东西，少一个钱就买不到。

⑱陈思之馆：陈思王的馆舍。陈思王即曹植，字子建，封陈王，谥思。植富文才，一时名流文士皆为其宾客。

⑲涂伯聚:涂绍煃，字伯聚，江西新建人。万历四十七年（1619）进士，官至广西左布政使，后引疾归，以讲学论文为事。著有《友教堂稿》。

⑳格物：推究事物的道理。

㉑《画音归正》：此书已佚。

㉒授梓：刻版印书。梓：木名，常用以雕刻书版。

㉓卷分前后:《天工开物》共十八卷，首卷为《乃粒》(谷物粮食)，末卷为《珠玉》。编排次序取晁错《论贵粟疏》“贵五谷而贱金玉”之义。

㉔《观象》：内容讲天文气象知识。《乐律》：内容讲音乐律吕知识。

㉕丐：追求。

㉖崇祯丁丑：即崇祯十年（1637），宋应星时在江西分宜任教谕。

㉗家食之问堂：宋应星居室。语本《易·大畜》"不家食，吉"。意谓国君能养贤士，使享俸禄，而不食于家。宋应星反其意而用之，甘居清贫，不欲与"大业文人"竞逐功名利禄。

## 译 文

上天覆盖之下，大地承载之上，物种数目，号称上万，而万事万物随机变化，成为各种形态，却一点也没有遗漏，难道是人力造成的吗？事物既然有上万种那么多，必须等到别人口头讲述和自己亲眼见到，然后才了解，那能知道多少呢？万事万物之中，对人生没有好处和有好处的，各占一半。世上有聪明博通事物的人，必为众人推崇。但是有的人连枣梨之花都没有看过，就想揣度楚王得萍的吉凶；连釜的模样都没有见过，就想大谈莒鼎的真假。画图的人喜欢画未曾见过的鬼魅，却讨厌画实有其物的犬马，那么就算是郑国的子产、晋朝的张华，又有什么值得称许的呢？

我幸运地生在圣明强盛的时代，云南的车马，可以直通辽阳；岭南边地的游宦和商人，可以横游河北一带。在这万里的区域内，有什么事物不能耳闻目见呢？如果士人生在东晋初期或南宋末，他们会把河北、陕西、山西、河南的土产，看成外国的产品；与外国通商所换得的皮裘、帽子，和古代得到肃慎国进贡的弓矢，又有什么不同呢？而帝王的子孙，在深宫中长大，御厨里正飘着米饭的香味，却想观看种田的农具；宫女正在剪裁华美的衣服，却想象着机杼织布的情形。在这个时候，打开图案一看，不就像获得至宝一样吗？

近年来写了一部书，名叫《天工开物》。可惜家中太穷困了，想购买一些奇巧的东西来考证，却缺乏钱财；想要招集嗜好相同的朋友，讨论物品的真伪，却没有招待的馆舍。只能照着藏在心中的孤陋见闻写出来，难道真的妥当吗？我的好友涂伯聚先生，诚意可以感动上天，心智可以探知事理，凡是古往今来的简短嘉言，有一点可取的，一定诚心诚意地照着去做。去年，我所写的《画音归正》，就由先生印刷；现在又有吩咐，要接着印刷这部书，这种情谊或许是前世因缘所带来的吧！本书分成前后两卷，首卷为《乃粒》，末卷为《珠玉》，是"以五谷为贵而以金玉为贱"的意思，《观象》《乐律》二卷，其中的道理过于精深，自行揣度不是我能胜任的事，所以在将要印刷时，把它删去。追求功名的文士，可以将此书丢弃在桌子上，因为这书和求取功名一点关系也没有。

明崇祯十年（1637）四月，奉新县宋应星写于居室之问堂。

# 核舟记[①]

魏学洢

明有奇巧人曰王叔远，能以径寸之木，为宫室、器皿、人物，以至鸟兽、木石，罔不因势象形，各具情态。尝贻余核舟一，盖大苏[②]泛赤壁云。

舟首尾长约八分有奇[③]，高可二黍[④]许。中轩敞者为仓，箬篷[⑤]覆之。旁开小窗，左右各四，共八扇。启窗而观，雕栏相望焉。闭之，则右刻“山高月小，水落石出[⑥]”，左刻“清风徐来，水波不兴”，石青糁之[⑦]。

船头坐三人，中峨冠而多髯者为东坡，佛印[⑧]居右，鲁直[⑨]居左。苏、黄共阅一手卷。东坡右手执卷端，左手抚鲁直背。鲁直左手执卷末，右手指卷，如有所语。东坡现右足，鲁直现左足，各微侧，其两膝相比者，各隐卷底衣褶中。佛印绝类弥勒，袒胸露乳，矫首昂视，神情与苏、黄不属[⑩]。卧右膝，诎[⑪]右臂支船，而竖其左膝，左臂挂念珠倚之——珠可历历数也。

舟尾横卧一楫。楫左右舟子各一人。居右者椎髻仰面，左手倚一衡木，右手攀右趾，若啸呼状。居左者右手执蒲葵扇，左手抚炉，炉上有壶，其人视端[⑫]容寂，若听茶声然。

其船背稍夷，则题名其上，文曰“天启壬戌[⑬]秋日，虞山王毅叔远甫刻[⑭]”，细若蚊足，钩画了了，其色墨。又用篆章一，文曰“初平山人”，其色丹。

通计一舟，为人五，为窗八，为箬篷，为楫，为炉，为壶，为手卷，为念珠各一；对联、题名并篆文，为字共三十有四；而计其长曾不盈寸。盖简[⑮]桃核修狭者为之。嘻，技亦灵怪矣哉！

魏子详瞩既毕，诧曰：嘻！技亦灵怪矣哉！《庄》《列》所载，称惊犹鬼神者良多，然谁有游削于不寸之质，而须麋[⑯]了然者？假有人焉，举我言以复于我，我必疑其诳。乃今亲睹之。由斯以观，棘刺[⑰]之端，未必不可为母猴[⑱]也。嘻！技亦灵怪矣哉！

**作者简介**

魏学洢（约1596—1625），字子敬，号茅檐，浙江嘉善人，明臣魏大中长子。年少时曾与父亲一起到帷萧寺苦读，生活清苦。成年之后，以擅长写文章闻名于乡里。天启年间，魏大中为阉党诬告下狱，魏学洢暗中随槛车进京，欲上书替父罪，未能如愿。父死狱中，魏学洢匍匐扶棺返里，日夜哭不绝声。距父死不逾月，竟哭而亡。其一生短暂，未曾做官，好学善文，著有《茅檐集》。

## 注　释

①本文选自《虞初新志》。作者用生动简洁的语言描绘了“核舟”上栩栩如生的人物形象和景物特点，表现了作者对王叔远精湛技艺的赞美和对民间艺术的赞扬。

②大苏：即苏轼。时人称他和弟弟苏辙为“大苏”、“小苏”。

③有奇：有余。

④二黍：古代计量长度，用一百黍粒纵排为一尺，故二黍相当于二分。

⑤箬篷：箬叶编成的船篷。

⑥山高月小，水落石出：与下文“清风徐来，水波不兴”皆出自苏轼。前两句出自《后赤壁赋》，后两句出自《前赤壁赋》。

⑦石青：一种矿物质制成的青色颜料。糁：涂粘。

⑧佛印：金山寺的和尚，字了元，苏轼好友。

⑨鲁直：即黄庭坚，苏轼好友。

⑩不属（zhǔ）：不连贯，不相呼应。

⑪诎：通“屈”，弯曲。

⑫视端：正视。

⑬天启壬戌：明熹宗天启二年（1622）。

⑭虞山：今江苏常熟。王毅叔远：王毅，字叔远，号初平山人。

⑮简：通“拣”，选择。

⑯须麋：胡须眉毛。

⑰棘刺：酸枣树枝条的尖刺末端。

⑱母猴：《韩非子·外储说》载，有人在燕王面前夸口，说他能在棘刺末端雕刻母猴。

## 译　文

明代有一个技艺精湛的人，名叫王叔远。他能用直径一寸的木头，雕刻出宫殿、器具、人物，以至鸟兽、木石，没有一件不是基于木头原来的样子构思创作那些东西的形状，各有各的神情姿态。他曾经送给我一个用桃核雕刻成的小船，刻的是苏轼乘船游赤壁的情形。

船头到船尾大约长八分多一点，大约有两黍高。中间高起而宽敞的部分是船舱，用箬竹叶做的船篷覆盖着它。旁边开小窗，左右各四扇，一共八扇。打开窗户来看，雕刻着花纹的栏杆左右相对。关上窗户，就看到一副对联，右边刻着“山高月小，水落石出”八个字，左边刻着“清风徐来，水波不兴”八个字，用石青涂在字的凹处。

船头坐着三个人，中间戴着高高的帽子，胡须浓密的人是苏东坡，佛印和尚居右，黄鲁直居左。苏东坡、黄鲁直共看一幅书画长卷。苏东坡右手握着长卷的右端，左手轻放在黄鲁直的背上。黄鲁直左手握着长卷的左端，右手指着长卷，好像在说些什么。苏东坡露出右脚，黄鲁直露出左脚，身子都略微侧斜，他们互相靠近的两膝，都被遮蔽在书卷下的衣褶里。佛印和尚极像弥勒佛，袒胸露乳，抬头仰望，神情和苏东坡、黄鲁直不相呼应。佛印蜷缩右膝，弯曲着右臂支撑在船上，竖起左膝，左臂上挂着一串念珠，靠在左膝上——那珠子简直可以清清楚楚地数出来。

船尾横放着一支船桨。船桨的左右两边各有一名船夫。居右者梳着椎形发髻，仰着脸，左手倚着一根横木，右手扳着右脚趾头，好像在大声呼喊的样子。居左者手拿一把蒲葵扇，左手轻按着火炉，炉上有一把水壶，那个人眼光正视着茶炉，神色平静，好像在听茶水的声音。

船的底部较平，作者在上面题上自己的名字，文字是“天启壬戌秋日，虞山王毅叔远甫刻”，笔画像蚊子的脚一样细小，清清楚楚，它的颜色是黑的。还刻着一枚篆书图章，文字是“初平山人”，字的颜色是红的。

总计一条船，刻了五个人，八扇窗户，箬篷、船桨、炉子、茶壶、手卷、念珠各一件；对联、题名和篆文，刻下的字共计三十四个。可是计算船的长度，还不满一寸。原来是挑选长而窄的桃核雕刻而成的。嘻！技艺果真灵巧奇妙。

我仔细端详欣赏核舟后，惊奇地说：嘻！技艺果真灵巧奇妙啊！《庄子》《列子》所记载的，称得上惊奇如同鬼斧神工的器物也有很多，然而又有谁能在长不足一寸的材质上运用他的刻刀，雕刻出形象，连胡须眉毛都一目了然？假如有人拿我以上所说的来回答我，我肯定怀疑他在说假话。到今天我终于亲眼看见了这样精巧的东西。由此看来，荆棘末端的尖刺，未必不可以雕刻出一个母猴啊。嘻！技艺也果真灵巧奇妙啊！

## 《西湖梦寻》序[1]

张　岱

余生不辰，阔别西湖二十八载，然西湖无日不入吾梦中，而梦中之西湖，实未尝一日别余也。

前甲午、丁酉[2]，两至西湖，如涌金门，商氏之楼外楼，祁氏之偶居，钱氏、余氏之别墅，及余家之寄园，一带湖庄，仅存瓦砾。则是余梦中所有者，反为西湖所无。及至断桥一望，凡昔日之，弱柳夭桃、歌楼舞榭，如洪水淹没，百不存一矣。余及急急走避。谓余为西湖而来，今所见若此，反不若保吾梦中之西湖为得计也。

因想余梦与李供奉③异，供奉之梦天姥也，如神女名姝，梦所未见，其梦也幻；余之梦西湖也，如家园眷属，梦所故有，其梦也真。今余僦居④他氏，已二十三载，梦中犹在故居。旧役小傒⑤，今已白头，梦中仍是总角⑥。夙习未除，故态难脱，而今而后，余但向蝶庵岑寂⑦，蘧榻纡徐⑧，惟吾梦是保，一派西湖景色，犹端然未动也。儿曹⑨诘问，偶为言之，总是梦中说梦，非魇即呓⑩也。

余犹山中人，归自海上，盛称海错⑪之美，乡人竞来共舐⑫其眼。嗟嗟！金齑瑶柱⑬，过舌即空，则舐眼亦何救其馋哉？第作“梦寻”七十二则，留之后世，以作西湖之影。辛亥七月既望⑭，古剑蝶庵老人张岱题。

## 作者简介

张岱（1597—1684），又名维城，字宗子，又字石公，号陶庵、天孙，别号蝶庵居士、古剑老人，晚号六休居士，山阴（今浙江绍兴）人。一生落拓不羁，淡泊功名。张岱出身仕宦家庭，早岁生活优裕。明亡之后隐居剡溪，穷困潦倒坚持著述。所作诗文，多故国之思、身世之悲。其小品文声誉尤高，有“晚明小品集大成”之誉。著述甚丰，有《琅嬛文集》《陶庵梦忆》《西湖梦寻》《夜航船》《三不朽图赞》等。

## 注　释

①本文选自《琅嬛文集》卷一。张岱曾多年侨居杭州，明亡后“避迹山居”，西湖的美好景色每日都萦绕在他的梦中。于是，他又两至西湖，没想到“梦中所有者，反为西湖所无”。他在失落感叹之余，只能以“保吾梦中之西湖”自慰，写下了《西湖梦寻》。文章说明了写作《西湖梦寻》的缘由，表达了作者国破家亡之后对故国家园的思恋之情。作者写本文时已经年逾七十，往事成空的苍凉情感也溢于言外。

②甲午：此指清顺治十一年（1654）、南明永历八年。丁酉：此指清顺治十四年（1657）、南明永历十一年。

③李供奉：即李白，曾任翰林供奉，作有《梦游天姥吟留别》诗。

④僦（jiù）居：租屋居住。

⑤傒：通“奚”，仆役。

⑥总角：古代男女未成年前束发为两鬟，形状如角，故称总角。

⑦蝶庵：作者居室。岑寂：冷清、寂寞。

⑧蘧（qú）榻：用苇或竹编成的粗席。纡徐：从容缓慢。

⑨儿曹：儿辈。

⑩呓：梦中呓语。

⑪海错：海产种类繁多，通称为海错。

⑫舐（shì）：以舌取食或舔物。

⑬金齑（jī）瑶柱：食物名。

⑭辛亥：即康熙十年（1671）。既望：周历以每月十五、十六至二十二、二十三为既望。后称农历十五为望，十六为既望。

### 译　文

我生不逢时，阔别西湖二十八载，然而西湖没有一天不在我的梦中出现，而梦中的西湖也从未有一天离开过我。

之前甲午、丁酉，我曾两次来到西湖，然而像涌金门、商家的楼外楼、祁家的偶居、钱家和余家的别墅，以及我家的寄园，这一带的湖边山庄，只剩下一堆瓦砾。我梦中西湖中存在的东西，现实的西湖中反倒没有了。到断桥一看，那些以前的弱柳夭桃、歌楼舞榭，就像被洪水淹没了一样，只剩下不到百分之一。我不忍见此，疾走避开。我是为了西湖而来，可如今看见这番景象，还不如不来，以保持我梦中对西湖的美好印象。那梦中的西湖才最契合我的心意。

因而想到我的梦与李白的梦不同。李白梦到的天姥山，像神仙美女，他梦中的内容是现实中从未见过的，他的梦是虚幻的；我所梦到的西湖，如家园眷属，梦中的内容从前是真实存在的，我的梦是真实的。如今我租住别人的房屋已经二十三年了，而梦中好像还生活在老家。从前使唤的小仆人，如今已满头白发，可在梦中，他们仍是总角模样。以前的习惯没有改变，从前的姿态也没有消失，从今往后，我只居岑寂蝶庵，闲卧苇编粗席，只求将我梦中的西湖景色一点不改地保存。儿辈追问我，我偶尔回答他们，也总是说着梦里见到的景物，不是疯话就是梦话。

我像是由海上归来的山里人，向乡亲大肆赞美海鲜的美味，乡亲们竟然一起来舔他的眼睛。唉！再好吃的美味，吃下去也就没了，舔眼怎么能解馋呢？因此，我写了“梦寻”七十二则，留之后世，以阐明西湖在我记忆里的样子。辛亥年七月十六，古剑蝶庵老人张岱题。

## 《陶庵梦忆》序[1]

张　岱

陶庵国破家亡，无所归止。披发入山，駴駴[2]为野人。故旧见之，如毒药猛兽，愕窒[3]不敢与接。作《自挽诗》，每欲引决，因《石匮书》未成，尚视息人世。然瓶粟屡罄，不能举火。始知首阳二老[4]，直头饿死，不食周粟，还是后人妆点语也。

饥饿之余，好弄笔墨。因思昔人生长王谢[5]，颇事豪华，今日罹此果报：以笠报颅，以蒉报踵[6]，仇[7]簪履也；以衲[8]报裘，以苎报绨[9]，仇轻暖也；以藿[10]报肉，以粝报粻[11]，仇甘旨也；以荐[12]报床，以石报枕，仇温柔也；以绳报枢，以瓮报牖，仇爽垲[13]也；以烟报目，以粪报鼻，仇香艳也；以途报足，以囊报肩，仇舆从也。种种罪案，从种种果报中见之。

鸡鸣枕上，夜气方回[14]。因想余生平，繁华靡丽，过眼皆空，五十年来，总成一梦。今当黍熟黄粱[15]，车旋蚁穴[16]，当作如何消受？遥思往事，忆即书之，持问佛前，一一忏悔。不次岁月，异年谱也；不分门类，别《志林》[17]也。偶拈一则，如游旧径，如见故人，城郭人民，翻用自喜[18]。真所谓痴人前不得说梦矣。

昔有西陵脚夫，为人担酒，失足破其瓮。念无以偿，痴坐伫想曰：“得是梦便好！”一寒士乡试中式，方赴鹿鸣宴[19]，恍然犹意未真，自啮其臂曰：“莫是梦否？”一梦耳，惟恐其非梦，又惟恐其是梦，其为痴人则一也。余今大梦将寤[20]，犹事雕虫[21]，又是一番梦呓。因叹慧业文人[22]，名心难化，政如邯郸梦断，漏尽钟鸣[23]，卢生遗表，犹思摹榻二王[24]，以流传后世。则其名根一点，坚固如佛家舍利[25]，劫火[26]猛烈，犹烧之不失也。

注　释

①本文选自《琅嬛文集》。文中描写了作者国破家亡后的生活状况和精神面貌。作者的亡国之恨、故园之思以及亲历沧桑易代巨变后的心灵之痛，在亦真亦幻、虚实相生的表达中，体现得淋漓尽致。

②骇（hài）骇：通“骇骇”，令人惊异貌。

③愕窒（è zhì）：惊惶得不敢出气。

④首阳二老：指伯夷、叔齐。二人本是商末孤竹国国君之子，因辞让君位而出奔，曾叩马谏阻周武王伐商，武王不从。武王灭商后，二人耻食周粟，采薇而食，饿死于首阳山。

⑤王谢：指东晋时王导、谢安两大望族。后代指豪门望族。

⑥蒉（kuì）：草编的筐子，这里指草鞋。踵：脚跟。

⑦仇：报答、报应。

⑧衲（nà）：补裰的衣服。

⑨苎（zhù）：麻织品。绨（chī）：细葛布。

⑩藿：一种野菜。

⑪粝（lì）：粗米。粻（zhāng）：好粮米。

⑫荐：草褥子。

⑬爽垲：指明亮干燥的居室。

⑭夜气：指黎明前的清新之气。《孟子·告子上》："夜气不足以存，则其违禽兽不远矣。"孟子认为，人在清明的夜气中醒来，思想未受外界干扰，良心易于发现。因此用以比喻人未受物欲影响时的纯洁心境。方回：指思想刚一转动。

⑮黍熟黄粱：指从梦中醒来。黄粱：典出唐沈既济《枕中记》。大意是说，卢生在邯郸旅店住宿，入睡后做了一场享尽荣华富贵的好梦。醒来时，店家的黄黍还没有熟，因而大彻大悟。称虚幻的梦想为"黄粱梦"或"邯郸梦"。

⑯车旋蚁穴：典出唐李公佐《南柯太守传》。大意是说，淳于棼在家中酒醉，梦至"槐安国"，国王以女嫁之，任南柯太守，享尽荣华富贵，显赫一时。后与敌战而败，公主亦死，被遣回，梦醒之后，寻找梦里踪迹，见槐树南枝下有蚁穴，即梦中所历。这里借比自己历经艰难之后的寂寥时刻。

⑰《志林》：书名，后人整理苏轼的笔记，分类编辑而成。这里借指一般分类编排的笔记。

⑱城郭人民，翻用自喜：《搜神后记》卷一："丁令威，本辽东人，学道于灵虚山，后化鹤归辽，集城门华表柱。时有少年举弓欲射之，鹤乃飞，徘徊空中而言曰：'有鸟有鸟丁令威，去家千年今始归，城郭如故人民非，何不学仙——冢累累！'遂高上冲天。"这里暗用此典。

⑲鹿鸣宴：唐代乡试后，州县长官宴请考中举子的宴会。因宴会时歌《诗经·小雅·鹿鸣》之章，故名。

⑳大梦将寤：这里指人的一生将尽。佛家常称人生一世为大梦一场。

㉑雕虫：比喻小技巧，这里指写作。

㉒慧业文人：能运用智力、写作文章的人。慧业：佛家名词，运用智慧的事业，这里指文事。

㉓漏尽钟鸣：古代用铜壶滴漏来计时刻，又在天明时打钟报晓。漏尽：指夜尽。钟鸣：指天亮。

㉔卢生遗表，犹思摹榻二王：《枕中记》载卢生将殁时上疏，没有"犹思摹榻二王"的事。汤显祖根据同一故事所作戏曲《邯郸记》，在卢生临死时，却说："俺的字是钟繇法帖，皇上最所爱重，俺写下一通，也留与大唐作镇世之宝。"二王：指王羲之、王献之。

㉕舍利：梵语"身骨"的译音。释迦摩尼死后火葬，身体内一些烧不化的东西，结成颗粒，称为"舍利子"。后来也指高僧火化剩下的骨烬。

㉖劫火：佛家以为坏劫中有水、风、火三劫。这里指焚化身体（结束一生）的火。

## 译文

陶庵国破家亡，无可归宿之处。披头散发进入山中，变成了可怕的野人。亲戚朋友一看到我，就像看到了毒药猛兽，愕然地望着，不敢与我接触。我作《自挽诗》，每每想自杀，但因《石匮书》未写完，所以还在人间。然而存米的瓶子常常是空的，不能生火做饭。我这才懂得伯夷、叔齐径直饿死，是他们不愿吃周朝的粮食，还是后人夸张、粉饰的话。

在饥饿之余，我还喜欢写些文章。因此想到以前生长在王、谢这样的家庭里，享受过富足的生活，现在遭到这样的因果报应：用竹笠报应头颅，用草鞋报应足跟，跟从前华美冠履相对；以衲衣报应穿皮裘，以麻布报应服细葛布，跟以前轻暖华服相对；以豆叶报应食肉，以粗粮报应精米，跟以前的美好食物相对；以草荐报应温暖的床褥，以石块报应柔软的枕头，跟温暖柔软之物相对；以绳枢报应优良的户枢，以瓮牖报应明亮的窗棂，跟干燥高爽的居室相对；以烟熏报应眼睛，以粪臭报应鼻子，跟以前的享受香艳相对；以跋涉路途报应脚，以背负行囊报应肩膀，跟以前的轿马仆役相对。以前的各种罪责，都可以从今天的各种果报中看到。

在枕上听到鸡的啼声，纯洁清静的心境刚刚恢复。因而回想我的一生，繁华靡丽于转眼之间已化为乌有，五十年来，只不过是幻梦一场。现在自己应当从黄粱梦中醒来，这种日子应该怎样来受用？只能追想遥远的往事，一想到就写下来，拿到佛前一桩桩地来忏悔。所写的事，不按年月先后次序，不用写年份；也不分门别类，以与《志林》相差别。偶尔拿出一则来看看，好像是在游览以前到过的地方，遇见了以前的朋友，虽说城郭依旧，百姓已非，但我却反而自己高兴。这真的可以说是痴人的面前不能提梦啊。

从前有一个西陵的脚夫，为人挑酒，不慎跌了一跤，把酒坛子打破了。想到无从赔偿，就长时间呆坐着想道："能是梦便好！"又有一个贫穷的书生考取了举人，正在参加鹿鸣宴，恍恍惚惚地还以为这不是真的，咬着自己的手臂说："别是做梦吧！"同样是对于梦，一个害怕那不是梦，一个又害怕那是梦，但他们作为痴人则是一样的。我如今大梦将醒，一生将尽，却还在从事写作，这又是在说梦话了。因而叹息具有慧业的文人，其好名之心真是难改，正如卢生在邯郸梦已要结束、天就要亮的时候，在其遗表中还想把其摹榻二王的书法流传后世一样。因此，其一点名根，实在是像佛家舍利子那样坚固，即使用猛烈的劫火来烧它，也无法烧尽。

## 湖心亭看雪①

张　岱

崇祯五年十二月，余住西湖。大雪三日，湖中人鸟声俱绝。

是日，更定矣，余拏[②]一小舟，拥毳衣[③]炉火，独往湖心亭看雪。雾凇沆砀[④]，天与云、与山、与水，上下一白。湖上影子，惟长堤一痕，湖心亭一点，与余舟一芥[⑤]，舟中人两三粒而已。

到亭上，有两人铺毡对坐，一童子烧酒，炉正沸。见余，大喜，曰："湖中焉得更有此人！"拉余同饮。余强饮三大白而别[⑥]。问其姓氏，是金陵人，客此。

及下船，舟子喃喃曰："莫说相公痴，更有痴似相公者！"

## 注　释

①本文选自《陶庵梦忆》卷三。文章以精练的笔墨记叙了作者湖心亭看雪的经过，描绘出一幅幽静深远、洁白广阔的雪景图，表现了作者孤独寂寞的心境和淡淡的愁绪。湖心亭：西湖中心亭。

②拏（ná）：持拿，执取。这里指撑。

③毳（cuì）衣：细毛皮衣。毳：鸟兽的细毛。

④雾：从天上下罩湖面的云气。凇：从湖面蒸发的水汽。沆砀：白气弥漫。曾巩《冬夜即事诗》自注："齐寒甚，夜气如雾，凝于水上，旦视如雪，日出飘满阶庭，齐人谓之雾凇。"

⑤芥：小草，比喻轻微细小的事物。

⑥大白：大酒杯。白：古人罚酒时用的酒杯，也泛指一般的酒杯。

## 译　文

崇祯五年（1632）十二月，我住在西湖边。大雪接连下了三天，湖中不见游人，不闻鸟声，一片静寂。

这日更定时分，我撑着一叶小舟，穿着毛皮衣，带着火炉，独自前往湖心亭看雪。湖面上寒气如雾，一片弥漫，天和云、和山、和水，上下皆白。湖上的影子，只有长堤一痕，湖心亭一点，与我的小舟一芥，以及舟中人影两三粒。

到了湖心亭上，看见有两个人铺好毡子，相对而坐，一个童子正在烧酒，炉火把酒烧得滚沸。他们看见我，非常高兴，说："想不到在湖中还会有您这样的人！"他们拉着我一同饮酒。我竭力喝了三大杯酒，然后和他们道别。我问了他们的姓氏，得知他们是金陵人，在此地客居。

下船返回时，船夫喃喃地说："不要说相公您痴，还有像相公您一样痴的人啊！"

# 西湖香市[1]

张　岱

西湖香市，起于花朝，尽于端午。山东进香普陀者日至[2]，嘉湖进香天竺者日至[3]，至则与湖之人市焉，故曰“香市”。然进香之人，市于三天竺[4]，市于岳王坟[5]，市于湖心亭，市于陆宣公祠[6]，无不市，而独凑集于昭庆寺[7]。昭庆两廊，故无日不市者。三代八朝之骨董、蛮夷闽貊之珍异[8]，皆集焉。至香市，则殿中边甬道上下，池左右，山门[9]内外，有屋则摊，无屋则厂[10]，厂外又棚，棚外又摊，节节寸寸。凡䙓裓[11]、簪珥、牙尺、剪刀，以至经典、木鱼、好儿嬉具之类，无不集。

此时春暖，桃柳明媚，鼓吹清和，岸无留船，寓无留客，肆无留酿。袁石公[12]所谓“山色如娥，花光如颊，波纹如绫，温风如酒”，已画出西湖三月。而此以香客杂来，光景又别。士女闲都[13]，不胜其村妆野妇之乔画[14]；芳兰芗[15]泽，不胜其合香芫荽之熏蒸[16]；丝竹管弦，不胜其摇鼓欱笙之聒帐[17]；鼎彝[18]光怪，不胜其泥人竹马之行情；宋元名画，不胜其湖景佛图之纸贵。如逃如逐，如奔如追，撩扑不开，牵挽不住。数百十万男男女女，老老少少，日簇拥于寺之前后左右者，凡四阅月[19]方罢，恐大江以东，断无此二地矣。

崇祯庚辰三月，昭庆寺火。是岁及辛巳、壬午洊[20]饥，民强半[21]饿死。壬午虏鲠[22]山东，香客断绝，无有至者，市遂废。辛巳夏，余在西湖，但见城中饿殍舁出[23]，扛挽相属。时杭州刘太守梦谦，汴梁[24]人，乡里抽丰[25]者多寓西湖，日以民词馈送。有轻薄子改古诗[26]诮之曰：“山不青山楼不楼，西湖歌舞一时休。暖风吹得死人臭，还把杭州送汴州。”可作西湖实录。

注　释

①本文选自《陶庵梦忆》卷七。文中追述了明亡以前西湖香市的热闹繁华场面，写出作者对故土民情风俗的怀恋。文中也描述了西湖香市消歇的经过和原因，讽刺了地方官贪污纳贿的行为。

②山东：这里指浙江东都一带。普陀：山名，在今浙江舟山。

③嘉湖：嘉兴和湖州。天竺：山峰名，亦是寺名。在杭州市灵隐山飞来

峰之南。

④三天竺：天竺山有上、中、下三天竺寺。

⑤岳王坟：岳飞墓，在西湖西北栖霞岭岳王庙右侧。

⑥陆宣公祠：陆贽祠，在孤山下。陆贽是唐代嘉兴人，德宗时进士，卒后谥“宣”。

⑦昭庆寺：在钱塘门外。五代后晋时建。

⑧三代：指夏、商、周。八朝：指汉、魏、晋、宋、齐、梁、陈、隋。骨董：即古董。蛮夷闽貊（mò）：泛指四方边远地区。

⑨山门：寺院的大门。

⑩厂：通“敞”，铺在地上。

⑪燕支：通“胭脂”。一种红色颜料。

⑫袁石公：袁宏道，自号石公。引文见《初至西湖记》。

⑬闲都：文雅优美貌。

⑭乔画：乔装打扮。

⑮芗：通“香”。

⑯合香：香料。芫荽（yán suī）：草本植物，茎和叶有特殊香气。

⑰聒帐：众声齐作，通宵达旦。

⑱鼎彝：代指古董。

⑲四阅月：经过四个月。

⑳洊（jiàn）：再次。

㉑强半：对半。

㉒鲠：祸患，这里指侵扰。

㉓饿殍（piǎo）：饿死的人。舁（yú）：抬。

㉔梁：今河南开封。

㉕抽丰：旧称找关系走门路向人求取财物。俗语“打秋风”。

㉖古诗：南宋林升《题临安邸》：“山外青山楼外楼，西湖歌舞几时休？暖风熏得游人醉，直把杭州作汴州。”

## 译 文

西湖香市，从每年花朝节开始，到端午节结束。从浙东到普陀寺进香的人一天天前来，从嘉兴、湖州到天竺寺进香的人也一天天前来，到了之后，就和西湖的人互相买卖东西，所以叫作香市。然而进香的人，在三天竺寺买东西，在岳王坟买东西，在湖心亭买东西，在陆宣公祠买东西，无处不买东西，尤其会聚集在昭庆寺。昭庆寺两边的走廊，没有一天不成为人们相互买卖的集市。三代八朝的古董、蛮夷闽貊的珍奇异宝都汇集到这地方。到了香市这段日子，寺殿甬道上上下下，屋檐的左左右右，山门的内内外外，有屋就摆起摊，没有屋就敞着放，围成堆，敞堆之外又搭棚，棚外又摆摊，一节节、一段段，紧密相连。凡是胭脂、发簪、耳饰、牙尺、剪刀，以至于各种典籍、敲打的木鱼、孩子们的玩具之类的东西，样样都汇集到这儿来。

这时正是春暖季节，桃柳明媚，鼓吹清和，岸边无停留的船，旅舍中没有停留的客人，店铺中没有存留的酒。袁石公所说的“山色如蛾眉，花色如面颊，波纹如绫罗，暖风如美酒”，已勾画出西湖三月的景致。而此时香客从各处来，风光景致又有不同。士女的文雅秀美，胜不过村野妇女的涂脂抹粉；兰花的芬芳香气，敌不过合香芫荽的熏蒸；丝竹管弦之乐，压不住口哨摇鼓的喧闹；文物古董的光彩，比不上泥人竹马叫卖的顺畅；宋、元的画卷，比不上湖景图、佛像图昂贵。众人像在奔逃，像在追逐，拉也拉不住，拦也拦不下。成百上万的男男女女、老老少少，每天簇拥在昭庆寺的前前后后，经过四个月才结束，恐怕长江以东，绝对没有第二个这样的地方。

崇祯十三年（1640）三月，昭庆寺发生火灾。这一年和崇祯十四年、十五年，一再发生饥荒，百姓大半饿死。崇祯十五年（1642），敌虏侵扰浙东，香客断绝，再没有来杭州的，香市于是就停止了。崇祯十四年（1641）夏天，我在西湖，只见到城中抬出饿死者的尸首，人扛车拉，一个接着一个。当时杭州太守刘梦谦，汴梁人，同乡人来这里打秋风的，多寄居在西湖，这些人每天可以替诉讼的人疏通关系得到钱财，馈赠太守。有个轻薄士人改动古诗中的几个字讥诮这位太守说：“山不青山楼不楼，西湖歌舞一时休。暖风吹得死人臭，还把杭州送汴州。”这话可作为当时西湖实情的写照。

## 西湖七月半[1]

张　岱

西湖七月半，一无可看，止可看看七月半之人。看七月半之人，以五类看之。其一，楼船箫鼓，峨冠[2]盛筵，灯火优傒，声光相乱，名为看月而实不见月者，看之；其一，亦船亦楼，名娃闺秀，携及童娈[3]，笑啼杂之，环坐露台[4]，左右盼望，身在月下而实不看月者，看之；其一，亦船亦声歌，名妓闲僧，浅斟低唱，弱管轻丝[5]，竹肉相发，亦在月下，亦看月而欲人看其看月者，看之；其一，不舟不车，不衫不帻，酒醉饭饱，呼群三五，跻入人丛，昭庆、断桥，嘄[6]呼嘈杂，装假醉，唱无腔曲，月亦看，看月者亦看，不看月者亦看，而实无一看者，看之；其一，小船轻幌[7]，净几暖炉，茶铛[8]旋煮，素瓷静递，好友佳人，邀月同坐，或匿影树下，或逃嚣里湖，看月而人不见其看月之态，亦不作意看月者，看之。

杭人游湖，巳出酉归[9]，避月如仇。是夕好名，逐队争出，多犒门军酒钱，轿夫擎燎，列俟岸上。一入舟，速舟子急放断桥，赶入胜会。以故二鼓[⑩]以前，人声鼓吹，如沸如撼，如魇如呓，如聋如哑；大船小船一齐凑岸，一无所见，止见篙击篙，舟触舟，肩摩肩，面看面而已。少刻兴尽，官府席散，皂隶喝道去。轿夫叫船上人，怖以关门。灯笼火把如列星，一一簇拥而去。岸上人亦逐队赶门，渐稀渐薄，顷刻散尽矣。

吾辈始舣[⑪]舟近岸。断桥石磴始凉，席其上，呼客纵饮。此时月如镜新磨，山复整妆，湖复颒面[⑫]。向之浅斟低唱者出，匿影树下者亦出，吾辈往通声气，拉与同坐。韵友来，名妓至，杯箸安，竹肉发。月色苍凉，东方将白，客方散去。吾辈纵舟，酣睡于十里荷花之中，香气拍人，清梦甚惬。

## 注释

①本文选自《陶庵梦忆》卷七，是一篇追忆西湖当年盛景的游记。文章表面写人，又时时不离写月，看似无情又蕴情于其中，完美而含蓄地揭示了作者抑浅俗、颂高雅的主旨。作者对五类人的描述，字里行间不见褒贬之词，然孰优孰劣、孰雅孰俗则昭然若揭。

②峨冠：头戴高冠，指士大夫。

③童娈（luán）：俊美的男童。

④露台：船上露天的平台。

⑤弱管轻丝：谓轻柔的管弦音乐。

⑥嘄（jiào）：通“叫”。

⑦幌：帷幔。

⑧茶铛（chēng）：煮茶的小锅。

⑨巳：上午九时至十一时。酉：下午五时至七时。

⑩二鼓：二更，约为夜里十一点。

⑪舣（yǐ）：附船着岸。

⑫颒（huì）面：洗脸。这里指湖面恢复明净。

## 译文

西湖的七月半，没有什么可看的，只可以看看七月半的人。看七月半的人，可以分五类来看。其中一类，坐在有楼饰的游船上，吹箫击鼓，戴着高冠，穿着盛装，灯火明亮，优伶、仆从相随，乐声与灯光相错杂，名为看月而事实上并未看见月亮的人，我就看看他们；一类，也坐在游船上，船上也有楼饰，带着名娃闺秀，还带着娈童，嬉笑中夹着打趣的啼哭，在甲板上团团而坐，左盼右顾，置身月下而事实上并不看月的人，我就看看他们；一类，也坐着船，也有音乐和歌声，与名妓闲僧一起，慢慢喝酒，曼声歌唱，箫笛、琴瑟之乐轻柔细缓，丝竹声与歌声相互生发，也置身月下，也看月，而又希望别人看他们看月，这样的人，我就看看他们；又一类，不坐船不乘车，不穿上衣不戴头巾，喝足了酒吃饱了饭，叫上三五个人，成群结队地挤入人丛，在昭庆寺、断桥一带高声乱嚷喧闹，假装发酒疯，唱不成调的歌曲，月也看，看月的人也看，不看月的人也看，而实际上什么也没有看见的人，我就看看他们。还有一类，乘着小船，船上挂着细而薄的帏幔，茶几洁净，茶炉温热，茶铛很快地把水烧开，白色瓷碗静静地传递，约了好友佳人，请月亮和他们同坐，有的隐藏在树荫之下，有的去里湖逃避喧闹，尽管在看月，而人们看不到他们看月的样子，他们自己也不刻意看月，这样的人，我就看看他们。

杭州人游西湖，上午十点左右出门，下午六点左右回来，如有怨仇似的躲避月亮。这天晚上出于爱慕虚名，一群群人争相出城，多赏把守城门的士卒一些小费，轿夫高举火把，在岸上列队等候。一上船，就催促船家迅速把船划到断桥，赶去参加盛会。因此二鼓以前，人声和鼓乐声相杂，恰似水波涌腾、大地震荡，又犹如梦魇和呓语，周围的人们既听不到别人的说话声，又无法让别人听到自己说话的声音；大船小舟一起靠岸，什么也看不见，只看到船篙与船篙相撞，船与船相碰，肩膀与肩膀相摩擦，脸和脸相对而已。一会儿兴致尽了，官府宴席已散，由衙役吆喝开道而去。轿夫招呼船上的人，以城门将关闭来恐吓游人，使他们早归。灯笼和火把像一行行星星，一一簇拥着回去。岸上的人也一批批急赴城门，人群慢慢稀少，顷刻间就全部散去了。

这时，我们才让船靠近湖岸。断桥边的石磴也才凉下来，大家坐在上面，招呼客人开怀畅饮。此时月亮仿佛刚刚打磨过的铜镜，光洁明亮，山峦重新整理了妆容，湖水重新整洗面目。原先慢慢喝酒、曼声歌唱的人出来了，隐藏树荫下的人也出来了，我们这批人去和他们打招呼，拉来同席而坐。风雅的朋友来了，有名的歌妓也来了，杯筷安置好，歌乐齐发。直到月色灰白清亮，东方即将破晓，客人才逐渐散去。我们这些人放船于十里荷花之间，畅快地安睡，花香盈绕于身边，梦境非常舒适。

## 扬州清明[①]

张　岱

扬州清明，城中男女毕出，家家展墓[②]。虽家有数墓，日必展之。故轻车骏马，箫鼓画船，转折再三，不辞往复。监门小户亦携肴核[3]纸钱，走至墓所。祭毕，则席地饮胙[4]。自钞关南门、古渡桥、天宁寺、平山堂一带[5]，靓妆藻[6]野，袨服缛川[7]。随有货郎，路旁摆设骨董古玩并小儿器具。博徒持小杌[8]坐空地，左右铺袒衫半臂[9]，纱裙汗帨[10]，铜炉锡注[11]，瓷瓯漆奁[12]，及肩彘鲜鱼、秋梨福桔之属，呼朋引类，以钱掷地，谓之“跌成[13]”。或六或八或十，谓之“六成”“八成”“十成”焉。百十其处，人环观之。

是日，四方流寓及徽商西贾、曲中名妓，一切好事之徒，无不咸集。长塘丰草，走马放鹰；高阜平冈，斗鸡蹴踘；茂林清樾[14]，劈阮[15]弹筝。浪子相扑，童稚纸鸢，老僧因果，瞽者说书，立者林林，蹲者蛰蛰[16]。日暮霞生，车马纷沓。宦门淑秀，车幕尽开，婢媵倦归，山花斜插。臻臻簇簇[17]，夺门而入。余所见者，惟西湖春、秦淮夏、虎邱秋，差足比拟。然彼皆团簇一块，如画家横披；此独鱼贯雁比，舒长且三十里焉，则画家之手卷矣。

南宋张择端作《清明上河图》，追摹汴京景物，有西方美人之思[18]，而余目盱盱[19]，能无梦想！

### 注　释

①本文选自《陶庵梦忆》卷五。文字描绘了扬州清明节的盛景，寄托作者思念故国之情。

②展墓：祭拜先人之墓。

③肴核：肉类和果类食品。

④饮胙：祭祀结束后，宗族在祠堂设宴，称“享胙”或“饮胙”。这里指在墓地享用祭品。

⑤钞关南门、古渡桥、天宁寺、平山堂：皆扬州地名。

⑥藻：藻饰，装饰。

⑦袨（xuàn）服：黑色礼服，这里指盛服。缛（rù）：繁密的纹饰。

⑧小杌（wù）：小矮凳。

⑨袒（nì）：内衣。衫：外衣。半臂：宽口短袖衣。

⑩汗帨（shuì）：古代妇女拭汗的佩巾。

⑪锡注：锡制的用于斟注的小壶。

⑫瓷瓯：瓷制敞口小碗。漆奁（lián）：古代女子盛放梳篦、脂粉的梳妆盒，木质漆盒。

⑬跌成：古代博戏的一种。以钱为赌具，掷钱为戏，以字(钱上有字的一面)幕(钱上无字的一面)定输赢。《扬州画舫录·蜀冈录》：“跌成，古博戏也，时人谓之拾博。用三钱者为三星，六钱者为六成，八钱者为八乂，均字均幕为成，四字四幕为天分，天分必幕与幕偶，字与字偶，长一尺，不杂不斜，以此为难。盖跌成之戏，古谓之纯。”

⑭清樾：清幽，寂静。

⑮阮：传统乐器，四弦有柱，形似月琴。相传西晋阮咸善弹此乐器，因而得名。

⑯蛰蛰：众多貌。

⑰臻臻簇簇：众聚貌。

⑱西方美人之思：即故国之思。

⑲盱盱：张目直视貌。

## 译文

扬州清明节这天，城中男女都会外出，家家户户都会去祭拜先人的坟墓。即使有些人家有许多先人之墓要拜，也一定要在当天祭拜完。因此轻车骏马、箫鼓画船，辗转行驶，来回奔波。平民百姓也带着菜肴、果品和纸钱，来到先人墓地。祭拜完后，便席地而坐，共饮祭酒，吃祭品。自钞关南门、古渡桥、天宁寺、平山堂一带，艳服靓妆的仕女装点着原野，身着盛服的士子布满了平川。到处都有货郎，在路边摆摊，叫卖古董古玩以及小孩子的玩具。赌徒手持一个小杌子坐在空地上，左右地上铺列着袙衫、半臂、纱裙、汗帨、铜炉、锡注、瓷瓯、漆奁、肩彘、鲜鱼、秋梨、福桔之类的物品，他呼唤朋友同类，以钱掷地来赌博，称之为“跌成”。或用六钱，或用八钱，或用十钱，称之为“六成”“八成”“十成”。百十个人聚在一起赌博，众人纷纷围观。

这一日，客居四方的外乡人，以及徽州与山西的商人、有名的艺妓，一切好事之徒，无不聚集在一起。人们在长塘青草上走马放鹰，在高冈上斗鸡，在平地上蹋球，在幽静的茂林里弹奏阮筝。浪子们比武打架，孩子们放飞风筝，老和尚念诵经文，盲人说书讲故事，站立着的人众多，蹲着的人也数不胜数。傍晚彩霞满天，车马纷沓返回。官宦家的淑女闺秀，打开车上帘幕四处眺望，婢女们劳累而归，将采得的山花随处一插。车马和人聚集排列在一起，争先恐后地进城。我所见过的，只有春天的西湖、夏天的秦淮、秋天的虎丘尚能与此相比。然而，那些景观团团簇拥在一起，犹如画家的横幅。唯有今日扬州这般景象是像鱼那样次序井然，像雁那样排列飞行，舒展开有将近三十余里，正如画家狭长的横幅画卷。

南宋张择端作了《清明上河图》，追摹汴京的景色，充满了思念故国之情。而我睁大眼睛观赏扬州之景，怎能没有这种感情呢？

# 白洋潮[1]

张岱

故事，三江[2]看潮，实无潮看。午后喧传曰："今年暗涨潮。"岁岁如之。

庚辰[3]八月，吊朱恒岳[4]少师至白洋，陈章侯、祁世培同席[5]。海塘上呼看潮，余遄往，章侯、世培踵至。

立塘上，见潮头一线，从海宁[6]而来，直奔塘上。稍近，则隐隐露白，如驱千百群小鹅擘翼[7]惊飞。渐近，喷沫冰花，蹴起如百万雪狮，蔽江而下，怒雷鞭之，万首镞镞[8]，无敢后先。再近，则飓风逼之，势欲拍岸而上。看者辟易，走避塘下。潮到塘，尽力一礴[9]，水击射，溅起数丈，着面皆湿。旋卷而右，龟山[10]一挡，轰怒非常，炮碎龙湫[11]，半空雪舞。看之惊眩，坐半日，颜始定。

先辈言：浙江[12]潮头，自龛、赭两山漱激而起[13]。白洋在两山外，潮头更大，何耶？

注 释

①本文选自《陶庵梦忆》卷三，描写了白洋潮的壮阔之景。白洋：即白洋山，又名乌风山，在绍兴西北五十里，滨海。

②三江：俗名三江口，在绍兴市东北四十里里浮山北麓。

③庚辰：明崇祯十三年（1640）。

④朱恒岳：即朱燮元，字衡岳，浙江绍兴人。万历二十年（1592）进士，历官大理评事、四川左布政使、兵部尚书等，因有功，加少保。崇祯中进少师。死于任上，谥襄毅。

⑤陈章侯：即陈洪绶，字章侯，号老莲，晚号悔迟。浙江诸暨人，画家。祁世培：字海槎。两人均是作者的朋友。

⑥海宁：今浙江海宁，南临杭州湾，是观潮胜地。

⑦擘（bò）翼：张开翅膀拍水飞奔。

⑧镞镞：簇拥貌。镞：通"簇"。

⑨礴：通"薄"，逼迫。这里有撞击的意思。

⑩龟山：即白洋山。

⑪龙湫（qiū）：雁荡山瀑布。

⑫浙江：即钱塘江。

⑬龛（kān）、赭（zhě）：龛山在萧山东南，赭山在海宁西南，二山对

峙，扼钱塘江入海口。漱激：冲刷激荡。

译　文

按旧例，在三江口看潮，其实无潮可看。午后有人喧闹着传道：“今年是暗涨潮啊！”年年如此。

庚辰年八月，我到白洋祭奠朱恒岳少师，与陈章侯、祁世培同席。海塘上有人呼喊着看潮，我急急去看，章侯、世培接踵而至。

站在塘上，远远地看见潮头像一条线，从海宁奔腾而来，直奔塘上。稍稍靠近了一点，就隐隐约约露出白色，如同驱赶千百群小鹅张开翅膀拍打水面惊起而飞。潮水越来越近，喷出水沫就像冰花一样，涌起的潮水像百万头雄狮，遮蔽了大江，奔流而下，好像有怒雷鞭打它们一样，百万头雪狮攒聚在一起，没有一头不争先恐后的。再近些，潮头像飓风一样逼来，水势将要拍打着岸而上。看的人惊慌后退，跑着躲避到塘下。潮到塘上，尽力一撞，水花冲击四散开来，溅起几丈高，我的衣服和脸都被打湿了。潮水快速卷着向右而去，被白洋山一挡，轰隆隆好像十分愤怒，雁荡山瀑布像被火炮击碎一样，雪白的浪花在半空中飞舞。我看了惊恐万分，感到眩目无比，坐了好一会儿，脸色才镇定下来。

先辈说：钱塘江的潮头，从龛、赭两座山冲刷激荡而起。白洋山在这两座山之外，潮头却更大，这是为什么呢？

## 龙山雪[①]

张　岱

天启六年十二月，大雪深三尺许。晚霁，余登龙山，坐上城隍庙山门，李岕生、高眉生、王畹生、马小卿、潘小妃侍[②]。万山载雪，明月薄之，月不能光，雪皆呆白。坐久清冽，苍头[③]送酒至，余勉强举大觥[④]敌寒，酒气冉冉，积雪欱[⑤]之，竟不得醉。马小卿唱曲，李岕生吹洞箫和之，声为寒威所慑，咽涩不得出。三鼓归寝。马小卿、潘小妃相抱从百步街旋滚而下，直至山趾，浴雪而立。余坐一小羊头车[⑥]，拖冰凌而归。

注　释

①本文选自《陶庵梦忆》卷七，是一篇简短而有韵致的雪夜游记。文章表达了作者遗世独立、不随流俗的高洁情怀。

②李芥生、高眉生、王畹生、马小卿、潘小妃：皆是当时伶人。生指男伶。马小卿、潘小妃为女伶。

③苍头：年老的奴仆。

④觥（gōng）：古代酒器。

⑤欱（hē）：吮吸。这里指吞噬。

⑥羊头车：一种独轮小车。

译　文

天启六年（1626）十二月，大雪有三尺多深。晚上雪停，天放晴了，我登上龙山，坐在城隍庙的山门上，李岕生、高眉生、王畹生、马小卿、潘小妃这几个人陪伴侍候。众山都被雪覆盖住了，月光照在雪上，白雪显得忽明忽暗，看上去像只有薄薄的一层，月亮显不出光亮，雪都呈献出死板的白色。坐久了觉得有点清冷，已年老的仆人送来了酒，我勉强举起大杯饮酒，以敌寒意，酒气上升，积雪将酒气吞噬，竟然喝不醉。马小卿唱曲子，李岕生吹洞箫相和，声音为寒气所凝滞，艰涩不能出。三更的时候我们准备回去睡觉，马小卿、潘小妃互相抱着从百步街旋转滚落，一直到山脚下，满身是雪地站着。我坐着一辆小羊头车，拖着满身的冰凌回去了。

## 不二斋[①]

张　岱

不二斋，高梧三丈，翠樾[②]千重，墙西稍空，腊梅补之，但有绿天，暑气不到。后窗墙高于槛，方竹数竿，潇潇洒洒[③]，郑子昭“满耳秋声”横披一幅。天光下射，望空视之，晶沁[④]如玻璃、云母，坐者恒在清凉世界。图书四壁，充栋连床。鼎彝樽罍[⑤]，不移而具。余于左设石床竹几帷之纱幕，以障蚊虻。绿暗侵纱，照面成碧。夏日，建兰、茉莉，芗泽浸人，沁入衣裾。重阳前后，移菊北窗下，菊盆五层，高下列之，颜色空明，天光晶映，如沉秋水。冬则梧叶落，蜡梅开，暖日晒窗，红炉毾㲪[⑥]。以昆山石种水仙，列阶趾。春时，四壁下皆山兰。槛前芍药半亩，多有异本。余解衣盘礴[⑦]，寒暑未尝轻出[⑧]，思之如在隔世。

注　释

①本文选自《陶庵梦忆》卷二。文章描写了不二斋的布局及周围幽静淡

雅的环境，体现出作者超俗高远、与世隔绝之志。

②翠樾：绿荫。

③潇潇洒洒：清凉、幽雅貌。

④晶沁：亮光透入。

⑤鼎彝：古代祭器。樽罍（léi）：古代酒器。这里指古玩摆设物件。

⑥毾㲪（tà dēng）：细毛毯。

⑦盘礴：舒展双腿而坐。

⑧轻出：随便外出。

译　文

不二斋的旁边有株高三丈的梧桐，树冠茂密，树荫千重，能遮住大半个屋顶，只有围墙的西面稍空，我就在这里种上蜡梅，这样看上去周围全是绿荫，夏日的暑气也挡在了外面。从屋子的后窗看出去，有道比窗槛略高的矮墙，其后有竹子数支，潇潇洒洒，屋子内堂挂着一副郑子昭写的“满耳秋声”的横幅。阳光照射到院子中间，抬眼看去，就像玻璃、云母一样晶莹透明，坐在院里就感觉自己是坐在一个清凉的世界里。屋子里面放满了书，从墙角一直堆到床上；鼎彝樽罍等物件，也都安放在适当的地方。我在房子的左边放置石床，摆上竹几，再置纱幕帷帐，以防蚊虻。窗外林木的绿色侵入纱帐，连墙壁也成了一片碧色。夏日，建兰、茉莉的芬香四处飘散，浸入人身，连衣服上也有了香气。重阳节前后，我在北窗下种上菊花，花盆分上下五层摆放，花色空明，映着晶莹的阳光，像是沉浸在秋水之中。冬天梧桐叶落，蜡梅花开，温暖的阳光洒在窗前，我坐在屋内，就着红炉，围着毛毯，悠然惬意。再用昆山石种水仙花，放在园内台阶下面。到了春天，墙下都是盛开的山兰。花圃里种了半亩芍药，其中有不少稀有品种。我解开衣襟，箕踞而作，一年之中都不轻易出门，觉得自己就像生活在另一个世界里。

## 彭天锡串戏①

张　岱

彭天锡串戏妙天下，然出出皆有传头，未尝一字杜撰。曾以一出戏，延其人至家，费数十金者，家业十万缘手而尽。三春多在西湖，曾五至绍兴，到余家串戏五六十场，而穷其技不尽。天锡多扮丑净②，千古之奸雄佞幸，经天锡之心肝而愈狠，借天锡之面目而愈刁，出天锡之口角而愈险。设身处地，恐纣之恶不如是之甚也。皱眉视眼，实实腹中有剑，笑里有刀，鬼气杀机，阴森可畏。盖天锡一肚皮书史，一肚皮山川，一肚皮机械[3]，一肚皮磊砢[4]不平之气，无地发泄，特于是发泄之耳。

余尝见一出好戏，恨不得法锦[5]包裹，传之不朽。尝比之天上一夜好月，与得火候一杯好茶，只可供一刻受用，其实珍惜之不尽也。桓子野见山水佳处，辄呼："奈何！奈何！"[6]真有无可奈何者，口说不出。

注　释

①本文选自《陶庵梦忆》卷六。文章叙写了一个满腹才华而又满腹不平的戏子形象，抒发了旧时欢乐难续的怅惘之情。

②丑：传统戏曲角色行当。多扮演一些插科打诨的滑稽角色。净：传统戏曲角色行当。一般扮演性格刚烈或粗鲁、奸险的人物。

③机械：机巧。

④磊砢（luǒ）：众多、委积貌。

⑤法锦：古代西南少数民族地区产的一种丝织品。亦名古刺锦。

⑥"桓子野"二句：《世说新语·任诞》："桓子野每闻清歌，辄唤'奈何！'谢公闻之，曰：'子野可谓一往有深情。'"

译　文

彭天锡唱戏妙绝天下，他演绎的曲目都有典故可依，没有一字是凭空杜撰。曾经有人请他到家里唱一出戏，花费数十金，他累积十万家业，但随手就花尽了。春天时，彭天锡多半在西湖附近，曾五次到绍兴，到我家唱戏五六十场，展示了无尽的戏剧才华。彭天锡经常演丑角或净角，千古以来的奸雄佞臣，在彭天锡的演绎下，心肠更加狠毒，面目更加可憎，语言更加阴险。就算是角色原型和他相比也是有些不如的，可能商纣王的恶还不及他演出来的恶吧。他只是做出个皱眉看人的表情动作，你就能感觉到他腹中藏剑，笑里有刀，暗含杀机，阴气森森，让人不寒而栗。这只是因为他拥有满腹的书史，满腹的山川，满腹的机巧，满腹的正义不平之气，无处可发泄，只能全部在戏台上发泄，所以才能妙绝天下。

我每当看到一出好戏，就恨不得用法锦把它包裹起来，一代一代地传下去，使之不朽。然而好戏就好比月夜天空的一轮好月，或者是火候刚刚好的一杯好茶，只可以供一时享用，但它最美好的时候顷刻就会消失，就算我再珍惜它，再想留住它也是无济于事的。桓子野见到绝妙的山水胜景时，就会呼喊："奈何！奈何！"这种想拥有却又无法留存的无可奈何的痛苦，是言语表达不出来的。

# 金山夜戏[1]

张　岱

崇祯二年中秋后一日，余道镇江往兖。日晡[2]，至北固[3]，舣舟江口。月光倒囊入水，江涛吞吐，露气吸之，噀[4]天为白。余大惊喜，移舟过金山寺，已二鼓矣。经龙王堂，入大殿，皆漆静。林下漏月光，疏疏如残雪。余呼小仆携戏具，盛张灯火大殿中，唱韩蕲王[5]金山及长江大战诸剧。锣鼓喧填[6]，一寺人皆起看。有老僧以手背挼眼翳，翕然张口，呵欠与笑嚏俱至。徐定睛，视为何许人，以何事何时至，皆不敢问。剧完，将曙，解缆过江。山僧至山脚，目送久之，不知是人是怪是鬼。

## 注　释

①本文选自《陶庵梦忆》卷一。文章记述作者夜游金山寺并乘兴唱戏的奇妙经历，写出了作者的狂放不羁、洒脱任性。

②日晡：傍晚时分。

③北固：北固山，在今江苏镇江京口区。

④噀（xùn）：含在口中而喷出。

⑤韩蕲王：指南宋抗金名将韩世忠。

⑥喧填：通“喧阗”，喧哗热闹。

## 译　文

崇祯二年（1629）中秋后一天，我取道镇江前往兖州。日暮时分到达北固山，将船停靠在江口。月光如同流水从囊中倾泻而出，江中波涛汹涌，露气吸纳着月光，喷薄至天空都成了白色。我大为惊喜，划动小舟去拜访金山寺，此时已经是二更时分了。经过龙王堂，进入大殿，所到之处一片漆黑寂静。树林下洒漏的月光，稀稀疏疏如同残雪一般。我呼唤小奴携带演戏的用具，在大殿中大张灯火，唱“韩蕲王金山及长江大战”等几出戏。锣鼓喧哗，一寺的人都起来观看。有一个老年僧人，用手背擦着模糊不清的眼睛，突然张嘴，呵欠、笑、喷嚏一起出来。慢慢地定睛，心想到底该看作什么人，为了什么事情前来，是什么时候来到的，但都不敢问。戏演完了，天将要亮了，我解开缆绳，划船渡江。山僧送到山脚，久久地目送我们，弄不清楚我们到底是人、是怪、还是鬼。

# 柳敬亭说书[①]

张　岱

南京柳麻子，黧黑，满面疤瘤[②]，悠悠忽忽[③]，土木形骸[④]。善说书。一日说书一回，定价一两。十日前先送书帕下定[⑤]，常不得空。南京一时有两行情人，王月生[⑥]、柳麻子是也。

余听其说“景阳冈武松打虎”白文[⑦]，与本传大异。其描写刻画，微入毫发，然又找截干净[⑧]，并不唠叨。哱夬[⑨]声如巨钟，说至筋节处，叱咤叫喊，汹汹崩屋。武松到店沽酒，店内无人，謈[⑩]地一吼，店中空缸空甓皆瓮瓮有声。闲中着色，细微至此。

主人必屏息静坐，倾耳听之，彼方掉舌。稍见下人呫哔[⑪]耳语，听者欠伸有倦色，辄不言，故不得强。每至丙夜，拭桌剪灯，素瓷静处，款款言之。其疾徐轻重，吞吐抑扬，入情入理，入筋入骨，摘世上说书之耳，而使之谛听，不怕其齰[⑫]舌死也。

柳麻子貌奇丑，然其口角波俏[⑬]，眼目流利，衣服恬静，直与王月生同其婉娈[⑭]，故其行情正等。

**注　释**

①本文选自《陶庵梦忆》卷五。文章记述了柳敬亭说书技艺的高超和在听众中的威信。柳敬亭：明末说书艺人，本姓曹，名永昌，字葵宇，号逢春，因避仇逃亡，改名变姓，绰号柳麻子，曾为左良玉幕客。明亡后仍以说书为业，潦倒而死。黄宗羲撰有《柳敬亭传》。

②瘤（lěi）：小疙瘩。

③悠悠忽忽：行止自然，闲散放荡。

④土木形骸：指人的形体像土木一样。比喻人的本来面目，不加修饰。

⑤书帕：书柬和手帕（内装定金）。下定：约定说书的节目、时间、地点。

⑥王月生：又称王月，秦淮名妓。

⑦白文：即说大书的脚本。当时南方说书有大书、小书。大书全是白文，不弹不唱。

⑧找：指中间插叙、补叙以前的情节。截：指说到中间暂且收住不说。

⑨哱夬（bó guài）：形容声音雄厚而果决。

⑩謈（bó）：大叫。

⑪呫（chè）哔：低声细语。

⑫齰（zé）：咬。
⑬波俏：形容口齿伶俐。
⑭婉娈：美好。

## 译文

南京的柳麻子，肤色黧黑，满脸疮疤和小疙瘩，而为人闲散放荡，不修边幅。擅长说书，每天说书一回，定价一两银子。预约的人十天前就须送上礼金下定，他还常常没有空。在南京，时下有两个非常走红的人，那就是名妓王月生和说书人柳麻子。

我听柳麻子说“景阳冈武松打虎”，其内容和《水浒传》的描述大不相同。他描写刻画细致入微，在该补叙之处便加以补充，该停止之处又截然停止，并不唠唠叨叨，重复矛盾。他的声音响如洪钟，说到关键紧要之处，叱呼喝喊，如同波涛汹涌，有震屋欲崩之势。讲武松到酒店沽酒那一节，武松入店，店内无人，武松忽然大吼一声，店中的空缸空甓之类，都嗡嗡作响。他在并非紧要之处着力渲染，竟也细微到这样的地步。

请他说书，主人必须屏住声息，静静坐着，倾耳而听，他才开始讲。若稍稍看到底下有人低声耳语，或听者打呵欠有疲倦之色，立刻不再往下说，因而不能强迫他。他常常是到了午夜时分，拭抹桌子，挑亮灯花，瓷盅沏茶，静心而处，然后从容说来。其节奏的快慢，吐字的轻重，声音的收放，音调的抑扬，不但入情入理，而且入筋入骨，如果让世界上说书之人都来倾耳谛听，不怕他们不杜门咬舌，羞愧而死！

柳麻子的相貌极其丑陋，但他言辞极有风致，目光流利，衣服素净，简直与王月生同样美好，所以他们的身价行情也正相等。

# 乳　酪①

张　岱

乳酪自驵侩②为之，气味已失，再无佳理。余自豢一牛，夜取乳置盆盎③，比晓，乳花簇起尺许，用铜铛④煮之。瀹⑤兰雪汁，乳斤和汁四瓯，百沸之。玉液珠胶，雪腴霜腻，吹气胜兰，沁入肺腑，自是天供。或用鹤觞、花露入甑蒸之⑥，以热妙；或用豆粉搀和，漉之成腐，以冷妙；或煎酥，或作皮，或缚饼，或酒凝，或盐腌，或醋捉，无不佳妙。而苏州过小拙和以蔗浆霜，熬之、滤之、钻之、掇之、印之，为带骨鲍螺⑦，天下称至味。其制法秘甚，锁密房，以纸封固，虽父子不轻传之。

注　释

①本文选自《陶庵梦忆》卷四。文章细致陈述了制作乳酪的过程，写了作者的生活情趣。

②驵侩（zǎng kuài）：指市侩商人。

③盆盎：盆和盎，泛指较大的盛器。

④铜铛：铜锅。

⑤瀹（yuè）：煮。

⑥鹤觞、花露：皆酒名。

⑦鲍螺：乳酪点心，形似螺蛳，入口而化。明方以智《物理小识》卷六《饮食类》："有作乳酪者；或少加羊脂，烘和蜜滴，旋水中，曰抱螺。"

译　文

从商人那儿买来的乳酪，气味已失，再也没有佳味。我自己养了一头牛，每天晚上取奶置盆盎中，等到早上，乳花簇起有尺许，用铜铛锅煮此奶。再煮兰雪汁，奶中加入四瓯兰雪汁相和，反复煮沸。所得玉液如珠胶，雪腴霜腻，吹气胜兰，沁人肺腑，自然是天供之品。或用鹤觞酒和花露酒加入甑并上笼蒸，以高温为适宜；或用豆粉搀和，过滤成奶豆腐，以低温为适宜；或煎酥，或做奶皮，或缚饼，或做酒凝，或盐腌，或用醋捉，味道皆佳妙。然而苏州过小拙用蔗浆霜与乳酪相和，熬之、滤之、钻之、掇之、印之，最后制成带骨鲍螺，天下称之为至味。他的制法特别神秘，锁在密室，用纸封固，即使是父子也不轻易传授。

## 张东谷好酒[①]

张　岱

余家自太仆公[②]称豪饮，后竟失传，余父余叔不能饮一蠡壳[③]，食糟茄，面即发赪[④]。家常宴会，但留心烹饪、庖厨之精，遂甲江左。一簋[⑤]进，兄弟争啖之立尽，饱即自去，终席未尝举杯。有客在，不待客辞，亦即自去。

山人张东谷，酒徒也，每悒悒[⑥]不自得。一日起谓家君[⑦]曰："尔兄弟奇矣！肉只是吃，不管好吃不好吃；酒只是不吃，不知会吃不会吃。"二语颇韵，有晋人风味。而近有伧父[⑧]载之《舌华录》，曰："张氏兄弟赋性奇哉！肉不论美恶，只是吃；酒不论美恶，只是不吃。"

字字板实[9]，一去千里，世上真不少点金成铁手也。东谷善滑稽，贫无立锥，与恶少讼，指东谷为万金豪富，东谷忙忙走诉大父[10]曰："绍兴人可恶，对半说谎，便说我是万金豪富！"大父常举以为笑。

## 注释

①本文选自《陶庵梦忆》卷八。作者以张东谷事迹以及饮酒为引线，勾起对往日家庭生活的回忆，无限追忆之情饱含其中。

②太仆公：指张岱高祖张天复，官至云南按察副使、太仆卿。

③蠡壳：贝壳。

④赪（chēng）：红色。

⑤簋（guǐ）：古代盛食物的器具，圆口，双耳。

⑥悒悒：忧郁，愁闷。

⑦家君：对他人称呼自己的父亲。

⑧伧父：粗鄙之人。

⑨板实：平实。

⑩大父：祖父。

## 译文

我们家自高祖太仆公起就号称豪饮，后来酒量竟失传，我的父亲、叔父就连一蠡壳的酒都喝不了，就连吃酒糟炒的茄子，脸也会发红。平时家里宴会，只是留心烹饪、庖厨之精，于是在江左称美食之家。宴会上，食物一上桌，兄弟们就争着吃，很快就吃完了，吃饱了就各自离去，直到宴席完了也未尝举杯。有客人在时，不待客人告辞，自己吃饱即自行离去。

山人张东谷，是个酒徒，整日忧郁愁闷，颇不自得。一日他对我父亲说："你们兄弟真是奇怪！肉只是吃，不管好吃不好吃；酒只是不吃，不知会吃不会吃。"他这两句话颇合韵，有晋人风味。近日有伧父把张东谷的话载入《舌华录》，曰："张氏兄弟赋性奇哉！肉不论美恶，只是吃；酒不论美恶，只是不吃。"字字板实，一传千里，世上还真有不少点金成铁之手啊。张东谷好喝酒，贫穷得无立锥之地，与恶少争讼，对方指东谷为万金豪富，东谷急忙奔走告诉我爷爷说："绍兴人可恶，有一半人说谎，说我是万金豪富！"祖父常举此以为笑话。

# 鲁云谷传[1]

张　岱

会稽宝祐桥南，有小小药肆，则吾友云谷悬壶[2]地也。

云谷深于茶理，相知者日集试茶，纷至沓来，应接不暇。人病其烦，而云谷乐此不为疲也。术擅痈疽[3]，更专痘疹。然皆以聪明用事，医不经师，方不袭古，每以劫剂臆见[4]，起死回生。人终疑其游戏岐黄[5]，不尊不信，故凡患痘之家，非极险极逆时，医之所谢绝者，决不顾吾云谷也。云谷也诊视灵敏，可救则救，不可救则望之却走，未尝依回盼睐[6]，受人一钱。

性极好洁，负米颠[7]之癖，恨烟，恨酒，恨人撷花，尤恨人唾洟[8]秽地。故非解人韵士，不得与之久交。

自小多艺，凡羌笛、胡琴、凤笙、斑管，无不精妙。而尤喜以洞箫和人度曲。向与李玉成竹肉[9]相得，后惟王公端与之合调，余皆非其敌手也。

其密友惟陆癯庵、金尔和与余三人，非大风雨，非至不得已事，必日至其家，啜茗焚香，剧谈谑笑，十三年于此。今年三月之晦，二鼓方寝。次日呼之不起，排闼而入，则遗蜕[10]在床矣。余与尔和闻之惊诧，仓皇走视，痴病植立，惝恍[11]久之。谓生死大事，迅速若此，真如梦幻，痛悼不已。归坐山斋，忆其生平，遂为作传。

张子曰：云谷居心高旷，凡炎凉势利，举不足以入其胸次。故生平不晓文墨，而有诗意；不解丹青，而有画意；不出市廛，而有山林意。至其结交良友，直是性生，非由矫强。数月前有客在座，命苍头取其所藏雪水煮茶，而大为室人[12]所谪，云谷大怒，经旬不与交语。谓余弟道之曰："某以朋友为性命，乃欲绝我朋友。"只此一语，具见侠肠，是岂不读书、不晓文墨之人而能道此也哉！

注　释

①本文选自《中国古典传记》。鲁云谷是作者挚友，作者在文中塑造了他豁达、高洁、侠义的人物形象，充满敬重怀念之情。

②悬壶：指行医。

③痈疽：毒疮。

④劫剂：中医谓猛烈的药剂。臆见：个人主观看法。
⑤岐黄：指医学。
⑥盼睐：顾盼，观看。
⑦米颠：指宋代书画家米芾。
⑧洟（tì）：鼻涕。
⑨竹肉：指伴奏和歌唱。
⑩遗蜕：遗弃形骸，指去世。
⑪惝恍：恍惚失神。
⑫室人：妻子。

## 译文

会稽宝祐桥的南面，有家小小的药铺，那是我的朋友鲁云谷行医的地方。

云谷对茶理有深刻的领悟，知心的朋友每天聚集在一起品茶，纷至沓来，应接不暇。别人对这种烦琐的事会感到疲倦，但云谷却乐此不疲。他擅长治疗毒疮之症，更专于治疗痘疹。但都是凭聪明行事，治疗不一味效法前辈医师，处方不一味沿袭古书，每次按自己的主张开出猛烈的药剂，往往有起死回生之功效。人们始终怀疑他把医学当作一种游戏，不尊重信奉古代医理，所以凡是得了痘疹的人家，不到极其危险反常、别的医生拒绝治疗的时候，是绝对不会找云谷看病的。云谷看病灵活机敏，可以救治的就救治，不能救治的看一眼就退避离开，不曾犹豫不决，前顾后盼，接受别人一钱。

云谷生性极好洁净，有与米芾一样的癖好，痛恨吸烟喝酒，痛恨别人采摘花朵，尤其痛恨别人吐痰擤鼻涕弄脏地面。所以但凡不是趣味高尚的人，不能和他长久交往。

云谷从小就多才多艺，羌笛、胡琴、凤笙、斑管这些乐器，没有不演奏精妙的。他特别喜欢吹洞箫为唱曲的人伴奏。以前他和李玉成两人一奏一唱配合得很和谐，后来只有王公端的歌唱能和他合调，其余都不是他的对手。

他亲密的朋友只有陆瀍庵、金尔和与我三人，不是遇到大风雨，不是碰到无可奈何的事，每天必定到他家，饮茶燃香，畅谈说笑，十三年来都是这样。今年三月的最后一天，云谷二更天才睡。第二天叫他，没有起来，推门进去，他已在床上去世了。我与尔和听到这消息后十分惊诧，匆匆忙忙地赶到他家探望，呆呆地站着，失神了好久。所谓生死大事，如此迅速，真像梦幻一般，令人悲痛怜惜不能自已。回来坐在书房里，回忆云谷的生平，于是为他写了这篇传记。

张岱说：云谷心胸豁达开朗，凡人世炎凉、人情势利之事，都不能入其心胸。所以他生平不通晓文墨，却有诗意；不懂得绘画，却有画意；未走出街市，却有山林意。至于他结交好友，只是缘自性情，不是由于虚假勉强。数月前有朋友到他家座谈，他让仆人拿出贮藏的雪水煮茶，被妻子大加指责，云谷很生气，整整十天没和她说话。他告诉我弟弟说："我把朋友看作性命一样，她竟然想断绝我与朋友的交往。"只这一句话，就完全可以看出他的侠义心肠，这难道是不读书、不懂得文墨的人能够说出的话语吗？

## 答赵廷臣[①]

张煌言

台翰俨颁[②]，殊深内讼[③]，岂仆一切愚忠？尚未足取信于天下耶？台下[④]清朝佐命，仆则明室孤臣，时地不同，志趣亦异。功名富贵，早等之浮云[⑤]；成败利钝，且听之天命。宁为文文山[⑥]，不为许仲平[⑦]；若为刘处士[⑧]，何不为陆丞相[⑨]乎？倘云桑梓涂炭[⑩]，实为仆未解兵[⑪]，仆亦何难敛师而去，但未知台下终能保障否乎？区区[⑫]之诚，言尽于此，间使[⑬]说词，请从此绝。

### 作者简介

张煌言（1620—1664），字玄著，号苍水，鄞县（今浙江宁波）人。崇祯时举人。清兵攻占南京后，他在家乡举兵抗清，奉鲁王监国，授为东阁大学士。他和郑成功几次率师自崇明入江，攻下许多沿江城市。后来郑成功兵败于镇江，张煌言隐居海岛，为清兵所获，不屈而死。著有《张苍水集》等。

### 注 释

①本文选自《张苍水集》。明亡后，张煌言在家乡浙江沿海一带继续组织抗清武装，准备北伐。康熙二年（1663），闽浙总督赵廷臣包围了张煌言，以极委婉的语调写信劝张投降。这封信就是张煌言对劝降的答复。内文表面用语温和，实则态度强硬。列举文文山、许仲平等正反人物，表明自己誓死不降之心，旗帜鲜明，言简意赅。赵廷臣：清朝汉族军官，任闽浙总督。

②台翰俨颁：蒙您郑重地写信给我。台翰：对他人书信的尊称。

③殊深内讼：深深自责。

④台下："三台"为宰辅之星，故称大官为台下。

⑤"功名富贵"二句：功名富贵，早看作浮云。《论语·述而》："不义而富且贵，于我如浮云。"

⑥文文山：即文天祥，字文山，南宋民族英雄。元兵南下时起兵抵抗，兵败被执，不屈就义。

⑦许仲平：名衡，宋人，仕元，官至中书左丞。曾为元朝定"朝仪"。《元史》有传。

⑧刘处士：名秉忠，宋人，仕元，官至太保，参与中央政务。《元史》

有传。

⑨陆丞相：名秀夫，宋末盐城人。抗元兵败，杖剑驱妻子入海，即负卫王赵昺投海而死。

⑩桑梓：指故乡。涂炭：如陷泥坠火，比喻遭受灾难。

⑪解兵：解散抗清的军队。

⑫区区：犹拳拳，忠爱专一的意思。

⑬间使：兵阵间使者。

译　文

承蒙您郑重地写信给我，我深深自责，我难道是一片愚忠吗？只是我尚未取信于天下啊！您是辅佐清朝创业的大臣，而我则是明朝孤臣，我俩处境不同，志趣也不一样。在我心中，功名富贵，早若浮云一般；成败利钝，且听天命。我宁愿像文文山那样不屈而死，也不愿像许仲平那样变节效忠新主；若像刘处士那样为新朝出谋划策，何不像陆秀夫那样战斗至死呢？倘若故乡遭遇战祸而生灵涂炭，实在是我没有解散军队造成的，可叫我收兵又有何难？但不知道您是否能保障百姓们的安全。我的诚心如此，言尽于此，使者的说辞，从此请不要再说了。

## 贻赵廷臣书①

张煌言

大明遗臣某，谨拜书于清朝开府赵老先生台前：

昔宋臣谢枋得②有云："大元制世，民物维新；宋室孤臣，只欠一死！"窃以叠山业经市隐卖卜，宜可以远害全身，而元参政魏天祐必欲招致之，乃叠山有死无陨。招之不来，馈之不受，却聘书尚在，可考而知也。卒触天祐之怒，执之北去，叠山遂不食而死。盖未尝不叹古人守义之坚、殉节之笃也！

况某今日南冠③而絷，视叠山所处，已自不同，而台下尚欲贷其余生，屡遣贵属，存注有加，劝之加餐。嗟乎！此固台下褒忠录节之盛心，较之天祐，真不啻霄壤。顾某自律，断不可因此而苟延旦夕也。所以每思慷慨引决，而为馆伴者防间严切，不克自裁。绝餐三日，迫于贵属劝勉，稍稍复食，他人闻之，宁不以某寡廉鲜耻，晚节可嗤哉？揣台下之意，不过欲生膏斧锧④，始足为忠义者戒⑤，然大丈夫冰视鼎镬⑥，慷慨从容，原无二义，故郁郁居此耳。

犹记去岁华函见及，某之报书有宁为文山之语，至今日敢有食言？夫自古废兴亦屡矣，废兴之际，何代无忠臣义士？何代无逋臣[7]处士？义所当死，死贤于生；义所当生，生贤于死。盖有舍生以取义者焉，未闻求生以害仁者也。某之忧患已过乎文山，隐遁殆几于叠山矣。而被执以来，视死如归，非好死而恶生也。亦谓得从文山、叠山，异代同游，于事毕矣！

谓某散兵在先，归隐恐后，可以觊覦赊死[8]。殊不知散兵者，悯斯民之涂炭；归隐者，念先世之暴荒。何期拥兵则岁月犹存，解甲则旦夕莫保！身为累囚，贻笑天下，是某之忠孝两亏，死难塞责者矣！临难苟免，非我本怀；偷存视息，更何所待！今羁留旅邸，以日为年，生不如死。伏冀台下立赐处决，俾某乘风驭气，翱翔碧落[9]，是诚台下大有造于某也。幸甚！

## 注　释

①本文选自《张苍水集》，是作者被捕后所作。作者面对清廷的威逼利诱，已心如死灰，但求舍生取义，一死而已，其慷慨悲壮之意，溢于文中。

②谢枋得：字君直，号叠山，信州弋阳（今江西上饶弋阳县）人。南宋末以江西招谕使知信州，力拒元军。宋亡，居闽中，卖卜为生。元朝福建行省参政魏天祐强之北行，至大都，不食而死，著有《叠山集》。

③南冠：楚国在南方，因此称楚冠为南冠。本指被俘的楚国囚犯。后泛称囚犯或战俘。

④膏：滋润。斧锧：斧子与铁锧，古代刑具。

⑤始足为忠义者戒：指清廷欲以张煌言之死警诫顽固抗清者。

⑥冰视鼎镬（huò）：指像看冰一样看待滚烫的油锅，喻内心极为平静，处变不惊。鼎镬：鼎和镬，古代两种烹饪之器。

⑦逋臣：逃亡之臣。

⑧赊死：缓死。

⑨碧落：道家称东方第一层天，碧霞满空，称为“碧落”。后泛指天上。

## 译　文

大明遗臣张煌言，恭敬地向清朝总督府赵老先生阁下拜送书信：

当年宋臣谢枋得说过：“大元开国，民物维新；宋室孤臣，只欠一死！”私下里认为，叠山（谢枋得）已经隐居在集市里卖卜为生，应该可以远离祸害保全自身，但是元朝参政魏天祐一定要招降他，于是叠山只有求死而不愿屈服。招降他，他不至；馈赠他，他不接受；拒绝的聘书还在，可以考证而知。最后触怒了魏天祐，魏抓住他强行带往大都，叠山于是绝食而死。我未尝不赞叹古人守护道义的坚贞，殉难气节的诚恳！

何况我今天是被拘捕的囚徒，比较叠山所处的环境，自然已经很不同了，但台下您尚且想借用我余下的生命，多次派遣您的下属，慰问关心很多，劝我进餐多吃。唉！这本来是台下您表扬忠义录用节臣的热心，比较魏天祐，真不下天壤之别。只是我已自定规则，断不可因贪生贪富贵而苟且延长一天的生命。所以常常想慷慨自杀，但是被左右的人严密防范，不能实现。我绝食了三天，又被您的下属劝阻逼迫，稍稍恢复了饮食，其他人听到这件事，难道不会认为我寡廉鲜耻，晚年的气节值得嗤笑吗？我揣测台下您的用意，不过是想用我的生命去滋润斧锧等刑具，才足够成为忠臣义士们的警诫，然而大丈夫像看冰一样看待滚烫的油锅，慷慨从容，不惧一死，原本就没有第二种想法，所以不得不郁闷地居留在此。

还记得去年您发信给我，我的回信上有宁可做文天祥这样的话，到今天怎么敢自己说话不算呢？那自古以来的兴盛和衰亡也很多了，衰亡和兴盛的时候，哪个朝代没有忠臣义士？哪个朝代没有避世隐士？道义上应当死亡，死亡就胜过生存；道义上应当生存，生存就胜过死亡。有舍生而取义的，没听说过求生而害仁的。我的忧患已经超过了文天祥，隐居逃遁差不多接近谢枋得了。但自从被捕以来，视死如归，并不是喜好死亡而厌恶生存啊。也可以说能够追随文天祥、谢枋得，与他们异代同游，在事业上已经完成了！

有人说我解散军队在前，归乡隐居唯恐落后，是为了图谋逃离死亡。实在不知道我解散军队，是怜悯那里百姓生活的苦难；我归乡隐居，是顾念我先祖的尸骨抛荒。怎么期望拥有军队就多年仍能保存，解除铠甲就早晚不能保全！自身成为被拘禁的囚犯，被天下人讥笑，这样，我的忠诚和孝道两方面都有亏欠，即使一死也难以敷衍责任了！遇到灾难苟求幸免，不是我本来的情怀；偷生保存气息，更不用说有什么期待！如今被羁押扣留在旅馆，度日如年，生不如死。只希望台下您立刻恩赐处决了我，使我可以乘风驾气，翱翔天空，这实在是台下您对我有大恩德啊。幸运啊！

## 奇零草序[①]

张煌言

余自舞象[②]，辄好为诗歌。先大夫虑废经史，屡以为戒，遂辍笔不谈，然犹时时窃为之。及登第后，与四方贤豪交益广，往来赠答，岁久盈箧。会国难频仍，余倡大义于江东[③]，敹甲敿干[④]，凡从前雕虫之技，散亡几尽矣。于是出筹军旅，入典制诰[⑤]，尚得以余闲吟咏性情。及胡马渡江，而长篇短什，与疏草代言[⑥]，一切皆付之兵燹[⑦]

中，是诚笔墨之不幸也。

余于丙戌[8]始浮海，经今十有七年矣。其间忧国思家，悲穷悯乱，无时无事不足以响动心脾。或提师北伐，慷慨长歌，或避虏南征，寂寥短唱。即当风雨飘摇，波涛震荡，愈能令孤臣恋主，游子怀亲，岂曰亡国之音？庶几哀世之意。

乃丁亥[9]春，舟覆于江，而丙戌所作亡矣。戊子[10]秋，节[11]移于山，而丁亥所作亡矣。庚寅[12]夏，率旅复入于海，而戊子、己丑[13]所作又亡矣。然残编断简，什存三四。迨辛卯昌国陷[14]，而笥中草竟靡有孑遗[15]。何笔墨之不幸，一至于此哉！

嗣是缀辑新旧篇章，稍稍成帙。丙申[16]，昌国再陷，而亡什之三。戊戌[17]，覆舟于羊山，而亡什之七。己亥[18]，长江之役，同仇兵熠[19]，予以间行得归，凡留供覆瓿[20]者，尽同石头书邮[21]，始知文字亦有阳九[22]之厄也。

年来叹天步之未夷[23]，虑河清之难俟[24]，思借声诗以代年谱。遂索友朋所录，宾从所抄，次第之。而余性颇强记，又忆其可忆者，载诸楮[25]端，共得若干首。不过如全鼎一脔耳。独从前乐府歌行，不可复考，故所订几若《广陵散》[26]。

嗟乎！国破家亡，余谬膺节钺[27]，既不能讨贼复仇，岂欲以有韵之词，求知于后世哉！但少陵当天宝之乱[28]，流离蜀道，不废风骚，后世至今，名为“诗史”。陶靖节[29]躬丁晋乱，解组归来，著书必题义熙[30]。宋室既亡，郑所南尚以铁匣投史智井[31]，至三百年而后出。夫亦其志可哀，其精诚可念也已。然则何以名《奇零草》？是帙零落凋亡，已非全豹，譬犹兵家握奇[32]之余，亦云余行间之作也。时在永历十六年[33]，岁在壬寅端阳后五日，张煌言自识。

注　释

①本文选自《张苍水集》，是作者为自己诗集《奇零草》所写的序。文章叙述了作者在国难频仍之际，写于军旅的诗歌内容及其存失情况，从中可了解作者奔走军中、领兵报国的经历，慷慨长歌的情怀，以及《奇零草》艰难成集的过程。

②舞象：古代一种武舞。《礼记·内则》：“成童，舞象。”成童指十五岁以上。后世以舞象代指成童。

③倡大义于江东：指公元1645年（顺治二年）南明弘光王朝垮台后，清兵南下江南，钱肃乐等起兵浙东，派张煌言迎立鲁王朱以海为监国，号召东南抗清事。

④敹（liáo）甲：把甲胄缝合起来。敿（jiǎo）干：把盾牌上的绳系好。语出《尚书·费誓》："善敹乃甲胄，敿乃干。"这里指做好战前准备。

⑤入典制诰：入朝掌管起草诏令。张煌言起兵后，鲁王曾授以翰林院检讨知制诰的官。

⑥疏草：指作者给鲁王上书的底稿。代言：指替鲁王起草的制诰。

⑦兵燹（xiǎn）：兵火。

⑧丙戌：公元1646年（清顺治三年）。

⑨丁亥：公元1647年（清顺治四年）。

⑩戊子：公元1648年（清顺治五年）。

⑪节：符节。代指主将。顺治五年张煌言到上虞招集义兵，入平冈山寨。

⑫庚寅：公元1650年（清顺治七年）。

⑬己丑：公元1649年（清顺治六年）。

⑭辛卯：公元1651年（清顺治八年）。昌国：这里指舟山。

⑮笥（sì）：盛物的方形器物。孑遗：残存。

⑯丙申：公元1656年（清顺治十三年）。前一年张煌言等曾联合郑成功收复了舟山。这一年，舟山又被清兵攻克。

⑰戊戌：公元1658年（清顺治十五年）。

⑱己亥：公元1659年（清顺治十六年）。

⑲同仇：《诗经·秦风·无衣》："修我戈矛，与子同仇。"后沿用为"战友"的意思，这里指郑成功。熸（jiān）：军队溃败。指郑成功战败。

⑳覆瓿（pǒu）：盖罐子。汉代刘歆曾说扬雄的《太玄》将来只能盖盛酱的罐子。后以"覆瓿"比喻著作没有什么价值。这里是作者自谦的话。

㉑石头书邮：《世说新语·任诞》载，晋代殷羡，字洪乔，为豫章太守，临去，都人托他带信百余封。殷羡行至石头，把书信全部抛入水中，说："沉者自沉，浮者自浮，殷洪乔不能作致书邮（指寄信的邮差）。"这里借指作者的文稿全部沉水。石头：地名。在江西南昌北。

㉒阳九：古代术数家的说法，四千六百一十七岁为元，初入元一百零六岁，外有灾岁九，称为"阳九"。指灾难之年或厄运。

㉓天步：指国家的命运。夷：平，安定。

㉔河清之难俟：《左传》襄公八年引逸诗云："俟河之清，人寿几何。"古人认为等待黄河澄清是不可能的事，这里借以比喻等待乱世平定遥遥无期。

㉕楮（chǔ）：树名，皮可制桑皮纸。这里代指纸。

㉖《广陵散》：古曲名。魏晋时期嵇康善弹此曲。嵇康为司马昭所害，临刑，索琴弹此曲，说："《广陵散》于今绝矣！"

㉗谬：这里是自谦之辞。膺：受。节钺：任命大将时，皇帝给予受任者的符节及斧钺。这里指作者任军事统帅。

㉘少陵：杜甫，号少陵野老。天宝之乱：天宝十四年（755）安禄山在范阳发动的叛乱。

㉙陶靖节：陶渊明，私谥"靖节"先生。

㉚义熙：晋安帝年号。相传陶不肯臣服于刘裕，所以在作品中保存晋帝

年号。

㉛郑所南：一名思肖。南宋诗人。宋亡后，隐耕吴中，著《心史》诗集，装在铁匣中，投入眢井。到明末才被发现。眢（yuān）：枯竭。

㉜握奇：即兵书《握奇经》。一说“握”通“幄”，帐幕，大将所居。奇：通“机”。握机：指军机要地。

㉝永历十六年：即公元1662年（清康熙元年）。这里作者沿用明桂王（朱由榔）建国的年号，其心意与陶渊明同。

## 译　文

我自十五岁以来，就喜欢写诗。先父担心我荒废了经史的学习，屡次劝诫我，我于是放下笔不再写诗，但还是会不时偷偷地写诗。等到科举考中之后，我与四方贤士豪杰交友也更广泛了，免不了往来赠答，时间长了，写的诗竟然塞满了箱子。适逢国家灾难接二连三，我在江东倡导抗清大义，缝补甲胄，系好盾牌，准备作战，以前雕虫小技的诗歌几乎丢失殆尽。从此，不管是外出筹划军队事宜，还是入朝掌管起草诏令，尚且能够在闲暇之时吟诗作对。到清军渡江南下，长短不一的诗歌及奏章的草稿，加之起草的诏令，都付于战火之中了，这确实是文字的不幸啊！

我从丙戌年就开始在海上飘荡，至今已经十七年了。这期间忧虑国家思念家乡，为处境困窘而悲伤，为局势动荡不安而忧愁，无时无事不足以扣动心弦的。有时领兵北伐，意气风发放声高歌，有时避让清军向南征讨，在寂静之时空旷之地，低声吟唱。每当风雨飘摇、波涛震荡之时，更能使被遗弃的臣子怀想旧主，令出行在外的游子想念亲人，难道这些诗篇是什么亡国之音吗？或许寄托了忠贞臣子的哀世之音吧！

丁亥年的春天，我的船在长江中倾覆，丙戌年创作的诗歌也随之丢失了。戊子年，我率军入平冈山寨，丁亥年创作的诗歌也随之丢失了。庚寅夏，我再次率军入海，而戊子、己丑所作诗歌又丢失了。搜集残缺不全的诗稿，十篇仅存三四篇。等到辛卯年舟山被攻陷，书箱中的草稿竟然一篇也没有留下。文字多么的不幸，竟然到这种地步！

这以后，我才编辑新旧篇章，渐渐地编成卷册。丙申年，舟山第二次陷落，诗稿丢失了十分之三。戊戌年，我的船在羊山倾覆，诗稿丢失了十分之七。己亥年，在长江之战中，一同抗清的郑成功也战败了，我因暗中行走才得以返回，所留下只能用来盖瓦罐的诗文，全部和石头一起沉入江底，这才知道文字也有遭天灾的厄运啊。

近些年来，我悲叹国难未平，感伤乱世平定遥遥无期，想着借助诗歌来代替年谱。于是向亲朋好友索要他们收录的，宾客随从抄录的，依次排列。我的记性很好，又把能够回忆起的旧作记载在纸上，共得到若干首。这些也只不过全鼎中的一块肉而已。只是过去的诗作查考，所以编订的难度几乎像恢复《广陵散》一样。

唉！国破家亡之际，我又不合情理地担任将帅，既然不能讨贼复仇，难道倒想凭借诗作闻名后世吗？只是杜甫面临天宝之乱，在蜀地漂泊奔波，始终没有荒废诗歌创作，从那时到现在，他的诗被称为“诗史”。陶渊明亲身遭逢晋乱，辞官归隐，著文必定写上晋安帝的义熙年号。宋室灭亡后，郑所南将所著《心史》装在铁匣中，投在眢井中，到三百年后才被发现。他们的志向令人悲痛，他们的真情的确令人怀念。既然如此，那么我的诗集为什么要取名为《奇零草》呢？这是因为卷册稀稀落落大量散失，已经不是全貌，譬如兵家《握奇经》中的余阵，又可以用来说明这些都是我在军旅生涯中所创作的。此时是永历十六年端午节后五日，张煌言自识。

## 狱中上母书[1]

夏完淳

不孝完淳今日死矣！以身殉父，不得以身报母矣！痛自严君见背[2]，两易春秋。冤酷日深，艰辛历尽。本图复见天日，以报大仇，恤死荣生，告成黄土。奈天不佑我，钟虐先朝[3]，一旅[4]才兴，便成齑粉。去年之举[5]，淳已自分必死，谁知不死，死于今日也！斤斤延此二年之命，菽水之养[6]无一日焉。致慈君托迹于空门[7]，生母[8]寄生于别姓，一门漂泊，生不得相依，死不得相问。淳今日又溘然先从九京[9]，不孝之罪，上通于天。

呜呼！双慈在堂，下有妹女，门祚衰薄，终鲜兄弟[10]。淳一死不足惜，哀哀八口，何以为生？虽然已矣。淳之身，父之所遗；淳之身，君之所用。为父为君，死亦何负于双慈？但慈君推干就湿[11]，教礼习诗，十五年如一日；嫡母慈惠，千古所难。大恩未酬，令人痛绝。慈君托之义融女兄[12]，生母托之昭南女弟[13]。

淳死之后，新妇遗腹得雄，便以为家门之幸。如其不然，万勿置后[14]。会稽大望[15]，至今而零极矣。节义文章如我父子者几人哉？立一不肖后，如西铭先生[16]为人所诟笑，何如不立之为愈耶？呜呼！大造茫茫[17]，总归无后。有一日中兴再造，则庙食千秋，岂止麦饭豚蹄，不为馁鬼而已哉？若有妄言立后者，淳且与先文忠在冥冥诛殛顽嚚[18]，决不肯舍！

兵戈天地，淳死后，乱且未有定期。双慈善保玉体，无以淳为念。二十年后，淳且与先文忠为北塞之举矣[19]。勿悲，勿悲！相托之言，慎勿相负。武功甥[20]将来大器，家事尽以委之。寒食盂兰[21]，一杯清酒，一盏寒灯，不至作若敖之鬼[22]，则吾愿毕矣。新妇结褵二年，贤孝素著，武功甥好为我善待之，亦武功渭阳情[23]也。

语无伦次，将死言善，痛哉，痛哉！人生孰无死，贵得死所耳。父得为忠臣，子得为孝子，含笑归太虚，了我分内事。大道本无生，视身若敝屣。但为气所激，缘悟天人理。恶梦十七年，报仇在来世。神游天地间，可以无愧矣！

## 作者简介

夏完淳（1631—1647），别名复，字存古，号小隐、灵首，明松江府华亭县（今属上海）人。为夏允彝子，师从陈子龙。受父亲影响，矢志忠义，崇尚名节。自幼聪明，五岁知五经，七岁能诗文，有神童之誉。十四岁从父及陈子龙参加抗清活动。鲁王监国授中书舍人。父殉后，与陈子龙继续抗清，兵败被俘，不屈而死，年仅十七。著有《夏完淳集》。

## 注　释

①本文选自《夏完淳集》，作于清顺治四年（1647），是作者在南京狱中写给生母及嫡母的绝笔信。文中表达了深切的悲痛，同时又体现出以身赴义、视死如归的民族气节。

②严君：对父亲的敬称。夏完淳之父夏允彝。见背：去世。

③钟：聚焦。虐：指上天惩罚。先朝：指明朝。

④一旅：指吴易的抗清军队刚刚崛起。夏完淳参加了吴易的军队，担任参谋。

⑤去年之举：指1646年起兵抗清失败事。吴易兵败后，夏完淳只身流亡。

⑥菽水之养：代指对父母的供养。《礼记·檀弓下》：“啜菽饮水尽其欢，斯之谓孝。”

⑦慈君：作者的嫡母盛氏。托迹：藏身。空门：佛门。

⑧生母：作者生母陆氏，是夏允彝的妾。

⑨溘（kè）然：忽然。从：追随。九京：泛指墓地。

⑩终鲜兄弟：《诗经·郑风·扬之水》中句。这里指没有兄弟。

⑪推干就湿：把床上干处让给幼儿，自己睡在湿处。形容母亲抚育子女的辛劳。

⑫义融女兄：作者的姐姐夏淑吉，号义融。

⑬昭南女弟：作者的妹妹夏惠吉，号昭南。

⑭置后：抱养别人的孩子为后嗣。

⑮会稽大望：这里指夏姓大族。

⑯西铭先生：即张溥，别号西铭，明末复社的领袖。死于崇祯十四年（1641），无后，次年由钱谦益等代为立嗣。钱谦益后来投降了清朝。人们认为这有损张溥的名节。

⑰大造：造化，指天。茫茫：不明。

⑱文忠：夏允彝死后，南明鲁王谥之为文忠公。冥冥：阴间。诛殛（jí）：诛杀。顽嚚（yín）：愚顽而多言不正的人。

⑲"二十年后"二句：意思是如果死后再度为人，那么二十年后，还要与父亲在北方起兵反清。

⑳武功甥：作者姐姐夏淑吉的儿子侯檠，字武功。

㉑寒食：这里指清明节。盂兰：旧俗的农历七月十五燃灯祭祀，超度鬼魂，称盂兰盆会。

㉒若敖之鬼：没有后嗣按时祭祀的饿鬼。春秋时，楚君熊仪号若敖，其后为若敖氏。楚庄王时，若敖氏族人子文见族人子斗越椒行为不正，估计他可能会给整个家族带来灾难，临死前对族人哭着说："鬼犹求食，若敖氏之鬼，不其馁而。"后来，若敖氏果真因为斗越椒叛楚而被灭族。

㉓渭阳情：指甥舅之间的情谊。《诗经·秦风·渭阳》有"我送舅氏，曰至渭阳"句。据说是秦康公送流亡的晋公子重耳回国时所作。秦康公是重耳的外甥，后世遂用渭阳比喻甥舅。

## 译　文

不孝儿完淳今日将死！以身殉父，不能以身报母了！自从父亲去世，心中悲痛，已过去了两个年头。冤仇惨痛越积越深，历尽艰难辛苦。本来希图重见天日，以报大仇，使死者得到抚恤，生者获得荣耀，向九泉之下的父亲报告我们的成功。无奈上天不保佑，把灾祸集中于先朝，一支军队刚一起来，就立即被粉碎。去年的义举，我自知非死不可，谁知当时不死，却死于今天！延续了两年的生命，却没有一天得以孝养母亲。以致尊贵的慈母托身于空门，生母寄生在异姓之家，一门漂泊，活着不能相互依靠，有人死了也不能相互安慰。我今日又奄忽先赴九泉，不孝之罪深重，连上天都已知晓了。

呜呼！两位母亲都健在，下面又有妹妹、女儿，家运衰败，并无兄弟。我这一死并不足惜，我所哀痛不已的，是家庭中众多人口，今后将以何为生？虽然如此，但是就这样吧！我的身体是父亲给我的，是为国君所用的，为父为君而死，又哪里是辜负两位母亲呢？但尊贵的慈母对我爱护备至，教我学礼习诗，十五年来从未改变；嫡母慈爱恩惠，千百年来所少有。大恩未曾报答，使我悲痛到了极点。现在我只得把尊贵的慈母托付给义融姊，把生母托付给昭南妹了。

我死之后，如果妻子能有一个遗腹子，那就是家门的幸运。如若不然，千万不要另立后嗣。会稽的大望族至今已零落至极。节义文章像我父子这样的有几个？立一个不肖的后嗣，像西铭先生那样，只会为旁人所诟骂讥讽，还不如不立为好！呜呼！如果上天不明，使明室灭亡，那么我即使有后，也会被杀，终归无后。有一日朝廷中兴重建，那么我纵或无后，也将万古千秋地在庙中接受祭祀、供养，又哪里只是享受麦饭豚蹄，不至成为饿鬼而已？如果有人妄言另立后嗣，我与父亲在冥冥中一定要诛杀这个顽固愚蠢之人，决不饶恕。

如今兵戈遍布天地，我死之后，战乱不会有停止之日。两位母亲请好好保重玉体，不要再把我挂在心上。二十年之后，我跟父亲将要扫平北方边境。不要悲伤，不要悲伤！我所嘱托的话，千万不要违背。外甥武功未来是大有成就的人物，家里的事都交托于他。寒食节和盂兰会，以一杯清酒、一盏寒灯来供我，使我不至于成为无人祭祀的饿鬼，我的愿望就已达到了。妻子与我成婚两年以来，贤孝素来为人所深知，外甥武功为我善待她，这也是我们甥舅的情谊！

语无伦次，而这都是将死之时的肺腑之言。悲痛，太悲痛了！但是，人有谁可以不死呢？贵在死得其所。父亲能成为忠臣，儿子能成为孝子，含笑归天，完成我的分内之事。人本来是从无而生，死后又归于无，我把自己的身体看得像破旧的鞋子一样不足以珍惜。我只是为刚正之气所激，因而懂得了天人之理。十七年来只是一场恶梦，报仇在于来世。神魂将遨游于天地之间，我对一切都毫无愧怍。

## 遗夫人书[①]

夏完淳

三月结缡[②]，便遭大变[③]，而累淑女相依外家。未尝以家门盛衰，微见颜色。虽德曜齐眉[④]，未可相喻。贤淑和孝，千古所难。不幸至今吾又不得不死；吾死之后，夫人又不得不生。上有双慈，下有一女，则上养下育，托之谁乎？然相劝以生，复何聊赖！芜田废地，已委之蔓草荒烟；同气连枝[⑤]，原等于隔肤行路。青年丧偶，才及二九之期。沧海横流，又丁百六[⑥]之会。茕茕[⑦]一人，生理尽矣。呜呼！言至此，肝肠寸断，执笔心酸，对纸泪滴。欲书则一字俱无，欲言则万般难吐。吾死矣！吾死矣！方寸已乱。平生为他人指画了了，今日为夫人一思究竟，便如乱丝积麻。身后之事，一听裁断，我不能道一语也！停笔欲绝。去年江东储贰[⑧]诞生，各官封典[⑨]俱有，我不曾得。夫人，夫人！汝亦先朝命妇[⑩]也。吾累汝，吾误汝！复何言哉！

呜呼！见此纸如见吾也！外书奉秦篆细君。

## 注释

①本文选自《夏完淳集》，是夏完淳就义前夕写给妻子的遗书，信中称赞了妻子深明大义，为自己"不得不死"而累及妻子无处托身深表歉疚和牵挂。全文以泪写成，表达了作者不忍诀别，欲言难言的痛苦心情。夏完淳之妻钱秦篆，浙江嘉善人，钱旃之女。夏完淳死后，她遁入空门，终其一生。

②结缡：古代嫁女的一种仪式。女子临嫁，母亲给她结上佩巾。后来代指结婚。

③遭大变：指作者参加抗清战斗而离家。

④齐眉：即举案齐眉。东汉梁鸿之妻孟光每次给丈夫送饭时都把托盘举得跟眉毛一样高，以示敬重。后形容夫妻互相尊敬，十分恩爱。

⑤同气连枝：语出南朝梁周兴嗣《千字文》："孔怀兄弟，同气连枝。"连枝：一般比喻兄弟关系。这里指夫妻。

⑥百六：古人认为百六阳九为厄运。

⑦茕（qióng）茕：孤独无依貌。

⑧储贰：太子。

⑨封典：封建王朝给予臣子或其祖先爵位名号的典礼。

⑩命妇：受有封号的妇女。

## 译文

你我结婚才三个月，就遭遇大变故，连累你依靠娘家照顾。你通情达理，不曾因我们夏家荣盛或者败落而感到高兴或愁苦。我们之间的感情，即使举案齐眉的孟光与梁鸿也难以相比。贤惠、淑静、和顺、孝敬，要同时具有这些品质自古都是难事，而你全都具备。不幸的是，如今我不能不死，而我死之后，夫人你又不能不生。上有两位母亲，下有幼女，这奉养老人、抚育孩子的事我又能托付给谁呢？然而我劝你好好活着，又有什么意义呢？荒芜的田园，废弃的宅地，已是满满荒烟蔓草；原来是夫唱妇随的好夫妻，如今却做了阴阳相隔的隔世之人。你青年丧偶，可你才十八岁呀。沧海横流，又到了世事变迁的时节了。你孤孤单单一个人，靠什么来维持生计呀？呜呼！说到这里，我肝肠寸断，拿着笔心中酸痛，唯有对着纸流泪。想写又一个字也写不出来，想说又一句话也说不出。我就要死了！就要死了！心中已乱！平生常替他人出谋划策，侃侃而谈，今天想为夫人你想想将来的安排和打算，思绪却像是乱丝积麻，茫无头绪。我死后的事，只能全凭你裁度处理，我什么也说不上、说不出了！放下笔，我悲痛欲绝。去年在江南扶立新君继位，大家都得到了典封，各有官职，而唯独我不曾接受。夫人啊夫人！你也算是先朝的命妇了！是我连累了你，是我耽误了你！我还有什么可说呀！呜呼悲哉！见这信如同见我！敬致夫人秦篆。

**图书在版编目（CIP）数据**

明代小品集萃 / 颜兴林选编 . — 南昌：二十一世纪出版社集团，2016.4
（线装中华国粹系列）
ISBN 978-7-5391-7465-5

Ⅰ . ①明… Ⅱ . ①颜… Ⅲ . ①小品文—作品集—中国—明代 Ⅳ . ① I264.8

中国版本图书馆 CIP 数据核字 (2016) 第 030352 号

**明代小品集萃**　　颜兴林　选编

| | |
|---|---|
| **策　　划** | 张秋林 |
| **责任编辑** | 周向潮　张波虹 |
| **出版发行** | 二十一世纪出版社集团（江西省南昌市子安路 75 号　330009）<br>www.21cccc.com　cc21@163.net |
| **出 版 人** | 张秋林 |
| **经　　销** | 全国各地书店 |
| **印　　刷** | 南昌市印刷十二厂有限公司 |
| **版　　次** | 2016年4月第1版　2016年4月第1次印刷 |
| **印　　数** | 0001 ~ 15000册 |
| **开　　本** | 787mm × 1092mm　1/16 |
| **印　　张** | 21.5 |
| **字　　数** | 451 千字 |
| **书　　号** | ISBN 978-7-5391-7465-5 |
| **定　　价** | 24.90 元 |

赣版权登字—04—2016—85